U0116012

福建師範大學文學院百年學術論叢　第一輯

中國近現代雜文史

姚春樹　著

總序

閩水泱泱，閩學悠永。百年老校福建師範大學之文學院，發祥於前清帝師陳寶琛創辦的福建優級師範學堂國文科，後又匯聚福建協和大學、華南女子文理學院等校的學術資源，可謂源遠流長，底蘊博厚。葉聖陶、郭紹虞、董作賓、章靳以、胡山源、嚴叔夏、黃壽祺、俞元桂等往賢，曾相繼執教我院，為學科創立與發展作出突出貢獻，留下彌足珍貴的學術傳統，潤澤和激勵一代又一代學人茁壯成長。時至今日，我院備具中國語言文學、戲劇與影視學兩個一級學科博士學位授權點及博士後科研流動站，中國現當代文學國家重點學科，中國語言文學國家文科基礎學科人才培養和科學研究基地，擁有上百名專任教師，三十多位教授和博士生指導教師，兩千餘名本科生和碩士博士研究生，實已發展為大陸文史研究與教育的重鎮。

閩臺隔海相望，地緣相近，血緣相親，文緣相承，近年兩岸關係和平發展進程中緣情淳深，學術文化交流益顯大有作為。正是順應這一時代潮流，我院和臺灣高校交往密切，同仁間互動頻繁，時常合作舉辦專題研討及訪學活動，茲今我院不但新招臺籍博士研究生四十多人，尚與相關大學聯合培養文化產業管理專業本科生。學術者，天下之公器也。適惟我院學術成果豐厚，就中歷久彌新者頗多，因與臺北萬卷樓圖書股份有限公司總經理梁錦興先生協力策畫，隆重推出《福建師範大學文學院百年學術論叢》（第一輯），以饗讀者，以見兩岸人文交流之暉光。

茲編所收十種專著，撰者年輩不一，領域有別，然其術業皆有專攻，悉屬學術史上富有開拓性的研究成果。如一代易學宗師黃壽祺先生及其高足張善文教授的《周易譯注》，集今注、語譯和論析於一體，考辨精審，義理弘深，公認為當今易學研究之經典名著。俞元桂先生主編的《中國現代散文史》，被譽為現代散文史的奠基之作，北京大學王瑤先生曾稱「此書體大思精，論述謹嚴，足見用力之勤，其有助於文化積累，蓋可斷言」。穆克宏先生的《六朝文學研究》，專注於《昭明文選》及《文心雕龍》之索隱抉微，頗得乾嘉樸學之精髓。陳一琴、孫紹振二位先生合撰的《聚訟詩話詞話》，圍繞主題，或爬梳剔抉而評騭舊學，或推陳出新以會通今古，堪稱珠聯璧合，相得益彰。《月迷津渡》一書，孫先生從個案入手，以微觀分析古典詩詞，在文本闡釋上獨具匠心，無論審美、審醜與審智，悉左右逢源，自成機杼。姚春樹先生的《中國近現代雜文史》，系統梳理當時雜文的歷史淵源、發展脈絡和演變規律，深入闡發雜文藝術的特性與功能，給予後來者良多啟迪。齊裕焜先生的《中國古代小說演變史》，突破原有小說史論的體例，揭示不同類型小說自身的發展規律及其與社會生活的種種關聯，給人耳目一新之感。陳慶元先生的《福建文學發展史》，從中國文學史的大背景出發，拓展和發掘出八閩文學乃至閩臺文學源流的豐厚蘊藏。南帆先生的《後革命的轉移》，以話語分析透視文學的演變，熔作家、作品辨析與文學史論為一爐，極顯當代文學理論之穿透力。馬重奇先生的《漢語音韻與方言史論集》，則彙集作者在漢語音韻學、閩南方言及閩臺方言比較研究中的代表論說，以見兩岸語緣之深廣。

可以說，此番在臺北重刊學術精品十種，既是我院文史研究實績的初次展示，又是兩岸學人同心戮力的學術創舉。各書作者對原著細謹修訂，責任編輯對書稿精心核校，均體現敬文崇學的專業理念，以及為促進兩岸學術文化交流的誠篤精神！對此我感佩於心，謹向作者、編輯和萬卷樓圖書公司致以崇高敬意和誠摯謝忱！並企盼讀者同仁對我院學術成果予以客觀檢視和批評指正。我深信，兩岸的中華文化傳人，以其同種同文的民族自尊心、自信心和傳承文化的責任心，必將進一步交流互動，昭發德音，化成人文，為促進中華文化復興繁榮而共同努力！

汪文頂
謹撰於福州倉山
二〇一四年十二月二十七日

目次

緒論：中國雜文從古典向現代的嬗變[1]

中國是世界上的詩文大國。按照錢鍾書的說法，中國古代「文」的地位在「詩」之上。他在評論中國傳統文論中的「文以載道」和「詩言志」時如是說：「詩本來是『古文』的餘事，品類（genre）較低，目的僅在乎發表主觀的感情——『言志』，沒有『文』那樣大的使命，所以我們對於客觀的『道』只能『載』，而對於主觀的感情便能『詩者持也』地把它『持』（control）起來。」[2]中國古代浩如煙海的古文（包括文學性和非文學性）中，那些以議論、思辨和批評為主的論說文，占有特別重要的地位。中國古文中以議論、思辨和批評為主而又富於文學性的論說文，內涵是極其廣闊，形式是非常多樣、格調是豐富多彩的。它可以論古、論今、論政、論人、論鬼、論文、論藝，它可以論外在的客觀世界，也可以論內在的主體精神，它有一個廣袤縱深的「思索和體驗」的世界；在文體形式上，它可以是論與說、辨與議、原與解、駁與難，也可以是詔令、疏表、序跋、贈序、書牘、箴贊、隨想、雜感、札記，它隨物賦形，不拘一格；在格調上，它可以肯定和讚美真善美，否定和鞭撻假惡醜，它嬉笑怒罵、諷刺幽默，皆成文章。總之，這種以議論、思辨和批評為主的文學性論說文，像人們的現實生活和思想感情一樣豐富多樣，森羅萬象。中國古文中的

1　本文由《20世紀中國雜文史》〈緒論〉改寫而成。

2　錢鍾書：〈中國新文學的源流〉，《新月月刊》第4卷第4期（1932年11月1日），署名中書君。

這種以議論、思辨和批評為主的文學性論說文，我們也可以稱之為文學雜文。我們這樣做的目的，是為了讓古今文學接軌，在「打通」古今文學之後，再從歷史的座標系上縱向考察古今雜文的歷史演變及其內在規律。這裡的問題是，我們把古文中的以議論、思辨和批評為主的文學性論說文，稱之為文學雜文，有根據嗎？站得住腳嗎？

有一種流傳較廣的說法認為：中國古代沒有雜文，外國也沒有，雜文是「五四」前後新文化運動先驅者魯迅等人創造的。這就是說，雜文是中國現代文學中獨一無二的「國粹」了。如果事情果真如此，那麼，我們上述的說法不僅不能成立，而且不免還有用現代的文學觀念胡亂剪裁塗抹文學歷史之嫌了。

但是，事實並非如此。

一　中國「我國有悠久深厚的雜文傳統」[3]

中國古代真的沒有雜文嗎？從詞源學角度看，「雜文」一詞，最早見於劉宋范曄的《後漢書》〈文苑傳〉，其後梁朝的劉勰在《文心雕龍》裡還專門撰有〈雜文〉篇評價他所認為的「雜文」。范曄和劉勰所認定的雜文，是指傳統的「正體」文章如詩、賦、銘、贊、頌之類以外的無法歸類的雜體文章，如《文心雕龍》〈雜文〉篇裡所說的「答問」、「七體」、「連珠」，以及「典誥誓問」、「覽略篇章」、「曲操弄引」、「吟諷謠詠」等等，《文心雕龍》真正探討雜文創作的藝術規律的，倒是在〈論說〉篇、〈諸子〉篇和〈才略〉篇裡。後來的蘇軾在〈答謝民師書〉和王安石的〈上人書〉裡，也是以「雜文」來泛稱傳統正體文章之外眾多的一時無法加以歸類的文章。在中國古代「雜文」一詞還有另一種意思，這見於歐陽修的《新唐書》的〈選舉志〉：「進士試雜文二篇，通文律者然後試策。」即指「經史之外的應

3　聶紺弩：《聶紺弩雜文集》〈序言〉（香港：三聯書店，1981年）。

時試文」，類似於明清以降科舉考試中士子所作的八股帖括時文了。這些有限的古代文論資源只是告訴人們：在中國，雜文是「古已有之」的，雜文是非正體的雜體文，至於雜文的外延和內涵是什麼？古人則未予明確界定的。明代吳訥的〈文章辨體序說〉和明代徐師曾的〈文體明辨序說〉裡關於「雜著」的論說，較接近於我們今天所理解的雜文了。吳訥說：「雜著者何？輯諸儒先所著之雜文也。文而謂之雜者何？或評議古今，或詳論政教，隨所著立名，無一定之體也。文之有體者，既各隨體裒集；其所錄弗盡者，則總歸之雜著也。」徐師曾也說：「按雜著者，詞人所著之雜文也；以其隨事命名，不落體格，故謂之雜著。然稱名雖雜，而其本乎義理，發乎性情，則自有致一之道焉。」吳、徐兩人看法是一致的。他們認為「雜文」就是「雜著」，就是那些「評議」內涵駁雜，又能見作者「性情」，卻在文體上又無法歸類的文章。從范曄、劉勰到吳訥、徐師曾都把雜文限制在一個窄小的領域裡了。

魯迅認為雜文是中國「古已有之」，外國也有的。他在《且介亭雜文》〈序言〉中說：「其實『雜文』也不是現在的新貨色，是『古已有之』的。」他在〈徐懋庸作《打雜集》序〉中說：「雜文之一體的隨筆，因為有人說它近於英國的essay，有些人也就頓首再拜，不敢輕薄了。」英國的essay，現在通譯為英國的隨筆。歐美國家從法國蒙田寫作essay之後，歐美散文都通稱essay了。歐美的essay，自由隨意，不拘一格，是種非常個人化的綜合性的文學形式，其中有以議論、思辨、批評為主的，有以記敘為主的，有以抒情為主的，也有以描寫為主的。魯迅說是「雜文之一體的隨筆」，是指英國的essay中以議論、思辨和批評為主的那一類，這在英國essay中占最大比重。這就足見魯迅認為外國也有雜文的。周作人也持與魯迅一樣的看法。周作人在〈雜文的道路〉中說：「雜文在中國起於何時？這是喜歡考究事物原始的人要提出來的一個問題，卻很難回答，雖然還沒有像研究男女私通始於何時那麼的難，至少我也是說不上來，只能回答總是古已有之的吧。」周作人在〈文學史的教訓〉裡對外國有無雜文給了明確的回答。他在這篇比較中西文學的雜文裡指出中西雜文有兩個源頭即歷史與哲學，他在談到古代希臘羅馬散文的演變與發展時說：

> 希臘愛智者中間後來又分出來一派所謂智者，以講課授徒為業，因為那時雅典施行一種民主政治，凡是公民都可參與，在市朝須能說話，關於政治之主張，法律之申辯，皆是必要，這種學塾的勢力大見發展，直至後來羅馬時代也還是如此，雖然政治的意義漸減，其在文章與思想上的影響卻是極大的。我所喜歡的古代文人之一，以希臘文寫作的路吉亞諾斯[4]，便是這種的一位智者，他的好些名篇可以當作這派的代表作，雖然已是二千年前的東西卻還是像新印出來的，簡直是現代的通行的隨筆，或者稱它為雜文也好，因為文章不很簡短，所以不大好謚之曰小品。

魯迅和周作人是現代雜文大師，也是最重要的雜文理論家，他們的觀點是具有權威性的。著名的雜文家和雜文理論家馮雪峰在〈談談雜文〉裡對「雜文的淵源和它的廣泛性」有更具體的論述，他說：

> 它（指雜文——引者）決不是某種文體或筆法所能範圍和固定的。拿中國的文學史來說，那麼，例如在古代，先秦諸子的文字就都是最好的、最本色和最本質的雜文。這是中國文學史上散文的正統。在中國文學史上稱作「古文」，也有稱作「平文」的，指的就是現在所說的散文，是和堆砌的駢文相對稱而

4 路吉亞諾斯，現通譯琉善或盧奇安，周作人晚年譯有《盧奇安諷刺對話集》。

> 說的；而其中居有主要地位的是議論文和帶有議論文性質的敘述文。這所以能夠在中國散文上居了主要地位，就因為它能夠「言之有物」或者比較的「言之有物」。就是說，它有思想或者比較的有思想。這種散文，一般是以議論為主體的，同時具有很高的或者比較高的藝術性。
>
> 在外國也是如此，也是「言之有物」的散文才是散文的正統。自柏拉圖的對話錄、西塞祿的演說、蒙泰納[5]和培根的哲學隨筆、服爾泰和別林斯基的政論，普希金和海涅的旅行記和評論，一直到高爾基的社會論文，基希和愛倫堡的報告文學、小品文和批評論文，都是最好和最本色的雜文。

在馮雪峰看來，中國古代雜文就是自先秦諸子散文以來的不受任何文體格式和筆法制約的以議論為主體，有很高藝術性的雜體文學散文。他的這一見解，是對瞿秋白在《魯迅雜感選集》〈序言〉裡關於雜文是「文藝性的論文」的論點的具體運用和發揮。他的這一見解，無論從揭示概念的外延和內涵上看，較之范曄、劉勰，是更準確抓住了雜文的豐富性和多樣性，以及它的某些固有本質特徵。

但是，馮雪峰關於雜文，特別是中國古代雜文的論述，顯然是過於簡括了，需要加以完善和補充。這主要是從古今中外的雜文名篇來看，較之議論，更重要的是批評、揭露和諷刺，雜文是以廣泛的社會批評和文明批評為主要內容，有著寓肯定於否定之中的突出特徵，它常常通過對假惡醜的揭露和批判來肯定和讚美真善美；其次以議論和批評為主的雜文的藝術性，有其獨具的特徵，優秀的雜文追求議論和批評的理趣性、抒情性和形象性，有較鮮明的諷刺和幽默的喜劇色彩。這正是雜文區別於一般的議論文和說明文的關鍵之所在。因而，

5　蒙泰納，現通譯蒙田。

我們認為對雜文的較完整的表述，應該是這樣的：雜文是以議論、思辨和批評為主的雜體文學散文；雜文以廣泛的社會批評和文明批評為主要內容，一般以對假惡醜的揭露和批判來肯定和讚美真善美；雜文格式筆法豐富多樣，短小靈活，藝術上要求議論、思辨和批評的理趣性、抒情性和形象性，有較鮮明的諷刺和幽默的喜劇色彩。

我國作為世界散文大國，早在春秋戰國時代，散文就非常發達，而且達到了很高的水準，這就是先秦的歷史散文和諸子散文。羅根澤的《先秦散文選》〈序言〉稱春秋末至戰國時代的老子、孔子、墨子、孟子、莊子、荀子、韓非子等的諸子散文，是「一種政治性、哲學性的雜文——即理論文」，「它們發展到相當完美的高度」，「成為後來的楷模」。

先秦諸子的哲理散文，即我國雜文史的第一個高峰。春秋戰國之交，是我國歷史上由奴隸制社會向封建制社會大轉折，是社會大動盪、思想大解放、文化學術大繁榮時期，所謂諸子蜂起、百家爭鳴就出現在這一時期。所以班固在《漢書》〈藝文志〉裡評論說：「諸子十家，其可觀者九家而已。皆起於王道既微，諸侯力政，時君世主，好惡殊方，是以九家之術蜂出並作，各引一端，崇其所善，以此馳說，取合諸侯，其言雖殊，辟猶水火，相滅亦相生也。」這是中國歷史上少有的思想多元活躍開放的時代，那時，政教、學術、文學不分，人們遠未為職業的分工所束縛和侷限，不少人既是思想家、政治家，也是散文家，寫作了極富個體風格、極富思想和藝術創造性的哲理散文即雜文。

說到先秦諸子哲理散文，首先要提到的是孔子後學記錄孔子平日言論的《論語》。《論語》是語錄體的隨感錄，記載了有宏大政治抱負、博學深思、有著極高文學藝術修養的哲人孔子的論為政、論為學、論為人的格言警句，這些格言警句都是「論而不辯，判而不證」，但語言流暢通達，活潑生動，感情色彩頗濃，孔子同他的弟子的對話，表現了這位哲人的睿智雍容幽默的特有氣度。

孟軻繼承和弘揚孔子的儒家學說，他在《孟子》裡，把孔子的「仁者愛人」學說，發展為「仁政」「王道」的政治理想，他猛烈抨擊專制暴君的殘暴和封建貴族的驕奢，提出了著名的「民本」思想。孟子「好辯」，《孟子》一書，氣勢磅礴，感情激越，在說理辯難之中，常把論敵誘入預設的圈套，逐層加以批駁，並輔以機智的比喻和生動的寓言故事，其哲理散文有邏輯的力量、情感的力量和形象的力量融合而成的理趣。

稍後於孟軻的莊周，是老子開創的道家學派的繼承者。莊周對我國封建社會初期的政治、禮教、道德、文化、教育的黑暗面和消極面有最敏銳的觀察和最深刻的揭露，他對封建社會的社會批評和文明批評，在魯迅之前，可以說是最激烈和最深刻的。莊周對他所生活的社會完全絕望了，他拒絕與統治者合作，寧願與天地自然為伍，生活在底層勞動者當中，追求自我的絕對精神自由。作為先秦諸子中首屈一指的哲理散文大家，他有超常的理論思維能力和浪漫主義想像才能，他善於把抽象玄妙的哲理，融化在生動傳神的藝術描寫和極富理趣的寓言、神話故事之中，其哲理散文瑰瑋連犿、參差諔詭、弘大而辟、深宏而肆，有汪洋恣肆、儀態萬方的特徵。

先秦法家的集大成者韓非，其哲理散文《韓非子》也是獨樹一幟、影響深遠的。郭沫若的《十批判書》和王元化的《思辯隨筆》都尖銳批判過韓非的絕對君權思想。但韓非哲理散文如《說難》等對封建社會裡君臣隱密心理的洞察入微，《亡徵》等一口氣從四十多方面對諸侯公國敗亡徵兆的條分縷析，他不留情面的峭刻犀利文風，在中國古典散文中是獨一無二的。此外如荀況的《荀子》、呂不韋的《呂氏春秋》以及《國語》、《戰國策》和《晏子春秋》裡的某些篇章，也都是思想和藝術水準極高的難得的哲理散文。

從總體看，先秦諸子雜文有什麼共同時代特徵，它為後人的「立論」「作文」提供了什麼寶貴的歷史經驗？我以為有如下幾方面：

（一）思想解放，放言無忌，敢想敢說敢爭鳴，敢於標新立異，敢於創立自己的思想和學說。春秋戰國時代，「禮崩樂壞」，「王綱解紐」，私人可以講學，處士可以橫議，人們思想活躍，學術自由，出現了諸子百家自由爭鳴。爭鳴的百家，彼此平等，不尚一尊，各家敢於創立自由的新學說，即便同為一家，也分為幾派，所謂「儒分為八，墨離為三」[6]，文章也就豐富多彩，決不雷同。這個時代，是中國幾千年封建社會歷史上，精神最解放、思想最活躍、學術最自由的絕無僅有的「黃金時代」，對後人思想影響最大的儒家學說和道家學說，就是在這個時代創立的，它們是中華民族智慧的重要組成部分。

（二）敏銳深刻的憂患意識和批判意識。《周易》〈繫辭下〉說：「《易》之興也，其於中古乎？作《易》其中憂患乎？」憂患意識，是先秦諸子的共識。先秦諸子代表人物，都有強烈批判意識，尤以孟子和莊子最突出。孟子鼓吹「民為貴，社稷次之，君為輕」的「民本思想」(《孟子》〈盡心〉)，鼓吹「王道」、「仁政」，對歷史上「湯放桀，武王伐紂」，孟子認為只不過殺了兩個「獨夫」，不是「弒君」(《孟子》〈梁惠王〉)，孟子當面指責梁惠王說：「庖有肥肉，廄有肥馬，民有饑色，野有餓莩，此率獸食人也。」(《孟子》〈梁惠王〉)，這也就是以後魯迅批判中國封建社會的本質是「吃人」論的先導，其批判是非常嚴厲的。莊子喻他那個時代諸侯公國國君是動輒「吃人」的猛虎（〈人間世〉）和驪龍（〈列禦寇〉），他們的統治造成「當今之世，僅免刑焉」(〈山木〉)，封建統治者假借仁義道德「竊國」，堯舜等以所謂仁義道德治國，導致「人與人相食也」(〈庚桑楚〉、〈徐無鬼〉）的社會慘劇。精神解放、思想自由、憂患意識和批判意識，是雜文的社會批評和文明批評中具有決定意義的東西，正是這些東西保

6 《韓非子》〈顯學〉。

證了雜文思想的高度和深度。

（三）「深於比興，深於取象」。清人章學誠在《文史通義》〈易教下〉說「易象」與「詩之比興」時說：「戰國之文，深於比興，即其深於取象者也。《莊》、《列》之寓言也，則觸蠻可以立國，蕉鹿可以聽訟。〈離騷〉之抒憤也，則帝闕可上九天，鬼情可察九地。他若縱橫馳說之士，飛箝捭闔之流，徙蛇引虎之營謀，桃梗土偶之問答，愈出愈奇，不可思議。」所謂「戰國之文」（不止戰國）「深於比興」和「深於取象」，即把詩賦的「比興」和「意象」運用於議論、思辨和批評為主的雜文裡了，也就是形象化說理，也就是在創作思維中邏輯思維和形象思維的結合，邏輯性和形象性的統一。具體說，即在議論的展開中借助形象化比喻，借助富於感染力語言，借助歷史故事、神話故事、特別是寓言故事，一方面證明抽象理論，一方面創造類型性形象，使他們的理論文，在邏輯性之外，增加了形象性，於是由一般論說文轉化為文學散文。在這方面，先秦諸子中，以孟子、莊子、韓非子為更突出，像《孟子》的「齊人章」，《莊子》的〈盜跖〉等，簡直可以當小說讀。

（四）注重說理的邏輯性，奠定辯證邏輯和形式邏輯基礎。英國著名科技史學家李約瑟說過：「當希臘人和印度人很早就注意考慮到形式邏輯的時候，中國人一向傾向發展辯證邏輯。與此相應，希臘人和印度人發展機械原子論的時候，中國則發展了有機宇宙哲學。」[7] 先秦時期的辯證邏輯思想，分散在《周易》、《老子》和《孫子兵法》、《莊子》、《荀子》、《韓非子》裡。這些樸素的辯證邏輯思想，放到當時的世界幾個文明古國去衡量，應該說是達到了相當高的水準。先秦的孔子、孟子、荀子、韓非子等，也都對形式邏輯的創立都有過貢獻，但成就最大並形成體系的是墨子及其弟子創造的「墨辯」。在古

7　李約瑟：《中國科技史》第3卷。

代世界，亞里斯多德的形式邏輯，印度的因明學，墨家的「墨辯」，在形式邏輯王國，鼎足而三，各有優長。一九三四年郭紹虞在〈中國文學批評史自序〉中引胡適云：「墨家注重論辯方法，故古代議論辯證的文體，起於墨子〈非攻〉〈非命〉〈明鬼〉〈尚同〉諸篇。三表法（〈非命〉與〈明鬼〉篇）與〈小取〉篇，都是講辯證方法的，〈大取〉篇所謂『辭以類行』之說，在〈小取〉篇中發揮最詳盡。凡『效、辟、侔、援、推』諸法，都只以『以類取以類予』，都只是『辭以類行』，論辯文重在推理，而推理方法的要旨，都在此諸法之中，試看墨子書中最謹嚴而最痛快的一篇論辯文〈非攻上〉，其層次條理都只是『辟』、『侔』『援』諸法的運用而已。因此，可知此種辯證之論，正是古代哲人對文學理論的重要貢獻，不應當忽視的。」

（五）揣摩和研究聽者和讀者的接受心理。春秋戰國之世，不少有思想有才幹的士人，為了實現自己才能和社會理想，或者謀取權勢地位、功名利祿，紛紛奔走列國，遊說諸侯，不僅著名的蘇秦、張儀之流這樣幹，就是老子、孔子、孟子、荀子、韓非子、呂不韋也都這樣幹。〈商君書〉裡記載過商鞅遊說秦王由失敗而成功的經歷，《戰國策》〈秦策一〉也記載過蘇秦遊說由失敗而成功的坎坷，其中奧妙就在於摸透國君的心理。孟子曾斥遊說之士「以順為正」的「妾婦之道」，但他在遊說梁惠王失敗之後，在見齊宣王之前先了解到齊宣王以羊釁鐘之事，據以肯定他還有不忍人之心，有實行「仁政」的思想基礎，得到齊宣王的讚賞：「《詩》云：『他人有心，予忖度之。』夫子之謂也！」（《孟子》〈梁惠王上〉）荀子對心理學也有很深的研究，在〈正名〉裡，他要求做到：「心合於道，說合於心」，他在〈非相〉裡提出遊說時一定要研究遊說的對象，否則就會遭遇困難和失敗：「凡說之難，以至高遇至卑，以至治接至亂。未可直至也，遠舉則病繆，近世則病。」荀子啟發了他的弟子韓非，他寫出了總結遊說藝術心理學的不朽名篇〈難言〉和〈說難〉。〈難言〉舉出種種不同的說辭，及其可能遇到聽者的誤解，由此感歎知音難得，解人不易，「以至聖說至聖，未必至而見受」，「以智說愚必不聽」，效果適得其反。〈說難〉進一步提出說辭成功的關鍵在於了解被說者的心理和與之相配套的語言手段：「凡說之難，非吾知之有以說之難也，又非吾辨之能明吾意之難也，又非吾敢橫佚而難盡之難也。凡說之難，在知所說之心，可以吾說當之。所說出於為名高者也，而說之以厚利，則見下節而遇卑賤，必棄遠矣。所說出於厚利者，而說之以名高，則見無心而遠事情，必不收矣。所說陰為厚利而顯為名高者也，而說之以名高，而陽收其身而實疏之，說之以厚利，則陰用其言，顯棄其身矣。此不可不察也。」

我以為先秦諸子哲理散文的上述五個特徵就是中國古典雜文的重要傳統，先秦諸子哲理散文在思想和藝術的創造性上，都是中國古典哲理散文的一座難以企及的高峰。它同差不多處於同一時間段上的古希臘以柏拉圖對話錄和十大演說家為代表的哲理散文相比，應該說是各有優長，毫不遜色。當然，我國先秦沒有出現過一部類似於亞里斯多德的《修辭學》那樣嚴密系統的散文理論著作，但先秦諸子哲理散文的「深於比興」「深於取象」，從詩賦中吸取藝術營養，則較亞氏把詩、文硬性對立，揚詩抑文，反而通達高明得多。

這裡似有必要指出一點，先秦諸子所處的時代，還不是文學自覺的時代，那時政教、學術、文學不分，先秦諸子都是思想家或政治家，不是現代意義上的專業作家，他們寫作那些哲理散文，都是為了傳播他們的思想，有很強的實用功利目的，都不是刻意為文的，為文學而文學的，但這並不等於說他們的哲理散文就沒有文學性了，就毫無審美價值了。事實上先秦諸子都有鮮明獨特的個性和極高的文學藝術修養，這種獨特個性和文學藝術修養在他們執筆為文時必然會頑強表現出來；而且把文章寫得更美更吸引人，難道不是能更好地為傳播思想的實用功利目的服務嗎？孔子說的「言之不文，行之不遠」，以及他對「盡善」、「盡美」的追求，也正是服務於上述的目的。孔子的這類見解在先秦諸子中是有代表性。即便是鼓吹「美言不信，信言不美」的老子，劉勰仍說：「老子疾偽，故稱美言不信，信言不美，而五千精妙，非棄美矣。」(《文心雕龍》〈情采〉) 這說明在先秦諸子哲理散文中，在實用的功利性之中有文學的審美性，其實用性和文學性是水乳交融、相輔相成的，把兩者割裂開來，對立起來，顯然是不對的。梁朝的蕭統在編輯《昭明文選》時就在這個問題上出現盲點，陷入誤區。他認為先秦諸子之文「本以立意為宗，不以能文為本」，因而擯棄不選，他不僅不選諸子散文，而且也不選史傳散文，他認為只有「沉思」、「翰藻」才算文章。蕭統的這種偏見在當前學術界還有一定市場。劉勰就較蕭統高明。他的《文心雕龍》裡的〈諸子〉、〈論說〉、〈史傳〉諸篇，就對先秦諸子和史傳文學給予極高評價。撇開思想不論，僅就藝術而論，莊子散文和太史公的《史記》，在中國古典散文史上是雄視百代、無可匹敵的。

秦始皇以暴力統一中國後，即「燔滅文章，以愚黔首」，推行文化專制，造成「秦世不文」。西漢王朝初年，文化政策相對寬鬆，出現了「為文皆疏直激切，盡所欲言」的「西漢鴻文」的代表賈誼和晁錯。魯迅在《漢文學史綱要》中評論說：「晁賈性行，其初蓋頗同，一從伏生傳《尚書》，一從張蒼受《左氏》。錯請測量諸侯地，且更定法令；誼亦欲改正朔，易服色；又同被功臣貴戚所譖毀。為文皆疏直激切，盡所欲言；司馬遷亦云：『賈生晁錯明申商。』惟誼尤有文采，而沉實則稍遜，如其〈治安策〉、〈過秦論〉，與晁錯之〈賢良對策〉、〈言兵事疏〉、〈守邊勸農疏〉，皆為西漢鴻文，沾溉後人，其澤甚遠；然以二人之論匈奴者相較，則可見賈生之言，乃頗疏闊，不能與晁錯之深識為倫比矣。」漢武帝「罷黜百家，獨尊儒術」，實際上是新的文化專制，從此「言論的機關，都被『業儒』的壟斷了。」[8]

8　魯迅：《墳》〈我之節烈觀〉。

輿論一律，思想整齊劃一，像賈誼、晁錯那樣「疏直激切，盡所欲言」，有膽識有創見的政論雜文難得一見，只是到了東漢才出現了「疾虛妄」、砭時弊的王充、王符和仲長統。

漢末魏晉之際，也是一個社會動亂、精神解放的時代。東漢末年，統治階級由於內部自相爭鬥而削弱、農民起義的衝激而土崩瓦解了，定於一尊的儒學由於神秘化、煩瑣化、虛偽化而權威失落了，董卓之後，曹操「挾天子以令諸侯」，三國鼎立，曹丕代漢，建立曹魏政權，司馬氏又取而代之，建立晉王朝。宗白華指出：「漢末魏晉六朝是中國政治上最混亂、社會上最痛苦的時代，然而卻是精神上極自由、極解放，最富於智慧、最濃於熱情的一個時代，因此也是最富有藝術精神的一個時代。」[9]在這個時代，出現了「人的覺醒」和「文的覺醒」[10]出現了文學史上著名的「三曹」父子（曹操、曹丕、曹植）、著名的「建安文學」和「建安風骨」，出現了著名的以何晏、王弼為代表的「正始名士」和著名的以阮籍、嵇康為代表的「竹林七賢」及其魏晉玄學，出現了大詩人和大散文家陶潛，出現了文學理論的專著：曹丕的〈典論〉、陸機的〈文賦〉、劉勰的《文心雕龍》和鍾嶸的《詩品》。劉師培、章太炎、魯迅對「魏晉文章」有極高的評價。「魏晉文章」是中國古代雜文的第二個高峰。魯迅在〈魏晉風度及文章與藥及酒之關係〉裡說：

> 漢末魏初這個時代是很重要的時代，在文學方面起了一個重大的變化，因當時正在黃巾和董卓大亂之後，而且又是黨錮的糾紛之後，這時曹操出來了。……

---

9 宗白華：〈論《世說新語》和晉人的美〉，《美學散步》（上海市：上海人民出版社，1981年）。

10 李澤厚、劉綱紀主編：《中國美學史》第2卷，上冊（北京市：中國社會科學出版社，1987年）。

> 董卓之後，曹操專權。在他的統治之下，第一個特色便是尚刑名……影響到文章，成了清峻的風格。——就是文章要簡約嚴明的意思。
>
> 此外還有一個特點，就是尚通脫。……通脫即隨便之意。此種提倡影響到文壇，便產生多量想說甚麼便說甚麼的文章。……更因思想通脫之後，廢除固執，遂能充分容納異端和外來思想，故孔教以外，外來的思想源源引入。
>
> 總括起來，我們可以說，漢末魏初的文章是清峻、通脫。在曹操本身，也是一個改造文章的祖師，可惜他們的文章很少。他膽子很大，文章從通脫得力不少，做文章時又沒有顧忌，想寫的便寫出來。

曹操的書札、政令就是典型的「清峻」、「通脫」的獨樹一幟的文學的雜文。他三次發佈「求才令」，在〈舉賢勿拘品令〉中竟然求那「負污辱之名，見笑之行」，以及「不仁不孝而有治國用兵之術」的人。用人不拘品行，為文就大可隨便。思想解放，文章便有異彩。曹丕、曹植也寫過一些詞采華美、思想通脫的史論性雜文。魯迅說建安「七子之中，特別的是孔融，他專喜和曹操搗亂。」他為文膽大氣盛，情采飛揚，肆無忌憚，敢於向權威挑戰，好用譏嘲筆調，他多次寫過類似〈難曹公表制酒禁書〉之類的雜文，專門和曹操「搗亂」，譏嘲這個一世梟雄。

在魏晉之際的「正始名士」和「竹林七賢」中，以阮籍和嵇康的文章更有價值。阮籍的名文〈大人先生傳〉，不僅表現了他對個性解放和理想人格的追求，而且提出了「無君而庶物定，無臣而萬事理」，「無貴則賤者不怨，無富則貧者不爭」的大膽觀點。劉師培說嵇康論文「析理綿密，亦為漢人所未有。」（嵇文長於辯難，文如剝繭，無不盡之意，亦阮氏所不及也。）魯迅也說：「嵇康的論文，比阮籍更好，思想新穎，往往與舊說反對。」又說：「劉勰說：『嵇康師心以遣論，阮籍使氣以命詩。』這『師心』和『使氣』，更是魏末晉初文章的特色。正始名士和竹林七賢的精神消滅後，敢於師心使氣的作家便沒有了。」嵇康在〈與山巨源絕交書〉中公然宣稱「非湯武而薄周孔」，以「老莊為師」，「剛腸疾惡，輕肆直言，遇事便發」，在〈答向子期難養生論〉中揭露統治者：「割天下以自私，以富貴為崇高，心欲之而已」，在〈太師箴〉裡揭露統治者：「宰割天下，以奉其私」，言論相當大膽激烈。

中國古典雜文的第三個高峰是以韓、柳、歐、蘇為代表的唐宋古文運動。中國古典雜文史上成就最高、影響最大的是先秦兩漢和唐宋八大家的古文。唐宋古文運動大同小異，都是在復古旗號下的文學革新運動。從表面上看，唐宋的韓柳歐蘇，倡導復興古代儒學，主張文以貫道、傳道、明道，他們所謂「道」的核心，自然是孔孟之道，有著尊孔衛道意味，但在實際上他們要「貫」、「傳」、「明」即要加以弘揚宣傳的「道」，是有著比較豐富複雜的內涵的。以相對保守的韓愈而論，他所要弘揚的「道」從傳統的層面看，其核心自然是孔孟之道，此外，他對先秦墨家、道家，甚而是法家思想中他認為合理的東西，他也都取相容並包；從社會政治現實層面看，韓愈的「道」有著豐富的現實內容，郭預衡作了這樣的概括：「第一，韓愈的『道』是主張『憂天下』而不贊成『獨善自養』」；「第二，韓愈的『道』也是主張國家統一，反對藩鎮割據的」；「第三，韓愈的道又是關心社會危機的、反對佛老的」；「第四，韓愈又是主張重視人才，選拔人才的。」[11]足見韓愈要弘揚的「道」有著豐富的傳統和現實內容，以及自己的獨立見解的。唐宋八大家中的其他幾家也無不如此。所以魯迅說：「韓愈

11 郭預衡：〈傑出的散文家韓愈〉，《歷代散文談》（太原市：山西教育出版社，1991年）。

蘇軾他們，用他們自己的文章來說當時要說的話[12]」韓柳歐蘇的古文運動不僅是思想解放也是文體解放的文學革新運動。從表面上看，韓柳歐蘇要求恢復秦漢古文，用先秦西漢時期的單筆散文代替魏晉以來的複筆駢文，反對駢文獨佔文壇及其形式主義傾向，似有復古傾向，實際上他們是吸收先秦西漢古文優良傳統，創造性運用一種更貼近生活和口語的與時俱進的單筆散文，也不排斥駢文的講究對偶排比、聲韻節奏的長處，創造了散駢相間、隨勢而異，聲調優美，節奏鏗鏘、句式整飭勻美而又錯綜多變的更富表現力的形式更完美的散文。

劉熙載《藝概》〈文概〉云：「韓文起八代之衰，實集八代之成。蓋惟善用古者能變古，以無所不包，故能無所不掃者也。」唐宋古文運動，就是一場「用古」、「變古」的推陳出新的文學革新運動。「五四」時期的新文化運動先驅者也給予很高的歷史評價。蔡元培在〈國語傳習所的演說〉裡說：「韓昌黎、柳柳州等提倡的古文」，「也算文學上一次革命」，陳獨秀在〈文學革命論〉中說，當南北朝時駢文已成「泥塑美人」之際，「韓柳崛起，一洗前人纖巧堆朵之習」，「俗論昌黎文起八代之衰，雖非確論；然變八代之法，開宋元之先，自是文學界豪傑之士」。胡適在〈歷史的文學觀念論〉中也說「韓柳在當時皆為文學革命之人」，「韓柳之為韓柳，無可厚非」。

唐宋八大家古文一個重要特點是愛發議論，這同唐宋兩代文化政策相對比較寬鬆有關，尤其宋代更是如此。郭預衡說：「上面大開言路，下面也就大放厥詞，在文人學者中間，好發議論，也就蔚然成風氣。論政、論兵、講學、鳴道，成了一代文章的重要內容。而且，不僅作文議論，詩也議論，詞也議論，賦也議論。作品中議論之多，超過了戰國以來的任何時代。」[13]唐宋兩代議論、思辨和批評的雜文是

12 魯迅：〈無聲的中國〉，《三閒集》。

13 郭預衡：《中國散文史》中冊（上海市：上海古籍出版社，2000年3月）。

相當繁榮的。魯迅在〈小品文的危機〉裡肯定的晚唐的羅隱、陸龜蒙、皮日休等揭露性和批判性雜文小品，也是值得注意的。

唐宋以後，中國古文是一代不如一代了。只是到了晚明，隨著市民思潮的興起，才出現了激烈抨擊假道學的被視為「異端」的思想家李贄的雜文小品，出現了「獨抒性靈，不拘格套」的渴求思想解放和文學解放的「公安」派雜文小品。李贄和「公安」派的文學觀念和詩文創作，是當時的文壇出現的新事物，並在當時的文壇引起過震動，但並沒能像韓柳歐蘇的唐宋古文運動那樣改變一代文風、開創文學的新局面，並左右文學發展的趨勢。隨著明王朝覆亡，滿族入關定鼎中原，李贄和「公安」派所代表的那股歷史新潮流，就滲入地下，作為潛流存在了。到了「五四」和三十年代周作人和林語堂倡導的「以自我為中心」,「以閒適為格調」的小品文，李贄和「公安」三袁的歷史身影才重又閃現。不少人認為李贄和「公安」派小品文是中國古典散文的第四個高峰，不過就其文學觀念的歷史影響和文學創作成就看，李贄和「公安」派小品是否能稱為中國古文的第四個高峰，是可以討論的。吳承學在《晚明小品研究》中說：「晚明小品，儘管佳妙，畢竟還是小品。它們是對於中國古代文學優秀傳統主體的補充，當然是一種相當精彩的補充。」這個評價是比較公允的。

二　中國古典雜文在近代的危機和生機

通過社會批評和文明批評並主要表現一定社會人生哲理的雜文，是和某一特定時代的理論思維血肉相連的，是和某一特定時代的思想的開放和封閉、發展和停滯息息相關的——它是某一特定時代的智慧的一種特殊體現。

就我國雜文史的實際情況來看，先秦諸子的哲理散文，無論在思想上和藝術上都是最富蓬勃朝氣和創造活力的，為我國漫長的封建社會歷史上所僅見。如前所述，先秦時代是一個社會大動盪、大變革、人們思想大解放的諸子蜂起、百家爭鳴的文化學術高度繁榮的時代。但自漢武帝「罷黜百家，獨尊儒術」之後，儒家思想居於正宗，「定於一尊」，其他各派政治學術思想，或則居於非正宗地位，或則被視為異端。漢代以後的許多朝代，無論是有人崇佛，有人佞道，或是有人鼓吹儒、道、釋三教「同源」、「合流」，都改變不了儒家思想「定於一尊」這一事實。由於儒家思想是我國封建社會裡統治思想的主體，具有無比尊崇的地位。因之，在我國古代哪怕是最有革新創造意味的文藝理論體系和文學的改革運動，都只能是在復興和弘揚儒學旗幟下的創新。譬如被人們公認是「體大思周」的我國古代文論之翹楚的劉勰的《文心雕龍》，以及造就我國古代散文（雜文）第三個高峰的唐宋古文運動就是如此。劉勰的《文心雕龍》反對齊梁時代盛極一時的華靡的形式主義文學，對文學創造的一系列藝術規律發表過眾多的具有創新意味的真知灼見，但他又把這一切納入在他看來是後人無法超越而只能尊崇的並且具有絕對真理性質的「原道」、「徵聖」、「宗經」這一思想總綱之中。這導致其文論體系具有相當的革新創造精神和一定的復古保守色彩這矛盾的雙重性。唐宋的韓柳歐蘇發起的唐宋古文運動，也是反對形式主義的駢偶儷奇的文學革新運動，同樣也是在復興和弘揚儒學旗幟下進行，帶有一定的復古保守色彩。

唐宋兩代是中國封建社會的興盛期和發展期，其經濟和文化居於世界發展前列，這個社會還能通過自我調節和自我改革求得自我完善和自我發展，唐宋古文革新運動，就是這種社會狀況在文學上的反映。明清兩代則是中國封建社會的晚後期。清代的康、雍、乾三朝雖然號稱「盛世」，其實潛伏著眾多危機。明代的「前七子」派和「後七子」派，聲稱：「文必秦漢，詩必盛唐」，散發著濃厚的復古氣息，即便稍好一些的如明代的「唐宋」派和清代的「桐城」派古文，它們尊奉程朱理學，師法唐宋的韓、歐古文，要求創作「清真雅潔」的古文，對散文藝術規律研究分別作出自己的貢獻，但畢竟是中國古典散文的迴光返照、強弩之末了。明清之交的古典雜文真正值得稱道的是在一定程度上反映資本主義萌芽的以封建叛逆者出現的李贄和黃宗羲。李贄在一系列的名文裡否定儒學的絕對權威，無情撕下道學家的假面。黃宗羲則從根本上否定封建專制君主。但在當時，它們只不過是空谷足音，應者寥寥。

總之，中國古典哲理散文既有其相當輝煌的歷史，但在它的發展演變歷程中，始終伴隨著革新創造和復古保守的矛盾糾纏，而且唐宋之後，隨著中國的封建社會，由其興盛發展期向著衰落消亡期蛻變，其革新創造精神越來越疲弱，其復古保守色彩也越來越強烈，此消彼長，這就是中國古典哲理散文（即雜文）無法克服的內在危機。就以劉勰總結概括的又為眾多的文論家和散文家一再嘮叨重複的「原道」、「徵聖」、「宗經」之核心的儒學來說，它也經歷了從孔孟儒學，到董仲舒、韓愈的儒學，再到程顥、程頤和朱熹的程朱理學，從只是「顯學」，到「定於一尊」，再到教條式尊奉，程朱理學所鼓吹的「存天理，滅人欲」，窒息和扼殺人們新鮮活潑的思想、獨立的個性、正常的情感和欲望，只允許人們唱那「假、大、空」的八股老調，正如魯迅在〈老調子已經唱完〉裡指出的，這種「老調子」從宋代以來，一次又一次把中國「唱完」。這種內在危機是極其深重的，是依靠固有的傳統文化思想無法解決的。

一八四〇年鴉片戰爭後，沒落腐朽的老大中華帝國，在東西方列強的入侵面前，一次又一次戰敗，一次又一次被迫草簽不平等條約，一次又一次的割地賠款，一次又一次的喪權辱國，一步又一步被逼入半殖民地、半封建社會的深淵，一層又一層地暴露了這個社會的經濟、政治、軍事、文化的全面深刻的生存危機。

但是，正如魯迅在〈小品文的危機〉裡所說的，「危機」有時就是「生機」，他闡述說：「但我所謂危機，也如醫學上的所謂『極期』

（Crisis）一般，是生死的分歧，能一直得到死亡，也能由此至於恢復。」給中國古典散文（雜文）帶來生機的是這個轉型期社會裡經濟、政治、思想、文化諸多複合因素，即新的歷史文化合力。這有以下諸方面：

其一、是憂患意識、批判意識和變革意識的滋長

憂患意識、批判意識和變革意識本來是中華民族優秀文化傳統的一部分。但近代以來，這些意識則是在與過去完全不同的內憂外患的國內外背景下產生的。正如魯迅在《中國小說史略》裡論「清末之譴責小說」時所說的：「蓋嘉慶以來，雖屢平內亂……亦屢挫於外敵……有識者則已翻然思改革，憑敵愾之心，呼維新與愛國，而於『富強』尤致意焉。戊戌變政既不成，越二年即庚子歲而有義和團之變，群乃知政府不足與圖治，頓有掊擊之意矣。其在小說，則揭發伏藏，顯其弊惡，而於時政，嚴加糾彈，或更擴充，並及風俗。」這就是中國封建社會已進入腐朽沒落時期，完全失去了任何自我調節和自我完善的可能；東西方列強把中國視為一塊可以任意瓜分的肥肉，亡我之心，昭然若揭。因之，同是憂患意識、批判意識和變革意識，同是對民族命運和國家出路的思考和探索，其程度和性質並不相同。

在近代最早揭示封建末世深刻社會危機的是初期啟蒙思想家龔自珍，他多次以不同語言指出當時的中國是「日之將暮，悲風驟至」，「亂亦不遠矣」，他從許多方面揭批「萬馬齊喑」、毫無生機的社會現實，他還以今文經學的公羊「三世說」作為其昌言社會變革的理論根據。龔自珍的今文經學的公羊「三世說」，也是以後康有為鼓吹的變法維新的一個理論基礎。到了十九世紀六十年代，連李鴻章這樣的封建大官僚也充滿國家危機感，他在給皇帝奏摺裡稱當時中國面臨「三千年來一大變局」，他和曾國藩、張之洞、左宗棠等領導了洋務運動，企圖以此來富國強兵，維護搖搖欲墜的清朝統治。中國在甲午戰

爭中慘敗，宣告洋務運動的破產，有識之士有了前所未有的憂患意識、危機意識，愛國熱情空前高漲，康有為領導的變法維新的資產階級改良運動，在短短幾年內有了很大發展。這個改良主義的政治運動的根本目的在於在中國發展資本主義，建立君主立憲的資產階級國家。儘管這個政治變革是自上而下的相當溫和且很不徹底，但它較之歷史上的改朝換代和種種政治變革的意義要深刻得多，因為它在根本上是要以新的生產方式代替舊的生產方式，新的政權代替舊的政權，新的文化代替舊的文化。

鴉片戰爭前後瀰漫於中國政治思想文化界的憂患意識、批判意識和變革意識，標誌著中國人的初步覺醒，意味著中國人中的有識之士開始睜開眼睛看自己和看世界，已開始逐步學會以新的思維方式去思考和探索民族的命運和國家的出路。這構成中國古典雜文向現代雜文嬗變的一個思想基礎。

其二、是初步的科學和民主的啟蒙主義思想的興起

我國在明代末年，外國傳教士利瑪竇曾經和徐光啟、李之藻等合作，譯介古代希臘歐幾米德的《歐氏幾何學》、亞里斯多德的《邏輯學》，但是清朝貴族入關之後，在中國建立了閉關鎖國的封建專制王朝，打斷了中國人引進西方先進科技文化的歷史進程。鴉片戰爭後，中國被迫對外開放，開始了落後的中國人向先進的西方學習、尋找救國救民真理的艱難曲折的歷史過程，被人們稱為科學主義和人文主義的思想和著作先後輸入中國，構成在中國近代以來屢屢興起的啟蒙主義思想的兩大精神支柱。從此，科學和迷信、文明和愚昧、專制和民主、落後和先進，孰優孰劣，以鮮明尖銳的對立，啟發著人們的頭腦和心靈。

這其中，自然科學方面的數學、物理、化學、生物、地質、天文等所謂的「格致」叢書，紛紛譯介出版，但影響最大的，無疑首推嚴復譯述英國赫胥黎的《進化論與倫理學》。實際上，嚴復只譯述該書的一半，署名為《天演論》。達爾文、赫胥黎的生物進化論，宣傳的是「自然選擇」、「優勝劣汰」、「弱肉強食」、「適者生存」。當他們應用進化論觀點解釋社會歷史現象時，就陷入歷史唯心論的社會達爾文主義了。不過，嚴復的《天演論》給予中國政治思想文化界的是，進化的歷史觀，是奮發圖強、救亡圖存的愛國熱情和民族自信心。嚴復在《天演論》〈序〉和一批名重一時的長篇政論裡，還向國人著重介紹英國自然科學實驗鼻祖培根和邏輯大師約翰．穆勒（John Stuart Mill, 通譯約翰．彌爾）的實事求是的科學研究方法和思維方法。人文主義方面，則突出譯介和宣傳歐美的「天賦人權說」，盧梭的《民約論》、約翰．彌爾的《論自由》。這些資產階級政治學說，給人們提供批判封建專制主義的思想武器，為資產階級政治改良和資產階級革命運動奠定理論基礎。

對西方的具有啟蒙性質的科學和民主思想的學習和宣傳同樣是中國人初步覺醒的一個重要標誌。自然，這個覺醒是以相當艱難曲折的過程展開的。對此，梁啟超一九二二年在《五十年中國進化概論》中有如下的評述：

> 古語說得好：「學然後知不足」。近五十年來，中國人漸漸知道自己的不足了。這點子覺悟，一面算是學問進步的原因，一面也算是學問進步的結果。第一期，從器物上感覺不足。這種感覺從鴉片戰爭後漸漸發動，到同治間借了外國兵來平內亂，於是曾國藩李鴻章一班人，狠覺得外國的船堅炮利，確是我們所不及……於是福建的船政學堂上海製造局等漸次設立起來。……第二期，是從制度上感覺不足。自從和日本打了一個敗仗下來，國內有心人，真像睡夢中著了一個霹靂。因想道堂堂中國為什麼衰敗到這田地，都為的是政制不良，所以拿「變法維

> 新」做一面大旗，在社會上開始運動，那急先鋒就是康有為梁啟超等一班人。……第三期運動的種子，也可以說是從這一期播殖下來。這一期學問上最有價值的出品，要推嚴復翻譯的幾部書，算是把十九世紀主要思潮的一部分介紹進來了。可惜國內能夠領會的太少了。第三期，便是從文化根本上感覺不足。

梁啟超所說「嚴復翻譯的幾部書」，即指他譯的《天演論》、《名學淺說》、《原富》、《法意》、《群己權界論》、《社會通詮》等。

其三、是封建士大夫的分化和新一代知識分子的產生

知識分子是社會中敏感的神經。社會的變動總是最先在知識分子的圈子裡引起反響，在其中引起分化、矛盾和衝突。這在鴉片戰爭前後的封建士大夫中也不例外。林則徐和魏源是清朝官吏和士大夫中最早認真研究西方資本主義國家種種情況的人，魏源在《海國圖志》〈序〉裡提出，「師夷之長技以制夷」的主張，這是當時的官吏和士大夫分化的徵兆。隨著清王朝急劇腐化衰落，外侮日甚，國難日深，對外開放程度加快，封建官吏和士大夫的分化加快了，並且其中一部分人開始了向資產階級轉化的進程。在上個世紀六十年代以後，曾國藩、李鴻章、左宗棠、張之洞等人，領導了洋務運動，他們同那榆木腦袋的死官僚有所區別。曾國藩的兒子曾紀澤，駐英公使郭嵩燾，「曾門四弟子」中的薛福成、黎庶昌、吳汝倫，就政治傾向看，他們屬於洋務派，就文派論，他們屬於「桐城」派。但由於他們或則任駐外使節，吃過牛油麵包；或則奉命出國考察，見過洋世面，他們的政論和散文，都記述了自己在外國的經歷、見聞和思想上的變化，完全突破了「桐城」文派藩籬戒律，有著一種清新的氣息。

早期的維新派政論家王韜和鄭觀應是較早從封建士大夫中分化出來的新型資產階級知識分子。王韜由於特殊原因，中斷科舉謀取功名之路，他協助洋人把《四書》、《五經》譯成英文，並遊歷英、法、日本，在香港創辦《循環日報》，親主筆政，鼓吹維新變法思想。鄭觀應早年就在洋人公司供職，但他不是西崽買辦，他在王韜的《循環日報》上撰寫鼓吹維新變法的政論雜文。

康有為、梁啟超、譚嗣同也都是從封建士大夫中分化出來的上層資產階級知識分子。康有為出身官僚世家，他為了挽救民族危亡，以今文經學的公羊「三世」說，同他借助翻譯自學來的西方和日本的科學和民主思想，制定了維新變法的政治綱領。康有為影響了他的入室弟子梁啟超和「私淑弟子」譚嗣同。康有為和梁啟超是戊戌變法失敗後，東渡日本過流亡生活，並遊歷歐美的。

中國從一八六二年政府才派遣出國留學生的，留學生中有官派的，也有自費的。據有人統計，從一八六二年至一九〇八年，僅出國到日本留學的就有八千人之多。留學生中就有著名的嚴復、秋瑾、陳天華、陳獨秀、李大釗、魯迅、周作人、胡適等人。留學生也分三六九等，不能一概而論，但其中的精英，無疑是中國新一代知識分子的中心，成了左右中國政治思想文化界沉浮的風雲人物，是魯迅所說的「精神界之戰士」。

其四、是文學觀念的更新、新聞事業的發達和文學革新的探索

清代文壇以「桐城」派為正宗。這個文派標舉孔、孟、程、朱的「道統」和韓、柳、歐、蘇的「文統」，以及兩者結合的所謂「義法」，適應封建社會後期的政治需要。乾、嘉、道年間，桐城古文風靡天下，以致時人竟有「天下文章，其在桐城乎」的讚譽。隨著封建社會的解體，資本主義因素的發展，打破桐城義法枷鎖的要求成為歷史發展的必然趨勢。

首先向「桐城」派發起衝擊的是啟蒙思想家龔自珍和魏源。龔、魏為文標舉「經世致用」，反對空談心性。這標誌著文學觀念的更

新。龔自珍評論詩文突出一個「完」字。他在〈書《湯海秋詩集》後〉裡指出李白、杜甫、韓愈、李賀、李商隱、吳偉業等著名詩人，「皆詩與人為一，人外無詩，詩外無人，其面也完」。什麼叫「完」？他在寓言體雜文〈病梅館記〉裡作了形象詮釋。他說江浙人愛種梅，往往喜歡斫直、刪密、鋤正，以奇、疏、曲為美，但在作者看來這樣的梅，「皆病者，無一完者」，而療救之法是「縱之，順之，毀其盆，悉埋於地，解其棕縛」。這裡集中表達的是，文學創作上個性解放的要求，即主張作家在其「經世致用」的詩文中，能不受約束地表現其個性、情感、意志，自由地表現其全人格。魏源評論詩文突出一個「逆」字。他在〈定庵文錄敘〉裡指出龔自珍散文的重要特點是：「其道常主於逆，小者逆謠俗，逆風土，大者逆運會。」這「逆」，實際上是指作家在「經世致用」的詩文中特立獨行的自由意志和「反潮流」的反叛精神，同龔自珍的「完」是一脈相承、互為呼應的。正面批判桐城「義法」的是林則徐的學生、早期的改良派馮桂芬。他在〈復莊衛生書〉中一劈頭就說：「蒙讀書為文三四十年，所作實不少……顧獨不信義法之說。」他對桐城「義法」進行集中批判，又針鋒相對地提出了相當解放的主張。他認為：「舉凡典章制度，名物象數，無一非道之所寄，即無不或著之於文。」又說：「稱心而言，不必有義法也；文成法立，不必無義法也。」既要求擴大散文的思想內容，又要求解放散文的語言形式，以打破桐城「義法」的束縛。

近代文學觀念更新的深化和文學改革的探索是和新聞事業的發達、西學東漸，以及資產階級改良運動的高漲緊緊聯繫的。十九世紀五十年代，先是在香港，稍後是在廣州、上海、漢口、福州等地，出現了中國人自己辦的最早的一批近代化報紙。一八七四年一月五日《循環日報》創刊於香港，這是第一份傳播資產階級改良派思想的報刊，一八九五年十一月十七日，康有為和梁啟超創辦了《中外紀聞》，一八九六年一月十二日，他們又創辦了《強學報》，同年八月九日創辦了《時務報》，一八九七年十月二十六日嚴復和夏曾佑創辦了《國聞報》……資產階級報刊在全國各大城市如雨後春筍冒出來，甚而還出現了不少白話文報刊。

資產階級改良派創辦報刊有其明確的政治功利目的，即為其變法維新的啟蒙宣傳服務，為了收到最大的啟蒙宣傳效益，特別宣導政論文章的鼓動性和通俗化。其中影響最大、貢獻最突出的是梁啟超。梁啟超在《清代學術概論》中回憶他「夙不喜桐城古文」，認為桐城文派「以文而論，因襲矯揉，無所取材，以學而論，則獎空疏，闕創獲，無益於社會」。一八九七年他在〈與嚴又陵書〉中，以當時中國輿論界和散文界的「陳涉吳廣」自命，在政論雜文的創作上有豐富的實踐經驗和開拓創造精神，他創造了介於文言和白話之間的思想新穎、文字通暢、極富感情和鼓動力量的新文體，並於一八九九年提出「文界革命」的文學改革口號。他的「文界革命」的理論主張是借鑑日本和「歐西」文學發展的歷史經驗，包含思想內容和語言形式兩個方面。在遊記《汗漫錄》裡，他這樣評論日本著名政論雜文家德富蘇峰的著作：「其文雄放雋快，善以歐西文思入日本文，實為文界別開一生面者，余甚愛之。中國若有文界革命，當亦不可不起點於是也。」這是指「文界革命」的思想內容方面，他所突出強調的與「載孔孟之道」「代聖人立言」的傳統古文是大異其趣的。關於語言形式方面，他在《小說叢話》裡說：「文學之進化有一大關鍵，即由古語之文學變為俗語之文學是也。各國文學史之開展，靡不循此軌道。……苟欲思想之普及，則此體非獨小說家當採用而已，凡百文章，莫不有然。」這無疑是在提倡用「俗語」（即白話）進行文學創作了。所以郭沫若在〈文學革命之回顧〉中才說：「文學革命的濫觴應該要追溯到滿清末年資產階級意識覺醒的時候。這個濫觴時期的代表，我們當推梁任公。」

從鴉片戰爭至「五四」運動的歷史，既是中國淪為半殖民地半封建社會的歷史過程，也是中國的愛國主義和民主主義的先進知識分子同人民大眾一道反帝反封建，全面尋求、探索和爭取向現代社會艱難過渡的悲壯歷程。在這一歷史過程中，在政治思想文化領域，憂患意識、批判意識和變革意識的滋長，初步的科學和民主的啟蒙主義思想的興起，封建士大夫的分化和新一代知識分子的產生，以及文學觀念的更新、新聞事業的發達和文學改革的探索等等，就是造成中國古典雜文向現代雜文嬗變的歷史合力。中國雜文的這次嬗變區別於中國封建社會中先前的任何一次嬗變，它是在一種全新的歷史背景下醞釀產生和發展演變，即它是在世界現代化的國際背景和中國自身尋求、探索和爭取現代化的國內背景下醞釀產生和發展演變的，它是開放的，不是封閉的，它已不再是復古旗號下的有限革新，不再是在傳統文學內部那一密閉的圓圈內的自我調節、自我完善、自我發展，而是以不可阻擋的前進步伐，走向世界，走向現代化，有著新的歷史特質，這裡展現的是一片新的文場，一種新的雜文歷史景觀。

三　四個歷史階段及其經驗教訓

黑格爾說：「只有用歷史方法才能進行具體的研究。」[14]就運用這種「歷史方法」對二十世紀中國雜文史「進行具體的研究」而論，主要是從二十世紀中國雜文的產生、發展和演變的歷史事實出發，勾畫出其產生、發展和演變歷史的連貫性及其階段性、豐富性和多樣性。

從一八九八年的戊戌變法維新前後，至本世紀的九十年代，這近百年的歷史，是中國從古代社會向現代社會艱難曲折過渡的歷史，也是中國文學從古典形態向現代形態嬗變的歷史。這百年歷史跨越了三

---

14 黑格爾著，朱光潛譯：《美學》第三卷（下）（北京市：商務印書館，1981年）。

個歷史階段，即舊民主主義革命、新民主主義革命和社會主義革命的歷史階段，它們彼此之間是既有區別但又有聯繫的，即它們既是作為中國走向現代化的歷史階段的標誌，又是從屬於中國走向現代化的這一總的歷史進程的。這後一點就是現在不少學人把以往人們習慣劃分的「近」、「現」、「當」代文學統通納入二十世紀中國文學總體框架內加以把握研究的緣由。

雜文無疑是眾多的文學形式中有著最發達最敏感的政治神經之一種。但雜文又有其相對獨立的藝術規律，雜文史並不等於政治史。從二十世紀中國雜文的產生、發展和演變的歷史實際出發，我們擬把二十世紀中國雜文史劃分為四個既有區別又有聯繫的歷史階段：(一)一八四〇至一八九五年，這是中國雜文從古典向近現代嬗變的醞釀期；(二)一八九五年前後至一九一七年《新青年》的創立，這是中國雜文從古典向現代嬗變的過渡期；(三)一九一七年《新青年》創立至一九三七年抗日戰爭全面爆發，這是中國現代雜文創立和成熟期；(四)一九三七年抗戰全面爆發至一九四九年新中國建立，這是中國現代雜文全面發展期。

過渡期是以資產階級改良派和資產階級革命派的政論雜文為中心的。資產階級改良派倡導的政治變革和「文界革命」並非突然從天而降，而是有人為其先導，譬如龔自珍揭櫫的今文經學的公羊「三世說」的變革的進化的歷史觀，魏源的放眼看世界的對外開放思想，王韜和鄭觀應嘗試以「報章文體」鼓吹變法圖強思想，都對康有為、嚴復、譚嗣同，特別是梁啟超有重要的啟發。梁啟超是改良派中最重要的雜文大家，他在《時務報》、《清議報》、《新民報》上發表數量眾多的時事政論雜文、社會評論雜文、思想評論雜文、文化學術評論雜文，內容廣泛，思想開放活躍，觀點新穎，文字通暢，極富情采，產生了深遠的思想啟蒙和宣傳鼓動作用。梁啟超對僵化空疏的「桐城」古文的批評，他對「新文體」創造的理論建樹和實踐探索，是通向以後的

「五四」白話文運動的橋樑。革命家和「國學大師」章太炎、革命家鄒容、陳天華、秋瑾，以及早期的魯迅、周作人、陳獨秀、李大釗和章士釗等革命派的雜文在思想上較改良派激進得多，但觸及面較狹窄。值得注意的是，改良派和革命派的雜文，不僅在改造社會、振興中華方面發表了眾多見解，而且在嚴復的「開民智」、「新民德」、「鼓民力」，梁啟超的「新民說」，魯迅的「立國必先立人」等主張中，申述了較全面系統的改造國民性格、重鑄民族靈魂的深層思想，表現了清醒而深刻的歷史反思和歷史前瞻，這些都對「五四」以後的現代雜文有深刻的啟發和影響。無論從思想內容和藝術形式看，這時期的雜文的大多數有重質輕文的侷限，都帶有新舊雜糅的過渡期的烙印。

從一九一七年《新青年》創辦至一九三七年抗日戰爭全面爆發，一般的文學史家稱為的兩個「十年」，是中國現代雜文創立並迅速走向成熟的二十年，是二十世紀中國雜文最輝煌的歷史階段。魯迅在〈小品文的危機〉裡論及以現代雜文為中心的現代小品時指出：這小品文是「萌芽於『文學革命』以至『思想革命』的」，在「五四運動的時候」，「散文小品的成功，幾乎在小說戲曲和詩歌之上」，它有著「更分明的掙扎和戰鬥」的傳統。這就是說，中國現代雜文區別於近代雜文，它是在一種更有作為的新的歷史條件下產生的，它是在「五四」前後的「大破大立」的偉大思想解放運動和偉大文學解放運動中產生、創立並獲得成功的。中國現代雜文的突出特點是：它以明確的科學和民主為指導思想，以廣泛的社會批評和文明批評為廣闊深邃內容，以「掙扎和戰鬥」為主要傳統，以社會啟蒙宣傳為手段，以推進中國社會和中國國民靈魂的進步改造為目的，包含著否定和肯定、破壞和建設、現實和理想的辯證統一，在藝術上斑斕多彩，搖曳多姿，更加成熟。

一九一八年《新青年》開啟了白話文體的「隨感錄」專欄，標誌著現代雜文的產生。之後，《每週評論》，「四大副刊」，乃至於「五四」之後全國四百多種的報紙期刊都闢有各種名目的雜文專欄。其產量不是數以百計、數以千計，而是數以萬計，雜文創作的旺盛生產力和社會影響決不是其他門類的文學形式所能比擬的。《新青年》雜誌上的陳獨秀、李大釗、胡適、魯迅、周作人、錢玄同和劉半農都是寫作雜文的高手。一九二四年刊登雜文為主的《語絲》、《現代評論》等創刊，標誌著現代雜文的深入發展。魯迅、周作人、錢玄同、劉半農和林語堂，是《語絲》社中主要雜文作家，他們在社會批評和文明批評中，共同創造了毫無顧忌、縱意而談、破舊立新、諷刺幽默的「語絲文體」。「現代評論」派中的陳西瀅、徐志摩、胡適等輩，是典型的資產階級自由派，他們不滿於封建軍閥的腐敗和暴虐，但也反對青年學生激烈的愛國進步運動，不過他們有較高的文學修養，其雜文有英國式隨筆的「雍容和幽默」，對提高雜文的文學性還是有所貢獻的。「左聯」成立後，魯迅、茅盾和瞿秋白在「左聯」刊物和《申報》副刊「自由談」發表了為數眾多的匕首、投槍式的高品質的雜文，團結在他們周圍的，有「左翼」雜壇新秀徐懋庸、唐弢、聶紺弩、廖沫沙、周木齋，他們以雜文為武器，反對國民黨當局的兩個「圍剿」，反對國民黨當局的消極抗戰、積極反共。和魯迅他們相呼應的愛國民主作家葉聖陶、郁達夫、陶行知、鄒韜奮等，也寫有不少精彩的雜文。「論語」派的林語堂和「京派」文人領袖周作人，他們這時已喪失了「語絲」前期的「掙扎和戰鬥」熱情，他們對新軍閥的種種倒行逆施深懷不滿，在雜文創作中時有表露，在理論上，他們一味鼓吹英式隨筆小品的閒適幽默，推崇晚明公安小品的反叛傳統、崇尚個性自由和追求個體風格，既反映了他們「以自我為中心」的消極避世的一面，也有值得肯定的理論眼光。此外，如「新月」派中的梁實秋，「第三種人」的章克標，也奉獻了有自己藝術風格的雜文。

作為這個歷史階段現代雜文成熟的最主要的標誌，是魯迅的博大精深、永垂不朽的雜文創作，是魯迅的極富獨創性的雜文理論體系，是魯迅開創的「魯迅風」現實主義雜文戰鬥傳統。歷史證明，對魯迅雜文的戰鬥傳統的理解和態度，即是師承和發展魯迅雜文的戰鬥傳統，還是對它抽象肯定具體否定，不僅僅是對魯迅個人的評價問題，實際上對這作為現代民族的靈魂和良知以及現代民族的最高寶貴性格象徵的認識和態度，甚而關係到中國現代雜文的命運和前途。這，我們在下面將會有所闡述。

從一九三七年的抗日戰爭全面爆發至一九四九年新中國建立，是中國現代雜文的全面發展時期。在前一階段，雜文創作基本上是以上海和北京為中心的，蘆溝橋事件後，北京淪陷，上海先是成為「孤島」，接著在太平洋戰爭爆發後不久，也淪陷了，原先聚集在上海、北京的文化人，顛沛流離，分散到了桂林、重慶、成都、昆明、西安、延安，乃至於香港和東南亞，這種局面繼續到解放戰爭時期，這種局面在客觀上促成雜文向全國擴散、普及。這十二年內，國內刊載雜文的報紙雜誌之多，為中國現代雜文史上所僅見。雖然雜文大師魯迅逝去了，但他所開創的雜文戰鬥傳統，為眾多的雜文社團、流派和雜文家所師承和發展，形成了以「魯迅風」雜文創作為中心的多元蓬勃發展的繁榮鼎盛局面。在這個歷史新時期，雜文理論研究追求新的深度、新的開拓和新的概括：郭沫若、茅盾、馮雪峰、王任叔、田仲濟和朱自清，對魯迅和魯迅雜文研究均有新的理論建樹；雜文家王力在〈《生活導報》和我〉中提倡寫作「血淚寫成的軟性文章」，主張雜文創作風格的多樣化，美學家朱光潛在《隨感錄》（上、下）裡則對雜文之一體的隨感錄寫作的藝術規律作了分析和概括。

對於魯迅戰鬥雜文傳統的學習繼承和發揚光大，無疑構成這一歷史階段雜文的主流，是現代雜文新發展的標誌。「魯迅風」派中的王任叔、唐弢、周木齋、柯靈，「野草」派中的聶紺弩、夏衍、宋雲彬、孟超、秦似，都是自覺師承和發展魯迅雜文戰鬥傳統的。此外，如郭沫若、茅盾、郁達夫、馮雪峰、胡風、田仲濟、廖沫沙、何家槐、聞一多、朱自清、吳晗等的雜文創作，同魯迅雜文的戰鬥傳統，也有深刻的內在聯繫。其他如王力的《龍蟲並雕齋瑣語》裡「血淚寫成的軟性文章」，梁實秋的《雅舍小品》裡不觸及敏感尖銳的社會現實問題，只專注針砭舊風陋習和人性弱點的雜文隨筆小品，通俗小說家張恨水的大量針砭時弊的雜文，錢鍾書的《寫在人生邊上》的以雜文顯才學，偶爾寓社會批評於文化批評之中的議論隨筆，張愛玲的《流言》中那談女人、說音樂、評服裝、論京戲的雜文隨筆等，都同上述「魯迅風」戰鬥雜文，構成這歷史時期絢爛多彩的雜文歷史景觀。

這一歷史時期，不少雜文家在雜文體式的錘鍊創造上也取得令人矚目的成就，他們把雜文史上尚處於萌芽狀態的東西，發展為茂林嘉卉，他們師法雜文大師魯迅，善於把豐富的生活積累，獨特的人生體驗，淵博的中外文化歷史知識，綜合轉化為有真理性發現的智慧，在雜文文體格式上標新立異，精心創造，從內容到形式上表現出旺盛蓬勃的創造力。這一歷史時期出現大批高水準的史論性雜文，評論舊劇和古典小說及其人物的雜文，「故事新編」式的雜文，借助評論歷史、戲劇、小說來間接針砭現實，有深沉含蓄曲折隱諷的特有美感。這一歷史時期裡，中國共產黨親自創辦、周恩來直接指導的《新華日報》特別重視雜文，對推進中國現代雜文有過不可磨滅的歷史貢獻。但在「革命聖地」延安，雜文的情況就較複雜了。在延安，最重要的影響最深遠的政論大家無疑是毛澤東。毛澤東是一位極富詩人氣質的偉大政治家和偉大思想家，他的不少著名政論和演講，如〈反對本本主義〉、〈反對黨八股〉、〈改造我們的學習〉、〈將革命進行到底〉，以及「評白皮書」的那些著名篇章，都是高屋建瓴、筆挾風雷、尖銳潑辣、文采斐然的上乘政論文。毛澤東對魯迅和魯迅雜文給予無比崇高的評價，但他關於文學的「歌頌」和「暴露」，關於「魯迅雜文筆法」的論述，關於寫作「大聲疾呼」的雜文的主張，並不辯證全面，並不完全符合雜文藝術規律，只是一家之言，是可以斟酌和討論的。毛澤東對於一九四二年前後延安的王實味、丁玲、羅烽、艾青、蕭軍、陳企霞等以「魯迅雜文筆法」寫作批評革命隊伍缺點的雜文，持否定態度，這導致當年延安對王實味的過火批判和處理，從而使曾經一度較活躍的知識分子作家寫作的雜文，沉寂了，消亡了。而且，值得注意的是，毛澤東關於雜文的某些論述，他對知識分子作家寫作的批評性雜文的否定性評價，一直成為建國後直至「文化大革命」中人們對付雜文的一種經典理論和經典態度，這確是值得認真思考和研究的。

港澳和臺灣的雜文，也屬於二十世紀中國雜文史的構成部分。清末香港的《有所謂報》，已經有嬉笑怒罵、針砭時政的遊戲文章。二、三十年代，一些小報的副刊出現了雜文。抗日戰爭和解放戰爭時期，進步、愛國的文化人，為了躲避國民黨當局的迫害，曾在香港創辦報紙期刊堅持戰鬥，同雜文關係較密切的就有茅盾主編的《立報》副刊「言林」，「野草」社創辦的《野草》，共產黨創辦的《華商報》，另外，還有著名的《文匯報》和《大公報》的香港版。在當時的香港，雜文創作相當活躍，茅盾、夏衍、聶紺弩是名重一時的雜文家。建國前後，進步、愛國文化人大部分撤回大陸，不過也有一些自由主義文化人南下，如曹聚仁、徐訏等，他們站在人生邊上，冷靜超然地面對眼前紛繁複雜的世界。六十年代，香港報紙副刊的專欄雜文開始嶄露頭角，經過七、八十年代的不斷開拓發展，終於蔚為大觀。雜文成為香港文學中作者最多、讀者最廣、社會影響最大和最具代表性的文體，已是不言而喻的事實。因此，香港作家黃南翔認為：「雜文在今日的文壇上十分時興，所以我常常覺得，我們正是處在一個雜文的時代。」關於香港雜文繁榮的原因，許多論者都認為這是香港特殊的思想環境、文化氣候、出版條件、閱讀習慣，特別是言論自由，再加上經濟繁榮等綜合的產物。由於港英當局在文化政策上採取放任自流的態度，中文報章在自生自滅中享有自說自話的自由，因此，香港雜文作者可以暢所欲言，而無「文字獄」之憂。但是，香港雜文作者雖無「避席畏聞文字獄」之憂，卻有「著書都為稻粱謀」的無奈，下筆太速，發表太易，寫作太濫，不免魚龍混雜，良莠不齊。

臺灣新文學運動的先驅張我軍，於一九二五年至一九二六年間，在《臺灣民報》上發表了一系列〈隨感錄〉，成為臺灣新文學雜感創作的開端。這些〈隨感錄〉無論在形式或內容上，都顯示出與魯迅的雜感一脈相承的關係。一九四九年以後，國民黨當局退守臺灣，在相當長的一段時期內，充斥於報紙副刊雜文專欄的是反共喧囂。一九四九年十一月十六日，孫陵編的《民族報》的「民族」副刊首先提出「反共文藝」的主張，接著馮效民（鳳兮）在他主持的《新生報》的「新生」副刊展開「戰鬥文藝」的討論。這次討論的結果，《中央日報》、《中華日報》、《全民報》、《公論報》等報紙的副刊，都開始大量採用反共意識的作品。但是，這種標語口號式的東西，日久漸生八股氣和公式化，因此被人譏為「反共八股」。而在雜文寫作上自成一格的，則是要求自由民主和堅持獨立見解的雜文家柏楊、李敖，他們對社會現象和傳統文化大加批判，結果兩人均遭受迫害，身陷囹圄。八十年代以來，臺灣加速了民主化進程，開放報禁，臺灣的雜文創作也獲得相對自由寬鬆的生存和發展環境。

從總體上看，大陸和臺、港的雜文，是不同社會制度和指導思想體系下的產物。但是，「血濃於水」，政治上和意識型態領域的分歧和鴻溝，遲早總要被共同的民族文化精神和「五四」新文學傳統所代替，必將為炎黃子孫的共同血脈和龍的傳人的同胞情誼所取代。

馬克思主義研究歷史問題，像列寧在《哲學筆記》裡所說的，堅持「歷史和邏輯」的辯證統一。就近現代中國雜文史的研究而論，不僅要在淺表層次上描述中國古典雜文向現代雜文的嬗變，中國現代雜文是如何產生、發展和演變的，展示這種產生、發展和演變的歷史的聯貫性和階段性，而且還必須進而在深層次上研究推動和制約近現代中國雜文消長、興衰、起伏的種種最基本的關係。這種種貫穿於近現代中國雜文史全過程並且決定著近現代中國雜文的消長、興衰、起伏的基本關係，實際上構成區別於中國古代和外國的近現代中國雜文史的基本特徵和基本規律，也包含著歷史的正面的經驗和反面的教訓，是特別值得研究和思考的。在近現代中國雜文史的研究中，這種表層次和深層次的綜合，即為「歷史和邏輯」的辯證統一。

這裡的第一種基本關係是：雜文家的憂患意識、雜文家的使命感和責任感，同雜文的消長、興衰和起伏的關係

有著自覺的憂患意識和很強的使命感和責任感，可以說是中國文學的優秀傳統之一。所謂「先天下之憂而憂」、「經世致用」、詩文「有益於世道人心」即為這種優秀傳統的具現。從總體上看，這種優秀傳統在近現代中國雜文家身上得到了發揚光大，成為促進近、現代雜文滋榮發展的一種動力，但就個別雜文家的不同創作階段，或是同一歷史階段的雜文家創作，情況就比較複雜了。前者如著名雜文家周作人和林語堂，他們兩人在《語絲》前期，基本上是與魯迅並肩戰鬥的，其雜文創作有深刻的憂患意識，強烈的批判戰鬥鋒芒，但到了三十年代，他們被白色恐怖嚇壞了，一個鼓吹「苟全性命於亂世」，一個主張「以閒適為筆調，以自我為中心」，儘管他們也有牢騷和不滿，但其雜文創作仍不免往消極頹唐的方向下滑。如前所述，歷史證明，只有像魯迅那樣始終保有自覺的憂患意識和強烈的歷史使命感和社會責任感，才能成為第一流的雜文大師。不僅魯迅時代如此，當今不少優秀雜文家，對妨礙中國實現現代化的種種腐敗、醜惡的社會現象和社會思想表現了深深的憂慮和可貴的義憤。從這點說，今天仍然是魯迅的雜文時代。

第二種基本關係是：雜文家的理性批判精神，同雜文的消長、興衰、起伏的關係

古希臘的亞里斯多德曾稱人類是一種理性動物。理性無疑是人類區別於動物的本質特徵之一了。而理性批判精神則是人類以理性為標尺來批判和否定一切反理性和非理性的東西，帶有鮮明的批判性、揭露性、諷刺性和感情色彩。理性批判精神與人類同在，有極其豐富多樣的歷史和階級內容，滲透在一切意識型態的形式之中，滲透在一切文學形式之中，尤其在寓肯定於否定之中，通過對假惡醜的揭批來肯定真善美，主要是以否定性和諷刺性的形式表達藝術家的社會審美理想的喜劇、諷刺詩、相聲、漫畫和雜文等文藝形式中表現得尤為鮮明突出。我們這兒所說的理性批判精神指的是以現代的科學和民主乃至是科學社會主義思想為思想基礎的現代理性批判精神。

近代以來的雜文家是高舉著理性批判精神這一戰鬥旗幟的。這種理性批判精神是雜文家的社會審美理想的核心，是雜文家進行社會批評和文明批評的標尺，是現實主義和浪漫主義雜文的靈魂。到了「五四」以後，魯迅受到日本廚川白村的啟發，把雜文概括為是一種「社會批評」和「文明批評」。日本廚川白村在《出了象牙之塔》裡，把西方近現代以來的文學，例如像拜倫、史文朋等的詩歌，易卜生、蕭伯納等的戲劇，屠格涅夫、托爾斯泰等的小說，蒙田、培根、蘭姆等的隨筆小品，統稱為「社會批評」和「文明批評」，而且認為這種「社會批評」和「文明批評」是「文藝的本來職務」，起著「指點嚮導一世」的作用。魯迅所謂的雜文的「社會批評」和「文明批評」，實際上包含了雜文家對現實和歷史中的社會現象、思想現象、文化現象、國民的性格和靈魂以及雜文家自我的分析、批評和解剖，縱橫結合，有著廣闊深刻的內容。雜文家的理性批判精神就體現在他們的「社會批評」和「文明批評」之中。

當著康有為、梁啟超、嚴復、章太炎等還是「先進的中國人」時，他們的批判性和戰鬥性的政論雜文，是高舉著理性批判旗幟的，對社會啟蒙宣傳和促進社會進步變革起了很大的作用，但是，在「五四」前後，康有為、嚴復和章太炎等人，則如魯迅所說，由「趨時」而「復古」，他們的理性批判精神失落了，寫不出批判性和戰鬥性的雜文了。魯迅開創的，由魯迅的戰友和學生師承發展的「魯迅風」雜文，始終高舉著理性批判精神旗幟，創造了中國現代雜文的奇觀，成為現代中國雜文的最寶貴的傳統，成為後代雜文家提高自己雜文創作思想和藝術水準的典範和原動力。理性批判精神的高揚和失落決定著雜文的消長、興衰和起伏，這是鐵鑄的歷史事實；對中國雜文家來說，獲取獨立思考、自由創造的自由理性是何等重要。

第三種基本關係是：雜文的理論建設同雜文的消長、興衰和起伏

中國古代和外國雜文創作相當豐富，成就極高，但是雜文理論卻相當貧乏，這種狀況到了近代並無多少改變。改良派和革命派為了進行啟蒙宣傳鼓動，爭取社會對其政治改良和政治革命的支援，高度重視報刊輿論，特別重視報刊政論、評論、短論的寫作，其中富於文學色彩的政論、評論、短論其實就是雜文。但是在當時眾多的報刊中，只有《浙江潮》和《民意報》少數幾種報刊的副刊中標出「雜文」的刊頭。梁啟超鼓吹的「文界革命」是針對整個散文界的，並非專指雜文。所有改良派和革命派都重視和倡導文藝性政論、評論、短論等的寫作，所以當時雜文創作還是相當旺盛的。

新文化運動的先驅者們特別重視和倡導雜文創作，適應這種需要，現代雜文理論創造性的建設也取得豐碩成果，為古今中外雜文史所僅見。尤其是魯迅在這方面做出特別重要的貢獻。魯迅對雜文的社會功能和審美特點有精湛深刻的論述。瞿秋白、馮雪峰、王任叔、茅盾、聶紺弩、朱自清、田仲濟等對魯迅雜文和魯迅為代表的「魯迅風」戰鬥雜文傳統也有較系統深刻的闡發。這構成現代中國雜文史上一筆寶貴的理論資源。除此之外，周作人、郁達夫、林語堂、王力、朱光潛等，也從各自的方面為豐富中國現代雜文理論做出自己的貢獻。現代雜文理論既是旺盛的現代雜文創作在理論上的反映，也推動了現代雜文的蓬勃發展。它們兩者之間的關係是良性互動的關係。

第四種基本關係是：中外歷史文化傳統和雜文家的現實的批判戰鬥精神的融合，同雜文的消長、興衰和起伏

一般來說，近現代中國雜文史上的雜文大家，幾乎都是博識睿智、文學修養深厚、關心現實、熱愛祖國、熱愛人民並有著強烈的批判戰鬥精神的「精神界之戰士」。戊戌變法前後的梁啟超，辛亥革命前後的章太炎，前後期的魯迅，「五四」前後至二十年代末的周作人、林語堂，「左聯」時期的瞿秋白，抗日戰爭和解放戰爭時期的聶紺弩、馮雪峰、王任叔、唐弢、王力、朱自清、梁實秋。

這裡至為關鍵的是，中外歷史文化傳統必須和雜文家的現實的批判戰鬥精神得到很好的盡可能完美的融合。以中外歷史文化傳統而論，在近現代的中國，學貫中西、學識淵博者代不乏人，但是，在中外歷史文化傳統中，有精華也有糟粕，只有那些有著強烈的現實批判戰鬥精神的雜文家，才能放出眼光，將彼「拿來」，有正確的價值判斷標準，從中外歷史文化傳統中，取其精華，棄其糟粕，把它改造轉化為自己雜文中的思想和智慧的血肉，否則，就會價值顛倒，取其糟粕，棄其精華。在這方面，「五四」前後的由「趨時」而「復古」的康有為和章太炎就是著例，此時這兩位博學大師，當年執中國政治思想文化界牛耳的風雲人物，竟是反對新文化運動的老古董了。就現實的批判戰鬥精神而論，二十世紀的中國實在發展太快了，昨天的先覺之士，轉眼之間成了今日的落後人物，而且外戰內戰不斷，動亂頻仍，鬥爭特別殘酷，時代幾乎是在血與火之中邁步前進的，只有不怕犧牲甘於奉獻的猛士，才能始終保持充沛旺盛的批判戰鬥精神，否則就會消沉退隱蛻化轉向。二十年代末的周作人就是這後一方面的具例，最能說明他的變化的是他的著名雜文〈偉大的捕風〉。在那裡意氣消沉的周作人從《聖經》裡摭拾了晚年的所羅門以箴言形式包裝的灰色思想，諸如「陽光底下沒有新事物」，人們的一切努力都是徒然的、可笑的，只是「偉大的捕風」，是「從虛空到虛空」。周作人由此引出歷史的循環論，在他看來歷史不是艱難曲折前進的，不過是新的一再重複舊的毫無意義的往復；他由此引出「從虛空到虛空」的歷史的虛無論，並在此基礎上曲折表述了只要活著就是一切，捨此而外都是無所謂的人生哲學。〈偉大的捕風〉標誌著曾經是新文化運動戰士的周作人的現實的批判戰鬥精神的失落，也是我們理解他此後附逆投敵的思想根源。同由「趨時」而「復古」的康有為和章太炎，以及由新文化運動戰士而淪落為民族罪人的周作人等輩形成鮮明對照的是魯迅，魯迅在他畢生的雜文創作中，其中外文化傳統同他的現實的批判戰鬥精神達到了完美的融合，在這方面他是無可爭議的典範。

是否正確對待知識性、閒適性和趣味性的雜文，同雜文的消長、興衰和起伏之間的關係。近代以來，資本主義商品經濟的發展，市民社會的壯大，以及人們多種多樣的精神需要，在雜文創作領域，除了批判性和戰鬥性的雜文之外，還有大量的知識性、閒適性和趣味性的有益無害的雜文小品，諸如名物掌故趣談、社會科學和自然科學知識小品，以及五光十色的文史札記、讀書隨筆。這類知識性、閒適性和趣味性的雜文小品，在中國古典文學中有著悠久深厚的歷史傳統，存在於浩如煙海的野史、筆記和隨筆裡。由於它們只是「文章之枝派，暇豫之末造」，不是高頭典章，人們不必扯著假嗓唱高調，後人反而能從其中窺見時代的眉目和文人的裸露的心性，自有其獨特的歷史和美學價值。近代以來，中國的社會性質迫切需要的是批判性和戰鬥性的雜文，批判性和戰鬥性的雜文成為二十世紀中國雜文的主流是理所當然的。但是不能認為為數眾多的有益無害的知識性、閒適性和趣味性雜文小品，同批判性和戰鬥性的雜文是勢不兩立、水火不容的，它們在一定的條件下是可以共生互補、一道生存和發展的。魯迅在〈小品文的危機〉裡，雖然大力宣導「匕首和投槍」式的戰鬥雜文，但他指出人們除了「戰鬥」和「勞作」之外，也需要「休息」和「愉快」，在別的雜文裡，他不無風趣地指出「戰士」除了「戰鬥」之外，還有「性」生活，即便是「理學先生」也不是終日皺眉論道，他們也有背著雙手散步的時候。在他同林語堂等人關於小品文的論爭中，他並不完全反對「閒適」，只是認為一味的「閒適」「那是不夠的」，只是不同意後者把「幽默」同「諷刺」完全對立起來。從「五四」至建國前，這類知識性、閒適性和趣味性雜文大量存在，周作人、林語堂、俞平伯、豐子愷、錢鍾書、梁實秋等是寫作這類雜文的高手。於是在雜文領域，批判性和戰鬥性的雜文，同知識性、閒適性和趣味性雜文呈現了共生互補、百花爭妍的良好發展態勢，古今中外、海闊天空、縱意而談、雅俗共賞的文化隨筆小品日漸旺盛起來了。

另外，文化專制和藝術民主，以及新聞事業對雜文的重視與倡導與否，同雜文的消長、興衰和起伏，也息息相關，血肉相聯。這兩種基本關係較容易理解，而且在全書的各部分均會觸及，這裡就不費詞嘮叨了。

上述推動和制約著二十世紀中國雜文的消長、興衰和起伏的七種基本關係，實際上包含著雜文家的主體和社會的客體這兩個基本方面。一般來說，前四種基本關係，主要取決於雜文家的主體狀況，後三種基本關係則取決於社會的客體。從歷史唯物論觀點看問題，任何個體性的主體，決不能是超時代超社會的自我封閉自我孤立的孑然獨立存在，他們必然受制也受惠於特定時代的時代精神、社會的思想解放和社會的變革運動，他們都是特定時代和特定社會的產兒，這是顯而易見的。即便天才如魯迅，如果沒有「五四」新文化運動，沒有馬克思主義的傳播，沒有人民大眾的反帝反封建的新民主主義革命，也就沒有雜文大師魯迅。但是，社會客體對個體性的主體的支配和制約不是絕對的，只能是相對的。在北洋軍閥和國民黨當局的文化專制主義淫威下，以魯迅為代表的戰鬥雜文家，照樣能自由思考，獨立創造，寫作和發表了大量雜文。就二十世紀中國雜文產生、發展和演變的歷史和現狀看，那以現代科學和民主、科學社會主義為思想基礎，那集中反映人民大眾願望和歷史發展趨向的，以及雜文家的真誠勇氣和真知灼見的現代理性批判精神，是至關重要的，是雜文的生命和靈魂，決定著雜文的消長、興衰和起伏，是需要特別強調的。

第一編
從古典向現代嬗變的過渡
1840-1917

第一章
從「經世之文」到「報章體政論」

第一節　「慷慨論天下事」的龔自珍雜文

活躍於鴉片戰爭前後的思想家和文學家龔自珍，被不少人喻為中國文學中的但丁。恩格斯在《共產黨宣言》〈序言〉（一八九三年義大利文版）中這樣評價但丁：「封建的中世紀的終結和現代資本主義紀元的開端，是以一位大人物為標誌的。這位人物就是義大利人但丁，他是中世紀的最後一位詩人，同時又是新時代的最初一位詩人。」[1]對於龔自珍在中國文學中承前啟後的歷史作用，人們有類似的看法，梁啟超在《清代學術概論》裡認為「龔自珍頗似法國盧騷」，他指出「晚清思想之解放，自珍確與有功焉。光緒間所謂新學家者，大率人人皆經過崇拜龔氏之一時期，初讀《定庵文集》，若受電然。」如果說，梁啟超較多從學術思想和思想解放角度肯定龔自珍承前啟後的歷史作用，那麼，《孽海花》作者著名小說家曾樸則從文學上肯定龔自珍是「新文學的先驅」了，他指出龔自珍「是清朝道光朝的大文豪，是今日新文藝的開路先鋒」，「龔氏是全力改革文學，無論是詩文詞，都能自成一家，思想亦奇警可喜，實是新文學的先驅者。」「九州生氣恃風雷，萬馬齊喑究可哀。我勸天公重抖擻，不拘一格降人才。」[2]生活在「大變忽開」[3]的新舊時代轉捩點上的龔自珍當年吟誦的這千

1　《馬克思恩格斯選集》第1卷（北京市：人民出版社，1972年）。
2　見龔自珍：《己亥雜詩》。
3　見龔自珍：《文體箴》。

古不朽的名句，是發自中華民族國魂深處的鬱勃沉雄、永不消逝的閃電驚雷。龔自珍的詩文創作，震撼了、警醒了從康有為、梁啟超到魯迅、柳亞子再到巴金、王元化等一代又一代的中國思想家和作家。從這點說，論近現代中國雜文，就不能不追溯到在「大變忽開」時代開創一代風氣的龔自珍和魏源等人了。

一　龔自珍的學術思想和文學思想

龔自珍（1792-1841），近代思想家和文學家。字爾玉，又字璱人；更名易簡，字伯定；又更名鞏祚，號定庵，又號羽琌山民。浙江仁和（今杭州）人。出身於世代官宦學者家庭。祖父和父親都在禮部任過職，祖父是詩人，父親是經學家。母段馴，是著名小學家段玉裁之女，有詩集傳世。龔自珍從小學習經史，好讀詩文。二十七歲中舉，三十八歲中進士，只在禮部任過微不足道的小京官，但在當時的學術界、思想界和文學界卻聲名顯赫。龔自珍博學多才，通經學、小學、目錄學、金石學、史學、地理學、佛學，特別是詩文更是名重一時，譽滿天下，是鴉片戰爭前夕，與魏源、林則徐、包世臣等一道反對漢學的煩瑣考證和宋學的空談心性的「經世致用」學派的領袖人物。龔自珍在仕途上受壓抑不得志，四十八歲時辭官南下，兩年後暴卒於丹陽雲陽書院，著作編為《龔自珍全集》[4]。

龔自珍在學術上和文學上都是倡導「經世致用」的。他開創了一代的學風和文風，促成社會思潮的轉向。

清代的文化界和學術界，在乾隆、嘉慶年代（1736-1820），考據學盛行，號稱「乾嘉學派」。士大夫在清王朝的高壓與籠絡兼施的文化政策下，「束髮就學，皓首窮經」，不問世事，窮年累月埋頭於故紙

4　《龔自珍全集》（北京市：中華書局，1959年）。

堆中，從事古代典籍的訓詁、校勘、辨偽、輯佚，所謂「家家許鄭，人人賈馬，東漢學爛然如日中天」[5]，即為當時文化學術界的一種寫照。「乾嘉學派」在整理古籍上做出重大貢獻，卻又使文化學術界彌漫著脫離現實、煩瑣考證的空氣。與此同時，宋代的程朱理學（即宋學），也一直得到清朝統治者的提倡，被置於統治思想的主導地位，支配了桐城文派。《朱子全書》被廣為刊佈流行，朱熹的《四書集注》更被定為科舉考試的依據，在社會上造成一種「非朱子之傳義不敢言」的窒塞空氣。漢學的桎梏，宋學的牢籠，使當時思想界，絕少有人對現實問題予以正視和研究。

精通經史，關心現實，在政治上、學術上和文學上頗有抱負的龔自珍，反對漢學的煩瑣和宋學的空疏，開創了「經世致用」的學術和文學風氣。所謂「經」即是經史百家之學；所謂「世」即指當代社會現實中經濟、政治、軍事、學術、文教等最迫切的問題；所謂「經世致用」，即是從歷史和現實的聯繫、貫通、結合中，尋找歷史和現實的「契合點」和「差異點」，或「古今貫通」，或「以古證今」，或「以古鑑今」，或「借古諷今」，或「鑑往知來」，追求現實批判、現實變革和現實發展的歷史合理性和歷史規律性。因此，這種歷史和現實的聯繫、貫通和結合的「經世致用」之學，有著豐厚的歷史感和強烈的現實感，有著廣袤縱深的思辨、聯想和想像馳騁的思維空間，有著學者和作家的昂揚活躍的主體精神。龔自珍的「經世致用」之學有兩個歷史淵源，一是來自明末清初的黃宗羲和顧炎武。顧炎武曾說過，「凡文之不關於六經之指，當世之務者，一切不為。」[6]又說：

5　許，許慎；鄭，鄭玄；賈，賈逵；馬，馬融。他們都是東漢時的古文經學家。東漢學，即東漢古文經學。引文見梁啟超：《清代學術概論》（北京市：中華書局，1954年）。

6　顧炎武：〈與人書三〉，《顧亭林文集》卷四（北京市：中華書局，1983年）。

「文須有益於天下。」[7]二是「常州學派」代表劉逢祿（1776-1892）的今文經學。龔自珍和魏源曾從劉逢祿學《春秋》「公羊學」。劉逢祿曾撰《春秋公羊經何氏釋例》、《公羊春秋何氏解詁箋》，專主董仲舒、何休、李育的學說，假借《春秋》的「微言大義」和「公羊」「三世說」，來為其議論時政、干預政治、宣傳進步變革思想披上合法的經學外衣。龔自珍在《雜詩》〈己卯自春徂夏在京師作，得十四首〉中詠唱他從劉逢祿學「公羊學」時說：「從君燒盡蟲魚學，甘作東京賣餅家。」梁啟超和錢穆也都肯定劉逢祿對龔自珍的學術思想影響。

龔自珍的「經世致用」的學術思想和文學思想的形成，更主要的來自他對社會現實問題的關切，他的匡世、救弊的變革思想。他對此有較系統的論述。他在〈乙丙之際著議第六〉中說：「一代之治，即一代之學。」這提綱挈領揭示了學術和政治的內在聯繫；他在仿效王安石的《上仁宗皇帝書》的〈對策〉裡闡發了「經世致用」的具體內涵：「人臣欲以言稗于時，必先以其學考諸古。不研乎經，不知經術之為本源也；不討乎史，不知史事之為鑒也；不通乎當世之務，不知經、史之施於今日之孰緩、孰亟、孰可行，孰不可行也。」在〈尊史〉裡，他對「經世致用」的途徑和方法做了說明，這就是「善入」和「善出」。所謂「善入」，即「天下山川形勢，人心風氣，土所宜，姓所貴，皆知之；國之祖宗之令，下逮吏胥之所守，皆知之；其於言禮、言兵、言政、言獄、言掌故、言文體、言人賢否，如其言家事可謂入矣」。所謂「善出」即「天下山川形勢，人心風氣，土所宜，姓所貴，國之祖宗之令，下逮吏胥之所守，皆有聯事焉，皆非所專官。其於言禮、言兵、言獄、言掌故、言文體、言人賢否，如優人在堂下，號咷舞歌，堂上觀者，肅然踞坐，眄睞而指點焉，可謂出矣。」

---

7 顧炎武：《日知錄》。

要求熟悉了解國家自然和社會的各方面情況，能發表切實、透澈的議論和批評的「高情至論」。

在文學上龔自珍也是主張「經世致用」的。他認為文學必須有用。他在〈同年生吳侍御（傑）疏請唐陸宣公從祀瞽宗，得俞旨行……〉詩中云:「曰聖之時，以有用為主。炎炎陸公，三代之才。求政事在斯，求言語在斯，求文學之美，豈不在斯？」明確強調「求文學之美」，在「以有用為主」，反映出他的「經世致用」的文學觀。龔自珍把詩歌視為社會現實的「清議」、「評論」的匡時救弊的「藥」「丹」，即所謂「貴人相訊勞相護，莫作人間清議看。」[8]「安得上言依漢制，詩成侍史佐評論。」[9]「何敢自矜醫國手，藥方只販古時丹。」[10]即以議論和批評，來匡時救弊，干預時政，促進社會的進步變革，也正是典型的「經世致用」的文學觀。這種「經世致用」的文學觀突出體現在他的議論性和批評性的政論和雜文裡，程秉釗說：「近數十年來，士大夫誦史鑒，考掌故，慷慨論天下事，其風氣實定公開之。」[11]確是中肯之論。

二　雜文中的社會批判和社會變革思想

龔自珍一生寫了六百多首詩，三百多篇文。在他活著的時候，文章的影響比詩歌大。龔自珍的文章有部分是經學、小學、金石學、佛學之作，大部分是議論性和批評性的雜文、抒情和敘事性的散文。

龔自珍的雜文的議論和批評大膽、敏銳、犀利、深刻、奇警，有著相當的震撼力。他的驚世駭俗、大膽尖銳的雜文連他的友人姚瑩和

---

8 〈己卯自春徂夏在京師作，得十有四首〉，《雜詩》。

9 《夜直》。

10 《己亥雜詩》。

11 見國學扶輪社本，《龔定庵全集》卷下，〈定庵文集〉第11頁引程秉釗語。

魏源都側目而視了。姚瑩說他「言多奇僻」，魏源則在信中勸告他：「吾與足下相愛，不啻骨肉，常恨足下有不擇言之病。夫促膝之談，與廣廷異，良友之諍，與酬酢異，若不擇而施，則於明哲保身之義恐有悖，不但德性之疵而已，此須痛自懲創，不然結習非一日可改也。」（著重號為引者所加）姚瑩的責難和魏源的擔心，正反映出龔自珍不尋常的膽識和勇氣。

龔自珍的大膽、敏銳、犀利、深刻、奇警的雜文，主要內容是敏銳深刻的社會批評和文明批評，以及激切倡言進步變革。

在舉國沉酣，昏昏熟睡，不少人還陶醉於所謂的「乾嘉盛世」的虛假繁榮時，龔自珍卻覺察到中國封建社會已經沒落腐朽，不加變革整頓，等待它的將是崩潰死亡了。他運用「公羊三世說」，把不同時代的社會區分為「治世」、「衰世」和「亂世」。龔自珍在一系列雜文裡把他所生活的嘉道年間的社會稱為「衰世」，這同曹雪芹在《紅樓夢》裡把他所生活的年代稱為「末世」同樣敏銳深刻。在〈明良論四〉裡，龔自珍把當時社會比作一病入膏肓，無法醫治、只有束手待斃的病人，他在〈尊隱〉裡形容「衰世」的景象是：「日之將夕，悲風驟至，人思燈燭，慘慘目光，吸飲暮氣，與夢為鄰。」這種「衰世」帶給覺醒人的痛苦比「亂世」的感覺還要難受：「履霜之屩，寒於堅冰；未雨之鳥，戚於飄搖；痹痨之疾，殆於癰疽；將萎之華，慘於槁木。」（〈乙丙之際著議第九〉）這就是說，天下霜時，人的寒冷感覺比冰封雪凍更不舒服；暴風雨前夕的飛鳥比已處於暴風雨中的飛鳥更驚惶不安；痲木的疾病比生毒瘡更不好過；將凋萎的花比枯死的樹更悲慘。

龔自珍進而從經濟上、政治上、思想文化上對造成「衰世」的病因進行剖析。

在經濟上，龔自珍指出豪族地主兼併土地造成「貧富不相齊」是釀成天下大亂的禍根，在〈平均篇〉裡，他分析說：

> 貧者日愈貧，富者日愈壅。……至極不祥之氣，郁於天地之間，鬱之久乃必發為兵燧，為疫癘，生民噍類，靡有孑遺，人畜悲痛，鬼神思變置，其始不過貧富不相齊之為之爾。小不相齊，漸至大不相齊；大不相齊，即至喪天下。

在〈西域置行省議〉裡，他又談到自「乾隆末年以來」鴉片輸入、白銀外流給中國帶來的新災難，將使得中國國困民窮、赤貧、破產、解體。

在雜文裡，龔自珍把批判矛頭對準封建專制君主。在〈古史鈎沉論一〉裡，他批判清初統治者為了確立自己的絕對權威，鏟除「天下之士」的廉恥之心，使之變為寡廉鮮恥、唯命是從的奴才：

> 昔者霸天下之氏，稱祖之廟，其力強，其志武，其聰明上，其財多，未嘗不仇天下之士，去人之廉，以快號令，去人之恥，以嵩高其身；一人為剛，萬夫為柔，以大便其有力強武。

這種封建君主一人至高無上、專制獨裁的必然結果是：

> 積百年之力，以震盪摧鋤天下之廉恥，既殄，既獮，既夷，顧乃席虎視之餘蔭，一旦責有氣於臣，不亦暮乎。

天下的廉恥已被幾代皇帝鏟除乾淨了，在這種情況下要求這些奴才和庸人式的官僚有所作為，已積重難返、病入膏肓，來不及了。

龔自珍對封建官僚的抨擊和嘲諷，更是極盡嬉笑怒罵之能事了。在〈明良論二〉裡，他這樣抨擊和揭露那些官場裡的達官顯貴：「歷覽近代之士，自其敷奏之日，始進之年，而恥已存者寡矣！官愈久，氣愈偷；望愈崇，則諂愈固；地益近，則媚益工。」「竊窺今政要之官，知車馬、服飾、言詞捷給而已，此外非知也。」讓這些無恥、無德、無才、貪婪、自私的官僚「豺踞而鴞視，蔓引而蠅孳」[12]，上下勾結，左右串通，盤根錯節，官場焉能不黑暗不腐敗？龔自珍對當時社會的嚴重危機看得很透很深，他大聲疾呼變法改革：「一祖之法無不弊，千夫之議無不靡，與其贈來者以勍改革，孰若自改革？……易曰：窮則變，變則通，通則久。」(〈乙丙之際著議第七〉)「奈之何不思更法？」(〈明良論四〉)「法無不改，勢無不積，事例無不變遷，風氣無不移易。」(〈上大學士書〉) 他提出一系列的變革主張。在經濟上，他主張宗法、均田、限田 (〈平均篇〉、〈農宗〉)、發展農業生產，在農業生產中提倡雇傭勞動和商業貿易 (〈陸彥若所著書序〉)；在政治上主張廢除跪拜，君臣之間「坐而論道」，官員升遷可越級升擢；他主張廢八股時文，改為「對策」；在對外政策方面，主張加強邊防，防止帝俄入侵，支持林則徐禁煙抗英 (〈西域置行省議〉、〈送欽差大臣侯官林公序〉)；龔自珍思考和談論最多的是人才問題。

龔自珍關於人才問題的思考和評論，顯示了他作為那個時代傑出的啟蒙思想家的敏銳、深刻、苦悶和侷限。他痛感他所生活的「衰世」，人才之稀少：「左無才相，右無才史，閫無才將，庠序無才士，隴無才民，廛無才工，抑巷無才偷，市無才駔，藪澤無才盜，則非但鮮君子也，抑小人甚鮮。」(〈乙丙之際著議第七〉) 這是誰之過？龔自珍認為這是封建專制統治的必然結果，封建君主為了確保自己的絕對權威，他抬高自己，貶低別人，只要庸才、奴才，而不允許人才、英傑生存 (〈古史鈎沉論一〉)；其二是科舉取士制度毀滅人才，他指出：「今世科場之文，萬喙相因，詞可獵而取，貌可擬而肖。……四書文祿士，五百年矣；士祿于四書文，數萬輩矣；既窮既極。」(〈與人箋〉) 這種科舉取士，使眾多士子只會背誦「四書」，寫作剽竊摹

12 見《龔自珍全集》〈乙丙之際著議第三〉。

仿、毫無個性的時文八股，這樣的人即便考中爬了上去，也不過是「縛草為形，實之腐肉，教之拜起，以充滿朝市。風且起，一旦荒忽飛揚，化而為沙泥」(〈與人箋五〉)，有等於無。其三是全社會對少數「才士與才民」的壓抑和殺戮，即「百不才督之縛之，以至於戮之」，不僅「文亦戮之，名亦戮之，聲音笑貌亦戮之」，更主要的是「戮其心，戮其能憂心、能憤心、能思慮心、能作為心、能有廉恥心、能無渣滓心」(〈乙丙之際著議第九〉)，這就是「軟刀子殺人」的「挖心」戰術。龔自珍把優秀人才視為推進社會變革的依靠力量，因而他特別重視人才的培養和選拔，為此，他向皇帝獻策（〈對策〉），給大學士上書（〈上大學士書〉)，「我勸天公重抖擻，不拘一格降人才。」他渴望能出現眾多的人才。這種人才是有個性的：「人才如其面，豈不然？豈不然？此正人才之所以絕勝。」(〈與人箋五〉）這種人才是有自我尊嚴的：「心尊，則其官尊矣；心尊，則其言尊矣；官尊言尊，則其人尊矣。」(〈尊史〉）這種人才是有「心力」，能成大業的：「心無力者，謂之庸人。報大仇，醫大病，解大難，謀大事，學大道，皆以心之力。」(〈壬癸之際胎觀第四〉）這種人才是心胸開闊，氣魄宏大的，他可以把天下的全域大勢「爛熟於胸中」，他可以「談笑生風雷」(〈鴻雪因緣圖記序〉)。龔自珍所渴望的人才，帶有理想主義和英雄主義的色彩，他的人才觀反映了個性解放的資本主義萌芽思想，他渴望出現的理想化和英雄化的人才，是有歷史和現實根據的，絕非空想，實際上龔自珍、林則徐、魏源等就是這樣的人才。

三　思想家和詩人的雜文藝術風采

龔自珍的雜文，是這位關心政治關心現實關心國家和人民命運的傑出的啟蒙思想家和卓越詩人的「高情至論」的思想和藝術結晶。

從思想上看，他的雜文，是這位社會批評家和社會改革家對他所處時代的嚴重社會危機和社會變革問題的全面系統深入的批判、揭發和思考，有著他那個時代，別人無可比擬的膽識和勇氣，廣度和深度。龔自珍的雜文大多以系列性的形式出現，如〈乙丙之際著議〉（一至十九）、〈明良論〉（一至四）、〈壬癸之際胎觀〉（一至九）、〈古史鈎沉論〉（一至四），再如以「尊」字領銜的一組政論雜文，如〈尊隱〉、〈尊史〉、〈尊命〉、〈尊任〉等，又如以「捕」字打頭的一組寓言體雜文，如〈捕蜮第一〉、〈捕熊羆鴟鴞豺狼第二〉、〈捕狗蠅螞蟻蚤蝨蚊虻第三〉等等。在眾多的系列組合性質的雜文裡，如上所述，龔自珍對他那個時代的經濟問題、封建專制統治問題、官僚的庸碌和腐敗問題、人才的培養和選拔問題、警惕和抵抗沙俄和英國等外國勢力的入侵問題等等，都有集中系統深入的批判、揭發和思考，也都提出相應的帶有改良性質的變革建議和措施。

季鎮淮在《中國大百科全書》〈龔自珍〉條中說：「龔文區別於唐宋和桐城派的古文，是上承先秦兩漢古文的一個獨特發展，開創了古文或散文的新風氣。」他認為龔自珍雜文在藝術表現上是豐富多樣：「有些以『經術作政論』，『往往引公羊義譏切時政，詆排專制』（梁啟超《清代學術概論》）。這些文章都是用《春秋》公羊學派的觀點與現實的政治聯繫，引古喻今，以古為用。如〈乙丙之際著議第七〉、〈乙丙之際著議第九〉和〈尊隱〉等都是公羊『三世說』的運用。有些則是直接對清王朝腐朽統治的揭露和批判，如〈平均篇〉、〈西域置行省議〉、〈對策〉、〈送欽臣大侯官林公序〉。另一類是諷刺性寓言小品，如〈捕蜮〉、〈病梅館記〉等。」這些分析都很精闢很中肯。

需要突出強調的是，龔自珍的雜文是思想家和詩人的雜文。他的大膽、警絕、激切、奇悍的「高情至論」，往往是通過雜文式形象的成功創造來體現。因而，雜文式形象的成功創造，是龔自珍雜文藝術的一大特色。

龔自珍雜文中的雜文形象，有的是直接寫人的：

> 少習名家言，亦有用。居亭主獷獷嗜利，論事則好為狠刻以取勝，中實無主。野火之發，無司燧者，百里易滅也。某公端端，醉後見疏狂，殆真狂者。某君借疏狂以行其世故，某君效為呆稚以行其老詐。某一席之義前後，能剿說而無線索貫之，慮不壽。朝士方貴，亦作牢騷言，政是酬應我曹耳。善忌人者術最多，品最雜；最工者，乃借風勸忠厚，以濟鋤而行伐，使受者傷心，而外不得直。騖名之士如某君，孤進宜憫諒也。某童子妍黠萬狀，志賣長者，奸而不雄，死而謚湣悼者哉！（〈與人箋二〉）

在這封寫給好友魏源的二百多字的書簡體雜文裡，龔自珍以類似電影中的蒙太奇鏡頭組接方式，一口氣以高度簡省的漫畫筆法描畫了浮在社會上層渣滓的八種醜陋人物，他幾乎是只須一兩筆就畫出這些醜陋人物的嘴臉和靈魂，他異常敏銳地抓住這些人身上存在的表裡不一的喜劇性矛盾，無情地剝去這些心術不正而又道貌岸然人物身上的偽裝，把他們的醜惡放在顯微鏡下加以透視，給予辛辣的揭露和嘲諷。作者觀察之深透，嘲諷之辛辣，令人警詫，令人嘆服。

另一類雜文如〈識某大令集尾〉和〈乙丙之際著議第三〉則以另一種手法創造雜文形象。〈識某大令集尾〉中的「大令」即陽湖派代表人物惲敬。惲敬文名顯赫，畢生為文常常剽竊儒佛經典，從實質上說，他的文章是亦儒亦佛和亦佛亦儒的，缺少自己獨創的思想和風格，但此人卻極不老實，他常常以貶儒損佛來欺世盜名，標榜高超。這樣，在惲敬身上就存在著亦儒亦佛和非儒貶佛的驚人的喜劇性矛盾。龔自珍在這篇雜文裡就緊緊抓住惲敬的亦儒亦佛和非儒貶佛的內在矛盾，以「第一重心」「第二重心」直至「第七重心」，如抽絲剝繭，逐層深入，文如鈎鎖，義若連環，冷峻無情揭開這位古文家裝飾在自己身上藉以嘩眾取寵的華彩，剖析和透視了他的欺世盜名、標榜高超的猥劣靈魂。寫法與〈識某大令集尾〉近似的是〈乙丙之際著議第三〉裡刑名師爺雜文形象的創造。在那裡，龔自珍同樣也是以「吾睹一」,「吾睹二」直至「吾睹七」逐層描摹剖析刑名師爺，多側面多層次展示他們上下勾結，盤根錯節，把持刑獄，操縱官僚，坑害百姓,「豺踞而鴞視，蔓引而蠅孳」。這個刑名師爺「類」的雜文形象創造，是立體的有深度的，是異常成功的。

龔自珍另一類雜文形象是借助寓言故事來創造的，如著名的「三捕」和〈病梅館記〉，都是寓言體雜文。在這類雜文裡，作者不是借助議論的展開，來闡發社會人生哲理，表現批判鬥爭精神，而是通過寓言故事的鋪演和寓言形象的創造，來闡發他的社會人生哲理，表現他的批判鬥爭精神的。這裡，我們且看〈捕蜮一〉和〈病梅館記〉的若干文字：

> 蜮一名射工，是性善忌，人衣裳略有文采者輒忌，不忌縗絰。能含沙射人影，人不能見，必反書之名字而後噬之。捕之如何？法用蔽影草七莖，自障蔽，則蜮不見人影。又用方諸取月中水洗眼，著純墨衣，則人反見域，可趨入蜮群。趨入蜮群，則蜮眩瞀。乃祝曰：射工！射工！汝反吾名，以害吾躬；吾名甚正，汝不得反攻。射工！射工！速入吾胃中，如是四遍，蜮死，烹其肝。(〈捕蜮一〉)

> 或曰：梅以曲為美，直則無姿；以欹為美，正則無景；梅以疏為，密則無態。……有文人畫士孤僻之隱，明告鬻者，斫其正，養其旁條，刪其密，夭其稚枝，鋤其直，遏其生氣。以求重價，而江浙之梅皆病。文人畫士之禍之烈至此哉！
>
> 予購三百盆，皆病者，無一完者。既泣三日，乃誓療之，縱之，順之，毀其盆，悉埋于地，解其綜縛。以五年為期，必復

> 之全之。予本非文人畫士，甘受詬厲，辟病梅之館以貯之。嗚呼！安得使予多暇日，又多閒田，以廣貯江寧、杭州之病梅，窮予生之光陰以療病梅也哉！（〈病梅館記〉）

〈捕蜮一〉的寓言故事有《聊齋志異》裡的鬼怪故事的神秘荒誕奇詭。蜮的形象奇特生動、發人深省，它是以傳說中的害人鬼怪為模特的。據《說文》注：「蜮，一名射工，……含沙射人，中人即發瘡，中影者亦病。」在龔自珍筆下，蜮則能量更大，為害更烈，它「佈滿人宇」，不僅害人，還會「噬人」。龔自珍寫蜮實即寫人。蜮是那些忌賢妒能，耍弄陰謀詭計，坑害扼殺人間英才的壞人和反動勢力的代表，龔自珍宣佈同它勢不兩立，借助天神的法術將它堅決消滅，表現了無畏的批判鬥爭精神。

〈病梅館記〉裡的「病梅」這一雜文形象，是龔自珍的獨特創造。作為「松竹梅」這歲寒三友之一的梅，在中國傳統詩文丹青中，從來是象徵著高潔堅貞、有著蓬勃生命力的審美意象。但在龔自珍生活的封建末世，一切都翻了個過，一切都走了樣，原來自然完好、茁壯茂盛的梅，卻備受壓抑、束縛、扭曲、摧殘、踐踏，成了「病梅」。這裡，龔自珍寫梅實即寫人，「病梅」就是備受封建專制壓抑、束縛、扭曲、摧殘、踐踏的個性和人才。治「病梅」就是衝破封建專制的束縛，解放人的個性，創造一種使人才能自由完好地生存和發展的良好環境。因此，「病梅」是一個有著豐富內涵和審美理想的雜文形象，是龔自珍成功的藝術創造。

龔自珍生活在「避席畏聞文字獄」的黑暗時代，他的雜文在抨擊時弊、議論朝政，不得不披上經史的合法外衣，不得不使用曲筆，不得不使用隱諷、暗示等方法，這造成了龔自珍雜文的熔經鑄史、奇悍警絕、曲折深至、寓意深遠的特有風格，其中有的雜文不免有艱深晦澀之弊，這是他所處的時代強加給他的侷限。這裡，我們以〈杭大宗逸事狀〉和〈京師樂籍說〉為例來玩味龔文的這種特有風格：

> 乙酉歲，純皇帝南巡，大宗迎駕，召見，問：「汝何以為活？」……對曰：「買破銅爛鐵，陳於地賣之。」上大笑，手書「買破銅爛鐵」六大字賜之。
>
> 癸巳歲，純皇帝南巡，大宗迎駕。名上，上顧左右曰：「杭世駿尚未死云？」大宗返舍，是夕卒。（〈杭大宗逸事狀〉）

篇文只是冷靜、純客觀描述乾隆兩次南巡時，被貶斥的杭世駿兩次迎駕情景，杭的愚忠和倔強，乾隆對杭的鄙視和不耐煩，作者不發表一字一句的評論，但讀者卻能從字裡行間體會到專制君主乾隆皇帝的陰毒和暴虐，他是殺害杭世駿的真正劊子手。

〈京師樂籍說〉是抓住唐、宋、明統治者在「京師和通都大邑」設「樂籍」的問題，深入開掘剖析，展開議論批評的。由於作者把問題提到這是歷代帝王為「霸天下之統」而採取的「鉗塞天下之遊士」的統治權術的高度來分析和論證，他雖然說的是唐、宋、明三個朝代帝王，但實際上人們完全可以領會到，他是連清代統治者也不指名予以揭露、批判和嘲諷了；他雖然說的只是設「樂籍」的「陰謀」，但人們卻完全可以由此出發，舉一反三，聯類無窮，聯想到封建專制君主「霸天下之統」的種種「陰謀」和「權術」。這就是龔自珍雜文的曲折深至、寓意深遠的特有風格的魅力。

第二節　「睜眼看世界」的魏源雜文

在文學史上，從來是「龔魏」並稱的。魏源同林則徐、龔自珍一樣，都崇尚今文經學，主張「經世致用」，有著清醒的眼光，善於思考的頭腦，強烈的批判意識、憂患意識和變革意識。但龔自珍在鴉片戰爭的第二年，即一八四二年就猝然去世了，魏源卻經歷了太平天國起義，兩次鴉片戰爭，作為思想家和文學家的魏源，有更豐富的閱歷，這種為早逝的龔自珍所不可能的社會閱歷，為他的思想概括和思想創造提供了新的機遇和新的可能。這構成了魏源在思想史和文學史上獨特的不可交換的價值。

一　「經世致用」的學術和文學思想

魏源（1794-1857），近代經史學者、思想家、文學家。湖南邵陽（今隆回縣）人。原名遠達，後更今名；字默深，又字墨生、漢士；晚年皈依佛教，法名承貫。

魏源少有文名，然而科場蹭蹬，他一八二二年中舉，到了一八四四年才中進士，他很有政治才能，卻仕途蹇塞，先後在賀長齡、陶澍、裕謙門下任幕僚，至一八五三年才任高郵知州，被告瀆職丟官，晚年寄居僧舍，息心佛教，在孤獨絕望中去世。魏源著述甚多，他著有《聖武記》、《古微堂詩集》、《古微堂文集》、《元史新編》、《老子本義》、《孫子集注》，編有《皇朝經世文編》、《海國圖志》等，一九七六年中華書局出版了《魏源集》，收錄了專著以外的短論和詩歌。

魏源在文化思想領域，同龔自珍一起，繼承了明、清之際進步思想家們的「經世致用」傳統，提倡「實學」，反對當時佔統治地位的漢學和宋學。他批評脫離實際、煩瑣考證的漢學，尖銳指出：「自乾隆中葉後，海內士大夫興漢學……爭治詁訓音聲，瓜剖釽析……錮天下聰明智慧，使盡出無用之一途。」[13]抨擊同樣脫離實際空談心性的宋學：「……使其口心性，躬禮義，動言萬物一體，而民瘼之不求，吏治之不明，國計邊防之不問，一旦與人家國，上不足以制國用，外不足靖疆圉，下不足以蘇民困，舉平日胞與民物之空談，至此無一事可效諸民物，天下亦安用此無用之王道哉？」[14]他大聲呼籲關注社會

13 魏源：〈武進李申耆先生傳〉，《魏源集》（北京市：中華書局，1976年）。
14 魏源：〈默觚下・治篇一〉，《魏源集》（北京市：中華書局，1976年）。

現實，提出「貫經術、政事、文章於一」[15]和「以經術為治術」[16]的主張。魏源和龔自珍的「經世致用」同明清之際的進步思想家的「經世致用」略有不同，他們把「經世致用」納入今文經學軌道。他們都從劉逢祿學習過《公羊春秋》。他們研究今文經學的目的在於公羊學的「三世」、「三統」這一進化的歷史觀和它的「微言大義」，來「受命改制」，「經世匡時」，干預時政，宣傳變革。

「經世致用」是魏源學術和文學思想的統帥和核心，是理解他一生政治活動、學術活動和文學創作的關鍵所在。他代賀長齡編纂的《皇朝經世文編》，他在水利、漕運、鹽政方面進行的改革探索，他投身裕謙幕參贊抗英戰爭，他寫作的戰史專著《聖武記》，他在林則徐的《四洲志》和《華言夷事》基礎上編著而成的世界史地巨著《海國圖志》，他的論學和論治的隨想錄體的雜文〈默觚〉等，無一不同他的「經世致用」，變革圖強的愛國思想相聯繫。

魏源一生主要致力於弊政改革和經學、史學以及時務政事等方面的研究和著述，不以文人自居。但他的文學創作卻由於先進思想的照耀，為鴉片戰爭前後文苑開了新生面。他主張「文之用，源於道德而委於政事者」(《默觚上》〈學篇二〉)，強調「貫經術、政事、文章於一」，堅持文學與政事、教化相關，他的詩文都緊扣當代主要矛盾，「皆有裨益經濟，關係運會」，不同於「世之章繪藻者」[17]。就雜文而論，魏源雜文無龔自珍的浪漫奇崛，卻有他自己的堅實深邃。在詩文創作上，也是「龔魏」並稱，不相伯仲，各有千秋的。陸心源在〈魏刺史文集序〉中稱魏文「古逕遒俊，奇氣勃勃」，李慈銘的〈越縵堂讀書記〉贊「默深之文，亦實有不可磨滅者，其經世之學，議論多名通，其說理亦有精語，是集必傳於後。」黃象離在《重刊古微堂集》

---

15 魏源：〈兩漢經師古今文家法考敘〉，《魏源集》。

16 魏源：〈默觚中・學篇八〉，《魏源集》。

17 林昌彝：《射鷹樓詩話》卷2。

〈跋〉裡比較龔魏之文後指出：「余嘗謂龔氏文深入而不欲顯入，先生文深入而顯出，其為獨辟町畦，空所依傍一也。」

魏源的文章反映著鴉片戰爭前後散文的嬗變，與當時盛行的桐城古文異趨，表現了政治家、時務家的經世致用之風。除經學、史學著述外，大都與時務政事的興革有關，這些文章現實針對性很強，洞悉事情原委利弊，條分縷析，邏輯謹嚴，識見超卓，說理透闢，文字簡樸遒勁，諸如〈籌河篇〉、〈籌漕篇〉、〈籌鹺篇〉、〈軍儲篇〉等是，雖不屬於文學範疇，但上承奏疏論事、政書敘政之體，下關近代時務文字的興起和發展，有一定歷史作用。但他的不少序跋，如〈定庵文錄敘〉、〈海國圖志序〉、〈詩比興箋序〉，以及讀書札記〈默觚〉等，則是情理兼勝、文采斐然的影響深遠的上乘雜文。

二　「創榛辟莽，前驅先路」的《海國圖志》的開放改革思想

《海國圖志》是魏源於一八四一年受林則徐的囑託，根據《四洲志》和《華言夷事》以及大量中外文獻資料整理而成的著作，該書注重從各國興衰沿革角度介紹世界各國歷史和地理，介紹西方資本主義國家的軍事和科學技術，探討拯救祖國反抗侵略的富國強兵的道路。《海國圖志》共一百卷，有魏源自撰的總序，即《海國圖志》〈序〉，分序，如〈大西洋歐羅巴洲各國總敘〉，魏源自撰的文字，還有「篇首的籌邊四論」[18]，實即〈籌海篇〉（一至四），以及散見在各卷裡，作者情不可抑時發表的議論和批評。

從總體上看，《海國圖志》是魏源根據中外大量文獻資料編纂而成的世界歷史巨著，它不僅在中國，甚至在東方都是一部前所未有的

18　見郭嵩燾：〈書《海國圖志》〉。

劃時代的世界歷史巨著，不僅影響了魏源之後的洋務派和改良派，也影響了日本的明治維新。

早在鴉片戰爭前夕，林則徐就已留心外國情況。他受命到廣州查禁鴉片時，就有意派人採訪西事，翻譯西書，購買外國報紙，他還主持將所搜集的有關外國歷史、地理、政治和軍事狀況資料譯編為《四洲志》。鴉片戰爭的失敗，給中國知識界以前所未有的震動。他們不得不思索「天朝上國」何以會被「蕞爾小邦」的英國侵略者戰敗。他們依據「知己知彼，百戰不殆」的思想，把不了解敵情，視為戰敗的重要原因。正是在這種思想情緒支配下，由林則徐開始的對於外國歷史地理的研究逐漸形成風尚。在這方面，相繼出版的著作有：汪文泰的《紅毛英吉利考略》(1841)、楊炳南的《海錄》(1842)、蕭令裕的《英吉利記》、徐繼畬的《瀛環志略》(1848)。魏源的《海國圖志》則是這類著作的集大成者。

魏源的《海國圖志》在介紹外國，特別介紹當時西方先進的資本主義國家情況，較上述同類之作，是最詳贍最具體的；更重要的是，他在該書的〈序〉裡提出「師夷之技」、抵禦強敵和內正人心、革除弊政的開放改革思想。魏源提出的這種開放改革思想，是鴉片戰爭之後，中國的政治思想界最早出現的開放改革思想，在當時的歷史條件下，是先進的深刻的，是中國歷史從古代邁向現代的必要步驟和途徑，是富於歷史戰略眼光的，是中國人「睜眼看世界」的重要標誌。

魏源在《海國圖志》〈序〉裡這樣闡述編纂這部「創榛辟莽，前驅先路」巨著的宗旨：

> 是書何以作？曰：為以夷攻夷而作，為以夷款夷而作，為師夷長技以制夷而作。

這就是說，他編纂《海國圖志》的目的，是為了讓國人，特別是當政者全面、充分了解「夷」情，即了解西方資本主義侵略者的情況，做到「知己知彼」，從而洞悉和利用它們之間的矛盾和鬥爭，「以夷攻夷」，爭取對我有利的局面；在外交通商方面，了解它們「唯利是圖」、「唯威是畏」的特點，整頓內政，加強國防力量，使之「有可畏懷，而後俯首從命」，達到「以夷款夷」，實現外交和貿易上的平等互利；學習西方資本主義侵略者在軍事和科學技術上的「長技」，用來武裝和壯大自己，最後戰而勝之，這就是「師夷長技以制夷」。魏源的「以夷攻夷」、「以夷款夷」和「師夷長技以制夷」，就是反對清政府的閉關鎖國和盲目排外，主張對外開放，了解西方，學習西方先進東西，變被動為主動，變弱小為強大，表現了他作為一位傑出思想家的清醒和勇敢，遠見和卓識。

魏源的「師夷之長技以制夷」是一個非常明確深思熟慮的口號。如魏源在〈序〉裡所述：《海國圖志》是「博參群議以發揮之」。在《海國圖志》全書裡，魏源對什麼是「夷」之「長技」，如何把它學到手，用來武裝和壯大自己，他都有較具體的論述。他反覆申述：「欲制夷患，必籌夷情」，「不善師外夷者，外夷制之」[19]。他認為「夷」即西之「長技」，首先表現在軍事上，即「一、戰艦，二、火器，三、養兵練兵之法」；其次是科學技術上的，如「量天尺、千里鏡、龍尾車、風鋸、水鋸、火輪機、火輪舟、自來火、自轉碓、千斤秤之屬，凡有益民用者」。因此，他主張在中國設立兵工廠和造船廠，聘請西洋技師，學習西方製造新式武器，以達到「盡得西洋之長技為技為中國之長技」。他主張改革清朝腐敗軍隊，學習西方的選兵、練兵、養兵之法，他甚而還提出：「有能製造西洋戰艦火輪船，製造飛炮火箭水雷奇器者，為科甲出身。」魏源相信，通過學習，中國定能趕上西方國家：「風氣日開，智慧日出，方見東海之民，猶西國之民。」表現出魏源對變中國為發達的資本主義國家的憧憬。

---

19 以下引文均見《海國圖志》，不一一注明。

魏源的深刻之處，在於他與以後的單純講求學習西方的「船堅炮利」的洋務派不同，他和龔自珍一樣，非常重視思想啟蒙和內政改革。他在〈序〉裡指出：

> 然則執此書即可馭外夷乎？曰：唯唯，否否！此兵機也，非兵本也；有形之兵也，非無形之兵也。明臣有言：「欲平海上之倭患，先平人心之積患。」

也就是正人心、革弊政，具體說，就是：

> 去偽，去飾，去畏難，去養癰，去營窟，則人心之寐患袪，其一。以實事程實功，以實功程實事，艾三年而蓄之，網臨淵而結之，毋馮河，毋畫餅，則人才之虛患袪，其二。寐患去而天日昌，虛患去而風雷行。

魏源的《海國圖志》〈序〉，是鴉片戰爭以後的中國思想史上的一篇重要文獻。郭嵩燾在〈書《海國圖志》後〉裡讚揚魏源在《海國圖志》裡發表的「議論」是「卓絕天下」的。在我們看來，魏源的《海國圖志》〈序〉不僅是一篇「議論」「卓絕天下」的一般性政論文，也是一篇情理兼勝，文采斐然的上乘雜文。

魏源是在「凡有血氣者所宜憤悱，凡有耳目心知者所宜講畫」的愛國熱情和尋找富國強兵的救國真理的知性思考中，編纂《海國圖志》，撰寫這篇著名序言的。因此，這篇序跋體的雜文裡，就有著「有血氣」的愛國者的灼熱的愛國熱情，強烈的憂患意識、批判意識和變革意識，以及有著開放意識、世界眼光，並且有極高「心知」者的富於概括力、穿透力的思想見解，融合、灌注於這短小精悍的序跋體雜文之中，加上作者在行文中，常常援經據史，常常使用不疑而問的自問自答的句式，刻意渲染的排比句式，短促斬截句式，這就使得這篇雜文，情理激盪，汪洋恣肆，很有氣勢，很有深度，很有感染力和征服力。

三　讀書札記〈默觚〉的思想藝術風采

魏源字默深，觚者，觚牘也，古代寫字用的竹簡木札，唐柳宗元《柳先生集》九〈唐故給事中皇太子侍讀陸文通先生墓表〉：「孔子作《春秋》千五百年。……秉觚牘，集思慮，以為論注疏說者百千人矣。」又十二〈志從父弟宗直殯〉：「善操觚牘，得師法甚備。」〈默觚〉即魏源的讀書札記（筆記），即他的讀書沉思錄。〈默觚〉分上、下兩篇，即〈學篇〉十四，〈治篇〉十六，以論學和論政為主，融會了魏源的哲學觀點、學術思想、文學思想、道德思想、歷史觀點、人才觀點和政治改革思想。魏源作為學識博洽的經學家和史學家，善於思考的思想家，有著革新意識的政治改革家，目光敏銳的社會批評家，以及有著獨特風格的散文家，他這種多重複合的知識結構優勢，在這部讀書札記體的雜文集裡有突出的體現。這裡需要強調的是，魏源同一般的今文經學家不太一樣，他並不只是拘守於儒家經典，並在那基礎之上搞「托古改制」和「微言大義」，他的學術視野要開放得多，他著有《老子本義》、《孫子集注》，精研佛學，也不把墨家、法家等視為「異端」加以排斥，他說過：「孔、老異學而相敬……使孟子用世，必用楊、墨，不用儀、秦也；韓愈謫潮，寧友大顛……」(〈學篇十二〉)，又說：「兼黃、老、申、韓之所長而去其所短，斯治國之庖丁乎！」(〈治篇三〉) 魏源在論學、論政上，以儒家思想為主幹，博采諸子百家之長，因而思想開闊活躍，切實深邃。這種思想的開放性和深刻性，是〈默觚〉的突出特點，也是他以後在《海國圖志》〈序〉裡獨排眾議，力主學習西方先進的軍事、科技的思想基礎。

魏源在哲學的認識論上基本上是堅持唯物主義的。他反對程朱的「知先行後說」，也反對陸王的「知行合一」，以知代行說，主張「及之而後知，履之而後艱」，強調親身踐履的極端重要性，他說：

> 及之而後知，履之而後艱。焉有不行而能知乎？……披五嶽之圖，以為知山，不如樵夫之一足；談滄溟之廣，以為知海，不如估客之一瞥；疏八珍之譜，以為知味，不如庖丁之一啜。（〈學篇二〉）

在學習上，他反對孔子的「生而知之」的唯心主義的先驗論，強調後天學習的重要性，他反問說：

> 聖人果生知乎，安行乎？孔何以發憤而忘食，姬何以夜坐而待旦，文何以憂患而作《易》，孔何以假年而學《易》乎？（〈學篇三〉）

如前所述，魏源是主張「貫經術、政事、文章於一」，「以經術為治術」的，他由學習推及政治，他強調一個人飽讀經書，滿腹經綸，而要在政治上有所作為，必須對實際進行考察，「必自勤訪問始」，他指出：

> 古今異宜，南北異俗，自非設身處地，焉能隨盂水為方圓也？自非眾議參同，焉能閉戶造車，出門合轍也？歷山川，但壯遊覽而不考察形勢；閱井疆，而觀市肆而不察其風俗；攬人才，但取文采而不審其才德，一旦預天下之事，利不知孰興，害不知孰革，薦黜委任不知孰賢不肖，自非持方枘納圓鑿而何以哉？夫士而欲任天下之重，必自勤訪問始；勤訪問；勤訪問必自無事之日始。（〈治篇一〉）

務實的魏源在學術上和政治上都主張「實學」和「實幹」，反對空談心性的「俗學」、「腐儒」和「空頭政治」，他指出：

> 工騷墨之士以農桑為俗務，而不知俗學之病人更甚於俗吏；托玄虛之理，以政事為粗才，而不知腐儒之無用亦同於異端。彼錢谷簿書不可言學矣，浮藻飷飣可為聖學乎？釋老不可以治天下國家矣，心性迂談可治天下乎？（〈治篇一〉）

魏源精研《周易》，注過《老子》和《孫子》，十分讚賞古代樸素的辯證法。他在《孫子集注》〈序〉裡曾說：

> 夫經之《易》也，子之《老》也，兵之《孫》也，其道皆冒萬有，其心皆照宇宙，其術皆合天人，綜常變者也。

在〈默觚〉裡，他以辯證法來論學、論政、論史、論改革，思想就特別犀利、豐富、深刻，特別富於啟示性。

在〈學篇十一〉中，魏源提出：「天下物無獨無有對。」而且「有對之中，必一主一輔，則對而不失為獨」。他樸素地觀察到事物對立的同一。在〈學篇十一〉，他又談到矛盾的轉化，即「寒」、「暑」，「禍」、「福」，「消」、「長」，「難」、「易」，「得」、「失」等的互相轉化。在〈治篇二〉裡，魏源運用矛盾雙方可以互相轉化的辯證法原理觀察政治上的「治」和「亂」的互相轉化時，特別援經據史突出強調政治上的憂患意識：

> 君子讀〈二雅〉至厲、宣、幽、平之際，讀〈國風〉至〈二南〉、〈豳〉之詩，喟然曰：《六經》其皆聖人憂憤之書乎！「天下之生久矣，一治一亂」；治久習安，安生樂，樂生亂，

> 亂久習患，患生憂，憂生治。故真人之養生，聖人之養性，帝王之祈天命，皆憂懼以為本焉。……草木不霜雪，生意不固，人不憂患，則智慧不成。(〈治篇二〉)

魏源在〈默觚〉裡也根據辯證法原理透過現象看本質，判「似是而非」和「似非而是」中的「是」和「非」，在〈治篇六〉裡，他寫下這樣的洞察紛紜複雜的人情世相的警句：

> 輕諾似烈而寡信，多藝似能而寡效，進銳似精而去速，訐細似察而煩苛，姝姁似惠而無實，此似是而非者也；大權似專而有功，大智似愚而內明，執法似嚴而成物，正諫似激而情忠，此似非而是者也。(〈治篇六〉)

這裡特別是「正諫似激而情忠」一句，對於我們正確理解和冷靜對待那些帶有憤激之情、尖銳刺耳的諍諫性和批評性雜文，特別有啟發。

魏源根據辯證法原理認為：無論是自然現象和社會現象，都在發展著變化著，滄海桑田，變動不居。基於這種變化發展觀念，他提出進化發展的歷史觀，提出了「變古愈盡，便民愈甚」，「治不必同，期於利民」的變法思想。這集中表現在〈治篇五〉中：

> 三代以上，天皆不同今日之天，地皆不同今日之地，人皆不同今日之人，物皆不同今日之物。……故氣化無一息不變者也，其不變者道而已矣，勢則日變而不可復也。……古乃有古，執古以繩今，是為誣今；執今以律古，是為誣古；誣今不可以為治，誣古不可以語學。……(〈治篇五〉)
>
> 租、庸、調變而兩稅，兩稅變而條編。變古愈盡，便民愈甚。雖聖王復作，必不舍條編而復兩稅，舍兩稅而復租、庸、調

> 也；……履不必同，期於適足，治不必同，期於利民。是以忠、質、文異尚，子、丑、寅異建，五帝不襲禮，三王不沿樂，況郡縣之世而談封建，阡陌之世而談井田，笞杖之世而談肉刑哉。(〈治篇五〉)

魏源為人平和沉穩，他的雜文沒有像龔自珍那樣攻擊封建專制君主的激烈辛辣文字，但在〈默觚〉裡，也有某些對封建專制君主不敬的文字，這在魏源那個時代，需要勇氣，殊屬難得。在〈治篇二〉裡，魏源指出：「人主修德之難也，倍於士庶乎！」為什麼？他分析說：

> 奸聲在堂，諛舌在旁，曼靡在床，醲醴在觴，娛獸在場，所以蠱我心者，四面伺之，雖有憂勤聰智之君，不能無一罅之閑也。(〈治篇二〉)

言下之意，即認為「人主」在道德修養上不僅不在「士庶」之上，反而在「士庶」之下了。在〈治篇三〉裡，魏源抬出「天」來抬高「眾人」的地位，抹去了「天子」頭上神聖光圈。他說：

> 「天地之性人為貴」，天子者，眾人所積而成，而侮慢者，非侮慢天乎？人聚則強，人散則尪，人靜則昌，人訟則荒，人背則亡，故天子自視為眾人中之一人，斯視天下為天下之天下。

這種關於「天子」、「眾人」、「天下」相互關係的觀念顯然和幾千年的封建傳統觀念相牴牾，大有衝決封建社會羅網之勢。

魏源的〈默觚〉，是讀書札記，也是思辨性很強的哲理散文（即雜文），有知識之美，智慧之美，也有詩的情韻和文采之美。黑格爾在《美學》裡談到「詩的掌握方式和散文的掌握方式」時，曾談到三種不同的掌握方式（或稱思維方式、觀念方式），即「散文意識」的思維方式、玄學思維（即辯證思維）方式，詩的思維方式，他認為玄學式的辯證思維，「與詩的想像有血緣關係」，但兩者又有所區別，前者「只是真理和現實世界在思維中的和解」，後者則是「真理和現實世界在現實現象中的和解」。魏源是一位有很高思維才能的思想家和極富才情的詩人，他的思辨哲理雜文就是思想家的辯證思維和詩人才情的統一。這裡，且看下列魏源論廣開言論的文字：

> 景運之世，言在都俞，其次言在旌木，其次言在庭陛，其次言在疏牘，其次言在歌謠，其次言在林藪，其次言在腹臆，言在腹臆，其世可知。至治之世，士在公孤；小康之世，士在僚采；傾危之世，士在遊寓；亂亡之世，士在阿谷；士在阿谷，其世又可知矣。言室滿室，言堂滿堂。天子穆穆，諸侯皇皇。故世昌則言昌，言昌則才愈昌；世幽則言幽，言幽則才愈幽。《詩》曰：「鳳皇鳴矣，于彼高岡，梧桐生矣，於彼朝陽。」
>
> 受光於一隙見一床，受光於牖見室央，受光於庭戶見一堂，受光于天下照四方。君子受言以達聰明者亦然。或為一隅之偏聽，或為一室之邇聽，或為一堂之公聽，或為旌木、鼓鐸、矇瞽、芻蕘之偏聽，所受愈小則所照愈狹，所受愈彌曠則所照彌博。《詩》曰：「不明爾德，時無背無側。爾德不明，以無陪無卿。」

上引第一段，作者以排比和對比修辭手法，層層遞進，推導出：「故世昌則言愈昌，言昌則才愈昌；世幽則言愈幽，言幽則才愈幽」的無可辯駁的結論，最後以《詩經》裡的抒情性詩句收結，氣勢充沛，感情強烈，餘韻悠長。第二段裡，魏源以光照度不同，效果也不相同，來比喻「君子受言以達聰明」的不同程度，把「兼聽則明」這一抽象深奧的哲理形象化了，詩化了，達到了哲理和詩的統一。魏源在〈默觚〉的寫作中，邏輯思維和詩性的聯想、比喻、抒情的形象思維都異常活躍，共生互補，相得益彰，這造就了他的讀書札記式的思辨雜文有較高的哲思和美學品位，這是值得注意和取法的。

第三節　王韜和鄭觀應的報章體政論

馬克思在〈不列顛在印度統治的未來結果〉裡說「英國在印度要完成雙重的使命：一個是破壞性的使命，即消滅舊的亞洲式社會；另一個是建設性的使命，即在亞洲為西方式的社會奠定物質基礎。」這裡，馬克思所說的，「西方式的社會」，是指在當時歷史條件下，還是先進的現代資本主義社會，這種社會的「物質基礎」，是指「政治統一」、「電報」、用西方方法訓練出來的「軍隊」、「自由報刊」、「具有管理國家的必要知識並且接觸了歐洲科學的新的階層」、「蒸汽機」、「輪船」、「鐵路」[20]。需要指出的是，馬克思是在揭露英國資本主義侵略者在其殖民地印度犯下罪惡的前提下，談到英國殖民者在印度的歷史發展中所起的不自覺的客觀作用的。所以，馬克思在〈不列顛在印度的統治〉中分析說：「的確，英國在印度斯坦造成社會革命完全是被極卑鄙的利益驅使的，……它在完成這個革命的時候畢竟是充當了歷史的不自覺的工具。」[21]他又在〈不列顛在印度統治的未來結果〉的最後指出：「只有在偉大的社會革命支配了資產階級時代的，支配了世界市場和現代生產力，並且使這一切服從於最先進的民族的共同監督的時候，人類的進步才不會不再像可怕的異教神像那樣，只有用人頭做酒杯才能喝下甜美的酒漿。」

---

20 見《馬克思恩格斯選集》第2卷。

21 見《馬克思恩格斯選集》第2卷。

馬克思說的構成現代社會的「物質基礎」諸因素中的「自由報刊」和有現代「管理」和「科學」的知識結構的知識分子這一「新的階層」的出現，是同中國散文（雜文）由古典向現代嬗變關係特別密切的，是促成中國雜文嬗變的重要因素。這裡將要論到的王韜和鄭觀應，就同「自由報刊」關係特別密切，他們的經歷和所具備的西學知識，自然是龔自珍、魏源，乃至於馮桂芬等所不能比擬的。王韜是《循環日報》的創辦人和主筆，鄭觀應就是《循環日報》的重要撰稿人，王韜的雜文集《弢園文錄外編》，鄭觀應的雜文集《盛世危言》，都是發表在報刊上的時務政論體雜文。梁啟超說：「自報章興，吾國之文體為之一變，汪洋恣肆，暢所欲言，所謂宗法家法，無復同者。」[22]他們的報章體政論雜文，比起龔自珍、魏源、馮桂芬的「經世致用」的雜文，是同中有異的，它們一樣關注現實時務，一樣充滿憂患意識、批判意識和變革意識，一樣燃燒著愛國愛民的政治激情，但前者更通俗、明白、曉暢，在鼓吹西學，並在中國發展資本主義方面，視野更開闊，思考更深入，態度更堅決。

一　王韜、鄭觀應的經歷和文論主張

王韜（1828-1897），初名利賓，又名瀚，字蘭卿，一八六二年後改名韜，字仲弢，一字子潛，又字紫詮，江蘇長洲（今吳縣）人。十八歲時以第一名考中秀才，以後屢試不中。一八四九年赴上海，受雇於英國教士麥都思所辦的墨海書館，協助譯書工作，開始接觸西方文化。一八六二年回鄉，化名「黃畹」上書太平軍將領，事為清政府發現，下令緝拿，逃往香港，助英人翻譯中國經書，曾先後兩次到外國遊歷，先後訪問過英、法、日等資本主義國家，得到了更多的資本主

22 梁啟超：《飲冰室合集》〈中國各報存佚表〉。

義社會的政治、經濟、文化和生產技術等方面的感性知識，思想上出現了新的飛躍。一八七四年始，在香港創辦《循環日報》，親主筆政十年，鼓吹變法圖強。一八八四年，得李鴻章默許，回到上海，任《申報》編纂主任，格致書院掌院。一生著述有二十六種[23]之多，涉獵面極廣，其重要者有《弢園文錄外編》、《弢園尺牘》、《蘅花館詩錄》、《漫遊隨錄》等。

鄭觀應（1841-1920），字正翔，號陶齋，別號杞憂生、慕雍山人、羅浮待鶴山人，廣東香山（今中山）人。十七歲時應試不第，遂棄舉業，赴滬經商，此後成為英商買辦，又在洋務派所辦的輪船招商局、粵漢鐵路、漢陽鐵廠等企業擔任過重要職務，七十年代開始自辦一系列工礦企業。他是近代早期資產階級維新思想家，在反抗列強侵華鬥爭中，作過許多實際貢獻，表現出鮮明的愛國思想。鄭觀應從七十年代開始寫作政論，其中絕大部分經王韜推薦發表在《循環日報》上，後來分別輯入《救時揭要》、《易言》、《盛世危言》等政論文集。

王韜和鄭觀應都曾經走過科舉致仕的道路，但屢試不售，才別擇新路。他們都同外國人有較多接觸交往，對當時世界大勢都有所了解，有較多的西學知識，都有一顆愛國心，也都同報刊有較密切關係，都以寫作報章體政論名世。在文論主張上，他們也是大同小異的。

王韜論文，力主「自抒胸臆」，表現強烈的自我感情，為現實政治服務的鮮明政治傾向性。他在《弢園文錄外編》〈自序〉中論散文創作云：

> 惟宣尼有云，辭達而已矣，知文章所貴在乎紀事述情，自抒胸臆，俾人人知其命意之所在，而一如我懷之所欲吐，斯即佳文，至其工拙，抑末也。鄙人作文，竊秉斯旨，往往下筆不能

23 據王韜：《弢園老民自傳》。

> 自休，若于古文辭門徑，則茫然未有所知，敢謝不敏。

王韜論文從創作主體出發，強調不論紀事述情論理，都須直抒胸臆，自見性情，不受任何「門徑」條條框框約束。在《弢園尺牘續鈔》〈自序〉裡，他批判那種「有家法，有師承，有門戶，有蹊徑，其措詞命意，具有所專注，蘊藉以為高，隱括以為貴，紆徐以為姸，短簡寂寥以為潔」的「今世之時文」時說，自己作文均「以胸中所有悲憤鬱積，必吐之而始快」，因而「其氣勢磅礴勃發，橫決溢出，如急流迅湍，一泄無餘」。王韜文論同袁宏道和袁枚的「性靈說」，龔自珍的「尊情說」一脈相承，而與「桐城」文論迥異其趣。王韜的「自抒胸臆」說是與他在政治上鼓吹變法圖強緊密相聯繫。他在〈重刻《弢園尺牘》自序〉裡如是說：

> 與人書，輒直抒胸臆，不假修飾，不善作謙詞，亦不喜為諛語。少即好縱橫議論，留心當世之務，每及時事，往往憤懣鬱勃，必盡傾吐而後快，甚至於太息泣下，輒亦不知其所以然。……故言之無所忌諱，知我罪我亦弗計也。

王韜異常重視報紙的重要作用，這正是他辦報和寫作報刊政論的緣由。他的〈論日報漸行於中土〉一文，是我國近代報刊史上的珍貴文獻。在那裡，他簡述「泰西」（歐美）和「中土」（中國）日報出現的簡史，以及對報刊主筆和新聞採訪的嚴格要求。他盛讚歐美日報的蓬勃發展及其重大作用：

> 泰西日報……今日雲蒸霞蔚，持論蜂起，無一不為庶人之清議。其立論一秉公平，其居心務期誠正。如英國之泰晤士，人仰之幾如泰山北斗，國家大事，皆視其所言以為準則，蓋主筆

之所持衡，人心之所趨向也。美國日報，一日至須發十萬張，可謂盛矣。

鄭觀應的文論主張同王韜的大同小異，主要見於〈《盛世危言》初刊自序〉：

蒙向與中外達人哲士游，每於酒酣耳熱之餘，側聞緒論，多關安危大計，且時閱中外日報，所論安內攘外之道，有觸於懷，隨筆札記。……感激時事，耿耿不能下臍，……自知憤激之詞，不免狂戇僭越之罪，且管窺蠡測，亦難免舉長略短，蹈捨己芸人之譏。惟聖明在上，廣開言路，登賢進良，直言無隱。竊願比諸敢諫之木，進善之旌，俾人人洞達外情，事事講求利病。如蒙當世巨公曲諒杞人憂天之愚，因時而善用之，行睹積習漸去，風化大開，華夏有磐石之安，國祚衍無疆之慶，安見空言者不可見諸行事，而牛溲馬勃，毋亦醫國者所蓄為良藥者也歟！

這裡有幾點值得注意：（一）鄭觀應自述他寫作那些報章體政論雜文，感情非常投入：多是「憤激之詞」、「狂戇」之氣；（二）他的報章體政論雜文，所論「多關安危大計」、「安內攘外之道」；（三）他希望他的議論性、批評性和建設性的政論體雜文，能成為「正其偏弊」、「風化大開」的「醫國」之「良藥」。

同王韜一樣，鄭觀應亦非常重視報刊的重要作用，他在〈議院上〉裡指出：

考泰西定例，議員之論，刊佈無隱，朝議一事，夕登日報，俾眾咸知。論是，則交譽之；論非，則群毀之。本斯民直道之

> 公，為一國取賢之準，人才輩出，國之興也勃焉。誠能本中國鄉里選舉之制，參泰西投匭公舉之法，以遴議員之才望復於各省多設報館，以昭議院之是非。則天下英奇之士，才智之民，皆得竭其忠誠，俾其抱負。君不至獨任其勞，民不至於偏居於逸。君民相洽，情誼交孚，天下有公是非，亦即有公賞罰。而四海之大，萬民之眾，同甘共苦，先憂後樂，上下一心，君民一體，尚何患敵國外患之相陵侮哉？

在王韜、鄭觀應那個時代，華人自辦的華文日報還是新事物，他們在認識上的天真幼稚是可以理解的。

二　王韜和鄭觀應對報章體政論雜文的貢獻

十九世紀五十年代，最先是在香港，以後在廣州、上海、漢口、福州、廈門等地陸續出現了一批中國人自己辦的報紙，它們是中國新興的資產階級報刊的萌芽。

據方漢奇著的《中國近代報刊史》，一八五八年，伍廷芳在香港創辦了《中華新報》；一八六四年，陳靄亭在香港創辦了《華字新報》，先後擔任主筆的有黃平甫、王韜、潘蘭史等；一八七二年，王韜在香港創辦了《循環日報》，王韜親主筆政；一八七九年，《維新日報》在香港創刊，先後主持編務的有陸驥純、陸建康、黃道生等；一八八五年，《粵報》在香港創刊。在內地創辦的報紙有：一八七二年，《羊城采新實錄》，在廣州創刊；一八七三年，《昭文新報》在漢口創刊，由艾小梅主編；一八七四年，《匯報》在上海創刊，創辦人為中國第一個留學生容閎；一八七五年《華字新聞紙》在福州創刊；一八七六年，《新報》在上海創刊；一八七九年，《新報》在廈門創刊；一八八四年，《述報》在上海創刊；一八八六年，《廣報》在上海創刊。方漢奇在《中國近代報刊史》裡這樣評價萌芽時期的中國資產階級報刊：

> 伴隨著一個階級的誕生和發展，需要有一場輿論上的吶喊。萌芽時期的中國資產階級報刊，承擔的正是這樣一個歷史任務。由於先天不足，它們的呼聲是微弱的，但是畢竟反映了發展中的中國資產階級的願望，奏出了這個階級進行曲中的第一個樂章。

這個評價是準確的，符合實際的。這有助於我們理解王韜、鄭觀應的報章體政論，以及他們對中國雜文從古典向現代嬗變所作的貢獻。王韜和鄭觀應在中國文學史和思想史上的地位，自然不能與龔自珍和魏源相提並論，但他們也有自身存在的價值。一般來說，龔、魏是有著先進的資產階級思想因素的地主階級啟蒙思想家和社會改革家，王韜和鄭觀應則是早期的資產階級啟蒙思想家，因而，他們在鼓吹變革圖強時，明確主張學習西方先進的東西，在中國發展資本主義；他們的政論文章，都是以報章體的政論雜文形式出現的，給中國傳統的思辨哲理帶來更具有現代性的因素。

王韜在主持《循環日報》十多年中，連續發表了大量政論雜文，他是資產階級改良派的第一位報刊政論作家，也是中國有史以來的第一位報刊政論作家，他的《弢園文錄外編》是中國歷史上第一部報刊政論雜文集。戈公振在《中國報學史》裡評論《弢園文錄外編》是「集該報論說精華成之。其學識之淵博，眼光之遠大，一時無兩」。

《弢園文錄》的中心是「變法自強」，振興中華。王韜身處內憂外患的時代。震撼全國的太平天國起義，給清政府以沉重打擊，也暴露清政府統治的脆弱和腐敗，鴉片戰爭之後，東西方列強不斷入侵，中國不斷戰敗，中國的屬國一個個成為列強的殖民地。王韜兩次遊歷歐洲，以後又出訪日本，他對當時先進的資本主義國家的政治、經濟、軍事、科技、文教，有較豐富的感性知識。他執筆為文時，就與那些冥頑不靈的頑固派、保守派不同，他有較開放的眼光，能從中西文化的比較上來思考問題，分析問題。在這些方面，他顯然較魏源、林則徐等跨進了一步。他痛感中國面臨「四千年來未有之創局」(〈變法自強〉)，中國唯一的選擇是改革開放，變法自強，為此，他提出了一整套的改革內政、學習「洋務」(〈洋務上、下〉) 的救國方略。在〈變法 (中)〉裡，王韜慷慨陳詞：

> 易曰：窮則變，變則通。知天下事未有久而不變者也。……
> 嗚呼！至今日而欲辦天下事，必自歐洲始。以歐諸大國為富強之綱領，製作之樞紐。捨此無以師其長而成一變之道。……
> ……故至今日而言治，非一變不為功。
> 變之道奈何？其一曰取士之法宜變也。……
> 其一曰學校之虛文宜變也。……
> 其一曰律例之繁文宜變也。……
> 凡此四者，皆宜亟變者也。四者既變然後以西法參用乎其間。而其最要者，移風俗之權操之自上，而與民漸漬於無形，轉移於不覺。蓋其變也，由本以及末，由內以及外，由大以及小，而非徒恃乎西法也。

在〈除弊〉、〈停捐納〉、〈興利〉、〈尚簡〉、〈練水師〉、〈設電線〉、〈制戰艦〉、〈建鐵路〉，以及〈紀英國政治〉諸文中，王韜對他提出的救國方略中的興革除弊有更具體的闡發，他理想中的政治和理想中的社會，是當時最先進最強盛的資本主義英國。王韜是個改良主義者，他希望在不根本變革封建制度的前提下，在中國發展資本主義，這當然是種一廂情願的空想，這是他不可避免的階級和歷史的侷限。不過有兩點應該看到，即：(一) 在王韜心目中的「道」，並非是當時頑固派所堅持的「天不變，道亦不變」的亙古不變的僵化抽象空疏的那種「道」，而是「道貴乎因時制宜而已，即使孔子生乎今日，其斷不拘泥古昔，而不為變通，有可知也。」(〈變法（中）〉) 是一種可「變通」的「道」，即可以不斷「因時制宜」，適應時代的變化和發展的不斷豐富發展的具體的有充沛生命活力的具體的「道」;（二）王韜關於軍事、經濟、科技、文教、辦報等的建議，正是上述馬克思說的為資本主義社會奠定「物質基礎」的那些，仍然是積極、建設性的有價值的建議，不宜低估。王韜是「一息猶存，尚思報國」的愛國者。他著文抨擊日本、俄國、法國侵略欺凌中國，為抵禦外國欺侮獻計獻策。

王韜發表於報刊上的時政評論雜文，在感應時務政事、社會生活的及時性、廣泛性和尖銳性，以及文字的通俗性和鼓動性上，都是前所未有的，對以後資產階級改良派和資產階級革命派的報刊政論雜文也有深刻影響。中國報刊刊載政論性雜文的傳統是王韜開創的。一八七〇年，王韜就和黃平甫在《華字新報》發表報刊政論雜文了，當時上海的《申報》在介紹《華字新報》時，特別推崇他們的報刊政論雜文：

> 其主筆為黃平甫及王君紫銓，飛毫濡墨，揮灑淋漓，據案伸箋，風流蘊藉，蓋二君留心世事，博通中外之典章，肆力陳編，宏備古今之淵鑒，政弄措置，盡托閒談，朝野見聞，總歸直筆，不第供夫乾志夫虞初而已也。[24]

這可看為是對王韜報刊政論雜文風格的一種概括。王韜在《循環日報》上發表的報刊政論體雜文，常為內地報刊所轉載，他是他那個時代最有影響的政論家。鄭觀應是愛國憂時、不滿現狀的上層資產階級

24 〈本館自述〉，《申報》，1872年5月8日。

知識分子。他從七十年代起，就「有觸於懷，隨筆札記」，寫作政論。他早期政論就有熾烈的愛國圖強思想，常用的筆名是「杞憂生」。後經王韜推薦，大多發表於《循環日報》上，並收入《救時昌要》、《易言》、《盛世危言》中，尤以《盛世危言》影響最大。毛澤東曾對斯諾說過，他青年時代常瞞著父親，在燈下以極大興趣和熱情閱讀《盛世危言》。其中如〈論邊防〉、〈論傳教〉等文，陳述外敵侵略形勢的嚴重。〈論吏治〉、〈論練兵〉、〈論水師〉等，揭露封建積弊的黑暗。〈論稅務〉要求關稅自主。〈論交涉〉反對治外法權。〈論學校〉和〈論教養〉，主張廢八股，設學校，學西學，培人才。尤以〈商戰〉（上、下）和〈議院〉（上、下）更值得重視。在〈商戰〉裡，鄭觀應主張不但要注意兵戰，也要重視商戰，呼籲「振興商務」，發展民族資本，「制西人以自強」。在〈議院（上）〉裡，鄭觀應指出西方資本主義強國「致治」之「本」不在於「船炮之堅利，器用之新奇」，而在於「設議院」，因而，他認為中國富強之「始」，在於君民共主，「設立議院」，他指出：

> 故欲行公法，莫要於張國勢；欲張國勢，莫要於得民心；欲得民心，莫要於通下情；欲通下情，莫要於設議院。中華而自安卑弱，不欲富國強兵，為天下之望國也，則亦已耳。苟欲安內攘外，君國子民，持公法以永保太平之局，其必自設立議院始矣！

鄭觀應是中國近代最早倡導君主立憲政治的思想家。在《盛世危言後編》〈自序〉裡，鄭觀應把他的改革開放思想闡發得更系統了，他說：「欲攘外，亟須自強；欲自強，必先致富；欲致富，必先振工商；欲振工商，必先講求學校，速立憲法，尊重道德，改良政治。」

王韜在〈杞憂生《易言》跋〉裡對鄭觀應的政論雜文給予極高評價。他指出它們「於當今積弊所在，抉其癥結，實為痛徹無遺」；作者「中西之形勢，深悉天時人事」，所論乃「自強之道」，「救時之藥石」；作者寫作這些政論，「縱論天下事」，「慷慨泣下」，「發憤」著書，是「發上指而筆有淚也」，文章有著強烈充沛的感情力量。這可看作是對鄭觀應政論體雜文風格的很好概括。

無須諱言，王韜和鄭觀應的政論體雜文，從理、情、文三者的結合和統一看，有說理新穎透澈，主體感情相當投入的長處，但也有「稍遜風騷」、「略輸文采」的不足。這就是說，他們的政論體雜文，在對雜文的社會功能的重視和審美品位的追求上是不平衡的。這種思想和藝術的不平衡，不僅王韜和鄭觀應如此，實乃眾多的政論體雜文所習見的缺陷。

第二章
資產階級改良派的雜文

中國雜文從古典向現代的嬗變，是一個極其艱難曲折的過程。傳統古文，歷史悠久，成就極高，力量太強大了。中國的傳統文化和以「桐城」派為代表的傳統古文，自鴉片戰爭後，在外國資本主義的入侵面前，在歐風美雨的沖刷下，不可避免衰落了，日漸暴露了其不能適應時代要求的保守性。在這種「痛劇創深」的千古未有的歷史巨變面前，感覺敏銳、愛國愛民的中國知識分子，不得不睜開眼睛看世界，不得不睜開眼睛看自己，在意識形態的諸多領域，在「富國強兵」的許多方面，甚而是在散文文體方面，嘗試進行了在他們當時的歷史條件下可能的探索和變革，可能的改革開放的有益的初步嘗試。

以散文文體的變革嘗試而論，鴉片戰爭前後的龔自珍和魏源，就以今文經學的「微言大義」和「公羊三世說」，以及明清之際的「經世致用」的學術文化思想，對「桐城」文派的「空談性理」和束縛人的唐宋韓歐「義法」發起衝擊，其中魏源的《海國圖志》還提出「師夷」「制夷」的改革開放戰略思想。十九世紀七、八十年代的馮桂芬，更是直接對「桐城」「義法」發起挑戰，寫作了直接為現實的變革服務的激進政論雜文集《校邠廬抗議》，王韜創辦了「自由報刊」《循環日報》，王韜和鄭觀應寫作了大量報章體政論雜文。這種報章體政論雜文，在反映社會現實的及時性、讀者的廣泛性、文章的通俗性和鼓動性，以及在傳播西學、倡言改革開放思想，甚而婉轉曲折地提出了在中國進行政治制度變革，仿效歐美，在中國建立君主立憲的政治體制。王韜和鄭觀應的報刊體政論雜文，在中國雜文史上是史無前例的新事物，它們是龔自珍、魏源、馮桂芬的「經世致用」之文合乎歷史邏輯的繼承和發展，但又是通向更廣闊的歷史未來的新開端。歷史就是這樣。龔自珍和魏源啟發了王韜和鄭觀應，王韜和鄭觀應又啟發了其後的康有為、梁啟超等人。但歷史不是循環重複，而是螺旋式上升發展。王韜和鄭觀應的報章體政論雜文，同龔自珍和魏源等的「經世致用」雜文，是同在同一性質的歷史演變發展的鏈條，但畢竟是其中前後不同的環節，梁啟超在資產階級改良運動前後提出的「文界革命」，他享有盛譽的「時務體」、「新民體」、「新文體」，也不同於王韜、鄭觀應的報章體政論雜文，它們畢竟是歷史發展的更高階段上的產物。

第一節　改良派的報刊宣傳和文體改革

一八九四年，中國在中日甲午戰爭中慘敗，被迫簽訂割地賠款的〈馬關條約〉，中國被迫割讓臺灣、賠款二億三千萬兩，當時的清政府財政歲入只八千萬兩，如此巨大的財政支出，清政府只有加緊對人民的橫徵暴斂，激起人民的不滿和反抗，階級矛盾激化。甲午戰後，帝國主義侵略者，加緊在中國劃分勢力範圍。一八九七年，德國強佔膠州灣，接著沙俄強佔旅順、大連，法國強佔廣州灣，英國強佔威海衛和九龍。中國面臨帝國主義列強「瓜分豆剖」的空前嚴重的民族危機。從一八九五年，康有為發起在京應試的各省千餘名舉子「公車上書」，到一八九八年的「百日維新」，中國出現了一個資產階級領導的改良主義政治運動。這場政治運動的目的是變法自強，救亡圖存。

按嚴復在〈中國之分黨〉中估計，康有為領導改良維新運動時，在中國，頑固派和維新派「不過千與一之比，其數甚小」，絕大多數官僚和知識分子對維新派的變法主張所知甚少，更不必說普通的黎民百姓了。改良派要推行政治變革，就必須建立學會，組織政治團體，創立報刊，進行輿論宣傳，壯大聲勢，爭取民心。從一八九五年至戊戌變法期間，康有為和他的戰友，先後在北京、上海、湖南、廣州等省市建立了許多學會，創辦了三十多種報刊，在擴大變法維新思想的影響，推動改良運動的開展，進行社會思想啟蒙和宣傳鼓動等方面，起了重要作用。

甲午以後，資產階級改良派一方面積極籌備辦報，一方面上書光緒皇帝，希望得到皇帝的支持，取得合法出版地位。康有為在公車上書時，就向光緒皇帝陳述了報紙和變法新政的內在聯繫，提出了「縱民開設，並加獎勵，庶稗政教」的請求，隨後又在〈上清帝第四書〉、〈上清帝第五書〉裡重複了上述請求。一些支持變法維新的官吏，也紛紛上疏，支持「廣立報館」，如翰林李端棻，御史宋伯魯，出使美、日、祕的大臣伍廷芳等，也都提出了「設報達聰」的建議。光緒皇帝接受他們建議，把開設報館納入其變法新政，頒佈了有關的「上諭」。

在資產階級改良運動期間，也出現了大量有關報刊宣傳和報章文體的言論，這大多見於各報的發刊詞、例言裡，較有影響的理論文章，如陳熾《庸言》〈報館〉和譚嗣同的〈報章總宇宙之文說〉[1]。

陳熾在〈報館〉一文裡，以「泰西報館」帶來多方面的效益為例，論述開設報館的重要：

> 泰西報館之設，其國初亦禁之，後見其公是公非，實足達君民之隔閡，遂聽其開設以廣見聞。迄今數十年，風氣日開，功效日著。制一精器，登報以速流傳，而工作興矣；立一公司，入報以招貿易，而商途辟矣。與國之政令，朝夕可通，而敵情得

1　譚嗣同的〈報章總宇宙之文說〉，刊於《時務報》第29、30冊，1897年6月10日、21日，原題為〈報章文體說〉。

> 矣；刑司之讞辭，纖毫必具，而公道彰矣。耳目所經，聰明益浚。至於探一新地，行一新政，見一新理，得一新聞，皆可與天下之人同參共證。所謂不出戶庭，而周知天下之事者，非報館無由也。

陳熾不滿於當時的中國，西人報刊多於華人報刊，他認為「報館」是「國之利器，不可假人」，他呼籲國人重視報館的作用，大量辦報。

譚嗣同的〈報章總宇宙之文說〉指責那些看不起報刊和報章文體的人，是「下里之唱」、「眢井之蛙」，他這樣讚美報章文體：

> 上下四方曰宇，往古來今曰宙，罔不相容並包，同條共貫，高挹遐攬，廣收畢蓄，識大識小，用宏取多。信乎經國之大業，不朽之盛事，人文之淵藪，詞林之苑圃，典章之穹海，著作之廣庭，名實之舟楫，象數之修途。總群書，奏《七略》，謝其淹洽；甄七流，綜百家，慙其懿鑠。自生民以來，書契所紀，文獻所徵，參之於史既如彼，伍之於選又如此。其文則選，其事則史；亦史亦選，史全選全。文武之道，未墜於地；知知覺覺，亦何常師？斯事體大，未有如報章之備哉燦爛者也。

據胡漢奇的《中國近代報刊史》，改良派的報刊較重要的有：《中外紀聞》（1895）、《強學報》（1895）、《時務報》（1896）、《福報》（1896）、《知新報》（1897）、《湘學報》（1897）、《國聞報》（1897）、《譯書公會報》（1897）、《湘報》（1897）、《廣仁報》（1897）、《富強報》（1897）、《求是報》（1897）、《蜀學報》（1898）、《嶺海報》（1898）、《香港通報》（1898）、《女學報》（1898），其中影響較大的是梁啟超主編的《時務報》，康有為親自領導的《知新報》，譚嗣同、唐才常負責的《湘學報》，嚴復、夏曾佑、王修植等主編的《國聞報》，還有戊戌變法失敗後，梁啟超在日本流亡時主辦的《清議報》和《新民叢報》。

救亡圖存、變法自強的資產階級改良運動的高漲，改良運動的宣傳鼓動和社會思想啟蒙的展開，報紙刊物的大量出現，以及一批報刊政論家的脫穎而出、卓然成家，這一切都有力促進了政論性、說理性散文即雜文文體的變革。

中國傳統古文是沿著「原道」、「徵聖」、「宗經」的「代聖人立言」、「載儒家之道」的路線發展的，在清代文壇上有著相當勢力的「桐城」古文，基本上是沿著這一路線發展的。鴉片戰爭以後，這類古文已日漸不能適應時代需要，顯露了其僵化空疏的弊病。資產階級改良派的報章政論雜文的革新，首先突出表現在思想內容和社會功能上。從根本上說，他們的報章政論體雜文，在思想內容上，已不是教條式的「經學」的附庸和演繹，而是當代的救亡圖存、變法自強的最迫切的「時務」問題。在資產階級改良運動高漲時期的眾多報章體雜文，在鼓吹救亡圖存、變法自強的救國改革方案時，在政治上、經濟上、軍事上、文化教育上，提出了一整套在中國「破舊立新」發展資本主義的要求；即便康有為等從今文經學角度打出孔子的旗號，但他筆下的孔子，是「托古改制」的孔子，是主張革新的、平民化的孔子，他筆下的孔子是為他鼓吹資產階級變革服務的，此其一。資產階級改良派要在中國發展資本主義，就必然要引進、介紹西方資本主義國家的政治、經濟、文化理論，西方先進的科學技術，這就是所謂的「西學」和「新學」，他們或則借助譯述，或則通過報章體政論雜文評述，較全面系統譯介了赫胥黎的社會達爾文主義，盧梭的「民約論」、約翰·彌爾的「論自由」，培根、笛卡爾的邏輯學，以及天文、地質、數學、物理、化學、生物、機械工程等自然科學，這就不僅給中國傳統雜文增加了新的思想血肉，也帶來了新的思維方式，此其二。在雜文的社會功能上，資產階級改良派突出強調為社會的進步變革服務，而且，他們也意識到這種社會的進步變革，必須得到群眾的支持才能成功，這樣，對群眾進行社會思想啟蒙，也就成了其社會功能有機組成部分。在這點上，改良派的報章體政論雜文，同傳統古文只是翼教闡道，維護現存社會制度，奉行「民可使由之，不可使知之」，是有根本區別，這我們從嚴復「鼓民力」、「新民德」、「開民智」和梁啟超的「新民說」裡，可以洞見這些既是社會改革家也是社會啟蒙思想家的本色。

在文體形式的變革上，是「通俗化」的嘗試和「白話化」的理論倡導。這種新變，是當時的社會政治、經濟、文化發展的必然產物。隨著資本主義的發展，對外開放的擴大，西方新的科學技術和新事物、新思想、新名詞和新的思維方式不斷輸入，與此相適應，反映這種變化的語言，必然要有所變化。與此同時，為了對民眾進行社會思想啟蒙，爭取民眾對變法維新的支持，也必須改變文體形式，即變古奧艱深的文言文為半文半白的通俗文字，甚而是「我手寫我口」的白話文。

關於文體的通俗化，梁啟超在理論和實踐上做出傑出的貢獻，對此我們在下面論梁啟超的雜文時會有詳論。這裡著重介紹改良派的白話文理論和創辦的白話文報刊。

最早提出「言文合一」主張的是著名外交官和詩人黃遵憲。黃舊學根底深厚，出使過美、英、日諸國，有廣博的中西文化知識，他也是改良派的著名活動家。他從中西文化的比較中，看到歐美和日本「言文合一」，文化容易普及，科技發達，社會進步，中國則因言文乖離，識字的人極少，文化科學技術落後。他在《日本國志》〈學術志二〉〈文學〉裡，繼王充、劉知幾、袁宗道之後，提出了「言文合一」的理論主張：

……余聞羅馬古時，僅用拉丁語，各國以語言殊異，病其難

> 用。自法國易以法音，而英、法諸國文學始盛。耶蘇教之盛，亦在舉《舊約》《新約》就各國文辭普譯其書，故行之彌廣。蓋語言與文字離，則通文者少，語言與文字合，則通文者多，其勢然也。……若小說家言，更有直用方言以筆之於書者，則語言文字幾幾複合矣。余又烏知夫他日者不更變一文體適用於今，通行於俗者乎？嗟夫！欲令天下之農工商賈婦女幼稚皆能通文字之用，其不得不於此求一簡易之法哉！

他在這裡實際上提出了以通俗化甚至是白話化來「更變」「文體」的主張。在以後的〈梅水詩傳序〉裡，他重複了上述主張。在〈與嚴又陵書〉裡，他婉轉批評嚴復以古文譯〈原富〉和〈名學〉，是「雋永淵雅，疑出北魏人之手」，提出「造新字」、「變文體」，批評嚴復在文體上的復古傾向，支持梁啟超的「文界革命」。

旗幟鮮明地提出「白話為維新之本」和「崇白話而廢文言」口號的是裘廷梁。裘廷梁（1857-1943），字葆良，別字可桴，江蘇無錫人。戊戌變法前後梁啟超等進行資產階級改良主義的文化思想宣傳，竭力倡導白話文。他於一八九七年在《蘇報》發表著名的〈論白話為維新之本〉，一八九八八年在家鄉創辦《無錫白話報》。裘廷梁把「崇白話而廢文言」提到變法維新「之本」的高度來論述，固不恰當，但仍不失為驚世駭俗、獨特深刻之論。

在這篇名文裡，裘廷梁是從是否「崇白話而廢文言」，同民之智愚、國之盛衰，以及「崇白話而廢文言」，乃是世界語言發展的普遍規律和世界文化學術發展的共同歷史潮流來展開他的理論主張的。他痛切揭露了文言文的危害：

> 嗚呼！文言之害，靡獨商受之，農受之，工受之，童子受之，今之服方領習矩步者皆受之矣；不寧惟是，愈工于文言者，其

> 受困愈甚。二千年來，海內重望，耗精敝神，窮歲月為之不知止，自今視之，廑廑足自娛，益天下蓋寡。嗚呼！使古之君天下者，崇白話而廢文言，則吾黃人聰明才力無他途以奪之，必且務有用之學，何至暗沒如斯矣？

他詳細論述了白話的八益，即「一曰省力」，「二曰除驕氣」，「三曰免枉讀」，「四曰保聖教」，「五曰便幼學」，「六曰煉心力」，「七曰少棄才」，「八曰便貧民」；更難得的是，他還從美學角度，論證白話美勝於文言：

> 文言之美，非真美也。漢以前書曰群經，曰諸子，曰傳記，其為言也，必先有所以為言者存。今雖以白話代之，質幹具存，不損其美。漢以後說理記事之書，去其膚淺，刪其繁複，可存者百不一二。此外汗牛充棟，效顰以為工，學步以為巧，調牛傅粉以為妍，使以白話譯之，陋質悉呈，好古之士，將駭而走耳。

他最後的結論是：

> 由斯言之，愚天下之具，莫文言若；智天下之具，莫白話若。吾中國有欲智天下斯已矣，苟欲智之，而猶以文言樹天下之的，則吾前所云八益者，以反比例求之，其敗壞天下才智之民亦已甚矣。吾今為一言以蔽之曰：文言興而後實學廢，白話行而後實學興；實學不興，是為無民。

戊戌變法維新志士之一的陳榮袞在〈論報章宜改用淺說〉，也主張報紙應改用白話。他也譴責文言「禍亡中國」的嚴重危害，他指出在中國能看文言的人「不過五萬人中得百人耳」，只佔五百分之一，報紙如用文言，則讓絕大數人看不懂，讓他們陷於「廢聰塞明，啞口瞪目」的愚昧。陳榮袞也和裘廷梁一樣，把報紙改用「淺說」即白話，同維新變法聯繫起來，他指出：

> 大抵變法，以開民智為先，開民智莫如改革文言，不改文言，則四萬九千九百分之人，日居於黑暗世界中，是謂陸沉；若改文言，則四萬九千九百分之人，日嬉游於琉璃世界中，是謂不夜。

在改良派的理論倡導下，十九世紀末至二十世紀初，在中國曾掀起了白話文的熱潮，白話報刊的出現，白話書籍的大量印行，即為明證。據蔡樂蘇的〈清末民初的一百七十餘種白話報刊〉，一八九七年至一九一八年，全國各種白話報刊有一百七十餘種之多。這確是前所未有的新氣象。

戊戌變法維新前後的白話文理論倡導和白話熱潮，有力促進當時報章政論雜文的通俗化。當時「文界革命」主將梁啟超等人，雖然在理論上支持白話文，但在寫作實踐仍然是採用半文半白通俗化的「新文體」，而如著名的啟蒙思想家嚴復則無法突破「桐城」文派藩籬，堅持用近似於周秦的古文寫作，反對梁啟超等所倡導的散文通俗化。這是那一過渡時代必然存在的文化歷史現象。類似梁啟超等在理論和實踐上自相矛盾不能統一的「二元」矛盾格局，只有到了「五四」前後的新文化運動才能打破。

第二節　康有為的論政和論文雜文

康有為是活躍於上個世紀末中國政治文化舞臺上的大紅大紫的思想家、政治家和文學家。他作為傑出的啟蒙思想家和變法維新的政治領袖，他的學術活動和詩文創作活動，都是為他的救亡圖存、變法自強的資產階級改良主義政治運動服務的，有著明確的政治功利目的，帶有鮮明的政治色彩，顯示了思想家和政治家的詩文本色。康有為有著深厚的文藝修養和傑出的文藝創造才能，他那顯示著思想家和政治家本色的詩文創作，也表現了相當高的審美水準。康有為一生創作了千餘首詩、三百多篇散文。他的詩文創作雖然為他的思想家和政治家的盛譽所掩蓋，但就其思想藝術和影響而論，它們肯定是晚清文壇不可忽視的重要組成部分，是晚清的「詩界革命」、「文界革命」裡的藝術珍品。在詩文創作上，康有為既是傳統的又是反傳統的，他也是主張以「舊風格含新意境」[2]，是搞「舊瓶裝新酒」的。這讓人聯想起秋天裡那熟透脹裂的石榴，那石榴裡飽蘊著新生命的種籽，它積蓄的能量僅足以使爛熟的果實外殼脹裂，它一時還無法脫離生命的母體獨立存在，但那一心一意要脫離母體去尋找新天地繁衍新生命的種籽，卻讓人看到它們蓬勃的生命活力，如花似錦的燦爛未來。康有為在詩文創作上的既傳統又反傳統，以「舊風格含新意境」、「舊瓶裝新酒」，實際上是藝術創造上的一種邏輯悖論。這種藝術創造上的邏輯悖論，是文藝史上新舊雜陳、新舊交替、新舊力量懸殊的歷史過渡時代不可避免的帶規律性的普遍歷史現象。

康有為詩文創作的宏大的氣勢，奔湧的激情，豐富的思想和理論內涵，犀利的批判和戰鬥鋒芒，雄奇的想像，瑰麗的文詞，酣暢恣肆的文風，以及新舊交替雜陳的特點，深刻影響了他的學生梁啟超和譚嗣同等人，是十九和二十世紀之交的「詩界革命」和「文界革命」的重要組成部分，是戊戌變法維新的重要歷史文獻。

2 梁啟超：《飲冰室詩話》。

一　救亡圖存、變法自強理論的營造

康有為（1858-1927），原名祖詒，字廣廈，號長素。別號西樵山人，戊戌後，稱更生。廣東南海人。家為廣東望族，世代為儒，以理學傳家。祖父贊修，道光舉人，曾為州學正、訓導，父親達初，早年從朱次琦遊學，做過知縣。

康有為七歲能文，被稱為神童。開口不離聖人，鄉里戲稱為「聖人」。十九歲從同縣大儒朱次琦學習，深受其「濟人經世」的思想影響，大量閱讀儒家經典，又博覽佛、道經典。從二十二歲（1879）起，開始接觸西方改良主義思潮和西方資本主義文化。這期間，他曾遊歷過香港，感到「西人治國有方」，不可像古人那樣把異域都視為不開化的夷狄。他讀過《瀛環志略》、《環遊地球新錄》、《西國近事彙編》等介紹西學的書籍，眼界大開，從此大購西書，大講西學。一八八八年，康有為鑑於中法戰爭後，列強的侵略和中國的「積弱」，開始有了變法維新的要求，在北京應順天鄉試時，第一次上書光緒皇帝，正式提出變法主張。因上書未能直達光緒皇帝，遂回廣東，在廣州萬木草堂授徒講學。這時，他表面上宣稱不談政治，潛心學術，實際上，正積極為其變法作理論準備。在廣州時，康有為讀了廖平[3]的《今古學考》，一見傾心，大為心折，遂「盡棄其舊說」（梁啟超），全盤接受其今文經學的治學方法。

甲午戰爭及其隨後簽訂的〈馬關條約〉，暴露了列強瓜分中國的野心和清朝統治者投降賣國真相。民族危機迫在眉睫。康有為激於愛國熱忱，於一八九五年五月，發起了著名的「公車上書」，提出「拒

3　廖平（1852-1932），原名登廷，字旭陔，又字季平，晚號六譯。四川井研人。光緒進士。曾任四川尊經書院、國學院等教職。致力經學研究，主張今文為孔子真學，古文為劉歆偽造。著《今古學考》。著作輯為《六譯館叢書》。

和、遷都、練兵、變法」等一系列救亡圖存、變法自強主張。同年，又上書兩次，提出「設議院以通下情」的政治方案，與此同時，他還組織學會，創辦報刊，從事變法宣傳和組織活動。一八九七年，德國強佔膠州灣，康有為目擊「時危」，又趕到北京，連續三次上書，「極陳變法」，實行君主立憲制。一八九八年四月，康有為在北京組織保國會，把變法運動推向高潮。他領導的變法維新運動，很快就被頑固派鎮壓了。

戊戌變法失敗後，康有為逃亡海外，組織保皇會，反對孫中山領導的資產階級民主革命運動。辛亥革命後，他大搞孔教會活動，鼓吹尊孔復古。一九一七年，積極參與「辮帥」張勳的復辟醜劇，終於被「永定為復辟的祖師」[4]。

康有為著述豐饒。單行本有：《新學偽經考》、《大同書》、《論語注》、《廣藝舟雙楫》、《歐洲十一國遊記》、《康有為政論集》、《康有為詩文選》；文集彙編的有：《康南海文集》、《南海先生遺著彙刊》。其中臺灣蔣貴麟編輯的《南海先生遺著彙刊》共二十二集，所收康氏著作最齊全。

康有為很早就以「日日以救世為心，刻刻以救世為事」[5]的英雄自許。在二十多歲時，他就在探索和追求「救國救民」的「救世」真理。這個探索和追求，包含了他對傳統經典和傳統經學的懷疑、否定，吸收、改造，以及他對「西學」的學習、消化和把中西文化融化、綜合的艱難曲折過程。在《康南海自編年譜》裡，他有這樣的自述：

> ……四庫要書大義，略知其概，以日埋故紙堆中，汩沒其靈明，漸厭之。日有新思，思考據家著書滿家，如戴東原、究復何用？因棄之而私心好求安心立命之所。忽絕學捐書，閉門謝

4 見魯迅：〈趨時與復古〉，《花邊文學》。

5 見康有為：《康南海自編年譜》。

> 友朋，靜坐養心。同學大怪之。……靜坐時忽見天地萬物皆我一體，大放光明，自以為聖人則欣喜而笑，忽思蒼生困苦，則悶然而哭……同門見歌哭無常，以為狂而有心疾矣……此楞嚴所謂飛魔入心，求道迫切，未有歸依之時多如此。……
> 于時捨棄考據帖括之學，專意養心，既念民生艱難，天與我聰明才力拯救之，乃哀物悼世，以經營天下為志，則時時取周禮王制、太平經國書、文獻通考、經世文編、天下郡國利病全書、讀史方輿紀要……俯讀仰思，筆記皆經世緯宙之言，既而得西國近年匯編環遊地球新錄及西書數種覽之，薄遊香港覽西人宮室之瑰麗，道路之整潔，巡捕之嚴密，乃始知西人治國有法度不得以古舊之夷狄視之，漸收西學之書，為講西學之基矣。

具體來說，那就是康有為繼承了龔自珍、魏源、廖平等的今文經學傳統，融合西方的進化論和資產階級民主政治思想，營造出一個有著獨特思想體系的變法維新理論，這主要體現在他的「以經術作政論」的著名著作《新學偽經考》（1891）、《孔子改制考》（1896）和《春秋董氏學》（1897）裡。關於今文經學，梁啟超在《清代學術概論》裡曾指出：

> 龔自珍……好今文……往往引公羊義譏切時政，詆排專制……今文經學之開拓，實自龔氏。……今文學之健者，必推龔、魏，……故後之治今文學者，喜以經術作政論，則龔、魏之遺風也。

康有為繼承了龔、魏開拓的「以經術作政論」的今文經學傳統，把它推向了頂峰，並把它和西學熔為一爐，營造了獨特的理論體系。

在《新學偽經考》裡，康有為公然宣稱：自西漢末年以來歷代統治者和儒家所尊崇的儒家經典——古文經學是「偽經」，是劉歆為了取媚王莽而偽造的新朝之學即「新學」，它湮沒了孔子的「微言大義」，不是真經；只有西漢的今文經學，才是真經。在當時，《新學偽經考》的現實政治意義，在於它公然向官方的統治思想提出挑戰和進行否定，對封建專制制度進行批判。康有為明確指出：二千年來歷朝「王者禮樂制度之崇嚴，咸奉偽經為聖法」。既然歷代封建統治者所尊奉和恪守的經典是「偽經」，那麼依據這種「偽經」編造出來的皇權尊嚴和典章制度的合法性和神聖性就是虛假的、靠不住的了。這樣，依據真經的「微言大義」進行變法維新也就是理所當然的了。封建頑固派葉德輝曾從反面指出《新學偽經考》的真諦所在：「新學偽經之證，其本旨只有黜君權伸民力以快其恣睢之志」[6]。不久，《新學偽經考》便被清政府明令禁毀。

《孔子改制考》和《春秋董氏學》則從正面闡述了那被湮沒了的孔子「托古改制」的「微言大義」。

康有為運用《春秋》公羊家義法，把「述而不作」的孔子，塑造成「托古改制」的「素王」，他宣稱：儒家「六經」都是孔子改制創作之書，儒家經典中堯、舜、文王，也是孔子的「民主君主之所寄託」。康有為還認為孔子「托古改制」的「微言大義」就是《春秋》公羊三世說。所謂的「公羊三世說」，即東漢何休在《公羊傳注》中提出的一種對於歷史進化演變的看法，那就是：由「據亂世」進入「昇平世」，再入「太平世」。康有為利用資產階級歷史進化論的觀點對公羊三世說作了新的解釋，把它任意比附為君主制、君主立憲制和民主共和制三種政治制度。顯然，《孔子改制考》裡的「托古改制」的孔子，並非是歷史上真實的孔子，而是康氏重新塑造和理想化了的孔子，是執著於變法維新的孔子；而康有為把「公羊三世說」同君主

6　葉德輝：〈「輶軒今語」評〉，收入《翼教叢編》卷4。

制、君主立憲制和民主共和制任意比附，也是為他在政治上變君主制為君主立憲制的變法維新服務的。

康有為的《新學偽經考》、《孔子改制考》、《春秋董氏學》，為變法維新奠定理論基礎，並為它披上了人人尊奉敬畏的孔聖人的神聖外衣。在這些貌似「純」學術著作的寫作中，表現了康有為在學術上和理論上極大的勇氣，梁啟超曾稱這些著作為「大颶風」、「火山大噴火」，它們的確震動了當時的思想界。自然也不能否認它們存在著「復古」和「疑古」、「尊孔」和「疑孔」的自相矛盾。

二　大氣磅礴、酣暢淋漓的雜文

康有為的雜文包含論政和論文兩大部分，無論是論政還是論文的雜文都氣勢磅礴，熱情奔湧，酣暢恣肆，有著相當的雄辯性和煽動力。

康有為的論政雜文，主要是他的七次〈上清帝書〉和其他的奏摺，以及〈新學偽經考序〉、〈孔子改制考敘〉、〈強學會序〉、〈進呈日本明治變政考序〉、〈進呈俄羅斯大彼得變政記序〉、〈進呈法國革命記序〉。這些政論雜文，觸及的是當時中國最迫切的頭等政治問題，即救亡圖存，變法自強；這些政論雜文充滿著憂患意識、批判意識、變革意識，激盪著灼人的愛國愛民的政治熱忱；這些政論雜文，是既傳統又反傳統的，在文體格式和寫法上，都是中國傳統的奏議、序跋和演說，但它們提供的是全新的理論視野和思維方式，全新的解決問題的方案和步驟，陳述見解，直言無忌，敢於使用新概念、新術語。

康有為曾認為：「殷憂所以啟聖，外患所以興邦」[7]，憂患意識貫穿在康有為全部政論雜文之中，其中尤以〈強學會序〉為最典型。強學會，又名譯書局，亦稱強學書局或強學局，戊戌變法運動期間以北

7　見康有為：〈上清帝第五書〉。

京為中心的維新派政治團體，於一八九五年七月初在北京正式成立。〈強學會序〉是康有為在強學會成立大會上的演說詞，是傳誦一時的名文。康有為慷慨陳詞，以極富感情的言詞，闡述他創立強學會的原因和宗旨，號召國人覺醒奮起，救亡圖存、變法自強。這篇名文一劈頭就突出描述中國在東西方列強瓜分下的「岌岌哉」的危亡局面：

> 俄北瞰，英西睒，法南瞵，日東眈，處四強鄰之中而為中國，岌岌哉！況磨牙涎舌，思分其餘者，尚十餘國。遼、臺茫茫，回變擾擾，人心惶惶，事勢儳儳，不可終日。

康有為以印度、土耳其、越南、緬甸、阿富汗，以及太平洋群島和非洲的眾多國家，「守舊不變」，「或削或亡」，「無一瓦全」的無情事實，指出也一樣是「守舊不變」的中國，「為突厥黑人不遠矣」。接著他又以「西人最嚴種族，仇視非類」，對被征服、被滅亡的國家人民，「畜若牛馬」，他渲染描繪了中國被「倏忽分裂」後中國人的亡國奴慘狀：

> 桀黠之輩，王、謝淪為左衽；忠憤之徒，原、卻夷為皂隸。伊、川之發，騈闐于萬方；鐘儀之冠，蕭條於千里。三州父子，分為異域之奴；杜陵弟妹，各銜鄉關之戚。哭秦陵而無路，餐周粟而非源。矢成梁之家丁，則螳臂易成蟲沙；覓泉明之桃源，則寸埃更無淨土。肝腦原野，衣冠塗炭。嗟吾神明之種族，豈可言哉！豈可言哉！

最後康有為號召國人覺醒奮起，同心合力，為挽救國家危亡而奮鬥：

> 海水沸騰，耳中夢中，炮聲隆隆。凡百君子，豈能無淪胥非類

> 之悲乎？圖避謗乎？閉戶之士哉！有能來言尊攘乎？豈惟聖清，二帝三王孔子之教，四萬萬之人將有托耶！

這篇演說詞收結處的三個反問句和兩個感歎句，把作者的救亡圖強的愛國熱忱推向高潮。梁啟超在〈戊戌政變記〉的附錄〈改革起源〉評論本文時說：「康有為撰此開會主義書，痛陳亡國以後慘酷之狀，以激勵人心，讀之者多為之下淚，故熱血震盪，民氣漸伸」，可見本文的雄辯性和鼓動力，在當時所產生的作用和影響。

康有為政論雜文有很強的批判性和戰鬥性。為了救亡圖強，康有為多次慷慨陳詞，冒死上書，表現了極大的膽識和勇氣，被當朝的頑固派目為「危言狂論」。一八九五年，當清政府簽下割地賠款、喪權辱國的〈馬關條約〉，康有為鼓動在京各省舉人，「不避斧鉞之誅，犯冒越之罪」，上書光緒皇帝，這就是著名的「公車上書」。在〈公車上書〉裡，康有為提出：「皇上下詔鼓天下之氣，遷都定天下之本，練兵成天下之勢，變法成天下之治」，他堅決請求光緒皇帝下詔「罪己」，追究文武群臣罪責，他指出：

> 皇上既赫然罪己，則凡輔佐不職、養成潰癰、蔽惑聖職、主和辱國之樞臣，戰陣不力、聞風逃潰、克扣軍餉、喪師失地之將帥，與夫擅許割地、辱國通款之使臣，調度非人、守禦無備之疆吏，或明正典刑，以寒其膽，或輕予褫革，以蔽其辜，詔告天下，暴揚罪狀。其餘大僚尸位，無補時艱者，咸令自陳，無妨賢路。庶幾朝政肅然，海內吐氣，忭頌聖明，願報國恥，此明罰之詔宜下也。

類似這樣充滿批判和揭發激情的戰鬥性文字，在康有為的政論雜文中比比皆是，尤以他的〈上清帝第五書〉為最典型。在那裡，他比較中西的巨大差異，尖銳地揭露中國的「弱」和「昧」，他指出：

> 歐洲大國，歲入數千萬萬，練兵數百萬，鐵船數百艘，新藝新器歲出數千，新法新書歲出數萬，農工商兵，士皆專學，婦女童孺，人盡知書。而吾歲入七千萬，償款乃二萬萬，則財弱；練兵鐵艦無一，則兵弱；無新藝新器之出，則藝弱；兵不識字，士不知兵，商無學，農無術，則民智弱；人相偷安，士無俠氣，則民心弱；以當東西十餘新造之強鄰，其不能禁其兼者，勢力。此仲虺兼弱[8]之說可畏也。……頃聞中朝諸臣，狃承平臺閣之習，襲簿書期會之常，猶復以尊王攘夷，施之敵國，拘文牽例，以應外人，屢開笑資，為人口實。譬凌而衣絺綌，當涉川而策高車，納侮招尤，莫此為甚。咸、同之時，既以昧不知變而有今日矣。……即聾從昧，國皆失目。……積重難返，良有所因，夜行無燭，瞎馬臨池，今日大患，莫大於昧。故國是未定，士氣不昌，外交不親，內治不舉，所聞日孤，有援難恃，因病皆在於此。用是召攻，此仲虺攻昧之說可懼也。

康有為在他的政論雜文中，不斷描述中國陷於東西方列強瓜分的危亡局面，給國人不斷敲起警鐘，他不斷揭露中國的貧窮、落後、愚昧，批判封建官僚守舊頑固，都是為他宣傳變法維新、救亡圖強提供有力依據。嚴格來說，在康有為的政論雜文中，憂患意識、批判意識和變革意識是不可分割的有機整體。康有為政論雜文的變革意識包含如下三個方面：一、論述變的必要性：變則存，不變則亡，變則強，不變則弱；二、變法的綱領和步驟：包括政治、經濟、軍事、文化、教育

8　在本文裡，康有為引〈仲虺之誥〉曰：「兼弱攻昧，取亂侮亡。」

各個方面的發展資本主義的要求，甚至連廢除婦女的纏足也提出來了[9]；三、變法取法的範例。這裡我們且看〈上清帝第六書〉裡的有關文字：

> 臣聞方今大地守舊之國，未有不分割危亡者也。……觀大地諸國，皆以變法而強，守舊而亡，然則守舊開新之效，已斷可睹矣。以皇上之明，觀萬國之勢，能變則全，不變則亡，全變則強，小變仍亡。皇上與諸臣誠審知其病之根源，則救病之方即在是矣。
>
> 夫方今之病，在篤守舊法而不知變。處列國競爭之世，而行一統垂裳之法，此如已夏而衣重裘，涉水而乘高車，未有不病暍而淪胥者也。《大學》言日新又新。《孟子》稱新子之國。《論語》：孝子毋改父道，不過三年；然則三年之後，必改可知。夫物新則壯，舊則老；新則鮮，舊則腐；新則活，舊則板；新則通，舊則滯：物之理也。……
>
> 臣愚嘗斟酌古今，考求中外，唐、虞、三代法度至美。但上古與今既遠，臣願皇上日讀《孟子》，師其愛民之心。漢、唐、宋、明之沿革可采，但列國與統迥異，臣願皇上上考《管子》，師其經國之意。若夫美、法民政，英、德共和，地遠俗殊，變久跡絕，臣故請皇上以大彼得之心為心法，以日本明治之政為政法也。然求其時地不遠，教俗略同，成效已障，推移即是，若名書佳畫，墨蹟尚存，而易於臨摹，如宮室衣裳，裁量恰符，而立可鋪設，則莫如取鑒於日本之維新矣。

梁啟超在〈南海先生傳〉裡談及康有為的政論時說他的老師：「每論一學、論一事必上下古今，以究其沿革得失，又引歐美以比較證明

9　見康有為：〈請禁婦女裹足折〉。

之」，聯繫上引文字，讀者也會有相同感受。康有為的政論雜文，由於視野開闊，知識豐富，有較深廣的思想和理論含量，加上筆端富於氣勢和激情，文字很有文采，因而，他的政論雜文，很有雄辯性和鼓動力，很有戰鬥性，也很吸引人，對衝擊當時的封建保守勢力，對人們的思想解放，都起了不可低估的作用。錢基博在《現代中國文學史》裡還指出康有為政論雜文的另一特點，說他「發為文章，則糅經語、子史語，旁及外國佛語、耶教語，以至聲光化電諸科學語，以冶為一爐，利以排偶，桐城義法至有為乃殘壞無餘，恣縱不儻。」這實際上也指出康有為政論雜文文體解放方面的作用。

在晚清的「詩界革命」和「文界革命」運動中，康有為不僅是當時資產階級改良派的一面政治旗幟，而且他的文論也有一定的指導意義。在一八九五年的〈公車上書〉裡，他向光緒皇帝提出「縱民開設」報館，「並加獎勸，庶稗政教」的請求，他指出：

> 《周官》誦方訓方，皆考之四方之慝，《詩》之〈國風〉、〈小雅〉，欲知民俗之情。近開報館，名曰新聞，政俗備存，文學兼述，小之可觀物價，瑣之可見土風。清議時存，等於鄉校，見聞日辟，可通時務。外國農業、商學、天文、地質、教會、政律、格致、武備各有專門，以為新報尤足以開拓心思，發越聰明，與鐵路開通，實相表裡，宜縱民開設，並加獎勸，庶稗政教。

他揭示了民辦報紙的多種社會功能：「政俗備存，文學兼述」、「開拓心思，發越聰明」、「庶稗政教」，即思想啟蒙、文化普及、移風易俗、改良社會、為政治教化服務。梁啟超主持的《中外紀聞》和《時務報》，以及廣州的《知新報》，就是在康有為支持下創辦的，並貫徹了康有為的辦報思想。從這點說，梁啟超所倡導的「新文體」改革同康有為有密切關係的。

康有為論文之作不多，而且大多寫於戊戌變法失敗之後，僅有〈廣藝舟雙楫序〉、〈人境廬詩草序〉、〈日本雜事詩序〉、〈詩集自序〉、〈江山萬里樓詞鈔序〉、〈味梨集序〉等。這些序都寫得大氣磅礴、識見精警、格調高亢、文采斐然，體現了他文章的一貫風格，是上乘的雜文。在〈人境廬詩草序〉裡康有為高度評價黃遵憲的詩歌創作。他稱讚黃詩「上感國變，中傷種族，下哀生民」的現實性與戰鬥性，肯定黃詩密切為變法維新運動服務；他稱讚黃詩「博以寰球之遊歷」，「考於中外之政變學藝」，「以其自有中國之學，采歐、美人之長，薈萃鎔鑄，而自得之」，熔古今中外之長於一爐，表現廣闊、豐富的生活內容。他還稱讚黃詩在詩藝上「精深華妙，異境日闢」，善於創造新境，這也是他在〈與菽園論詩兼寄任公孺博曼宣〉一詩中所說的：「新世瑰奇異境生，更搜歐亞譜新聲」。康有為的詩論，對梁啟超倡導的「詩界革命」有指導作用。

康有為論詩的序跋，大氣磅礴、見識精警、格調高亢、文采斐然，是不同凡響的文論雜文。這裡且引他的〈詩集自序〉的頭兩段文字以見一斑：

> 詩者，言之有節文者耶！凡人情志鬱於中，境遇交於外，境遇之交壓也瑰異，則情志之鬱積也深厚。情者陰也，境者陽也；情幽幽而相襲，境嫮嫮而相發。陰陽愈交迫，則愈變化而旁薄，又有禮俗文例以節奏之，故積極而發：瀉如江河，舒如行雲，奔如卷潮，怒如驚雷，咽如溜灘，折如引泉，飛如驟雨。或因其境而移情，樂喜不同，哀怒異時，則又王磬鏗鏗，和管鏘鏘，鐵笛裂裂，琴絲愔愔，皆自然而不可已哉！
>
> 夫有元氣，則蒸而為熱，軋而成響，磨而生光，合沓變化而成山川，躍裂而為火山流金，匯聚而為大海回波，塊軋有芒，大

塊文章，豈故為之哉，亦不得已也。

這裡一連串的聯喻和排偶句，把康有為對詩歌創作的極其豐富的體驗和獨特的理解，以及他自己詩歌的五光十色、絢爛多彩的境界，酣暢淋漓、曲盡其妙地表達出來。這樣的文字，確如作者所說，是「塊軋有芒，大塊文章」，沒有雄偉的人格和相當的才氣，決寫不出這樣的文字。

康有為確如魯迅所說，他是從「趨時」到「復古」。戊戌變法之後，他在復古保守的斜坡上迅速下滑，他先後反對孫中山領導的資產階級民主革命，配合袁世凱搞「尊孔讀經」，參與張勳的復辟醜劇。他後期的雜文，總的傾向是背時；但他的如上所述的某些論詩雜文，他的〈歐洲十一國遊記自序〉和〈保存中國名跡古器說〉，還是有某些可取的見解的。

第三節　衝決封建「網羅」的譚嗣同雜文

譚嗣同是戊戌變法維新運動中的激進派，是戊戌喋血中著名的「六君子」之一。他的政治哲學著作《仁學》，發出了衝決封建「網羅」的戰鬥吶喊，震撼了當時的思想界，對以後的資產階級革命派和「五四」新文化運動中的先驅有著深遠的影響。戊戌變法失敗，譚嗣同放棄逃生的機會，決心以身許國，從容赴義，誓以自己的生命和鮮血來書寫中國現代變革的歷史，表現了他慷慨壯烈的愛國主義情懷和視死如歸的英雄主義品格。譚嗣同就義前夕在〈獄中題壁〉裡書寫的名句：「望門投止思張儉，忍死須臾待杜根。我自橫刀向天笑，去留肝膽兩昆侖。」以及他那擲地有聲的「絕命詞」:「有心殺賊，無力回天。死得其所，快哉快哉！」歷來為人們所傳誦，贏得廣大人民的崇敬。

作為傑出的啟蒙思想家和政論家，譚嗣同寫了有強烈的批判性和戰鬥性的政論著作《仁學》，和一批進行啟蒙宣傳、推進「時務」變革的「報章體」政論。譚嗣同的政論，無論在進行啟蒙宣傳、衝擊「桐城」派的「道統」和「文統」，以及推動「新文體」的革新，都起了重要作用。由於非凡的思想才能和文學才能，譚嗣同的政論，不是一般性的政論，而是政論性的雜文，或者可當做政論性雜文來讀。

一　生平和文學思想

譚嗣同（1865-1898），思想家、政治家和文學家。字復生，號壯飛，又號華相眾生。湖南瀏陽人。出生於官僚地主家庭，父繼洵為湖北巡撫。譚嗣同少懷壯志，關心國家命運，一心想報效祖國，所謂「少有馳驅志，愁看髀肉生」（〈馬上作〉），「鬥酒縱橫天下事，名山風雨百年心」（〈夜成〉），即這種情懷的自我寫照。但他早年思想完全束縛在封建主義的傳統範圍裡，他與頑固派一樣，堅決反對變法，醉心和模仿「桐城」古文，六赴南北省試（〈三十自紀〉）。以後，他陸續閱讀翻譯過來的自然科學書籍，思想開始發生轉變，而使他思想產生劇變的，是一八九四年的中日甲午戰爭。中國在甲午戰爭中的慘敗，以及割地賠款、喪權辱國，給熱烈的愛國者譚嗣同以巨大震動和刺激，他在〈有感一章〉中吟道：「世間何物惹春愁，合向蒼溟一哭休。四萬萬人齊下淚，天下何處是神州！」在給他的老師歐陽中鵠信中云：「經此創巨痛深，乃始摒棄一切，專精緻思。當饋而忘食，既寢而累興，繞屋徬徨，未知所出。」中日甲午戰爭，標誌著譚嗣同政治態度、學術文化思想和人生道路的重大轉折和飛躍。民族危機使譚嗣同尋求救亡之道。他從「創巨痛深」的現實教訓中覺醒，「畫此盡變西法之策」，強烈主張進行資本主義的改革，積極投身於康有為領導的變法維新運動。他通過與梁啟超的認識，了解了康有為的政治思想和哲學觀點（如「大同」空想、公羊三世說等），對康有為十分欽佩，自稱「私淑弟子」。譚嗣同是變法維新的激進派。一八九五年，他寫了《仁學》一書，對封建專制制度進行猛烈抨擊，要求衝決一切羅網，提出發展資本主義的政治、經濟主張。一八九七年，他協助陳寶箴、黃遵憲等在湖南創辦時務學堂，辦《湘學報》和《湘報》，鼓吹新學，推行新政，宣傳變法。戊戌變法期間，任四品軍機章京，是變法的主要籌畫人之一。失敗後，慷慨就義，寫下了戊戌變法的最壯麗篇章。

反映在散文寫作上，譚嗣同經歷了從早年對「桐城」古文的刻意摹仿，到放手寫作思想和文體都相當解放的「報章體」政論，對晚清的散文和雜文文體變革做出貢獻。在〈三十自紀〉裡，他自述其學文經過云：

> 嗣同少為桐城所震，刻意規之數年，久自以為似矣；出示人，亦以為似。誦書偶多，廣識當世淹通嫥壹之士，稍稍自慚，即又無以自達。或授以魏、晉間文，乃大喜，時時籀繹，益篤耆之。由是上溯秦漢，下循六朝，始悟心好沈博絕麗之文，子云所以獨遼遼焉。……所謂駢文，非四六排偶之謂，體例氣息之謂也，則存乎深觀者。

在〈論藝絕句六篇〉裡，譚嗣同縱論經學、散文、詩歌、樂府、書法、音律，每首有作者自注，進行詮釋。突出思想是頌今和獨創。對於模擬古人、亦步亦趨，譚嗣同極為反感，主張「論學亦學今學」（見第一首注）；對於宣揚唐宋八大家的桐城文派，譚嗣同針鋒相對，主張「獨來獨往，不因人熱」（見第二首注）。他的〈論藝絕句六篇〉表達了他重新審視文化傳統，獨創新文化的革新精神。他在第二首及注裡這樣說：

> 千年暗室任喧豗，汪（江都汪容甫中）魏（邵陽魏默深源）龔（仁和龔定庵自珍）王（湘潭王壬秋闓運）始是才。萬物昭蘇天地曙，要憑南嶽一聲雷。（文至唐已少替，宋後幾絕。國朝衡陽王子，膺五百之運，發斯道之光，出其緒餘，猶當空絕千古。下此若魏默深、龔定庵、王壬秋，皆能獨來獨往，不因人熱。其餘則章摹句效，終身役于古人而已。至於汪容甫，世所稱駢文家，然高者直逼魏晉，又烏得僅目為駢文哉？自歐、曾、歸、方以來，凡為八家者，始得謂之古文，雖漢魏亦鄙為駢麗，狹為範以束迫天下之人才，千夫秉筆，若出一手，使無方者有方，而無體者有體，其歸卒與時文律賦之雕鐫聲律，墨守章句，局促轅下而不敢放轡馳騁者無異。於是鴻文碩學，恥其所為，而不欲受其束迫，遂甘自絕於古文。而總括三代、兩漢，咸被以駢文之目，以擯八家之古文於不足道。為八家者，不深觀其所以，而徒幸其不與爭古文之名，遂亦曰此駢文云爾。嗚呼！駢散分途，而文乃益衰，則雖駿發如惲子居，尚未能蠲除習氣，其他又何道哉！）

思想轉變後的譚嗣同，在學術上轉向王夫之、黃宗羲等推崇的「經世致用」之學，龔自珍、魏源等拓展的今文經學，在〈上歐陽中鵠書〉和〈報貝元徵書〉等和《仁學》中猛烈抨擊古文經學和程朱理學；在文學上，他支持一切革新，他寫作堆砌外來語、佛、耶語的不成功的「新學之詩」，在〈報章總宇宙之文說〉、〈致汪康年書〉、〈湘報〉後敘（上、下）裡，竭力號召維新黨人勇於投入報刊實踐，撰寫新體散文，進行輿論宣傳。一八九七年，他在〈致汪康年書〉中說：「居今之世，吾輩力量所能為者，要無過撰文發報之善矣。」譚嗣同在鼓吹改革文體時，強調改革文字，促進文體變革，他在〈管音表自敘〉中指出：

> ……文字即語言、聲音，非有二物矣。
>
> 今中國語言、聲音，變既數千年，而猶頌寫二千年以上之文字，合者由是離，易者由是難，顯者由是晦，淺者由是深，不啻生三歲學語言、聲音，十歲大備，備而又須學二千年以上之語言、聲音如三歲時，一人而兩經孩提，一口而自相鞮寄，繁苦疲頓，百為所以不振而易隳，而讀書識字者所以戞戞而落落焉。
>
> ……求文字還合乎語言、聲音，必改象形文字為諧聲，易高文典冊為通俗。

在當時，譚嗣同的「改象形文字為諧聲，易高文典冊為通俗」的主張是相當激進的，自然他還沒有達到裘廷梁的「白話為維新之本」的以白話文取代文言文的水準。譚嗣同的文學理論主張和創作實踐，是上個世紀末中國文學變革浪潮中的一朵浪花，也是二十世紀初，梁啟超提出的「詩界革命」、「文界革命」和「小說界革命」的先聲。

二　衝決封建「網羅」的《仁學》

作為思想家和雜文家，譚嗣同最重要的著作，是他寫於一八九六年至一八九七年間的《仁學》。《仁學》是一部哲學——社會政治著作，是反對封建主義的批判書，是發展資本主義的宣言書。《仁學》不是嚴格意義的雜文，但是由於作者對中國封建專制思想和封建專制制度，以及清朝貴族的殘暴而腐朽統治的猛烈而深刻的批判，作者以批判的激情之筆說理，他把造成社會不平等、束縛人的思想自由、壓抑人的個性、蔑視人的權利和尊嚴的封建專制思想和封建專制制度形象地喻為種種應該衝決的「網羅」，因此，從雜文的社會批評和文明批評，以及雜文議論和批評的「理趣」化、「形象化」和「抒情」化等方面來看，《仁學》是不似雜文而勝似雜文的。我們完全可以把

《仁學》中的許多篇章作為雜文精品來讀的。胡適在《五十年來中國之文學》中就說《仁學》「在思想方面固然可算是一種大膽的作品，在文學方面也有代表時代的價值」。

《仁學》計五十篇，共二卷，約五萬字。要讀懂《仁學》，首先必須了解它的基本邏輯結構。大致是：(一)「仁──通──平等」的公式。意思是說，「乙太」是世界的根本物質基礎，「仁」是「乙太」的根本性質，從而也是自然和社會必須遵循的普遍規律。「仁」是什麼？「仁以通為第一義」，「通」又是什麼？「通之象為平等」。通俗點說，這個「仁──通──平等」，實際上指的是資產階級的博愛、自由、平等；(二) 體現「仁──通──平等」的「乙太」，才是真正的實在，即「實」，與之相對立的，造成「不仁」、「不通」、「不平等」，是虛假的「名」和「教」，必須用「仁──通──平等」這個普遍規律去打破它，去「衝決羅網」，恢復事物實在的本來面目，即「乙太」的本性。

譚嗣同把批判矛頭指向「不仁」、「不通」、「不平等」的封建主義的「綱常名教」，即封建主義的倫常秩序、標準、觀念，他指出：

> 俗學陋儒，動言名教，敬若天命而不敢渝，畏若國憲而不敢議。嗟乎，以名為教，則其教已為實之賓，而決非其實也。又況名者，由人創造，上以制其下，而不能不奉之，則數千年來，三綱五倫之慘禍烈毒，由是酷焉矣。君以名桎臣，官以名軛民，父以名壓子，夫以名困妻。……
>
> 君臣之禍亟，而父子夫婦之倫遂各以名勢相制為當然矣。此皆三綱之名之為害也。名之所在，不惟關其口，使不敢昌言，使不敢涉想。愚黔首之術，故莫以繁其名為尚焉。

譚嗣同把封建社會中人們奉為天經地義、神聖不可侵犯的倫常、禮教、制度、秩序，從根本上加以否定，指出它們是統治者用以迫害壓制人民的反動工具。

《仁學》的社會政治思想，它的社會批評和文明批評的另一突出特徵，是集中猛烈抨擊封建君主專制統治，並把這種抨擊落實在反對清朝政府上。譚嗣同尖銳指出：「二千年來君臣一倫，尤為黑暗否塞，無復人理」，「二千年來之政，秦政也，皆大盜也」，把幾千年的封建君主政治視為黑暗殘暴的「秦政」，把至高無上的君主斥為燒殺搶掠的「大盜」。譚嗣同從對歷代中國封建君主的批判，擴展到對清朝君主的批判：

> 天下為君主囊橐中之私產，不始今日固數千年以來矣。然而有知遼金元之罪浮於前此之君主者乎？其土則穢壤也，其人則膻種也，其心則禽心也，其倫則毳俗也；一旦逞其兇殘淫殺之威，以攫取中原之子女玉帛，……錮其耳目，桎其手足，壓制心思，絕其利源，窘其生計，塞弊其智術，……而為其藏身之固。……雖然，成吉思之亂也，西國猶能言之，忽必烈之虐也，鄭所南《心史》紀之；有茹痛數百年不敢言不敢記者，不愈益悲乎！《明季稗史》中之「揚州十日」、「嘉定屠城記略」，不過略舉一二事，當時既縱焚掠之軍，又嚴令剃髮之令，所至屠殺虜掠，莫不如是。……亦有號為令主者焉（按指乾隆），觀《南巡錄》所載淫擄無賴，與隋煬明武不少異，不徒鳥獸行者之顯著《大義覺迷錄》也。臺灣者，東海之孤島，……鄭氏據之……乃無故貪其土地，據為己有。據為己有，猶之可也，乃既竭其二百餘年之民力，一旦苟以自球，則舉而贈之於人。其視華人之身家，曾弄具之不若。噫！以若所為，臺灣固無傷耳，尚有十八省之華人，宛轉於刀砧之下，瑟縮於販賈之手，……吾願華人，勿復夢夢謬引為同類也。……

像譚嗣同在《仁學》中所發表的如此大膽、激烈、深刻的反封建言論，在中國封建社會裡是罕見的，在當時的改良派人士中也是絕無僅有的。他把「君主之禍」、「無可復加」的封建制度的中國稱為「人間地獄」，他甚而還引述法國大革命時代法國人的名言：「誓殺盡天下君主，使流血滿地球，以泄萬民之恨。」譚嗣同這種大膽激烈的反封建思想對以後的資產階級革命派和「五四」運動的先驅者陳獨秀、李大釗和魯迅有深刻影響。

在《仁學》裡譚嗣同針對甲午戰敗後國家面臨的嚴重危機，大聲疾呼變法維新、救亡自強，痛斥統治者的頑固保守自私：

> 外患深矣，海軍熸矣，要害扼矣，堂奧入矣，利權奪矣，財源竭矣，分割兆矣，民倒懸矣，國與教與種將偕矣。唯變法可以救之，而卒堅持不變。豈不以方將愚民，變法則民智；方將貧民，變法則民富；方將弱民，變法則民強；方將死民，變法則民生；方將私其智其富其強其生於一己，而以愚貧弱民歸諸民，變法則與民爭智爭富爭強爭生，故堅持不變也。

梁啟超在《譚嗣同傳》裡說譚氏「冥探孔佛之精奧，會通群哲之心法，衍繹南海之宗旨，成《仁學》一書。」他在《仁學》〈序〉中又說：「《仁學》為何而作也？將以光大南海之宗旨，會通世界聖哲之心法，以救全世界之眾生也，南海之教學者曰：『以求仁為宗旨，以大同為條理，以救中國為下手，以殺身破家為究竟。』《仁學》者，即發揮此語之書也。而烈士者，即實行此語之人也。」確是道出《仁學》之主旨，及其博采眾家、熔為一爐、氣勢宏大、大膽無畏、汪洋恣肆的特色。譚嗣同在《仁學》〈自敘〉中說他寫作《仁學》時，「每思一義，理奧例賾，坌湧奔騰，際筆來會，急不暇擇，修詞易剌，止期達所見，文詞自不欲求工。」道出他寫作《仁學》時那種情思奔湧，慷慨激昂，縱意而談，無所顧忌的情景。這也造成《仁學》的激情奔湧，哲思風發，汪洋恣肆，酣暢淋漓的文風，即壯懷激烈、放言無忌的譚嗣同政論文章所特有的那種有熱度、有深度、有力度的文體風格。

三　鼓吹「新學」和「新政」的「報章體」雜文

一八九七年前後，譚嗣同和唐才常在清朝官吏巡撫陳寶箴、按察使黃遵憲、學政江標、徐仁鑄等人支持下，在湖南積極進行變法維新運動。他們先後在湖南創辦了《湘學報》（原名《湘學新報》）和《湘報》，成立了南學會，創辦了湖南時務學堂。通過報刊的輿論宣傳，學會的近似於西方的議院的政治活動，新式學校的培育人才，以及發動地方紳商的辦廠礦和修鐵路等，把湖南省的變法維新運動搞得轟轟烈烈、卓有成效。為了推動湖南乃至全國的變法維新，譚嗣同作為湖南省變法維新運動的主要領導人，在這期間發表了如〈湘報後敘〉、〈治言〉（1-10）、〈南學會講義〉、〈南學會答問〉、〈論湘粵鐵路之益〉、〈試行印花稅條說〉、〈論官紳集議保衛局事〉、〈群萌學會敘〉、〈讀南海康工部有為條陳膠事摺書後〉、〈論電燈之益〉、〈乙太說〉等「報章體」雜文二十多篇。這些雜文都發表在《湘報》上，以鼓吹「新學」、「新法」、「新政」為內容，以推動救亡圖強、變法維新運動為目的；在文體格式上，有演講，有論說，有序跋，有隨感，有答問，體式多樣靈便；在文字表達上，力求通俗淺顯，熱情暢達。

這裡較突出的是〈湘報後敘〉上、下篇。譚嗣同在〈報章總宇宙之文說〉（又稱〈報章文體說〉）裡盛讚報章是：「經國之大業，不朽之盛事，人文之淵藪，詞林之苑囿，典章之穹海，著作之廣庭，象數之修途。」是「斯事體大，未有如報章之備哉燦爛者也」。在〈湘報後敘〉裡，譚嗣同繼續盛讚報紙的重大作用。《湘報》原為《湘學新報》，是十日一刊的旬報，後改為一日一刊的日報。〈湘報後敘（上）〉，從「《禮》著成湯之銘：『苟日新，日日新，又日新。』《易繫》孔子之贊：『日新之謂盛德。』」出發，指出只有一日一刊的日報才能做到「日日使新人、闡新理、紀新事」，「盛美而無憾」。在〈湘報後敘（下）〉裡，譚嗣同比較了創學堂、設學會、辦報紙等在變法維新運動中的作用，特別推崇報紙在啟蒙宣傳中的重大作用，在文章最後一段，他有這樣新穎警絕的批評和議論：

> 且夫報紙，又是非與眾共之之道也。新會梁氏（按：指梁啟超），有君史民史之說，報紙即民史也。彼夫二十四家之撰述，寧不爛焉，極其指歸，要不過一姓之譜諜焉耳。於民之生業靡得而詳也；於民之教法靡得而紀也；於民通商、惠工、訓農之章程靡得而畢錄也，而徒專筆削於一己之私，濫褒誅於興亡之後，直筆既壓累無以伸，舊聞遂放失而莫之恤。謚之曰官書，官書良可悼也！不有報紙以彰民史，其將長此汶汶闇闇以窮天，而終古為喑啞之民乎？西人論人與禽獸靈愚之比例，人之所以能喻志興事以顯其靈，而萬過於禽獸者，以其能言耳。而喑之，而啞之，其去禽獸幾何矣。嗚呼！「防民之口，甚於防川」，此周之所以亡也；「不毀鄉校」，此鄭之所以安也；導之使言，「誰毀誰譽」，此三代之所以直道而行也。吾見《湘報》之出，敢以為湘民慶，曰諸君復何憂乎？國有口矣。

這是一段譚嗣同那種有熱度、有深度、有力度的特有風格的典型的議論和批評文字。這樣精警、生猛、老辣的議論和批評文字，不免讓人聯想起先前的莊周、韓非、嵇康、阮籍、龔自珍，和其後的章太炎、魯迅。雜文中的這類文字的奧妙，在於作者只三句兩語，就能顯示歷史的真相，剝出真理的內核。

在譚嗣同的二十多篇「報章體」雜文中，〈論電燈之益〉和〈乙太說〉，也是較有特色的。這類雜文，從文體格式看，當屬於帶說明性質的闡發自然科學知識的知識性雜文小品。這類文章體式，在中國，是早已有之，最典型的是北宋沈括的《夢溪筆談》，大的發展是在二十世紀三十年代。

〈論電燈之益〉屬於科普性質的雜文。作於一八九八年四月。一八九八年四月一日《湘學報》曾發表〈論湘中所興新政〉一文，把「豎電線，造電燈」也列為湖南興辦的新政之一。在當時的中國，電、電燈、電報、電話都是新事物。封建頑固派為破壞湖南推行科學技術，把它們斥為「奇技淫巧」，在群眾中造謠挑撥。《湘報》曾披文揭露說：「有說洋人的電線報，是取眼珠和藥造；有說洋人的水靈藥，用人心人眼睛。」長沙附近的農民拔去了長沙郊區所架設的第一批電線杆。譚嗣同這篇〈論電燈之益〉就是針對一般人對「電」的不理解和恐懼心理而作的。他從光的作用談起，進而說明了電的作用和益處，並就人們關心的用電的安全問題作了耐心細緻的解釋。文章運用對比方法，層層深入，說理透澈，行文樸實自然，明白曉暢。

總的來說，譚嗣同是改良派中的激進派，他的政治思想已經有了反清民族革命主張，但他畢竟沒能突破資產階級改良主義的侷限，他對清朝最高統治者還懷抱不切實際的幻想；在文體改革上，他也有相當激進的通俗化的理論主張和創作實踐，但他也只做到了寫作通俗淺近的文言文。他在三十三歲的英年就壯烈犧牲了，否則他在政治上、學術上和文學改革上肯定會有更重大的貢獻的。「千古文章未盡才」，這是夏完淳哭他內兄錢漱廣的名句，這種評價對於譚嗣同這樣早逝的英才，也是完全適用的。

第四節　啟蒙思想家嚴復的政論雜文

毛澤東在〈論人民民主專政〉裡，把嚴復、康有為和孫中山並提，稱他們四人是鴉片戰爭以後至中國共產黨出世以前，向西方尋求救國救民真理的「先進的中國人」，給予很高的評價。學術界對嚴復的研究，集中在他的啟蒙思想宣傳和他翻譯西方學術名著上，而對於嚴復的詩文創作，特別是他在政論雜文寫作上的獨特貢獻，則相對重視不夠。應該說，這是不應有的疏忽。由於這種疏忽，人們不能完整深入認識這位重要歷史人物的「全人」。事實上，不了解嚴復的政論雜文，我們就不能了解作為獨具一格的啟蒙思想家和翻譯家的嚴復，不能了解這位曾經是「先進的中國人」以後又是復古倒退的「瘉壄老人」的嚴復。

一　嚴復對「文界革命」的獨特貢獻

嚴復（1853-1921），思想家、文學家、翻譯家。初名傳初，改名宗光，字又陵，後又改名復，字幾道，晚年號瘉壄老人，別號尊疑，又署天演哲學家。福建侯官（今福州市）人。出生於一中醫家庭，早年入馬江船政學堂，畢業後在建威、揚武等軍艦實習，又被派到英國海軍學校留學。在英國時，很注意學習、研究西方資產階級的社會科學和自然科學，曾和當時駐英公使郭嵩燾交往，《清史稿》〈嚴復傳〉謂：「侍郎郭嵩燾使英，賞其才，時引與論析中西學術同異。」在英國時，嚴復已開始散文和雜文寫作，著有《牛頓傳》、《論法》、《與人書》等，當時駐英大使、曾國藩的兒子曾紀澤雖指出其「有狂傲矜張之氣」，「於中華文字未盡通順」，所以對他的文章「抉其弊而戒勵之」，乃是「愛其稟賦之美，欲玉之于成也」[10]。嚴復學成回國後，先後在福州船政學堂、北洋水師學堂任教，並任總教習（教務長）、會辦（副校長）、總會辦（校長），但不被李鴻章信任和重視，「不預機要，奉職而已」[11]。嚴復以後還擔任過上海復旦公學（復旦大學前身）校長與京師大學堂（北京大學）總監督（校長），袁世凱的總統府外交法律顧問。

嚴復自述，他從少年時候起，就「極好議論時事，酒酣耳熱，一座盡傾，快意當前，不能自制，尤好譏評當路有氣力的人，以存風概，聞者吐舌，名亦隨之。」[12]一八九五年，中日甲午戰後，嚴復基於愛國熱情，在天津《直報》上，接連發表了震撼當時思想界的長篇政論雜文：〈論世變之亟〉、〈原強〉、〈原強續篇〉、〈闢韓〉和〈救亡決論〉，並著手譯述《天演論》，之後又同夏穗卿、王修植等在天津創辦《國聞報》，在上面發表眾多的政論雜文。嚴復等創辦的《國聞報》，同梁啟超在上海主持的《時務報》，南北呼應，是戊戌變法期間鼓吹救亡圖存、變法自強的最重要的輿論宣傳陣地。嚴復在《國聞報》上發表不少政論性的雜文。此外，嚴復的雜文，還散見在他翻譯的西學名著，如著名的《天演論》、《穆勒名學》、《群己權界論》、《原富》、《法意》、《社會通詮》的序跋和按語，以及某些演講裡。綜上所述，嚴復是戊戌變法前後，創作數量眾多，影響深遠的重要雜文大家。

曾經有不少學者把嚴復和林紓視為「桐城」古文的「殿軍」[13]，如果事實真的如此，那麼，嚴復就不是當時梁啟超等人發動的「文界革命」的支持者，而是反對者了。在戊戌變法運動前後的資產階級改良派中，嚴復的身分是較特殊的，他不像康有為、梁啟超和譚嗣同，

---

10 見曾紀澤：《出使英法日記》。

11 見陳寶琛：〈清故資政大夫海軍協都統嚴君墓誌銘〉。

12 〈與侯毅書〉，收入《嚴復集》（三）。

13 見胡適：《五十年來中國之文學》、陳子展：《最近三十年中國文學史》等。

熱衷於變法的政治組織和領導活動，他同洋務派和袁世凱有不少來往，他的《天演論》由當時「桐城」派古文大家吳汝綸作序，他反對梁啟超等人倡導的散文通俗化和白話化，在翻譯時，他堅持用秦、漢之前的句法、字法，堅持寫作淵雅古奧的古文。從這些方面看，嚴復確和「桐城」文派有些瓜葛，他甚而站到了「文界革命」的對立面。但即便如此，嚴復仍在根本上，支持了當時的「文界革命」，並作出了別人無法替代的獨特貢獻。這就是他給當時的「文界革命」，提供了以「天演論」為代表的先進的資產階級世界觀，提供了以培根為代表的實驗科學的「歸納」邏輯的先進的方法論。這就使得政論雜文從傳統的「原道」、「徵聖」、「宗經」的復古倒退的死胡同裡走出來，從「桐城」文派的以程朱理學為「道統」，以「韓柳歐蘇」為「文統」的束縛下解放出來，去開拓和創造符合世界新潮、救亡圖存、變法自強的嶄新思想境界。在十九和二十世紀之交的中國思想文化界，只有留學英國，精通英文，對西方資本主義社會科學和自然科學有廣博知識和深切了解的學貫中西的嚴復才能勝任這一工作。因而，嚴復在這方面的貢獻是獨特的，是康有為、梁啟超、譚嗣同等輩無法替代、望塵莫及的。

康梁領導的變法維新運動，把政治變革和文化變革聯繫在一起。梁啟超在戊戌變法運動前後所倡導的「文界革命」，實際上包含三個方面的內容：一是創辦帶有現代性質的報刊雜誌；二是「輸入歐西文思」；三是借鑑歐美和日本文體變革的經驗，在散文文體上進行通俗化的嘗試。嚴復積極參與《國聞報》的報政，在他的政論雜文寫作中，舉起倡導西學、反對舊學的旗幟，鼓吹民主和科學，在「輸入歐西文思」上，他做得更地道，影響更深遠。這後一方面，只要把嚴復同康、梁、譚作一比較，就一目瞭然了。康、梁、譚等，接受的是封建正統文化教育，他們沒有去外國留學，不懂得外文，對歐美、日本的社會科學和自然科學的了解片面膚淺，多半借助於《汽機問答》、

《格致彙編》、《萬國公法》、《泰西新史攬要》、《政法類典》之類一知半解、胡亂雜湊的書籍，他們基本上沿襲的是龔自珍、魏源等的今文經學的路子，打著「孔子托古改制」的旗號和西方的庸俗進化論為其變法維新製造歷史依據和奠定理論基礎。所以以後梁啟超在《清代學術概論》裡評價以康有為為代表的這個「不中不西即中即西之新學派」的理論學說是「拉雜失倫，幾同夢寐」，沒有多少科學性和說服力，不能適應愛國人士特別是青年一代尋求救國救民真理的渴求。嚴復則完全不同。他倡導「西學」(「新學」)，反對「中學」(「舊學」)。他在《直報》上發表的那五篇長篇政論雜文裡，以廣闊的世界文化視野，對中西政教學術進行比較，指出泰西之所以先進富強，由於政治民主，崇尚科學；中國之所以落後貧弱，則由於「教化學術之非」。他尖銳指出中國引以自傲的「中學」(「舊學」)，「一言以蔽之」，曰：「無用」、「無實」，中國的「四千年文物，九萬里中原」，所以淪落到任人瓜分宰割的危亡境地，乃由於「其教化學術之非也。不徒嬴政、李斯千秋禍首，若充類至義言之，則六經五子[14]亦皆責有難辭」。嚴復認為救亡圖強之道是：「痛除八股而大講西學」，他宣稱他的這一主張是：「東海可以回流，吾言必不可易也。」為了向國人系統地介紹西學，他翻譯了《天演論》、《原富》、《法意》、《穆勒名學》等西方十九世紀資產階級的生物學、哲學、經濟學、法學、社會學、邏輯學的經典著作。這樣，嚴復就為中國愛國人士特別是青年一代提供了反帝反封建鬥爭的嶄新世界觀和思想武器，嚴復就成了十九世紀和二十世紀之交中國學習和傳播西方資本主義新文化的傑出代表，成了中國資產階級的重要啟蒙思想家。

雜文是以議論和批評為主的文學散文，在思維形式上是理論思維和形象思維的統一，並以理論思維為主的。從理論思維方面來說，雜

14 五子：指儒家代表人物孔子、孟子、董子（仲舒）、韓子（愈）、朱子（熹）。

文家在進行社會批評和文明批評時，他以什麼樣的理論觀點，使用什麼樣的思想武器，他的辯難說理是否合乎邏輯、講究邏輯，是至關重要的。嚴復介紹的「西學」(「新學」）為他那個時代的雜文家提供了嶄新的銳利的思想武器，連改良派中的梁啟超和譚嗣同都蒙受其益，這是無須多說的。這裡需要強調的是，嚴復介紹的英國培根、洛克、穆勒的唯物論經驗論和邏輯「歸納法」[15]。在《原強》和《穆勒名學》的按語裡，嚴復把西方的富強之基歸於科技，科技之本在於方法，即培根提出的哲學經驗論和邏輯歸納法。嚴復指出，中國的封建主義「舊學」即封建主義文化學術根本弊病在於不從客觀事實的觀察、歸納出發，也不用客觀事實去驗證，要麼從傳統的「古訓」、教條出發，要麼是「師心自用」的癡人說夢，必須打倒和廢除。嚴復在這方面的貢獻是獨特的。他啟發人們在政論雜文的寫作中，必須實事求是，務必從實際出發，從生活出發，從中歸納、概括出經得起實際驗證的道理，有說服力、富於雄辯的道理。這對加強政論雜文的邏輯力量和提高雜文的思辨水準無疑是起了積極作用的。嚴復不僅翻譯邏輯名著，而且開「名學會」(1900）以講授邏輯，「一時風靡，學者聞所未聞，吾國政論之根柢名學理論者，自此始也。」[16]以後章士釗在其《邏輯指要》一書的「例言」中也說嚴復介紹外國邏輯名著：「為國人開示邏輯途徑，侯官嚴氏允稱鉅子。本編譯名泰半宗之，譯文間亦有取，用示景仰前賢之意。」

二　嚴復的《直報》「五論」

中日甲午戰後，從一八九五年二月至六月，嚴復在天津的《直報》上接連發表了著名的〈論世變之亟〉、〈原強〉、〈原強〉續篇、

15 嚴復譯邏輯「歸納法」為「內籀」，譯邏輯「演繹法」為「外籀」。

16 見王蘧常：《嚴幾道年譜》。

〈闢韓〉和〈救亡決論〉等五篇長篇政論雜文，我們姑稱之為嚴復的《直報》「五論」。這五篇著名的政論雜文各有側重點，又構成一個相對完整的系統，以開闊的世界文化比較視野和思想的新穎、尖銳、深刻佔據了當時思想文化界的制高點。

在〈論世變之亟〉裡，嚴復分析比較了西方列強和中國在政教、學術、文化等的根本不同，說明這是西方的先進富強、咄咄逼人和中國的落後貧弱、陷於危亡的根本原因，是一種不可抗拒、不可逆轉的「運會」。他敲起祖國危亡的警鐘，指出只有向西方學習，「於學術黜偽而存真，於刑政屈私以為公」，即學習西方的科學和民主，才能挽救祖國的危亡，使之走上先進富強的大道。

嚴復在〈原強〉裡，向國人介紹了改變西方政教學術和國家面貌的達爾文的進化論，介紹了他認為是博大精深的斯賓塞爾的社會達爾文主義。他指出不管是生物界還是人類社會從古到今都是遵循著「物競天擇」、「適者生存」的「天演」（進化）規律的；只有敢於競爭、奮發自強者才能生存和發展，否則將被無情淘汰。嚴復還引述了斯賓塞爾的「浚智慧、練體力、厲德行」的言論，提出了引導中國走向富強的政治改良和社會啟蒙方案，即「設議院於京師，而令天下郡縣公舉其守宰」，和「鼓民力」、「開民智」、「新民德」。

嚴復的〈闢韓〉批駁了韓愈的〈原道〉所鼓吹的絕對君權思想，宣傳了西方的盧梭為代表的「天賦人權論」和「民約論」。他尖銳指出：「秦以來之為君，正所謂大盜竊國者也。國誰竊？轉相竊之於民而已。」他認為：「國者，斯民之公產也，王侯將相者，通國之僕隸也。」他主張以君主立憲代替君主專制。

〈原強〉續篇的內容和〈原強〉並無緊密聯繫，它是針對甲午戰後上自統治集團下迄黎民百姓的「主戰」和「主和」而發。嚴復堅決反對與日本締結和約，反對割地賠款。他尖銳指出：「和之一言，其貽誤天下，可謂罄竹難書矣。」以李鴻章為代表的「主和」派是「以死社稷教陛下者，其人可斬也」。嚴復堅決「主戰」，他主張：「唯有與戰相終始，萬萬不可求和，蓋和則終亡，而戰可期漸振。」這表現了嚴復作為熱烈愛國者的本色。

嚴復在〈救亡決論〉裡，再次全面分析比較了西方的「西學」（「新學」）和中國的「中學」（「舊學」）的優劣，尖銳指出從先秦以來的中國封建主義舊文化的本質特點是「無用」和「無實」，他特別猛烈抨擊中國科舉制度和八股文，他指出科舉八股有「三害」：「錮智慧」、「壞心術」、「滋遊手」，如讓其謬種流傳綿延，勢必招致亡國滅種。嚴復的結論是：「論救亡而以西學格致為不可易。」

我們如果把嚴復的這五篇政論雜文放到甲午戰後戊戌維新之前的中國思想文化背景下考察，則不難發現，它們在熾烈的愛國熱情、深刻危機和憂患意識、尖銳的社會批評和文明批評的理性批判精神，以及求新求變的理想追求諸方面，嚴復同康有為和梁啟超等輩，是完全一致的。但是，這五篇政論雜文中所顯示的開闊的世界文化的分析比較視野，則是嚴復獨有的，為康梁等所望塵莫及的；其次是在這五篇政論雜文裡，嚴復也不像康梁等輩，以今文經學的形式來表述他的救亡圖存、變法自強的政見，嚴復要大膽得多，勇敢得多，他把西方資本主義的科學和民主，同中國封建主義文化和中國的封建專制主義政治，從根本上對立起來，加以分析比較，給予褒貶評判；再其次是嚴復在分析比較中西學術文化差異時，特別注意把問題提到哲學的認識論和方法論上來剖析，他在批駁論敵時，特別注意對他們作社會心理透視。這就保證了嚴復的政論雜文有嚴密複雜的邏輯結構、特異的理論思辨色彩和社會心理深度。

在嚴復的這五篇政論雜文中，〈闢韓〉是最富於戰鬥性的，影響最深遠的。它發表之後，譚嗣同擊節讚賞，梁啟超在《時務報》上全文轉載。也引起封建頑固派王先謙及門人蘇輿等在《翼教叢編》裡著文攻擊，洋務派首領、湖廣總督張之洞著文痛斥嚴復之後，還對他橫加罪名，威脅他的生命安全，使他「幾罹不測」[17]。這裡以〈闢韓〉為例，來領略嚴復這些政論雜文的思想和藝術風采。

唐代韓愈在〈原道〉裡鼓吹絕對君權思想，為中國封建君主專制制度辯護，其言論荒謬而刻毒。嚴復抓住這一典型靶子對之進行批駁，含有深意。他對〈原道〉的批駁，就是對封建君主專制制度及其御用哲學的批駁。在〈闢韓〉裡，嚴復一劈頭就說：「往者吾讀韓子〈原道〉之篇，未嘗不恨其於道於治淺也。」表示了對韓愈這位大儒及其理論的蔑視和憤慨。接著他以邏輯的「歸謬法」，揭露韓愈神化君主顛倒君民關係理論的荒謬可笑和無理刻毒。嚴復的〈闢韓〉是有破有立的，邏輯結構比較嚴密複雜。他在揭露韓愈〈原道〉絕對君權理論荒謬可笑和無理刻毒之後，就以孟子的「民貴君輕」理論、老子（莊子）的「竊鈎者誅，竊國者侯」和盧梭的「民約論」，著重從正面闡述了君主制度的起源和本質，以及在民權論者眼中的正確的君民關係。嚴復的〈闢韓〉反對的是封建君主專制理論，宣傳的是資產階級民權思想，主張的是資產階級君主立憲政治制度。在激烈否定封建君權上，嚴復同莊子、葛洪、鄧牧、黃宗羲異曲同工，但又比他們多了資產階級民權思想，更先進，更富於理論思辨色彩。這裡，我們且看〈闢韓〉的最後一段文字：

> 嗟夫！有此無不有之國，無不能之民，用庸人之論，忌諱虛驕，至於貧且弱焉以亡，天下恨事孰過此者！是故考西洋各國，當知富強之甚難也，我們可以苟安？考西洋各國，又當知富強之易易也，我們不可以自餒，道在去其害富害強，而力求其能與民共治而已。語有之曰：「曲士不可與語道者，束於教也。」苟求自強，則六經且有不可用者，況夫秦以來之法制！

17 見王蘧常：《嚴幾道年譜》。

> 如彼韓子，徒見秦以來之君。秦以來之君，正所謂大盜竊國耳。國誰竊？轉相竊之於民而已。既已竊之矣，又惴惴然恐其主之或覺而復之也，於是其法與令蝟毛而起，其什八九皆所以壞民之才，散民之力，漓民之德者也。斯民也，固天下之真主也，必弱而愚之，使其常不覺，常不足以有為，而後吾可以長保所竊而永世。嗟乎！夫誰知禍常出於所慮之外也哉？此莊周所以有胠篋說也。是故西洋之言治者曰：「國者，斯民之公產也，王侯將相者，通國之僕隸也。」而中國之尊王者曰：「天子富有四海，臣妾億兆。」臣妾者，其文之故訓猶奴虜也。夫如是則西洋之民，其尊且貴也，過於王侯將相，而我中國之民，其卑且賤，皆奴產子也。設有戰鬥之事，彼其民為公產公利自為鬥也，而中國則奴為其主鬥耳。夫驅奴虜以鬥貴人，固何所往而不敗？

在這裡，嚴復關於「秦以來之君」是「竊國」「大盜」的論斷；關於這些「竊國」「大盜」為了「長保所竊而永世」，採取「弱」民「愚」民統治權術的虛弱陰暗心理的深層透視；關於中國的君權統治使「無不有之國，無不能之民」的中國積貧積弱、「無往而不敗」的誅心之論，確是一針見血、入木三分，文字「往復頓挫」，「深美可誦」[18]，確是具有震撼力量、顛覆力量。這樣的雜文，在一八九五年的中國，只有嚴復才能寫出。

三　嚴復在《國聞報》上的政論雜文

嚴復和夏曾佑、王修植、杭辛齋等四人於一八九七年十月二十六

---

18 〈吳汝綸致嚴復書〉，收入《嚴復集》（五）。

日創辦《國聞報》。《國聞報》共出報兩種，一種為日報，一種為旬報，旬報只出六期，日報出至一八九八年九月停刊。《國聞報》是戊戌變法維新中改良派在北方的輿論重鎮，嚴復是其主要台柱。嚴復在《國聞報》上發表了赫胥黎的《天演論》(原名《進化論與倫理學》)和斯賓塞爾的《群學肄言》(原名《社會學研究法》)，據王栻在〈嚴復在《國聞報》上發表了哪些論文〉[19]考證，嚴復在《國聞報》上發表了二十七篇政論雜文。從總體上看，嚴復這時的雜文較之《直報》上的雜文，在戰鬥銳氣、批判鋒芒上稍有收斂，但在雜文藝術上卻較前圓熟。其中較著者有：〈駁英《泰晤士報》論德據膠澳事〉、〈論膠州章鎮高元讓地事〉、〈論膠州知州某君〉、〈論中國之阻力與離心力〉、〈道學外傳〉、〈說難〉等。

一八九七年十一月，德國強佔膠州灣。接著，沙俄強佔旅順、大連，法國強佔廣州灣，英國強佔威海衛和九龍。中國面臨帝國主義列強瓜分豆剖的嚴重危機。嚴復的〈駁英《泰晤士報》論德據膠澳事〉、〈論膠州章鎮高元讓地事〉、〈論膠州知州某君〉即針對此事而發。在〈駁英《泰晤士報》論德據膠澳事〉，嚴復痛斥德國強佔膠州灣是「海盜行劫，清晝攫金」，為其辯護的《泰晤士報》和英國政府有「野蠻生番之性」。在後兩篇雜文裡，嚴復斥責鎮守膠州灣的總兵章高元和「知州某君」，在德國強盜威脅面前，貪生怕死，驚慌失措，把國土拱手相讓，是「不知人間有羞恥事」的「禽獸不如」的賣國媚敵醜行。〈論膠州章鎮高元讓地事〉裡有這樣一段文字：

> 印度之野有象焉，百千為群，居山林之中，將出就水為飲與浴，必先有邏象焉。出而為邏，審無害者，而後群行。如逢敵仇，則邏象先死。美洲之野有犎焉，當其群居，牝犢內聚，牡

19 見王栻主編：《嚴復集》(二)。

> 者環之，外向，敵來且鬥且警。禽鳥之中則有雁奴，獵者非先殺雁奴，則其群不可掩也。是舍一己以為其群，雖在飛走之倫，有如是者矣。至於人當何如？

在嚴復看來，連禽獸都知「舍一已以為其群」，「章鎮」則「舍其群以為一已」，這難道不是「禽獸不如」嗎？以禽獸來反襯人，以禽獸來貶低人，這是常見的雜文的諷刺筆法，嚴復在這篇雜文中是相當圓熟運用這種雜文諷刺筆法的。

嚴復的〈論中國之阻力與離心力〉是一篇很有特色頗有深意的雜文。他以物理學中的阻力、向心力和離心力來研究和批評中國社會的歷史和現實。他說一個事物如遇阻力無法克服，會「失其本形」，「別成新形」，但如既遇「阻力」而且「離心力」又遠遠大過「向心力」，則「此物遂滅而別為他物矣」，因此，「離心力尤可畏於阻力也」。嚴復認為中國的「離心力」並不是「權臣內奸，外藩跋扈」，而是那籠罩於全社會，支配全國國民，即所謂「二萬里之地，四百兆之人」的那自私巧偽、因循守舊的社會風氣和社會心理。嚴復在篇文結尾說：

> 今日中西人士論中國弊政，均沾沾以學校、官制、兵法為辭，其責中國者，何其膚廓之甚哉！夫中國之不可救者，不在大端，而在細事，不在顯見，而在隱微。故有可見之弊，有不可見之弊，有可思及之弊，並有不可思及之弊。蒙等生長鄉閭，見聞狹隘，三途六道，千詭萬變，無由得知，僅就平日所聞於朋友者，而已若此。此病中於古初，發於今日，積之既久，療之實難。無以名之曰離心力而已。

嚴復這裡所針砭的細小隱微、無所不在、中之古初、發於今日，積之既久、療之實難的「離心力」，實即西方精神分析學派佛洛德和榮格所說的國民的「集體無意識」，魯迅所說的「國民的劣根性」。嚴復提出克服國民的「離心力」和培植國民的「向心力」，顯示了他作為啟蒙思想家的本色和深刻。

在嚴復的所有雜文創作中，〈道學外傳〉是最富於諷刺幽默色彩，是雜文思想和雜文藝術近乎完美統一的雜文名篇。該文的最大成功，在於那個為科舉制度和宋明道學（理學）毒害扭曲的迂腐淺陋、冥頑自私的村學究的雜文形象的創造。〈道學外傳〉顯然是〈救亡決論〉的繼承和發展，也是一篇聲討科舉制度和宋明理學的戰鬥檄文。

嚴復在創造村學究這一雜文形象時，調動了記敘、描寫、對話、抒情等藝術手段，截取了生活的一個斷片，記述了自己和這位村學究會晤交談的一個場景，對村學究的肖像、家中環境擺設作了諷刺性的生動描寫，記錄了和村學究的對話交談，在記敘、描寫、對話之中，作者對他充滿蔑視和嘲弄。

嚴復在描寫了那位「面戴大圓眼鏡，手持長桿煙筒，頭蓄半寸之髮，頸積不沐之泥，徐行傴背，闊頷扁鼻，欲言不言，時復冷笑」的「面目可憎」的雜文形象之後，在結尾有一段犀利深刻、堪稱警絕的議論和批評：

> 夫支那積二千年之政教風俗，以陶鑄此輩人才，為術密矣，為時久矣，若輩之多，自然之理。以錢財為上帝，以子孫為靈魂，生為能語之馬牛，死作後人之僵石，憫惻不暇，安用譏評？獨恨此輩充塞國中，豈無上膺執政之權，下擁名山之席者？而今乃奉五百兆炎黃之胄，二千年聖神之教，以聽若輩之位置，返之仁人志士之用心，當咸以為不可也。是以不憚刻酷之譏，輕薄之責，形容一二，以例其餘。讀此文者，當思人之為惡，雖千轉萬變，而一由於心地之不明。若輩既心地不明，則當時雖無為惡之心，而將來必有致禍之實。支那與日本種相

> 同教亦相同，乃以十倍之地而不及日本者，非視此輩之多寡，為國勢之盛衰耶？故願有事權者遇此人，毋使事權落此人之手；有子弟遇此人，毋使子弟聽此人之言。

這段議論和批評文字，使以上的雜文形象獲得思辨理論的昇華。值得注意的是，其中的「不憚刻酷之譏，輕薄之責，形容一二，以例其餘」，讓人聯想到魯迅論其雜文類型形象創造的「論時事不留面子，砭錮弊常取類型」。嚴復雜文中不少雜文意象就是這樣創造的。如〈論世變之亟〉中，他揭露中國封建統治者以科舉制度籠絡愚弄知識分子時，他如是說：「吾頓八紘之網以收之，即或漏吞舟之魚，而已暴鰓斷鰭，頹然老矣，尚何能推波助瀾之事也哉！嗟乎！此真聖人牢籠天下平爭泯亂之至術，而民智因之以日，民力因之以日衰。」在〈救亡決論〉裡，嚴復這樣描寫科舉八股制度造成中國愚昧淺陋、心術不正的知識分子充斥的情狀：「中國一大豕也，群虱總總，處其奎蹄曲隈，必有一日焉，屠人操刀，具湯沐以相待，至是而始相吊焉，固已晚矣。悲夫！」有很強的形象雕塑力，思想穿透力。

嚴復和他的朋友主持的《國聞報》受到頑固派和帝俄的各方面的壓力，嚴復不得不違心撰寫〈中俄交誼論〉和〈論俄人為中國代保旅順大連灣事〉，以取悅頑固派和帝俄，這反映了嚴復等的軟弱，也說明《國聞報》處境的艱難。嚴復在一八九八年六月五日的《國聞報》上發表聲討宋明道學的檄文，馬上受到指責，嚴復不得不在翌日的《國聞報》上發表了〈道學外傳〉餘義，聲明他是「惡道學先生」，「非惡宋儒」，不得不自己否定自己。嚴復雖然作了讓步妥協，但他是不甘願，內心是痛苦的。一八九八年八月五至六日的《國聞報》上的〈說難〉，相當曲折表述了嚴復的這種矛盾痛苦的心理。

〈說難〉是篇對話體的雜文，寫法上很有特色。嚴復假託甲乙兩位論客陳說報紙「論說」之「難」。甲謂天下有三「難」：「酒肆中之庖人」，「北裡（妓院）中之女子」，「報館之文章」。乙則認為在當時中國最「難」的是「報館之文章」，你不論「說」什麼，總有人不滿意，總有人反對，言下之意，暗示人們，在中國，「報館」連酒肆、妓院都不如了。對此，甲乙兩位論客都不甘願，於是兩人討論解決這個「難」題的可能，嚴復這樣寫道：

> 甲曰：「吾聞吾鄉有老醫焉，有高弟子三人，技既成，將出而行其道，老醫乃召三人而問之曰：『若出應世，固操何道以應世？』甲弟曰：『無論人疾之寒熱，吾悉以熱藥治之。』老醫曰：『可。』乙弟曰：『無論人疾之寒熱，吾悉以寒藥治之。』老醫曰：『可。』其丙藝最精，曰：『人病寒，吾以熱劑投之；人病熱，吾以寒劑投之。』老醫曰：『籲！子存此意，子其殆矣。彼甲乙者，殺其半猶可生其半；如子者，必盡殺而後可，子其不免矣。』後如所云，若所云云，非老醫之術耶？」
>
> 乙曰：「唯唯否否，不然，支那之人，其病或寒或熱，亦寒亦熱，非寒非熱，雖有和扁[20]不能定名。」
>
> 於是相與一笑而散。

甲乙兩位論客從非常認真、煞費苦心的研討，最後歸於哭笑不得、無可奈何的虛無。但切不可以為嚴復在這裡是鼓吹「報館」的「取消」論。他在一八九八年八月二十六日《國聞報》上發表的〈《時務報》各告白書後〉，批評《時務報》的梁啟超、黃遵憲及汪康年鬧矛盾，希望他們消除分歧，同心協力辦好這個維新派的首要輿論陣地。所以〈說難〉這篇雜文，曲折巧妙表達嚴復矛盾痛苦心理，它以消極反抗形式，對壓制報刊自由的生存和發展的反動勢力表達憤激的抗議，是

20 和扁：古代名醫和與扁鵲的合稱。

篇寓熱於冷、頗堪玩味的好雜文。

戊戌變法失敗之後，嚴復主要精力花在翻譯西方名著上，他眾多譯作都有序跋和按語，文學性不強，屬於廣義的雜文，我們這裡就略而不論了。

第三章
改良派雜文大家梁啟超

在十九和二十世紀之交的資產階級改良派代表人物中，梁啟超占有特殊的地位。從思想和理論的開拓創造來說，梁啟超不如康有為和譚嗣同；從對西方資產階級哲學和社會政治學說的譯介來說，他和嚴復不能相比。但梁啟超在兩個世紀之交的中國政治史、思想史、文學史和學術史上有其與眾不同的貢獻和作用。一九一二年，他在〈鄙人對於言論界之過去及將來〉的演講中不無自豪宣稱：「鄙人二十年來，固以報館為生涯，且自今以往，尤願終身不離報館之生涯也。」事實確是如此。他一生主持過《中外紀聞》、《時務報》、《清議報》、《新民叢報》、《小說報》、《政論》、《國風報》、《庸言》等多種報刊的筆政，他是改良派中最傑出的報刊活動家、最出色的啟蒙宣傳家，他有「輿論之驕子」的雅號，身後有人輓之曰：「言滿天下，名滿天下」，「知惟春秋，罪惟春秋」[1]。他的文章被人稱為「報章文體」、「時務文體」、「新民體」和「新文體」。梁啟超也是改良派中最重視文學的代表人物。在這方面，他有理論倡導也有創作實踐，他提出了「詩界革命」、「文界革命」、「小說界革命」和「戲劇改良」的口號，全面推動了晚清文學革新運動，為中國文學從古典向現代的過渡和嬗變架起了橋樑。梁啟超在這方面的貢獻，是改良派和革命派中無人可與之比擬的。這裡只從「文界革命」和「新文體」雜文創作這一側面來考察梁啟超的歷史貢獻。

1　張東蓀輓聯，轉引自《梁啟超年譜長編》。

第一節 對「桐城」古文的批判和潼文體改革的探索

梁啟超（1873-1929），政治家、思想家、文學家、學者。字卓如，一字任甫，號任公，筆名有飲冰子、飲冰室主人、新民子、中國之新民、自由齋主人、曼殊室主人、少年中國之少年。廣東新會人。

梁啟超出身於一個半耕半教家庭，從小接受封建正統教育，天資聰慧，十二歲中秀才，十七歲中舉人。中舉人後，拜康有為為師，學習經世致用之學，包括今文經學、史學、西學乃至佛學，思想為之一變，協助康有為撰寫《新學偽經考》、《孔子改制考》。一八九五年，當喪權辱國的〈馬關條約〉簽訂之時，梁啟超協助康有為發動著名的「公車上書」，積極投身救亡圖存、變法自強的愛國政治活動，主編《中外紀聞》、《時務報》，主講長沙時務學堂，宣傳資產階級維新思想，提出廢科舉、興學校、改官制、實行地方自治等一系列主張。

戊戌變法失敗後，梁啟超亡命日本，創辦《清議報》、《新民叢報》和《新小說》，廣泛介紹了西方資產階級的政治、哲學、經濟、教育和文學藝術，宣傳西方的民主、自由、平等、博愛、民權思想，進行全面的啟蒙思想宣傳，在知識界產生廣泛影響。與此同時，梁啟超曾先後提出了「詩界革命」、「文界革命」、「小說界革命」和「戲劇改良」，為諸種文體革新提供思想武器和理論依據。

一九〇五年「同盟會」成立後，梁啟超利用《新民叢報》與「同盟會」機關刊物《民報》展開論戰，反對革命，主張保皇。民國後，參加共和黨、進步黨，為袁世凱效力。一九一五年，他又支持其學生蔡鍔反對袁世凱復辟帝制。一九一七年，反對張勳復辟。一九一八年後，梁啟超離開政治舞臺，開始教育和學術研究的學者生涯，先後擔任清華大學研究院導師，兼任天津南開大學等幾所大學教授。一九二九年，梁病逝於北京，著有《飲冰室合集》，一百四十八卷，約一千四百萬字。

梁啟超是在一八九九年的《夏威夷日記》（又稱《汗漫錄》）中提出「文界革命」的口號，但他的「文界革命」的理論倡導和創作實踐可追溯到他主編《中外紀聞》和《時務報》時，他創造的文體，被稱為「報章文體」、「時務體」、「新民體」和「新文體」，這裡我們統稱之為「新文體」。梁啟超領導的「文界革命」，即「新文體」的革新和創造，有其明確的社會功利目的。簡單說，就是利用「新文體」散文，特別是其政論雜文為維新運動製造輿論，起著宣傳群眾、武裝群眾、組織群眾的作用。而要為維新運動製造輿論，在當時最佳的傳播媒介，就是新聞報紙。因而，作為改良派的第一號的啟蒙宣傳家，梁啟超異常重視輿論宣傳的作用，一九二〇年退出政壇之前，他始終活躍於新聞戰線的第一線。早在維新運動的準備階段，王韜、鄭觀應、陳熾等人就認識到報紙乃「國之利器」[2]，梁啟超繼承和發揚了維新派的這一優秀傳統。他自投身維新運動起，就同報刊結下不解之緣。一八九五年五月，他在〈致汪穰卿書〉中指出：「非有報館不可，報館之議論，既浸漬於人心，則風氣之成不遠矣。」他在《時務報》創刊號上的〈論報館有益於國事〉中又指出：「覘國之強弱，則於其通塞而已……去塞求通，厥道非一，而報館其導端也……閱報者愈多者，其人愈智。報館愈多者，其國愈強。」在《新民叢報》第十七號的〈敬告同業諸君〉裡，梁啟超指出：「報館有兩大天職：一曰對於政府而為其監督者，二曰對於國民而為其嚮導者是也。」他借鑑西方現代報刊的經驗，概括了報紙的兩大功能，即批評監督政府和保衛教育國民，他具體解釋說：「報館者摧陷專制之戈矛，防衛國民之甲胄也」，「所謂嚮導國民者何也？……鑒既往，示將來，導國民以進化之途徑者也。」

2　見陳熾：〈報館〉，《庸言》。

梁啟超的「新文體」散文是以「報章文字」為主體的。因而，他所倡導的「文界革命」，他所進行的「新文體」改革的探索和嘗試，都同作為現代傳媒主體的新聞事業息息相關。這也就決定了梁啟超所進行的「新文體」散文革新同中國古典文學史上的古文革新運動有著質的區別。譬如著名的唐宋古文運動，是在復古旗號下的文學革新運動，是在固有的文學系統內部的自我調整、自我完善和自我發展。而梁啟超等所倡導的「新文體」散文改革，則不是在復興古文的旗號下進行的，主要是借鑑西方文藝復興以來的文學改革經驗，借鑑日本明治維新以來的文學改革經驗（這下面還會談到），借鑑外國現代報刊經驗，帶有鮮明的開放性和現代性。這裡特別是外國報刊的引進對文體變革更有直接促進作用，梁啟超在〈中國各報存佚表〉裡就深有體會地說：「自報章興，吾國之文體為之一變，汪洋恣肆，暢所欲言，宗法家法，無復同者。」報刊傳遞資訊的「及時性」，面對讀者的「廣泛性」，決定了「報章文體」必須具備「真實性」、「通俗性」和「鼓動性」等素質。

梁啟超進行的「文界革命」的「新文體改革」，包含著「破」和「立」不可分割的兩個方面。從「破」的方面說，是批判和掃蕩僵化和空疏的背離時代需要的「八股文」和「桐城」古文，為「新文體」的產生和發展掃除障礙；在「立」的方面，則是「輸入歐西文思」，提倡「言文一致」的「俗語文學」。

在康、梁之前的啟蒙思想家和維新派如龔自珍、魏源、馮桂芬、王韜和鄭觀應都猛烈抨擊過科舉制度和八股時文，到了康、梁領導變法維新運動，他們把這種抨擊從理論批判升級到請求光緒皇帝下令廢除科舉制度和八股取士，康有為和梁啟超為此曾專門上過奏摺。梁啟超在《變法通議》〈幼學〉裡從政治上學術上清算科舉八股為害的同時，還從文體學的角度批判八股文束縛思想、空洞無物、有害作文的弊端，他痛切指出：

> 古人之言即文也，文即言也，自後世語言文字分，始有離言而以文稱者，然必言之能達而後文之能成，有固然矣。故學綴文者，必先造句，造句者以古言易今言也。今之為教者，未授訓詁，未授文法，闖然使代聖賢立言，朝甫聽講，夕即操觚，……又限其格式，詭其題目，連上犯下以鈐之，擒釣渡挽以鑿之。意已盡而敷衍之，非三百字以上勿進也；意未盡而桎梏之，自七百字以外勿庸也；百家之書不必讀，懼其用僻書也；當世之務不必學，懼其觸時事也。以此道教人，此所以學文數年，而不能下筆成一字者比比然也。

對於當時日漸衰落的「桐城」古文，梁啟超回憶說他「夙不喜桐城古文」，他指出清代散文「經師家樸實說理，毫不帶文學臭味，桐城派則以文為『司空城旦』矣」，「然此派者，以文而論，因襲矯揉，無所取材，以學而論，則獎空疏，閼創獲，無益於社會。」[3]這裡，梁啟超把「桐城」古文視為「司空城旦」是耐人尋味的。據《禮》〈月令〉仲春之月孔穎達《疏》，「司空」在秦、漢、魏之際是「獄名」，「城旦」則是秦漢時的一種刑罰，《史記》〈秦始皇本紀〉：「令下三十日不燒，黥為城旦。」裴駰集解引如淳曰：「〈律說〉：『論決為髠鉗，輸邊築長城，晝日伺寇虜，夜暮築長城。』城旦，四歲刑。」梁啟超說「桐城派則以文為『司空城旦』」，意思是說壟斷清代文壇的桐城文派的「道統」和「文統」把文壇變成囚禁文人的刑獄了。這是對桐城文派的嚴厲批評和激烈否定。在《自由書》〈煙士披理純〉裡，他批評桐城派的文論家說：

> 冬烘學究之批評古文，以自家之胸臆，立一定之準繩，一若韓

3　梁啟超：《清代學術概論》。

> 柳諸大家作文皆有定規。若者為雙關法，若者為單提法，若者為抑揚頓挫法，若者為波瀾縱擒法，自識者觀之，安有不噴飯者邪！彼古人豈嘗執筆學為如此之文哉，其氣充於其中而溢於其貌，動乎其言而見乎其文，而不自知也。曰：「煙士披理純」之故。

「煙士披理純」是英文「靈感」的音譯。在梁啟超看來，文章的寫作，同「靈感」作用有關，是一個由衷及貌、由言而文的過程，是作者思想感情的外化，不存在任何固定不變的「義法」和「定規」；八股文和桐城古文卻以固定不變的僵化形式來桎梏思想的自由傳達，那是令人「噴飯」，荒謬可笑的。

梁啟超異常重視「新文體」的革新創造。一八九七年，他在〈與嚴幼陵書〉中自述他「創此報（《時務報》）之意，亦不過為椎輪，為土階，為天下驅除難，俟後起者之發揮光大」，「求自為陳勝吳廣，無自求為漢高」，這實際上表述了他企圖以「文界」的陳勝吳廣自居，在「文界」發起一場開創新局面的「革命」。他在同年任湖南時務學堂總教習時所立的「堂約」中，鮮明提出了「學文」和「為文」的見解：

> 六曰學文。傳曰：「言之不文，行之不遠。」學者以覺天下為己任，則文未能捨棄也。傳世之文，或務淵懿古茂，或務沉博絕麗，或務瑰奇奧詭，無之不可。覺世之文，則辭達而已矣！當以條理細備，詞筆銳達為上，不必求工也。溫公曰：「一自命為文人，無足觀矣。」苟學無心得，欲以文傳，亦足羞也。

綜上所述，梁啟超要開創的區別於八股文和桐城古文的「新文體」散文，就是「以覺天下為己任」的「覺世之文」，即進行社會啟蒙、喚醒國民的為變法維新服務的文章。對這類「覺世之文」，梁啟超還從思想內容和表達形式兩個方面給予界定。

他指出這種「覺世之文」在思想內容必須以輸入「歐西文思」為「起點」。他在《汗漫錄》裡談及有關日本明治維新以來的著名政論家德蘇富峰著作的讀後感時說：

> 其文雄文雋快，善以歐西文思入日本文，實為文界別開一生面者，余甚愛之。中國若有文界革命，當亦不可不起點於是也。

在〈清議報第一百冊並論報館之責任及本館之經歷〉裡，梁啟超對以「報章文字」為主體的「新文體」的思想內容作了更明確具體的規定：

> 一曰宗旨定而高，二曰思想新而正，三曰材料富而當，四曰報事確而速。若是者良，反是則劣。

關於「宗旨定而高」，梁啟超解釋說：假如「為報者能以國民最多數之公益為目的，斯可謂真善良之宗旨」。關於「思想新而正」，梁啟超解釋是：「取萬國之新思想以貢於其同胞」，「能以語言文字開將來之世界也」。至於「材料富而當」，「報事確而速」，自然都是由其「宗旨」和「思想」制約並為其服務的。梁啟超自評他開創的「新文體」散文是「陳宇內之大勢，喚東方之頑夢」，「開文章之新體，激民氣之暗潮」。顯然梁啟超是把「新文體」作為覺世救國之利器，改良社會之工具，把政治方向和思想內容放在第一位的。

梁啟超在革新創造「新文體」的形式方面，也提出了不少值得重視的理論觀點。這首先是他和黃遵憲（《日本國志》〈學術志二〉〈文學〉）、譚嗣同（〈管音表自序〉）一樣，強調言文合一，並把它納入「文界革命」的範疇。早在一八九六年的《變法通議》裡，他就強調言文的統一問題，在〈沈氏音書序〉裡，他反覆論述了秦漢以前的一些「極文字之美」的著作都是「出之口而成文者也」；後人「乃棄今言不屑用，一宗于古」，致使「中國文字能達於上不能逮於下」，把廣大百姓摒於文學大門之外，造成民智不開，國勢貧弱。他在《新民說》〈論進步〉裡，比較了「言文合」與「言文分」的三利三弊。他在倡導「文界革命」時，批評當時言文分離代表著作——嚴復的譯文，指出其「文章太務淵雅，刻意摹仿先秦文體，非多讀古書之人，一繙殆難索解」，並由此強調「夫文界之宜革命久矣」[4]。其次是他從言文合一觀點出發，提倡「俗語文學」。他在《小說叢話》裡指出：

> 文學之進化有一大關鍵，即由古語之文學變為俗語之文學是也。各國文學史之開展，靡不循此軌道。……苟欲思想之普及，則此體非徒小說家當採用而已，凡百文章，莫不有然。

狄葆賢在〈論文學上小說之位置〉也回憶了梁啟超常對他闡述的相同理論主張：

> 飲冰室主人常語余，俗語文體之流行，實文學進步之最大關鍵也。各國皆爾，吾中國亦應然。近今歐美各國學校，倡議廢希臘、羅馬文者日盛，即如日本，近今著述，亦以言文一致體為能事。……故俗語文體之嬗進，實淘汰、優勢之勢所不能避也。中國文字衍形不衍聲，故言文分離，此俗語文體進步之一大障礙，而即社會進步之一大障礙也。為今之計，能造出最適之新字，使言文一致者上也，即未能，亦必言文參半焉。

這裡值得注意的是，梁啟超作為傑出的文體改革家，他對文體改革和語體形式變革的內在聯繫及其至關重要的認識是富有世界歷史眼光和相當深刻的，特別是他從世界文學從古典向現代進化的普遍規律，來

4　見《新民叢報》第7號。

論證「文學之進化有一大關鍵，即由古語之文學變為俗語之文學」，是極其雄辯的，很有說服力，這是以後「五四」白話文運動的理論先聲。其次是固然梁啟超所提倡的「新文體」是包含應用文體、新聞文體和文學散文在內的一切散行文字，他當時還不能如以後的周作人以「美文」(〈美文〉) 來稱白話文學散文，把應用文體和一般化新聞文體排除在文學散文之外，強調純文學散文，但梁啟超認為秦漢之前的一些「極文字之美」的著作都是「出之口而成文者」，即認為言文合一的「俗語文」也有「極文字之美」之作，這表現了他的美學觀念是相當解放的、先進的。自然梁啟超在「新文體」革新創造上也有其不可避免的歷史偈限。例如他在語體改革上還沒能如裘廷梁提出「崇白話而廢文言」的響亮徹底的口號；他的寫作還只停留在「言文參半」的階段；他對「新文體」的美學要求是降格以求的，只要求其「條理細備，詞筆銳達」，這反映了他在審美觀念上的片面性。

第二節 雜文創作新思維

梁啟超是改良派中散文創作數量最多、成就最高、影響最大的一個。他的散文的主體是議論性和批評性的雜文。梁啟超雜文創作時間主要指他主編《時務報》(1896) 至主編《新民叢報》(1905) [5]時期，前後共十年左右。這十年正是梁啟超才華煥發、文思泉湧、最富於蓬勃創造精神時期。他這時期所發表的雜文，「一時風靡海內」，全國傳誦，「自通都大邑，下至僻壤窮陬，無不知有新會梁氏者」，每一文發表，「海內觀聽為之一聳」，「耳目實為之一新」，其影響之大，前所未有。

5 《新民叢報》(1902-1906) 刊行四年，實則一九〇七年十一月二十日才出齊九十六號，拖期一年。一九〇六年，梁啟超同革命派進行「革命」和「改良」論戰，寫了一些影響不好的文章，故略而不論。

梁啟超的雜文具有豐富的時代內容和思想底蘊，它是十九世紀末和二十世紀初，資產階級變法維新前後社會生活的藝術反映，是時代風雲變幻的畫卷。有關當時社會的重大問題，特別是甲午戰後中國社會的政治、經濟、軍事、文化、道德、風俗，都在他的觀察、議論和批評的廣闊視野之內。

從梁啟超雜文的思想和藝術的演變發展來看，他在一八九六年至一九〇五年近十年間的雜文，可分為兩個階段：一八九六年至一八九八年間他投身康有為領導的變法維新運動及變法失敗後逃亡日本為第一階段，在這一階段，梁啟超的雜文是為變法維新的政治運動製造輿論，有著強烈的政治色彩；第二階段是他逃亡到日本後主編《清議報》和《新民叢報》，這時，他的雜文創作視野從政治擴展到更廣闊的文化領域，他系統介紹西方和明治維新後日本的資產階級意識型態，鼓吹「開民智」，「新民德」，在廣泛的「社會批評」和「文明批評」中反覆批評中國國民的落後性，提出重塑中國國民性（即「國魂」）的有著深遠歷史意義的理論課題，標誌著梁啟超雜文創作的豐富和深化。梁啟超的雜文在體式和藝術上一、二兩個階段也有區別。一般來說，第一階段的雜文是介於政論與雜文之間，注重於議論和抒情，但格式單調，篇幅較長，不重視雜文形象的創造；第二階段梁啟超受了日本德蘇富峰的影響，雜文創作上則格式豐富多樣，除《新民說》等長篇議論雜文之外，他還創作了《飲冰室自由談》六十篇短小精悍的讀書隨筆和隨想錄，〈傀儡說〉、〈動物談〉等幽默雋永的寓言體和對話體雜文，以及作者情趣、理趣和雜文形象較好融合的雜文名篇如〈少年中國說〉、〈呵旁觀者文〉、〈說希望〉等。

梁啟超在戊戌變法時期的雜文是直接為救亡圖存、變法維新製造輿論的，其中充滿著憂患意識、愛國意識、變革意識和開放意識，燃燒著批判和揭露的激情，在社會上激起強烈的反響，贏得了極高的聲譽。

甲午戰後，梁啟超面對祖國危亡現實，以沉痛激越之筆，描繪中國陷於亡國滅種的圖景。在〈南學會序〉中，他沉痛指出：

> 敵無日不可來，國無日不可以亡。數年以後，鄉井不知誰氏之藩，眷屬不知誰氏之奴，血肉不知誰氏之俎，魂魄不知誰氏之鬼。及今猶不思洗常革故，同心竭慮，摩蕩熱力，致心皈命，破釜沉舟，以圖自保於萬一。而猶禽視鳥視，行屍走肉，毛舉細故，瞻前顧後，相妒相軋，相距相離。譬猶蒸水將沸於釜，而鯈魚猶作蓮之戲；燎薪已及於棟，而燕雀猶爭稻粱之謀，不亦哀乎！

指出祖國危亡的險境，正是為了給國人敲起警鐘，希望他們覺醒振奮，「同心竭慮」，拯救祖國危亡。甲午戰敗後，中國被迫簽訂喪權辱國、割地賠款的〈馬關條約〉，康有為和梁啟超等愛國士大夫視之為國家的奇恥大辱，然而令他們感到痛心和寒心的是，「官惟無恥」、「士惟無恥」、「商惟無恥」、「民惟無恥」，舉國上下，以奇恥為「無」恥的麻木。因而，他們決定成立「知恥學會」來「號召天下」，變「無恥」為「知恥」，讓國人牢記國恥，從激發他們的羞恥心入手來激發他們的愛國心，讓他們覺醒振作，奮起救國。梁啟超在為這個別出心裁、用心良苦的「知恥學會」作的「序」——〈知恥學會敘〉——這樣寫道：

> 孟子曰：「無恥之恥，無恥矣。」吾中國四萬萬人者，惟不知無恥之為可恥以有今日。亦既知之，亦既恥之；子胥恥父，乃鞭楚墓；范蠡恥君，乃沼吳室；張良恥國，乃墟秦社；大彼得恥愚以興俄；華盛頓恥弱以造美；惠靈吞恥挫以拒法；嘉富洱恥散以合意；威良卑士麥恥受轄而德稱雄；爹亞士恥割地而法

再造；日本君臣恥劫盟而幡然維新，更張百度，遂有今日。若是者雖恥何害！……自諱其恥，時曰無恥；自誦其恥，時曰知恥。啟超請誦恥以倡天下。嗚呼！聖教不明，民賊不息，天下之治不進，大同之象不成，斯則啟超之恥也。

以變「無恥」為「知恥」來激發國人的愛國心和救國的責任心，這種「良苦用心」正反映了梁啟超思想的深刻和愛國熱情特別感人之處。

在梁啟超那裡，救亡圖存和變法維新是緊密聯繫的。前者是後者的前提、根據和原動力。梁啟超宣傳變法維新的代表作是洋洋十幾萬字的《變法通議》。據梁啟超在《變法通議》〈自序〉所述，這篇長文共「六十篇，分類十二」，長期在《時務報》上連載。《變法通議》是梁啟超以他特有的「筆鋒常帶感情」的通俗而又形象的「言文參半」文字全面系統宣傳康有為領導的改良運動的理論和綱領，是一篇重要的歷史思想文獻。它基本上是長篇政論，然而在說理辯難之中，不時採用雜文筆法，因而可作為雜文來讀。且看這篇名文的兩段文字：

要而論之，法者天下之公器也，變者天下之公理也。大地既通，萬國蒸蒸，日趨於上。大勢相迫，非可閼制。變亦變，不變亦變。變而變者，變之權操諸己，可以保國，可以保種，可以保教；不變而變者，變之權讓諸人，束縛之，馳驟之，嗚呼！則非吾之所敢言矣。是故變之途有四：其一，如日本，自變者也；其二，如突厥，他人執其權而代變者也（埃及、高麗等國皆是）；其三，如印度，見並於一國而代變者也（越南、緬甸等國皆是）；其四，如波蘭，見分於諸國而代變者也。吉凶之故，去就之間，其何擇焉？

（〈論不變法之害〉）

> 吾今為一言以蔽之曰：變法之本，在育人才；人才之興，在開學校；學校之立，在變科舉；而一切要在其大成，在變官制。
>
> （〈論變法不知本原之害〉）

梁啟超在宣傳變法維新理論主張時有種真理在手的充分自信，其論述有逼人的邏輯力量。

梁啟超和康有為一樣有強烈開放意識，鼓吹學習西方先進學術思想和改革經驗，他批評和嘲笑當時中國思想文化界的不學無術、孤陋寡聞、空談性理的風氣：

> 今之所謂儒者，八股而已，試帖而已，律賦而已，楷法而已，上非此勿取，下非此勿習。其得之者，雖八星之勿知，五洲之勿識，六經未卒業，諸史未知名，而靦然自命曰：儒也儒也。上自天子，下逮市儈，變裒然尊之曰：儒也儒也。又其上者，箋注蟲魚，批抹風月，旋賈、馬、許、鄭之胯下，嚼韓、蘇、李、杜之唾餘，海內號為達人，謬種傳為鉅子。更等而上之，則束身自好，禹行舜趨，衍誠意正心之虛論，剿攘夷尊王之迂說。綴學雖多，不出三者，曆千餘年，每下愈況，習焉不察，以為聖人之道，如此而已。是則中國之學，其淪陷澌滅，一縷絕續者，不自今日，雖無西學乘之，而名存實亡，蓋已久矣。
>
> （〈《西學書目表》後序〉）

梁啟超明確提出：「國家欲自強，以多譯西書為本；學子欲自立，以多讀西書為功。」[6]他還說過這樣的名言：「非讀萬國之書，則不能通一國之書。」[7]

6　梁啟超：〈自序〉，《西學書目表》。

7　梁啟超：〈湖南時務學堂約十章〉。

梁啟超在〈鄙人對於言論界之過去及將來〉的演講中有這樣的自述：

> 戊戌八月出亡，十月復在橫濱開一《清議報》，明目張膽以攻擊政府，彼時最烈矣。而政府相疾亦至，嚴禁入口，馴至內地斷絕發行機關，不得已停辦。辛丑之冬，別辦《新民叢報》，稍從灌輸常識入手，而受社會之歡迎，乃出意外。

這是符合實際的。

出亡日本後的梁啟超對清政府的攻擊加強了力度，他在〈擬討專制政體檄〉裡，號召中國青年奮起討伐專制政體，組織大軍，犧牲生命，「誓剪滅此（指專制政體）而滅此朝食」。在〈傀儡說〉裡，他無限憤慨指出，偌大的中國上上下下、方方面面都是「傀儡」：光緒帝是西太后的「傀儡」，西太后是榮祿的「傀儡」，榮祿是某外國主子的「傀儡」，中國的「關稅」、「鐵路」、「礦務」、「釐金」、「軍隊」、「土地」和「人權」「握於人手」，它們也統通是外國人的「傀儡」，外國列強在中國「傀儡其君、傀儡其吏、傀儡其民、傀儡其國」，把中國「二萬萬里之地」，變成「一大傀儡場」了。這裡，梁啟超對腐敗的清王朝的喪權辱國、依附外國主子，外國列強對中國的全面侵略並企圖使中國殖民地化的揭露和抨擊是極其猛烈、深刻和形象的。在一八九八年秋至一九〇三年初梁啟超出亡日本期間，一度擺脫了康有為的思想束縛，同孫中山等資產階級革命派交往密切，關係不錯，思想上有了變化。一向鼓吹和平漸進改良的梁啟超，這時竟常常鼓吹帶有革命傾向的「破壞主義」，這在他的《新民說》〈論進步〉、《自由談》〈破壞主義〉和〈釋「革」〉等都有所表現。這裡且看其在《新民說》〈論進步〉裡的一段文字：

> 然則救危亡求進步之道將奈何？曰：必取數千年橫暴混濁之政體，破碎而齏粉之，使數千萬如虎、如狼、如蝗、如蝻、如蜮、如蛆之官吏，失其社鼠城狐之憑藉，然後滌蕩腸胃以上于進步之途也；必取數千年腐敗柔媚之學說，廓清而辭辟之，使數百萬如蠹魚、如鸚鵡、如水母、如畜犬之學子，毋得搖筆弄舌舞文嚼字為民賊之後援，然後能一新耳目以行進步之實也。（引文著重號為引者所加）

像這樣全面、堅決、徹底揭批封建專制制度、封建專制思想和封建專制文化的鋒芒畢露的文字，在梁啟超的政論雜文中殊屬罕見；像這樣的文字較之「五四」時期《新青年》上的戰鬥雜文也決不遜色。

梁啟超到日本後開始學習日文，並借助日文譯本接觸廣泛的西方學術文化思想。在他主持的《清議報》和《新民叢報》上曾開列了一千二百種西方著作書目。僅一九○二年，梁啟超在《新民叢報》上以其通俗曉暢華美文筆介紹、評議和宣傳了〈亞里斯多德之政治學說〉、〈進化論革命論者頡德之學說〉、〈樂利主義者邊沁之學說〉、〈天演學初祖達爾文之學說及傳略〉、〈近世文明初祖二大家之學說〉、〈論泰西學術思想變遷之大勢〉等。從柏拉圖、亞里斯多德到培根、笛卡兒、康德，從孟德斯鳩到達爾文，從邊沁到孔德，以及馬克思；從希臘、馬其頓到義大利、匈牙利，各種西方哲學、政治、歷史、地理，都被廣泛地介紹過來。這種大量的新知識、新學說、新思想打開了原來只知道「四書」、「五經」，孔孟老莊的中國知識分子，特別是青年知識分子的眼界，從中西文化的比照中，感到自己民族的落後，激起救國和革命的熱情。這是功德無量的思想和文化啟蒙。

梁啟超在《清議報》和《新民叢報》上發表的雜文〈飲冰室自由談〉、〈國民十大元氣論〉、〈中國積弱溯源論〉、〈十種德性相反相成義〉，特別是著名的〈新民說〉，其中心思想就是提出批判和改造中國的國民性，「製造中國魂」的問題。在〈新民說敘論〉裡，梁啟超把「新民」問題提出來：

> 國也者積民而成。國之有民，猶身之有四肢、五臟、筋脈、血輪也。未有四肢已斷，五臟已瘵，筋脈已傷，血輪已涸，而身猶能存者；則亦未有其民愚陋、怯弱、渙散、混濁，而國猶能立者。故欲其身之長生久視，則攝生之術不可不明；欲其國之安富尊榮，則新民之道不可不講。

在《新民說》〈論新民為今日中國第一急務〉裡，梁啟超把「新民」的意義提到第一位的地步：「苟有新民，何患無新制度，無新政府，無新國家。」梁啟超在《新民說》裡提出的新「民智」、新「民德」和新「民力」的「新民說」，實際上就是他在《飲冰室自由書》〈中國魂安在乎〉裡說的：「今日所最要者，則製造中國魂是也。」

要改造中國的國民性和重造「中國魂」，就必須無情揭露和批判中國國民性中的劣根性（壞根性），梁啟超在《中國積弱溯源論》中的第二節〈積弱之源於風俗者〉裡，無情揭露了中國數千年的封建專制制度、封建專制思想和封建專制文化造成了中國國民性的幾種壞根性：即「奴性」、「愚昧」、「為我」、「好偽」、「怯懦」、「無動」等，梁啟超說他的揭露和批判「雖曰虐，亦實情也」。梁啟超在《新民說》〈釋新民之義〉中說：「新民云者，非欲吾民盡棄其舊以從新也。新之義有二：一曰，淬厲其所本有而新之；二曰，採補其所本無而新之。二者缺一，時乃無功。」梁啟超在〈國民十大元氣論〉裡，把「獨立」、「合群」、「自由」、「制裁」、「自信」、「虛心」、「利己」、「愛他」、「破壞」、「成立」等列為「國民十大元氣」；在〈十種德性相反相成義〉裡，則把「獨立與合群」、「自由與制裁」、「自信與虛心」、「利己與愛他」、「破壞與成立」的完美結合，視為理想的中國國民性格。因而，他在《飲冰室自由書》的〈理想與氣力〉、〈國權與民權〉、〈破壞主義〉、〈精神教育者自由教育也〉、〈中國魂安在乎〉、〈慧觀〉、〈奴隸學〉裡，在《新民說》的〈論公德〉、〈論進取冒險〉、〈論自由〉、〈論進步〉和〈論尚武〉裡，要求國人必須具有愛國思想和自由奮鬥精神，要他們去「愛國」、「利群」、「尚武」、「自尊」、「冒險」、「進取」，變落後貧弱的中國為先進富強的中國。

梁啟超雜文中的改造中國國民性和重塑「中國魂」的思想，是十九和二十世紀之交人們思想解放的產物，標誌中華民族新崛起和新覺醒，很有特色和很有價值。他的這一思想成果被「五四」時期的啟蒙思想家和新文化運動先驅者陳獨秀、李大釗和魯迅等繼承和發揚了。這一時期，梁啟超還創作了一批洋溢著浪漫理想和浪漫激情的雜文名篇，如〈少年中國說〉、〈過渡時代論〉、〈說希望〉等是。這些雜文名篇寫於一九〇〇年至一九〇三年之間，那正是戊戌變法失敗，八國聯軍入京，義和團運動失敗，中國處於最困難的時刻，然而作為熱烈的愛國者的梁啟超對中國絕不失望，他認為中國還是個「少年中國」，她正處於從落後貧弱的「此岸」向先進富強的「彼岸」過渡的「過渡時代」，中國是大有「希望」的。這些雜文名篇顯示了梁啟超是社會批評家、社會改革家和社會理想家的統一，思想家和詩人的統一。梁啟超這類雜文裡浪漫理想和浪漫熱情互相激盪，給想像和詩情提供強大推動力，他的文章給人以滿天霞彩、雄奇瑰麗的美感，他往往在文章某些關鍵段落，特別是其結穴處，寫出境界壯闊、格調宏放、意蘊雋妙、詞采華美、詩潮洶湧的類似散文詩的文字。這裡且看〈說希望〉的最後一段文字：

……嗚呼！吾國其果絕望乎，則待死以外誠無他策；吾國其果非絕望乎，則吾人之日月方長，吾人之心願正大。旭日東方，曙光熊熊，吾其叱吒羲輪，放大光明以赫耀寰中乎！河出伏

> 流，狂濤怒吼，吾其乘風揚帆，破萬裡浪以橫絕五洲乎！穆王八駿，今方發軔，吾其揚鞭絕塵，駸駸與驊騮競進乎！四百餘州，河山重重；四億萬人，泱泱大風。任我飛躍，海闊天空；美哉前途，鬱鬱蔥蔥。誰為人豪？誰為國雄？我國民其有希望乎，其各立於所欲立之地，又安能鬱鬱以終也！

這裡，梁啟超以一系列想像奇特、氣勢逼人的感歎句、排比句、駢偶句的組合，急管繁弦般奏出振奮人心的黃鐘大呂，濃墨重彩繪出大氣淋漓的宏偉畫圖。

第三節　雜文創作審美特徵

梁啟超在《清代學術概論》裡關於他開創的以雜文為主的「新文體」散文有這樣的自我概括：

> ……超夙不喜桐城古文，幼年為文，學晚漢魏晉，頗尚矜練。至是自解放，務為平易暢達，時雜以俚語、韻語及外國語法，縱筆所至不檢束，學者競效之，號「新文體」。老輩則詆為野狐。然其文條理明晰，筆鋒常帶感情，別有一種魔力焉。

具體到梁啟超的雜文藝術究竟有什麼特點？雜文是以議論和批評為主的文學散文。而批評要讓人口服心服，也是要擺事實講道理的。從這點說，批評也是另一種方式的說理。梁啟超雜文藝術的首要特點，就是論述充分，說理透徹，有強大的邏輯力量和說服力量。梁啟超雜文的「魔力」首先就表現在這裡。梁啟超愛寫長篇政論雜文，在議論的展開中，他總是採用事實論證、類比論證、比喻論證、對比論證、歸謬論證等方法，進行周密的邏輯推理，他特別擅長以典型、生動、新鮮的高密度的事例，來充分透徹論證他的理論觀點。這裡且看他的《變法通議》〈自序〉裡的第一段文字來嘗鼎一臠：

> 法何以必變？凡在天地之間者，莫不變。晝夜變而成日，寒暑變而成歲；大地肇起，流質炎炎，熱熔冰遷，累變而地球；海草螺蛤，大木大鳥，飛魚飛鼉，袋鼠脊獸，彼生此滅，更代迭變，而成世界；紫血紅血，流注體內，呼炭吸養，刻刻相續，一日千變，而成生人。藉曰不變，則天地人類，並時而息矣。故夫變者，古今之公理也。貢助之法變為租庸調，租庸調變為兩稅，兩稅變為一條鞭；并乘之法變為府兵，府兵變為彍騎，彍騎變為禁軍；學校升造之法變為薦辟，薦辟變為九品中正，九品中正變為科目。上下千歲，無時不變，無事不變，公理有固然，非夫人之為也。為不變之說者，動曰守古守古，庸詎知自太古、上古、中古、近古以至今日，固已不知萬百千變。今日所目為古法而守之者，其于古人之意，相去豈可以道理計哉！

知識淵博、學貫中西的梁啟超在寫作如〈變法通議〉和〈新民說〉這樣的長篇政論雜文時，為了透徹論證他的理論觀點，他就像一位統率三軍的統帥，可以從古今中外的知識寶庫裡調動千軍萬馬似的典型生動事例，浩浩蕩蕩，為他衝鋒陷陣。這是梁文的長處，也是梁文的短處。在寫這類雜文時，他「縱筆所至不檢束」，「不尚矜練」，不了解執筆行文時「一以當十」、「以簡馭繁」的妙諦，而過於鋪排奢靡，有時給人過於繁冗累贅之感。

同以上論述充分、說理透徹、有強大邏輯力量和說服力緊密聯繫的是，梁啟超雜文感情充沛，氣勢汪洋，有強大的震撼力和感染力。用奔迸的情感和汪洋氣勢傳達政治思想見解，是梁啟超雜文藝術的又一突出特點，是它的又一「魔力」，是梁啟超雜文區別於一般只是抽象說理的政論的關鍵所在。胡適在〈四十自述〉裡談他讀《新民說》的感受就觸及了梁文「筆鋒常帶感情」的特點：

> 他（指梁啟超）指出我們最缺乏而最須採補的是公德，是國家思想，是進取冒險，是權利思想，是自由，是自治，是進步，是自尊，是合群，是生利的能力，是毅力，是義務思想，是尚武，是私德，是政治能力。他在這十幾篇文字裡，抱著滿腔血誠，懷著無限的信心，用他那枝「筆鋒常帶感情」的健筆，指揮那無數的歷史例證，組織成那些能使人鼓舞，使人掉淚，使人感激奮發的文章。

造就梁文的激情和氣勢除胡適說的「滿腔的血誠」和「無限的信心」等之外，還有上文提到的梁文愛用眾多的感歎句、排比句、駢偶句等組成浩浩蕩蕩的激情和氣勢的集團軍。

議論的形象化和雜文形象的創造也是梁啟超雜文藝術的一個特色。他的不少雜文常以生動比喻，使抽象深奧事理形象化，以寓言象徵和具體描寫創造出帶有漫畫誇張的喜劇色彩的雜文形象，取得比抽象枯燥的說理好得多的藝術效果。上面提到的〈傀儡說〉，就是以生動比喻形象說理的成功範例，他把被外國帝國主義半殖民地化了的中國比喻為人們耳熟能詳並能產生眾多聯想的「傀儡」，從而生動而深刻地揭露了外國帝國主義勢力在中國「傀儡其君、傀儡其吏、傀儡其民、傀儡其國」的罪行。〈動物談〉則是一篇獨標一格的寓言象徵體的雜文。文中描寫：「哀時客（即梁啟超）隱幾而臥，鄰室有甲乙丙丁四人者，咄咄為動物談，客傾耳而聽之。」甲乙丙丁談了四種動物：受創的巨鯨，退化的盲魚，赴死的群羊，機關鏽廢的睡獅。這四種動物從四個側面寓示腐敗清政府統治下中國的深重危機：受創的巨鯨，象徵列強瓜分下的中國，雖遭蠶食，仍若無其事，以為手足之患，離心尚遠，不足為慮，反以華夏大國傲睨四鄰。退化的盲魚，象徵閉關鎖國的中國，閉目塞聽已久，競爭能力全無，一旦門戶被迫打開，不能與外敵相抗而日就衰亡。赴死群羊，象徵亡國滅種之危的中國，死期將至而不自知，嬉戲悠遊，將自取滅亡。機關鏽廢的睡獅，象徵老大中華帝國，生機全無，只是一堆廢鐵而已。這篇寓言體雜文意味雋永，發人深思，使人讀後，也會同梁啟超一樣「默然以思，愀然以悲，瞿然以興」。梁啟超在某些雜文裡以漫畫筆法成功創造了令人難忘的類型性的雜文形象。在雜文名篇〈呵旁觀者文〉裡，他先對「旁觀者」作了總括性描寫，以後又對「旁觀者」家族譜系裡的「渾沌派」、「為我派」、「嗚呼派」、「笑罵派」、「待時派」，一一作了具體而生動的描摹，給人深刻印象。〈少年中國說〉裡，梁啟超以令人眼花撩亂的排比結合對比的句式群，對他憎厭的「老年中國」和鍾愛的「少年中國」作了極其充分形象深透的渲染和描繪，其中描寫封建官吏的醜態，更是力透紙背，令人叫絕：

> 而彼輩者，積數十年之八股、白折、當差、捱俸、手本、唱喏、磕頭、請安，千辛萬苦，千苦萬辛，乃始得此紅頂花翎之服色，中堂大人之名號，乃出其全副精神，竭其畢生力量，以保持之，如彼乞兒，拾金一錠，雖轟雷旋其頂上，而兩手猶緊抱其荷包，他事非所顧也，非所知也，非所聞也。於此而告之以亡國也，瓜分也，彼烏從而聽之？烏從而信之？……嗚呼！今之所謂老後、老臣、老將、老吏者，其修身、齊家、治國、平天下之手段，皆具於是矣。西風一夜催人老，凋盡朱顏白盡頭。使走無常當醫生，攜催命符以祝壽。嗟乎痛哉！以此為國，是安得不老且死？且吾恐未及歲而殤也。

梁啟超的「新文體」並不是純白話，而是「言文參半」的，但這較之「桐城」古文已是一種大膽的「解放」。梁啟超說這種「新文體」在語言形式上的特點是：「務為平易暢達，時雜以俚語、韻語及外國語法」，這是有意同「桐城」古文戒律「對著幹」的。「桐城」派祖師方苞曾規定：「古文中不可入語錄中語，魏晉六朝人藻麗俳語，漢賦中板重字法，詩歌中雋語，《南、北史》佻巧語」[8]，這些禁忌被梁啟超一掃而空，連外國新語也源源不斷見諸文中。這裡且看「新文體」雜文名篇〈過渡時代論〉的第二節〈過渡時代之希望〉中的一段文字：

> 過渡時代者，希望之湧泉也。人間世所最難遇而可貴者也。有進步則有過渡，無過渡亦無進步。其在過渡以前，止於此岸，動機未發，其永靜性何時始改，所難料也；其在過渡以後，達於彼岸，躊躇滿志，其有餘勇可賈與否，亦難料也。惟當過渡時代，則如鯤鵬圖南，九萬里而一息；江漢赴海，百千折以朝宗。大風泱泱，前途堂堂，生氣鬱蒼，雄心矞皇。其現在之勢力圈，矢貫七札，氣吞萬牛，誰能禦之！其將來之目的地，黃金世界，荼錦生涯，誰能限之！故過渡時代者，實千古英雄豪傑之大舞臺也，多少民族由死而生，由剝而復，由奴而主，由瘠而肥所必由之路也。美哉過渡時代乎！

這裡，有外來語，如「過渡時代」、「進步」、「動機」、「目的」、「舞臺」等是借助日文的外來語[9]，大量使用這些複合詞的結果，文中長句帶日化痕跡，令人耳目一新。有韻語，如「大風泱泱」四句，有類似八股文的長比（如「其在過渡以前」一聯），有駢文的四六句（如「鯤鵬圖南」一聯），這種駢散結合、韻散錯綜、中外合璧的多種句

---

8 沈廷芳：〈書方望溪先生傳後〉中引方苞語，見《隱拙齋文鈔》卷4。

9 參見實藤秀惠：《中國人留學日本史》第七章〈現代漢語與日語詞彙的攝取〉。

式組合，特別適宜於平易暢達表現新鮮而豐富的思想和情感。這是梁啟超註冊商標的特有文體，在當時的文壇上影響很大，確如梁氏自述：「學者競效之」，我們甚而能在王力的《龍蟲並雕齋瑣語》的雜文名篇中看到這種流風遺韻。

梁啟超的雜文體式和表現藝術也是豐富多樣的，這也是他作為一代雜文大家的一種標誌。如上所述，他的雜文常見樣式有〈變法通議〉、〈中國積弱溯源論〉、〈新民說〉等長篇系列連載的政論雜文，也有篇幅較長的議論性抒情性雜文，如〈少年中國說〉、〈呵旁觀者文〉、〈過渡時代論〉、〈說希望〉等，還有序跋、書信、演講式的雜文，也有比喻、象徵、寓言體的雜文，再就是《飲冰室自由書》的隨感體、讀書筆記體式的自由隨意、短小靈便、簡潔雋永的雜文。梁啟超的《飲冰室自由談》類似於「五四」時期《新青年》雜誌上影響極大的「隨感錄」。梁啟超在《飲冰室自由書》〈敘言〉裡自述道：

> 自東徂以來，與彼都人士相接，誦其詩，讀其書，時有所感觸，與一二賢師友傾吐之，過而輒忘。無涯生曰：盍最而記之？自惟東鱗西爪，竹頭木屑，記之無補於天下。雖然，可以自驗其學識之進退，氣力之消長也，因記數條以自課焉。每有所觸，應時援筆，無體例，無宗旨，無次序，或發論，或講學，或記事，或鈔書，或用文言，或用俚語，惟意所之。莊生曰：「我朝受命而夕飲冰，我其內熱歟。」以名吾室，西儒彌勒·約翰曰：「人群之進化，莫要於思想自由，言論自由，出版自由。」三大自由，皆備我焉，以名吾書。己亥七月一日，著者識。

梁啟超的《飲冰室自由書》常為研究者所忽略，這是不應有的疏忽。《飲冰室自由書》收了梁啟超從一八九八年至一九一〇年間寫的隨感錄和讀書筆記六十則，是研究梁啟超思想和雜文藝術必不可少的素材。《飲冰室自由書》極其生動反映了梁啟超的開放、活潑、深刻的思想，及其在雜文創作上的多才多藝。其中最常見的是隨感錄和讀書筆記。先看〈天下無無價之物〉：

> 西諺曰：「天謂眾生曰：一切物皆以界汝，但汝須出其價錢。」可謂至言。
>
> 任公乃自呵曰：革新者天下之偉業也。汝欲就此偉業，而可以無價得之乎？糴一鬥之粟，尚須若干之價值；捕一尾之魚，尚須若干之苦勞。汝視邦家革新之大事，其所值曾一鬥粟，一尾魚之不若乎？

這是典型的隨感錄，凝鍊雋永，發人深省。再看〈奴隸學〉一則：

> 偶讀《顏氏家訓》有云：「齊朝一士夫，嘗謂吾曰：我有一兒，年已十七，頗曉書疏，教其鮮卑語，及彈琵琶，稍欲通解，以伏事公卿，無不寵愛。吾時俯而不答。」嗚呼！今之學英語、法語者，其得毋鮮卑語之類耶？今之學普通學、專門學者，其得毋彈琵琶之類耶？吾欲操此業者一自省焉，毋為顏之推笑。

這是典型的讀書筆記。作者只在所引典型材料之後發要而不煩、點到即止的三言兩語議論。這同他那些堆床架屋的過於繁冗的長篇政論風格迥異其趣，然而卻更耐人咀嚼。《飲冰室自由書》中不少篇什紙短味長，思想警策的珠貝隨手可拾，很值得注意。

梁啟超作為思想家、政治家、文學家和學者，在十九和二十世紀之交的思想史、政治史、文學史和學術史上占有重要地位，產生過積極的影響。從文學方面說，他所倡導的文學革新運動，他的「新民說」，他的通俗化的文學理論主張，他對西方的歷史、哲學、文學、美學理論的介紹，以及他的文學創作，對「五四」文學革命有積極的影響。錢玄同在〈寄陳獨秀〉裡曾如是說：

> 梁任公先生實為近來創造新文學之一人。雖其政論諸作，因時變遷，不能得國人全體之贊同，即其文章，亦未能脫帖括蹊徑，然輸入日本文之句法，以新名詞及俗語入文，視戲曲小說與論記之文平等，……此皆其識力過人處。鄙意論現代文學之革新，必數及梁先生。

十九和二十世紀之交的青年知識分子，「五四」時期的新文學先驅，可以說沒有人不受到梁啟超的積極影響的。郭沫若在其回憶錄《少年時代》中就說：

> 平心而論，梁任公的地位在當時確是不失為一個革命家的代表。他是生在中國的封建制度被資本主義衝破了的時候，他負載著時代的使命，標榜自由思想而與封建的殘壘作戰。在他那新興氣銳的言論之前，差不多所有的舊思想、舊風習都很像狂風中的敗葉，完全失掉了它的精彩。二十年前的青少年——換句話說：就是當時的有產階級的子弟——無論是贊成還是反對，可以說沒有一個沒有受過他的思想或文字洗禮的。他是資產階級革命時代的有力的代言者，他的功績實不在章太炎輩之下。

梁啟超對「五四」新文學運動先驅的影響，也就是他對新文學運動的影響和貢獻。

第四章
資產階級革命派的雜文

一八九四年中日甲午戰爭後，以孫中山為首的資產階級革命派已經開始了革命活動，但影響不大。二十世紀開始，隨著戊戌變法的流產，義和團運動的失敗，八國聯軍攻陷北京，〈辛丑條約〉的簽訂，清王朝的腐敗無能暴露無遺，亡國之禍迫在眉睫。在二十世紀初，中國的資本主義在極其艱難中還是有所發展，資產階級力量有所壯大。戊戌變法的流產，說明維新改良之路在中國走不通。於是革命救國的呼聲日益高漲，革命運動迅猛發展。在一九〇三年至一九〇七年之間，資產階級改良派和資產階級革命派之間曾就革命和改良進行過激烈的論戰。這場論戰暴露了改良派的保皇面目，日漸失去人心，革命派則佔據了中國政治文化舞臺的中心，扮演了革命救亡的領袖群倫的主角。

在中國，資產階級改良派領導的變法維新和資產階級革命派領導的民族民主革命，都是中國資本主義發展的產物，標誌著中國的資產階級民族民主革命的不同階段，是既有區別又有聯繫的。在政治上，它們有改良和革命的區別，有君主立憲和民主共和的區別；在文化上，前者以今文經學融合西學，打著孔子「托古改制」旗號來進行變法維新，後者則批判孔孟（儘管不很徹底），直接鼓吹西學。但它們兩者要在中國發展資本主義的經濟，發展資本主義的政治，發展資本主義的文化，即便方法、途徑不同，但在本質上還是一致的；它們作為中國資產階級不同派別的代表，也都擺脫不了這個階級固有的軟弱性和雙重性。

資產階級改良派和革命派之間的區別和聯繫，特別是兩者之間的傳承和發展關係，對於雜文研究是異常重要的。事實上，它們兩者對報刊的輿論宣傳和報刊評論的革新改進，都一樣重視；它們兩者對社會思想文化啟蒙以及啟蒙宣傳語言文字的通俗化都一樣重視；它們兩者都一樣倡導區別於傳統古文的新的美學觀念。這就是說，在中國雜文從古典向現代的變革中，改良派和革命派中的大多數人，在大方向上是一致的，他們都為中國雜文從古典通向現代架設了橋樑，作出自己的貢獻。

第一節　革命派的報刊宣傳和白話雜文探索

在整個辛亥革命時期，孫中山領導的資產階級革命派一方面組織推翻清王朝的武裝起義，一方面展開了廣泛的革命宣傳活動，先後在東京、港澳、南洋、美洲和國內各地，「創辦了約一百二十多種報刊（內日報六十多種，期刊五十多種，發行數字最高的達兩萬多份）」[1]。在民主革命準備時期（1900-1905），革命派在香港創辦了《中國日報》、《世界公益報》、《廣東日報》、《有所謂報》；在南洋和美洲創辦了《圖南日報》、《大同日報》、《仰光日報》和《檀香山日報》；在國內的上海，以及沿海和內地創辦了《國民日日報》、《警鐘日報》、《嶺東日報》、《重慶日報》；留日的革命學生創辦了《開智錄》、《譯書彙編》、《國民報》、《遊學譯編》、《湖北學生界》、《江蘇》、《浙江潮》等期刊。在民主革命高漲時期（1905-1911），革命派在東京創辦了同盟會的機關報《民報》；在上海創辦了《神州日報》、《民呼報》、《民籲報》、《民立報》、《中國女報》；在湖北創辦了《大江報》、《大漢報》；留日革命學生創辦了《醒獅》、《復報》、《雲南》、《四川》、《河南》等

1　方漢奇：《中國近代報刊史》（上）。

報刊。這數以百計的報刊造就了一批報刊政論家和雜文家。

資產階級革命派從它誕生的那天起，就非常重視報刊的輿論宣傳工作。作為一個新興的政治派別，它非常需要通過報刊宣傳，用新的思想組織和動員群眾，把群眾團結在它的周圍，進行民主革命鬥爭。一八九五年的《興中會宣言》，就把「設報館以開風氣」，列為該會「擬辦之事」之首。一九〇三年成立的軍國民教育會，在列舉它的「三種進行方法」時，把宣傳「鼓吹」擺在第一位，然後才是「暗殺」和「起義」。一九〇五年同盟會成立後的第一件事，就是出版其機關報。一九一一年同盟會中部總會成立後，召開的第一次幹事會，就討論了「辦報」問題。一九一二年，孫中山在于右任主編的《民立報》的一次茶話會的演講中高度評價報刊在革命中的重要作用：

> 此次革命事業，數十年間屢仆屢起，而卒觀成於今日者，實報紙鼓吹之力。報紙所以能居鼓吹之地位者，因能以一種之理想普及於人人之心中。其初雖有不正當之輿論淆惑是非，而報館記者卒抱定真理，一往不渝，並犧牲一切精神、地位、財產、名譽，使吾所抱之真理，屹不為動，作中流之砥柱。久而久之，人人之心均向於此正確之真理，雖有其他言論，亦與之同化。惟知報紙有此等力量，則此後建設，關於政見政論，仍當獨抱一真理，出全力以赴之，此所望於社中諸君子者也。[2]

以後，他在〈革命成功全賴宣傳主義〉一文中進一步指出：「革命成功極快的方法，宣傳要用九成，武力只可用一成。」說明他對報紙輿論宣傳的極端重視。

報刊輿論宣傳的極端重要性，也是革命派報刊活動家們的共識。

2　見《民立報》，1912年4月17日。

他們認為報刊可以「提倡民氣」[3]，「輸入思想」[4]，「宣佈公理」，「激勵人心」，「辯誣訟冤」，和敵人「筆戰舌戰」[5]，是強有力的輿論武器，所以鄭貫公說：「不必匕首，不必流血，筆槍可矣，流墨可矣。咄，此何物？咄，此何事？曰報紙也。」[6]秋瑾也說：「具左右輿論之勢，擔監督國民之責任，非報紙而何？」[7]他們還認為報刊是「民之導師」，「國民教育之大機關」[8]和「輸入文明之利器」[9]，能「開通民智」[10]，「使一切無智識之輩……日進文明」[11]，使廣大讀者衝出封建思想牢籠，擺脫愚昧狀態，投身他們領導的民族民主革命運動。

對報刊輿論宣傳的重視，必然把報刊政論擺在特別重要的地位。政論是報刊宣傳自己政治觀點和與敵對思想作鬥爭的重要手段。每個報刊都設有「社論」、「社說」、「論說」、「時論」、「代論」、「來論」和「譯論」、「專論」等欄目。受梁啟超的影響，這些政論長風未戢，下筆不能自休，要連載多次才能終篇，其中最典型的如宋教仁為《民立報》撰寫的社論〈論政府近日之倒行逆施〉，竟連載了十四天，才全部刊完。為了解決政論文體制龐大，不能及時對現實事變作出迅速反應，不少革命派的報刊上出現了大量的時事短評和雜文專欄。這是報刊論文寫作的一個新的重大發展[12]，給報刊雜文的興旺創造了新機遇。其中如《浙江潮》、《江蘇》、《醒獅》、《漢幟》、《粵西》、《江西》、《時報》、《大漢》等報刊的「時評」欄，《河南》、《帝國日報》、

3 《民立報》短評〈滬人眼中之報紙〉，1914年4月3日。

4 《雲南》，〈發刊詞〉。

5 《有所謂報》，1905年7月12日。

6 鄭貫公：〈拒約必須急設機關日報議〉。

7 秋瑾：《中國女報》〈發刊詞〉。

8 〈論歐美報章之勢力及其組織〉，刊《浙江潮》4期。

9 魯迅：〈破惡聲論〉，刊《河南》第8期。

10 〈少年報出世之廣告〉。

11 〈珠江鏡報發行告白〉。

12 胡適在《十七年的回顧》中認為「時報的短評在當日是一種創體」。

《神州日報》的「時事小言」欄，《平民報》、《中華民國公報》的「神州月旦」欄，《復報》的「批評」欄，《國民報》的「拉雜談」欄，《民意報》的「天津之話」欄等，都是時事短評的欄目。不少報刊這種短評欄目還不止一個。這些時事短評同時事貼切，短小犀利，多用諷刺幽默筆法。各報的時事短評多數署名，每個短評專欄都有固定作者，如《民立報》「天聲人語」欄的「騷心」（于右任），「大陸春秋」欄的「血兒」（徐血兒），《天鐸報》「遒職」欄的「壘」（陳佈雷），《帝國日報》「是是非非」欄的「太一」（徐調元），《時報》「時評」欄的「冷」（陳冷血）、「笑」（包天笑），都是在讀者中有影響力的短評專欄作者。這裡的「時事短評」或「短評」，其實就是雜文中的一種。魯迅在他的雜文集的序跋裡，常以「短評」、「短論」、「評論」、「雜感」等稱自己的雜文。說「時事短評」是雜文中之一種，是因為它緊扣眼前時事進行議論和批評，而雜文則不受此限制，它的天地開闊得多，古今中外，海闊天空，無所不評，無所不論。革命派報刊上出現了大量的，如《中國日報》上的「鼓吹錄」欄，《民立報》的「東西南北」欄，《洞庭波》的「雞肋錄」欄，《江蘇》的「文苑」欄，《浙江潮》、《民意報》的「雜文」欄。

對於二十世紀初的資產階級革命派來說，不僅要大辦報刊，狠抓革命輿論宣傳，同時還要解決怎樣更好更有效地進行這種革命輿論宣傳，達到喚醒民眾，激勵民眾，吸引他們擁護革命，支持革命，即切實解決革命輿論宣傳的形式和文風的問題，創造一種既區別於傳統古文，也區別於改良派的「新文體」的革命性、戰鬥性、鼓動性和通俗性相統一的新文風。章炳麟的〈序《革命軍》〉、金天翮的〈心聲〉、周樹人（魯迅）的〈摩羅詩力說〉，以及革命派創辦的白話報刊如《杭州白話報》、《中國白話報》、《安徽白話報》等，就適應這種時代需要而問世。

在這方面，章炳麟的〈序《革命軍》〉是最突出，影響最深遠的，它簡直就是資產階級革命文學的宣言書。一九〇三年初，年僅十九歲的自號「革命軍馬前卒」的鄒容創作了革命小冊子，請章炳麟作序。章炳麟在《鄒容傳》中回憶說：「是時余在愛國學社始識容，……以《革命軍》一通示余，令稍稍潤色之。余曰：吾持排滿主義數歲，世少和者，以文不諧俗故，正當如君書，乃為敘錄，與金山僧用仁（引者：指黃宗仰）刻行之。」章炳麟在這篇可以說是開創一代文學新風的名序中指出：

> 蜀鄒容為《革命軍》方二萬言，示余曰：欲以立懦夫，定民志，故辭多恣肆，無所迴避，然得無惡其不文耶？
>
> 余曰：凡事之敗，在其有唱者而莫與之為和，其攻擊者且千百輩，故仇敵之空言，足以墮吾實事。……吾觀洪氏之舉義師，起而與為敵者……相以鼓吹之。……然則洪氏之敗，不盡由計劃失所，正以空言足與為難耳。
>
> 今者，風俗臭味少變更矣。然其痛心疾首，懇懇必以逐滿為職志者，慮不數人。數人者，文墨議論又往往務為蘊藉，不欲以跳踉搏躍言之，雖余亦不免是也。嗟乎！世皆囂昧而不知話言，主文諷切，勿為動容，不震以雷霆之聲，其能化者幾何？異時義師再舉，其必墮於眾口之不俚，既可知矣。今容為是書，壹以叫咷恣言，發其慚恚，雖囂昧若羅、彭諸子，誦之猶當流汗祗悔，以是為義師先聲，庶幾民無異志，而材士亦知所返乎！若夫屠沽負販之徒，利其徑直易知，而能恢發智識，則其所化遠矣。借非不文，何以致是也。

章炳麟主要論述兩個問題：要不要造革命輿論和如何造革命輿論。他以洪秀全領導的太平天國失敗為例，說明輿論宣傳的重要性。但他更主要的是批評革命派文人在造革命輿論時，不能衝破傳統古文的束縛，「務為蘊藉」，「主文譎切」，缺乏戰鬥性、鼓動性和通俗性，社會效果不好，他肯定鄒容的《革命軍》打破傳統古文框框，「以跳踉搏躍言之」，「壹以叫咷恣言」、「徑直易知」的文風，如「雷霆之聲」對社會各階層人士中的「嚚昧」之流、迷惘的「材士」乃至於「屠沽負販之徒」產生震撼、鼓動、激勵、啟蒙、感化的強大作用，成為真正的「義師」之「先聲」。顯然，章炳麟在這裡是在呼喚和倡導那能「為義師先聲」和「雷霆之聲」，他在一個風雷激盪的年代呼喚風雷激盪的文學，表現了他作為革命家、思想家和文學家的敏銳和深刻，他抓住的和解決的是那個年代革命派的革命輿論宣傳面臨的一個最緊迫的問題。

首先嚮應章炳麟關於革命性、戰鬥性、鼓動性文風呼喚的是金天翮的〈心聲〉。一九〇五年，金氏仿龔自珍的〈述思古子議〉而作〈心聲〉，認為文學作品傳達了「士」之心，反映了國家面貌，所謂「聽其聲，知其士；觀其士，知其治亂興廢之效」。因之，文學作品能對社會改造產生巨大作用：當今衰世，若有「警旦之士，喚大魘而使之覺，攄血淚，茹古憤，引吭長歎，一嘯百應」，就有可能使「國力為之轉，四萬萬人之沈瘵為之瘳」。他鼓動能文之士要順應革命歷史潮流，呼喚時代的強音：

> 斯音也，號召眾籟之喑噎，披豁群竅之聲聵，滌蕩管弦之淫聽，張皇金石之雅奏，雖未嘗中國力，然而聲動天地，溢於海澨，有善審音者，入吾國，遘吾士，可以悚然而退，不得復曰「國無人國無人」矣。

他呼喚倡導也正是能對社會「震以雷霆之聲」、能作為「義師」、「先聲」的革命性、戰鬥性和鼓動性文學。稍後的周樹人（魯迅）的〈摩羅詩力說〉，否定儒家的詩教和中國傳統的「不攖」「平和」觀念，倡導「反抗挑戰」、「剛健不撓」、「美偉強力」的「摩羅詩力」，雖然是側重於「詩學」方面立論，但也與〈序《革命軍》〉、〈心聲〉為同一基調，一樣倡導反叛的、革命的、戰鬥的文學，正說明那是那個時代文學的普遍要求。

這種革命性、戰鬥性、鼓動性和通俗性相統一的戰鬥文學理論倡導，都程度不等地在革命派的著名雜文家如章炳麟、鄒容、陳天華、秋瑾等的雜文創作中開花結籽了。其中章炳麟情況稍為特殊，他的理論主張和創作實踐並不一致，這位魯迅說的「有學問的革命家」，他那「所向披靡，令人神旺」的戰鬥雜文，過於古奧淵雅，常常令人「索解為難」。綜觀這一時期的革命派雜文，數量和質量是不平衡的，雜文的革命性和藝術性是割裂的，其中有不少是襲用一些套話，用簡單的口號代替說理分析，是不折不扣的新「八股」。林白水在〈國民當知舊學〉一文中曾對此提出尖銳批評：

> 我白話道人也拜讀了他們許多文章，但因腦氣不好，往往忘記。只記得有一篇〈家庭革命論〉，那篇文章劈頭就是：「革命！革命！吾中國不可不革命，吾家族不可不革命。」又有一篇文章劈頭也是這個腔套，道：「怪！怪！怪！」也有的中間忽然加了許多「！」，有的加了一個，有的連加二個三個。有的說道：「快哉革命！快哉革命！堂堂哉革命！皇皇哉革命！」這種文章真正令我目迷五色精神眩惑了。……我今試問這劈頭大喝「革命、革命、革命」，可算是持之有故麼？可算是言之成理麼？這種沒頭沒腦的文章，他說會開通人的知識，鼓舞人的精神麼？我倒有不敢相信。[13]

13 見《中國白話報》，1904年第16期。

二十世紀初的改良派和革命派中的絕大多數人在文學觀念上都存在著明顯的侷限。一是他們心目中的文學，實際上是範圍廣泛的雜文學而不是純文學，在這方面最典型的莫過於章炳麟，他在東京國學講習會上曾講演過〈論文學〉，他竟把「有文字著於竹帛者」統稱為文學，這種認識和界定顯然是大而無當的；二是他們只片面強調文學為改良和革命政治服務的社會功能，而忽視了文學的審美特性，從而使包括雜文在內的各種文學品類成為依附於政治的附庸。事實上缺少審美力量的文學作品，也不可能有持久強大的思想力量。支配著改良派和革命派中絕大多數人的這種過於偏狹的政治實用功利主義，顯然不利於文學的成長和發展。對以上那種文學觀念進行反撥糾偏的是王國維，以及周樹人和周作人。他們都主張「純文學」，都反對文學依附於政治，但王國維反對文學的任何社會功利性，主張純美，陷入了唯美主義傾向，「周氏兄弟」則把文學的社會功能和審美功能較好地統一起來。

「周氏兄弟」決心從事文學救國是在一九〇六年，那時革命派和維新派已展開激烈論戰，兩大陣線分明，他們堅決站在革命派一邊。他們認為，要使中華崛起、振興，不在於搞「排滿復漢」，不在於科學救國、富國強兵，而是「根柢在人」、「首在立人」[14]，即在於改造、振奮、豐富、完善「國民之精神」(「國民性」)。而改造、振奮、豐富、完善「國民之精神」(「國民性」) 的最佳手段是文學，但是中國的以儒道兩家思想為基礎的文化和文學，不能勝任這一重任，必須從根本上進行改革，怎麼改革？魯迅概括說：「明哲之士，必洞達世界之大勢，權衡較量，去其偏頗，得其神明，施之國中，翕合無間。外之既不後於世界之思潮，內之仍弗失固有之血脈，取今復古，別立新宗，人生意義，致之深邃，則國人之自覺至，個性張，沙聚之邦，由是轉為人國。人國既建，乃始雄厲無前，屹然獨見於天下，更何有

14 魯迅：〈文化偏至論〉，《墳》。

於膚淺凡庸之事物哉？」[15]即「取今復古，別立新宗」，融合中外優秀文學傳統創立新的文學流派，使「沙聚之邦」的中國成為「雄厲無前」、「獨見於天下」的「人國」。為此，魯迅寫了〈摩羅詩力說〉，呼喚文學界的「精神界之戰士」，周作人寫了〈論文章之意義暨其使命因及中國近時論文之失〉。周作人在這篇長文裡，旁徵博引，運用西方現代文學觀念，對「文章」即包括散文、雜文、小說、詩歌、戲劇在內的「文章」的「意義」和「使命」以及當時文學理論界「論文」的偏頗作了全面而深刻的闡發和批評。他認為「文章」(「文學」) 的「意義」有四個方面:「其一，文章云者，必形之楮墨也。」「其二，文章者必非學術者也。」「其三，文章者，人生思想之形現也。」「其四，文章中有不可缺者三狀，具神思（ideal)、能感興（impassioned)、有美致（artistic）也。」他指出「文章」(「文學」) 的「使命」有四個方面:「一、文章使命在裁鑄高義鴻思，匯合闡發之也。」「二、文章使命在闡釋時代精神，的然無誤也。」「三、文章使命在闡釋人情以示世也。」「四、文章使命在發揚神思，趣人生以進高尚也。」他在批評了種種「論文之失」後，歸結了文學改革的宗旨和意義：

> ……夫文章者，國民精神之所寄也。精神而盛，文章固即以發皇，精神而衰，文章亦足以補救。故文章雖非實用，而有遠功者也。……從可知文章改革一言，不識者雖以為迂，而實則中國切要之圖者，此也。夫其術無他，亦惟奪之一人，公諸萬姓而已。……文章或革，思想得舒，國民精神進於美大，此未來之冀也。

「周氏兄弟」對當時過於偏狹的政治實用功利主義的文學觀念的

15 魯迅：〈文化偏至論〉，《墳》。

反撥糾偏，他們對文學的審美特性和文學改革的論述和思考，雖然被當時「排滿復漢」的政治喧聲所淹沒，沒有引起人們的廣泛注意，產生應有的積極作用，但起碼他們的有關論述和思考，可以幫助人們洞見改良派和革命派的包括雜文在內的文學創作過分依附於政治和審美特性不足的侷限。

第二節　秋瑾、鄒容、陳天華的雜文

一九〇五年十一月，革命先行者孫中山在《民報》〈發刊詞〉裡高度評價革命派中的「先知先覺」者的輿論宣傳，把革命派「非常革新之學說」及「其理想輸灌於人心，而化為常識」，從而有力推動了資產階級民族民主革命運動。革命派也確實造就一批有影響力的革命輿論宣傳家，他們或者以政論雜文，或者以革命宣傳小冊子（其中不少可視為另一種形式的政論雜文）的形式，為革命輿論宣傳和雜文的文體改革做出自己的獨特貢獻。這裡我們先著重考察秋瑾、鄒容、陳天華等的政論雜文。

一　秋瑾

秋瑾（1877-1907），原名閨瑾，字璿卿，別署鑑湖女俠，留學日本時易名瑾，字競雄，浙江山陰（今紹興）人。出身於小封建官僚家庭。從小酷愛詩詞，十多歲即能吟詠，「一時有女才子之目」[16]，生性豪爽尚俠，崇敬歷史上的民族英雄，自幼即具有愛國主義思想。一八九六年嫁湖南湘潭富紳子弟王廷鈞，「所夫固紈絝子，至是不相能。」[17]一九〇四年，衝破封建家庭束縛赴日本留學。在日本加入革

16 陶在東：〈秋瑾遺聞〉。

17 徐自華：〈鑑湖女俠秋君墓表〉。

命團體「三合會」，後又加入「光復會」和「同盟會」，從一個具有愛國主義思想女性成為一位資產階級民主革命戰士。一九〇五年底，秋瑾因反對日本政府頒佈的「取締清韓留學生規則」，憤而歸國。回國後，奔走於滬、浙之間，聯絡新軍、會黨，在上海籌辦中國公學，並創辦《中國女報》。一九〇七年回紹興主持訓練革命幹部的大通學堂，組織光復軍，準備武裝起義，事洩被捕遇害。她是著名的革命女英雄，中國婦女解放運動先驅。秋瑾寫有大量詩文，抒寫了救國救民的豪情壯志，充滿了追求真理和捨生忘死的大無畏精神。詩風雄健豪邁，有迴腸蕩氣的藝術力量，雜文則以生動形象、明白曉暢的白話宣傳民族民主革命和婦女解放，表現出文學上的革新精神。

據《秋瑾集》，秋瑾的雜文數量不多，只有十三篇，其中較著者如〈普告同胞檄稿〉、〈光復軍起義檄稿〉，號召武裝起義，推翻滿清政府腐敗黑暗統治，如〈警告二萬萬女同胞〉、〈中國女報發刊詞〉、〈敬告姊妹們〉等專論中國婦女解放，如〈演說的好處〉專論演說的。秋瑾論中國婦女解放運動的那些雜文，是中國婦女解放的珍貴文獻，這些雜文和秋瑾的壯烈犧牲，奠定了秋瑾作為中國婦女解放運動先驅的無可爭辯地位。

列寧曾說：「從一切解放運動的經驗看，革命的成敗取決於婦女參加解放運動的程度。」[18]在康梁領導維新運動時，康有為、譚嗣同、梁啟超、嚴復等就提出廢纏足、男女平等、婦女解放的問題。一八九八年七月，康同薇、李蕙仙創辦了《官話女學報》（旬刊），這是中國歷史上第一份婦女報紙。秋瑾是婦女解放運動的急先鋒，在一九〇四年到一九〇七年三年當中，她先後創辦了兩個婦女報刊：《白話》和《中國女報》。

《白話》是以秋瑾組織的革命社團演說練習會的名義在東京創辦

18 《列寧全集》，第28卷，頁163。

的。秋瑾親任主編，出版六期，她先後發表了〈演說的好處〉、〈敬告中國二萬萬女同胞〉、〈敬告我同胞〉等雜文。一九〇七年，秋瑾又創辦了《中國女報》(月刊)，她親自撰寫〈發刊詞〉，在上面發表詩歌和長篇彈詞〈精衛石〉。在〈發刊詞〉裡，秋瑾把刊物比喻為指引中國婦女前進的「一盞神燈」，她辦刊目的是為了把「中國之黑暗」、「中國前途之危險」、「中國女界之黑暗」、「女界前途之危險」、「奔走呼號於我同胞諸姊妹之前」，她在〈發刊詞〉的最後，這樣寫道：

> ……然則具左右輿論之勢力，擔監督國民之責任者，非報紙而何？吾今欲結二萬萬大團體於一致，通全國女界聲息於朝夕，為女界之總機關，使我女子生機活潑，精神奮飛，絕塵而奔，以速進於大光明世界；為醒獅之前驅，為文明之先導，為迷津筏，為暗室燈，使我中國女界中放一光明燦爛之異彩，使全球人種，驚心奪目，拍手而吹呼。無量願力，請以此報創。吾願與同胞共勉之！

這篇〈發刊詞〉寫得很有氣勢，很有情采，很有鼓動性。

秋瑾鼓動婦女解放的雜文有自己的獨異丰姿。這首先是她的這類雜文非常生活化和情感化。秋瑾對中國封建專制制度和封建專制思想下廣大婦女的苦難非常了解，她自身的經歷也就是一部婦女的苦難史和奮鬥史。她在寫這類文字時，是融進了自己的親身感受，帶著滿腔悲憤和無限辛酸，滲進了自己的血淚的。在〈敬告中國二萬萬女同胞〉裡，秋瑾這樣描寫中國男女的不平等：

> 唉！世界上最不平等的事，就是我們二萬萬女同胞了。從小生下來，遇著好老子，還說得過；遇著脾氣雜冒、不講情理的，滿嘴連說：「晦氣，又是一個沒有用的。」恨不得拿起摔死。

> 總抱著「將來是別人家的人」這句話，冷一眼，白一眼的看待；沒到幾歲，也不問好歹，就把一雙雪白粉嫩的腳，用白布纏著，連睡覺的時候，也不放鬆一點，到了後來肉也爛盡了，骨也折斷了，不過討親戚、朋友、鄰居們一聲「某人家姑娘腳小」罷了。這還不說，到了擇親的時光，只憑著兩個不要臉媒人的話，只要男家有錢有勢，不問身家清白，男人的性情好壞、學問高低，就不知不覺應了。到了過門的時候，用一頂紅紅綠綠的花轎，坐在裡面，連氣也不能出。……還有一樁不公的事：男子死了，女子就要帶三年孝，不許二嫁。女子死了，……人死還沒三天，(男人)就出去偷雞摸狗；七還未盡，新娘子早已進門了。上天生人，男女原沒有分別，試問天下沒有女人，就生出這些人來麼？為什麼這樣不公道呢？

雜文創作中像秋瑾這樣生活化和情感化的，並不多見；但這種生活化和情感化的雜文，較之那類只是一味抽象空洞的議論和批評的雜文，更能抓住讀者，更有力量。

其次是秋瑾這類雜文極富革新創造精神。她的這類雜文是寫給識字不多或根本不識字的同胞姊妹的。她毫不猶豫採用通俗化的白話文體。她的白話深入淺出、生動形象、明白曉暢、琅琅上口，有極高的文學表現力。試看〈敬告姊妹們〉中的一段文字：

> ……我的二萬萬女同胞，還依然黑暗沉淪在十八層地獄，一層也不想爬上來。足兒纏得小小的，頭兒梳得光光的；花兒、朵兒、紮的、鑲的，戴著；綢兒、緞兒，滾的、盤的，穿著；粉兒白白的、脂兒紅紅的搽抹著。一生只曉得依傍男子，穿的、吃的全靠著男子。身是柔柔順順的媚著，氣虐兒是悶悶的受著，淚珠兒是常常的滴著，生活是巴巴結結的做著：一世的囚

> 徒，半生的牛馬。試問諸位姊妹，為人一世，曾受著些自由自在的幸福未曾呢？還有那安富尊榮、家資廣有的女同胞，一呼百諾，奴僕成群，一出門，真個是前呼後擁，榮耀得了不得；在家時頤使氣指，威闊得了不得。自己以為我的命好，前生修到，竟靠著好丈夫，有些尊享的日子。外人也就嘖嘖稱羨，「某太太好命」、「某太太好福氣」、「好榮耀」、「好尊貴」的讚美，卻不曉得她在家裡何嘗不是受氣受苦的！這些花兒、朵兒，好比玉的鎖、金的枷，那些綢緞，好比錦的繩、繡的帶，將你束縛得緊緊的。那些奴僕，直是牢頭、禁子看守著。那丈夫不必說，就是問官、獄吏了。凡百命令皆要聽他一人喜怒了。

這段高度生活化但又是經過精心提煉、巧妙編排的雜文語言，對舊時代不覺悟女子的奴性生活，確是作了一個側面又一個側面，一層深似一層的有聲有色、淋漓盡致的描寫，讀起來，琅琅上口、節奏明快、音韻鏗鏘、抑揚悅耳，給人清新而深刻的印象，顯示了秋瑾的文學描寫才能和駕馭白話語言功力。在二十世紀初，文言文盛行的背景下，像秋瑾這樣圓熟的白話文並不多見。不少人認為像秋瑾的這類文字，放在「五四」白話文學中，也是高水準的。難怪郭沫若在一九四二年的〈娜拉的答案〉裡會盛讚秋瑾這篇雜文「文字」相當「巧妙」，並說：「這在三四十年前不用說是很新鮮的文章，然而就在目前似乎也還是沒有失掉它的新鮮味。」

二　鄒容

鄒容（1885-1905），是一位年輕的資產階級革命宣傳家。原名紹陶，又名桂文，字蔚丹，四川巴縣人。出身於富商家庭。從小進私塾，參加過童生考試。一八九七年考秀才時反對主考出偏題，罷考離場，並對其父表示「臭八股，兒不願學，滿場，兒不願入，衰世功名，得之又有何用」[19]。十三歲起在重慶從日本僑民學日文，兼在經學書院學習，經常「指天畫地，非堯舜，薄周孔，無所避」[20]，因此被開除出經學書院。一九○一年考中官費留日，但以「不端謹」罪名被川督奎俊除名，改為自費留學。同年九月到上海廣方言館補習日文，一九○二年抵東京，入同文書院習日文及初等科學，開始接觸盧梭的《民約論》、孟德斯鳩的《萬法精理》和《法國革命史》等資產階級政治經濟著作，並積極參加留日學生的革命活動。一九○三年參加反對清國留日學生監督姚文甫的鬥爭，親手剪掉姚的辮子。一九○三年四月回到上海，參加愛國學社、中國學生同盟會等革命團體活動，寫成《革命軍》一書，同年七月以宣傳革命罪名被租界當局投入監獄，判刑兩年，在獄中受盡迫害，一九○五年四月三日病死獄中，年僅二十一歲。辛亥革命後，被追贈為大將軍。

一九○三年春，鄒容還在日本，就開始寫作《革命軍》，回上海後寫出全稿，同年五月，由章炳麟作序，金天翮、蔡寅、陶賡熊、黃宗仰集資，以小冊子形式在上海大同書局付印。出版後，一書風行，震動天下。《革命軍》是辛亥革命時期，資產階級革命派散發的眾多宣傳小冊子中影響最深遠的。

編印革命小冊子和辦報刊，是資產階級革命派進行革命輿論宣傳的最主要方式。早在一八九五年，孫中山和鄭士良、陳少白等人於發動廣州起義失敗後，東渡日本，「將攜來宣傳品《揚州十日記》及《原君》、《原臣》二種，交由文經堂印刷店印刷萬卷，分送海外各埠」[21]。整個辛亥革命時期，革命派大約印發了一百三十種左右的革命宣傳小冊子，在讀者中影響最強烈的是鄒容的《革命軍》。

19 鄒魯：《中國國民黨史稿》〈列傳〉。

20 章炳麟：《贈大將軍鄒容君墓表》。

21 馮自由：《中國革命史二十六年組織史》。

《革命軍》出版後不到一個月，幾千冊書就一售而光。在不到十年時間內，印了二十多版，印數一百一十萬冊。在內地一些邊遠地區，一本《革命軍》竟要賣到「白銀二十兩」，一些旅居中國的外國僑民也爭先把《革命軍》譯成各國文字，介紹給本國人民。孫中山稱《革命軍》為「排滿最激烈之言論」[22]，說它「功效真不可勝量」[23]，魯迅指出「便是悲壯淋漓的詩文，也不過是紙片上的東西，於後來的武昌起義怕沒有什麼大關係。倘說影響，則別的千言萬語，大概都抵不過淺近直截的『革命軍馬前卒鄒容』所做的《革命軍》」[24]。《革命軍》教育了整整一代的資產階級革命者，不少青年知識分子在它影響下，擺脫了康梁思想束縛，走上了革命道路。

鄒容的《革命軍》共二萬多字，是長篇政論性雜文。含「自序」、「第一章　緒論」、「第二章　革命之原因」、「第三章　革命之教育」、「第四章　革命必剖清人種」、「第五章　革命必先去奴隸之根性」、「第六章　革命獨立之大義」、「第七章　結論」。如魯迅所說，《革命軍》是以「淺近直截」的文字寫成，但其議論之大膽，揭露之犀利，抨擊之猛烈，情緒之憤激，思想之激進，氣勢之磅礡，都是前所未有的。一個十九歲青年的胸腔能發出「雷霆之聲」，一枝稚嫩的筆能迸射出燎原烈焰，不能不說是政論雜文創作上的一個奇蹟。

揭露和控訴中國幾千年的封建專制政體，特別是揭露和控訴清朝政府的「殘慘虐酷」的反動統治，批判和拔除國人的「奴隸根性」，喚醒國人的「國民」自覺，號召進行浩浩蕩蕩的資產階級民族民主革命，建立獨立、自由、民主、平等、幸福的「中華共和國」，這就是鄒容在《革命軍》裡所高唱的「革命主義」，這就是《革命軍》的思想總綱。在「緒論」的發端，鄒容就開宗明義宣稱：

---

22 《孫中山選集》，上卷。

23 孫中山：〈致黃宗仰函〉。

24 魯迅：〈「革命軍馬前卒」和「落伍者」〉，收入《而已集》。

> 掃除數千年種種之專制政體，脫去數千年種種之奴隸性質，誅絕五百萬有奇之滿州種，洗盡二百六十年殘慘虐酷之大恥辱，使中國大陸成乾淨土，黃帝子孫皆華盛頓，則有起死回生，還魂返魄，出十八層地獄，升三十三天堂，鬱鬱勃勃，莽莽蒼蒼，至尊極高，獨一無二，偉大絕倫之一目的，曰革命。巍巍哉！革命也。皇皇哉！革命也。

在「革命之原因」那一章裡，鄒容繼承了譚嗣同〈仁學〉，對清王朝的反動統治者進行了揭露和控訴，但更大膽更激烈，更具體更深入。他從滿漢之間政治上的極端不平等，清朝統治者對漢族的「士」、「農」、「工」、「商」、「兵」的殘酷壓迫和剝削，清朝統治者的荒淫賣國等方面進行揭露和控訴，他稱清朝的順治、康熙、乾隆等皇帝為「滿賊」，痛罵西太后那拉氏是「賣淫婦」，激烈鼓吹革命派相當狹隘的種族革命。看看以下文字就可以洞見鄒容的大膽和激烈：

> ……吾但願我身化為恆河沙數，一一身中出一一舌，一一舌中發一一音，以演說賊滿人驅策我、屠殺我、姦淫我、籠絡我、虐待我之慘狀於我同胞前。吾但願我身化為無量恆河沙數名優巨伶，以演出賊滿人驅策我、屠殺我、姦淫我、籠絡我、虐待我之活劇於我同胞前。

> ……吾今與同胞約曰：「張九世復仇之義，作數十年血戰之期，磨吾刃，建吾旗，各出其九死一生之魄力，以驅除凌辱我之賊滿人，壓制我之賊滿人，姦淫我之賊滿人，以恢復我聲明文物之祖國，以收回我天賦之權利，以挽回我有生以來之自由，以購取人人平等之幸福。」

鄒容從「革命必先去奴隸根性」的認識出發，對中國人的奴性進行比梁啟超等輩要猛烈得多的抨擊，其中有不少雜文式的深刻的發現和獨特的概括：

> ……我中國人固擅奴隸之所長，父以教子，兄以勉弟，妻以諫夫，日日演其慣為奴隸之手段。嗚呼！人而何幸而為奴隸！亦何不幸而為奴隸！
>
> ……吾謂宴息於專制政體之下者，無所往而非奴隸。
>
> ……中國人無歷史，中國之所謂二十四朝史，實一部大奴隸史也。
>
> ……中國人造奴隸之教科書也。舉一國之人，無一不為奴隸，舉一國之人，無一不為奴隸之奴隸，二千年以前皆奴隸，二千年以後亦必為奴隸。同胞乎！同胞乎！
>
> ……吾故曰：革命必先去奴隸之根性。非然者，天演如是，物競如是，有國民之國，群起染指於我中土，我同胞將由今日之奴隸，以進為數重奴隸，而猿猴，而野豕，而蚌介，而荒荒大陸，絕無人煙之沙漠也。

鄒容的《革命軍》是以「淺近直截」、酣暢恣肆的文言文寫成的充滿革命英雄氣概、飛騰著革命浪漫主義想像和激盪著革命浪漫主義熱情的革命詩篇，文中高密度的感歎句、排比句、駢偶句和複沓句，匯成了迅雷閃電的聲威氣勢，狂飆怒濤的激情浪潮，這二萬餘字的《革命軍》讓人眼前突現一支戰旗高揚、鼓點急驟、豪邁雄壯、浩浩蕩蕩的革命大軍在吶喊呼嘯著前進。《革命軍》思想嚴密，結構完整，無論是鄒容對封建專制政體和清朝統治的揭露和控訴，還是他對國人奴性的抨擊和對國人自覺的期待，以及他對資產階級民族民主革命的呼喚和暢想，都是圍繞革命這一大主題的不可缺少的相輔相成的幾個基本方面，特別是他在「緒論」裡寫他深情呼喚革命：「吾於是沿長城，登昆侖，遊揚子江上下，溯黃河，豎獨立之旗，撞自由之鐘，呼天籲地，破嗓裂喉，以鳴於我同胞前曰：嗚呼！我中國今日不可不革命」，在「結論」暢想覺醒奮起的中國人民在「槍林彈雨」中與清朝統治者和「外來惡魔」殊死鏖戰，前景燦爛輝煌：「……爾國歷史之汙點可洗，爾祖國之名譽飛揚，爾之獨立旗已高標於雲霄，爾之自由鐘已哄哄於禹域，爾之獨立廳已雄鎮於中央，爾之紀念碑已高聳于高岡，爾之自由神已左手指天，右手指地，為爾而出現。嗟夫！天清地白，霹靂一聲，驚數千年之睡獅，是在革命，是在獨立。」前後呼應，一氣貫之，給人百川匯海、浩浩東流的感覺，實現了他在〈自序〉裡提出的「文字收功日，全球革命潮」的構思。

三　陳天華

陳天華（1875-1905），原名顯宿，字星台，一字思黃，號過庭子，湖南新化縣下樂村人。父親陳善是個落第秀才，家境貧寒。陳天華小時放過牛，做過小販。十五歲入家塾。後得人資助入資江書院，不久考入新化求實學堂。一九〇三年由該學堂資送赴日留學，在東京弘文學院學習師範，並參加拒俄義勇隊等革命、愛國團體。他與楊篤生等編印《遊學譯編》和《新湖南》，宣傳民主革命。一九〇四年二月回國，隨黃興、宋教仁等在長沙創立華興會，準備發動湖南起義，事洩被捕，獲釋後赴日，與宋教仁等創刊《二十世紀之支那》。一九〇五年，同盟會在東京成立，陳天華是發起人之一，擔任書記部工作，又擔任《民報》撰述員。同年冬，日本文部省頒佈〈清國留學生取締規則〉，八千留學生紛紛表示抗議，陳天華為激勵留日學生愛國義憤並戰鬥到底，寫下著名的〈絕命書〉，在日本大森灣蹈海自殺，遺書留學生總會諸幹事和全體留學生：「全體一致，務期始終貫徹，萬不可互相參差，貽日人以口實。」死時年僅三十一歲。

陳天華是資產階級革命家、宣傳家和政治活動家。他和秋瑾、鄒容等一樣，都以滿腔的愛國熱忱和必死的決心投身革命活動，都異常重視革命宣傳鼓動，在進行革命宣傳鼓動時也都追求語言和形式的通俗化。陳天華在〈絕命書〉中說過，他的救國，「惟有兩途，其一作書報以警世，其二則遇可死之機會而死之」，這兩點他都做到了。從一九〇三年至一九〇五年他逝世前的這兩年內，他除了在革命派的報刊上發表政論、通訊外，還先後寫作出版了〈猛回頭〉、〈警世鐘〉、〈最近政治之評決〉、〈國民必讀〉、〈最近之方針〉、〈中國革命史論〉、〈獅子吼〉、〈警告湖南人〉、〈混沌國〉等九種小冊子，為民主革命宣傳做出重大貢獻。其中如〈猛回頭〉、〈獅子吼〉和〈警世鐘〉等三種，更由於語言和形式的生動通俗，為讀者所喜聞樂見。〈猛回頭〉以彈詞形式寫成，〈獅子吼〉是章回體小說，〈警世鐘〉則是燃燒著革命和愛國激情，以生動通俗文字寫成的長篇政論。

陳天華的〈警世鐘〉寫於一九〇三年，以鮮明強烈的反帝愛國思想為其主要特色。這一點在當時的資產階級革命派的政論雜文中是相當突出的。一般說，中國資產階級與帝國主義存在著千絲萬縷的聯繫，中國資產階級由於天生的軟弱性，中國資產階級革命家中不少人存在著「反封不反帝」的侷限。在反帝這點上，陳天華則目光敏銳，觀察深刻，立場堅定，旗幟鮮明。〈警世鐘〉就是陳天華給中國人敲響的反帝救國的嘹亮高亢的「警世鐘」。作者以一首七律開篇：

長夢千年何日醒，睡鄉誰遣警鐘鳴，

> 腥風血雨難為我，好個江山忍送人。
> 萬丈風潮大逼人，腥膻滿地血如糜，
> 一腔無限同舟痛，獻與同胞側耳聽。

緊接著是對帝國主義侵略下中國亡國滅種危機慘狀的激揚哀烈、血淚斑斑的描寫和控訴：

> 嗳呀！嗳呀！來了！來了！甚麼來了？洋人來了！洋人來了！不好了！不好了！大家都不好了！老的，少的，男的，女的，貴的，賤的，富的，貧的，做官的，讀書的，做買賣的，做手藝的，各項人等，從今以後，都是那洋人畜圈裡的牛羊，鍋子裡的魚肉，由他要殺就殺，要煮就煮，不能走動半分。唉！這是我們大家的死日到了！
> 苦呀！苦呀！苦呀！我們同胞所積的銀錢產業，一齊要被洋人奪去，我們同胞恩愛的妻兒老小，活活要被洋人拆散；男男女女們，父子兄弟們，夫妻兒女們，都要受洋人的斬殺姦淫；我們同胞的生路，將從此停止；我們同胞的後代，將永遠斷絕。槍林彈雨，是我們同胞的送終場；黑暗牢獄，是我們同胞的安身所。大好江山，變做了犬羊的世界；神明貴種，淪落為最下等的奴才。唉，好不傷心呀！

陳天華分析指出，造成中國當時面臨亡國滅種嚴重危機，除了帝國主義列強的瘋狂侵略和瓜分中國的狼子野心之外，還由於清朝政府的頑固保守、不思變法的反動腐敗統治，也由於同胞的愚昧懦弱、貪生怕死的可恥奴性，他熱切期待漢族同胞能從酣睡中覺醒，從屈辱中奮起，殺上愛國救國的疆場，「前死後繼，百折不回」，趕走帝國主義，推翻清朝政府，「建立個極完全的國家，橫絕五大洲」。

陳天華還對中國的反帝反封建的資產階級民族民主革命，奉獻了十條「須知」和十條「奉勸」。他在堅決反對帝國主義時，對西方資本主義國家的長處和先進的科學技術十分重視，決不盲目排外，而是順應時代潮流，鄭重告誡國人一定要學習「洋人」的長處。這是值得重視的開放和科學態度。他指出：「須知要拒外人，須先學外人的長處。如今的人，都說西洋各國都富強得很，卻不知道他怎麼樣富強的，所以雖是恨他，他的長處倒不可以不去學他。」他很好處理了「恨」和「學」的關係。他以明治維新後的日本因善學西方富強，同中國盲目排外屢遭帝國主義侵略正反面例子，說明學習西方長處的重要。陳天華把反對外國侵略和學習西方之長的「恨」和「學」的辯證妥善處理，是對魏源「師夷之長技以制夷」思想的深化和發展。

陳天華的〈警世鐘〉是一篇熱烈明快的帶有說唱氣息的長篇政論雜文。作者以一首顯豁淺直的七律開篇，在議論的展開中，反覆運用排比手法，每闡述一個問題，前面都連用三個短促的感歎句，如「苦呀！苦呀！苦呀！」「恨呀！恨呀！恨呀！」「恥呀！恥呀！恥呀！」「奮呀！奮呀！奮呀！」等，時而沉痛哀烈，時而怒火滿腔，時而痛下針砭，時而熱切期待，時而深情召喚，表達了極其熱烈豐富深沉的思想感情，起到很好的宣傳鼓動效果。較之秋瑾和鄒容的政論雜文，〈警世鐘〉更淺直更通俗化了，但寫法也更單調，「雜文味」更淡薄了。

第五章

革命派雜文大家章炳麟

章炳麟是本世紀初資產階級革命派中的重要宣傳家和傑出雜文家。他的特點是集學者和戰士於一身。資產階級革命派為了進行革命輿論宣傳，造就了一批宣傳家和政論家，諸如孫中山、朱執信、汪精衛、胡漢民、于右任，以及秋瑾、鄒容、陳天華，乃至於章士釗、黃遠庸等人，但其中只有章炳麟是集國學大師和革命鬥士於一身的。章炳麟的這一特殊身分，給他的雜文創作帶來特殊的內容、特殊的風格和特殊的影響。比方說，資產階級改良派領袖康有為研究今文經學，他以「孔子改制考」和「公羊三世說」來宣傳資產階級改良思想，反對資產階級民主革命，只有研究古文經學的國學大師章炳麟，在同康有為等人進行革命和改良的論戰時，才能從經學、國學的角度給對方以切實有力的反駁，這也就是說，當問題涉及經學和國學時，只有章炳麟才是康有為的旗鼓相當的對手。這樣，章炳麟在這方面的貢獻，就是別人無法替代的，他寫的這方面的政論雜文就有其獨特的光彩。

第一節　文論思想

章炳麟（1869-1936），字枚叔，一作海叔，改名絳，別號太炎，學者稱太炎先生。著名革命家、思想家、文學家和學者。浙江餘杭人。太炎出生於書香門第。曾祖官訓導，祖父為國子監生，父親能詩文，家裡藏有宋、元、明舊槧本五千卷。從小接受乾嘉漢學的啟蒙教育。十四歲讀蔣良騏的《東華錄》，知戴名世、呂留良、曾靜等的文字獄案，萌生排滿之志。十九歲讀《明季稗史》及全祖望著作，排滿思想更盛。太炎厭惡科舉，潛心經學。一八九〇年，離家赴杭州，從經學大師俞樾學習，埋頭「稽古之學」，在俞樾的詁經精舍學習了七年。此時他寫了《膏蘭室札記》、《春秋左傳讀》等書稿。他以古文經學的治學方法，汲取融會西方的自然科學和哲學來研究中國古代典籍。

一八九五年，中日甲午戰爭戰敗，〈馬關條約〉簽訂，給章太炎以很大震動，他走出書齋，參加康有為領導的維新運動。他加入強學會，參加《時務報》的撰述。維新運動失敗，章太炎逃往臺灣，任《臺灣日日新報》記者，著文抨擊以西太后為首的封建頑固派。一八九九年東渡日本，經梁啟超介紹結識孫中山，「相與談論排滿方略，極為相得」[1]。讚揚孫中山有「浴血之意，可謂卓識」[2]。庚子事變後，章太炎思想發生變化，更加傾向革命。先後發表〈嚴拒滿蒙人入國會狀〉、〈解辮發說〉、〈正仇滿論〉，痛斥清朝政府，「割發與絕」，走上堅決反清的民族革命道路。一九〇二年，再次赴日，與孫中山正式訂交，討論有關民主革命中的土地問題。一九〇三年，章太炎與蔡元培在上海組織愛國學社，在學生中進行反清革命宣傳，並發表了著名的〈駁康有為論革命書〉，痛斥康氏保皇謬論，指責光緒皇帝是「戴湉小丑，未辨菽麥」，歷數清王朝罪行，論證革命的必要性和合理性。章士釗主持筆政的《蘇報》發表了章太炎的〈駁康有為論革命書〉和鄒容的〈革命軍〉。清政府勾結租界巡捕，查封《蘇報》，逮捕章太炎和鄒容，並分別判處他們三年和兩年徒刑。此即為著名的《蘇報》案。章太炎和鄒容在獄中進行英勇鬥爭。鄒容被迫害致死，章太炎於一九〇六年刑滿出獄，立即東渡日本，加入同盟會，擔任同盟會機關報《民報》主編。此時《民報》和《清議報》正進行革命和保皇

1 馮自由：《中華民國開國前革命史》，第14章〈壬寅支那亡國紀念會〉。
2 〈致汪康年書五〉，《汪穰卿先生師友手札》。

的論戰。章太炎在《民報》上發表了不少筆鋒犀利、所向披靡的政論雜文，在論戰中發揮重大作用，也為他贏得崇高聲譽。從一九〇三年至一九〇八年，是章太炎一生中最光輝時期。辛亥革命後，章太炎曾擁護袁世凱做大總統，但他一旦識破袁氏政治野心之後，便公開反袁。「五四」運動前後，章太炎由於漸離民眾，思想嚴重倒退，他反對新文化運動，反對孫中山的「三大政策」，擁蔣反共，「九一八」事變後，章太炎堅決主張抗日，擁護中國共產黨的「八一宣言」，表現了他的愛國者的本色。

章太炎是著名的國學大師。他受過正規嚴格的漢學教育，精通小學、音韻學、經學、諸子學、佛學、名物典章制度，對西方哲學也有相當廣博深厚修養，他學識淵博、橫貫中西，在學術史上占有重要地位。在他主持《民報》期間曾應留日學生請求，舉辦「國學講習社」，先後前來受業的有魯迅、周作人、錢玄同、許壽裳、朱希祖、朱宗萊、黃侃、汪東、龔寶銓等，他們後來都成為著名作家、學者。

魯迅對章太炎的道德文章給予極高評價。他讚歎說：「考其生平，以大勳章作扇墜，臨總統府之大門，大詬袁世凱的包藏禍心者，並世無第二人；七被追捕，三入牢獄，而革命之志終不屈撓者，並世無第二人；這才是先哲的精神，後生的楷範。」又說：「戰鬥的文章，乃是先生一生中最大，最久的業績。」[3]

章太炎是著名的雜文家，他對包括雜文在內的政論文的寫作也有精闢深刻的見解，這主要見於他的《國故論衡》〈論式〉中。所謂「論式」即指論文寫作的格式、程式、法式，也就是論文寫作的基本方法和基本規律。

章太炎指出：「編竹以為簡，有行列緦理，故曰：『侖』，『侖』者思也。《大雅》曰：『於論鼓鐘。』論官有司士之格，論囚有理官之

3　魯迅：〈關於太炎先生二三事〉，《且介亭雜文末編》。

法，莫不比方。」意思是說，論文是一種有條理性和思辯性的文章，它有一定的格式和法式，需要借助「比方」來闡明道理，寫論文如打鐘一樣，應讓道理如鐘聲一樣，傳得遠，聽得清，有影響。〈論式〉並未從正面對論文的格式、法式、程式作正面系統的論述，而是通過對中國歷代論文的批評褒貶來表述他的觀點的。一般來說，章太炎對「晚周」諸子九流之文和魏晉文章的評價很高，而對其他各朝論文則批評多於肯定，理由是：

> 晚周之論，內發膏肓，外著文采，其語不可增損。漢世之論，自賈誼已繁穰，其次漸與辭賦同流，千言之論，略其意不過百名。

> 今謂持論以魏、晉為法，上遺秦漢……魏晉之文大體皆埤於漢，獨持論彷彿晚周，氣體雖異，要其守己有度，伐人有序，和理在中，孚尹旁達，可以為百世師矣。
> 夫雅而不核，近於誦數，漢人之短也；廉而不節，近於強鉗，肆而不制，近於疏蕩，清而不根，近於草野，唐、宋之過也；有其利，無其病，莫若魏晉。然則依放典禮，辯其然非，非涉獵書記所能也。循實責虛，本隱之顯，非徒竄句遊心於有無同異之間也。……效唐、宋之持論者，利其齒牙，效漢之持論者，多其記誦，斯已給矣；效魏、晉之持論者，上不徒守文，下不可禦人以口，必先豫之以學。

章太炎顯然是刻意推崇「晚周」諸子九流論文在持論上能析理「精微」、「深達理要」、「本隱之顯」，抉伏發微，文字「簡練」富於「文采」，特別是推崇魏晉論文「守己有度」，即堅守法度，在闡發自己理論見解時能有理有利有節，既不盛氣凌人，也不信口雌黃；「伐人有序」，即在批評和反駁別人的理論觀點時，能條分縷析，層次分明，從而做到「和理在中，孚尹旁達」，即立論和駁論嚴密組織相輔相成，把理論觀點闡發得異常鮮明透澈，有著強大的邏輯力量，既張揚真理，又照亮迷誤。章太炎認為「清峻通脫」的魏晉文章「可以為百世師矣」，就是人們寫作論文時學習的範式。章太炎非常強調「學」在論文寫作中的重要性，他說「夫持論之難，不在出入風議，臧否人群，獨持理議禮為劇。出入風議，臧否人群，文士之所優為也；持理議禮，非擅其學不能至。」又說：「效魏、晉之持論者」，「必先豫之以學」。他也非常重視先秦名家，強調「凡立論欲其本名家，不欲其本縱橫（家）」。先秦名家公孫龍和惠施持論特別重視邏輯推理。章太炎強調名家，即強調論文寫作要講究邏輯。這都是真知灼見。

章太炎論文崇尚魏晉，貶抑秦漢唐宋古文，是對明清以來的「秦漢」派和「唐宋」派的有意反撥，也是適應當時時代潮流的需要。魏晉時代，社會動亂，「王綱解紐」，西漢以來「獨尊儒術」的沉滯局面被衝破了，代之而起的是，人們思想解放，文學追求自覺，玄學、名學、佛學盛行旺熾，玄學的談玄說理，名學和佛學的注重邏輯推論，給魏晉議論文的蓬勃發展提供了新的歷史機遇和論理營養。在十九和二十世紀之交，譚嗣同、梁啟超和章太炎文尚魏晉，顯然是適應思想解放的需要、文體解放的需要，是一種合乎規律的文學歷史現象。章太炎對魏晉文章的推崇，影響了他的雜文創作，也影響了他的學生魯迅[4]。

在當時文體改革的重要問題，即語言文字的通俗化問題上，章太炎在理論和實踐上都表現了那一代人所特有的「二元」的自相矛盾的態度。作為文字學家的章太炎，他從古今大量語言現象出發，得出了「文字本以代言」、「語言文字，出於一本」的理論觀點，他甚至認為古代的經書《尚書》就是當時的白話：「《尚書》直言也。直言，即白

4　見魯迅：〈魏晉風度及文章與藥及酒之關係〉。

話也，故《尚書》為當時之白話，或者為各地之土話。」[5]基於言文合一的觀點，他一般並不反對通俗化，有時也有主張語言通俗淺顯的言論，他自己也寫過白話文[6]和通俗歌謠〈逐滿歌〉，他在〈序《革命軍》〉和《鄒容傳》裡還讚賞鄒容通俗淺顯的《革命軍》。作為著名的文字學家和政論家，章太炎在這方面的理論主張和創作實踐的影響不能低估。他的學生錢玄同、魯迅、周作人等在新文化運動中倡導白話文，主張言文合一，就得益於老師的薰染和啟發。

在言文關係問題上，章太炎還有更基本更執拗的一面。他常常把「雅言」（文言）和「俗語」（白話）機械生硬地對立起來，認定它們之間有高低、文野、粗細的分野，他的文化教養、傳統偏見、審美觀念和思想感情使他傾向前者而貶低後者。他在〈與鄧實書〉中就說：「僕之文辭，為雅俗所知者，蓋論事數首而已，斯皆淺露，其辭取足便俗，無當於文苑。向作《訄書》，文實閎雅，篋中所藏視此者亦數十首，蓋博而有約，文不奄質，以是為文章職墨，流俗或未之好也。」這種偏見，導致他的那些著名政論雜文使青年魯迅都「讀不斷」、「看不懂」、「索解為難」[7]，也是他以後反對「五四」新文化運動的一個思想根源。

第二節　「有學問的革命家」的雜文[8]

在本世紀初，中國資產階級民主主義運動由改良向革命的轉變中，章太炎始終站在思想鬥爭和政治鬥爭的前列，成為資產階級革命派著名的宣傳家和政論家。但由於他是「有學問的革命家」，因之，

5　章太炎：《國學概論》。

6　見〈章太炎的白話文〉。

7　見魯迅：〈關於太炎先生二三事〉。

8　見魯迅：〈關於太炎先生二三事〉。

他的政論雜文，除了有犀利的思想鋒芒和強烈的戰鬥性之外，還有濃厚的學術文化色彩。這種深厚的學術文化內涵，是章太炎政論雜文區別於一般的資產階級革命派政論雜文的獨具特色。章太炎在他這種有著濃厚學術文化色彩的戰鬥性政論雜文裡，能嫻熟運用廣博的歷史文化知識，來論證他自己的觀點和反駁別人的觀點，從而賦予他的政論雜文思想以相當的廣度和深度，賦予他的政論雜文以獨特的思想魅力。

在辛亥革命準備時期，章太炎政論雜文的最突出的主題是鼓吹「排滿」、「反清」的資產階級民族民主革命。

當章太炎還是一位資產階級改良主義者時，他曾發表過〈客帝論〉，他引經據典說古代有「用異國之材之客卿」的先例，如果清朝皇帝能發憤圖強，漢族人民不妨承認他為「客帝」。庚子事變後，清朝政府暴露了它是帝國主義走狗的面目，章太炎充分認識到不推翻反動腐朽的清朝政府，就不能挽救祖國的危亡，思想發生了從改良主義向革命民主主義的激變，與康梁為代表的改良派決裂，成為激烈的「排滿」、「反清」革命家。他剪去了腦後的辮子，以示發憤雪恥，並發表了著名的雜文〈解辮髮〉，宣佈同清王朝決裂。在〈《客帝》匡謬〉裡，他懺悔一年前寫作〈客帝論〉的謬誤，宣稱：「滿州弗逐，欲士之愛國，民之敵愾，不可得也。浸微浸削，亦終為歐、美之陪隸已矣。」尖銳指出不推翻賣國的清政府，中國就會跌入亡國的深淵，中國人就會淪落為「歐美」的奴隸。從一九〇〇年以後，章太炎接連發表了〈排滿平議〉、〈正仇滿論》、〈序《革命軍》〉、〈駁康有為論革命書〉、〈討滿洲檄〉等「排滿」、「反清」的著名雜文，其中尤以〈駁康有為論革命書〉為最典型，影響最深遠。

二十世紀初，隨著民主革命的發展，改良派害怕革命，反對革命的面目日益暴露。一九〇二年六月，康有為發表了〈答南北美洲諸華商論中國只可行立憲不可行革命書〉[9]。在康有為影響下，一些改良主義分子跟著拋出〈革命駁議〉一類文章，宣揚「革命亡國論」。針對改良派的挑戰，章太炎寫了〈駁康有為論革命書〉予以駁斥和反擊，揭開了革命和保皇大論戰的序幕。

康文「援引今古，灑灑萬言」，有很大欺騙性和迷惑性。他針對革命派的「仇滿」、「排滿」、「反滿」主張，鼓吹「滿、漢平等」，抹殺滿漢之間的民族差異，抹殺清朝統治者二百多年來對廣大漢族人民的壓迫和奴役，美化清朝貴族的反動腐敗統治，美化光緒皇帝是「聖仁英武」的「聖主」，說什麼只要依靠這位「聖主」搞「君主立憲」，中國人民即可獲得「民權」。章太炎也一樣「援引今古」給予有根有據、切實有力的反駁。譬如康文援引《史記》〈匈奴列傳〉裡關於匈奴始祖是夏禹後代的傳說，說什麼漢人和匈奴人、漢人和滿人都是同根同祖的，並以此攻擊「談革命者，開口必攻滿洲，此為大怪不可解之事」。章太炎反駁揭露說：

> 謹案長素大旨，不論種族異同，惟計情偽得失以立說。雖然，民族主義，自太古原人之世，其根性固以潛在，遠至今日，乃始發達，此生民之良知本能也。長素亦知種族之必不可破，於是依違遷就以成其說。援引〈匈奴列傳〉，以為上系淳維出於禹後。夫滿洲種族，是曰東胡，西方謂之通古斯種，固與匈奴殊類。雖以匈奴言之，彼既大去華夏，永滯不毛。言語政教，飲食居處，一切自異於域內，猶得謂之同種也邪？智果自別為輔氏，管氏變族為陰家，名號不同，譜諜自異。況於戕虐祖國，職為寇仇，而猶傳以兄弟急難之義，示以周親肺腑之恩，巨繆極戾，莫此為甚！近世種族之辨，以歷史民族為界，不以

9　簡稱〈與南北美洲諸華商書〉，《新民叢報》第16號（1902年8月）以「辨革命書」為題，刊載該文摘要。

> 天然民族為界。藉言天然，則禘祫海藻，享祧猿蜼，六洲之氓，五色之種，誰非出於一本，而何必為是聒聒者邪？

章太炎指出，康有為抹殺匈奴族同漢族的民族界限是站不住腳的：他抹殺「戕虐」漢族、視漢族為「寇仇」的滿族和漢族之間的民族界限就不僅是站不住腳，而且是居心險惡的；他還指出康有為所以犯這種錯誤，除了存心不良之外，還由於他把「歷史民族」和「天然民族」混為一談，顯示了他理論上的可笑無知。章太炎所說的「歷史民族」，是通常所講的民族，他所說的「天然民族」，是指原始社會裡的氏族部落。在《訄書》〈種姓上〉中，章太炎認為，人類脫離動物界後，由於生產活動和部族戰爭，各地區的原始人互相混雜，「各失其本」，進而因氣候不同而膚色變，婚姻不同而顱骨變，社會階級不同而政治風俗變，互相交往不同而語言變，「故今世種同者，古或異；種異者，古或同。要以有史為限斷，則謂之歷史民族。」章太炎指出如果像康有為那樣，只談「天然民族」，不談「歷史民族」，用同一祖先、同一血統來抹殺壓迫民族和被壓迫民族的區別，那麼同樣可以抹殺人和猴子的區別，動物和植物的區別，那麼全人類都應該把海藻當遠祖，把猴子當祖宗來崇拜，這也就指出康有為的荒謬可笑，來源於他對進化論的無知。

章太炎揭露和控訴了清朝統治者對漢人的二百多年的壓迫和奴役，對那被康有為美化為「聖仁英武」的「聖主」光緒皇帝，他則痛斥他的愚昧自私，懦弱無能。他直呼光緒皇帝名諱而斥之：「載湉小丑，未辨菽麥」，他反問康有為：

> 長素之皇帝聖仁英武如彼，而何以剛毅能挾後力以尼新法，榮祿能造謠諑以聳人心，各督撫累經嚴旨皆觀望而不辨，甚至章京受戮，己亦幽廢於瀛台也？人君者，善惡自專，其威大矣，

> 雖文母之抑制，佞人之讒嗾，而秦始皇之在位，能取太后、嫪毐、不韋而踣覆之，今載湉何以不能也？幽廢之時，猶曰爪牙不具。乃至庚子西幸，日在道塗，已脫幽居之軛，尚不能轉移俄頃，以一身逃竄於南方，與太后分地而處，其孱弱少用如此。是則仁柔寡斷之主，漢獻、唐昭之儔耳。

康有為散佈「革命恐怖論」，說「革命之慘，流血成河，死人如麻，而事卒不可就」，並且會引起外國干涉，從而使中國亡國。章太炎則以中外歷史事實證明，不僅「革命」流血不可避免，「立憲」流血也不可避免。章太炎批駁康有為「民智未開」、不配革命的論調，是〈駁康有為論革命書〉一文中最富戰鬥性和理論深度的部分。他列舉歷史事實論證革命運動是提高人們覺悟的最有效途徑。他指出，明末農民起義領袖李自成的「均田」、「免賦」口號，並不是關在房子裡冥思苦想出來的，而是在農民運動實踐中提出的。因此，人民覺悟的提高，一點也離不開實際的革命運動。他強調說：「今日之民智，不必恃他事以開之，而但恃革命以開之。」又說：「民主之興，實由時勢迫之，而由此競爭以生智慧者也」，認為從鬥爭中才能產生出智慧。由此，他明確提出，只有革命才能破舊立新：「公理之未明，即以革命明之；舊俗之俱在，即以革命去之。革命非天雄大黃之猛劑，而實補瀉兼備之良藥矣。」

一九〇〇年，章太炎思想激變之後，他從「尊清者」轉變為反清者，由「帝孔氏」轉變為「訂」孔丘，他有意和康有為「對著幹」，從資產階級民主革命觀點出發，開始批判以儒家思想為代表的封建主義舊文化，在當時反對舊學的鬥爭中起了重要作用並獨具特色。〈訂孔〉、〈學變〉，在一九〇六年日本東京留學生歡迎大會上的重要演說[10]

---

10 即〈演說錄〉，刊《民報》第6號，1906年。

以及同年所寫的〈諸子學略說〉等文章中，都對孔丘和儒家思想進行激烈的批判。

章太炎「訂」孔批儒，是同他反清、反帝和反保皇聯結在一起。因為清朝統治者「尊事孔子，奉行儒術」，為了「便其南面之術，愚民之計」[11]，帝國主義者也在中國搞尊孔讀經[12]，至於保皇派領袖，更是「尊稱聖人，自謂教主」[13]。所以，章太炎特別推崇東漢的王充，他讚賞王充作〈論衡〉，「趣以正虛妄，審鄉背，懷疑之論，分析百端，有所發擿，不避孔氏，漢得一人焉，足以振恥。至於今，亦未有能逮者也。」[14]王充在〈論衡〉一書中寫了〈問孔〉、〈刺孟〉，在儒學「定於一尊」的東漢公然聲稱：「苟有不曉解之問，追難孔子，何傷於義？誠有傳聖業之知，伐孔子之說，何逆於理？」[15]章太炎繼承和發揚了王充的思想解放、敢於向權威挑戰的優良傳統，把「訂」孔和批儒同反帝反封建的民主革命聯繫起來，具有新的時代特點。

「訂」有重估價值、重新評價的意思。章太炎「訂孔」並不是全盤否定孔子，他只是把孔子從「大成至聖先師」的神壇上拉下來，對他作比較符合實際、一分為二的分析和評價。章太炎讚揚孔子是「良史」，肯定他刪定六經、整理古籍、不搞宗教迷信和文化教育諸方面的歷史功績，但也不客氣批評他思想和性格中的許多缺失。他在批評孔子、抨擊儒家之徒時，常常使用莊子式的雜文筆法和雜文語言，從而使得這些樸茂凝重的論學文章，飄溢幾分諷刺幽默的雜文風味。

在〈演說錄〉裡，章太炎這樣描繪和評價孔子和儒家之徒：

---

11 見〈駁康有為論革命書〉。

12 見〈憂教〉，《訄書》。

13 見〈駁康有為論革命書〉。

14 見《學變》。

15 見〈問孔〉，《論衡》。

> 若說孔教，原有好到極處的，就是各種宗教，都有神秘難知的話，雜在裡頭，惟有孔教，還算乾淨。但他也有極壞的。因為孔子當時，原是貴族用事的時代，一班平民是沒有官做的，孔子心裡，要與貴族競爭，就教化起三千弟子，使成就做官的材料，從此以後，果然平民有官做了。但孔子最是膽小，雖要與貴族競爭，卻不敢去聯合平民，推翻貴族政體。他「春秋」上，雖有「非世卿」的話，只是口誅筆伐，並不敢實行的。所以他教弟子，總是依人作嫁，最上是帝師王佐的資格，總不敢覬覦帝位，及到最下一級，便是委吏乘田，也就將就去做了。……所以孔教最大汙點，是使人不脫富貴利祿思想。自漢武帝專尊孔教以後，這熱中於富貴利祿的人，總是日多一日。我們今日想要實行革命，提倡民權，若夾雜一點富貴利祿的心，就像微蟲黴菌，可以殘害全身，所以孔教是斷不可用的。

在〈諸子學略說〉裡，章太炎揭露孔子和儒家之徒的「趨時而變」的投機家面目：「孟子曰：孔子聖之時者也。……孔子之教，惟在趨時，其行義從時而變，故曰：言不必信，行不必果。」他還著重揭露孔子提倡的「中庸之道」的虛偽性，尖銳指出：「所謂中庸，實無異於鄉愿。彼（孔子）以鄉愿為賊而譏之。夫一鄉皆稱愿人，此猶沒身裡巷，不求仕宦者。若夫逢衣淺帶，矯言偽行，以迷惑天下之主，則一國皆稱愿人。所謂中庸者，是國愿，有甚於鄉愿者也。孔子譏鄉愿而不譏國愿，其湛心利祿又可知也。」所謂「鄉愿」就是偽君子，而「國愿」就是「國家級」的偽君子。章說孔子是「國愿」，無疑是對孔子的最嚴厲的批判，這個批判也無疑是針對「尊稱聖人，自謂教主」的康有為的。

作為資產階級革命家和思想家，章太炎的思想充滿著矛盾性和複雜性。他在接受資產階級民主主義之後，很快就走上了反對西方資本主義的道路。當許多人日益熱衷於歐風美雨之時，他卻大唱反調，反對「委心向西」，堅持提倡「國粹」，始終關注中國資產階級民主革命的基本問題——農民的土地問題。章太炎的這種思想反映了在資產階級革命派某些人中有中國特色的民粹主義思想。揭露和批判西方資本主義社會是章太炎雜文的思想特色之一。

在〈五無論〉裡，章太炎揭露西方帝國主義嘴裡高唱自由、平等，實際上「劫殺」成性。他說：「至於帝國主義，則寢食不忘者常在劫殺，雖磨牙吮血，赤地千里，而以為義所當然。」西方資產階級「始創自由、平等於己國之人，即實施最不自由、平等於他國之人。……今法人之於越南，生則有稅，死則有稅，乞食有稅，清廁有稅，譭謗者殺，越境者殺，集會者殺，其酷虐為曠古所未有，……此法蘭西非始創自由、平等之法蘭西耶？」他還批判美國資本主義社會說：「今美則膏粱國也，其社會趣於拜金，皮相其政治則最優，深察其風教則最劣。」[16]章太炎對於帝國主義對中國的侵略的嚴重有清醒認識，他警告說：「西人（帝國主義）之禍吾族，其烈千萬倍於滿洲（清朝統治者）」[17]。

章太炎還批判了西方資本主義國家的代議制。他指出：議員大抵出於富豪，「名為代表人民，其實依附政黨，與官吏相朋比」；「議院者，國家所以誘惑愚民而鉗制其口者也」；法律並不是為了保護人民，而是為了「爭地劫人」，「今者法令滋章，其所庇仍在強者」[18]，「名曰國會，實為奸府」[19]。他認為真正的「共和」政體，不在於施行「代議制」，而在於實行「直接民權」。

---

16 〈清美同盟之利病〉，《民報》第24號，1908年。

17 〈革命軍約法問答〉，《民報》第22號，1908年。

18 〈五無論〉，《民報》第16號。

19 〈代議然否論〉，《民報》第24號，1908年。

第三節　「所向披靡」的戰鬥風格

章太炎的政論雜文，是鴉片戰爭之後「五四」運動之前最具震撼力和穿透力的戰鬥雜文。他的奇倔獨特、嫉惡如仇的個性，他的出生入死、浪漫傳奇的經歷，他的貫通中西、淵博深厚的學養，他的文尚魏晉、情理相勝的文學才能，造就了魯迅譽為「令人神旺，所向披靡」的章太炎式的政論雜文風格。

章太炎政論雜文給人印象最深刻的是，他那大膽尖銳、極富挑戰性和創造性的理論見解。這種大膽尖銳、極富挑戰性和創造性的理論見解，是章太炎政論雜文的生命和靈魂，是其雜文產生重大深刻影響的奧妙所在。

看看章太炎在這方面的有關論述是很有意思的。在〈謝本師〉裡，他說他「喜獨行臨淵之士」。在〈學變〉裡他讚賞王充的「正虛妄，審鄉背。懷疑之論，分析百端。有所發擿，不避孔氏」的勇氣，嵇康、阮籍「高朗而不降志」、「陽狂遠人」，敢於「非堯舜，薄湯武」；在《演說錄》裡，他說他樂於聽見別人說他「瘋癲」、「神經病」，並說：「大凡非常可怪的議論不是神經病人，斷不能想，就能想也不敢說，說了以後，遇著困難的時候，不是神經病人，斷不能百折不回孤行己意。所以古來有大學問大事業的，必得有神經病，才能做到」；在〈諸子學略說〉，章太炎讚賞先秦諸子在治學上「各為獨立」，「矜己自貴，不相通融」，「不受外熏」。他強調為人要獨立特行，百折不回，治學為文要敢想、敢說、敢於發表和堅持自己的獨立見解，即便被人說成是「神經病」也要「矜己自貴」。

在本世紀初，章太炎在不少政論雜文裡確實發表了眾多大膽尖銳、極富挑戰性和創造性的理論見解。譬如，他敢於「謝本師」，公然宣佈同他師事八年的老師俞樾決裂（〈謝本師〉）；他敢於「訂孔」，重新評價孔子和荀子（〈訂孔〉）；他敢於肯定商鞅和秦始皇的歷史功績（〈商鞅〉、〈秦獻記〉、〈秦政記〉）；他敢於推崇「周秦諸子」（〈諸子學說〉）；他敢於高舉「仇滿」、「排滿」、「反滿」義旗（〈《客帝》匡謬〉、〈排滿平議〉、〈正仇滿論〉、〈序《革命軍》〉）；他敢於痛斥光緒皇帝是「戴湉小丑，未辨菽麥」，痛斥康有為的「保皇論」和「革命恐怖論」，旗幟鮮明宣傳反清反帝的資產階級民族民主革命（〈駁康有為論革命書〉、〈駁《革命駁議》〉）；他敢於否定西方的資本主義及議會政治（〈五無論〉、〈代議然否論〉），等等。這一系列大膽尖銳、極富挑戰性和創造性的理論見解，是當時中國政治思想文化戰線上的霹靂閃電、狂風怒濤、警鐘號角，有著非同尋常的震撼、衝擊、滌蕩、警策威力。

其次是由淵博的學識、嚴密的邏輯和作者的理論自信融會而成的理論氣勢和說服力量。這也是學者、思想家和革命家的章太炎政論雜文的又一突出特點。

章太炎在《國故論衡》〈論式〉裡強調「持理議禮」，「非擅其學莫能至」，「效魏、晉之持論者」、「必先豫之於學」，突出強調一個「學」字，他在〈致汪康年書〉裡論到辦《時務報》的方針時也說過：「宜馳騁百家，掎摭子史，旁及西史，近在百年，引古鑒今，推見至隱。」章氏是有名的國學大師，他出入經史，融會百家，國學知識的淵博和造詣，是無須多說的；至於西學知識方面，侯外廬在《近代中國思想學說史》裡，指出章太炎「在古代則談及希臘的埃里亞學派、斯多噶學派，以及蘇格拉底、柏拉圖、亞里斯多德、伊壁鳩魯等；在近代則舉凡康德、費希特、黑格爾、叔本華、尼采、培根、休謨、巴克萊、萊布尼茲、穆勒、達爾文、赫胥黎、斯賓塞爾、笛加爾，以及斯賓諾沙等人的著作，幾於無不稱引。關於印度哲學，則吠檀多、波羅門、勝論、數論各宗，華法、華嚴、涅槃、瑜珈諸經，均隨文引入。」章太炎是中國近代以來精研邏輯學的一個代表人物。嚴復翻譯過《穆勒名學》，而且對中西邏輯作過比較。章太炎的邏輯論著有《原名》、《語言緣起說》和《諸子學略說》等，對中西、印度邏輯進行比較。他讚賞「周秦諸子」等「古學之獨立者，由其持論強盛，義證嚴密，故不受外熏也」的學術品格。所謂「持論強盛，義證嚴密」，即論者對自己理論主張的高度自信，邏輯論證的嚴密、充分、有力。

章太炎的〈排滿平議〉是引用豐富確鑿史料反駁論敵的典型。該文反駁當時無政府主義者通過在巴黎的《新世紀》週刊，反對以「排滿」為標誌的民族革命：「蓋謂支那民族（漢人）自西方來，略苗人之地而有之，漢人視滿人為當排，反顧苗人則己（漢人）亦在當排之數。」章太炎在反駁時，引證了《尚書》、《逸周書》、《虞書》、《春秋》、《公羊傳》、《何氏解詁》、《史記》、《漢書》、《後漢書》，以及《山海經》、《淮南子》、《說文解字》、《華陽國志》、《水經注》、《竺枝扶南記》等經史諸子雜著。豐富的史料，確鑿的證據，嚴密的邏輯推理，使自己理論觀點立於不敗之地，有很強的說服力。

章太炎在〈論承用「維新」二字之荒謬〉一文裡，批評「中國文辭，素無論理」，即批評中國人寫文章不講究邏輯，他是主張「持論強盛，義證嚴密」的。他在政論雜文裡，常常揭露論敵的理論觀點和歷史事實之間名實不符的矛盾性和荒謬性，如他在〈駁康有為論革命書〉裡揭露康氏鼓吹的「漢滿平等」和光緒皇帝的「聖仁英武」；他也常常揭露論敵的理論在邏輯上的自相矛盾和荒謬之處，如他在〈駁康有為論革命書〉裡就揭露康氏鼓吹的「公羊三世說」同他的「滿、漢平等」說之間的自相矛盾，揭露康氏一方面崇拜主張「復九世之仇」的《春秋公羊傳》和董仲舒的《春秋繁露》「一字一句皆神聖不可侵犯」，另一方面卻又堅決反對革命派的「排滿」和「仇滿」；他也常常指出人們不理解名詞、概念的本義，胡亂使用名詞、概念的可笑和危害。在〈論承用「維新」二字之荒謬〉裡，章太炎先談到當時學術界某些人不了解日本人譯西方的物理學為「格致」，而把它同《禮記》〈大學〉，以及司馬光、朱熹、王陽明等所謂的「格物致知」加以胡亂比附，甚而說西方的「聲、光、電、化、有機、無機諸學，皆中國昔時所固有」，鬧出許多笑話；然後，他又分三層剖析以康有為為首的改良派在使用「維新」這一名詞、概念上的謬誤，即一、《詩經》〈大雅〉裡的「周雖舊邦，其命維新」的「維新」，說的是武王滅紂建立周王朝，本意是推翻舊王朝建立新王朝的武裝革命，決不是在舊王朝基礎作修修補補的「變法」；二、《偽古文尚書》〈胤征〉裡的「殲厥渠魁，脅從罔治，舊染汙俗，咸與維新」的「維新」，是殺人流血，「漂櫓成渠」，並不是「溫和主義」的改良；三、「木之始伐謂之新」，清王朝已是「腐敗蠹蝕」的枯木朽株，只能摧枯拉朽，不能再更新了。章太炎指出康有為等亂用「維新」這一名詞、概念，其結果是「指鹿為馬，認賊作子。一言之失，而荼毒被於天下」。〈論承用「維新」二字之荒謬〉充分顯示了章太炎雜文學術文化內涵和批判戰鬥精神的統一。

其三是章太炎在論戰中，常常使用人身揭露的道德武器，穿掘論敵靈魂的深處，尖銳揭露他們道德的墮落、人格的低劣，發表犀利峭刻的誅心之論，給對方以辛辣而沉重的打擊。

章太炎在〈革命之道德〉一文中，把道德視為革命和一切進步作為的動力和目標。他常以道德家眼光評價歷史和歷史人物。如前所述，他反孔批儒，是因為「儒家之病在以富貴利祿為心」。對「舊黨」、「新黨」各種腐敗現象痛加抨擊，「湛心利祿」、「廉恥喪盡」、官迷心竅、趨炎附勢、佞媚諂偽、怯懦畏葸等等，經常是章太炎得心應手的議論主題和打擊武器。在重視倫理道德和極端愛面子的中國上流社會和知識分子中，章太炎揭露對手道德墮落、人格低劣的誅心之論，經常使人狼狽不堪無法招架，能夠取得很好效果。

在〈駁康有為論革命書〉這篇名文，有兩條相輔相成、貫穿全文的思想線索：一是在學理上對康氏鼓吹立憲保皇和反對革命的批駁，二是對康氏「冥瞞于富貴利祿」卑劣用心的揭露。他的〈復吳敬恆書〉和〈再復吳敬恆書〉更是這方面的代表作。章太炎在《鄒容傳》裡曾揭露他和鄒容在「《蘇報》案」中被捕入獄是同吳朓（即吳稚暉）的告密出賣有關。吳稚暉致函章太炎否認他曾向俞明震告發他和鄒容，並指責章惡意誣衊他。章太炎在〈復吳敬恆書〉裡堅決予以反擊，並徹底揭露吳稚暉的真實面目和醜惡靈魂，試看下面這段誅心之論：

> 嗚呼！外作疏狂，內貪名勢，始求權藉，終慕虛榮，非足下乎？康長素得志時，足下在北洋，拜其門下而稱弟子，三日自匿，及先生既敗，退而噤口不言者，非足下之成事乎？為蔡鈞所引渡，欲詐自殺以就名，不投大壑而投陰溝，面目上露，猶欲以殺身成仁欺觀聽者，非足下之成事乎？從康長素講變法不成，進而講革命；從□□□講革命不成，進而講無政府。所向雖益高，而足下之精神點汙，雖強水不可浣滌。僕謂足下當曳尾塗中，龜鱉同樂，而復竊據虛名，高言改革，懼醜聲之外露，則作無賴口吻以自抵讕。引水自照，當亦知面目之可憎矣。

這類揭露對手人格虛偽、道德敗壞的雜文，突出表現了作者道德上的崇高感、純潔感和優越感，是很有揭露和批判力量的。

章太炎喜歡鄒容的《革命軍》那種「震以雷霆之聲」的文章，偏愛「力拔山兮氣蓋世」、「大風起兮雲飛揚」的氣勢豪邁的詩歌，他的政論雜文燃燒著熱烈的愛憎，充滿著高度的理論自信，行文時愛用有一定密度的排比句組合，這一切都造成了他政論雜文的特有氣勢。魯迅說他的政論「令人神旺，所向披靡」，確非溢美之辭。

第二編

現代雜文的創立和成熟

1917-1937

第六章
現代雜文的創立

第一節　「五四」精神和現代雜文

黑格爾曾以輝煌壯麗的日出來讚美法國十八世紀的啟蒙運動。對於中國現代雜文史來說，「五四」前後的新文化運動，也是一場輝煌壯麗的日出。

在這之前，包括雜文在內的中國古老散文，已經在醞釀著改革。但是從公安派倡導的「我手寫我口」，「獨抒性靈，不拘格套」到梁啟超倡導的「新文體」，都無力完成中國散文從舊到新的革命變革。中國的新散文只能誕生於革命的新時代。

新文化運動和「五四」愛國運動的興起，新民主主義革命的開展，新思潮的輸入，外國散文的學習和介紹，現代報刊的盛行，這才開闢了中國現代散文的新紀元，中國現代雜文園地才呈現出一派明媚春光。

辛亥革命推翻了封建帝制，但並沒有引起社會的大變動，帝國主義和封建勢力進一步勾結起來，袁世凱和北洋軍閥把人民淹入黑暗的深淵。一部分激進民主主義的知識分子反映群眾的不滿情緒和反封建的革命要求，他們從歷史的反思中認識到辛亥革命之所以不能解決中國的根本問題，在於缺少一場廣泛深刻的「思想革命」，於是從一九一五年起，發動了一個比辛亥革命時期更為深刻的反封建的新文化運動。一九一五年，新文化運動的喉舌，著名雜誌《新青年》一創辦，就高舉「科學」和「民主」兩面大旗，提出「打倒孔家店」，進行「思想革命」的口號。一九一七年初，又提出反對舊文學，提倡新文學的聲勢浩大的「文學革命」運動。一九一八年底，李大釗等傳播馬克思主義，歌頌「十月革命」。一九一九年爆發了「五四」反帝反封建的偉大愛國運動，揭開了新民主主義革命的序幕。

《新青年》雜誌進行的科學和民主宣傳，對封建禮教、封建仁義道德和封建專制政治的激烈批判和否定，震動了中國思想界，「為中國社會思想放出有史以來絕未曾有的奇彩」，新文化運動在其開始，所宣揚的是資產階級民主主義和人文主義的政治、社會和倫理思想。這種資產階級的人道主義和個性主義是「五四」時期許多散文家的基本思想。此外有些人還受著資本主義發展到帝國主義時代各種資產階級思想，如柏格森、尼采、杜威、羅素等思想的影響。當時的社會主義思想也是各式各樣的，除了科學的社會主義之外，還有空想社會主義、泛勞動主義、無政府主義、新村主義、基爾特社會主義等。這些思想形成了一股巨大的思想變革的潮流。在這股潮流中，科學的社會主義，經過革命先驅者的廣泛傳播，在中國的政治生活中逐漸形成了一支強大的政治力量，在思想文化方面也逐漸發揮廣泛影響。許多新的思潮分別為作家們所接受，一定程度地制約著散文家觀察生活和表現生活的深度和廣度。

新文化運動先驅者胡適在《新思潮的意義》（一九一九年十一月）裡對「新思潮」作了這樣的評述：

> 據我個人觀察，新思潮的根本意義只是一種新態度，這種新態度可叫做「評判的態度」。
>
> 評判的態度，簡單說來，只是凡事重新分別一個好與不好。仔細說來，評判的態度含有幾種特別的要求：
>
> 一、對於習俗相傳下來的制度風俗要問：「這種制度現在還有存在的價值嗎？」
>
> 二、對於古代遺傳下來的聖賢教訓，要問：「這句話在今日還是不錯嗎？」

三、對於社會上糊塗公認的行為與信仰，都要問：「大家公認的，就不會錯了嗎？人家這樣做，我也該這樣做嗎？難道沒有別樣做法比這個更好，更有理，更有益嗎？」

尼采說現今是一個「重新估定一切價值」（Transvaluation of all values）的時代。「重新估定一切價值」八個字便是評判的態度的最好解釋。

胡適還談到了新文化運動中討論的十個問題：「一、孔教問題，二、文學改革問題，三、國語統一問題，四、女子解放問題，五、貞操問題，六、禮教問題，七、教育改良問題，八、婚姻問題，九、父子問題，十、戲劇改良問題，……」胡適又說：「新思潮的唯一目的是什麼呢？是再造文明。」這裡胡適比較準確概括了「五四」新文化運動中「思想革命」的基本精神：高舉理性批判旗幟，批判舊文明，再造新文明，批判舊社會，再造新社會。以後魯迅在《兩地書》裡表述的進行社會批評和文明批評，推動中國社會的進步變革，同樣也是從根本上抓住了相當偏激的「五四」時代精神。

思想革命的深入必然引起文學革命的深入。反對舊文學，提倡新文學，反對文言文，提倡白話文。文學革命的倡導者，在論證白話文取代文言文的主張，分別從內容及形式兩方面來立論，胡適、錢玄同、劉半農較多論述文體和語言改革的問題，陳獨秀、李大釗、魯迅、周作人較多論述文學內容的問題。他們大力宣傳「歷史進化」的文學觀，明確指出，隨著歷史的進化，「活文學」的白話文取代「死文學」的文言文成為文學的正宗，這是歷史的必然趨勢。他們還建立了嶄新的審美價值觀念，認為只有白話文，才能產生「第一流文學」，才能把豐富的材料、精密的觀察、高尚的理想、複雜的感情表現出來。這些文學革命的主張成為散文家自覺地徹底進行文體革命和語言革命的重要根據。現在回過頭看，上述主張不免存在武斷偏激的片面之嫌。

「五四」運動後兩年即一九二一年，中國共產黨成立，一九二三年爆發了京漢鐵路工人爭自由爭人權、反帝反軍閥的「二七」大罷工。一九二四年，孫中山改組國民黨，重新解釋「三民主義」，提出「聯俄、聯共、扶助農工」三大政策，建立「國共合作」的統一戰線。一九二五年，「五卅」運動掀起工農革命的新高潮。一九二六年，在北京發生了「三一八」慘案，七月開始了北伐戰爭。一九二七年發生了「四一二」政變。這十多年，從「思想革命」到「文學革命」，從文化革命到社會政治大革命，從資產階級思想的啟蒙到馬克思主義的傳播，都影響了作家的生活，震撼了他們的心靈，更新了他們的寫作形式，這就不能不使他們的散文作品大異於近代散文而表現出新的時代特色。

十餘年來的社會政治大革命，廣泛地影響了各階層人們的生活，它提供了雜文作家寫作的直接的生活源泉。作家們以覺醒的思想和白話的形式來評價和表現社會生活。他們揭露封建軍閥的黑暗統治和帝國主義的野蠻侵略，抨擊封建思想的罪惡，他們表現了認識自我和放眼世界的無限欣喜的心情，他們對家庭、友誼、愛情、人生等切身問題進行新的思考，對傳統的價值觀念進行新的評估。中國現代雜文在思想革命和文學革命的東風中，猶如梅柳迎春，顯示他們繽紛的色彩。他們以雜感、短評、政論、隨筆，對半封建半殖民地社會進行廣泛的社會批評和文明批評，在思想、題材、樣式、語言等方面呈現新的風貌。

在思想革命和文學革命運動風靡全國的情況下，對於外國的學習與介紹是十分熱烈的。傅斯年提出白話散文在發端時，不能不有所憑藉，可以憑藉我國歷史上的白話作品，也可以借鑑於西洋的新文學，但最主要的須留神自己和別人的說話，把「精純的國語」的快利清白用到作文上。但這還不夠，還得憑藉西洋文的款式、文法、詞法、句法、章法、詞技和一切修辭學上的方法，造成一種歐化的國語文學。

周作人建議學習英語國家最發達的美文，看了外國的模範做去，用自己的文句和思想寫出我國現代新的美文。他希望人們向英語美文好手愛迪生（通譯艾狄生）、蘭姆、歐文、霍桑等人學習。胡適說：「西洋文學的方法，比我們的文學，實在完備得多，高明得多，不可不取例。以散文而論，我們的古文家至多比得上英國的培根和法國的蒙太恩，至於像柏拉圖的『主客體』，赫胥黎等的科學文字，包士威爾和莫烈等長篇傳記，彌兒、弗林克令、吉朋等的『自傳』，太恩和白克兒等的史論；……都是中國從不曾夢想過的體裁。」在新文學運動的第一個十年，隨著文學上對外開放的擴展，譯介數量急劇增長。德國尼采、英國小品文名家作品以及屠格涅夫、波德萊爾、泰戈爾、王爾德等的散文詩譯作，散見於當時大量的報刊雜誌。我國現代作家在對英、美隨筆、日本小品、德國格言式語錄，以及俄國、法國、德國、西班牙、印度的散文和散文詩的譯介中，豐富了藝術手法，提高了表現人生的能力，有力地促進了我國現代雜文的成長。

第二節　報刊的重視和雜文的繁榮

現代報紙刊物這一傳播工具的日益興盛，給了中國現代雜文的起飛以有力的羽翼。雜文社團和雜文流派的出現，成為推動創作的骨幹力量，雜文理論建設則為新雜文的產生、繁榮、發展開闢了道路。

《新青年》雜誌和以後的《每週評論》，都是以社會評論為主的綜合性的刊物。它們繼承和發揚晚清以來資產階級改良派和資產階級革命派的「破舊立新」戰鬥性政論的傳統，接連發起反對舊道德提倡新道德、反對舊文學創立新文學的「思想革命」和「文學革命」。在俄國十月革命之前，《新青年》進行卓有成效的科學和民主的思想啟蒙。這兩家刊物成為當時中國社會輿論的中心。它們對促進中國社會思想的革命化和現代化，對「五四」反帝愛國運動和中國共產黨的成立，作出了卓越貢獻。為了「喚醒民眾」，為了進行啟蒙宣傳，《新青年》的主編陳獨秀，《新青年》的同人李大釗、魯迅、周作人、錢玄同、劉半農等人，都選取了以文藝性政論為主的雜文這一戰鬥武器。被胡適稱為「四川省只手打倒孔家店的老英雄」——吳又陵先生即吳虞，在《新青年》上發表了〈家族制度為專制主義之根據論〉、〈儒家主張階級制度之害〉、〈吃人與禮教〉，北大校長蔡元培也在《新青年》上發表了〈勞工神聖〉、〈洪水與猛獸〉等名文。《新青年》和《每週評論》以較充分的科學和民主思想、徹底的反帝反封建精神，爭取國家和民族的獨立與解放，為其時代和民族的特徵。中國現代雜文，從它誕生的那一天起，就貫注著蓬勃的戰鬥精神，就有著鮮明的時代和民族特徵，就是以現實主義為其主流的。

《新青年》一創刊，就出現了雜文。當時的主要樣式是政論和《通信》欄中的議論文字，文字上不是白話，而是近似梁啟超的「新文體」；以後有《讀者論壇》，至第三卷第四期有陳獨秀的〈時局雜感〉，第四卷第四期開始有〈隨感錄〉。第五卷第一期有署名「記者」的《什麼話》，第五卷第四期有《討論》，第七卷第五期有署名「記者」的〈編輯室雜記〉。到了第四卷第一期上，《新青年》上文章才全部用白話文體。總之，在《新青年》上，雜文是長短不拘，形式多樣，既有長槍大炮式的篇幅較大的文藝性政論，也有匕首式的精悍的「隨感錄」，有評論，有雜感，有隨感，有雜記，有通信，討論、答問、編者按等等。

為了更迅速廣泛地進行社會、政治、思想和文藝批評，李大釗和陳獨秀於一九一八年十二月又創辦了《每週評論》，也闢有「隨感錄」專欄，陳獨秀和李大釗是經常的撰稿人，魯迅和周作人也為它寫稿。此外，《每週評論》還刊載一些富於文學意味的議論性雜文。在新文化運動初期，《新青年》和《每週評論》這兩大期刊提倡雜文創作，對雜文的發展起著積極的作用。

一九一九年二月，在李大釗的幫助下，北京《晨報》對第七版大加改革，成為「晨報副刊」，它是當時具有全國影響的最大的副刊之一，闢有「雜感」、「雜談」、「浪漫談」、「開心話」、「文藝談」等欄目，刊登許多議論性雜文。

一九一九年的六月間，《民國日報》出版「覺悟」副刊，稱甲種副刊；以後又陸續出了「平民」週刊、「婦女評論」週刊、「藝術評論」週刊、「文學旬刊」、「婦女週報」、「政治評論」旬刊等，稱乙種副刊。這些副刊都曾大量刊登「隨感錄」式的議論性雜文，其中尤以「覺悟」最為突出。「覺悟」上刊登的「隨感錄」、「雜感」約二千篇，邵力子、施存統、陳望道、劉大白等是主要撰稿人。陳獨秀、張聞天、惲代英、蕭楚女、沈澤民等也在上面發表過一些雜文。

《時事新報》的副刊「學燈」和「京報副刊」與「民國日報」的副刊「覺悟」和「晨報副刊」一樣，是新文化運動中具有全國影響的副刊，它們也注意發表雜文。冰心、許地山、鄭振鐸、郁達夫、朱自清、俞平伯等都曾為「學燈」撰文，孫伏園、孫福熙、陳學昭等則是「京報副刊」的主要撰稿者。

一九二一年初，在中國現代文壇上出現了「文學研究會」和「創造社」兩個純文學的團體，它們出版了純文學的期刊，在文壇上造成了巨大的影響，大大地推進了現代美文的發展。《小說月報》於一九二一年革新，從第十二卷第一期起，由文學研究會主編，主要刊登文學創作。稍後的上海文學研究會編的《文學週報》，分別有「感想」、「雜感」、「小品」、「散文」、「瞑想文」等體式名稱，以文學研究會會員為主幹，團結其他作家，在他們主編的刊物上以散文雜文的形式探索人生的意義，體驗人生的情味，作反帝反封建的吶喊。創造社的同人在他們編的《創造季刊》、《創造週報》、《創造日》、《創造月刊》、《洪水》上，發表不少雜文和散文《創造日》、《創造月刊》、《洪水》上，發表不少雜文和散文，反映他們飄泊的生活和抑鬱感傷的情懷。

第三節 主要雜文社團、流派

《語絲》是中國現代雜文史上最重要的以刊登雜文為主的文學期刊之一。《語絲》於一九二四年十一月十七日創刊於北京，一九二七年十月二十二日被北洋軍閥查封。一九二七年冬，魯迅在上海接編《語絲》，一九二八年十二月，魯迅推薦柔石接編，一九三〇年三月十日自動停刊，共出五卷二六五期。魯迅、周作人、錢玄同、劉半農、孫伏園、林語堂、川島、江紹原、李小峰、淦女士等列名為《語絲》的長期撰稿人。創刊時，有周作人撰寫的〈發刊詞〉，大意說，他們當時感到一種苦悶，想「衝破一點中國的生活和思想界的昏濁停滯的空氣」，在這個刊物上以「簡短的感想和批評」的形式，「發表自己所要說的話」，反抗「一切專斷與卑劣」，「提倡自由思想，獨立判斷，美的生活」，「也兼采文藝創作以及關於文學美術和一般思想的介紹與研究」，也「發表學術上的重要論文」；並且歡迎主張不相同的來稿。可見《語絲》和《新青年》不同，它不是一個帶綜合性的包括文學和社會科學種種門類的刊物，基本上是一個以刊登「簡短的感想和批評」，即以雜文為主的文藝期刊；它也不是一個統一戰線式的團體，而是一批思想傾向大致相近的文學家組成的文學社團。

就雜文創作而論，《語絲》在其前期，它所發表的雜文是注意直面人生的。它以廣泛的文明批評和社會批評為基本內容，帶著一定的政治色彩，有著進步和戰鬥的傾向。無論是《語絲》主將魯迅，還是《語絲》的重要撰稿人周作人、林語堂、錢玄同、劉半農等人，他們的雜文創作已不限於思想文化、倫理道德領域，他們相當「關心政治」，配合了當時重大的政治鬥爭。《語絲》創辦不久，代表資產階級右翼勢力的《現代評論》（一九二四年十二月）也在北京創刊了，稍後，北洋軍閥的教育總長章士釗，為了適應軍閥政府的政治需要，復刊了《甲寅》(一九二五年七月)。《語絲》、《莽原》和《現代評論》與《甲寅》是形同水火，根本對立的。《語絲》主要成員在因驅逐溥儀出宮和「遺老遺少」的鬥爭中，在反對「學衡」派、「甲寅」派、「整理國故」派的復古傾向的鬥爭中，在保衛和發展新文化運動成果上，在女師大風潮、「五卅」運動、「三一八」慘案中，在反對北洋軍閥政府及「現代評論」派的鬥爭中，他們的戰鬥大方向是基本一致的，都有值得稱道的光榮戰績。當時革命中心已經南移，在北洋軍閥統治下的北方地區，李大釗等共產黨人，主要忙於激烈緊張的政治鬥爭，而且「三一八」事件後，不得不轉入地下；公開的思想鬥爭方面，主要是在《語絲》、《莽原》和「京報副刊」上，魯迅等運用雜文為武器進行的戰鬥。馮雪峰在《魯迅的政論活動》中論到魯迅這時的政論活動時說：

> 魯迅以他的政論活動在北方獨立支持了一個戰線。那時李大釗同志在北方進行地下活動，領導北方的革命鬥爭。但是公開的思想鬥爭方面的領袖是魯迅，在當時，不論是他的友人或者敵人，都認為他是「思想界權威者」。他以激進的革命民主主義者的姿態運用幾種刊物，如《語絲》、《晨報副刊》、《京報副刊》等等，領導和支持了這一戰線。當時南方的革命起來了，北方非常黑暗，戰鬥是很艱苦的。可以說是魯迅一個人支援了思想戰線上的鬥爭，不是靠別的，主要靠他的雜文。

如果把馮雪峰這段話中的「魯迅一個人」改為「魯迅和《語絲》的主要成員」，就更符合歷史實際了。事實上魯迅自己也是這麼看的。他在論及早期《語絲》的特色時就說：

> 同時(《語絲》)也在不意中顯了一種特色，是：任意而談，無

> 所顧忌，要催促新的產生，對於有害於新的舊物，則竭力加以排擊——但應該產生怎樣的「新」，卻並無明白的表示。

可以毫不誇張地說，早期《語絲》雜文和當年的《新青年》雜文一樣，也是一面廣泛地反映現實中政治、思想和文化鬥爭的鏡子。

從政治、思想、文化上的鬥爭方面看，《語絲》雜文的重要特色，是繼承和發展了《新青年》和《每週評論》反封建和揭露資產階級自由主義的戰鬥傳統。《語絲》主將魯迅，同北洋軍閥，同胡適和陳西瀅的「現代評論」派的自由主義傾向進行徹底的、不妥協的鬥爭，收在《墳》裡的〈論「費厄潑賴」應該緩行〉和《華蓋集》正續編中的許多著名篇章都是這方面的戰鬥檄文。魯迅的徹底革命精神，他對《語絲》社內周作人和林語堂自由主義傾向的批評，使他們放棄了「不打落水狗」等的自由主義主張，投入到反對北洋軍閥政府和「現代評論」派的鬥爭中去，寫出不少有戰鬥傾向的雜文。

《語絲》雜文的文明批評和社會批評，不僅帶著政治色彩，觸及現實的敏感政治問題，和道德倫理、人情世態的種種弊端，更深入解剖了幾千年的封建精神文明造成了「國民的劣根性」。改造中國的國民性，是本世紀初資產階級改良派和革命派都提出過的，到「五四」時期，隨著啟蒙運動的高漲，成為一個有影響的口號。改造中國的國民性是「五四」時期魯迅小說和雜文創作的一個重要主題，是他極力支持的「思想革命」的重要組成部分。到了《語絲》時期，這問題又有了新的廣度和深度。在《兩地書》裡，魯迅一方面認為改革最快的是「火與劍」，一方面又認為：「此後最要緊的是，改革國民性，否則，無論是專制，是共和，是什麼什麼，招牌雖換，貨色照舊，全不行的。」魯迅還對許廣平說，正是為了改革國民性，他才支持《語絲》，組織《莽原》，俾能引出更多的人對「根深柢固的舊文明」，對像「黑色大染缸」似的千奇百怪的社會進行無情批評，由於社會太腐敗了，又碰不得，所以這種批評，必須要「韌」，要堅持「壕塹戰」。在魯迅引導下，《語絲》社的重要雜文作家周作人、錢玄同、劉半農和林語堂，都在他們的雜文中，從不同方面對舊的精神文明發動猛烈襲擊，都針砭過中國國民的劣根性。襲擊封建舊文明，批判國民的劣根性，構成早期《語絲》雜文的文明批評和社會批評的一大特色，這是《語絲》對《新青年》的這一反封建傳統的繼承和發展。

《語絲》雜文，不僅提倡自覺的文明批評和社會批評，也自覺追求諷刺、幽默的文風。《語絲》中的「周氏兄弟」、錢玄同、劉半農等人，原是《新青年》的重要雜文作家。他們「五四」時期的雜文創作，本來就已有以上特點。到了《語絲》時期，魯迅譯介日本廚川白村的《出了象牙之塔》和鶴見祐輔的《思想・山水・人物》中有關小品隨筆及諷刺、幽默理論；周作人譯介希臘路吉亞諾斯[1]的諷刺文，英國著名諷刺大家斯威夫特的〈婢僕須知〉，日本狂言喜劇〈立春〉等。他讚賞這些作品「用了趣味去觀察社會萬物」，「決不乾燥冷酷，如道學家的姿態」，甚至「在教訓文字上也富於詩的分子」（〈徒然草〉抄）。林語堂也是《語絲》中提倡「幽默」的一個。這樣，《語絲》雜文就較前更自覺追求諷刺、幽默的文風。所以王哲甫在《中國新文學運動史》中說：《語絲》「嬉笑怒罵，冷嘲熱諷的雜文，在當時最為流行，且開了這一派的風氣，影響到許多青年作家的文筆」。曹聚仁在〈論幽默〉中也說，幽默最初出現於《語絲》週刊。

《莽原》創刊於一九二五年四月，先是週刊，後改旬刊，魯迅主編。態度較《語絲》激進。魯迅在〈《莽原》出版預告〉中說，《莽原》的特點是：「率性而言，憑心而論，忠於現實，望彼將來。」《莽原》也是一個以發表議論性雜文為主的刊物。魯迅在《兩地書》（十五）中明白地說：「中國現今文壇（？）的狀況，實在不佳，……最缺少的是『文明批評』和『社會批評』。我之以《莽原》起哄，大半

1　今譯琉善，或盧奇安。

也是為了想由此引些新的這一種批評者來，……繼續撕去舊社會的假面。」魯迅在《莽原》上發表了著名的長篇雜文，如〈春末閒談〉、〈燈下漫筆〉和〈論「費厄潑賴」應該緩行〉等，還寫了如〈雜語〉、〈雜感〉等一類短小雜文，而且也確實引出了新的批評者，如高長虹、向培良等，後來他們又從《莽原》分裂出去，另刊《狂飆》。這一刊物也發表了一些雜文和文藝性散文。

一九二四年十二月創刊，一九二八年十二月終刊的《現代評論》週刊，不是一個單純的文學社團，它以談政治為主而兼顧文學，《現代評論》早期由王世杰主編，後期由丁西林主編，主要撰稿人有：王世杰、陳西瀅、高一涵、唐有壬、燕樹棠、周鯁生、陳翰生、錢端升、張定璜、馬宗融、胡適、丁西林、陳衡哲、凌叔華、沈從文、楊振聲、李四光、陶孟和等。該刊有較濃厚的自由主義色彩。在一九二五年的「五卅運動」、北京女子師大學潮和一九二六年「三一八」慘案期間，曾發表一定數量的反帝反封建反軍閥、傾向進步的文學和創作。一九二七年七月二十三日遷往上海後，傾向國民黨政權。《現代評論》發表主要撰稿人陳西瀅等的《西瀅閒話》式的雜文，和《語絲》進行論戰。不過在那上面也有一些思想比較進步的文章。《現代評論》派主要是由一批從英美留學歸來的大學教授組成的，各人政治主張和文學觀點並不一致，總的說帶有資產階級自由主義的傾向。

茅盾在《中國新文學大系》〈小說一集〉〈導言〉中有過一個不完全的統計，從一九二二年到一九二五年，全國先後成立的文學團體及刊物，不下一百餘。阿英的《中國新文學大系》〈史料索引集〉列有新文化運動頭十年雜誌的不完全總目近三百種。我們所列舉的僅是雜文發展史上具有較大影響的社團和雜誌。從這些簡略的事實，可以看出沒有新文化運動就不會有報刊的逐漸繁榮，有了報刊雜誌的發展，才可能造就數量眾多的作家，發展新興的體式，產生不同的風格和流派，包括雜文在內的散文成就才顯得十分引人注目。

第四節　現代雜文理論的初步創立

在中國現代散文史上，人們對散文中的各類概念的使用比較隨便，沒有加以明確的規範和界定，這是應該注意的。比如說，人們使用散文這一概念，既指一切散行文字，又指文學散文中的議論抒情、記敘、描寫類的散文；人們說小品散文、小品隨筆、小品文，也是包括各類的小品、隨筆在內的；人們說雜文，既指無所不包的雜體語文，又指狹義的文學雜文。這種混沌不清的狀況，尤以開創期為更突出。在這時期，有的雜文理論是包括在散文理論裡的。

中國現代散文是萌芽於「文學革命」和「思想革命」的。「文學革命」的倡導者，猛烈抨擊封建舊文學的載儒家之道的思想內容，堅決否定舊文學的僵化的語言形式，大力提倡平民、寫實、求真、通俗的白話文學。他們認為，只有白話文才能承擔起思想啟蒙的歷史使命，只有白話文才能使瀕臨絕境的中國文學獲得新生。從「文學革命」口號提出後，其倡導者在和封建復古派的鬥爭中，反對文言文，提倡白話文，始終是鬥爭的焦點。而他們所提倡的新鮮活潑的白話文，首先指的就是散文。他們所進行的卓有成效的鬥爭，理所當然地推動了中國現代散文的創作和理論的發展。

在「文學革命」的吶喊中就有散文變革呼聲。胡適的〈文學改良芻議〉，陳獨秀的〈文學革命論〉，錢玄同、劉半農、周作人等的有關論文都是「文學革命」的發難之作。胡適提出「文學改良」的「八事」，包含了「八不」和「八要」，這是思想內容和藝術形式上的「破」和「立」互相聯繫的兩個方面，而中心在「立」。他著重闡明文學進化發展的歷史觀，從中西文學發展的歷史經驗出發，論證應該拋棄虛假、空洞、僵化的「死文學」，創建「社會的寫實的」，以「白話文學」為正宗的「活文學」；陳獨秀明確提出三個「推倒」和三個

「建設」的「文學革命」主張，更進一步論證文學革命的必要性和必然性。可以看出，他們宣傳文學進化的歷史觀，介紹中西文學發展的歷史經驗，目的相當明確，就是為了創新。他們提出反對封建的「死文學」，創立「國民」的、「社會」的、「寫實」的、「抒情」的、「通俗」的「白話文學」，雖然不是專就散文變革立論，但已經涉及創建現代白話散文的問題。

隨著探討的深入，開創期的散文理論建設主要從四個方面建設現代散文觀：一是散文的概念從一般散體文向文學散文概念的發展；二是散文理論的倡導者比較側重於輸入外國的散文理論；三是突出強調散文要寫實求真，表現作家的真情實感和個性特徵；四是著重探討雜感文和小品散文的寫作特點。

從一九一七年到一九二一年間，「文學革命」的倡導者所提倡的白話散文，還是與韻文、駢文相對的廣義散文。例如劉半農在一九一七年五月發表的〈我之文學改良觀〉中，在中國現代散文文學史上第一次提出「文學的散文」的概念，但他所認為的「文學的散文」是指與「詩歌戲曲」相對的「小說雜文」，即指的一切帶有文學性質的散行文字，他一時還劃不清小說和文學散文的界限。又如傅斯年寫於一九一八年十二月的〈怎樣做白話文〉，是一篇專門論述白話散文的文章。他把散文與詩歌、小說、戲劇並列，認為散文包括「解論」、「駁論」、「記敘」、「形狀」四種，做好白話散文的「憑藉」是：「一，留心說話，二，直用西洋詞法。」這說明他雖然把散文從同是散行文字的「不歌的戲劇」和「小說」中劃出來了，但他還不能指明文學散文的特質。一九二一年後，周作人發表了〈美文〉，王統照發表了〈散文的分類〉，胡夢華發表了〈絮語散文〉，這些是這一時期散文理論建設的重要文章。孫伏園和周作人等在《語絲》上討論《語絲》文體的文章，也涉及散文的理論建設問題。周作人把文學散文稱之為「美文」；王統照說它能「使人閱之自生美感」；胡夢華則稱它為「一種不同凡響的美的文字」，他們都把文學散文同詩歌、小說、戲劇並列，把它看作獨立的文學形式，確立了散文即美文的新觀念。

開創期側重於介紹歐美的散文理論和創作。周作人在〈美文〉中，要人們以愛迪生、蘭姆、歐文、霍桑等的美文為模範。王統照的〈散文的分類〉，把散文分為歷史類的散文、描寫的散文、演說類的散文、教訓的散文、時代的散文即雜散文等五種，這主要是根據韓德的理論。胡夢華的〈絮語散文〉，系統介紹絮語散文的源流，從法國蒙田開始，到英國的培根、詹森、高爾斯密、艾狄生、史梯爾、蘭姆、韓士立等的文章。魯迅在一九二五年譯的廚川白村《出了象牙之塔》中有關英國 Essay 的評述，如郁達夫所說：「更為弄弄文墨的人，大家所讀過的妙文」，對中國現代散文的理論和創作發生過相當重大的影響。廚川白村的《出了象牙之塔》論到包括議論、抒情、記敘等的散文隨筆、小品的「Essay」。他在論到「Essay與新聞雜誌」的關係時，廚川白村指出：

> 起於法蘭西，繁榮於英國的Essay的文學是和Journalism（新聞雜誌事業）保持密接的關係而發達的。……恰如近代的短篇小說的流行，和Journalism的發達有密接的關係一樣，兩三欄就讀完的簡短的文章，於定期刊行物很便當，也就是流行起來的原因之一。

廚川白村認為作者要寫好Essay，「既須很富於詩才學殖，而對於人生的各樣的現象，又有奇警的敏銳的透察力才對」，否則，不能成功；讀者「要鑑賞真的Essay」，如蘭姆的《伊里亞雜筆》，則須細心領悟其古雅文字中「美的『詩』」，銳利的「譏刺」，在信筆塗鴉文字後，洞見其「雕心刻骨的苦心」。

廚川白村認為進行文明批評和社會批評是「文藝的本來的職務」。他說：

> 建立在現實生活的深邃的根柢上的近代文藝，在那一面，是純然的文藝批評，也是社會批評。這樣的傾向的第一個是伊孛生。由他發起的所謂問題劇不消說，便是稱為傾向小說和社會小說之類的許多作品，也都是直接地拿近代生活的難問題來做題材……就現代的作家而言，則如英國的蕭（B. Shaw）、戈爾斯華綏（J. Galswovthy）、威爾士，還有法國的勃利歡（E. Brieux），都是最為顯著的人物。

又說：

> 文藝的本來職務，是在作文明批評，以指點嚮導一世，而日本近時的文藝沒有想盡這職務。

上述廚川白村對小品散文作家寫作時的基本態度和個性表現，作品的題材範圍和藝術要求，以及這一文體的任務，都發表了相當精到的見解，對我國現代散文的理論和寫作確有過很大的啟發作用。

開創期散文理論還突出強調散文要寫實求真，表現作家的真情實感和個性特徵。周作人在〈美文〉中認為：「文章的外形與內容，確有點關係，有許多思想，既不能做小說，又不適於做詩，……便可以用論文形式去表他。他的條件，同一切文學作品一樣，只是真實簡明便好。」胡夢華在〈絮語散文〉中則認為，抒情詩和散文的發達是「近世的自我解放和擴大」的產物。他指出「絮語散文」，「不是長篇闊論的邏輯的或理解的文章，乃如家常絮語，用清逸冷雋的筆法所寫來的零碎的感想的文章。」人們從一篇「絮語散文」裡，「可以洞見作者是怎樣一個人：他的人格的動靜描畫在這裡面，他的人格的聲音歌奏在這裡面，他的人格的色彩渲染在這裡面，並且還是深刻地刻畫著，銳利地歌奏著，濃厚地渲染著。所以它的特質是個人的，一切都是從個人的主觀發出來。」在散文中必須充分表達作者個人真實的思想情感，這是開創期散文界普遍承認和接受的一個基本原則。

在現代散文建設的初程，所謂絮語散文或小品散文實際上包含著議論性和記敘性的兩個分支，這兩個分支又都與抒情性密切聯繫著，所以統一在一個文體名稱裡。議論文而帶有抒情性，現在似乎令人難以體會，但當時所謂美文就是指著或包括著論文。周作人〈美文〉的開頭就說：「外國文學裡有一種所謂論文，其中大約可以分為兩類。一、批評的，是學術性的。二、記述的，是藝術性的，又稱作美文，這裡面又分出敘事和抒情，但也有很多兩者夾雜的。」這種敘事、議論、抒情等夾雜的情況隨著時代的發展和創作的繁榮，小品散文的體式呈現了分立門戶的趨勢。

周作人把《自己的園地》中的小品散文，稱為「抒情的論文」，他說文藝批評寫得好時，「也可以成為一篇美文，別有一種價值，……因為講到底批評原來也是創作之一種。」把議論性和批評性的雜文稱為「美文」和「創作之一種」，在現代散文史上，周作人是第一個，這是值得注意的。他又認為文藝只是自己的表現，「有益社會也並非著者的義務，只因為他是這樣想，要這樣說，這才是一切文藝存在的根據。」所以他在小品散文和雜感中，只是說出他所想說的話。有些無聊賴的閒談，僅表現自己凡庸的一部分。他願意傾聽「愚民」的自訴衷曲和他們酒後茶餘的談笑。所以他以為小品的散文，應該有明淨的感情，清澈的理智，坦露的性靈，超脫的雅致，他的這一種看法被一些人奉為圭臬。

在新文化運動中名噪一時的胡適對雜文也發表了一些值得注意的見解。在〈什麼是文學（答錢玄同）〉裡，他認為文學具備三個條件：「第一要明白清楚，第二要力能動人，第三要美。」他最後說：

> 我不承認什麼「純文」與「雜文」。無論什麼文（純文與雜文、韻文與非韻文）都可分作「文學的」與「非文學的」兩項。

顯然在他看來，雜文也有「文學的」與「非文學的」兩項。這對啟發雜文作者去追求雜文的「文學」性是有益的。在《五十年來中國之文學》中，胡適說：

> 第三、白話散文很進步了。長篇議論文的進步，那是顯而易見的，可以不論。這幾年來，散文方面最可注意的發展，乃是周作人提倡的小品散文。這一類小品，用平淡的談話，包藏著深刻的意味，有時很像笨拙，其實卻是滑稽。這一類作品的成功，就可徹底打破那美文不能用白話的迷信。

胡適所說的周作人的小品是包括雜文在內的。胡適這段話對周作人的小品藝術做了很好的理論概括，對包括雜文在內的小品散文創作具有普遍意義。

類似這樣的含有一定理論價值的零星言論，還有孫伏園在《雜感第一集》裡的一段話：

> 副刊上的文字，就其入人最深一點而論，宜莫過於雜感了。即再推廣此論，這幾年來中國思想界稍呈一點活動的現象，也無非是雜感式一類文字的功勞。雜感優於論文，因為它比論文更簡潔，更明瞭；雜感優於文藝作品，因為文藝作品尚描寫不尚批評，貴有結構而務直捷，每不為普通人所了解，雜感不必像論文條暢，一千字以上的雜感就不足貴了；雜感雖沒有像文藝作品的細膩描寫與精嚴結構，但自有他的簡潔明瞭和真切等的文藝價值——雜感也是一種文藝。看了雜感這種種特點，覺得幾年來已經影響青年思想界的，以及那些影響還未深切著名的一切作品，都有永久的保存價值。

魯迅對於短評、雜感的寫作，同周作人相比則是另一種態度。魯迅根據當時中外雜文家和自己雜文寫作的經驗，把短評、雜感發展成為不拘格式而內容上和藝術上有一定規定性的雜文文體，並在理論上加以闡述。

(一) 運用雜文實行文明批評、社會批評，促進社會的改革

在《兩地書》中，魯迅認為中國社會「千奇百怪」，太腐朽，太惡劣不堪了，猶如「黑色的染缸」，舊思想、舊文明、舊習慣太「根深柢固」了，中國國民的「壞根性」如不「改革」，中國是沒有「希望」的。他不僅自己寫作雜文來「襲擊」舊文明，「攻打」國民的「壞根性」，也希望有更多的人寫作雜文，將來造成一個雜文寫作的「聯合」戰線。魯迅在《熱風》題記裡把自己的雜文稱為「對於時弊的攻擊」的「文學」，在《兩地書》裡他說：

> 中國現今文壇（？）的狀況，實在不佳，但究竟做詩及小說者尚有人。最缺少的是「文明批評」和「社會批評」，我之以《莽原》起哄，大半也就為了由此引些新的這一種批評者來，雖在割去敝舌之後，也還有人說話，繼續撕去舊社會的假面。

進行文明批評和社會批評，以促進中國社會的改革，即雜文的戰鬥性和批判性，在魯迅看來，這就是雜文的生命，也就是現實主義雜文的靈魂。

(二) 運用雜文解剖和改造國民的靈魂

早在日本留學時期，魯迅在探索中國社會的改革問題時，就已注意到國民靈魂的改造問題。在〈文化偏至論〉裡他認識到「立國」的關鍵「首在立人」。「五四」以後，魯迅對解剖和改造中國國民靈魂問

題的認識有了新的廣度和深度，這也同他受廚川白村的影響有關。廚川白村在《出了象牙之塔》〈改造和國民性〉中說：

> 世間也有些論客，以為這是國民性，所以沒有法，如果像一種宿命論者似的，簡直說是沒有法了，這才是沒有法啊。絕對難於移動的不變的國民性，究竟有沒有這樣的東西，姑且作為別一問題，而對於國民性竭力加以大改造，則正是生活於新時代的人們的任務。喊著改造改造，而只嚷些社會問題呀，婦女問題呀，什麼問題呀之類，豈不是本末倒置麼？沒有將國民性這東西改造，我們的生活改造能成功的麼？

魯迅在〈兩地書（八）〉中對許廣平說：

> 說起民元的事來，那時確是光明得多，當時我也在南京教育部，覺得中國將來很有希望。自然，那時惡劣分子固然也有的，然而他總失敗。一到二次革命失敗之後，即漸漸壞下去，壞而又壞，遂成了現在的情形。其實這也不是新添的壞，乃是塗飾的新漆剝落已盡，於是舊相又顯了出來。使奴才主持家政，那裡會有好樣子。最初的革命是排滿，容易做到的，其次的改革是要國民改革自己的壞根性，於是就不肯了。所以此後最要緊的是改革國民性，否則，無論是專制，是共和，是什麼什麼，招牌雖換，貨色照舊，全不行的。

這裡，魯迅同廚川白村一樣也是從「改造與國民性」的關係中來論述改造國民性的極端重要性，不用多說，魯迅的認識要比廚川白村深廣得多。魯迅在寫於一九二六年〈《窮人》小引〉中，先引了陀思妥耶夫斯基在〈《卡拉瑪卓夫兄弟》手記〉中的一段話：

> 以完全的寫實主義在人中間發見人。這是徹頭徹尾的俄國底特質。在這意義上，我自然是民族底的。……人稱我為心理學家（psychologist）。這不得當。我僅是在高的意義上的寫實主義者，即我是將人的靈魂的深，顯示於人的。

魯迅認為陀氏作品，「因為顯示著靈魂的深，所以一讀那作品，便令人發生精神的變化。靈魂的深處並不平安，敢於正視的本來就不多，更何況寫出？因此，有些柔軟無力的讀者，便往往將他只看作『殘酷的天才』」，「人的靈魂的偉大的審問者」。魯迅繼又指出像陀氏這樣「穿掘著靈魂的深處」，其功效是：「使人受了精神底苦刑而得到創傷，又即從這得傷和養傷的癒合中，得到苦的滌除，而上了蘇生的路。」

小說和雜文既是有界限又是沒有界限的，是既有區別又有聯繫的。魯迅的小說和雜文都專注於深刻解剖和改造中國國民性（國民的靈魂）的。都有著一股嚴峻而尖銳的震顫人心的強大力量，促人深思，促人反省，使人從靈魂的痛苦滌除淨化中，走上靈魂的覺醒甦生，這確是一項前無古人的氣象宏偉的人的改造的工程。在中國現代文學史上，像魯迅這樣對中國國民的靈魂的解剖和改造傾注如此巨大的關注和熱情，取得令人讚歎的成就，可以說是絕無僅有的。這也正是魯迅雜文的深刻之處。

（三）雜文應該鋒利雋永，曲折有趣

在〈兩地書（十）〉中，魯迅批評許廣平的「論辯之文」，「歷舉對手之語，從頭到尾，逐一駁去，雖然犀利，而不沉重，而且罕有正對『論敵』之要害，僅以一擊給予致命的重傷者。總之只有小毒而無劇毒，好作長文而不善短文。」在〈兩地書（十二）〉中，他說：「自己好做短文，好用反語，每逢辯論，輒不管三七二十一，就迎頭一擊」，魯迅又認為這種「猛烈的攻擊，只宜於散文，如『雜感』之

類，而造語還須曲折，否，即容易引起反感」(〈兩地書（三二)〉)。這裡，魯迅概括了「論辯」性的「雜感」短文寫作要短小精悍，寸鐵殺人，犀利沉重，曲折有致的藝術規律。

魯迅在《華蓋集》〈忽然想到（四)〉中說：

> 外國的平易地講述學術文藝的書，住住夾雜些閒話或笑談，使文章增添活氣，讀者感到格外的興趣，不易於疲倦。但中國的有些譯本，卻將這些刪去，單留下艱難的講學語，使它復近於教科書。這正如折花者，除盡枝葉，單留花朵，折花固然是折花，然而花枝的活氣卻滅盡了。

這裡魯迅談論的是「講述學術文藝的書」的寫作，不限於雜文寫作，但又包括雜文寫作。事實上魯迅有不少雜文是帶有「含笑談真理」的「理趣美」的，有著一種「百讀不厭」的神奇魔力。

（四）雜文不應是「無情的冷嘲」，而應是「有情的諷刺」

魯迅所譯日本的鶴見祐輔的《思想・山水・人物》中的〈說幽默〉中說：「幽默的本性和冷嘲（Cynic）只隔一張紙。」又說要使「幽默不墮於冷嘲，那最大的因子，是在純真的同情罷」。魯迅在《熱風》〈題記〉中改造了鶴見祐輔的話，他說：「無情的冷嘲和有情的諷刺相去本不及一張紙」。魯迅不同意別人把他的雜文視作「無情的冷嘲」，特意把他的雜文集題名為《熱風》，以示他的雜文是由灼熱情感灌注的「有情的諷刺」。強調雜文要抒發作者的情感，是魯迅的一貫主張。在《華蓋集》〈題記〉中，魯迅則說自己寫作雜文時：「自有悲苦憤激，決非洋樓中的通人所能領會。」《華蓋集續編》〈小引〉又說：「這裡面所講的仍然並沒有宇宙的奧義和人生的真諦。……說得自誇一點，就如悲喜時節的歌哭一般，那時無非借此來釋憤抒情。」這些記述，既是魯迅對自己雜文抒情特點的一種總結，然而也是一種關於雜文創作的帶有普遍意義的理論主張，因為這種雜文的抒情性正是說理的雜文區別於一般說理文和政論文的根本特點。

魯迅的這些見解，已經把雜文的社會功能和雜文的基本美學特徵勾畫出來了，經過三十年代的創作實踐和理論建設，終於在議論性散文中建立起在世界上具有特色的魯迅風格的雜文文體。

第七章
陳獨秀、李大釗的雜文

第一節　陳獨秀的雜文

陳獨秀（1880-1942），原名慶同，字仲甫。政治家、思想家、文字學家。安徽懷寧人。《新青年》和《每週評論》的主編，中國現代雜文的倡導者、開創者和實踐者。早年留學日本，歸國後編輯《安徽白話報》，參加辛亥革命的反清鬥爭。一九一五年九月創辦《新青年》（初名《青年雜誌》），任主編。《新青年》創刊至共產黨成立前後，陳獨秀發表了大量的政論以及隨感錄、通信、編輯雜記和編者按語式的雜文。陳獨秀是「五四」時期聲望很高，影響極大的著名政論家。他的不少政論，是用雜文筆法寫的。這些政論式的雜文，側重於社會和政治問題，視野開闊，觀察深刻，說理透徹，感情熱烈，文字犀利生動，在寫法上也是多種多樣的。

陳獨秀由於在第一次大革命中的問題，人們對他的評價爭論很大，毛澤東在〈如何研究中共黨史〉和〈七大的工作方針〉中，對其歷史功過做出的評價。毛澤東說：

> 在五四運動裡面，起領導作用的是一些進步的知識分子。大學教授雖然不上街，但是他們在其中奔走呼號，做了許多事情。陳獨秀是五四運動的總司令。

又說：

> 「關於陳獨秀這個人，我們今天可以講一講，他是有功勞的。他是『五四』運動的總司令，整個運動實際上都是他領導的。」「陳獨秀在某幾點上好像俄國的普列漢諾夫，做了啟蒙運動的工作，創造了黨，但他在思想上不如普列漢諾夫。普列漢諾夫在俄國做過很好的馬克思主義宣傳。陳獨秀則不然，甚至有些很不正確的言論，但是他創造了黨有功勞。普列漢諾夫以後變成孟什維克，陳獨秀是中國的孟什維克。」「斯大林在一篇演說裡把列寧、普列漢諾夫放在一起，聯共黨史也說到他。關於陳獨秀，將來修黨史的時候，還是要講到他。」

陳獨秀從「五四」前後至建黨前後的雜文和政論，收在上海亞東圖書館一九二二年出版的三卷四冊的《獨秀文存》裡。陳獨秀的一些政論性散文，善於融議論和抒情於描寫之中，重視雜文形象的創造。如〈袁世凱復活〉(1916)，寫於竊國大盜袁世凱死後不久。作者以為袁賊雖死，但在「黑魆魆」的中國，「袁世凱二世」還是「呼之欲出」。因為產生袁世凱式人物的「惡果」的「惡因」仍然存在。他號召「護國軍人」「青年志士」「勿苟安，勿隨俗」,「急起血刃鏟除此方死未死，逆焰方張之袁世凱二世，導吾同胞出黑暗入光明！」在〈偶像破壞論〉裡，他號召破壞封建時代政治、宗教和道德偶像，一開頭就引了老百姓嘲笑偶像的民謠:「一聲不響，二目無光，三餐不吃，四肢無力，五官不全，六親無靠，七竅不通，八面威風，九（音同久）坐不動，十（音同實）是無用。」在〈除三害〉裡，他把舊中國那禍國殃民的反動軍人，反動官僚和反動政客，喻為國之「三害」。這種形神畢肖的雜文形象的創造，加強雜文的戰鬥性和藝術上的感染力。文中有敏銳的觀察、深刻的議論、生動的描繪、激情的號召。

〈克林德碑〉又是另一種寫法。它篇幅較長，圍繞第一次世界大戰後，北京市民拆除作為「國恥」標記的克林德碑一事展開綿密的議論，採取了引古論今，追本溯源，層層剖析，款款論證的寫法。文中介紹「克林德碑」建立經過時，詳盡援引清人羅惇融的《庚子國變記》和《拳變餘聞》中的資料；談到現實中封建迷信盛行時，廣泛引述報上許多荒唐怪誕的奇聞蠢事，在充實材料的基礎上，作者展開議論，使現實和歷史相結合，觀點和材料相統一，豐富有趣的知識交融著一定的思想深度，文章很有特色。〈敬告青年〉（1915）、〈新青年罪案之答辯書〉（1919）、〈勞動者底覺悟〉（1920）等，則融戰鬥的激情於深刻的說理之中，採取了情理交融的寫法。

陳獨秀在「五四」時期寫了大量的隨感錄，其數量僅次於邵力子，但他的成就更高，影響更大。陳獨秀在《每週評論》上發表隨感錄時常常署名「隻眼」。「五四」後不久，陳獨秀被捕，《每週評論》的讀者一時看不到他的雜文，投書編輯部抒發憤懣。針對此事，李大釗在〈誰奪去我們的光明？〉的隨感錄中寫道：「有一位愛讀本報的人」，來信說：「我們對於世界的新生活，都是瞎子，虧了本報的『隻眼』，常常給我們光明。我們實在感謝。現在好久不見『隻眼』了。是誰奪去了我們的光明？」一九二一年，陳獨秀在《新青年》上發了〈下品的無政府黨〉、〈青年的誤會〉、〈反抗輿論的勇氣〉等三篇隨感，魯迅對之有「獨秀隨感究竟爽快」的讚譽。

第二節　李大釗的雜文

李大釗（1889-1927），字守常。河北樂亭人，早年留學日本。一九一六年回國任北京大學圖書館主任、經濟學教授。他是馬列主義在中國最初的傳播者，中國共產黨創始人之一。他與魯迅和周作人都是《新青年》和《每週評論》的重要雜文家。一九一六年前，李大釗在他主編的《晨鐘報》和《甲寅》月刊上發表了為數不少的政論性雜文。一九一六年，他在《新青年》上發表了著名的《青春》。一九一八年，李大釗參加了《新青年》編輯部，同年底和陳獨秀共同創辦《每週評論》。建國後出版有《李大釗選集》、《李大釗詩文選集》、《李大釗文集》。

李大釗的雜文創作，從體式看，可分為兩類，一類是短小精悍的「隨感錄」，一類是篇幅稍長的評論。從思想內容看，則是以馬克思主義基本觀點，進行廣泛的社會政治、經濟、思想、哲學、宗教、道德、倫理、文學等的歌頌性和揭露性的評論；從藝術表現看，則具有無產階級的旗幟鮮明、尖銳潑辣的戰鬥的藝術風格。他的這些戰鬥雜文，在當時「風雨如磐闇故園」的中國，如日之升，光華四射，給人以光和熱，照亮了災難深重的中國人民前進的道路，也對現代雜文的建設和發展起了重要作用。

以滿腔的熱忱，以明確而美好的語言，歌頌俄國「十月革命」的勝利，是李大釗雜文創作的突出主題。在當時的中國這樣做，是需要特別的敏感和無畏的膽略的。正是由於這點，李大釗成了現代中國的播火者普羅米修士。

人們熟知的〈法俄革命比較觀〉、〈庶民的勝利〉、〈布爾什維主義的勝利〉、〈新紀元〉等就是這方面的代表作。這些文章屬於李大釗雜文中篇幅稍長一些的評論文字。他在評論「十月革命」和世界無產階級革命時，在世界發展史的廣闊背景上進行反覆而嚴密的邏輯論證，行文中震響著一種波重浪迭、慷慨激越的抒情音調，詞采優美，生動形象。我們且看〈布爾什維主義的勝利〉中的一段文字：「……匈奧革命、德國革命、匈牙利革命，最近，荷蘭、瑞典、西班牙也有革命社會黨奮起的風謠。革命的情形，和俄國大抵相同。赤色旗到處翻飛，勞工會紛紛成立，可以說完全是俄羅斯式的革命，可以說是二十世紀式的革命。像這般滔滔滾滾的潮流，實非現在資本家的政府所能防遏得住的。……這種世界的社會力，在人間一有動盪，世界各處都有風靡雲湧、山鳴谷應的樣子。在這世界的群眾運動的中間，歷史上殘餘的東西，什麼皇帝咧，貴族咧，軍閥咧，官僚咧，軍國主義咧，資本主義咧，——凡可以障阻這新運動的進路的，必挾雷霆萬鈞的力量摧拉他們。他們遇見這種不可擋的潮流，都像枯黃的樹葉遇見凜冽的秋風一般，一個一個的飛落在地。由今以後，到處所見的，都是布爾什維主義戰勝的旗。到處所聞的，都是布爾什維主義的凱歌的聲。人道的警鐘響了！自由的曙光現了！試看將來的環球，必是赤旗的世界！」這是哲理、感情和文采的統一，是「美與高」的思想藝術境界。李大釗在他參與編輯的《新青年》和《每週評論》，在他顧問指導的《新潮》、《國民》，在他主編的「晨報副刊」，在他支持的《新生活》雜誌上，以極大的熱忱和精力歌頌「十月革命」。

對帝國主義和封建主義的「譃而虐」的揭露和鞭撻，是李大釗雜文創作的又一突出主題。深刻揭露帝國主義和封建主義的面目，有助於提高人們對於新民主主義的革命性質和革命對象的認識，是革命思想動員的重要組成部分。

李大釗寫於五四偉大愛國反帝運動前後的隨感錄〈秘密外交〉和評論〈秘密外交和強盜世界〉，揭露帝國主義操縱的「巴黎和會」，是帝國主義強盜企圖瓜分中國的會議，他大聲疾呼：「改造強盜世界！」「不承認秘密外交！」「實行民族自決！」隨感錄〈太上政府〉，揭露北京東交民巷裡的帝國主義駐華使館是中國的「太上政府」。由於當時日本帝國主義繼承德國衣缽，強佔中國山東，對我虎視眈眈，李大釗在一系列文章中揭露它的侵華猙獰面目。隨感錄〈中日親善〉是其代表作。請看原文：

> 日本人的嗎啡和中國人的皮肉親善，日本人的商品和中國人的金錢親善，日本人的鐵棍、手槍和中國人的頭顱血肉親善，日本的侵略主義和中國的土地親善，日本的軍艦和中國的福建親善，這就叫「中日親善」。

在這篇不到百字的隨感錄中，作者純熟運用辯證法從尖銳對立的矛盾中，全面而深刻地揭穿了日本帝國主義對華的軍事、經濟、文化侵略的豺狼本質。在這裡，尖銳的揭露和辛辣的嘲諷，短小的篇幅和深刻的內涵達到了奇妙的統一，真是「謔而虐」、短而精，彷彿是一剎那間迸發的驚雷閃電，有著震撼人心的力量和光彩，頗能代表李大釗那些帶揭露性的隨感錄的特有風格。

李大釗對當時中國的封建統治者——北洋軍閥政府，進行揭露和鞭撻。如〈鄉愿與大盜〉、〈聖人與皇帝〉，從歷史和現實的結合上，揭露中國歷史上的「聖人」就是「鄉愿」，「皇帝」就是「大盜」，他們聯合起來偽善而又殘暴地統治中國人民，從洪憲皇帝袁世凱到現在的北洋軍閥政府之所以大搞「尊孔讀經」，正是為了大搞封建復辟；又如〈政客〉一文，則揭露當時反動的官僚政客醜惡無恥嘴臉，這些傢伙不認養活他們的人為「主人」，而是抱住帝國主義「強盜」的大腿搖尾獻媚；再如〈宰豬場式的政治〉、〈秘密……殺人〉、〈妨害治安〉、〈禁止說話〉等，從政治、思想、文化等各方面揭露北洋軍閥政府的反動面目。李大釗在〈宰豬場式的政治〉中尖銳抨擊道：

> 日本人說他們的政治是動物園的政治。把人民用鐵柵欄牢牢的關住，給他們一片肉吃，說是什麼「溫情主義」。我說我們的政治，是宰豬式的政治，把我們人民當豬宰，拿我們的血肉骨頭，餵飽了那些文武豺狼。

生動、形象、尖銳、深刻，確是「謔而虐」的典範之作。〈秘密……殺人〉針對當時京郊瘟疫流行，人民「死亡很多」，反動政府不思救治，反而「嚴守秘密」，李大釗憤慨揭露這是「秘密」「殺人」。〈妨害治安〉則針對反動政府以「妨害治安」為名，剝奪人民「出版言論自由」，剝奪人民爭「衣食」的生存權利，尖銳指出這是維護一小撮人的「治安」而妨礙大多人的「治安」。李大釗在〈禁止說話〉中寫道：「報載某督軍請政府禁止白話文，廣義地解釋，就是禁止說話。秦政是一代專制魔王，不過禁止偶語；如今並白話也要禁止，真是秦政的知己」，痛斥統治者的反動和愚昧。

上引諸文，均在百字上下，內容廣泛，寫法各不一樣，如〈鄉愿與大盜〉、〈聖人和皇帝〉，以對歷史的獨特發現和獨特概括為特點；〈宰豬場式的政治〉、〈禁止說話〉則以援引典型事例進行類比和生動的比喻為特點；〈政客〉、〈妨害治安〉，在行文中扣緊標題，尖銳提出發人深省的問題，結合尋根究柢的、緊張到讓人喘不過氣來的反問、追問。例如〈政客〉一文，一開頭就尖銳提出：「主客是對稱的名辭，既有政客必有政主」，可是當時中國政界，卻只見「政客」，抱著「強盜的大腿轉來轉去」，「看不見主人的影兒」，緊接著作者接連不疑而問：「請問這種客吃的飯是哪個款待他們？」「共和國的主到底是誰？」這種寫法很別緻，在李大釗的隨感錄中較常見。以上諸文有個共同特點是篇幅極短，言簡意賅，作者對每個論題不展開全面論證，而是把打擊力量集中到最本質的那一點上來。李大釗的這類短文，往往像霹靂一樣，一下子擊中所要揭露事物的要害，很值得取法。

隨感錄中的〈麵包問題〉、〈麵包運動〉、〈生活神聖〉、〈物質和精神〉、〈變革的原動力〉等，都是宣傳經濟變革是最根本的變革這一基本原理的。它們同李大釗那些長篇的有關政論不同，以三言兩語的方式，說明「麵包問題」是一切社會問題中最重要問題，「麵包運動」是一切社會運動中最重要的運動，人們的「生活」不是卑下的而是「神聖」的，從法蘭西大革命到俄國的「十月革命」，歷史證明了「饑餓」是「變革的原動力」。在這裡一切都是通俗明快、晶瑩透澈的，但又具有振聾發聵、耐人尋味的力量。這是李大釗雜文藝術的又一特點。李大釗在〈物質和精神〉中說：

> 物質上不受牽制，精神上才能獨立。教育家為社會傳播光明的種子，當然要有相當的物質維持他們的生存。不然，饑寒所驅，必至改業或兼業他務。久而久之，將喪失獨立的人格，精神界的權威，也保持不住了。

這種對於「物質」和「精神」關係的理解和宣傳，在五四時期人們片面崇尚「理性」萬能的情況下，帶有撥正航向的指導意義。

李大釗嚴正駁斥那種認為勞動人民是「低級勞動者」(〈低級勞動者〉) 的謬論，他認為只有勞動者的生活，才是「人的生活」，只有他們才是世界的「光明」，而那些「不事生產」的「惡魔們」、「強盜們」是世界的「黑暗」，一出現就把「人的世界變成鬼的世界」(〈光明與黑暗〉)。在〈誰是「有實力」者？〉中，李大釗寫道：「有人說『勝利終歸有實力者』，這話誠然不錯。可是到底誰是有『實力者』呢？是那些有錢的人麼？若是工人不甘作他的奴隸了，他那『實力』又在那裡？是那些帶兵的人麼？若是兵士不願聽他的指揮了，他那『實力』又在那裡？」這又是我們上面說過的李大釗部分隨感錄中，那種緊扣標題，使提問、反問、追問等相結合的獨特表達方法。作者一問到底，未作結論，但結論其實就包含在作者的追問和反問中。李大釗從馬克思主義的唯物史觀出發，宣傳無產階級和勞動人民自己解放自己的真理，在〈真正的解放〉中，他深刻指出：

> 真正的解放，不是央求人家「網開三面」，把我們解放出來。要靠自己的力量，抗拒衝決，使他們不得不任我們自己解放自己。不是仰賴那權威的恩典，把我們頸上的鐵鎖解開。是要靠自己的努力，把它打破，從黑暗的牢獄中，打出一道光明來。

也正是從這樣的基本觀點出發，李大釗號召知識分子同勞動人民相結合，他「盼望知識階級作民眾的先驅，民眾作知識階級的後盾」，他指出：「知識階級的意義，就是一部分人忠於民眾，作民眾運動的先驅。」(〈知識階級的勝利〉)

李大釗也有一些雜文是批判官僚政客、遺老遺少的腐朽的人生哲學，宣傳革命的人生觀的。他的那些宣傳革命人生觀的篇章，深邃的哲理和形象的比喻水乳交融，顯得特別精美，是他的偉大人格的昇華。

李大釗對人生觀問題非常重視。他常把人的改造和社會的改造連在一起。他認為馬克思歷史觀與以往形形色色「舊歷史觀」的一個重要區別，是舊歷史觀「把人當作一隻無帆、無楫、無羅盤針的棄舟，漂流於茫茫無涯的荒海中」，「給人以怯懦無能的人生觀」，新歷史觀，則「給人以奮發有為的人生觀」。

在李大釗看來，人區別於禽獸，他們應該有「人的活動」，「人的生活」。所謂「人的活動」和「人的生活」就是在時代川流不息的大生命洪流中，人應該愛惜時間，不空擲生命，腳踏實地、堅韌不拔地「工作」、「勞動」、「創造」，甚至犧牲寶貴的生命為人類光明進步事業作出貢獻。

李大釗辛辣諷刺、猛烈批判當時官僚政客，遺老遺少們的腐朽人生哲學。

在〈現在與未來〉這篇短評中，他指出：「現在一般墮落的人，大概都不知道人生是什麼東西。所以從人生上講，他們不但靡有將來，並且靡有現在。他們的現在不是他們的人生，是他們發舒獸欲的機會。他們有了工夫，就去嫖、去賭、去撥弄是非，奔走權要。想出神法鬼法，去弄幾個喪良心的金錢，拿來滿足他們的獸欲……依我看來，這種生活，簡直是把人生的活動，完全滅盡。」〈哭馮國璋〉這篇隨感錄採取以「哭」為「罵」的寫法，在歷數這位著名的官僚政客在世時的劣跡以後，談到了嚴肅的人生問題，他指出：「馮氏的人生，也是一幅很潔白的畫幅，怎麼糟蹋到這樣！而且就這樣結局了！

回頭看來，我們總覺得他是空空擲掉了一生，我們總覺得他的身後，只剩了空虛和寂寞。」隨感錄〈死動〉斥日本的浪人會和中國的遺老、遺少「逆著世界大勢」，「倒行逆施往死路走」，不是「人生的活動」，而是「死動」，後來只剩下一個「死」連「動」也不動了。在〈時間浪費者〉中，李大釗批評中國人不愛惜時間，就是無謂地犧牲人的寶貴的「生命」，他說：「中國人都是時間浪費者，都是生命犧牲者。若叫中國人犧牲他的生命，他是萬萬不肯的。可是天天都在犧牲，卻一點也不愛惜。時間就是生命，浪費了時間就是犧牲了生命。」經過時間的淘洗，李大釗當年說的這些話，至今還是很有啟發意義的。李大釗認為勞動者的生活，「都是人的生活」，他們「靠著工作發揮人生之美」(〈光明與黑暗〉)。「耕讀作人」，是「一句絕好的新格言」(〈工讀（一）〉)。「工讀打成一片，才是真正人的生活」(〈工讀（二）〉)。「我們的生活」，「就是不斷的創造新生活」(〈又是一年〉)。李大釗論述革命人生觀的最閃光部分，是他論犧牲精神的那些精美雋永的格言。在隨感錄〈雙十字上的新生活〉中，李大釗在談到「愛」與「犧牲」的關係時說：

> 實行這個「愛」字，必須有犧牲的精神。愛人道，便該為人道犧牲。愛真理，便該為真理犧牲。愛自由，便該為自由犧牲。愛平等，便該為平等犧牲。愛共和，便該為共和犧牲。愛便是犧牲，犧牲的精神，便是愛。
>
> 有一種美景物美境域在我們面前，我們不可把它拿來作我們的犧牲。因為犧牲了它，決不是愛了它。我們當真愛他，應該把我們自己犧牲給他。把我們自己犧牲給他，他的美善，才能為我們所享受，所獲得。愛的法則，即是犧牲的法則。

這說得多麼好啊！以〈犧牲〉為題的隨感錄更把這種「愛真理，便該為真理犧牲」的博大而崇高的革命人生觀發揮得更充分更深刻了。李大釗莊嚴豪邁地說：

> 人生的目的，在發展自己的生命，可是也有為發展生命必須犧牲生命的時候。因為平凡的發展，有時不如壯烈的犧牲足以延長生命的音響的光華。絕美的風景，多在奇險的山川。絕壯的音樂，多是悲涼的韻調。高尚的生活，常在壯烈的犧牲中。

這是革命哲理和詩的形象的完美統一，這是對共產主義戰士的革命人生觀的精美概括，這是作者偉大人格的「音響和光華」的詩意昇華。

第八章
錢玄同、劉半農的雜文

第一節　錢玄同的雜文

錢玄同和劉半農是《新青年》同人中另兩位雜文家。錢玄同（1887-1939），原名夏，號疑古，浙江吳興人，著名音韻學家。一九〇四年與友人合辦《湖州白話報》。一九〇六年留學日本，參加同盟會，曾從章太炎治「小學」。一九一〇年畢業回國。一九一三年任教於北京高等師範學校。一九一七年起，兼任北京大學國文系教授，同時參加《新青年》編輯部，和陳獨秀一起提倡「文學革命」。「五四」後，任北京師大國文系主任，參加《語絲》社，並從事文字改革工作。抗日戰爭時期北平淪陷，表現了很高的民族氣節。「五四」時期，錢玄同在《新青年》和《國民公報》的「寸鐵」欄發表雜文。他的雜文多為「隨感錄」、「雜感」、「通信」和《新青年》的編者按語；內容主要是兩個方面，一是談論「文學革命」和文字改革問題，一是進行文明批評和社會批評；思想激烈深刻，文字潑辣放恣，有一種大破大立的氣勢，給人印象深刻，影響很大。中國現代文學史上第一篇近於白話國語的議論散文是錢玄同在《新青年》（三卷六期）上與陳獨秀討論「關於漢字改行左行橫排的意見及文學、白話文等問題」的論學書，在這篇通信裡，他建議《新青年》從第四卷第一號起改用橫排，專登白話。錢玄同文學革命的態度，還可以在他和陳獨秀與胡適的「通信」中看出。他不無偏激地把「桐城」古文和「文選」派斥為「謬種」和「妖孽」，列為「文學革命」對象。在《嘗試集》〈序〉（1918）中，他堅決主張用白話代替文言，號召人們「用質樸的文章，去鏟除階級制度裡野蠻的款式」，反對「總要和平民兩樣，才可以使他那野蠻的體制尊崇起來」的「獨夫民賊」。在〈中國今後之文字問題〉（1918）中，他還提出不讀古書，不用漢語改用世界語的偏激主張。「廢漢字」是錢玄同一時偏激之言，他實際上是漢字改革的先行者。錢玄同在論述文學革命問題時，總是把它和社會革命聯結起來，較胡適要激進得多。他是國學大師章太炎的「高足」，他關於「文學革命」的主張特別引人注目，陳獨秀在一篇通信的復語中就說：「以（錢）先生之聲韻訓詁大家而提倡通俗的新文學，何憂全國不景從也。」以後黎錦熙在〈錢玄同先生傳〉中也說過類似的話。錢玄同除了上述學術性和戰鬥性很強的「論學書」的雜文外，另一類雜文是尖銳的社會批評。他在《新青年》上發表〈隨感錄〉（二九）痛斥「遺老」、「遺少」就犀利悍潑，極具力度：

> 中華民國成立之後，有一班「大清國」「伯夷、叔齊」在中華民國的「首陽山」裡做那「義不食周粟」——他們確已食下民國之粟，而又不能無「義不食粟」之美名，所以我替他照著舊文，寫一個「周」字，可以含糊一點，——的「遺老」。這原是列朝「鼎革」以後的「譜」上寫明白的，當然應該如此，本不足怪。但是此外又有一班二三十歲的「遺少」大倡「保存國粹」之說。我且把他們保存國粹的成績隨便數他幾件出來：
> 垂辮，纏腳，吸鴉片煙；叉麻雀，打撲克；磕頭，打拱，請安；「夏曆壬子年——戊午年」；「上巳修禊」；迎神，賽會；研究「靈學」，研究「丹田」；做駢文，「古文」，江西派的詩；臨什麼「黃太史」「陸殿撰」的「館閣體」字；做「卿卿我我」派；或「某生者」派的小說；崇拜「隱寓褒貶」的「臉譜」；想做什麼「老譚」「梅郎」的「話匣子」；提倡男人納妾，以符體制；提倡女人貞節，可以「猗歟盛矣」。

錢玄同和劉半農也是《語絲》上有影響的雜文家。錢玄同在《語絲》上發表了〈恭賀愛新覺羅·溥儀君遷升之喜並祝進步〉、〈敬告遺老〉、〈關於反對帝國主義〉，仍然保持了《新青年》時代那種汪洋恣肆、悍潑老辣的雜文風格，但有鮮明的政治色彩。他痛斥封建統治者是「四狗眼，獨眼龍，爛腳阿二，缺嘴阿四」(〈恭賀愛新覺羅·溥儀君遷升之喜並祝進步〉)，認為：「反對帝國主義，簡直是咱們中國人今後畢生的工作」(〈關於反對帝國主義〉)，對中國國民的愚昧和奴性進行激烈批判（〈中山先生是「國民之敵」〉)，大聲疾呼在中國進行深入持久的「喚醒國人」的思想啟蒙，認為這才是比什麼都重要的「救命工作」(《關於反抗帝國主義》)。錢玄同思想相當偏激，他曾提議廢棄漢字、「全盤承受」西方文化的錯誤主張。魯迅曾對許廣平說：「……其實暢達也有暢達的好處，正不必故意減縮（但繁冗則自應刪削)。例如玄同之文，即頗汪洋，而少含蓄，使讀者覽之了然，故於表白意見，反為相宜，效力亦復很大。」(《兩地書》) 對錢玄同的雜文評價很高。

第二節　劉半農的雜文

劉半農（1891-1934)，現代詩人、雜文家和語言學家。名復。江蘇江陰人。十五歲入常州中學讀書。辛亥革命時期在革命軍中任文書。後赴上海，任《中華新報》和中華書局編輯，曾以「半儂」筆名，發表過舊體小說和譯文。《青年雜誌》創刊後，為該刊重要撰稿人。一九一七年任北京大學預科教授，是「五四」新文化運動的積極倡導者之一，寫過轟動一時的〈奉答王敬軒先生〉，並開始寫白話詩。一九二〇年春，赴法國留學，一九二五年獲法國文學博士學位。先後任北京大學國文系教授，北平大學女子文理學院院長。曾為《語絲》社成員。主要創作有詩集《揚鞭集》、《瓦釜集》、《半農雜文》，學術著作《中國文法通論》、《四聲實驗錄》。魯迅曾在〈憶劉半農君〉中對其作過公允評價。

劉半農曾在《新青年》、《語絲》和《世界日報》副刊上發表過不少有影響雜文，是一位有獨創風格的雜文家，其雜文（廣義雜文）曾結集為《半農雜文》（一、二集）出版。一九三四年四月十二日，劉半農在《半農雜文（第一冊）》〈自序〉裡，關於「雜文」和自己的雜文這樣寫道：

> 今稱之為「雜文」者，謂其雜而不專，無所不有也；有論記，有小說，有戲曲；有做的，有翻譯的；有莊語，有諧語；有罵人語，有還罵語；甚至於有牌示，有供狀；稱之為「雜」，可謂名實相符。
>
> ……
>
> ……我以為文章是代表語言的，語言是代表個人的思想感情的，所以要做文章，就該赤裸裸的把個人的思想情感傳達出來：我是怎樣一個人，在文章裡就還他是怎樣一個人，所謂「以手寫口」，所謂「心手相應」，實在是做文章的第一個條件。因此，我做文章只是努力把我口裡所要說的話譯成了文字；什麼「結構」、「章法」，「抑、揚、頓、挫」，「起、承、轉、合」等話頭，我都置之不問，然而亦許反能得其自然。所以，看我的文章，也就同我對面談天一樣：我談天時喜歡信口直說，全無隱飾，我文章中也是如此；我談天時往往要動感情，甚而至於動過度的感情，我文章中也是如此。你說這些都是我的好處罷，那就是好處，你說是壞處吧，那就是壞處；反正我只是這樣的一個我。我從來不會說叫人不懂的話，所以我的文章也沒有一句不可懂。

這裡，他使用的是廣義的雜文概念，即指一切散行的雜體文，他對自己雜文特點也做了自我概括。

誠如魯迅所說，劉半農是「《新青年》裡的一個戰士。他活潑勇敢，很打了幾次大仗。譬如罷，答王敬軒的雙鐄信，『她』字和『它』字的創造，就都是的。」早在一九一六年，劉半農就在《新青年》上發表讀書札記式的雜文〈靈霞館筆記〉，以後又發表一些隨感錄、「通信」、評論式的雜文，其中如〈奉答王敬軒先生〉、〈辟《靈學叢誌》〉、〈作揖主義〉、〈她字問題〉等都是轟動一時、傳誦不衰的戰鬥名篇。〈奉答王敬軒先生〉是劉半農和錢玄同合作搞的雙簧信，目的借這一場論駁，引起社會對新文化運動的重視，批駁那些反對新文化運動的典型觀點。錢玄同以王敬軒身分投書《新青年》，攻擊新文化運動，劉半農則以《新青年》記者名義分八點逐條批駁王敬軒的謬論，他的批駁富有雄辯性，很有說服力。在議論展開中，作者著意繪聲繪影描摹封建頑固派王敬軒的聲口和靈魂，他和錢玄同合作創造了這個既是虛擬又有相當典型概括意義的「王敬軒」這一雜文形象，使之成為新文化運動中「不學無術，頑固胡鬧」的封建頑固派代名詞。〈辟《靈學叢誌》〉是痛斥反科學搞封建迷信以騙人牟利的「靈學會」及其《靈學叢誌》的。宣傳科學，反對封建迷信，是新文化運動的戰鬥任務之一。劉半農痛斥搞「靈學會」的人是「妖孽」和「奸民」，逐條批駁《靈學叢誌》的奇談怪論，揭露他們搞封建迷信騙人牟利的卑鄙行徑，他憤怒抨擊《靈學叢誌》:「洋洋十數萬言之雜誌，僅抵得《封神傳》中『逆畜快現原形』一語！」〈作揖主義〉是用「遊戲筆墨」寫成的。他虛構了某日「清晨」，一連來了七個論客：前清遺老、孔教會長、京官老爺、京滬劇評家、鬼學家和王敬軒。他們每人都發表一通謬論，但作者根本不予置辯，都一一打拱「作揖」，彬彬有禮地將他們「禮送出境」。篇文在貌似謙恭之中，對這些醜類表示了極度的輕蔑。〈她字問題〉是劉半農以雜文形式寫成的一篇語言學論文，建議在中文中增加「她」和「它」。這是劉半農在語言學上的「創造」和貢獻。

在一九二四年至一九二七年之間的《語絲》前期，劉半農是「語絲」社中的重要雜文家。在同北洋軍閥和「現代評論」派的鬥爭中，劉半農寫了一些鋒芒犀利的雜文。〈悼「快絕一世の徐樹錚將軍」〉以貌似悼文形式嘲笑北洋軍閥官僚、日本帝國主義走狗徐樹錚將軍，〈「好好先生」論〉則先是盡情嘲笑被人稱為「好好先生」的北洋軍閥政府教育總長任可澄是「全無建白的庸人」，是「糊里糊塗的大飯桶」，而後歷數其鎮壓學生的政治劣跡。〈徐志摩先生的耳朵〉、〈罵瞎了眼的文學史家〉、〈奉答□□□先生〉則以嬉笑怒罵的謔而虐筆調嘲笑戲弄「現代評論」派代表人物徐志摩和陳西瀅，使其哭笑不得、狼狽不堪。三十年代初期，劉半農思想發生了變化，如魯迅所批評的，他「禁稱『密斯』」、「做打油詩，弄爛古文」，他再也寫不出戰鬥性的雜文，但在「九一八」事變後，在迫在眉睫的民族危機面前，劉半農的態度是鮮明的，他在〈反日救國的一條正路〉、〈三十五年過去了〉的雜文裡，反對「不抵抗」政策，堅決主張抗日。

劉半農的雜文創作數量不是太多，但藝術上很有特色，達到相當高的水準，他是一位有獨創風格的雜文家。

劉半農有傑出的諷刺和幽默才能。他的雜文善於敏銳捕捉批評對象荒謬可笑的喜劇性矛盾，加以突出誇張，繪聲繪色的描寫。〈作揖主義〉、〈悼「快絕一世の徐樹錚將軍」〉、〈罵瞎了眼的文學史家〉、〈徐志摩先生的耳朵〉等都是這方面的代表作。在〈作揖主義〉裡那七位魚貫登場的前清遺老、孔教會長、京官老爺、京滬劇評家、鬼學家和王敬軒，是一組妙不可言的喜劇形象，這些傢伙的自命不凡，同他們的語言無味、面目可憎，構成尖銳可笑的喜劇矛盾，劉半農敏銳機警地抓住了這一點，加以繪聲繪色的誇張性描寫，他讓他們自我表演，當堂出彩。他又以貌似謙恭實則輕蔑態度對待他們，令人覺得更加好笑。我們看他寫前清遺老的那一段文字：

> 譬如早晨起來，來的第一客，是位前清遺老。他拖了辮子，彎腰曲背走進來，見了我，把眼鏡一摘，拱拱手說：「你看！現在是世界不像世界了：亂臣賊子，遍於國中，欲求天下太平，非請宣統爺正位不可。」我急忙向他作了個揖，說：「老先生說的話，很對很對。領教了，再會罷。」

對於其他六位論客，劉半農都如法炮製，造成全文極其強烈的諷刺幽默的喜劇氣氛。劉半農在其他雜文裡對徐志摩和陳西瀅的諷刺和嘲笑也是運用同樣手法，他找出他們身上可笑之點，緊緊咬住不放，放開手腳大做文章，把諷刺對象挖苦調侃得體無完膚。酣暢恣肆，痛快淋漓，這就是劉半農雜文諷刺幽默的特色。

劉半農的雜文還有很少人能企及的本領，那就是他能把一些抽象枯燥的學術問題寫成詼諧幽默，趣味盎然的雜文。這是由作家的幽默天性和才能決定的。在〈奉答王敬軒先生〉裡，劉半農的這種個性和才能已初露端倪，在這方面最典型的是雜文〈打雅〉。篇文是談漢語中動詞「打」的種種用法。作者這樣寫道：

> 這年頭兒「打」字是很時髦的。你看，十五年來，大有大打，小有小打，南有南打，北有北打，早把這中華民國打得稀破六爛，而嗚他媽呼，打的還在打！
> 無論那一種語言裡總有幾個意義含混的「混蛋字」，有如英語中的「take」與「get」，法語中的「prendre」與「rendre」。我們中國語裡，這「打」字也就混蛋到了透頂。現在把它的種種不同的用法，就我想到的，寫出幾個來。「打」字從「手」，「丁」聲，其原義當然就是「打一個嘴巴」、「打破飯碗」、「打

鼓罵曹」的「打」。與這原義全不相干的用法，卻有：

一、打電話　　用電話機說話也。

二、打電報　　拍發電報也。

……

一百、打滾　　翻滾也。例：在地上打滾。

這篇雜文寫於一九二六年，至一九三二年收入《半農雜文》（第一冊）時，他在「附記」裡說：「從那時起，直到現在，我搜集到的關於『打』字的詞頭，已有八千多條了。」嚴肅的語言學術問題能寫成這樣有趣的妙文確不多見，大約只有以後魯迅論中國文字變遷的《門外文談》才可與之媲美吧。

劉半農的雜文善於製造諷刺幽默的喜劇氣氛，善於調侃嘲弄批評物件，但不善於縝密分析和深透說理，這影響了他的雜文的思想深度。

第九章
胡適、陳西瀅的雜文

第一節　胡適的雜文

胡適（1891-1962），原名洪騂，後改名適，字適之，安徽績溪人。一九一〇年赴美國留學，師從著名實用主義哲學家杜威。一九一七年以論文《先秦名學史》獲哥倫比亞大學博士學位。回國後任北京大學教授、北京大學文學院院長，輔仁大學教授，一九三八年任中華民國駐美大使，一九四九年，離開大陸去美國，一九五七年，出任臺灣當局駐聯合國「代表」。一九五八年定居臺灣，任中華民國中央研究院院長。是著名作家、學者和思想家。胡適的主要著作有《先秦名學史》、《白話文學史》（上）、《中國哲學史大綱》（上）、《戴東原的哲學》、《說儒》、《水經注》研究等，此外尚有《胡適文存》、《胡適文存》二集、《胡適文存》三集、《胡適論學近著》、《藏暉室近著》、《胡適手稿》、《胡適選集》、《胡適口述自傳》等在文學上，胡適的主要貢獻在於文學革命理論的倡導和新詩創作的探索上。在「五四」運動時期，胡適參加過《新青年》和《每週評論》的編務，以後又主編過《努力週報》和《獨立評論》，又是《現代評論》和《新月》的撰稿人，他也寫過不少散文和雜文。胡適作為新文化運動先驅者之一，作為新民主主義革命時期資產階級自由主義和改良主義知識分子的首席代表，他的雜文創作數量不是太多，但有其獨特的思想和理論內涵，在藝術上也有自己的特色，其中如〈差不多先生傳〉、〈名教〉、〈《吳虞文錄》序〉和〈不朽——我的宗教〉等，可視為二十世紀中國雜文史上的名篇。

作為新文化運動的先驅，胡適堅決反對舊文化倡導新文化，突出強調培植和高揚理性批判精神。在〈少年中國之精神〉裡，胡適指出要「造成少年的中國，第一步便須有一種批評的精神」，因為「一切習慣、風俗、制度的改良，都起於一點批評的眼光」。在〈新思潮的意義〉裡，胡適對這種「理性批判精神」作了更具體的闡釋。他認為陳獨秀把「新思潮」概括為「科學」和「民主」失於「籠統簡單」，他補充說，「新思潮的根本意義只是一種新態度。這種新態度可叫做『評判的態度』。」這種「評判的態度含有幾種特別的要求」，即「對於習俗相傳下來的制度風俗」、「對於古代遺傳下來的聖賢遺訓」、「對於社會上糊塗公認的行為與信仰」等等，都要「重新分別一個好與不好」，尼采的「重新估定一切價值」這八個字「便是評判的態度的最好的解釋」。胡適又說，「這種評判的態度，在實際上表現時，有兩種趨勢。一方面是討論社會上、政治上、宗教上、文學上的種種問題。一方面是介紹西洋的新思想、新學術、新文學、新信仰。前者是『研究問題』，後者是『輸入學理』。這兩項是新思潮的手段。」胡適歸結說，「新思潮的唯一目的是什麼呢？是再造文明。」這裡，胡適所說的「批評的精神」和「評判的態度」，也就是「理性批判精神」，包含著「破舊立新」的破壞和建設兩個方面，同以後魯迅所說「社會批評和文明批評」有近似之處。「理性批判精神」構成胡適雜文的生命和靈魂，是我們理解胡適雜文的根本出發點。

胡適的雜文包含以下幾方面內容：對中國傳統文化的剖析和批判；對中國國民劣根性的剖析和否定；對新文化運動戰士的讚美；對「小我」融入「大我」的人生觀的宣傳，以及執拗地鼓吹「一點一滴」漸進改良的政治主張。

一般說，胡適對中國傳統文化是「貶」過於「褒」，否定多於肯定的，有一陣，他還支持過陳序經的「全盤西化論」，招來不少批評。〈名教〉一文，可視為胡適對中國傳統文化和傳統文化心理的諷刺和批判。

在〈名教〉裡，胡適說，中國是一個沒有宗教的國度，但他又說，其實在中國還是有一種大家看不見、覺不到的宗教，這就是「名教」，即幾千年來，從上到下，從雅到俗，人們對文字（即「名」）的崇拜和迷信，所以，中國是個「名教」國，仍是一個有宗教的國家。胡適從中國人給孩子起名，孩子病了給孩子「叫魂」，豆腐店老頭、鄉紳、失意文人張貼「發財」「升官」等吉利的對聯，以及剛上臺執政一年多的國民政府，天天喊口號，到處貼標語，搞各種有名無實的紀念節和紀念會，指出中國是個地地道道，不折不扣的有名無實，只重形式不重實效的「名教」國，「口號」國，「標語」國。如同醫生看病一樣，胡適從病象追索造成這種痼疾沉疴的病根，分析了造成中國成為可笑而又可悲的「名教」國的思想文化根源。他指出其認識論的根源，在於人們迷信「名」（文字）是有「靈魂」和「神力」的謬誤，文化上的根源，則在於孔子《論語》裡的「正名」學說，及其《春秋》裡的寓「褒貶」，正「名分」的理論。胡適也給這種徒尚空談、迷信形式的「名教」國病症開出診治的藥方，那就是他改造了古人的名言：「治國不在口號標語，顧力行何如耳」，「但願實諸所有。慎勿實諸所無。」即變「唯名」為「唯實」。這篇雜文的「末了」，深惡痛絕「口號」「標語」氾濫成災的胡適，竟也編了兩句口號標語收結全文：「打倒名教！」「名教掃地，中國有望！」顯得相當幽默。從雜文創作美學角度看，〈名教〉一文，從中國人對「名」（文字）以及同類的有名無實的種種形式的崇拜和迷信，從一個獨特角度對中國傳統文化和傳統文化心理作了剖析和批判，文章有鮮明學術文化色彩，有發人深省的思想深度，顯示了作者對生活的難得的獨特發現、獨特開掘和獨特概括才能，顯示了作者的學者和思想家的風采。

〈差不多先生傳〉是胡適解剖和批判中國國民劣根性的代表作。在此文裡，胡適以誇張的漫畫筆法創造了他稱為「中國全國人的代表」的「差不多先生」這一類型性的雜文形象。這位「差不多先生」

昏庸糊塗、愚昧麻木，至死不悟。他分不清紅糖和白糖，陝西和山西，十和千，今天和明天，人醫和獸醫，在他看來，這一切都是「差不多」，無須加以認真區分的。到他快死時，他還認為生和死也是「差不多」的，「何必太認真呢？」更加奇怪的是，「差不多先生」死了，人們居然讚揚他是「一位有德行的人」，給他起了「圓通大師」的法號，他的名譽居然「越傳越廣，越久越大，無數無數的人都學他的榜樣。於是人人都成了一個差不多先生」，「中國從此就成了一個懶人國了」。胡適的「差不多先生」是諷刺和嘲笑相當一部分中國人糊塗而不認真的性格弱點，這個雜文形象是生動的，有相當的典型概括意義。

胡適在多篇雜文裡讚美新文化運動的猛將陳獨秀和吳虞。陳獨秀在「五四」後的「六三」事件中被捕，胡適在《每週評論》上的「隨感錄」裡讚美陳獨秀的「人格」，在〈《吳虞文錄》序〉裡，胡適稱陳獨秀和吳虞是「攻擊孔教最力的兩位猛將」，他稱吳虞是中國思想界的「清道夫」，是「四川省隻手打倒孔家店的老英雄」。〈《吳虞文錄》序〉是一篇極富詩情和哲理的散文詩式的雜文，讓人聯想到以後魯迅的雜文名篇：〈白莽作《孩兒塔》序〉。篇文開頭，有這樣富於詩美的文字：

> 凡是到過北京的人，總忘不了北京街道上的清道夫。那望不盡頭的大街上，迷漫撲人的塵土裡，他們抬著一桶水，慢慢的歇下來，一勺一勺的灑到地上去，灑的又遠又均勻。水灑著的地方，塵土果然不起了。但那酷烈的可怕的陽光，偏偏不肯幫忙，他只管火也似的灑在那望不盡頭的大街上。那水灑過的地方，一會兒便曬乾了；一會兒風吹過來或汽車走過去，那迷漫撲人的塵土又飛揚起來了！灑的儘管灑，曬得儘管曬。但那些藍襖藍褲露著胸脯的清道夫，並不因為太陽和他們作對就不灑

水了。他們依舊一勺一勺的灑將去，灑的又遠又均勻，直到日落了，天黑了，他們才抬著空桶，慢慢地走回去了，心裡都想道，「今天的事做完了！」

吳又陵先生是中國思想界的一個清道夫。他站在那望不盡頭的長路上，眼睛裡，嘴裡，鼻子裡，頭頸裡，都是那迷漫撲人的孔渣孔滓的塵土，他自己受不住了，又不忍見那無數行人在那孔渣的塵霧裡撞來撞去，撞的破頭折腳。因此，他發憤做一個清道夫，常常挑著一擔辛辛苦苦挑來的水，一勺一勺的灑向孔塵迷漫的大街上。……

作者以艱苦卓絕的「清道夫」比喻吳虞，以「迷漫撲人的孔渣孔滓的塵土」比喻吳虞要堅決掃除的孔孟之道，意象新穎，描寫生動，把他所要褒貶的對象，浮雕似地站立在讀者眼前，並誘發他們的無窮思致，這比那種只是一味抽象枯燥地發議論，效果要好得多。

人生觀問題的探討，也是胡適在「五四」時期雜文創作的一個主題。〈少年中國之精神〉、〈新生活〉、〈人生有何意義〉、〈非個人主義的新生活〉、〈個人自由與社會進步──再談五四運動〉、〈不朽──我的宗教〉，以及論文〈科學的人生觀〉等都集中探討當時人們，特別青年人關注的人生觀問題。

一般說，胡適倡導一種積極向上有意義的人生。在〈人生有何意義〉之一的〈答某君書〉中，胡適指出：

生命本沒有意義，你要能給它什麼意義，它就有什麼意義。與其終日瞑想人生有何意義，不如試用此生作點有意義的事。……

在該文之二的〈為人寫扇子的話〉裡，他引了王荊公的一首小詩：

> 知世如夢無所求，無所求心普空寂。
> 還似夢中隨夢境，成就河沙夢功德。

他接著發揮說：「人生固然不過一夢，但一生只有這一場做夢的機會，豈可不努力做一個轟轟烈烈像個樣子的夢？豈可糊糊塗塗懵懵懂懂混過這幾十年嗎？」

胡適在〈非個人主義的新生活〉裡，他援引他的美國老師杜威的觀點。杜威把「個人主義」區分為「假個人主義」即「為我主義」、「真個人主義」即「個性主義」。胡適反對那種「極端為我主義」的個人主義，反對那種「自私自利的個人主義」，他特別反對那些更能迷惑人的「獨善的個人主義」，如「宗教家的極樂園」、「神仙生活」、「山林隱逸生活」、「近代的新村生活」（即日本武者小路實篤和中國的周作人鼓吹的「新村主義」），他主張關心中國社會改造（「一點一滴的改造，一尺一步的改造」）的「非個人主義的新生活」或稱「社會的新生活」。胡適宣傳的這種人生觀，包含著積極的合理的因素。

胡適把這種「非個人主義的新生活」的人生觀，在他精心寫作的〈不朽——我的宗教〉一文中加以系統化和哲理化了。在那裡，胡適指出人是追求「不朽」的，有兩種「不朽」論，一是范縝在《神滅論》裡批駁過的宗教所認為的「靈魂不滅」論；二是《左傳》裡所說的「立德」、「立功」、「立言」的「三不朽」論。而胡適則宣傳一種個人的「小我」融入社會的「大我」的「社會的不朽」論，即個人的自我奮鬥融入社會的改造發展中。胡適以飽含詩意和哲理的文字闡釋說：

> 我這個「小我」不是獨立存在的，是和無量數小我有直接或間接的交互關係的；是和社會的全體和世界的全體都有互為影響的關係的；是和社會世界的過去和未來都有因果關係。種種從前的因，種種現在無數「小我」和無數他種勢力所造成的因，

都成了我這個「小我」的一部分。我這個「小我」，加上種種從前的因，又加上了種種現在的因，傳遞下去，又要造成無數將來的「小我」，和種種將來無窮的「小我」，一代傳一代，一點加一滴；一線相傳，連綿不斷；一水奔流，滔滔不絕：這便是一個「大我」。「小我」是會消滅的，「大我」是永遠不滅的。「小我」是有死的，「大我」是永遠不死，永遠不朽的。「小我」雖然會死，但是每一個「小我」的一切作為，一切功德罪惡，一切語言行事，無論大小，無論是非，無論善惡，一切都永遠存留在那個「大我」之中。那個「大我」，便是古往今來一切「小我」的記功碑，彰善祠，罪狀判決書，孝子慈孫百世不能改的惡謚法。這個「大我」是永遠不朽的，故一切「小我」的事業，人格，一舉一動，一言一笑，一個念頭，一場功勞，一樁罪過，也都永遠不朽。這便是社會的不朽，「大我」的不朽。

胡適的雜文創作不多，但他的某些雜文名篇顯示了他作為學者和思想家風采，在雜文史上占有一席之地。周作人說：「中國散文中現有幾派，適之仲甫一派的文章清楚明白，長於說理講學，好像西瓜之有口皆甜。」

第二節　陳西瀅的《西瀅閒話》

陳西瀅（1896-1970），原名陳源，字通伯，筆名西瀅等。江蘇省無錫人。一九一二年赴英國留學，一九二二年獲博士學位。回國後任北京大學外文系教授。一九二四年十二月，他和王世杰、胡適等創辦《現代評論》週刊，負責處理文藝稿件和「閒話」專欄。一九二九年出任武漢大學文學院院長。一九四六年任國民黨政府駐聯合國教科文組織常駐代表。一九六六年辭職。著作有雜文集《西瀅閒話》(一九二八年六月新月書店出版)，還有翻譯《父與子》等多種。陳西瀅是「現代評論」派的主要雜文作家。

《現代評論》在創刊的〈本刊啟事〉中標榜「獨立精神」:

> 本刊內容，包含關於政治、經濟、法律、文藝、哲學、教育、科學各種文字。本刊精神是獨立的，不主附和的；本刊的態度是研究的，不尚攻訐；本刊的言論趨重實際問題，不尚空談。凡對本刊，願賜佳作者，無論為通信或論著，俱所歡迎。本刊同人，不認本刊純為本刊同人之論壇，而認為同人及同人的朋友與讀者的公共論壇。

在《現代評論》創刊一週年之際，陳西瀅在〈表功〉一文裡，談到該刊的特色，一是:「在『黨同伐異』的社會裡，有人非但攻擊公認的仇敵，還要大膽的批評自己的朋友，在提倡民權的聲浪中，有人非但反抗強權，還要針砭民眾，有人本科學的精神，以事實為根據的討論是非」；二是:「所有的批評都本於學理和事實，絕不肆口謾罵。這也許是『紳士的臭架子』。」《現代評論》是一以評論為主的綜合性刊物，代表的是當時的資產階級知識分子的自由主義和改良主義的思想傾向，反映了這類知識分子思想的矛盾性和複雜性。這個刊物，並不像〈本刊啟事〉所宣稱的，始終都能堅持其「獨立的，不主附和的」的精神，也不像陳西瀅所標榜的「所有的批評都本於學理和事實，絕不肆口謾罵」的。一般說來，「現代評論」派成員，是不滿軍閥混戰及其反動統治的，也反對帝國主義侵略的，但他們的反抗是不堅決也不徹底的，在政治上，他們對段祺瑞政抱有幻想，存在著始而附段的另一面；而對革命群眾和青年學生的革命愛國行動，他們是不支持甚而是堅決反對的，表現出了「紳士的臭架子」。陳西瀅的雜文，集中反映了這種資產階級自由主義和改良主義知識分子思想的矛盾性和複雜性。

陳西瀅寫過一〇七則「閒話」，結集為《西瀅閒話》出版時只有七十八篇，其中攻擊北京女子師大學生運動，同魯迅為代表的「語絲」派論戰的篇什，基本上不收入集子。西瀅「閒話」是《現代評論》雜誌中最毀譽蜂起，聚訟紛紜的。從思想上看，《西瀅閒話》對軍閥混戰、軍閥的反動腐敗統治表示深刻的不滿，對英、日帝國主義在「五卅」慘案中的血腥暴行給予揭露和批評，對段祺瑞政府在「三一八」事件中屠殺愛國學生暴行也進行了有節制的批評，堅決支持新文化運動，批判「國粹」派的復古倒退言行，總的來看並沒有什麼特別驚人和深刻之處；在雜文創作藝術上，有意借鑑英國的艾狄生、斯梯爾隨筆的「雍容幽默」，隨意自由，進行並非完全成功的有益嘗試。

〈行路難〉、〈模範縣與毛廁〉、〈東西文化交流〉、〈共產〉等是《西瀅閒話》裡暴露當時中國黑暗現實的較好篇章。由於軍閥「鎮威上將軍」控制了津浦鐵路沿線，造成了「行路難」的局面。鐵路上有軍閥官兵的騷擾，旅館裡多的是蒼蠅蚊子臭蟲，軍閥割據，幣制不一，更使旅客苦不堪言。篇文從「行路難」這一角度揭露軍閥反動統治，構思上頗具特色。〈模範縣與毛廁〉一文，標題就讓人覺得滑稽。號稱「模範縣」的無錫，商人以建毛廁來牟利，大街小巷遍佈毛廁，結果臭氣沖天，蚊蠅成群。篇文有力鞭撻商人們「要錢不要命」的醜惡心理。〈東西文化交流〉一文，針對西北邊防督辦張文江在一個通電中聲稱：「我中華……物質雖不及他國，而文化之優異有足多者」的謬說，批駁說：「這句話引起我們的注意後，不到幾天，就有了很好的證明。真的，像三月十八日那樣的慘殺愛國民眾，只有文化優異的中國才看得到。」〈共產〉一文，完全是一派尖銳反諷口吻。作者並不掩飾他的反共觀點，但他說，國情特殊的中國，「在實行共產制度方面是很有成績的」，那就是「富人去共窮人的產，官僚去共平民的產」。

《西瀅閒話》裡較有價值的篇章是那些文藝評論性的雜文。如〈民眾的戲劇〉、〈小劇院的試驗〉、〈洋錢與藝術〉、〈創作的動機與態度〉、〈法郎士先生的真相〉、〈羅曼羅蘭〉、〈線裝書與白話文〉、〈再論線裝書〉、〈空谷蘭電影〉、〈新文學運動以來的十部著作〉（上、下）。這類文藝評論性的雜文，看不到作者的那種政治偏見和「紳士的臭架子」，更多看到作者的文藝素養和學者風度。其中〈新文學運動以來的十部著作〉（上、下）是最著名的。作者分別推薦了十一部有影響的著作，包括吳稚暉的《一個新信仰的人生觀及宇宙觀》、胡適的《胡適文存》、顧頡剛的《古史辨》、魯迅的《吶喊》、郁達夫的《沉淪》、郭沫若的《女神》、徐志摩的《志摩的詩》、丁西林的《一隻馬蜂》、楊振聲的《玉君》、冰心的《超人》、白薇的《麗琳》，大體上立論公允而中肯。

西瀅「閒話」在當時的知識界讀者中還是有一定影響的。陳志潛曾給西瀅寫信說：「先生近來在《現代評論》發表文章，總用『閒話』來標題，人最愛聽閒話，所以《現代評論》的讀者，總不能把『閒話』這一欄輕易放過。」[1] 一九六三年《西瀅閒話》在臺北重版時，梁實秋在〈序〉中給予極高評價：「陳西瀅先生的文字晶瑩剔透，清可鑑底，而筆下如行雲流水，有意態從容的趣味。」又說：「陳西瀅先生的《西瀅閒話》大概是在民國一十四年左右發表在《現代評論》的，當時成為這個刊物中最受人歡迎的一欄，我當時覺得有如阿迪孫與史提爾的《旁觀報》的風格。」一九七四年，梁實秋在《看雲集》〈悼念陳通伯先生〉中又說：「《西瀅閒話》一直是新月的一部暢銷書，不僅內容豐富，文筆之優美也是引人入勝的。」這種評價未免有揄揚過當之嫌。

據實而論，陳西瀅在其雜文創作中確實有意借鑑英國隨筆大師艾

1　〈西醫問題討論〉，見《西瀅閒話》。

狄生和斯梯爾，追求一種「雍容幽默」，隨意自如的筆調和風格，他確實也寫出過某些稱得上「雍容幽默」的佳作，如〈「報娘恩」〉即是具例：

> 聽見人說，五一運動那一天，有一個少年坐在洋車上連連的用手杖打車夫說「快跑，快跑，我要趕到勞工大會去演說呢！」這個笑話叫我想起吳老先生[2]說的一個笑話來。南方有一種香會名字叫「報娘恩」。有一個鄉下少年罵他的母親道：「你這個老不死的老太婆，還不趕快給我燒飯，我吃了飯要去燒報娘恩香呢？」這個鄉下少年同那位新青年倒是很好的一對。可是，也不僅少年如此吧！

類似這種「雍容幽默」，有趣雋永的篇什在《西瀅閒話》裡不是太多，作者有時陷於政治偏見和「紳士的臭架子」，常以尖酸刻薄文字攻擊青年學生和中國民眾，如他在〈粉刷毛廁〉裡說北京女師大學生的革命行動是「粉刷毛廁」，支持她們正義行動的魯迅等是「暗中挑剔風潮」，在〈參戰〉裡他以「這樣的中國人，呸！」來呵責中國民眾。綜觀《西瀅閒話》，前半部文字生澀平板，後半部趨於流利暢達，隨意自如，至於說它「晶瑩剔透」、「行雲流水」，則作者力有未逮。

2　吳老先生指吳稚暉，吳稚暉是陳西瀅舅父。

第十章
現代雜文的成熟

第一節　內憂外患中雜文的豐富和成熟

中國現代雜文從「五四」思想革命和文學革命中誕生以來，伴隨新文學運動的發展深入，產生了大批名家，雜文創作極一時之盛。一九二七年大革命失敗後，現代雜文出現過短暫的沉寂期，但是正如恩格斯所說，「沒有什麼歷史的災難，不是以歷史的進步為補償的」，雜文創作也就在歷史轉折時期醞釀著新的變化發展。到了三十年代前期，伴隨著反帝、反封建熱潮的不斷高漲，名家繼出，新秀崛起，中國現代雜文呈現了全面豐收的局面。

從大革命失敗到抗日戰爭爆發這十年，是我國國內階級矛盾十分尖銳、民族危機十分嚴重的時期。一九三一年九月十八日，日本帝國主義公然侵佔了我國東北三省，次年一月二十八日，又發動了淞滬戰爭。隨後步步進逼，中華民族處於危機的關頭。可是，當局卻實行「攘外必先安內」的政策，發動內戰，對蘇區進行了五次軍事圍剿。對進步文化界則「一面禁止書報，封閉書店，頒佈惡出版法，通緝著作家，一面用最末的手段，將左翼作家逮捕、拘禁、秘密處以死刑」。

民族的危機，激起全國人民反帝愛國的熱情。反對內戰，救亡圖存，成為國人的普遍呼聲。十九路軍的抗日壯舉，「一二九」學生運動的激昂吼聲，西安事變的正義行動，一系列抗日救亡的群眾性運動，以不可遏止的氣勢，匯成了一股洶湧澎湃的爭取民族解放的熱潮。

在新的政治文化形勢下，雜文作家隊伍有了新的分化和組合。《語絲》社的魯迅、文學研究會的茅盾、共產黨人瞿秋白、參加「左聯」的創造社和太陽社某些成員，是當時革命戰鬥雜文創作的骨幹力量。《語絲》社中的林語堂，以後成了《論語》派的首領，周作人和劉半農成了《論語》的支持者。加上《新月》派的胡適、梁實秋，都算是有派別的雜文作者。還有一大批超然於派別之外的雜文作者，他們之中，有的雜文帶有明顯左翼色彩，自覺師法魯迅，有的大體上同左翼作家取同一步調，有的帶有若干進步傾向。

「左聯」成立以後，許多雜文家「階級意識覺醒了起來」，有了鮮明的社會責任感，有了明確的政治方向和寫作目的，反映重大的政治事件和社會現實成為他們的自覺追求，而這在「五四」時期一般還是處於自發狀態，因而在雜文體裁方面有許多新的開拓，主題也大為深化。雜文的體裁因表現現實的要求而產生新的品類，藝術技巧，特別是敘事的技巧也有所提高。「左聯」成立後，雜文在題材、主題、體裁、技巧等方面的變化，其影響十分深遠，可以說，在抗日戰爭時期直至解放後，還保持它的影響。

對外國散文的譯介，這時期也形成一股熱潮。成書出版的如梁宗岱譯的《蒙田散文選》，梁遇春譯的英國《小品文選》，謝六逸譯的《日本近代小品文》，繆崇群譯的《日本小品文》，魯迅譯的《思想·山水·人物》，黎烈文譯的《西班牙書簡》，戴望舒和徐霞村合譯的阿左林的《西萬提斯的未婚妻》，施蟄存譯的《西洋日記集》，卞之琳譯的《西窗集》，石民譯註的《英國文人尺牘選》等等，國別廣泛，品種多樣。文學期刊上刊載的散文譯作就更多了，法國的有蒙田、伏爾泰、拉馬丁、梅里美、波特賴爾、都德、法朗士、莫泊桑、羅曼·羅蘭、紀德等，英國的有蘭姆、斯威夫德、史梯文生、王爾德、毛姆、吉辛等，日本的有志賀直哉、芥川龍之介，藤森成吉、秋田雨雀、鶴見祐輔等，俄國的有普希金、赫爾岑、契訶夫和蘇聯的高爾基等，還有德國的尼采，美國的辛克萊，西班牙的阿左林等等。《論語》、《人間世》等刊物還刊出西洋幽默文譯介，西洋雜誌文評介，《文學》、《文藝月刊》等關於外國文藝家傳記的譯介等。從這些粗略的介紹，就足以證明這一時期對外國散文的引進的規模超過了第一個十年，這對散文的繁榮和發展，無疑起了很大的促進作用。

第二節　報刊對雜文的重視和推動

文藝期刊在政治高壓下力爭發展，對散文的日益繁榮起著重大作用。大革命失敗以後，當局壓制著言論自由和出版自由，「幾條雜感，就可以送命的」。政治壓力促使許多出版物或改弦易轍，或被迫停刊，「五四」時期著名的「四大副刊」——《國民日報》副刊「覺悟」、《時事新報》副刊「學燈」、「晨報」副刊和「京報」副刊到一九二七年前後陸續停刊或改版，失去了指導思想文化界的作用。一些老牌的文學刊物也多收斂先前的鋒芒，有些新創辦的期刊，或因政治色彩鮮明而遭到查禁，或因力量單薄而不成氣候。只有文學研究會系統和《語絲》社系統的一些刊物還在扶植散文創作。

在二十年代末期，以刊載雜文為主，而且影響較大的刊物仍是《語絲》。一九二七年十月，北洋軍閥查封了《語絲》，一九二七年冬，魯迅在上海接編《語絲》，一年後，推薦柔石繼任，一九二九年九月，李小峰編輯，一九三〇年三月停刊。大革命失敗之後，《語絲》社作家思想發生明顯的分化。他們原先提倡「自由思想，獨立判斷，和美的生活」，注重社會批評和文明批評，形成了一種「任意而談，無所顧忌，要催促新的產生，對於有害於新的舊物，則竭力加以排擊」的傾向。如今碰上不自由的時代，不得不改變文風。他們各人的思想本就「儘自不同」，現在處於重大抉擇關頭，各自的傾向性就鮮明地表現出來。魯迅這一時期進一步接受現實賦予的血的教訓，世界觀正醞釀偉大的質變，在《語絲》上發表一系列戰鬥雜文，後來脫離《語絲》，和郁達夫合辦過《奔流》，指導過《未名》，主要運用雜文這一銳利武器，戰鬥在思想文化戰線的最前列。《語絲》的另兩員主將，周作人和林語堂，這時大屠殺流露著不滿情緒，但他們懾於白色恐怖，世界觀中的封建士大夫的沒落情緒和個人主義、自由主義日漸抬頭，從「叛徒」向「隱士」方面轉化。周作人宣揚「閉戶讀書論」，專注於趣味主義，藉以避禍，成為新式士大夫的代表人物。他編過一陣《語絲》後，與徐祖正合辦《駱駝草》，連同俞平伯、廢名等走向超脫的道路。《駱駝草》繼承《語絲》注重散文隨筆的傳統，提攜過新進作者梁遇春、吳伯簫、馮至、李健吾等。與語絲作家群關係密切的刊物還有《北新》和《現代文學》。

創造社的文學刊物《創造月刊》、《綠洲》和《流沙》，太陽社的刊物《太陽月刊》，都刊登了一些書評、隨筆和文藝散文。蔣光慈、錢杏邨、龔冰廬等力圖描寫動盪中的底層生活鬥爭，在題材上有所開拓。當時，革命文學社會團開展「無產階級革命文學」的論爭，雜感短論尤為盛行。此外，立達學會的雜誌《一般》，孫伏園等的《貢獻》旬刊，新月派的《新月》月刊，等等，也給雜文闢出一塊園地，間有新作出現。

一九三二年底，黎烈文接編並改革了《申報》副刊「自由談」，在以魯迅為代表的左翼作家和廣大作家的支持下，繼承「五四」時期「覺悟」、「學燈」、「晨報」副刊的傳統，「成為新文學運動的燈塔」。「自由談」副刊注重雜文、隨筆、速寫、抒情散文，集中了許多散文作家。雜文方面，有魯迅、瞿秋白、茅盾、郁達夫、葉聖陶、胡風、王任叔、唐弢、陳子展等，此外，還有林語堂、曾今可、章克標、林徽音、林希雋等，甚至連文壇耆宿章太炎、柳亞子、吳稚暉也在《申報》副刊「自由談」發表雜文。《申報》副刊「自由談」是個類似當年的《新青年》那樣的文化統一戰線的副刊，唐弢說：「文壇現象，正反左右，一時都濃縮在「自由談」上。就報紙副刊而言，「自由談」確實感應敏銳，包羅萬象，可以說是『五四』以來編得相當熱鬧、相當活潑的一個。」魯迅、茅盾和瞿秋白是「自由談」上最重要的雜文作家。這其中特別是魯迅和瞿秋白聯手合作，用魯迅的筆名發表了十四篇雜文，更是人們傳誦不衰的文壇佳話。由於國民黨當局的壓迫，至一九三四年五月九日，黎烈文被迫辭去「自由談」編務，由張梓生接編，張在編輯「自由談」時，基本上是「蕭規曹隨」的。《申報》副刊「自由談」是三十年代初期影響最大的副刊，對中國現代雜文的發展產生過深遠的影響。唐弢寫道：「……陳子展（炳堃）教授，有一次對我說，如果要寫現代文學史，從《新青年》開始提倡的雜感文不能不寫；如果論述《新青年》以後的雜感文的發展，黎烈文主編的《申報》副刊「自由談」又不能不寫，這樣才說得清歷史變化的面貌。」這個評價是中肯的。

《中華日報》由聶紺弩主編的副刊「動向」，《立報》由謝六逸主持「言林」副刊，《大公報》由沈從文、蕭乾編輯「文藝」》副刊，以及《時事新報》副刊「青光」、「社會日報」等等，都為雜文廣開門路。專注於雜文的刊物還有《濤聲》、《新語林》、《芒種》、《太白》、《水星》、《雜文》（質文）、《論語》、《人間世》、《宇宙風》、《文藝風景》、《天地人》、《中流》、《光明》等等接連刊行，一九三三年和一九三四年分別被稱為「小品文年」和「雜誌年」，可見極一時之盛。一些大型文學刊物，如《萌芽》、《拓荒者》、《北斗》、《現代》、《文學》、《文學季刊》、《文學月刊》、《文藝月刊》、《文叢》、《作家》等刊均有雜文和文藝性散文。即便是一些綜合性雜誌，如《申報月刊》、《東方雜誌》、《青年界》、《中學生》、《生活週刊》等等，也要點綴一些「軟性」的散文隨筆。各書店競相出版和再版散文的專集、選集以至叢書，如巴金為文化生活出版社主編了「文學叢刊」，收入散文集甚多，靳以為良友主編了「現代散文新集」。報刊雜誌上散文園地的擴大，出版商熱心出版散文著作，這一事實說明一個散文寫作高潮業已形成，寫作和閱讀散文蔚成一時風氣。

第三節　主要雜文流派

阿英在《現代十六家小品》〈林語堂序〉裡，曾把三十年代中期紛紜複雜、熱鬧非凡的小品文創作，概括為三種「主義」，即魯迅的「打硬仗主義」，周作人的「逃避主義」，林語堂的「幽默主義」。這三種「主義」，代表了當時的三種小品文創作傾向和流派。這樣的概括，應該說是從事實出發，有相當的根據。但是，正如同任何概括那樣，很難周全。流派的劃分，本身就是一種侷限。流派不是一切，總有許多作家，很難以流派來劃分和界定的。譬如說：（一）在這個概括裡，就把以胡適、徐志摩、梁實秋等為代表的資產階級自由主義的「新月」派捨棄了，也把國民黨當局御用文人小品文創作捨棄了；（二）林語堂和周作人之間，在小品文創作上，存在著差異，但他們的小品文理論主張，又有很多共同點，即他們都鼓吹寫作「閒適」、「性靈」和「幽默」的小品文，都推崇晚明公安和英國的「閒適」、「性靈」和「幽默」小品文，這就是說，他們在小品文創作實踐和理論主張上，常常是南北呼應的，是二而一的；（三）除了當局御用文人雜文外，以上幾個雜文流派和不少劃不到哪個流派的進步作家，他們在創作上有差異，在理論有分歧、有爭論，甚而是相當激烈的爭論，但他們在主張抗日，反對國民黨的對日不抵抗政策，要求民主、自由，反對文化專制主義政策等方面，還是大同小異的。阿英只說它們的差異和分歧，而沒指出它們之間也有共同點，這是不全面的。

在這熱鬧繁雜的散文界，存在著兩種主要藝術傾向、兩種流派的鮮明對立，即「論語」派和「太白」派的抗爭。一九三二年九月，林語堂創辦《論語》半月刊，「論語」社由林語堂、全增嘏、潘光旦、李青崖、邵洵美、章克標等共同發起並贊助，林語堂是核心，徐訏和陶亢德是中堅，它與《駱駝草》的作者周作人、俞平伯、馮文炳、劉半農等「京派」文人相呼應，和《金屋月刊》的作者邵洵美、章克標等，以及一些氣味相投的同好如沈啟無、徐訏、陶亢德等，都提倡「幽默小品」和「趣味小品」；繼而創辦《人間世》（一九三四年四月），打出「以自我為中心，以閒適為格調」的旗號；後來還創辦了《宇宙風》，另外，簡又文主編的《逸經》半月刊，海戈主編的《談風》半月刊，黃嘉音、黃嘉德編輯的《西風》等，都是「論語」派的陣地。從而形成了以林語堂代為表的「論語」派。「論語」派是由一批紳士氣息相當濃厚的資產階級自由主義知識分子組成的雜文流派。它既反「普羅」又反「法西」，對現實的階級鬥爭採取超然的立場，對法西斯專政及其對日本侵略的不抵抗政策，有不平、有牢騷，但又脫離革命、脫離人民，反對左翼文藝運動，鼓吹創作「幽默」、「閒適」的、「以自我為中心」的小品文，情況相當複雜。它比這時的另一資產階級自由主義雜文派別——「新月」派，陣容和影響更大。在同「論語」派的抗爭中形成了「太白」派。所謂「太白」派指的是團結在《太白》雜誌周圍，以左翼作家為骨幹，包括魯迅、茅盾、陳望道、胡風、聶紺弩、曹聚仁、徐懋庸、唐弢、陳子展、夏征農等的進步作家群。他們支持創辦了《濤聲》、《太白》、《新語林》、《芒種》、《中流》等刊物，積極提倡反映現實生活鬥爭的「新的小品文」，反對政府的高壓政策和屠殺人民的行為，鞭撻不抵抗主義，來抵制閒適小品、幽默小品的氾濫，促進了三十年代散文寫實精神的發展和深化。「太白」派和「論語」派關於小品文的論戰，反映在陳望道主編的《小品文和漫畫》的論文集裡。

在三十年代，另一較有影響的雜文流派是「新月」派。「新月」派以創刊於一九二八年三月的《新月》月刊而得名，其前身為一九二三年在北京成立的「新月」社，先以聚餐會形式出現，後發展為俱樂部，參加者有梁啟超、胡適、徐志摩、余上沅、丁西林、林徽因等人，主要以「晨報」副刊為陣地，還辦過《詩鐫》、《劇刊》。一九二六年北伐戰爭進入高潮，新月社成員有的南下，有的出國，俱樂部活動遂告終止。一九二七年春，原新月社骨幹胡適、徐志摩、余上沅等籌辦新月書店，一九二八年三月創辦《新月》雜誌，新月社又開始活動，參加的成員還有梁實秋、潘光旦、羅隆基、儲安平、聞一多、邵洵美等人。「新月」派成員複雜、思想各異，但資產階級自由主義是其共同思想傾向。《新月》創刊後，發表文章否定共產主義學說，反對共產黨領導的工農革命活動，甚至表示「希望國民黨剿共及早成功」，又把共產黨和國民黨視為「一丘之貉」（羅隆基〈論中國的共產〉）。同時，又在《新月》上開展「人權與約法問題」的討論，批評國民黨的「一黨獨裁」，要求取消對言論自由的壓迫。一九二八至一九二九年，「新月」派文藝理論家梁實秋，以資產階級人性論否定文學階級性，否定無產階級革命文學運動，受到魯迅、馮乃超等的批判。一九三〇年初，胡適參政、徐志摩墜機身亡，同人思想乖離，《新月》終於在一九三三年六月終刊。

「新月」派主要雜文家是梁實秋、胡適、徐志摩、潘光旦、羅隆基，而以梁實秋和胡適成就較高，影響較大。梁實秋和胡適雜文所表現的資產階級自由主義觀點，情況比較複雜，應作具體分析，但他們的雜文對中國傳統文化和國民心理的分析和批評，常有獨得之見，他們雜文藝術上的獨創風格，都是值得認真研究和加以肯定的。

第四節　雜文理論的論爭和成熟

魯迅在《且介亭雜文》〈序言〉中說：「近幾年來，所謂『雜文』的產生，比先前多，也比先前更受著攻擊。例如自稱『詩人』邵洵美，前『第三種人』施蟄存和杜衡即蘇汶，還不到一知半解程度的大學生林希雋之流，就都和雜文有切骨之仇，給了種種罪狀的。然而沒有效，作者多起來，讀者也多起來了。」

實際上，最先對魯迅雜文發動攻擊、挑起論爭的，是「新月」派文人、出過《罵人的藝術》雜文集的梁實秋。梁實秋的觀點，我們可從批駁他的馮雪峰的《諷刺文學與社會改革》中看出：「最近梁實秋教授在《新月》本年第八期和第九期上，對於魯迅先生的抨擊『現狀』和傳統思想等的雜感及論文而發的反感和譏笑，便是一種想減少魯迅先生底作品底社會作用的嘗試。梁教授首先質問魯迅先生，『不滿於現狀便怎樣？』次則說，『魯迅先生底作品底長處是在有趣、好玩。』再次又說，『東冷嘲，西熱罵，世間無一滿意事。』」最後還說魯迅是「蝙蝠」。馮雪峰逐一批駁了梁實秋對魯迅雜文的攻擊，他指出包括雜文在內的一切進步的諷刺文學，在「社會改革上」有著「偉大的作用」，它以「破壞和否定舊的階級為直接的任務，而間接地幫助新的階級的成長」。馮雪峰關於包括雜文在內的諷刺文學的否定中有肯定，及其破舊立新的辯證關係的論述，是深刻的。

一九三四年九月，林希雋在《現代》第五卷第五期上發表了〈雜文和雜文家〉。他主張作家潛心創作托爾斯泰的《戰爭與和平》式的鴻篇巨制，而不要「浪費」時間寫作「雜文」。他認為當時雜文的繁榮，是由於作家「投機取巧，貪圖輕便」，是「最可恥可卑的事」，之後，他又在同年九月號的《社會月報》上發表《文章商品化》，攻擊雜文家寫雜文是用「粗製濫造」方法去獲取「較多的報酬」。魯迅在這年九月二十九日，一天之中寫了兩篇批駁把《戰爭與和平》寫成《和平與戰爭》的林希雋，這就是：〈做雜文也不易〉和〈商賈的批評〉，聶紺弩也在〈談雜文〉中對林文進行批駁。林希雋實際上代表了當時文藝界中否定、扼殺雜文創作的一種傾向。在林文被批駁之後，申去疾就在《星火》一九三五年八月號上發表〈論「所謂雜文問題」〉為之開脫，並認為寫雜文是鑽「牛角尖」，即便寫了「幾十萬言幾百萬言，也不過成為一堆垃圾而已」。杜衡也在《星火》發表了〈文壇的罵人風〉，他攻擊雜文「成為罵人文章的『雅稱』，於是罵風四起，以致弄到今日這不可收拾的局勢」。唐弢在〈談「雜文」〉，先河（何家槐）在〈所謂「雜文問題」〉中給予批駁。魯迅在《且介亭雜文》〈序言〉裡曾憤怒痛斥林希雋等攻擊、否定雜文創作的人，為尼采詛咒過的「死之說教者」。

在林希雋等人攻擊雜文的喧囂平息之後不久，施蟄存又挑起了關於雜文的「社會價值」和「文藝價值」的爭論。一九三五年四月，施蟄存借評論電影《伏爾泰》，寫了也題為《伏爾泰》的短文，批評當時的雜文只有「宣傳作用」而缺少「傳世的文藝價值」。周木齋在〈雜文的文藝價值〉中反駁說：「倘使雜文因之充滿時代氣息而缺少文藝價值，那還是老老實實不要這樣的文藝價值，而這倒是真正的文藝價值。」施蟄存又在同年六月的《文飯小品》第五期上發表了〈雜文的文藝價值〉中，仍然堅持雜文要有文藝價值，並以此來批評當時的雜文。周木齋在〈如此這般〉中批評施的「純藝術」觀點，說他「落了一般反對雜文的窠臼」。

據實而論，施文確有「純藝術」觀點的偏頗，但他要求雜文除「宣傳作用」還應有「文藝價值」，要求雜文的社會功利和審美價值的統一，從學理上說，施說是站得住腳的，不失是一種「逆耳的忠言」。因為既有「宣傳作用」又有「文藝價值」，這正是雜文區別於一切論說文和說明文而成為「藝苑之花」的標誌。反過來說，周木齋的反駁，是軟弱無力的，甚而有點強詞奪理。事實上，要求雜文創作要有審美價值，從二十年代以來，就成為人們責難雜文的一種口實，而且不管提出這種口實的人的主觀動機如何，從接受美學觀點看，從學理上看，它都有很難駁倒的「充足理由律」。但這卻是雜文創作和雜文理論從二十年代以來，始終沒能妥善解決的雜文美學問題。以雜文大師魯迅為例。在二十年代，魯迅自己也不認為他的雜文是「創作」，他對那些好意勸他少寫雜文多搞創作，惡意攻擊他只寫雜文不會創作的人，表示了這樣的憤慨：

> 也有人勸我不要做這樣的短評。那好意，我是很感激的，而且也並非不知道創作之可貴。然而要做這樣東西的時候，恐怕也還要做這樣的東西，我以為如果藝術之宮裡有這樣麻煩的禁令，倒不如不進去；還是站在沙漠上，看見飛沙走石，樂則大笑，悲則大叫，憤則大罵，即使被沙礫打得遍身粗糙，頭破血流，而時時撫摩自己的凝血，覺得若有花紋，也未必不及跟著中國的文士們去陪莎士比亞吃黃油麵包之有趣。
>
> （《華蓋集》〈題記〉）

魯迅當年顯然是由於改造中國社會和改造中國國民性的社會熱情，是由於社會責任感和歷史使命感而特別鍾情於雜文寫作的，那時，他對「藝術之宮的禁令」，有懷疑、有不滿，但未加否定，那時，他也不認為他的雜文是一種「創作」。這種狀況，到了一九三二年，他在《自選集》〈序〉裡，仍不把雜文算為自己的「創作」。魯迅視為「知己」的瞿秋白，一九三三年在《魯迅雜感選集》〈序言〉裡，也沒有把魯迅雜文視為「創作」。但是，到了一九三五年三月三十一日，魯迅在徐懋庸著《打雜集》〈序〉裡，他向那所謂的「藝術之宮的禁令」發起挑戰，宣傳雜文「要侵入文學的高尚的樓臺」，要像古希臘的「伊索」和古羅馬的「契開羅」（西塞羅）那樣「坐在文學史上」。一九三六年七月，馮雪峰應捷克漢學家普實克之約，寫了〈關於魯迅在文學上的地位〉，此文經魯迅看過改過，其中說魯迅的雜感，「將不僅在中國文學史和文苑裡為獨特的奇花，也為世界文學中少有的寶貴的奇花。」確認雜文是一種文學創作，這是雜文美學意識上的一個飛躍。從魯迅來說，這一方面是魯迅對雜文創作認識的豐富和深化，另一方面也是他的「論敵」「逼」出來的。這也可以說是理論論爭上的相反相成的歷史辯證法吧。

這時期，雜文理論的最大論爭，是以魯迅為代表的「太白」派，同林語堂為首的「論語」派和周作人等圍繞小品文的論爭，雜文理論的最大收穫，是以魯迅為代表的「魯迅風」(「魯迅式」) 革命現實主義戰鬥雜文理論的形成。林語堂和周作人，在《語絲》前期，基本上是和魯迅在同一條戰線上作戰的，到了二十年代末和三十年代初，他們各自選擇了不同的人生道路和創作道路。三十年代，林語堂和周作人仍然是重要的雜文家。林語堂接連創辦了以發表雜文為主的小品文刊物《論語》、《人間世》和《宇宙風》。周作人也寫了眾多雜文，提出了一系列的小品文理論主張。林語堂創辦的小品文刊物，以及受到他的影響的人們稱為「林系刊物」。林語堂和周作人的雜文創作和雜文理論主張，是極其複雜的文學歷史現象。一般說，它們是積極和消極並存，精闢和荒謬同在（這我們在林語堂和周作人的專章裡將有具體論述，這兒只略為提及）。魯迅為代表的「太白」派，不免對其中消極的荒謬的東西進行批評，有批評就有反批評，這就構成了理論論爭。在論爭中，把對方存在的問題看得過於嚴重，難免說了些過頭話。這在魯迅如此，其他的年少氣盛的作家就更是如此了。在這場論爭中，魯迅對雜文創作，提出了許多非常精闢深刻的理論見解。

一九二八年以後的三、四年內，雜文創作顯得冷落。魯迅在《三閒集》〈序言〉裡說：「看看近幾年的出版界，創作和翻譯，或大題目的長論文，是還不能說它寥落的，但短短的批評，縱意而談，就是所謂『雜感』者，卻確乎很少見。」他在《二心集》〈序言〉裡也說：「當三十年代的時候，期刊已漸漸的少見，有些是不能按期出版了。」一九三二年以後，這情況有些改變；夏天，林語堂創辦一個專載幽默小品文的刊物《論語》。這個刊物的出現，是有它的社會原因的。一九三四年的《中國文藝年鑑》裡說：「左傾作品不能發刊，民族文藝又很少作品發表；同時，有錢購買書報的讀者層，也只剩了收入豐富的這一階級。他們把文藝當作酒後消遣，他們要吐著香霧沉醉在微笑裡。於是乎以《論語》為代表的幽默文學，與以《人間世》為代表的閒適小品，得以廣大銷行。這不是偶然的，這是這個現實社會中必然產生的變態現象。」在《論語》出刊一年的時候，魯迅寫了〈論語一年〉和著名的〈小品文的危機〉，魯迅對林語堂等人倡導的閒適小品和幽默文學是不滿意的，但他似乎把林語堂等的問題看得過於嚴重了，他把林語堂等倡導的閒適小品、幽默文學視為文學上的「小擺設」，魯迅在〈小品文的危機〉裡指出在風沙撲面、狼虎成群的時候，文學上的「小擺設」——小品文的越加旺盛，「要求者以為可以靠著低訴和微吟。將粗獷的人心，磨得漸漸的平滑。」魯迅認為把小品文變成雅人摩挲的「小擺設」，這就走到危機。他主張小品文的生存，只仗著掙扎和戰鬥的。「生存的小品文，必須是匕首，是投槍，能和讀者一同殺出一條生存的血路的東西；但自然，它也能給人愉快和休息，然而這並不是『小擺設』，更不是撫慰和麻痹，它給人的愉快和休息是休養，是勞作和戰鬥前的準備。」魯迅對戰鬥的小品文創作的思想傾向和社會審美功能的這一經典性概括，是著眼於革命和人民的，是充分考慮到勞動大眾精神需要的豐富性和多樣性的。

林語堂於一九三四年春，又主編《人間世》，大力提倡清逸的小品文；後來又與黃嘉音、黃嘉德合編《西風》月刊，介紹西洋幽默趣味小品，與其兄林憾廬和陶亢德、徐訏等合編《宇宙風》。林語堂在這些刊物上大力宣揚他的小品文理論。

林語堂在《人間世》〈發刊詞〉中說：「蓋小品文，可以發揮議論，可以暢洩衷情，可以摹繪人情，可以形容世故，可以札記瑣屑，可以談天說地，本無範圍，特以自我為中心，以閒適為格調，與各體別，西方文學所謂個人筆調是也。故善冶情感與議論於一爐，而成現代散文之技巧。……內容如上所述，包括一切，宇宙之大，蒼蠅之微，故名之《人間世》。」但他在〈我們的希望〉一文中談到《人間世》時說：「本刊以小品文為號召……專重在閒散自在筆調……至於內容，除不談政治外，並無限制。」他又把小品文寫作的內容和傾向作了規定。

在林語堂關於小品文的理論宣傳中，「閒適」和「幽默」是互相滲透，相輔而行的。他強調他提倡的「幽默」是「閒適的幽默，以示其範圍」。與此同時，他還提倡「語錄體」的小品文。他說：「吾惡白話之文，而喜文言之文，故提倡語錄體。」攻擊左翼文學是「詰屈歐化」，是「西崽」，「其弊在奴」。他認為「語錄體」的模範是禪宗和尚、理學先生和袁中郎等的半文不白的文體。

從某一方面看，林語堂主張小品文要有幽默，要表現作家性靈，要有閒適筆調，語言文字要本色自然，簡明凝鍊，不無道理。但是當他把幽默抬到至高無上，並以幽默來排斥和反對批判性和戰鬥性的諷刺，同時要以此來一統小品文的天下時，問題就來了：作家在小品文中，當然要這樣或那樣表現自我的性靈，但是有各種各樣的性靈，有真善美的性靈，有假惡醜的性靈，作家的性靈不是在和時代的聯繫和人民的結合中得充實、豐富、發展，就是在自我封閉中貧乏、乾枯、蛻化、沉落，沒有深廣的閱歷，沒有先進的思想武裝，沒有對生活的深刻理解和獨特發現，沒有豐厚的藝術修養，只憑那空虛蒼白的性靈，就想寫出好的小品文，只能是癡人說夢；閒適可以是小品文的一種筆調，但不能成為唯一的「格調」；白話文應該發展提高，但不能開歷史倒車，回到唐宋的「語錄體」那裡去。

周作人在序跋文中也一再重申他對小品文的主張。一九三〇年九月，他給《近代散文抄》寫的序言裡說：「小品文則又在個人的文學的尖端，是言志的散文，他集合敘事說理抒情的分子，都浸在自己的性情裡，用適宜的手法調理起來。」他的個人主義的文學觀和公安派竟陵派文藝運動的復興觀一直沒有什麼改變。這個意見，在他的《中國新文學大系》〈散文二集〉〈導言〉中說得十分明白。他是《論語》、《人間世》、《宇宙風》的主要撰稿者，三十年代以後，他熱心於草木蟲魚，一九三四年起，寫了大量或明或暗的攻擊左翼文藝的文章，他的文學主張和生活情趣與林語堂十分相近。由於林語堂、周作人及其追隨者不遺餘力地提倡閒適小品，在特定的意義上，小品文這一文體的概念逐漸與閒適緊密聯繫在一起了。

一九三三年以後，魯迅雜文的寫作進入了高峰期，這種「論時事不留面子，砭痼弊常取類型」的雜文，是左翼文學銳利的攻戰武器，自然也招來了「官民的明明暗暗、軟軟硬硬的圍剿」。魯迅針對林語堂等所提倡的閒適小品和林希雋攻擊雜文的言論，在有關的序跋和短評中對雜文這一文體的特徵，做了更為詳盡的說明，較之前期，魯迅更自覺更系統地從戰鬥雜文革命現實主義和雜文藝術規律的美學特徵展開論述，理論更加開闊深刻，更加成熟了，因而更帶有普遍意義。要而言之，有下列幾點：

寫雜文是一種嚴肅的工作

魯迅在〈做「雜文」也不易〉一文中，批駁了林希雋的謬說。他寫道：「不錯，比起高大的天文臺來，『雜文』有時卻很像一種小小顯微鏡的工作，也照穢水，也照濃汁，有時研究淋菌，有時解剖蒼蠅。從高超的學者看來，是渺小、汙穢，甚而至於可惡的，但在勞動者自己，卻也是一種『嚴肅的工作』，和人生有關，並且也不十分容易做。」他在〈徐懋庸作《打雜集》序〉裡肯定雜文要侵入高尚的文學樓臺，更樂觀於雜文的開展，因為「第一是使中國的著作界熱鬧，活潑；第二是使不是東西之流縮頭；第三是使所謂『為藝術而藝術』的作品，在相形之下，立刻顯出不死不活相。」魯迅在這裡把雜文題材和主題的特質明確地指出了。

雜文對有害的事物立予抗爭，能迅速直接為現實鬥爭服務

《且介亭雜文》〈序言〉:「現在是多麼切迫的時候，作者的任務，是在對於有害的事物，立刻給以反響或抗爭，是感應的神經，是攻守的手足。」

雜文應表現時代的眉目和人民大眾的靈魂

《且介亭雜文》〈序言〉說:「這一本集子和《花邊文學》……當然不敢說是詩史，其中有著時代的眉目。」《准風月談》〈後記〉說:「『中國的大眾的靈魂』，現在是反映在我們的雜文裡了。」

雜文需要有典型化的特點

《偽自由書》〈前記〉說:「然而我的壞處，是在論時事不留面子，砭痼弊常取類型，……蓋寫類型者，於壞處，恰如病理學上的圖，假如是瘡疽，則這圖便是一切某瘡某疽的標本，或和某甲的瘡有些相像，或和某乙的疽有些相同。」又如《准風月談》〈後記〉裡說:「我的雜文，所寫的常是一鼻，一嘴，一毛，組合起來，已幾乎是或一形象的全體。」在雜文中創造某種社會典型，這是魯迅雜感藝術的獨創性，後來成為雜文藝術的一種特徵。

諷刺和幽默

三十年代，由於社會的黑暗，諷刺和幽默文學盛行。諷刺是否等於罵人，幽默是否為笑而笑，魯迅發表了一系列文章，闡發他對諷刺和幽默的深刻見解。

在《且介亭雜文二集》的〈論諷刺〉和〈什麼是諷刺〉中，魯迅指出，諷刺的生命是寫實，諷刺不是「捏造」，不是「誣衊」，也不是專記駭人聽聞的奇聞怪事，而是對人們習見的，然而又是可笑、可鄙、可惡的不合理現象，作精煉或誇張的描寫。諷刺又與冷嘲不同，「如果貌似諷刺的作品，而毫無善意，也毫無熱情，只使讀者覺得一切世事，一無可取，也一無可言，那就並非諷刺了，這便是所謂『冷嘲』」，對於幽默，魯迅以為三十年代的中國現實，幽默不可能成為文學的主流。但在「文字獄」盛行的時候，人們「總還有半口悶氣，要借笑的幌子，哈哈的吐他出來」，這是幽默文學存在的社會原因。在當時的社會條件下，幽默不是傾向對社會的諷刺，就是墮入傳統的「說笑話」和「討便宜」。對於閒適，魯迅也不一概反對，他說：「小品文大約在將來也還可以存在於文壇，只是以閒適為主，卻稍嫌不夠。」

雜文文體上多樣化

《且介亭雜文》〈序言〉裡說：「其實『雜文』也不是現在的新貨色，是『古已有之』的，倘若分類，都有類可歸，如果編年，那就只按作成的年月，不管文體，各種都夾在一處，於是成了『雜』。」在他看來，雜文就是雜體文，在思想內容的戰鬥性上有鮮明的要求，藝術上有特殊的手法，而文體上倒是十分自由的。

魯迅在自己創作實踐的基礎上，對雜文理論做出卓越的貢獻，在現代小品文中確立了一種獨立的樣式。瞿秋白和馮雪峰對魯迅雜文創作和研究的評論，給戰鬥的雜文以極高的評價。這構成「魯迅風」革命現實主義戰鬥雜文的理論基礎。

瞿秋白在《魯迅雜感選集》〈序言〉這篇名文中，一再反覆強調魯迅在中國思想鬥爭史上的功績和地位，一再反覆強調魯迅雜感的意義和價值，號召文藝戰線上的人們，應當向他學習，同他一起前進。瞿秋白對魯迅雜文作了經典性的概括，主要是：一、魯迅雜感文是他「直感的生活經驗」「經過提煉和融化之後流露在他的筆端」；二、「有著神聖的憎惡和諷刺的鋒芒」；三、所諷刺的人物，「簡直可以當作普通名詞讀，就是認作社會上的某種典型；四，魯迅雜文所包括的非常寶貴的傳統，即最清醒的現實主義、「韌」的戰鬥、反自由主義和反虛偽的精神。

如果說瞿秋白的序言，更多地從中國思想鬥爭史的角度來論述魯迅雜文思想的深刻性和藝術的獨創性，那麼馮雪峰的〈諷刺文學與社會改革〉和〈關於魯迅在文學上的地位〉，則從世界文學的範圍來肯定魯迅雜文的思想意義和價值。馮雪峰在批駁梁實秋對魯迅雜文的「譏笑」時，把魯迅和世界文學中諷刺文學大師莫里哀、果戈理和謝德林等並提，他針對梁實秋所謂魯迅雜文是「東冷嘲，西熱罵，世間無一滿意事」的責難，深刻地指出諷刺文學家並非「否定一切的」，他破壞「舊」的東西，乃是為了肯定「新」的東西，諷刺文學家既是社會改革家，又是理想家。馮雪峰指出魯迅的雜感，「將不僅在中國文學史和文苑裡為獨特的奇花，也為世界文學中少有的寶貴的奇花」。

一九三五年，生活書店編了一本《太白》一卷紀念特輯，書名是《小品文和漫畫》，收入談論小品文的文章幾達四十篇，使讀者「看出一個差不多一致的動向」，「得到了一點時代的消息」。茅盾在〈小品文與氣運〉一文中說：「我不相信『小品文』應該以自我中心，個人筆調，性靈閒適為主。」「現在的『小品文』園地裡就有非性靈、非自我中心的針鋒相對的活動。」伯韓的〈由雅人小品到俗人小品〉裡說：「所謂『生活的小品文』這東西，無疑的是在成長，而且要漸漸地代替那『消遣的小品文』的地位。」朱自清一九三五年為《文學百題》寫的〈什麼是散文〉裡指出：散文是「與詩、小說、戲劇並舉，而為新文學的一個獨立部門的東西，或稱白話散文，或稱抒情文，或稱小品文」。他又指出，「若只走向幽默去，散文的路確乎更狹更小」。他贊成有人用小品文寫大眾生活的主張。

頗為有趣的是沈從文和朱光潛，對周作人和林語堂熱捧小品文，企圖以「晚明小品」來「一統天下」，發表了不同的看法。對小品文的氾濫，沈從文在〈談談上海的刊物〉一文中不無調侃地指出：文學若「限制在小品文一方面發展，要人迷信『性靈』，尊重『袁中郎』，且承認小品文比任何東西還重要。真是一個幽默的打算！」[1]朱光潛在給天地人編輯徐訏的公開信〈論小品文〉裡認為，「我實在不覺得它（指晚明小品——引者）有什麼勝過別朝小品的地方」，「我尤其不相信袁中郎的雜記比得上柳子厚，書信比得上蘇東坡。我並不反對少數人特別嗜好晚明小品文，這是他們的自由。但是我反對這少數人把個人的特殊趣味加以鼓吹宣傳，使它成為浪漫一世的風氣。」[2]一九三四年，隨著文藝大眾化的倡導，茅盾等不少人倡導文藝和科學的聯姻。在《太白》、《新生》和《讀書與生活》上，不少人著文提倡「科學小品」和「歷史小品」，不少人試寫「科學小品」和「歷史小品」。所謂「科學小品」是包括自然科學和社會科學的小品，即用小品文的形式來講述、評論自然科學和社會科學的有關理論知識。周作人在〈科學小品〉一文中對當時文藝界出現的新事物表示了貴族老爺的輕蔑的態度，不過其中有幾句話是值得重視的。他說：「所謂科學小品不知到底是什麼東西，據我想總該是內容說科學而有文章之美者，若本是寫文章而用了自然科學的題材或以科學的人生觀寫文章，那似乎還只是文章罷了，別的頭銜可以不必加上也。」這個區分是恰當的。一般來說，當時夏丏尊、周建人、賈祖璋、顧均正、劉薰宇、高士其等寫的自然科學小品，絕大多數是「科學小品」，其中也有一部分是雜文。至於柳湜的《街頭講話》、徐懋庸的《街頭文談》、豐子愷的《藝術趣味》、曹孚的《生活藝術》、葉聖陶和夏丏尊合著的《文心》、朱光潛的《給青年的十二封信》，以及曹聚仁等的歷史小品，這一類以生動活潑、通俗曉暢的小品文筆調分析社會人生問題、文藝理

---

1 沈從文：〈談談上海的刊物〉，《沈從文文集》第12卷（廣州市：花城出版社、三聯書店（香港），1984年）。

2 朱光潛：〈論小品文——一封公開信〉，《朱光潛全集》第3卷（合肥市：安徽教育出版社，1987年）。

論問題、藝術創作和鑑賞問題、文章寫作問題、美學問題、歷史問題等的社會科學小品，基本上應該歸屬於以立論為主的雜文的一個分支。這類向廣大讀者進行社會科學理論知識的啟蒙和普及的雜文小品，既有「知識」之美，又有「文章」之美，特別受到青年的歡迎。這類雜文小品在理論上的倡導和創作上的嘗試，是三十年代雜文的一個收穫。

第十一章
雜文大師魯迅的雜文

第一節　雜文創作是魯迅畢生事業的核心

魯迅（1881-1936），現代文學家、思想家。浙江紹興人。原姓周，幼名樟壽，字豫山，後改豫才。一八九八年，改名樹人。魯迅是一九一八年發表《狂人日記》時開始使用的筆名。一八九八年五月，到南京投考水師學堂，次年二月，改入江南陸師學堂附設的礦務鐵路學堂。一九〇二年去日本留學，原學醫，後從事文藝工作。一九〇九年回國，先後在杭州、紹興任教，辛亥革命後，曾任南京臨時政府和北京政府教育部部員，僉事等職，兼在北京大學、女子師範大學等校授課。一九一八年五月，發表白話小說《狂人日記》，奠定新文學基石。五四前後，參加《新青年》雜誌工作，站在新文化運動前列，成為偉大旗手，陸續創作出版了《吶喊》、《徬徨》、《熱風》、《墳》、《野草》、《朝花夕拾》、《華蓋集》、《華蓋集續》等專集。一九二六年，因支持北京學生愛國運動，為反動當局通緝，南下到廈門大學任教，一九二七年一月，又到中山大學任教，一九二七年七月定居上海。一九三〇年起，先後參加中國自由運動大同盟、中國左翼作家聯盟和中國民權保障大同盟等進步組織。從一九二七年至一九三六年，創作了《故事新編》中的大部分和大量雜文，其雜文收輯在《而已集》、《三閒集》、《二心集》、《南腔北調集》、《偽自由書》、《准風月談》、《花邊文學》、《且介亭雜文》等專集。

在《且介亭雜文二集》〈後記〉中，魯迅自已說：

> 今天我自己查勘一下：從我在《新青年》上寫《隨感錄》起，到寫這集子裡的最末的一篇止，共歷十八年，單是雜感，約有八十萬字。後九年的所寫，比前九年多兩倍；而這後九年中，近三年所寫的字數等於前六年。

雜文創作貫穿魯迅從事新文學活動始終，而且產量是愈來愈豐饒的。魯迅雜文結集的有《熱風》、《華蓋集》、《華蓋集續編》、《墳》、《而已集》、《三閒集》、《二心集》、《南腔北調集》、《偽自由書》、《准風月談》、《花邊文學》、《且介亭雜文》、《且介亭雜文二集》、《且介亭雜文末篇》，此外如《兩地書》，魯迅古籍和譯文序跋中的一部分，也屬雜文範疇，再如《集外集》、《集外集拾遺》、《集外集拾遺補編》中的雜文，以及《魯迅書信集》中許多富於雜文色彩的書簡等，也屬於雜文範疇。集子有二十一集，字數百餘萬字，時間跨距近二十年。

雜文創作滲透到魯迅文學活動的各個方面。魯迅的小說《吶喊》、《徬徨》、《故事新編》，散文集《朝花夕拾》，散文詩集《野草》，甚至是新詩和舊詩，都常常運用雜文筆法，有一種魯迅式的雜文味；魯迅總是在他參與編輯或支持的文學刊物和報紙，在他領導的文藝社團中，熱心倡導和推動雜文創作；而他翻譯的《出了象牙之塔》和《思想·山水·人物》，也是為中國的雜文創作提供借鑑的。

在古今中外文學史上，雜文是早已有之的東西，但是找不到一位雜文作家，能像魯迅這樣，自覺運用雜文這一戰鬥武器，進行如此持久、廣泛、深入、生動的社會批評和文明批評，能像魯迅這樣，在雜文創作領域開創一代文風，開拓了一條革命現實主義的寬廣大道，產生如此深遠的影響。正如馮雪峰所說，魯迅的「雜感」，「開闊了世界戰鬥文藝的一個偉大的生面」[1]。揭示魯迅雜文創作的革命現實主義

1　馮雪峰：《文藝與政論》，一九四〇年五月十三日初版，收入《馮雪峰論文集》中冊（北京市：人民文學出版社，1981年6月）。

特徵，是認識魯迅雜文創作本質的關鍵，是了解魯迅對現代雜文的建設和發展所作的巨大貢獻的關鍵。

魯迅總是從理論和實踐的結合上，對現代雜文的文體樣式，現代雜文的時代特徵，現代雜文多方面的社會內容和社會功能，現代雜文創作的思維形式和創作方法，以及現代雜文創作的藝術技巧諸方面，作了精湛的論述，構成了現代雜文創作的現實主義理論系統，他的這些理論主張，又體現在他那許多思想美和藝術美結合得很好的雜文中。

魯迅對自己雜文的說法是多種多樣，不盡相同的。計有：「短評」、「評論」、「批評」（《熱風》〈題記〉），「雜感」、「短評」、「批評」（《華蓋集》〈題記〉），「雜感」（《華蓋集續編》〈小引〉），「雜文」，「除小說和雜感之外」，「長長短短的雜文十多篇」（〈寫在《墳》後面〉）[2]，「雜感」、「短短的批評，縱意而談，就是所謂『雜感』」、「短評」（《三閒集》〈序言〉），「雜文」、「短評」、「評論」（《二心集》〈序言〉），「雜感」、「短評」、「社會批評」、「評論」（《偽自由書》的〈前記〉和〈後記〉），「雜文」、「雜感」、「短評」（《南腔北調集》〈題記〉），「拉雜的文章」、「雜文」（《准風月談》〈前記〉），「雜文」（《且介亭雜文》〈序言〉），「短論」、「短文」（《且介亭雜文二集》〈後記〉）……由上可以看出，魯迅前期是把「雜文」和「短評」、「短論」、「雜感」相區別的，後期則統稱為「雜文」了，如《且介亭雜文》和《且介亭雜文二集》就是。顯然，在魯迅那裡，「雜文」有兩種涵義，一是廣義的，即作家以編年方式編文集，把雜體的文章編為一個集子；二是狹義的，即雜文是一種以毫無顧忌、縱意而談的評論

---

2 一九三四年四月二十九日，魯迅在《魯迅譯著書目》中，把前此出版的雜文《熱風》、《華蓋集》、《華蓋集續編》、《而已集》，均稱為「短評集」，稱《墳》為「論文及隨筆」（見《三閒集》）。

為核心，綜合著「短評」、「評論」、「隨感」、「雜感」、「隨筆」[3]等文體樣式，短小精悍、自由活潑、不拘一格、隨物賦形的雜體的有著文學色彩的評論文。

魯迅在〈小品文的危機〉中指出：現代小品文即現代雜文，是「萌芽於『文學革命』和『思想革命』的」。這概括了現代雜文「打破傳統的思想和手法」的反帝反封建的時代特徵。「五四」新文化運動，原先是以「文學革命」和「思想革命」為核心的，猛烈批判傳統的思想和傳統的文化，以後在群眾性的反帝反封建愛國浪潮的推動下，擴展為廣泛深入的社會批評和文明批評，這種廣泛的社會批評和文明批評，經常是以最便於攻戰，最便於進行啟蒙宣傳的雜文形式來進行的，這樣廣泛的社會批評和文明批評，自然就成為雜文的主要內容。魯迅在《華蓋集》〈題記〉和《兩地書》中，一再談到他倡導議論性和評論性的雜文，為的是進行廣泛的社會批評和文明批評，為的是打破中國社會這一「黑色的大染缸」，為的是改變中國愚弱的「國民性」，為的是推進中國社會改革的勝利。魯迅的這種思想，既是「五四」時期時代精神的反映，同時又受到日本文藝理論家和社會批評家廚川白村的深刻影響的。廚川白村在〈描寫勞動問題的文學〉中說：

> 建立在現實生活深邃的根柢上的近代的文藝，在那一面，是純然的文明批評，也就是社會批評。

在〈現代文學之主潮〉中，廚川白村批評日本人的「生活」同西洋人相比「總缺少熱和力。一切都是微溫又不徹底」。與此相關的是「日本

3 魯迅雜文的文體樣式，除上述外，還有書信體、日記體、序跋體、對話體、內心獨白體，編者按，還有只是擺出論敵奇談怪論的《什麼話？》，擺出論敵奇談怪論之後，略加評點的「掂斤播兩」、「立此存照」，還有不帶文學色彩的學術論文和說明文，以及屬於應用文的廣告、啟事、聲明等等。

近時的文壇和民眾的思想生活，距離愈去愈遠了」。廚川白村指出：

> 文藝的本來的職務，是在作為文明批評社會批評，以指點嚮導一世，而日本近時的文藝沒有想盡這職務。

而魯迅把現代雜文稱為「社會批評」和「文明批評」，正表明了他自覺地把現代雜文同十九世紀以來的現實主義潮流相連接的。自然，魯迅自己的革命戰鬥的雜文創作，是應該稱為革命現實主義的雜文的。

多年來，人們從不同的側面和不同的層次去概括魯迅雜文豐富、深刻的內涵。瞿秋白從中國近代和現代「思想鬥爭史上的重要地位」[4]評價魯迅的雜文，郁達夫認為魯迅的「隨筆雜感，更提供了前不見古人，而後人絕不能追隨的風格……要全面了解中國的民族精神，除了讀《魯迅全集》之外，別無捷徑。」[5]馮雪峰指出，魯迅不僅是中國的「民族魂」，而且是「中國民族中的戰鬥者之魂」，魯迅在他的小說和雜文中，「以畢生之力作了中國民族的解剖，作了奴隸的被壓迫、民族的被征服的史圖」，「也作了奴隸——中國大眾的血戰的鮮明的史圖。」[6]

我們認為，在這些非常精闢的概括之後，尚須補充兩點。這就是魯迅一貫對中國的國民靈魂和自我靈魂的尖銳和深刻的解剖。魯迅在他畢生的雜文創作中，對中國民族的國民靈魂，作了比小說更為深廣得多的「解剖」，並成了他雜文的社會批評和文明批評的精髓。魯迅自己說，「我的確時時解剖別人，然而更多的是更無情地解剖我自己」[7]。他後來說他自己像普羅米修士那樣竊來「天火」，不完全是為

4 見瞿秋白：〈序言〉，《魯迅雜感選集》。

5 郁達夫：《魯迅的偉大》，原載一九三七年三月一日（日本）《改造》第19卷第3號。

6 馮雪峰：〈魯迅與中國民族及文學上的魯迅主義——一九三七年十月十九日在上海魯迅逝世週年紀念大會上的講話〉。

7 魯迅：〈寫在《墳》後面〉，《墳》。

了給別人以光和熱，本意是「煮自己的肉」[8]。在中國現代散文史上，像魯迅這樣有著雄偉人格，總在無情地解剖自己，這樣真誠、坦率，這樣富於鮮明的「自我」特色的雜文作家確不多見。俗話說，「將心比心」，「推己及人」，只有無情解剖自己，才能準確解剖別人，因而無情解剖自己不僅是魯迅雜文的一個重要內容，也是魯迅之所以能那樣準確深刻解剖中國民族的國民靈魂的必要條件。總之，魯迅的革命現實主義戰鬥雜文的內容，就是聚集富精深的社會批評和文明批評。具體說，它們是由中國現代思想史和文學史上珍貴文獻，中國現代「社會相」的大全，中國民族鬥爭史圖的描繪，是對中國民族的國民靈魂的深刻解剖，以及雜文家自己雄偉人格這幾個互相聯繫的側面構成的社會批評和文明批評的龐大系統。魯迅的雜文，毫無疑問的，是新民主主義革命時代理論思維的一座高峰，是特別形式的一代詩史，是「魯迅風」革命現實主義雜文洪流的強大源頭，是戰鬥雜文家智慧和靈感的取之不盡，用之不竭的源泉。

關於雜文大師魯迅的雜文，不禁想起德國的歌德在〈文學上的無短褲主義〉裡的一段名言：

> 一個古典性的民族作家是在什麼時候和在什麼地方生長起來的呢？是在這種情況下，他在他的民族歷史中碰上了偉大事件及其後果的幸運的有意義的統一；他在他的同胞的思想中抓住了偉大處，在他們的感情中抓住了深刻處，在他們的行動中抓住了堅強和融貫一致處；他自己被民族精神完全滲透了，由於內在的天才、自覺對過去都能同情共鳴，他正逢他的民族處在高度文化中，自己在教養中不會有什麼困難，他搜集了豐富的材料，前人完成和未完成的嘗試都擺在他眼前，這許多外在的和

8　魯迅：〈「硬譯」和文學的階級性〉，《二心集》。

> 內在的機緣都匯合在一起，使他無須付很高昂的學費，就可以趁他生平最好的時光來思考和安排一部偉大的作品，而且一心一意地把它完成。只有具備這些條件，一個古典性的作家，特別是散文作家，才可能形成。[9]

歌德所謂的「古典性」是包含著「古典」的和「經典」的雙重意思，是指西方希臘以後各民族經典文學和經典作家的。歌德所要求的民族的古典和經典作家的標準，魯迅都是具備的：一、他生活、戰鬥在中華民族的民族民主革命的偉大歷史時代並表現了這個偉大的歷史時代；二、他身上滲透了中華民族的民族精神，反映了全民族思想的偉大、感情的深刻以及行動的堅強和融貫一致；三、他植根於本民族的過去的文學傳統和歷史遺產中，並在這個民族優秀傳統的現代化的轉換性再創造中，寫下了不朽的偉大作品，成為中華民族繼往開來的靈魂和良知。這一切特別突出表現在他那博大精深的後人難以企及的雜文裡。

第二節　魯迅雜文的創作歷程

魯迅革命現實主義雜文的社會批評和文明批評，在他的雜文創作中是不斷發展，不斷深化和豐富的。魯迅的雜文可以按前後兩個階段，分為既有聯繫又有區別的五個時期。這就是：《熱風》時期（1918-1924）——魯迅雜文的開創期；《華蓋集》至《而已集》時期（1925-1927）——魯迅雜文的發展期；《三閒集》至《南腔北調集》時期（1927-1932）——魯迅雜文的飛躍期；《偽自由書》時期（1933-1935）——魯迅雜文的成熟期；《且介亭雜文》時期（1935-1936）——魯迅雜文的高峰期。

9　轉引自朱光潛：《西方美學史》下冊（北京市：人民文學出版社，1964年）。

《熱風》時期（1918-1924）——魯迅雜文的開創期

魯迅這時所寫的雜文收在《熱風》裡，以及《墳》、《集外集》、《集外集拾遺》、《集外集拾遺補編》中的一部分篇章。魯迅的雜文一開始就具有廣泛深刻的社會批評和文明批評的特色，不過這時他較側重於思想文化和道德倫理領域；一開始就有豐富多樣的文體樣式、表達方式和語言風格，不過這時較多的是像《熱風》裡洗鍊雋永的「隨感錄」和短評，《墳》裡的「雍容和幽默」的隨筆體論文和演講。魯迅說《熱風》裡的「隨感錄」，「有的是對於扶乩、靜坐、打拳而發的；有的是對於所謂『保存國粹』而發的；有的是對於那時的舊官僚以經驗自豪而發的；有的是對於上海《時報》的諷刺畫而發的。」[10]《熱風》也批評了自尊自大、自卑自賤、頑固守舊、畏懼外來新事物的國民性的弱點，並宣傳科學和民主的思想。《熱風》裡的隨感錄式的雜文，它們有著特有的凝聚力和穿透力，創造了「咫尺千里」、短小雋永的思想藝術境界，其中有對謬說和時弊一針見血的揭露，有對「國粹派」、「道學家」等的勾魂攝魄的漫畫式造像，有閃爍著思想家哲理光彩的格言警句，也有著抒情詩人的激情波流。幾乎每一篇都是思想的新發現，每一篇都是藝術的新創造，有著罕見的吸引力和征服力。《熱風》隨感錄在文體上近似於尼采、叔本華的哲理小品。

丹麥著名文藝批評家勃蘭兌斯在《尼采》一書中對尼采的哲理散文也給予很高的評價。勃蘭兌斯認為：尼采是「德國散文中最偉大的文體學家」；尼采「總是以格言體方式闡述自己的思想……正是由於這種方式，他的觀點發生了一種攝人心魄的效果」；尼采是「一位藝術家，一位充滿睿智的抒情詩人」，「在他身上，抒情的風格與批判風格不僅同樣得到了強健的發展，而且，它們之間還形成了一種迷人的

10 魯迅：〈題記〉，《熱風》。

結合方式。」這時的魯迅在思想上已批判和否定尼采，但對尼采的格言式文體是相當讚賞的。因而勃蘭兌斯對尼采格言式文體的論述，對我們理解魯迅《熱風》隨感錄的文體特點，還是有相當啟發的。毫無疑問，魯迅是「五四」時期現實主義雜文的最傑出代表，是戰鬥雜文傳統的最重要奠基人。《墳》裡的〈我之節烈觀〉、〈我們現在怎樣做父親〉、〈論雷峰塔的倒掉〉，對「儒者三綱五常之說」中的「節」、「孝」等倫理道德觀念進行猛烈的、使人信服的批判，提出解放婦女、青年和兒童的要求。在〈我之節烈觀〉裡，魯迅改造活用了佛洛德和榮格的精神分析學（又稱深層心理學）裡的「集體無意識」理論，他通過對中國國民的「節烈觀」的剖析，透視中國國民的心理，提出了在中國存在著「無主名無意識的殺人團」。魯迅深刻指出：「社會上多數古人模模糊糊傳下來的道理，實在無理可講；能用歷史和數目的力量，擠死不合意的人。這一類無主名無意識的殺人團裡，古來不曉得死了多少人物；節烈的女子，也就死在這裡。」〈娜拉走後怎麼辦〉和〈未有天才之前〉是著名的演講，深刻闡明婦女解放和經濟解放的關係，天才和群眾的關係，同前幾篇隨筆體論文一樣，邏輯嚴密，議論風生，理趣盎然，引人入勝。這時魯迅雖然還是個革命民主主義者，尚未掌握最先進的理論武器，但是由於他對中國歷史和現實的洞察，他的超人的智慧和幽默，他的雜文的思想和藝術，代表了這時雜文的最高水準。

《華蓋集》到《而已集》（1925-1927）時期——魯迅雜文的發展期

這時的雜文收在《華蓋集》、《華蓋集續編》、《而已集》以及《墳》、《兩地書》、《集外集》、《集外集拾遺》、《集外集拾遺補編》中的部分篇章。由於革命的高漲和魯迅思想的發展，這時期魯迅的雜文的社會批評和文明批評帶有鮮明的政治色彩，雜文的形式和藝術表現，更豐富多樣，更趨成熟了，原有體式有了發展，這時又增加對話體的雜文，書信體的雜文，日記體的雜文。在《華蓋集》正續編裡，雖然也有痛擊章士釗之流掀起「尊孔、崇儒、讀經」的復古逆流，主要篇幅則是圍繞「五卅」慘案，「女師大」事件和「三一八」慘案，同「現代評論」派的陳西瀅之流的直接攻戰。在這些鬥爭中，魯迅把批判鋒芒指向帝國主義和北洋軍閥反動勢力，指向同封建勢力相勾結的資產階級自由派，支持共產黨領導的人民革命鬥爭。收在《墳》裡的雜文名篇，有評論，有隨筆，有評論結合著隨筆，也有演講。如〈春末閒談〉、〈燈下漫筆〉、〈論「費厄潑賴」應該緩行〉，意態自如，議論風生，從容舒卷，縱橫開闔，對歷史和現實的階級鬥爭規律作了前無古人的開掘和概括，又把這種開掘和概括鎔鑄在「細腰蜂」、闊人擺的「人肉筵宴」、「落水狗」和「叭兒狗」等創造性的雜文形象之中；〈再論雷峰塔的倒掉〉、〈看鏡有感〉、〈論睜了眼看〉、〈論他媽的〉等，則從一件事、一面鏡、一句話、一個人物的命運、一個問題的探討等等的具體分析中，由此及彼，由表及裡，概括出具有巨大思想理論容量的規律，同樣是令人讚歎的。

收在《熱風》、《華蓋集》正續篇等雜文集中的隨感錄，更精煉、更冷雋、更深沉了，更多地運用「格言和警句進行思維」（高爾基語），更注意漫畫式的雜文形象創造了。《華蓋集》和《華蓋集續篇》中的〈戰士與蒼蠅〉、〈夏三蟲〉、〈長城〉、〈無花的薔薇〉、〈新的薔薇〉等具有哲理性散文詩的風格。〈馬上日記〉、〈馬上支日記〉、〈馬上支日記之二〉，是日記體的雜文。《通訊》、《北京通訊》、《上海通訊》、《廈門通訊》，以及《兩地書》是議論性的書信體雜文。《而已集》中的〈再談香港〉酷似《熱風》中的〈知識即罪惡〉，可以說是小說體的隨感。《而已集》收魯迅一九二七年寫的雜文，其中有同「現代評論」派論戰的餘波，有闡發自己關於革命文學的主張，有對蔣介石反革命政變的揭露，其中的〈魏晉風度及文章與藥及酒的關係〉一文，有著雙層的思想結構，既是學術講演，又是對國民黨新軍閥的政治影射，達到學術性和政治性的統一，知識性和趣味性的統一，在中國現代雜文史上獨標一格，影響深遠。圍繞「文學革命」問題、「整理國故」、尊孔讀經、「五卅」運動、女師大事件、「三一八」慘案、北伐戰爭、「四一二」反革命政變、「革命文學」論爭，魯迅在和論敵的鬥爭中寫出的雜文，較前有更廣闊的內容和鮮明的政治色彩，更有短兵相接的戰鬥批判鋒芒。就雜文藝術而論，這時魯迅雜文最值得稱道的，是他在雜文中創造了一系列的如蒼蠅、蚊子、「山羊」、「落水狗」和「叭兒狗」等的勾魂攝魄的漫畫式雜文形象。海涅評論萊辛的〈漢堡劇評〉時寫道：「他用他才氣縱橫的諷刺和極可貴的幽默網住了許多渺小的作家，他們像昆蟲封閉在琥珀中一樣，被永遠地保存在萊辛的著作中。他處死了他的敵人，但同時也使得他們不朽了。」魯迅筆下的雜文形象，較之萊辛的那些生動描寫，有著更強大的思想和藝術魅力。

《三閒集》到《南腔北調集》時期（1928-1933年上半年）——魯迅雜文的飛躍期

這時期雜文主要收在《三閒集》、《二心集》和《南腔北調集》中，還有《集外集》、《集外集拾遺》和《集外集拾遺補編》中的少數篇章。魯迅在革命實踐中自覺學習馬克思主義，在社會批評和文明批評中自覺運用馬克思主義，世界觀和雜文創作出現了飛躍。從《三閒集》開始，魯迅已不大寫《熱風》那樣簡括、易招誤解、曲解的「隨感錄」[11]，而主要是寫作「短短的批評，縱意而談」的「雜感」[12]和較長的「論文」[13]了。《三閒集》包含四方面內容：一是對香港文化現

11 魯迅：〈序言〉，《二心集》。
12 魯迅：〈序言〉，《三閒集》。
13 魯迅：〈序言〉，《二心集》。

象和民情世態的批評；二是關於「革命文學」的理論論爭和理論建設；三是反對國民黨反動派的政治和文化「圍剿」；四是對中國國民性的解剖。魯迅關於香港的那一組雜文，在批評香港烏煙瘴氣的社會現象時，常常附上這種病態社會產生的奇文，他或者對之加以評析，或者加上自己的按語，同一時期的《集外集》、《集外集拾遺》、《集外集拾遺補編》中大量的雜文也採取這種寫法。這可說是老傳統新做法。因為這種做法最早見之《新青年》，在魯迅雜文集中卻是新出現的。這反映魯迅的自信和對讀者的信任。魯迅這時不少雜文是將上述幾方面內容融在一起的。〈太平歌訣〉採取即小見大，以少總多的寫法。中山陵即將峻工，社會上盛傳石匠將攝幼童魂靈以合龍口的無稽之談，市民以訛傳訛，自相驚憂，於是南京市幼童左肩各懸紅布一方，上寫太平歌訣四句，中有「叫人叫不著，自己頂石墳」等三種。魯迅認為這些歌訣，將市民「對於革命政府的關係，對於革命者的感情，都已經寫得淋漓盡致」，「竟包括了許多革命者的傳記和一部中國革命的歷史」。社會是如此黑暗，市民是如此愚昧自私，而「革命文學家」卻「特別畏懼黑暗，掩藏黑暗」，閉眼不看現實，要求「超出時代」，去爭取「最後的勝利」，實在是形同夢囈，荒唐至極。《鏟共大觀》也是把對國民黨反共屠殺、中國國民性的愚昧麻木，以及對「革命文學家」的批評融在一起。

《集外集拾遺》中的〈老調子已經唱完〉和《三閒集》中〈流氓的變遷〉，發展了《燈下漫筆》的寫法，把問題放在歷史縱切面的展開上去論述，賦予論題以歷史的縱深感、邏輯的雄辯性和理論含量。魯迅自己說：「我的文章，也許是《二心集》中比較鋒利。」[14]在《二心集》中，如揭露國民黨當局對外妥協、對內鎮壓的《友邦驚詫論》，揭露胡適的《知難行難》，揭露「新月」派文人梁實秋的理論和

14 魯迅：〈致蕭軍、蕭紅〉（1933年4月23日）。

實質的〈「硬譯」和「文學的階級性」〉、〈喪家的資本家的乏走狗〉，揭露「民族主義文學」的〈民族主義文學〉，揭露「國難聲中」上海文化界的畸形怪象的〈殘渣的泛起〉，揭露色情文學專家張資平的〈張資平氏的小說學〉，等等，都是「鍛鍊成精銳的一擊」，能以「寸鐵殺人」的匕首和投槍。如〈對於左翼作家聯盟的意見〉、〈非急進的革命論者〉、〈上海文藝之一瞥〉、〈中國無產階級革命文學和前驅者的血〉、〈中國黑暗的文藝界之現狀〉等，純熟運用馬克思主義文藝原理，分析中國文藝現狀，批評「左」的文藝傾向，提出中國無產階級文化革命正確綱領，站到革命立場上捍衛無產階級革命文學。〈習慣與改革〉引述列寧關於「千百萬人的習慣勢力是一種可怕的力量」的有關論述，從新的理論高度論證國民性的改造與社會改革的辯證關係，深刻指出：「真實的革命者，自有獨到的見解，例如烏里略諾夫先生，他是將『風俗』和『習慣』，都包括在『文化』之內的，並且以為改革這些很為困難[15]。我想，但倘不將這些改革，則這革命，即等於無成，如沙上建塔，頃刻倒壞。」批判的鋒利和理論的深刻是《二心集》的特色。可以推見作者在寫作那些雜文時是意氣風發、浮想聯翩的。他繼承和發展了《墳》和《華蓋集》正續編中某些雜文對評論物件的精湛理論分析和富於獨創性的形象概括，也即是評論中的邏輯判斷和審美判斷相統一的特點，諸如說梁實秋是「喪家的資本家的乏走狗」，說張資平的小說是一個「△」，說「民族主義文學」是「流屍文學」，說上海文化界的畸形怪象是「泛起」的「殘渣」，說「鴛鴦蝴蝶」派文學是「才子＋流氓」文學等等，精警透闢的理念概括和寫貌傳神的審美造型融為一體，具有永不衰竭的思想和藝術生命力。《南腔北調集》的內容較之《三閒集》和《二心集》更廣泛，帶有更鮮明的政治色彩。〈非所計也〉、〈論「赴難」和「逃難」〉、〈學生

15 指列寧的〈共產主義運動中的「左」派幼稚病〉。

和玉佛〉揭露國民黨當局賣國投降，鎮壓青年學生；〈為了忘卻的紀念〉、〈火〉揭露國民黨的兩種反革命「圍剿」；〈論第三種人〉、〈再論第三種人〉、〈談金聖歎〉、〈論語一年〉、〈小品文的危機〉批評文藝界的「第三種人」和林語堂為首的「論語」派；〈《林克多人蘇聯聞見錄》序〉、〈我們不再受騙了〉、〈祝中俄文字之交〉，揭露帝國主義和國民黨當局的反蘇政策，讚揚蘇聯社會主義建設成就和蘇聯的無產階級文學。在《南腔北調集》裡，作者對自己的創作和對中國的國民性有更廣泛深入的解剖。就國民性的解剖而論，魯迅把解剖刀伸向中國的「少女」(〈上海的少女〉) 和「兒童」(〈上海的兒童〉)，指出中國奴隸的「見酷而不覺其酷」，是「虎吏和暴君」對奴隸實行「酷刑」教育的「結果」(〈偶成〉)，中國人如「一盤散沙」是中國的「沙皇」統治的結果，在解剖中國的國民性時，魯迅更多發掘中國人民身上的積極性。在〈經驗〉中，他說：「人們大抵已經知道一切文物，都是歷來的無名氏所造成的」，明確肯定人民的歷史首創精神。本集中的〈由中國女人的腳，推定中國人之非中庸，又由此推定孔夫子有胃病(「學匪」派考古學之一)〉是魯迅雜文中獨標一格的奇文。一九三三年，國民黨當局提出要以「孔孟之道治國」，鼓吹「中庸之道」是「天下獨一無二的真理」，魯迅則以「考古學」形式，對之進行無情的揭露和嘲笑。本文由兩個肯定性的推理和兩個不肯定的推理組成。魯迅由中國女人愛纏腳、走極端，推定中國人之不中庸，揭穿國民黨蔣介石勇於內戰，怯於外侮，對日寇實行屈膝投降，對人民實行法西斯統治，在「中庸之道」掩蓋下好走「極端」的反動行徑；魯迅由「膾不厭精，食不厭細」和「不撤薑食」推定孔夫子有胃病，刻毒嘲弄大搞尊孔的蔣介石。魯迅把筆鋒從歷史轉到現實，從肯定性的推理轉到不肯定的推理，他針對國民黨當局明令各機關團體掛「忠孝仁愛信義和平」，故意提醒人們切不可由此推定黨國要人是「忘八」[16]，又針對孫夫人宋慶齡信件在郵局被查，故意提醒人們切不可由此推定當局派員查截孫夫人信件，魯迅這裡的不肯定，其實正是一種更有力的肯定。全文中，歷史的肯定推理，和現實的不肯定推理，不是互相對立，互相抵消，而是互相推闡，互相加強，互相補充。這篇奇文的深刻意義，還在於啟示人們通過這一具例，對國民黨當局的反動宣傳，要「正面文章反面看」，要看透他們之所以鼓吹「中庸」正是由於他們「不中庸」，不要被這些戴著浩然巾的「忘八」的正人君子面孔所迷惑，而是要看穿藏在浩然巾後面那猙獰醜惡的鬼臉。

《偽自由書》時期（1933-1935）——魯迅雜文的成熟期

這時期的雜文，大多發表在《申報》副刊「自由談」上，結集為《偽自由書》、《准風月談》和《花邊文學》。一九三二年十二月，黎烈文應《申報》總經理史量才之約，主編「自由談」，銳意實行改革。革新後的「自由談」是個以刊登雜文為主的文藝副刊。黎烈文在《編輯室啟事》中強調「務使本刊內容更加充實，成為一種站在時代前面的副刊」[17]，希望投寄「描寫實際生活的文字，或含有深意之隨筆雜感等」[18]。革新後的「自由談」，成了繼《新青年》和《語絲》之後的最重要的雜文陣地。從一九三三年一月底至一九三四年八月底，魯迅先後變換五十幾個筆名，在「自由談」上發表了一百三十多篇雜文，佔畢生雜文創作總量的五分之一。《偽自由書》收錄一九三三年一月底至五月中旬的雜感，以譏評時政為主。魯迅在〈前記〉中說：「這些短評，有的由於個人的感觸，有的則出於時事的刺戟，但意思

16 「忘八」一詞，語帶雙關。一暗指國民黨要員「忘」掉了「忠孝仁愛信義和平」「八」個字；一是罵人語。

17 見一九三二年十二月十二日《申報》副刊「自由談」。

18 見一九三二年十二月十二日《申報》副刊「自由談」。

極平常，說話也往往晦澀，我知道《自由談》並非同人雜誌，『自由』更當然不過是一句反話，我決不想在這上面去馳騁。」又說：「然而我的壞處，是在論時事不留面子，砭錮弊常取類型。」無情地揭露和諷刺國民黨當局奉行「攘外必先安內」或「只安內而不攘外」政策，是《偽自由書》的中心內容，文字曲折而犀利。〈觀鬥〉、〈文章與題目〉、〈賭咒〉、〈戰略關係〉、〈以夷制夷〉等是直接揭批這種政策的。〈電的利弊〉、〈中國人的生命圈〉、〈多難之月〉、〈天上地下〉、〈保留〉等是暴露這種政策給中國人民帶來的深重災難。〈王道詩話〉、〈出賣靈魂的秘決〉、〈大觀園的人才〉、〈新藥〉是諷刺為這種政策效勞的政客汪精衛、吳稚暉和御用文人胡適的。《偽自由書》中的〈現代史〉、〈推背圖〉和〈殺錯了人議〉特別值得重視。在魯迅看來，中國從袁世凱到現代統治者，都是一批殺人如麻，由革命者和善良的人的「血」「浮」上統治寶座的「假革命的反革命」，他們的統治不過是「戲子的統治」，整部「現代史」，不過是這些劊子手和偽君子變把戲的歷史，對這些人的一言一行，都要從「反面來推測」才不至上當受騙。魯迅在〈從諷刺到幽默〉和〈從幽默到正經〉中，論述了在緹騎遍地、文網高張的文化「圍剿」形勢下諷刺文學的命運，是「從諷刺到幽默」、「從幽默到正經」的。一九三三年三月，蔣介石發動的第四次「圍剿」被粉碎了，他宣稱在「消滅」共產黨之前，「絕對不言抗日」從而加緊對進步報刊的壓迫。「自由談」於五月二十五日被迫登出編輯室啟事：「籲請海內文豪，從茲多談風月，少發牢騷」。《准風月談》就是這種政治氣氛下的產物。但是正如魯迅所說，「想從一個題目限制了作家，其實是不能夠的」[19]。《准風月談》採取寓政治風雲於社會風月的寫法，其中仍有一些篇章以曲折方式暴露中外反動統治的，如〈華德保粹優劣論〉、〈華德焚書異同論〉揭露希特

19 魯迅：〈前記〉，《准風月談》。

勒及其在中國的「黃臉乾兒」的法西斯暴行，〈同意和解釋》與〈詩和豫言〉，前者揭露歐美統治者以「動物主義」治國，後者影射中國反動派「獵人如獵獸」，至於如〈推〉、〈踢〉、〈抄靶子〉等則暴露外國人在中國土地上的橫行霸道。《准風月談》主要篇幅是用來批評社會風習和文壇怪象的。在這時的社會批評和文明批評中，除批評中國人的「無特操」(〈吃教〉)，耽於「奇想」(〈中國的奇想〉)，說大話(〈豪語和折扣〉)和自尊自大等國民劣根性之外，著重批評舊中國社會上的種種小市民惡劣習氣，如「揩油」(〈揩油〉)、「吃白相飯」(〈吃白相飯〉)、中頭彩(〈爬和撞〉)，批評文壇上的種種市儈習氣，如「捐班文人」(〈各種捐班〉)，「商定文豪」(〈商定文豪〉)、文壇登龍術(〈登龍術拾遺〉)。由於迫害的加劇，《花邊文學》大多從日常社會生活和文壇瑣事取材，魯迅的批評更加擴展了。除了婦女、兒童、迷信、自殺等問題外，對於服裝、廣告、玩具乃至於幾個標點和一套符號，魯迅都能寫出洞幽燭微的精闢見解。魯迅的《偽自由書》、《准風月談》和《花邊文學》，由於客觀形勢的變化，在取材、筆調、風格上是並不一樣，但又有其共同的東西，同屬於成熟期的雜文。首先，由於文網森嚴，魯迅受到限制，不能直抒胸臆，這種限制反使魯迅創造了文多曲折諷喻、影射的具有隱晦曲折的含蓄美的雜文；其次，這時期的雜文，在文體上大多是千把字的短評，綜合了《熱風》中「隨感錄」的精悍和《墳》中「隨筆」的從容，那些以邏輯議論展開的短評，注重從知識密度和事實密度的結合中去豐富深化雜文的理論含量，顯得凝重而精警，那些取譬造象型的短評，對形象展開描繪，如〈現代史〉對變戲法的描寫，〈二醜藝術〉對二醜的描寫，形態逼肖，飽含象外之意；再次，三本雜文集都附上論敵的文章，都有〈前記〉(〈序言〉)，《偽自由書》和《准風月談》都有很長的〈後記〉，魯迅在〈後記〉裡，記錄了國民黨當局文化「圍剿」的種種倒行逆施，補敘魯迅和論敵論戰的因緣經過，「官」「民」在「圍剿」魯迅和其他進步作家戰鬥雜文的種種鬼魅伎倆，這三本雜文集的這種編法是前所未有的，目的在於使「書裡所畫的形象，更成為完全的一個具象」[20]，更忠實更完整反映時代的風貌，也就是「以史治文」。

《且介亭雜文》時期（1935-1936）——魯迅雜文的高峰期

這時期包括三本雜文集，其中《且介亭雜文》、《且介亭雜文二集》是魯迅自己編輯的，《且介亭雜文末篇》是其夫人許廣平在他死後編輯的。這是魯迅生命最後三年的雜文結集，也是他的雜文思想和藝術都達到巔峰狀態的結晶。這時魯迅的雜文不僅具有最深廣的內容，而且由於他自覺純熟地運用馬克思主義的顯微鏡和望遠鏡去觀察一切、剖析一切，他這時不少雜文，總結了他對社會人生和文學藝術諸問題的深沉哲理思考，帶有博大精深的總結性質和預言性質，成為現代史上一座高聳屹立、風光無限的理論思維的高峰；這時的魯迅雜文，運用了他先前除日記體外的雜文樣式，還有不少懷念老師、戰友、學生的記敘、抒懷之作，雜文議論的知識化、形象化、趣味化和情意化，達到了前所未有的高度，這時的魯迅由於力倡「文藝大眾化」，他的雜文語言充分發揮現代白話的通俗顯豁，曲盡情意，有著特別柔韌的彈性的長處。

《且介亭雜文》裡的〈關於中國的兩三件事〉是一篇隨筆體的雜文，從中國的「火」、「監獄」和「王道」三個方面，剖析和透視了自周秦以來的中國歷代統治者統治術中的兩手策略，其中「關於中國的火」一節，讓人想起它同前此的〈火〉、〈別一個竊火者〉的內在聯繫；「關於中國的監獄」一節，讓人想起它同〈光明所到……〉的內在聯繫，「關於中國的王道」一節，讓人想起它同〈王道詩話〉、〈出賣靈魂的秘訣〉的內在聯繫。無可置疑的是，〈關於中國的兩三件

20 魯迅：〈後記〉，《准風月談》。

事〉不僅是前此這些雜文的綜合，而且是把有關的論題，放在更開闊的範圍上、更深的層次中、以更豐富的論據和更縱橫自如的筆調來加以深廣細密的記述，帶有總結性質。政治虐殺和文化統制，是中國歷代反動統治者的兩手策略，對此魯迅經常暴露，魯迅在〈病後雜談〉、〈病後雜談之餘〉和〈隔膜〉、〈買《小學大全》記〉等文中，以豐富詳實的史料，以更大的篇幅，集中暴露中國歷代政治虐殺的典型——明代的「剝皮」術，集中暴露中國歷代文化統制的典型——清初的文字獄，他沉痛指出：「自有歷史以來，中國人是一向被同族和異族屠戮，奴隸，敲掠，刑辱，壓迫下來的，非人類所能忍受的楚毒，也都身受過，每一考查，真教人覺得不像活在人間。」(〈病後雜談之餘〉)又說考察清初康熙、雍正、乾隆三朝的文字獄史，「不但可以看見那策略的博大和惡辣，並且還能夠明白我們怎樣受異族主子的馴擾，以及遺留的奴性的由來」(〈買《小學大全》記〉)，在這裡魯迅確是以濃墨重彩繪出中華民族被征服、被壓迫的血腥史圖，深刻揭示中國人奴性的一個重要根源。同解剖中國的國民性有關，這時有〈中國人失掉了自信力嗎〉，這篇鋒利有力的短文，可看作是魯迅對這問題一貫思考的總結。他指出當時的中國人有著「他信力」發展著「自欺力」，但此外還有更本質的東西在。他說在歷史上：「我們從古以來，就有埋頭苦幹的人，有拚命硬幹的人，有捨身求法的人……雖然是等於為帝王將相作家譜的所謂『正史』，也往往掩不住他們的光耀，這就是中國的脊梁。」在現實中：「他們有確信，不自欺；他們在前仆後繼的戰鬥」，因此他認為：「要論中國人，必須不被搽在表面的自欺欺人的脂粉所誆騙，卻看看他們的筋骨和脊梁。自信力的有無，狀元宰相的文章是不足為據的，要自己去看地底下。」其他如：〈拿來主義〉之論批判吸收外來文藝，〈門外文談〉之論文字改革，〈中國文壇上的鬼魅〉之聲討國民黨文化「圍剿」，〈在中國現代的孔夫子〉之反孔，〈徐懋庸作《打雜集》序〉之論戰鬥雜文，〈什麼是

「諷刺」〉之論諷刺文學，〈從幫忙到扯談〉之論幫閒文學，〈七論「文人相輕」〉之論文學批評，〈「題未定」草〉之論翻譯，「西崽」和文學研究，〈〈出關〉的關〉之批判老子哲學，〈答徐懋庸並關於抗日統一戰線問題〉和〈論現在我們的文學運動〉之論抗日統一戰線和批評主觀主義、宗派主義和關門主義的「左」的文藝思想，〈這也是生活〉和〈死〉之論自己的人生觀，都是對作者前此的有關的一貫思想的總結和昇華。

《且介亭雜文》三集充滿抒情的激情。魯迅這時寫了〈憶韋素園君〉、〈憶劉半農君〉、〈寫於深夜裡〉、〈關於太炎二三事〉、〈我的第一個師父〉、〈女吊〉等記敘、抒情散文，他的許多雜文也充滿著革命浪漫主義抒情激情。《且介亭雜文》三集，更多地傾吐自己的情懷。作者此時身染沉疴，疾病時來襲擊，生老病死成為雜文中的經常話題，不少重要篇章是扶病寫成的。魯迅常有死的預感，但沒有流露出死的恐懼，而是生命不息，戰鬥不止的革命者情懷。

雜文的創作，是作為偉大的文學家、偉大思想家的魯迅畢生的最重要事業，是他心血的主要結晶，創造力的最重要標誌。正是他的博大精深和具有永恆的藝術魅力的雜文創作，確立了他在中國現代思想史、文化史、靈魂史和文學史上無與倫比的地位。雜文，照通常的說法，是文藝性的社會論文，是以議論為主的文藝散文，照朱自清的說法，屬於「雜文學」範疇[21]。古今中外，找不到第二位作家能以自己的議論為主的文藝散文，開闢了一條社會批評和文明批評的革命現實主義戰鬥雜文的廣闊道路，構築了一座思想和藝術完美結合的燈塔，照耀現代一切革命和進步的作家的前進道路。

---

21 朱自清在〈什麼是文學〉中說：「英國的德萊登早就有知的文學和力的文學的分別，似乎是日本人根據了他的說法而仿造了『純文學』和『雜文學』的名目。……雜文固然是雜文學，其他如報紙上的通訊，特寫，現在也多數用語體而帶有文學意味了。書信有些也如此。」

第三節　魯迅雜文的審美特質

魯迅的雜文，無疑是他無與倫比的獨創的思想天才和藝術天才的結晶。莫泊桑在談到作家的「才能」和「獨創性」時指出：

> 才能是來自獨創性。獨創性是思維、觀察、理解和判斷的一種獨特的方式。[22]

作家的獨創性才能和作家的獨創性思維的關係，實際上是一個事情的兩個方面。盧那察爾斯基認為作家的思維形式是因人而異的，他說：

> 所謂的「純粹藝術家」，看起來彷彿是憑著感情衝動而進行的創作，事實上這不過說明：在這種藝術家身上，具體形象的思維，是起著支配作用的。
>
> 普列漢諾夫正確地認為，藝術工作不能排除概念的思維。然而我們也可以假定有這麼一個人，在他邏輯概念領域內完成的過程超過了情感形象思維。
>
> 在頭一種情況下，可稱為藝術家兼思想家；後一種，則是思想家兼藝術家。
>
> 然而如果我們發現有這麼個人，他的思維幾乎完全缺乏形象性（這正如完全欠缺使用概念的思維一樣，是很少可能有的情況），那麼我們就可以認為，這就是近乎「純粹思想家」的類型了。[23]

---

22 莫泊桑：〈小說〉（1887年），《文藝理論譯叢》1958年第3期，頁166。

23 見盧那察爾斯基：〈海涅——思想家〉（1934年），《外國理論家作家論形象思維》（北京市：中國社會科學出版社，1979年）。

就魯迅而論，詩人和小說家的魯迅，是「藝術家兼思想家」，雜文家的魯迅，是「思想家兼藝術家」，學者的魯迅是近乎「純粹的思想家」。

關於魯迅雜文是評論和文藝的結合以及這種結合的思維特點，是魯迅研究家早就注意了的問題。馮雪峰認為魯迅雜文是「詩與政論的結合」，王任叔指出魯迅雜文是「直感」的「形象」和辯證的思維方法的結合，唐弢認為魯迅雜文是邏輯思維和形象思維借具體材料的統一。我們認為更準確的說法，應是辯證的理論思維和情感形象的審美思維的統一。

魯迅的雜文，是辯證的理論思維和情感形象的審美思維的對立同一。在魯迅雜文中，辯證的理論思維和情感形象的審美思維，是互相對立、互相依存、互相聯繫、互相滲透、互相制約，又在一定條件下互相轉化的。由於雜文是以議論為主的文藝散文，辯證的理論思維，佔居主導地位，是矛盾的主要方面。魯迅雜文的辯證的理論思維的最大特點，是它的獨創性、豐富性、深刻性和預見性，深深地打上魯迅的智慧結構，即魯迅式的智慧的鮮明烙印，具體表現為如下的幾個「統一」：

（一）微觀和宏觀的統一。魯迅雜文基本內容是極其廣泛深刻的社會批評和文明批評，是以包括自我靈魂的解剖在內的，以整個「社會」和整個「文明」為批評物件的，這種批評帶有雄偉的宏觀氣度。魯迅的這種批評，通常是從細小尋常的社會現象入手，但他又不停留在就事論事的水準上，不搞「小事論」，他借細小尋常的社會現象的剖析，來透視社會、透視社會的「文明」，他是搞「以小見大」，「借一斑而略窺全豹，以一目而盡傳精神」。魯迅的這種批評，通常還採取分析和綜合相結合的方法。對這種方法，魯迅在《准風月談》〈後記〉中，有很好的說明：「我的雜文，所寫的常是一鼻、一嘴、一毛，但合起來，已幾乎是一形象的全體，不加什麼原也過得去的了。

但畫上一條尾巴，卻見得更加完全。」

（二）歷史和現實的統一。魯迅雜文中，有單純的歷史考察和單純的現實解剖的出色篇章，但大多數是歷史的反思和現實剖析相統一的，這是魯迅雜文辯證的理論思維的重要特徵。魯迅這類雜文，善於從歷史和現實的聯繫中，勾畫出事物發展的歷史過程，揭示出事物發展的歷史規律，魯迅的雜文，包容我們民族的整部歷史，充滿豐厚的歷史感和深刻的歷史預見性，有一種特別的吸引力和說服力。

（三）自然科學和社會科學的統一。魯迅的博識是無與倫比的。他精通自然科學中的生物學、醫學、地質學，也有豐富的文學、繪畫、歷史、教育、哲學、宗教、道德、法律、文字、民俗、考證乃至政治、經濟等諸方面的知識。他的雜文在進行社會批評和文明批評時，總是得心應手，運用自如地調動有關的自然科學和社會科學知識。他的雜文有令人歎為觀止的歷史空間和知識空間。

（四）「破壞」和「建設」的統一。魯迅的雜文，是不留情面，堅韌不拔地「暴露」和「攻打」舊社會和舊文明的匕首和投槍，充滿著批判和戰鬥的激情。但他不是只有恨而沒有愛的「冷嘲」家和恨世者，而是「內心有理想之光」的「革新的破壞者」，他針砭時弊，批判舊社會和舊文明，是為了匡正時弊，移風易俗，改革社會，改良人生，建設新的精神文明。這是魯迅雜文創作思維上的根本特點，是魯迅雜文的靈魂。別林斯基說過，「任何否定，如果要成為生動的，詩意的，都應當是為了理想而否定。」[24]雜文家的魯迅，既是尖銳的社會批評家，又是偉大的社會改革家，既是清醒的現實主義者，又是熱烈的理想主義者，他雜文中的「任何否定」都是「為了理想而否定的」。那種把「暴露」和「歌頌」從根本上對立起來，加以機械的割裂，甚而對雜文的「歌頌」和「暴露」加以種種硬性的規定，如限定

---

24 轉引自前蘇聯大百科全書：〈現實主義〉，《文藝理論譯叢》1957年第2期。

雜文只能「歌頌」而不能「暴露」，限定雜文對革命人民和革命政黨只能一味「歌頌」，對他（它）們的缺點和錯誤只能閉上眼睛，視而不見，不允許「暴露」、批評和諷刺等等，這類主張，如同命令自然界的百花只能有一種顏色，人們的笑只能有一種方式一樣可笑。包括魯迅的雜文在內，雜文同漫畫、相聲、喜劇屬於血緣非常親近的姐妹藝術，都是以廣泛的否定性和肯定性的社會批評和文明批評為主要內容，以笑為主要武器來體現它們的藝術功能的，特別是主要以「否定」性的內容和形式來表現作家的社會審美「理想」。像上述那種貌似革命，實則是違背雜文創作辯證思維規律的主張，是禁錮雜文創作自由發展的貽害無窮的形而上學理論。

魯迅的雜文是以議論為主的文學散文，是辯證的理論思維和情感形象的審美思維的互相統一和有機融合，這一思維的根本特點，決定了魯迅雜文在藝術地掌握世界的方式上，在選材、構思、結構、語言、表現方法和藝術風格等各方面，既區別於一般的議論文，又不同於記敘抒情等純文學散文，帶有綜合的特點，集中表現為議論的形象化、議論的理趣化和議論的情意化。這樣，魯迅的雜文，雖然以對社會人生深廣的哲理思考為精魂，但它有著理論的深邃內涵，卻無理論的「灰色」的形態，它同人們的日常生活和實踐經驗保持最密切的聯繫，跳動著形象、情感和趣味的生命和光彩，它和現實「切貼」，「生動、潑辣、有益，而且也能移人情」[25]，它的理論之花開在生活之樹上，充分發揮文學的教育、認識和審美的社會功能。從雜文的藝術結構看，魯迅的雜文中，有只是單純的邏輯論證的邏輯型雜文，有單純的雜文形象創造和生活畫面片段描繪的形象型雜文，絕大多數是採用夾敘夾議寫法，在理論思維的邏輯大框架之中包孕著雜文形象的創造或生活畫面的片段描繪，這是理論思維駕著形象的翅膀在思想王國的

25 魯迅：〈徐懋庸作《打雜集》序〉，《且介亭雜文二集》。

天野翱翔，也有在雜文形象的創造或生活畫面的片段描繪中棲息著理論思維的精魂，這是形象思維的江流上奔湧著天才智慧的靈光，無論是哪一種，都是魯迅對人生真諦的睿智發現和藝術形象的獨特創造的統一，都是議論的形象化。

魯迅雜文議論形象化的途徑和方法是多種多樣的。如雜文形象和意象的創造，生活畫面的片段描繪，形象性的喻證推理，對論敵謬論的歸謬顯象，寓言、故事以及生動典型材料的活用等等。僅就為說理服務的雜文形象和意象的創造來說途徑和方法就是多種多樣。首先是借助想像、聯想創造出來的那些帶有譬喻和象徵性的形象和意象。如「落水狗」、「叭兒狗」、「細腰蜂」、「夏三蟲」、「掛著鈴鐸的山羊」、「火神爺」、「喪家的資本家的乏走狗」、「二醜」、「西崽」等形象，以及如「黑色的大染缸」、「小擺設」、「變戲法」等意象。瞿秋白對魯迅創造的雜文形象給予很高評價，認為「**簡直可以當做普通名詞**」，「**認做社會上的某種典型**」[26]這雜文形象不僅賦予雜文論旨以形象的生命和魅力，他（它）們自身就包含著豐富的社會內容，耐人尋味。「黑色的染缸」和「變戲法」是魯迅雜文中反覆出現的意象。在《兩地書（四）》中，魯迅說：「中國大約太老了，社會上事無大小，都惡劣不堪，像一隻黑色的染缸，無論加進什麼新東西去，都變成漆黑。可是除了再想法子來改革之外，也再沒有別的路。」在《花邊文學》〈偶感〉中又說：「每一新制度，新學術，新名詞，傳入中國，便如落在黑色染缸，立刻烏黑一團，化為濟私助焰之具，科學亦不過其一而

26 長期以來不少人根據瞿秋白這句話，認為瞿秋白在這裡認定魯迅筆下的雜文形象就是文學典型，其實瞿秋白原意並非如此。他在文章開頭說：「急遽的劇烈的社會鬥爭，使作家不能夠從容的把他的思想和感情鎔鑄到創作裡去，表現在具體的形象和典型裡」，瞿秋白在這句話裡使用的「典型」一詞是指創作中的文學典型，它同「社會典型」是有區別的。列寧在雜文〈奴才氣〉（見《列寧全集》29卷）中說「作為社會典型的奴才是虛偽的。」社會典型和文學典型是有聯繫的，但又是有區別的。

已。」「此弊不去，中國是無藥可救的。」這確是生動而精警的絕妙比喻。美國傳教士 Smith 在〈支那人氣質〉中以為「支那人是頗有點做戲氣質的民族」，日本的安岡秀夫在〈從小說看來的支那民族性〉中「常常引為典據」[27]。「戲臺小天地，天地大戲臺」，「做戲」或「變戲法」這個邏輯判斷和審美判斷相統一的意象，在〈馬上支日記〉、〈做戲與宣傳〉、〈現代史〉、〈變戲法〉和〈朋友〉等雜文中多次反覆出現。魯迅借這一意象來批評中國的國民性，揭露「國粹家」、「做戲的虛無黨」，國民黨的「宣傳」及其「戲子的統治」，既生動形象，又含不盡之意。其次是起「綽號」和畫漫畫。魯迅在《且介亭雜文二集》的〈五論「文人相輕」——明術〉中說：「果戈理誇俄國人之善於給別人起名號——或者也是自誇——說是名號一出，就是你跑到天涯海角，它也要跟著你走，怎麼也擺不脫。這正如傳神的寫意畫，並不細畫鬚眉，並不寫上名字，不過寥寥幾筆，而神情畢肖，只要見過被畫的人，一看就知道是誰，誇張了這人的特點——不論優點或弱點，卻更加知道這是誰。……批評一個人，得到結論，加以簡括的名稱，雖只寥寥數字，卻要很明確的判斷力和表現的才能。必須切貼，這才和被批判者不相離，這才會跟他跑到天涯海角。」魯迅很讚賞「五四」時期錢玄同創造的「桐城謬種」和「選學妖孽」，認為只有他自己創造的「革命小販」和「洋場惡少」差可匹敵。其實除此之外，還有「捐班文人」、「糞帚文人」、「商定文豪」、「文壇鬼魅」等等，也都是「寥寥幾筆」，就把對象「神情畢肖」勾畫出來，讓他逃到「天涯海角」也甩不掉的。再次是描摹人物的動作、聲口、心理。魯迅雜文重視人物動作的描摹，他有時刻畫某一類人物的某一動作，就揭露某一類人的精神狀態及其本質。在〈中國文壇上的鬼魅〉中，魯迅寫到在第一次大革命失敗後，國民黨當局進行大屠殺，許多革命

---

27 魯迅：〈馬上支日記〉，《華蓋集續編》。

青年被送上絞刑架，而文學上的所謂「第三種人」中的某些人，則「拉」著那些脖子上套著絞索的青年的腳，僅這一動作就把「第三種人」的幫兇面目揭露無遺了。而像〈推〉、〈踢〉、〈爬和撞〉、〈推的餘談〉、〈衝〉等，則更是以集中誇張，突出某一類人的某一動作，來揭露這一類人的本質。魯迅雜文經常引用他評論的某些人物的語言，有時是原話，有時是改造的，有時則是虛擬的。當年陳西瀅鄙視中國人，說什麼：「這樣的中國人，呸！」魯迅把這句話稍加分析之後，反唇相譏：「這樣的中國人，呸！呸！！！」[28]「現代評論」派中的陳西瀅和徐志摩互相吹捧，徐說陳學法朗士文章當得起「有根」，只有他才當得起「學者」的名詞，陳西瀅則說徐在新文學家中是「尤其」特出，魯迅嘲弄說，現在中國的「有根」學者和「尤其」的「詩人」是「互相選出」[29]了。三十年代初，胡適竟去拜謁「廢帝」溥儀，魯迅在《二心集》〈知難行難〉中，引了謁見後胡適對人說起他們當時的對話：「他叫我先生，我叫他皇上。」僅此一句，就將胡適的無聊寫盡了。像〈鬼畫符〉、〈犧牲謨〉、〈忽然想到（二）〉、〈評心雕龍〉、〈半夏小集（一）〉等篇則是純由對話構成，那些對話自然是經過改造，有的則是虛擬的。描摹人物的心理，表現人物的內心獨白，是魯迅雜文寫人的靈魂的方法。魯迅雜文中人物形象的刻畫自然同小說和純文學散文是不同的，帶有片段的、漫畫誇張的性質，同時它是直接為邏輯評論服務的，除少數篇章外，絕大多數是鑲嵌在雜文的理論思維的邏輯框架之內。

議論的理趣化。朱自清在〈魯迅先生的雜感〉中說：「魯迅先生的《隨感錄》……還有一些『雜感』，在筆者也是『百讀不厭』的。這裡吸引我的，一方面固然也是幽默，一方面卻還有別的，就是那傳統的的稱為『理趣』，現在我們可以說是『理智的結晶』的，而這也

28 魯迅：〈「碰壁」之餘〉，《華蓋集》。

29 魯迅：〈無花的薔薇〉，《華蓋集續編》。

就是詩。」魯迅非常強調雜文要有「趣味」能引人發「笑」，能給讀者以「愉快和休息」，魯迅也反對為「笑笑」而笑，為「幽默」而「幽默」，為「滑稽」而「滑稽」，反對把「肉麻當有趣」的庸俗低級的「趣味」，魯迅的這一切主張貫徹在他的雜文創作裡。魯迅無疑是一位卓絕千古的「笑」的大師，是一位可以同拉伯雷、塞凡提斯、莫里哀、斯威夫特、果戈理、謝德林等偉大諷刺家和幽默家相媲美的「笑」的大師。羅馬詩聖賀拉斯說過「含笑談真理，又有何妨呢？」作為雜文大師的魯迅，不僅是勇猛無畏地狙擊中國的舊社會和舊文明的「橫掃千軍如卷席」的「霹靂手」，他還是「含笑談真理」的諷刺和幽默大師。「含笑談真理」是魯迅雜文思想和藝術風格的一個重要方面，是魯迅雜文為讀者長久喜愛、傳誦不衰的一個奧祕所在。魯迅雜文的理趣，首先表現在，在魯迅的雜文中，有一系列獨創性的真理發現。諸如他從雜亂無序、浩如煙海的史料中，深刻揭示出中國歷史發展中的某些規律，他從社會革命的成敗和國民性改革的辯證關係中，揭發中國國民性的種種病根，肯定中國國民性中的積極性，他從中國自辛亥革命以後，現代革命歷史的反思中總結的經驗教訓，提出中國革命的戰略和策略思想，他關於中國的無產階級文化革命，即包括文學理論、文學創作、文學批評、文學研究、文學評介以及作家隊伍的造就乃至文字語言工具的改革等一系列的真知灼見，他從某些社會事件初露端倪時就清晰準確勾勒出其未來圖景，他突入人們司空見慣的、「幾乎無事」的社會現象的外殼，揭發出其中隱藏的「悲劇」等等，都是獨創性的真理發現。這些真理是如此尖銳又如此質樸，是如此單純又如此豐富，既有不可抗拒的笑的魅力，又有著啟人俯仰古今、心馳萬里的詩的雋妙。魯迅的雜文是真理和諧趣的高度統一的理趣美，是代表著我們民族的智慧和幽默的最高水準。魯迅的笑，是參悟了歷史的秘密和人生的真諦的智者和戰鬥者的笑，像真理一樣樸素親切的，又像真理一樣威嚴。對人民來說，讀魯迅的雜文，是在笑聲的王國裡作真理探勝的旅行，對那些醜類來說，是引頸苦待被釘在「歷史的恥辱柱上」的可怕判決。

為了說理的需要，魯迅在他的雜文中，廣泛援引和活用中外神話、寓言、故事、傳說、小說、戲劇、詩歌以及文學家和思想家的材料，這些材料本身就是詼諧有趣的，同作者所要闡發的真理珠聯璧合、交相輝映；魯迅在雜文中廣泛運用誇張、借喻、雙關、反語、暗示等諷刺、幽默手法，這也是魯迅創造雜文的理趣美的重要手段。在魯迅的雜文中，不僅那些有著生動的形象、生動的生活畫面、生動的故事的雜文充滿著理趣美，即便那些學術色彩濃厚的論文和講演，那些帶有學術考據性質的雜文，那些只有三言兩語的「立此存照」和「掂斤播兩」，一經魯迅講來寫下，也都逸趣橫生、詼諧幽默、充滿喜劇色彩。

議論的抒情化。魯迅的雜文燃燒著神聖的愛憎，洋溢著抒情的激情，充滿著詩的情趣。在魯迅的雜文裡，抒情方式、抒情色調和抒情語言，因文體格式、評論對象、客觀情勢和作家心境的不同而異，是多姿多彩，情味各異的。一般說，隨感錄、書信、日記、序跋式的雜文，多取直抒胸臆的直接抒情方式，短評、隨筆體的雜文，多取感情的客體化或外在化的間接抒情方式，或則借形象畫面、細節或寓言、故事以表情達意，或則融情於理。直接的抒情常有火山突發式的氣勢，間接的抒情則具吞吐曲折、迴旋蕩漾、層層遞進的悠遠綿長情韻。當然在不少篇章中，常常是直接抒情和間接抒情相結合。魯迅對生活中的真善美和假惡醜，是非分明，愛憎明確，感情從無偽飾，這決定了他的抒情色調和抒情語言的多姿多彩，情味各異。以《兩地書》而論，魯迅對舊社會和舊文明，對自己的戰友和學生就有著判然不同的鮮明愛憎和態度，即便是對許廣平，當他們是師生關係的時候，情人關係的時候，夫妻關係的時候，《兩地書》因關係的不同，在抒情色調和抒情語言也略有差別。但是不管是什麼樣的抒情方式，魯迅總是把他那熱烈的愛憎同形象的刻畫、畫面的顯現、故事的敘述、細節的描寫、議論的展開有機結合的；不管是什麼樣的抒情色調和抒情語言，峻烈和深沉是魯迅雜文抒情的基本風格。

以上我們從廣闊而深刻的現實主義內容和思維特點以及創作方法特徵這兩大根本方面考察了魯迅的雜文。從社會批評和文明批評看，魯迅的雜文，同世界近、現代現實主義思潮之間有著深刻的內在聯繫，這是古代任何散文家所不能比擬的，這是問題的一個方面；問題的另一方面，魯迅雜文的社會批評和文明批評，又同我們民族的歷史文化傳統，同我們民族的心理結構，同「五四」以來社會的革命發展又是息息相關的，這就是說魯迅雜文的社會批評和文明批評，有著現代化、民族化和革命化的鮮明特徵。從辯證的理論思維和情感形象的審美思維的有機統一看，魯迅的辯證的理論思維，同西方的古典哲學、西方的馬克思主義哲學及其在中國的發展是密切相關的，這在中國古典散文家中是難得遇到的，但是問題的另一方面，魯迅雜文中的議論的形象化、理趣化和抒情化，則有著中國古典散文的血脈，是對中國古典散文優秀傳統的革命發展，這就是說魯迅雜文的思維方式和創作方法，也同樣有著現代化、民族化和革命化的鮮明特徵。

魯迅雜文在思想和藝術上所取得的巨大成就，在古今中外散文史上都是罕見的奇觀，是我們民族文化的光榮和驕傲。

馮雪峰早在〈關於魯迅在文學上的地位〉裡就指出魯迅雜感「不僅在中國文學史和文苑裡為獨特的奇花，也為世界文學中少有的寶貴的奇花。」一些西方和中國現代文學研究家常常看不到這一點。這其中有翻譯上的原因，有不了解魯迅雜文的歷史文化背景，有的則由於隔膜或政治偏見。他們否定或貶損魯迅雜文的主要理由有兩條：一、只把魯迅雜文看為狹窄短暫的政治鬥爭的產物；二、認為雜文魯迅屬於「雜文學」，不屬於「純文學」，甚而認為它根本就不是「文學」。

關於第一點，我們在上面說過，魯迅雜文是一種極其廣泛、深刻、生動的博大精深的社會批評和文明批評，它包含政治鬥爭，但決不限於政治鬥爭，它有著更廣闊深邃的內涵；我們還認為，魯迅的雜文包含著在中國實現社會現代化、文化的現代化、人的思想、道德、靈魂、風習等的現代化的博大深邃的現代意識，這種現代意識在中國人民實現現代化的宏偉歷史過程中是永遠不會過時，是永遠應該學習繼承和發揚光大的。在中國這樣一個有著五千年的文明史和十多億人口的貧窮落後國家實現現代化的鴻圖大業，無疑是激動人心的世界大事。從這點說，同中國人民實現現代化壯舉血肉相連的魯迅雜文，就天然地具有不可低估的世界意義。

關於第二點，我們認文學中所謂的「雜文學」和「純文學」，甚而是「雅文學」和「俗文學」，它們之間的區分和界限，只是相對的，並不是絕對的，況且它們在特定條件下，是可以互相滲透、互相轉化、整合為一的。就是從嚴格的文學標準來看，魯迅雜文生動記錄的「時代眉目」，它所創造的社會眾生相的眾多形象系列，它所抒發美好情懷和人生哲理，它那不可重複的獨創的諷刺幽默風格，它的獨一無二的簡潔、洗鍊、生動的文學語言，不僅魯迅自己的小說、散文詩和散文無法比擬，其他眾多的新文學作家更是難以企及，這一切同那些世界級的文學大師相比，更是毫不遜色。關於魯迅雜文的文學價值，美籍華人學者李歐梵在〈鐵屋中的吶喊〉裡，倒是說了頗有識見的公道話：

> 雜文在魯迅的著作中，僅從所佔篇幅看，就無疑佔有一個重要的地位，甚至超過他的小說、散文詩以及舊體詩。但是，由於內容有明顯的政治性和論爭性，這些雜文是否可以和小說、散文詩、舊體詩一樣視為「藝術創作」，就成為一個問題。有些西方學者對此持否定態度的。我的意見則相反，認為如果我們以中國文學傳統為背景來衡量魯迅作為現代作家獨創性的程

> 度，雜文恰恰應是非常重要的一個方面。不說別的，只就整個中國文學傳統中散文所佔的地位而言（它比詩和小說都更為重要），魯迅在這方面的繼承和創新更直接、更重要。

魯迅雜文的世界地位是確定的，它正在不斷走向世界，日本不必說了，在歐美也有愈來愈多的有識之士，愈來愈深刻認識到魯迅雜文的哲理和美學價值。

第十二章
瞿秋白的雜文

瞿秋白是現代雜文大家。馮雪峰曾說瞿秋白的雜文可以和魯迅的雜文相比擬，又有他自己獨特的「風格」和「光芒」。在中國現代雜文史上，瞿秋白的雜文創作和理論主張，對鞏固、擴展、豐富和壯大魯迅開創的革命現實主義戰鬥雜文傳統，起了重大的作用。

第一節　瞿秋白雜文的演變和發展

瞿秋白（1899-1935），革命家、文藝理論批評家和雜文家。初名阿雙，後改名爽，又名霜，再後才改名秋白。江蘇常州人。祖父一輩是官宦人家，父親長期失業，流落山東。母親因家貧無以為生，一九一六年服毒自盡。瞿秋白在北京俄文專修館學習時，積極參加「五四」愛國運動。他曾和鄭振鐸、耿濟之等人於一九一九年十一月創辦《新社會》旬刊，一九二〇年八月又創辦《人道》月刊。一九二〇年被北京《晨報》聘為旅蘇記者。旅蘇兩年，開始信仰社會主義學說。一九二二年二月參加中國共產黨。同年參加共產國際第四次代表大會，在會上，他會見過列寧。旅蘇期間著有《餓鄉紀程》和《赤都心史》兩本散文集。一九二三年一月，瞿秋白回到北京，參加中共機關刊物《新青年》季刊編輯部，後又編輯《嚮導》、《前鋒》等黨的刊物，為中共早期理論宣傳和建設作出重要貢獻。一九二七年的「八七」會議上，瞿秋白被選入中共臨時中央局。一九三〇年九月，主持中共六屆三中全會，糾正左傾冒險主義錯誤。一九三一年受到王明左傾路線排擠和打擊。從這時到一九三三年，瞿秋白同魯迅一起，為發展左翼文藝運動，建設中國新文化，作出傑出貢獻。一九三四年初，瞿秋白從上海來到江西中央革命根據地，任中央工農民主政府的人民教育委員。一九三五年二月二十四日，他在福建長汀被國民黨軍隊逮捕，六月十八日在長汀英勇就義。瞿秋白的主要著作和翻譯收集在人民文學出版社一九五四年版的《瞿秋白文集》（一至四卷）裡。

人們在論述瞿秋白的雜文創作時，大多侷限於他在一九三一年至一九三三年之間的雜文創作。這是不確切的。事實是早在一九二〇年一月，他就在自己參加編輯的《新社會》和《人道》雜誌上發表過雜文。《餓鄉紀程》和《赤都心史》這兩部獨具一格的散文作品，以氣魄的宏偉，思想的新穎和文字的優美顯示了作者的卓越才能，確立了他在中國現代散文史上的無可爭辯的地位。其中的「隨感錄」和「讀書記」，實際上就是雜文類的創作。

瞿秋白於一九二〇年作為北京《晨報》的特派記者赴莫斯科，一九二二年參加中國共產黨，一九二三年回國。回國之初，他在《晨報》等報刊上發表了一些雜文、散文和文藝評論的文章。在火熱緊張的政治鬥爭中，他沒有放棄雜文創作，而把雜文作為革命鬥爭的銳利武器。他主編的《新青年》、《嚮導》和《前鋒》，開闢了「小言」、「寸鐵」等專刊雜文的專欄，自己也寫了一些雜文。至於他在一九三一年至一九三三年間，拿起雜文作武器，和魯迅並肩作戰，就更不用說了。總之，雜文創作是貫串著瞿秋白的整個文學生涯的。

瞿秋白的雜文創作，大致可分為前後兩個時期，其中後期又可以一九三二年下半年為界分為兩個階段。一九二〇年，瞿秋白在《新社會》上發表了〈小小的一個問題——婦女解放問題〉、〈文化運動＝新社會〉和〈勞動底福音〉等三篇社會評論性的雜文，還有介紹俄羅斯文學的兩篇文藝評論性的雜文，如〈論普希金的《弁爾金小說集》〉、《俄羅斯名家短篇小說集》〈序〉，反映了當時作為革命民主主義者的瞿秋白，對「五四」運動中風靡一時的婦女解放問題、新文化運動問題、「勞動神聖」問題的激進態度，以及他介紹十九世紀俄羅斯文學的目的。這幾篇雜文無論從思想和藝術看均較一般。一九二三年初，瞿秋白陸續創作了一批雜文。這年寫作的有〈最低問題〉、〈短評十二則〉、〈新的宇宙〉、〈歐文的新社會〉、〈弟弟的信〉、〈樂志華案是一幅中國的縮影〉、〈涴漫的獄中日記〉、〈豬八戒〉、〈那個城〉、〈勞農新國的新文學家〉和〈赤俄文藝第一燕〉。這些雜文中，〈歐文的新社會〉僅據手稿，發表處待查，其餘均分別發表在同年的《晨報》（副刊「雜感」欄）、《前鋒》（「寸鐵」欄）、上海《文學週報》、《嚮導》週報、《時事新報》（「文學」欄）、《中國青年》及次年的《小說月報》上。後來他又繼續寫作，一九二五年在「五卅」運動高潮中出版的《熱血日報》的「小言」欄上，發表了「小言」七則；一九二六年在《嚮導》週報的第一四四期和一四五期的「寸鐵」欄上發表「寸鐵」三則。上舉雜文作品，除了〈新的宇宙〉和〈歐文的新社會〉等帶有介紹、評述的性質外，大都是在尖銳的揭露和抨擊之中融進「謔而虐」的尖刻諷刺，作者所要揭露和抨擊的都是當時社會鬥爭中的重大問題，但篇幅卻短小，只用三言兩語就能勾出帝國主義者、北洋軍閥、買辦資本家和反動論客的鬼臉和靈魂，就能點破他們謬說的實質，文字是鋒利而質樸的，語調是急促而跳躍的，沒有通常雜文慣用的那種舒卷從容的帶幽默味的閒筆，也沒有通常雜文的那種有層次的論述和反駁。瞿秋白的這些雜文，確是短小鋒利的「寸鐵」，頗有分量的「小言」，類似李大釗那些短而精、「謔而虐」的「隨感錄」，代表了《新青年》、《前鋒》、《嚮導》上的「寸鐵」、「小言」欄中共產黨人創作的雜文的戰鬥風格。寫於這時的〈涴漫的獄中日記〉、〈豬八戒〉、〈那個城〉，是同那些「小言」、「寸鐵」類的「短評」具有不同風致的雜文。〈涴漫的獄中日記〉，巧妙假託三千年後的考古學家發現「二七」大罷工中一位工人記述他在獄中的遭遇的日記，控訴反動軍閥鎮壓工人運動的暴行，寫法上近於記敘散文；〈豬八戒〉，套用《西遊記》故事，在豬八戒和他「渾家」的對話中插進吳稚暉和梁漱溟的言論加以嘲弄，寫法近於小說；〈那個城〉以寓言式的散文詩的寫法，表達了中國革命「以俄為師」,「走俄國人的路」的思想，顯示了這時期的瞿秋白在雜文寫作上的多種多樣的創造才能。《餓鄉紀程》和《赤都心史》那些以形象、抒情文字論述「五四」以後中國思想變化史和作者的心靈探索史的篇章，可以看作是汪洋恣肆、議論縱橫的漂亮雜文，代表了瞿秋白雜文創造才能的另一側面。

就瞿秋白全部雜文創作而論，這是個「試煉」期，是通向以後輝煌的不平凡的起步。作者在當時畢竟是把主要精力放在緊張的政治鬥爭和馬克思主義的理論宣傳上，他不可能用更多精力進行雜文創作，他這時的一些雜文不免給人匆促急就，草率成篇之感，尖銳有餘，涵蘊不足。

瞿秋白是一九三一年才回到文藝戰線上來的。在一九三一年一月的中共六屆四中全會上，瞿秋白受到王明等人的打擊，被排擠出中央領導，到上海從事革命文化運動。他在上海活動的時間前後不過三年，但就在這短短的時間裡，在艱苦的生活條件下，他卻對中國革命文藝運動的發展建樹了不朽的功勳。寫作雜文只是瞿秋白在滬三年革命文藝活動的一部分。可以說他的雜文創作和理論，是同其他的革命文藝活動不可分割，融為一體的。他的鋒利的雜文正是在無產階級革命洪爐中鍛鍊出來的。

這時期，瞿秋白以董龍、史鐵兒、陳笑峰、司馬今、易嘉、宋陽等筆名，在左聯刊物和《申報》副刊「自由談」上，發表了一大批社會評論、文藝評論和序跋性的雜文。這些雜文，一部分收在《亂彈》中。此外，還有作者一九三三年與魯迅合作的雜文《王道詩話》等十四篇，借用魯迅的筆名發表於《申報》副刊「自由談」上，這十四篇，魯迅生前曾收入自己雜文集內（略有修改）。這是他一生雜文創作中的成熟期和高峰期的作品，在總的思想方向和藝術風格上是大體一致而有所發展變化的。瞿秋白的雜文生動而深刻地反映了這一光明和黑暗、進步和倒退、革命和反革命、愛國和賣國的殊死搏戰的歷史特點，顯示了他作為一位敏感的政治家，卓越的理論家，不屈不撓的革命戰士和才華橫溢的散文家相統一的特點，他的雜文同魯迅的雜文相輝映，高出於當時一般左翼作家的雜文，成為現代雜文發展史上的一座豐碑。不過我們如果細加品味、辨析，又可以發現，作者在一九三二年下半年後的雜文，無論在思想上和藝術上都有明顯的飛躍，特別是他同魯迅合作的那些雜文，既活用魯迅雜文筆法，又有自己的獨運匠心，屬於作者一生雜文創作中爐火純青的藝術珍品。因此，作者在一九三一至一九三三年間的雜文創作，還可以一九三二年下半年為界而分為兩個階段的。

先看作者一九三一年秋至一九三二年上半年的雜文。這些雜文基本上是包括在總題為《亂彈》中的。作者在《亂彈》〈代序〉中，把自己的戰鬥雜文稱為與「紳商階級」（指大地主大資產階級）相對立的「亂彈」，他意在言外地說：「這個年頭，總有一天什麼都要『亂』，咱們『非紳士』的『亂』不但應當發展，而且要『亂』出個道理來」，又說：「這雖然不是機關槍的亂彈，卻至少是反抗束縛的亂談。」表明了他的雜文創作，要堅持文藝大眾化路線，要配合「機關槍」的「亂彈」，要擾「亂」紳商統治的天下，要「亂」出「道理」，要開創一個新世界。《亂彈》在《北斗》上分組發表時，每組都包含以下互相聯繫的內容：對帝國主義的侵略和國民黨統治的揭露，對「幫忙」文人的批判和對革命文藝的讚頌，對人民覺醒的期待和對革命高潮到來的呼喚。《亂彈》是層次繁複、色彩豐富的交響樂。

瞿秋白這時雜文的文明批評和社會批評是尖銳而辛辣、廣闊而深刻的。他嘲笑國民黨新軍閥已陷入「世紀末的悲哀」，不配有更好的命運（〈世紀末的悲哀〉）；他們在「水陸道場」上為自己所謂的「民族的靈魂」招魂，其目的是「為著鞏固奴婢制度」(〈民族的靈魂〉)；以蔣介石為首的中國紳商階級的政治代表，他們比歐洲資產階級前輩差得多了，連「自由、平等、博愛」的人道主義說教都不會，他們只會要弄那一套低級騙人的「流氓把戲」，所以他們是「流氓尼德」(〈流氓尼德〉)；國民黨統治集團中各路軍閥，是外國和中國的各路「財神」的爪牙，對外國主子來說，他們是奴才，對中國的奴才來說，他們是主子（〈財神的神通〉)；國民黨當局，是以「諸葛亮」自居，而把人民大眾視為可以任意驅使宰割的「阿斗」的「新英雄」(〈新英雄〉)。作者無限憤慨地指出在紳商統治下的中國，是「豺狼貓狗的萬牲園」(〈世紀末的悲哀〉)，是人民淪為牛馬豬狗，一個「no man's land（即：沒有人的地方）」(〈鸚哥兒〉)。對當時文藝領域中「民族主義文學」、「新月」派、「自由人」和「第三種人」，瞿秋白批判是猛烈的，諷刺是無情的。〈菲洲鬼話〉、〈狗樣的英雄〉、〈狗道主義〉、〈青年的九月〉等是批判「民族主義文學」的。瞿秋白指出，「民族主義文學」的鼓吹者和追隨者，「民族主義文學」筆下的「英雄」，不過是一群奉行「狗道主義」的「狗樣的英雄」；「新月」派中的詩人徐志摩，是「吃老鼠」兇狠，「叫春」音調「很浪」，受著「吃租階級」豢養的「貓樣的詩人」(〈貓樣的詩人〉)，而胡適則是「學著人話」，「花言巧語」為統治階級「救火」的鸚哥兒（〈鸚哥兒〉)；鼓吹文學脫離政治而「自由」的「自由人」，反對文學階級性的「第三種人」，是紅皮白心，表面上的朋友，實際上的敵人的「紅蘿蔔」。與此形成鮮明對照的是作者對蘇聯的無產階級文學作品如《鐵流》(〈《鐵流》在巴黎〉)、《毀滅》(〈滿州的毀滅〉、〈論翻譯〉) 和傾向無產階級的作家德萊賽（〈美國的真正悲劇〉) 的歌頌和肯定。瞿秋白在他的雜文中以最明確、最熱烈的語言歌頌那被誣為「匪徒」的中國共產黨人的英勇鬥爭（〈匪徒〉)，肯定軍隊中那穿著「老虎皮」的兵士的覺醒（〈老虎皮〉)，指出促使人民覺醒奮起的關鍵是讓他們「挖掉奴隸的心」(〈「懺悔」〉)，自己主宰自己的命運（〈反財神〉)，並一再熱情預言那摧毀舊世界驚天動地的「霹靂」，那洗刷山河大地的「暴風雨」，即全國性的革命高潮即將到來（〈沉默〉、〈一種雲〉、〈暴風雨之前〉)，瞿秋白雜文的這方面內容，在三十年代初期的雜文中是特別引人注目的。

瞿秋白這時的雜文同前期相比，仍然保持了他那尖銳悍潑、清新曉暢的文風，但視野開闊了，內容豐厚了，體制擴大了，在雜文的議論、雜文形象和雜文體式的創造上，有著更自覺的藝術追求。此時他在上海，雜文是他手中的主要戰鬥武器，因而雜文的量增多了，質地提高了。

瞿秋白這兩年的雜文，在總體上是廣闊而深刻地反映了這個時代的鬥爭，特別注重表現人民的覺醒和革命的高漲。而就各篇來說，也都有這種追求。作者在前期的「小言」和「寸鐵」式的雜文裡，他所抨擊的對象和言行，雖然也是帶有一定典型的意義的社會現象，但作者未把這些對象放在歷史和現實的縱橫結合上加以剖析，因而雖然質樸清新、尖銳悍潑，但比較單薄，不夠厚實。而《亂彈》裡的雜文，卻向著廣度和深度突進了。無論是「民族的靈魂」還是「流氓尼德」，無論是「狗道主義」的「民族主義文學」還是搖唇鼓舌、蠱惑人心、為反動統治效勞的「鸚哥兒」，作者在揭露和批判它（他）們時，大都從古今中外的聯繫上加以類比、對照，加以剖析和概括，這就保證了作者的揭露和批判達到了一定的廣度和深度。〈狗道主義〉一文就是著例。

〈狗道主義〉是揭露和批判「民族主義文學」的，作者「一筆並寫兩面」，把對「民族主義文學」的揭露和批判，同對「自由人」胡秋原關於「只有人道主義的文學，沒有狗道主義的文學」論調的反駁會合起來。作者先從反駁入題。他認為在中國是沒有人道主義文學，而只有狗道主義文學的。這是因為：一、古代的司馬遷說文學家是：

「主上所戲弄，倡優所蓄，流俗之所輕也」，就是說古代文學家沒有取得「人」的資格，自然寫不出人道主義文學；二、現實中的「被壓迫者苦難者」及其「朋友」，他們在「萬重壓迫之下」，他們沒有理由對壓迫者講「什麼仁愛的人道主義」；三、雖然西方十八世紀的資產階級講過「人道主義」，但是「一九二七年之後」半殖民地中國的大地主和大資產階級，在經濟上瘋狂榨取人民的血汗，政治上實行獨裁，也「根本不能夠有那種人道主義」；四、中國的資產階級文學家的「主人」是中國的地主資產階級，它們是「帝國主義的走狗」，這樣，中國的資產階級文學家就是「走狗的走狗」，而「狗有狗道」，所以他們的文學，就是「狗道主義文學」了。瞿秋白就這樣在古今中外的歷史聯繫之中來剖析胡秋原的論調和確立自己的論點的，他的剖析由於是以豐富確鑿的歷史事實為根據，就有著強大的邏輯性和說服力。文中駁倒胡秋原的論調僅僅是為揭露和批判「民族主義文學」即「狗道主義文學」掃清道路，因之，文章的下一部分，作者就傾注全力揭露和批判「狗道主義文學」了。他先對「狗道主義」作了總的概括：「狗道主義的義：第一是狗的英雄主義，第二是羊的奴才主義，第三是動物的吞噬主義。」接著又聯繫歷史和現實，剖析「民族主義」文學家黃震遐的詩劇《黃人之血》中的詩句，對那「狗的英雄主義」、「羊的奴才主義」和「動物的吞噬主義」，作了具體而深入的剖析，淋漓盡致的揭露和批判。這樣，〈狗道主義〉一文，就給人以歷史感和理論的深度感了。

注重有一定概括意義和鮮明性的雜文形象的創造，是這時瞿秋白雜文創作的又一特點。雜文不僅僅是議論，也不僅僅是議論的形象化，在雜文創作中，創造一些有概括意義，並有鮮明性的雜文形象，使這些生動的雜文形象成為凝聚著人生經驗，滲透著思維規律和富於社會哲理意味的「典故」式的「普通名詞」，是雜文創作中一種常人難於達到的藝術境界，是我國古典雜文創作中的優秀傳統，是魯迅和瞿秋白雜文創作中一條很重要的藝術經驗。可以看到，在〈貓樣的詩人〉、〈狗樣的英雄〉、〈流氓尼德〉、〈紅蘿蔔〉、〈鸚哥兒〉，以及〈一種雲〉、〈暴風雨之前〉這些雜文中，雜文形象的創造是全文中的引證、剖析、描寫等的貫串線和聚焦點。至於像〈沉默〉、〈美國的真正悲劇〉、〈《鐵流》在巴黎〉等文，其間雖然也有形象化的議論、記敘、描寫和抒情，但全文的著眼點卻並不在於雜文形象的創造。那些雜文形象，多扣住所要暴露和歌頌對象的社會本質特徵，連類取譬創造出來的。一類是醜惡可憎、虛假騙人的形象，如「貓」、「狗」、「流氓」以及「鸚鵡」、「紅蘿蔔」，另一類是充滿詩意，具有象徵意義的壯美形象，如「霹靂」、「暴風雨」等等。

瞿秋白是雜文藝術形式創新的能手。這時除評論和詩話式的雜文外，如暴露國民黨統治危機的〈民族的靈魂〉，以民間宗教迷信中「水陸道場」的「招魂」形式來寫，意味深長；在〈流氓尼德〉裡，作者以新倉頡自喻，把英語「Humanite」（即人道、人性）一詞改為「Liumanite」，文章的正文和文末別出心裁的「注」「疏」構成不可分割的整體，對蔣介石作了辛辣的諷刺。

不過瞿秋白這時的雜文，無論在思想上和藝術上都存在著一些明顯的弱點。他還不善於純熟地運用馬克思主義的立場、觀點和方法去分析問題和解決問題，他對許多問題的看法常帶有「左」的偏激情緒和片面性，例如，他對「五四」新文學運動的革命意義認識不足，否定過多，曾一度把高爾基、魯迅等看成「學閥」。他在文藝大眾化和文學翻譯上的理論主張也有著絕對化和片面性的毛病。魯迅對瞿秋白的文藝論文，特別是他批判「民族主義文學」、「第三種人」的論文異常讚賞，說「真是皇皇大論！在國內文藝界，能夠寫這樣論文的，現在還沒有第二個人！」魯迅認為瞿秋白的雜文尖銳，明白，「真有才華」，「是真可佩服的」，但也指出它深刻性不夠，少含蓄，第二遍讀起來就有「一覽無遺」的感覺。對魯迅的批評，瞿秋白是口服心服的。

第二節　在和魯迅並肩作戰中走向成熟

從一九三一年下半年，瞿秋白和魯迅之間由通信而正式接觸交往，特別是從一九三二年十一月至一九三三年七月間，瞿秋白三次避難，住在魯迅家裡。這使兩位革命戰友朝夕相處，互相切磋，加深了彼此的認識，結下深厚的戰鬥情誼。在這段時間裡，瞿秋白翻譯了《「現實」——馬克思主義文藝論文集》、《列寧論托爾斯泰》，翻譯了《高爾基創作選集》、《高爾基論文選集》，編輯了《魯迅雜感選集》，並撰寫了著名的〈序言〉。所有這些，不僅是瞿秋白個人在革命文藝活動方面取得的豐碩成果，也是中國現代革命文藝運動史上影響深遠的戰鬥業績。它促成了瞿秋白在思想、文藝評論和雜文創作上的全面飛躍。

瞿秋白的《高爾基論文選集》的〈寫在前面〉和《魯迅雜感選集》〈序言〉，是現代雜文理論建設的重要文獻。在這兩篇序言中，他進一步發展了盧那察爾斯基的觀點。盧氏在《高氏作品選》〈序〉——〈作家與政治家〉中說：

> 高爾基在一部很多的小說裡，總結著自己極豐富的經驗；同時，他把一切重大的事變反映到自己的政論和書信裡。……高爾基的不可磨滅的書信把他的名字寫進了人類歷史的光榮的一頁。

在《高爾基論文選集》的〈寫在前面〉中，瞿秋白寫道：

> 高爾基的論文，也和魯迅的雜感一樣，是他自己創作的注解。……高爾基的創作是這三、四十年之中俄國歷史的反映，而他在每一時期的劇烈事變之中，還給我們許多公開的書信，

> 論文，隨感，那就更是正面的，公開的表示他對於事變或是一般的社會現象的態度。
>
> 高爾基的論文之中，反映著世界的偉大戰鬥的各方面。

在這裡，瞿秋白發揮盧那察爾斯基的觀點，把高爾基的「論文」，看成是與他的「小說戲劇」既有區別又有聯繫的東西，看成是這個「新時代的最偉大的現實主義的藝術家」更正面更直接地反映著「世界的偉大戰鬥的各方面」的東西。而特別值得注意的是，瞿秋白把魯迅的雜感和給予如此崇高評價的高爾基的政論並提，這在現代雜文理論建設史上是第一次。他的《魯迅雜感選集》〈序言〉不僅肯定魯迅的革命現實主義戰鬥雜文在中國近、現代「思想史上的寶貴成績」，而且更進一步指出：魯迅的雜感，不是一般的「社會科學的論文」，而是「歷年的戰鬥和劇烈的轉變給他許多經驗和感覺，經過精煉和融化之後，流露在他的筆端」的戰鬥篇章。魯迅以他的「神聖的憎惡和諷刺的鋒芒」揭露和抨擊的「軍閥官僚和他們的叭兒狗」，簡直「可以當做普通名詞讀」，可以「認做社會上的某種典型」。

馬克思主義文藝理論和高爾基政論文的翻譯和研究，《魯迅雜感選集》的編輯和對魯迅雜文的學習和研究，是瞿秋白雜文創作在思想和藝術上的飛躍的基礎。馮雪峰在《回憶魯迅》中談到瞿秋白和魯迅的密切交往和合作時說：「秋白同志也從魯迅先生那裡受了一些影響的，例如對於雜文的看法和對魯迅雜文的評價，就是他研究了魯迅雜文並和魯迅親密地接近之後而更深刻和更堅定起來的。」又說：「秋白同志無形地受了魯迅先生一些影響。『魯迅看問題實在深刻』這樣的話，他曾經對我說過幾次，我想這就可以是一種說明。」

瞿秋白和魯迅合寫或他自己寫的雜文，活用魯迅雜文筆法又有自己的獨立創造，他的雜文創作出現了新生面。首先是他這時的雜文較之《亂彈》中的某些作品更精粹、更深刻了。試把〈鸚哥兒〉和〈王道詩話〉比較一下就一目瞭然了。這兩篇雜文都是揭露胡適「人權」說教。第一篇兩千餘字，寫得痛快淋漓，但只寫出胡適「人權」論本質的皮相。第二篇壓縮成精粹的幾百字，但卻深挖了胡適「人權」論的老根。文章短而充滿著歷史感，給人以更多的回味。

其次是他這時的雜文創作，在譏評現實中的醜惡現象時，常自覺地把它們同「固有文化」和「社會秘訣」一道針砭，常在對古代典故和形象作推陳出新的基礎上演繹新義和創造出有典型概括意義的雜文形象，他也常常自覺地運用古代的詩詞、雜劇、民間故事和疏、傳等的形式來創造雜文藝術的新形式。立足現實，自覺提示現實和歷史之間的聯繫，「古為今用」「推陳出新」，自覺追求雜文創作藝術的民族風格，在〈最藝術的國家〉裡，把國民黨統治者，一面剝奪老百姓的選舉權，一面又把自己裝扮成「民主」「憲政」的實行者，一面交涉，一面「抵抗」，一面做實業銀行家，一面自稱「小販」，一面日貨銷路復旺，一面對人說是國貨年，即它的理論和實踐的尖銳矛盾，不可調和的兩個方面，「扮演得十分巧妙兩面光滑」，指出這正是祖傳的儒教「中庸」藝術。如是等等，使各篇雜文在現實和歷史的因果聯繫中，開闊人們的視野，深化雜文的思想。〈人才易得〉借用《紅樓夢》裡大觀園的壓軸戲劉姥姥罵山門和老鴇婆的假意訴苦，刻畫國民黨政客吳稚暉和汪精衛。在「四一二」反革命政變後，吳稚暉喪心病狂地兇惡叫嚷「殺，殺，殺」，為蔣介石屠戮共產黨和老百姓大造反革命輿論，作者說他的告狀是「劉姥姥罵山門」，「老氣橫秋的大『放』一通，直到褲子後穿而後止」，文中作者又把主張投降日本，徹底賣國的汪精衛比為雖是徐娘半老，然而豐韻猶存，自賣而兼賣人的鴇母，他「一把眼淚一把鼻涕，哭哭啼啼而又刁聲浪氣地訴苦說：『我不入火坑，誰入火坑？』」〈真假堂吉訶德〉裡，借用《儒林外史》中那個以豬頭冒充幾位公子的「君父之仇」的頭顱，詐去他們幾百兩銀子的劍仙俠客，即所謂的假堂吉訶德，也就是借「抗日救國」

美名，榨取百姓血汗，反共反人民的國民黨統治者。〈透底〉中對形左實右的「透底」理論主張的剖析，最後凝聚到一個故事裡的「革命黨」形象上，這個革命黨反對舊政府，建立了新政府，旁人說，「原先是反對有政府的，怎麼自己又來做政府？」他就拔下劍來，割下自己的頭……作者在對舊典故、形象、故事等作推陳出新基礎上創造出來的漫畫化形象，構想奇崛而又貼合所抨擊的對象，寥寥數筆而又形神畢肖，逗人捧腹而又發人深思。在雜文創作上，瞿秋白不重複別人，也不重複自己，時有新的創造。〈王道詩話〉用詩話形式來寫雜文，魯迅在〈盧梭和胃口〉也用過，詩文映照，詩和政論結合，融為一體，成為詩的政論，政論的詩，但〈王道詩話〉較之〈盧梭和胃口〉，更加老辣悍潑，詼諧幽默。〈曲的解放〉借用雜劇形式，是瞿秋白獨出心裁的創造，讓湯玉麟及其主子粉墨登場，以丑、生、旦身分自畫招供，把國民黨反動統治者那種「攘外期間安內忙」，「裝腔抵抗——何妨？」的醜惡嘴臉和骯髒靈魂，窮形畢相，和盤托出。〈迎頭經〉則採用古代儒生「疏」「傳」經典的形式，把國民黨統治者不能公開的心靈隱曲，借「疏」「傳」，使之昭白於天下，這也同樣是作者的創造。在才思敏捷，多才多藝的瞿秋白那裡，雜文確是一個表現他的創造才能的廣闊天地。其三是雜文味更濃了。這時的雜文寫法上有很多創造，格式新穎，靈活多樣。以寫法論，有序跋式，如〈蕭伯納並非西洋唐伯虎〉；有詩話式，如〈王道詩話〉；有雜劇散曲式，如〈曲的解放〉；有「疏」「傳」式，如〈迎頭經〉；有格言、警句式，如〈內外〉、〈透底〉；有講故事式，如〈慈善家的媽媽〉；有時事評論和文藝評論式，如〈子夜和國貨年〉；有書評式，如〈關於高爾基的書〉、〈房龍的〈地理〉和自己〉；有通信式，如〈論翻譯〉、〈再論翻譯〉，寫法多種多樣，格式多姿多彩，語言風格和色調也更加豐富了。就文調而論，同《亂彈》中比較，那嚴肅、莊重的政論式語調，那些社會科學論文中的概念術語更少見了，而把意思融化在古代典故、故事和人物之中，因之，語言的雜文味更濃了，更加老辣幽默了，也更加含蓄和抒情。

瞿秋白和魯迅無疑是中國現代雜文史上兩顆巨星。他的雜文理論和雜文創作對中國現代雜文的建設和發展產生過深遠的影響。他在三十六歲的盛年就被殺害了，這是中國現代文學的不可彌補的巨大損失。

第十三章
茅盾、徐懋庸的雜文

第一節　茅盾的雜文

茅盾（1896-1981），現代作家，社會活動家。原名沈德鴻，字雁冰，茅盾、玄珠、方璧、止敬、形天等，為其常用筆名。浙江桐鄉縣烏鎮人。一九一三年，考入北京大學預科第一類。一九一六年八月，到上海商務印書館工作。一九二〇年初，主持《小說月報》編務，十二月底，與鄭振鐸、葉聖陶、周作人組織「文學研究會」。與此同時，積極參加社會活動，是中共最早黨員之一。參加第一次大革命，大革命失敗後，到上海從事文學活動。「左聯」成立後，一度擔任 執行書記。建國後，擔任中央人民政府文化部長。茅盾是著名小說家，也是傑出的散文家和雜文家。他的散文創作早於小說，散文中的雜文又早於記敘、抒情散文。據茅盾的回憶錄《我走過的道路》自述，早在一九二二年，他就為《文學旬刊》「寫了許多雜文和書評」；一九二四年，他應《國民日報》的邵力子之約，編輯該報副刊「社會寫真」，從四月初至七月底，每天寫一篇「抨擊劣政，針砭時弊的雜文」。一九二五年，繼續在《文學週報》和《小說月報》上發表「文學評論和雜文」，本年底奉調到廣州，接替毛澤東編《政治週報》，撰寫該報《反攻》欄上的短評……這數字不少的雜文，因未結集出版，向來不為人所知。

「一二八」以後，茅盾在《申報》副刊「自由談」上發表雜文，和魯迅並稱為「自由談」兩大臺柱。他還在《申報月刊》、《東方論壇》文藝欄，《太白》、《芒種》等左翼刊物和《中學生》雜誌上發表雜文和速寫，至一九三三年七月結集為《茅盾散文集》。一九三四年十月，茅盾又把他寫的雜文和速寫結集為《話匣子》。一九三五年，他在以上兩個集子中選取一部分，加上新作十來篇，結集為《速寫與隨筆》出版。茅盾談到雜文寫作時說：

> 從來有「小題大做」之一說。現在我們也常常看見近乎「小題大做」的文章。不過我以為隨筆一類的光景是倒過來，「大題小做」的。
>
> ……
>
> 不過特殊的時代常常會產生特殊的文體。而且並不是大家都像我那樣不濟事的。真真出色的「大題小做」的隨筆已產生了不少。

隨筆有議論的、抒情的、記敘的各種，茅盾這裡主要是指雜文，他是把雜文看為「大題小做」，「特殊時代的特殊文體」，這同魯迅和瞿秋白的看法是一致的。

茅盾在「左聯」時期的雜文，視野開闊，觀察深刻，表現了廣泛的社會內容。他的雜文同時代、革命和人民「貼」得很緊，有很強的戰鬥性，同魯迅和瞿秋白是相呼應的。這時茅盾雜文最重要的主題，是針對「九一八」後的時局，揭露國民黨當局在「長期抵抗」的幌子下，妥協退讓路線。〈「九一八」週年〉說：「士兵們想殺賊而上官命令『鎮靜』」；〈阿Q相〉指出：「……在『九一八』國難以後，『阿Q相』的『精神勝利法』和『不抵抗』總算發揮得淋漓盡致了。……在這一點上，『阿Q相』的別名也就可以稱為『聖賢相』和『大人相』。」〈血戰一週年〉則一語破的：「所謂『長期抵抗』，事實是長期『不』抵抗！」〈漢奸〉揭露了某些人倒行逆施，為賣國將領湯玉麟之流辯護，把受苦受難的熱河省百姓和積極抗戰的上海群眾誣為「漢奸」，並加屠戮的罪行。以文藝短論的形式，進行廣泛的文藝批評，是這時茅盾雜文的另一重要方面。由於作者是著名文藝批評家，他寫這類雜文舉重若輕，遊刃有餘。〈封建的小市民文藝〉、〈連環圖畫小說〉、〈神怪野獸影片〉、〈玉腿酥胸以外〉，抨擊當時影劇界、出版界喧囂氾濫的「色情肉感」、「武俠迷信」的影劇和連環畫；〈讀《詞的解放運動專號》後恭感〉辛辣嘲諷曾今可搞所謂「詞的解放運動」，以及邵洵美自我吹噓的詩作；〈健美〉、〈現代的！〉、〈都市文學〉、〈機械頌贊〉等，有鞭撻，也有肯定。他指出表現主義的文藝，是「崩潰中的布爾喬亞的文藝」。德國表現主義劇作家凱撒的劇本《歐羅巴》，在讚賞所謂「健美」的幕後，追逐的是「刺激、荒淫、頹廢」（〈健美〉），「未來派」文藝以現代生活「緊張」為名，讚美生活的急速，謳歌「速度」和「威力」，茅盾指出那是導向「迷途」「絕地」「潰滅」的「速度」，是「暴亂的破壞的威力」（〈現代的！〉）。〈都市文學〉和〈機械的頌贊〉，提出改變畸形、病態的「都市文學」的主張，即不僅要表現當時中國民族工業的危機，亭子間裡的知識分子的牢騷，而且要表現在「機器邊流汗」，在「生產關係中被削到只剩下一張皮」的勞動者，而這個「都市文學新園地的開拓」，關鍵在於「作家的生活的開拓」（〈都市文學〉）。在茅盾眾多的文藝批評的雜文中，〈蒼蠅〉一文雜文味特濃。篇文從左拉小說〈娜娜〉裡的娜娜，談到「紅頂金冠」散佈「十萬八千病菌」的「金蒼蠅」入手，又從「金蒼蠅」扯到不引人注目然而對人們危害更大的「青蠅」（「俗名飯蒼蠅」），茅盾在篇末點題指出：

> 在陰沉的天氣，這種飯蒼蠅特別多。我們偶爾靜下來用心聽，就會聽得它們嚶嚶地叫道：「雜文，雜文！不要雜文！」
> 原來它們也頗能自知它們是經不起顯微鏡來照的，而雜文卻是專檢查無論什麼地方的病菌的顯微鏡。

這裡，茅盾說雜文是「專檢查無論什麼地方的病菌的顯微鏡」，而反對雜文的人是一群嗡嗡討人嫌的蒼蠅，是巧妙而深刻的，同魯迅的觀點完全一致。魯迅在〈做「雜文」也不易〉裡批駁林希雋等人攻擊雜文時也指出：「不錯，比起高大的天文臺來，『雜文』有時卻像一種小小的顯微鏡的工作，也照污水，也照膿汁，有時研究細菌，有時解剖蒼蠅。」

這時茅盾的雜文也有自己的特點。首先是他善於「大題小做」。他善於從一些細小的素材開掘出意義重大的深刻思想，〈看模型〉就是具例。〈看模型〉記述了作者和他的朋友及其孩子，在「兒童玩具展覽會」上，看到一具「精心結構的中國形勢模型」，其基礎是「沙盤」，上面有「綠」的長江，「黃」的黃河，有「萬裡長城」，長城上有大炮和軍隊，還有東北四省，上頭寫著「還我河山」四個字……這篇雜文寫於一九三六年七月，當時日寇在國民黨軍隊的「不抵抗」下輕易佔領了東北四省，佔領了長城一帶。那作為宣傳用的「模型」和現實的對比是太尖銳了，連朋友的孩子也「哄」不過去。作者以「小」喻大，暗示當局「瞞和騙」的政治宣傳的徹底破產。其次是擅長從經濟分析的角度來反映社會。茅盾有一部分雜文是表現三十年代中期城市裡的民族工業危機，農村裡的小商人和農民的破產的。這可說是茅盾「左聯」時期文學創作的突出特點。長篇小說〈子夜〉、中篇小說〈林家鋪子〉和農村三部曲，速寫〈上海的大年夜〉、〈故鄉雜記〉等都表現了這一主題。雜文〈現代化的話〉、〈舊帳簿〉、〈農村來的好音〉、〈荒與熟——一個商人的「哲學」〉也是這方面的代表作。中國現代作家中，很少有人能像茅盾這樣，在文藝創作領域，對社會生活作深入的經濟分析。〈舊帳簿〉是這方面的範例。作者家鄉修鎮志時，一位金老先生提出「志」中應有「賦稅」一門，記載歷年賦稅之輕重，記載歷年「農產」和「工業的價格」，而這些都可以從「舊帳簿」中取材，金老意見受到讚賞。作者議論說，「歷史」無非是種

「陳年舊帳簿」，但看「舊帳簿」應有金老那樣的「眼光」和「讀法」，不知「寶愛」舊帳簿是錯的，一些破落戶子弟借「舊帳簿」進行自我麻醉則更不對了。這說明茅盾十分重視從經濟變化的角度，來研究社會歷史，分析人們的心理。這篇雜文從觀點到寫法都令人耳目一新，發人深省。這時茅盾有些雜文質勝於文，過於直白，也不夠重視雜文形象的創造，確如他自己所說，「太像硬梆梆的短評了。」

第二節　徐懋庸的雜文

徐懋庸（1910-1977），是「左聯」時期雜文創作領域升起的一顆新星。

徐懋庸，浙江省上虞縣人，出身於一個貧苦的手工業家庭，小學畢業後失學。一九二七年大革命時，參加共產黨領導的革命鬥爭。大革命失敗後，逃亡上海，考入上海勞動大學中學部，畢業後任中學教員。一九三三年開始從事文學活動，翌年參加「左聯」。「左聯」時期，徐懋庸是著名的博學多才的多產作家。從一九三三年至抗戰爆發前，徐懋庸出版了雜文集：《不驚人集》、《打雜集》、《街頭文談》，另有著譯十多種。徐懋庸早年在小學時，就嗜讀魯迅的一切著譯，其雜文創作受到魯迅的深刻影響。一九三四年一月六日，黎烈文邀「自由談」雜文作家聚餐，其中有魯迅、郁達夫、林語堂、唐弢、徐懋庸等十餘人，會餐時林語堂對魯迅說：「新近有個『徐懋庸』也是你。」結果引起哄堂大笑，足見徐懋庸雜文頗有點魯迅風味。《打雜集》出版後，魯迅親為作序，力博在〈評徐懋庸的打雜集〉一文中稱他為寫作雜文的「能手」，對他雜文的「社會效益」甚為推崇，是當時人們頗為重視的雜文新進。

徐懋庸反對「論語」派的小品文主張，他認為：

> 小品文學雖寫蒼蠅之微，但那不是孤立的蒼蠅，那是存在於宇宙的體系中而和整個體系相聯繫的蒼蠅。所以，小品文雖從小處落筆，但是卻是著眼大處的。

在他看來，小品文即雜文寫作是「大處著眼」，「小處落筆」，以「大」馭「小」，即小中見大、短小精悍的雜文寫作，不是碎割現實，而是立足於反映整個現實的。他反對「論語」派的「閒適」小品，斥之為「冷水文學」，並說自己雜文感情熱烈，「浮躁凌厲」。徐懋庸的雜文同魯迅一樣，內容廣泛，戰鬥性很強。當時社會上種種不合理現象，包括思想、文化、道德、習俗，不論是封建階級的，資產階級的，帝國主義殖民者的，外部的，內部的，有形的，無形的，統統都在他的橫掃之列。自然，他首先把批判鋒芒對準國民黨當局，揭露它對內的黑暗統治，對外奉行的不抵抗政策。他的雜文以針砭時弊為主，但也歌頌友誼，讚美正義，張揚真理。

徐懋庸知識淵博，長於思辯，他的雜文常以對時弊的針砭和社會人生的分析為經，以古今中外史籍、文藝作品和報刊資料為緯，經緯交織，構思上頗見功夫。〈神奇的四川〉，引用國民黨報刊《汗血月刊》上一篇〈四川的現實政治調查〉，記述了國民黨在川軍隊對農民預徵糧賦的情況：二十一軍在民國二十四年已預徵到民國四十餘年，二十軍預徵到七十三年，二十三軍預徵到一百年以上。作者據此議論說，照此速度，說不定在「民國一百年以前預徵到一千餘年」。由於引用材料駭人聽聞，十分典型，作者議論不多，卻非常有力地揭發了當局對人民橫徵暴斂。〈收復失地的措辭〉一開頭就指明當時的中國統治者對內像「殘唐五季」，對外則像南宋。接著便引用岳珂《程史》的記載，陳說了南宋的一段故事。金人「歸我侵疆」，南宋小朝廷總要頒發阿Q式的「赦文」，說什麼「大金報許和之約，割河南之境土，歸我輿圖」，不料卻觸怒兀朮，乃興兵「復陷而有其地」。第二次金人歸還河南土地時，秦檜兒子秦熹和死黨程克俊合撰赦文曰：「大國行仁，遂子構事親之孝。」徐懋庸借此反諷說：「我們將來收復東北四省時，實大可模仿這種措辭。」現實性、知識性和思辯性的統一，是徐懋庸雜文的突出特點。

徐懋庸的雜文迂迴曲折、質樸遒勁、雋永有味。他的議論點到即止，決不嘮叨，把思索空間留給讀者。〈《藝術論》質疑〉故意對魯迅所譯普列漢諾夫的《藝術論》提出質疑。普著《藝術論》中說非洲有一瓦仰安提族人，在本部落內行走「全都武裝」起來，但到別種族的部落時，「便不帶武器」。徐懋庸故意說，普列漢諾夫錯了，日譯本譯者錯了，中譯本譯者魯迅也錯了，他質疑說：「所謂『非洲』，我以為當作『亞洲』，『黑人』該是『黃人』，至於『瓦仰安提族』，則當意譯為『漢族』。」這顯然是指桑罵槐，指著和尚罵禿子，是在諷諭國民黨當局對日寇解除武裝，採取「不抵抗」政策，對內則瘋狂剿共，屠殺革命人民。但徐懋庸不把這「謎底」揭穿，而把思索空間留給讀者。〈苟全性命法〉也頗耐玩味。徐懋庸說到由於「近來文人容易失蹤，而且一失蹤便成『大團圓』」，於是他便去尋找「苟全性命法」，他終於在線裝書裡翻到了「陳眉公法」，即「上士閉心，中士閉口，下士閉門」。但他又說，「閉門」、「閉口」也都不可靠，都不能避禍消災，最佳辦法是「閉心」，如「後漢任永」那樣，「見妻淫於前，匿情無言，見子入井，忍而不救。」耐人尋味的是，作者又淡淡問了一句：「但你能做到否？」從而把這苟且偷生的「苟全性命法」從根本上否定了。有思考力的讀者，自然會領會到篇文的「弦外之音」，「味外之味」，深切體味到國民黨當局的文化專制主義和白色恐怖，給中國文化界帶來怎樣深重的災難，自然會去尋找除「苟全性命法」以外的辦法。徐懋庸這類迂迴曲折、質樸遒勁、雋永有味的雜文，確是得了「魯迅雜文筆法」的真傳的。

徐懋庸的雜文，常適應文章內容、刊物性質和讀者層次不同，體式多樣，寫法各別。他在〈《打雜集》作者自記〉中說：「這集子裡的雜文……所談的問題真可以算雜，就是文體，也因刊物性質各異，為了適應起見而常常變異。比如編在最後一部分文章，便因為是替《新生》做的，所以表現著務求通俗的努力。」《不驚人集》和《打雜集》確是「雜」體文，其中有短評、雜感、隨感、隨筆、通信、讀書札記、論文、駁論，也有滲透著議論色彩的抒情文和記敘文。〈草巷隨筆〉(《不驚人集》)、〈我心境上的秋天〉(《打雜集》) 就有濃郁的抒情氣氛；他的〈故鄉一人〉(《打雜集》)，實際上是記敘短文；〈一個「知識界乞丐」的自白〉(《街頭文談》)，實際是一篇回憶錄；他的《街頭文談》的絕大多數文章，則是通俗性的文藝短文。徐懋庸的雜文，基本上是質樸曉暢，尖銳潑辣的，但也時有婉而多諷，短小而雋永，辛辣而遒勁的篇什。

當徐懋庸作為一位散文新秀蜚聲文壇時，他畢竟才是二十多歲的青年人，他的人生閱歷的廣袤性，思想的深刻性，知識和理論修養，同魯迅和瞿秋白不可同日而語，加上他「浮躁凌厲」的個性，觀察問題的片面性，都限制了他雜文創作的廣度和深度。他為人坦蕩，生性好辯，他在同人論戰時，有時是對的，有時立論就不免偏頗，例如他在金聖歎的「極微論」和金聖歎評點《水滸》問題上同人論戰就是如此，至於他同魯迅關於「兩個口號」問題的論戰，就由於他考慮問題的不夠冷靜周密，導致他和魯迅關係的破裂，成為終生憾事。魯迅逝世之後，徐懋庸送去了輓聯，其中寫道：「敵乎，友乎！余惟自問。知我，罪我，公已無言。」寄託了深沉的哀思和真誠的歉疚，並在眾多文章和回憶錄裡，宣傳魯迅精神。

第十四章
阿英、陳子展的學者雜文

學者雜文，並不是學者寫的雜文，而是學者寫的有著一定學術內涵的雜文。這類雜文寓社會批評和文明批評於學術考證和學術研究之中。古今中外雜文史上，存在著大量的這類學者雜文的。遠的不說，就本書論列的範圍來看，從鴉片戰爭至辛亥革命時期，從龔自珍到章太炎，「五四」之前，在我國始終存在著古文經學和今文經學的鬥爭，從表面上看，這種鬥爭只是經學領域的學術鬥爭，今文經學的龔自珍、魏源、康有為，古文經學的章太炎等就寫過這類學者雜文。「五四」以後，如魯迅、周作人、劉半農、錢玄同、胡適、顧頡剛等也寫過這類學者雜文。三十年代的阿英、陳子展是這類學者雜文的代表。四十年代的郭沫若、聞一多、吳晗、朱自清也寫過這類學者雜文。這類學者雜文同一般的社會批評和文明批評的雜文是不一樣的，同前者寫的學術論文也不一樣。同前者比，學者雜文的作者，既是學者又是雜文家，他們在智慧結構上是不一樣的，他們寫的學者雜文，是寓社會批評和文明批評於學術考證和學術研究之中；同後者比，學者雜文作者同一般學者在智慧結構上不同，他們必須具備文學創作和學術研究上的創造才能，而學術論文屬於學術範疇，學者雜文則屬於文學範疇。

第一節　阿英的雜文

阿英（1900-1977），文學理論批評家、文學史家、作家。原名錢杏邨，又名錢德富、錢德斌。主要筆名還有阿英、錢謙吾、張若英、阮無名、鷹隼、魏如晦等。安徽蕪湖人。參加過「五四」運動。一九二六年加入共產黨。一九二七年底與蔣光慈、孟超等組織太陽社。一九三〇年當選為「左聯」常務委員。在三十年代從事文學創作和文學研究。著有散文集《夜航集》、《海市集》。阿英在創作上成就最高的是歷史劇，代表作為《李闖王》，學術上主要貢獻是訪求、發掘、整理、研究近百年來的文化史料。

阿英是散文家，也是散文研究家，他在三十年代編過《現代十六家小品》和《現代名家隨筆叢選》，在《現代十六家小品》〈林語堂序〉裡，阿英評述了三十年代以雜文為主的小品文創作的三種傾向：

> 在一個社會的變革期中，由於黑暗現實的壓迫，文學家大概有三條路可走。一種是「打硬仗主義」，對黑暗的現實迎頭痛擊，不把任何危險放在心頭。在新文學中，魯迅可算是這一派的代表。魯迅序《偽自由書》說，「我之所以投稿，一是為了朋友的交情，一是給寂寞者以吶喊，也還是由於自己的老脾氣。然而我的壞處，是在論時事不留面子，砭錮弊常取類型，而後者尤與時不合」，這「不留面子」就是這一派的本色。二是「逃避主義」，這一班作家因為對現實失望，感覺著事無可為，事不可說，倒不如「沉默」起來，「閉戶讀書」，即使肚裡也有憤慨。這一派可以「草木蟲魚」時代的周作人作代表。自己雖然不願，可是沒有辦法。第三，就是「幽默主義」了。這些作家打硬仗沒有這樣的勇敢，實行逃避又心所不甘，諷刺未免露骨，說無意思的笑話會感到無聊，其結果，就走向了「幽默」一途。此種文學的流行，也可以說是「不得已而為之」。

阿英的雜文創作自然是屬於以魯迅為代表的「打硬仗主義」那一派

的。他的最有特色的雜文是那些把這文學史的考證、研究和現實鬥爭巧妙結合起來的寓戰鬥性於學術性之中的學者雜文。這類雜文雖不如匕首和投槍那樣鋒芒逼人，但也有相當的戰鬥性和吸引讀者的魅力，很有影響。唐弢在影印本《申報》副刊「自由談」序中就說《申報》副刊「自由談」上「有關考證和掌故文字阿英寫得最多。收在《夜航集》中的〈論隱逸〉、〈明末的反山人文學〉、〈清談誤國與道學誤國〉、〈黃葉小談〉、〈黃葉二談〉、〈重印《袁中郎中全集》序〉等就是這類雜文。」從《夜航集》中的〈小品文談〉、〈周作人書信〉等看出，阿英和以魯迅為代表的左翼作家一樣，是反對「論語」派小品文理論的。周作人、林語堂鼓吹他們的小品文理論時，經常以晚明的「隱逸」文學、「山人」文學，特別是抬出袁中郎來嚇唬人，阿英針鋒相對地在雜文中也對「吃茶文學」、「隱逸文學」、「山人文學」以及袁中郎進行了研究。阿英是文學史家，他對晚明歷史和文學有精湛的研究。他又是藏書家，占有這方面的豐富材料，加上他能夠用正確的觀點和方法分析問題，談論這些問題自然比周作人、林語堂要高明得多，雄辯得多。他揭示了這段文學歷史和有關文學人物的本來面目，在〈重印《袁中郎中全集》序〉裡，阿英分析了「世人競說袁中郎，世人競學袁中郎，可是所說的中郎，究竟有幾分像？」以後批評道：

> 中郎的這一頓冤枉，主要是吃在現世一班借他作掩護的人身上。他們沒有正面黑暗的勇氣，沒有反抗暴力的精神，於是拖出一個死中郎，來作自己的盾牌，說中郎生在黑暗時代，也是離開動亂的社會，走向隱逸的山林，以表示自己的逃避，正是袁中郎一流人物，是高尚的詩人風度，是亂世保身之道。其實，袁中郎屍骨雖寒，遺集宛在，在他一生之中，何曾像這班人，把時事忘卻了。

阿英的〈吃茶文學論〉和〈「燈市」——《金瓶梅詞話》風俗考之一〉，最能顯示他的學者雜文的特色。在《吃茶文學論》裡，阿英從陸羽的《茶經》、明刻的《茶集》、鍾伯敬的《采雨詩》、《金瓶梅》裡的《茶調》、張大復的全集、日本的殘本《近世叢語》等中外文學史料裡，說明「吃茶文學」是「高官大爵，山人名士」的專利，然後，他又談到「新文學」中「寫吃茶文學」的徐志摩、孫福熙、周作人，他特別批評了周作人：

> 周作人從《雨天的書》時代（1925）開始作「吃茶」到《看雲集》出版（1933），是還在「吃茶」，不過在《五十自壽》的時候，他是指定人「吃苦茶」了。吃茶而到吃苦茶，其程度之高是可知的，其不得已而吃茶，也是可知的，然而我們不能不欣羡，不斷的國內炮火，竟沒有把周作人的茶庵，茶壺，和茶碗打碎呢，特殊階級的生活是多麼穩定啊。

阿英從文學批評擴展到社會批評和文明批評：

> 八九年前，芥川龍之介遊上海，他曾經那樣的諷刺著九曲橋上的「茶客」：李鴻章時代，外國人也有「看中國人的『吃茶』就可以看到這個國度無救」的預言。然而現在，即是就知識階級而言，不僅有「寄沉痛於苦茶者」，也有厭膩了中國茶，而提倡吃外國茶的呢。這真不能不令人有康南海式的感歎了：「嗚呼！吾欲無言！」

正如陳子展所說：「阿英先生在《自由談》上發表的〈吃茶文學論〉、〈明末的反山人文學〉、〈清談誤國與道學誤國〉三篇文章，從明末文學論到目前標榜明末文學的文學，看他從發生這種文學的社會背景、個人生活，指出這種文學的所以存在，雖然在短篇中還不曾十分暢論，可是今人論到明末文學的，就我所見的而說，不能不算是只有他最能搔著癢處，接觸歷史的真實了。」

第二節　陳子展的雜文

陳子展（1898-1990），湖南長沙人，原名炳堃，筆名楚狂，當時是復旦大學中文系教授，專治文學史，著有《中國近代文學之變遷》、《最近三十年中國文學史》等，除研究文學史外，也寫新詩和雜文。他曾以楚狂老人的筆名，在曹聚仁主編的《濤聲》上發表許多諷刺詩。他在《最近三十年的中國文學史》中說：「莊子云：『以天下為沉濁，不可與莊語。』約翰・穆勒說：『專制使人們變成冷嘲。』生於現代的中國，要求莊語固然不可能，旁觀冷嘲也不大容易。所以最具有叛逆精神的，又是最有諷刺天才的文學家，如某先生，也只得說一聲『共和使人們變成沉默』了。諷刺之後，繼之以沉默，如不死滅，必將繼之以怒吼；偉大的怒吼要從偉大的沉默裡產生的。」這表明了他對雜文的看法和他對魯迅的景仰。陳子展曾以達一、于時夏、何如、子展等名字，在「自由談」、《新語林》、《太白》、《人間世》上發表雜文。他的雜文內容廣泛，借古諷今，聲東擊西，有鮮明的諷刺色彩。他的名文〈正面文章反面看〉，深得魯迅讚賞。魯迅在《偽自由書》的〈推背圖〉中寫道：「上月的「自由談」裡，就有一篇〈正面文章反面看〉，這是令人毛骨悚然的文字。因為得到這一結論的時候，先前一定經過許多痛苦的經驗，見過許多可憐的犧牲。」陳子展最引人注目的雜文，是那些有關文學史考證、研究的雜文。在當時的小品文論爭中，他針對周作人借吹捧晚明公安派和竟陵派的小品，歪曲新文學運動的源流，為自己的小品文創作和理論尋找歷史依據的現象，寫一系列反駁文章。在〈公安竟陵與小品文〉中，他詳細介紹他們所處的時代和文學主張之後說：

> 公安竟陵是著重個人的性靈的言志派，「五四」以來的新文學運動者似是著重社會的文化的載道派（暫時不妨承認有所謂言志派載道派），所以新文學運動，有時被人從廣義的說，稱為新文化運動。因此，我們論到「中國新文學的源流」，倘非別有會心，就不必故意杜撰故實，歪曲歷史，說是現代的新文學運動是繼承公安竟陵的文學運動而來，這是我個人的一得之見，不會勉強任何高明之家同意。

像發表於「自由談」上的〈農民詩人〉也是這類文章。該文從反動政府的横徵暴斂造成廣大農民的破產和痛苦，談到晚唐的兩位農民詩人聶夷中和于濆，呼籲新詩人應該有為農民代言的農民詩人。它如〈花鼓戲之起源〉、〈再論花鼓戲之起源〉，〈談「孔乙己」〉、〈再談「孔乙己」〉、〈遽廬絮語〉（二十八）、〈皇帝癮〉、〈讀書作文安全法〉、〈說「忍」〉、〈現代中國文學問答〉等都是學術氣息很濃，為讀者愛讀的雜文。

〈說「忍」〉就是相當典型的學者雜文。這篇雜文是針砭中國人最會「忍耐」的「民族性」，嘲諷國民黨當局的「不抵抗」政策的。陳子展旁徵博引，證明中國的儒道釋三家都是鼓吹一個「忍」字，倡導「忍性的修養工夫」的；他還談到中國歷史上無恥奉行隱忍哲學的兩位宰相：一位是五代時的「五朝元老」馮道，有人為了侮辱激怒馮道，故意在街上牽一匹驢，驢臉上寫了「馮道」兩字，但馮道卻裝聾作啞，置若罔聞，另一位是唐朝時的宰相婁師德，他對他弟弟鼓吹「唾面自乾」的可恥處世哲學；他還引證了明朝大儒陳白沙〈忍字箴〉和清儒張培仁在《妙香室叢話》裡鼓吹「忍」字哲學的理論，陳子展指出：

> 我雖然不一定把兩千年來受異民族侵略倒楣的責任，通通推在道家佛家乃至號為儒家的道學家身上。但這三派思想浸透中國民族的血液，已經久遠了，三派所最注重的忍性修養工夫做得愈精進，愈深湛，就愈成為牢不可破的民族性。因此這個世界上最會忍耐一切的偉大民族，也就愈成為最適於被侮辱被侵略的民族了。

像〈說「忍」〉這樣有著鮮明學術色彩的雜文，對中國的國民劣根性從學理上作了解剖和批判，這樣的解剖是深刻的，批判是有說服力的；而那對日寇奉行「忍」字當頭的「不抵抗」政策的統治者，人們自然會聯想到無恥之尤的馮道和婁師德的。

陳子展有時還能把貌似學術性的命題，寫成嬉笑怒罵、尖銳辛辣的雜文。〈現代中國文學問答〉就是這樣的傑作。他寫道：

> 有一天我到一個大學裡去講授《現代中國文學史》，有一個學生問我好幾個問題，差不多把我難倒了。
> 「現代中國最偉大的詩人是誰呢？」
> 「黎錦暉。」那個學生聽了偏頭，點頭，搖頭。
> 「現代中國最偉大的戲劇家是誰呢？」
> 「梅蘭芳。」那個學生聽了點頭，搖頭，笑了。
> 「現代中國最偉大的幽默家是誰呢？」
> 「不是林語堂，也不是周作人，是那個常常恭讀××的人。」那個學生聽了這話，不免露出會心的微笑。
> 「現在最偉大的諷刺家是誰呢？」
> 「不是魯迅，更不是吳稚暉，是那個起草敦睦邦交令的人。」那個學生聽了不覺嗤的笑了起來。
> 「現在最偉大的暴露文學家是誰呢？」

「只有一個，就是那個在總理陵墓的祭堂裡切腹自殺的軍人續范亭先生。」那個學生聽著，笑出眼淚來了。

我們的問答就此打住。

陳子展的學者雜文在議論的展開中，旁徵博引，圍繞中心論點，反覆引用歷史上同類性質的材料進行類比論證，其雜文氣勢宏大、熱情似火，縱横開闔，酣暢淋漓，讓人想起錢玄同當年的那些雜文，但內容更厚實。

第十五章
梁遇春、郁達夫、陶行知、鄒韜奮的雜文

第一節　梁遇春的議論隨筆

歐美的Essay對中國現代散文影響很大。但人們對Essay的譯法卻頗不一樣，有譯為論文的，有譯為小品或小品文的，有譯為隨筆的，有譯為絮語散文的。梁實秋在《英國文學史》裡曾說過以上幾種譯法都不太貼切，但他又想不出更貼切，並能為大家所公認的譯法。不過現在較通行的譯法是小品文和隨筆這兩種。魯迅在他所譯的日本廚川白村的《出了象牙之塔》裡，譯蒙田的Essais為「試筆」，對Essay，他大多只用原文而不翻譯，但到了他寫〈小品文的危機〉時，他談到英國的Essay時，他採用了「英國隨筆」的說法，他是這樣說的：「五四運動的時候，……散文小品的成功，幾乎在小說戲曲和詩歌之上。這之中自然含著掙扎和戰鬥，但因為常常取法於英國的隨筆（Essay），所以也帶一點幽默和雍容」，在〈徐懋庸作《打雜集》序〉裡，魯迅又說，「雜文中之一體的隨筆，因為有人說它近於英國的Essay，有些人也就頓首再拜，不敢輕薄。」周作人在〈文學史的教訓〉裡，稱古希臘路吉亞諾斯（今譯琉善或盧奇安）諷刺性對話，「簡直是現代通行的隨筆，或者稱它為雜文也可，因為文章不很簡短，所以不大好謚之曰小品。」

以上「周氏兄弟」不稱Essay為小品或小品文，自然有他們的根據。推測起來不外兩點：一是小品或小品文無法涵蓋那些篇幅較長的

Essay；二是「隨筆」較之小品或小品文更能準確傳達出歐美Essay不拘格套、縱意而談、自由隨意、抒寫性靈的文體特徵。

「五四」以後，翻譯英國Essay用力最勤的是梁遇春。他翻譯出版三本英國Essay選，即《英國小品文選》（開明書店一九二九年版）、《（英國）小品文選》（北新書店一九三〇年版）、《（英國）小品文續選》（北新書店一九三五年版）。在《英國小品文選》〈譯者序〉裡，梁遇春說，「把Essay這字譯做『小品』，自然不甚妥當」，「只好暫譯作『小品』」。我們以為譯Essay為隨筆較合適。廚川白村在《出了象牙之塔》裡說英國從培根到蘭姆的隨筆，是「因時代，因人，各有不同的體裁。」可見隨筆也是雜體的散文，但究竟分為幾種，他未作具體的分析和說明。梁遇春在《（英國）小品文續選》〈序〉裡把英國小品文（即隨筆）分為兩類：「一種是體物瀏亮，一種是精微朗暢。前者偏於情調，多半是描寫敘事的筆墨；後者偏於思想，多半是高談闊論的文字。」又說：「其實自Montaigne[1]一直到當代思想在小品文裡面一向是佔很重要的位置，未可忽視的。能夠把容易說得枯索的東西講得津津有味，能夠將我們不可須臾離開的東西——思想——美化，因此使人生也盎然有趣，這豈不是值得一幹的盛舉嗎？」其實，我們如果結合英國散文史實際作具體分析，我們可以把英國隨筆分為以記敘為主、以抒情為主、以描寫為主和以議論為主的四種的。而這其中的議論隨筆，即魯迅所說的「雜文中之一體」。

這種「雜文中之一體」的議論隨筆，其文體特徵是有自由開闊的理論思維和形象思維空間，在議論的展開中，作者從一獨特的視點出發，自由地驅遣他的閱歷、知識、思索、體驗，古今中外，海闊天空，由此及彼，綜合運用多種藝術表現手法，有議論、有記敘、有抒情、有描寫、有引證、有對話，營造出一個開闊舒展、情理兼勝、

1　蒙田。

「帶上作者性格的色彩」[2]的論理系統，呈現出知識之美、智慧之美、思想之美、情趣之美。

近代以來，魏源的〈默觚〉、梁啟超的〈飲冰室自由談〉，「五四」以後，魯迅、周作人、劉半農、胡適、茅盾、郁達夫、林語堂、俞平伯、豐子愷、梁遇春、梁實秋、錢鍾書、巴金、王了一、朱自清、聞一多、吳晗、李廣田、黃裳等都寫過這類議論隨筆。

梁遇春（1906-1932）是二十年代末和三十年代初散文創作領域的一顆彗星。他那個性鮮明飽含博識和睿智，以詩情的筆調寫成的隨筆體散文，大多是以議論為靈魂的雜文。他的隨筆體散文，不同於魯迅和周作人的隨筆，在藝術上是獨樹一幟的，對中國現代雜文藝術的發展做出了貢獻。梁遇春是福建福州人，用過秋心、馭聰的筆名，他於一九二二年入北京大學預科，一九二八年在北大英文系畢業，先後在暨南大學和北京大學任教，一九三二年逝世。他留下的有二十幾種翻譯作品和兩本散文集：《春醪集》和《淚與笑》。他譯註的《小品文選》和《英國詩歌選讀》，是「中學生的普通讀物」，他的兩本散文集，顯示了他驚人的博識和過人的才思。他逝世之後，他在文藝界的朋友，都痛惜他是一位早逝的「天才」，是一位風格特殊的「文體家」。胡適在〈《吉姆爺》編者附記〉裡說梁遇春是「一個極有文學興趣與天才的少年作家」。唐弢在《晦庵書話》〈兩本散文〉裡對梁遇春的散文給了很高評價，他指出：

> 遇春好讀書，且又健談，對西洋文學造詣極深，看的駁雜，寫來也便縱橫自如。魯迅先生曾說「五四」以來「散文小品的成功，幾乎在小說戲曲和詩歌之上」。就風格而言，有的雍容，有的峭拔，有的明麗。遇春走的卻是另一條路，一條快談、縱

2　見梁遇春：〈序〉，《（英國）小品文續選》。

> 談、放談的路。他愛思索，愛對自己辯論，有時帶著過多感傷的情調，雖說時代使然，卻也不能不是他個人的缺點。……不幸遇春早年夭亡，我們只能把他當作一位文體家，跟著遇春的逝世，這條路不久也荒蕪了，很少有人循此作更進一步的嘗試。

浙江文藝出版社一九九二年九月出版的吳福輝編的《梁遇春散文全編》，收入了梁遇春全部散文，梁遇春翻譯的三種《英國小品文選》，以及梁遇春為《新月》雜誌撰寫的《海外書話》十八篇和一些譯作的序跋，這是目前研究梁遇春散文的最好版本。

《春醪集》收有隨筆體雜文（如〈講演〉、〈寄給一個失戀人的信〉（一、二）、〈「還我頭來」及其他〉、〈人死觀〉、〈失掉悲哀的「悲哀」〉、〈論流浪漢〉等）、文學論文和《查理斯．蘭姆評傳》等十一篇，卷首有序。自述題名《春醪》，出於《洛陽伽藍記》裡遊俠所說的話：「不畏張弓撥馬，唯畏自墮春醪。」《淚與笑》是作者死後由友人廢名、石民所編，收有〈淚與笑〉、〈途中〉、〈論知識販賣所的伙計〉等隨筆體雜文二十二篇。

作為一個時時刻刻都在議論知識和人生的散文家的梁遇春，始終是個驚人的矛盾存在。梁遇春有著詩人的敏感。他憎惡社會現實的黑暗，鄙棄醉生夢死的寄生生活，痛恨知識界中的「紳士」、「君子」們不苟言笑、謹小慎微的死氣沉沉、灰色平庸的作風。他熱愛生活、渴求光明和進步，認為一個人在生活中，應該敢哭（〈淚與笑〉），敢笑（〈一笑〉），敢說（〈「還我頭來」及其他〉），敢闖（〈論流浪漢〉），一個人應任情使性，生氣勃勃地占有生活，享受生活。在〈流浪漢〉中，他把「紳士」、「君子」和「流浪漢」對立起來加以褒貶。但是這種流浪漢生活，並不能使散文家滿足；於是他在〈救火隊〉裡，又把那捨己為人，為人類撲滅火災的救火夫，作為他生活追求的最高境界。從肯定「流浪漢」到讚頌「救火夫」是他思想上的明顯進步。但那救火夫的自發行動，又畢竟同那有組織有領導的推翻舊世界和創造新世界的革命人民的偉大鬥爭相距甚遠，作家從「悲天憫人」的小資產階級人道主義中萌發的「救火夫」的生活理想，也畢竟是太抽象、太朦朧了，無法給在黑暗中苦苦徘徊、探索的自己指出一條通向光明和進步的康莊大道。於是，在他多愁善感的詩心中，仍然籠罩著無法突破的黑暗。他的敏感而脆弱的心弦，不時彈撥出失望、淒涼的哀調。這確是惱人的矛盾。梁遇春是博學多思的。在散文創作中，他總是憑藉他廣博的學識、過人的思辯才能，嘔心瀝血，殫精竭慮地去追索知識和人生的真諦。他的這種探求幾乎到了「語不驚人死不休」的地步。梁遇春痛感當時知識界中許多沒有個性的人，不會獨立思考，只會人云亦云地複述別人未必真懂、自己根本不懂的俗透了的大道理的不幸，便代表他們向社會發出大聲疾呼：「還我頭來！」（〈「還我頭來」及其他〉）他嘲諷當時知識文化界的名流學者、教授，不過是「知識販賣所裡的伙計」，他們把「知識的源泉——懷疑的精神——一筆勾銷」，這樣，「人們天天嚷道天才沒有出世，其實是有許多天才遭了這班伙計的毒箭。」（〈知識販賣所的伙計〉）他主張每個人肩上要扛著一顆會獨立思考的腦袋，要有朝氣蓬勃的創造精神。梁遇春的雜文好做翻案文章，喜歡標新立異，他在談小品文寫作時，多次強調英國散文家和散文理論家的一個觀點，即獨特的「觀察點」是小品文寫作的生命和靈魂。他在人們爭論「人生觀」後，他偏要探討「人死觀」（〈人死觀〉），人們說「春宵一刻值千金」，他偏要說「春朝一刻值千金」（〈春朝一刻值千金〉）；人們恭維「Gentlman」（紳士、君子）；他卻讚賞流浪漢（〈流浪漢〉）；人們認為失戀是痛苦的，他卻認為失戀並不可悲，婚後感情的淡薄和破裂，才是人間慘劇（〈寄給一個失戀人的信（一）〉）；歡樂則笑，傷心則哭，是人之常情，他卻從自己感受出發，說笑是感到無限生的悲哀，淚是肯定人生的表示（〈淚與笑〉）；人們讚美春天，他卻以為夏的沉悶，秋的枯燥，冬的寂寞，跟瘡痍滿目的現實是協調的，而階前草綠，窗外花紅的春天同雜亂下劣的人生太不調和了〈又是一年春草綠〉），人們喜歡風和日朗，他卻讚賞春雨連綿，因為在陰霾四布，急雨滂沱時刻，就是連那沾沾自喜的老財也會苦悶，不似晴天麗日時那樣盛氣凌人，昂首闊步（〈春雨〉）……這種推陳出新的刻意追求和標新立異的奇思異想，在梁遇春的雜文中比比皆是。他的雜文中確有不少迸射智慧火花的警句，倒如：「只有深知黑暗的人們才會熱烈地讚美光明。沒有餓過的人不大曉得飽食的快樂……不覺得黑暗的可怕，也就看不見光明的價值了。」（〈黑暗〉）「讀書是間接地去了解人生，走路是直接地去了解人生，……萬卷書可以擱下不念，萬里路非放步去走不可。」（〈途中〉）等等。可是梁遇春生活經歷過於狹窄，又脫離時代的革命精神，這便限制了他在思想王國的自由馳騁，從而使他陷入驚人的矛盾之中：他渴望光明和進步，卻又遠離革命和人民，找不到光明進步之路；他有淵博的西方資產階級歷史、文化知識，但對最先進的科學思維卻一無所知；他有強大的智力和窮盡人生奧祕的追求，卻缺乏先進思想的武裝，缺乏洞察人生底蘊的望遠鏡和顯微鏡。廢名說梁遇春的散文「文思如星珠串天，處處閃眼，然而沒有一個線索，稍縱即逝」，是有道理的。梁遇春雜文有許多新穎可喜的見解，但他思想十分駁雜，自相矛盾，幼稚紕謬之點不少。他雖以窮究知識和人生奧祕為己任，卻無由探得真諦，只是觸及皮相，即便是那些迸射智慧火花的警句，也不是穿越時空界限的星光，在時代理論思維的天平上，斤兩也是輕飄飄的。因此，與其說是英年夭折使這位有天才散文家種子和胚芽的梁遇春，在散文創作上來不及開出滿樹鮮花，倒不如說是生活和思想限制了他天才的開花和結果。

作為一位文體家，梁遇春的議論性隨筆，是以闡發他對知識和人生的新穎見解為靈魂的，有著不同凡響的獨特風格。他的這類隨筆，從來不作枯燥空洞的議論，他總是調動豐富的古今中外的歷史文化知識，作立論的依據；在展開議論時，他調動了記敘、描寫、抒情、對話、想像、聯想等藝術手段，邏輯思維和形象思維結合著進行，使議論形象化和抒情化；他在論證他的論題時，常常是有張有闔，有縱有橫，有正面論述和反面反駁，有曲折和波瀾，有具體的分析和概括的昇華，多側面多層次地使所要確立的論題得到豐富和深化，直到說深說透為止；他的隨筆，文字灑脫優雅，馳騁自如，筆致富於情采，結構不落俗套。〈救火隊〉一文，無論從思想和藝術看，都代表作家隨筆的最高水準，是充分體現其隨筆風格的名篇。這篇隨筆以記敘和描寫二年前一個夏夜救火夫趕去救火時的矯健雄姿入題，接下去便以議論的筆墨從正面展開對救火夫的讚頌。繼之他反駁了一位憤世朋友對救火夫任意貶抑的言論，把議論推進一層，把對救火夫的讚頌和描寫推進一層。文章至此似可結束了，可是作者並沒有就此打住，而是把議論的範圍大大擴展了。他認為整個世界是在烈火中焚燒的火場，勞苦大眾、知識分子都在烈火中經受炮烙的劫難，全世界的人都應是「上帝的救火夫」，都有救火的責任，都應成為撲火的英雄。這樣一寫，文章的氣勢陡然開闊了，思想也向深處、廣處、高處深化、擴展、昇華了。再接下去，作者又給予那些對世界大火取旁觀態度的人，那些乘火打劫的大盜一連串的痛斥。與此同時，他又進一步描寫救火夫的雄姿，歌頌他們赴湯蹈火、捨己救人的高尚品格。從〈救火夫〉一文，確可窺見梁遇春隨筆以議論為中心，調動一切知識積累和藝術手段，使議論形象化、情意化的風姿，以及那種知、情、理相統一的特點。

梁遇春應葉公超之約，為《新月》雜誌撰寫的《海外書話》十八篇，也可作逸興遄飛、神采飛揚的別具一格的雜文讀。這是〈高魯斯密斯[3]的二百年紀念〉中的一段文字：

3　今譯哥爾德斯密斯。

> 十八世紀英國文壇上，坐滿了許多性格奇奇怪怪的文人。坐在第一排的是曾經受過枷刑，嘗過牢獄生活的記者先生狄福[4]Defoe；坐在隔壁的是那一位對人刻毒萬分，晚上用密碼寫信給情人卻又旖旎溫柔的斯魏夫特主教[5]Dean Swift；再過去是那並肩而坐的，溫文爾雅的愛狄生[6]Oddison和倜儻磊落的斯特魯[7]Steele；還有蒲伯[8]Pope皺著眉頭，露出冷笑的牙齒矮矮地站在旁邊。……第二排中間坐著個大胖子，滿臉開花，面前排本大字典，倫敦許多窮人都認得他，很愛他，叫他做約翰孫博士Dr. Johnson。有個人靠著他的椅子站著：耳朵不停的聽，眼睛不停的看的，那是著名的傻子包士衛爾[9]Boswall。……此外還有一位衣服穿得非常漂亮（比第一排斯特魯的軍服還來得光耀奪目）而相貌卻可惜生得不太齊整，他一隻手盡在袋裡摸錢，然而總找不到一個便士，探出來的只是幾張衣服店向他要錢的信；他剛伸手到另一個衣袋裡去找，忽然記起裡面的錢一半是昨天給了貧婦，一半是在賭場裡輸了——這位先生就是我們要替他做陰壽的高魯斯密斯醫生Goldsmith。據那位胖博士說，他作事雖然傻頭傻腦，可是提起筆來卻寫得出頂聰明的東西。……

這裡梁遇春以輕靈俏皮筆調，對英國十八世紀著名散文家的「形」和「神」作了惟妙惟肖的描寫，他寓評論於描寫之中，確是別具一格。

4 今譯笛福。

5 今譯斯威夫特。

6 今譯艾迪生。

7 今譯斯梯爾。

8 今譯蒲柏。

9 今譯鮑斯威爾。

魯迅和周作人是寫作隨筆體雜文的能手。他們的隨筆融化了歐美、日本和我國古典隨筆的長處，又有自己的獨特風格。魯迅《墳》裡的雜文名篇，大多是隨筆，它們從容舒卷，意態自如，嬉笑怒罵，博大精深；周作人的前期隨筆，以博識、機智、趣味著稱，他惜墨如金，注重藝術上的節制和矜持，卻又渾樸自然，不落斧痕，文字看似樸拙，實則老練，仿如青果，有澀味，有餘甘，但不如魯迅的闊大深沉；豐子愷的《緣緣堂隨筆》中的部分篇章也是議論性的隨筆，這些隨筆，有淡淡的禪味，有純樸天真的風趣，文字輕鬆婉曲，如行雲流水，有自己的鮮明風格。梁遇春的隨筆同以上諸家迥然相異，他推崇魯迅和周作人小品文，但他又終生嗜讀英國蘭姆的《伊里亞隨筆》，受到蘭姆隨筆深刻的浸潤和影響。他博學多思，年輕氣盛，人生閱歷不夠深廣。他在寫作隨筆雜文時，喜歡旁徵博引，喜歡標新立異，善於在議論中融進記敘、描寫、抒情等藝術手段。他的隨筆有博識，有巧思，有情采，但不善於節制自己的知識、情感、想像、聯想和詞采，有知識的過多堆砌，立意的過於尖新，感情的太多傾洩，詞采的過於穠麗，文字的失於繁冗等毛病。儘管如此，梁遇春仍不失為獨樹一幟的文體家。在他之後，錢鍾書在一九三九年出版的《寫在人生邊上》，其議論隨筆的氣度風格同梁遇春有近似之處，但作者的博識和睿智則不讓梁遇春，特別是人生的閱歷更深廣，行文便顯得更為波譎雲詭，犀利老辣。

這個時期，還有許多愛國的、進步的雜文作家的創作，其中如人民教育家陶行知的《不除庭草齋夫談薈》，郁達夫的《斷殘集》和《閒書》，曹聚仁的《筆端》和《文筆散策》，杜重遠的《獄中雜感》等等。以上名家，世界觀、人生觀和藝術觀各自不同，思想上也都有其侷限，但都對國民黨當局的統治不滿，都反對帝國主義的侵略，都有愛國和進步的要求。他們的雜文，藝術風格也各有特色，都對中國現代雜文藝術的豐富和發展做出自己的貢獻。

第二節　郁達夫的雜文

郁達夫（1896-1944），現代著名作家，偉大的愛國主義者。原名郁文。一九一三年東渡日本留學，留日期間曾和郭沫若、成仿吾組織創造社，與魯迅合編《奔流》，是魯迅的親密朋友之一。一九三〇年參加「左聯」旋又脫離，和魯迅一起參加中國民權保障大同盟。一九三三年遷居杭州，抗戰軍興，積極參加抗日救亡活動。一九三七年，到南洋參加抗日活動，主編《星洲日報》。一九四五年八月二十九日，在印尼蘇門答臘為日寇秘密殺害。一九五二年被中央人民政府追認為烈士。

雜文創作貫穿郁達夫一生，他也是現代雜文大家。在第一個十年中，他以創作小說和散文為主；在第二個十年中，他則以寫作遊記和雜文為主了。這其中雜文藝術風格也有所變化，前期任情率性，痛快淋漓，這時則憂憤深廣，文多曲折，無論在思想和藝術上都更上一層樓了。二十年代末，郁達夫對新軍閥統治深惡痛絕，對大革命失敗和革命文藝發展動向有深刻的思考。他在〈誰是我們的同伴者〉中，對「中國十六年來」的「革命」表示深刻的失望，因為革命沒有解決中國社會的任何問題，革命是失敗了，其中的「一個大原因」是「農民卻從來沒有作過中樞」，因而他在其主編的《民眾》〈發刊詞〉中呼號：「我們是大多數者，是被壓迫者，是將來大革命的創始人。革命的民眾，大家應該聯合起來！」在《大眾文藝》〈釋名〉中，他說：「我只覺得文藝是大眾的，文藝是為大眾的，文藝也必須是關於大眾的。西洋人所說的『By the people, for the people, of the people。』這句話，我們到現在也承認是真的。」

三十年代初期，郁達夫屢被通緝，他為避「普羅」之嫌舉家遷居杭州，過著貌似流連山水、吟詩作賦的風流瀟灑的名士生活，實際上他始終未能擺脫政治和經濟的壓迫，強烈的愛國心和正義感，使他不能在內憂外患面前閉上眼睛。他在《申報》副刊「自由談」等報刊雜誌上發表眾多雜感，以後結集為《奇零集》、《斷殘集》和《閒書》出版。

郁達夫的雜感類似於《新青年》上的「隨感錄」，多是千字左右的「急就章」。作者關注社會人生的各個方面，舉凡政治、軍事、外交、文化、教育、文藝、民情、民俗、天災、人禍，以及學生運動、婦女解放等等，無不盡收眼底，形諸筆端。其中如抨擊「黨帝」、「黨官」的對日投降妥協、對內殘酷鎮壓的〈「天涼好個秋」〉、〈山海關〉、〈聲東擊西〉、〈一文一武的教訓〉、〈自力與他力〉等是膾炙人口的名篇。還有一些是直接抨擊日本侵華政策的。在日寇鯨吞東北、佔領熱河之後，郁達夫在〈「天涼好個秋」〉裡以散點掃瞄方法透視「黨帝」、「黨官」對日妥協的奇談怪論，社會上亂七八糟的怪事和人們的畸形心態，最後以南宋愛國詞人辛棄疾的〈醜奴兒〉作結。辛詞裡的「而今識盡愁滋味，欲說還休，欲說還休，卻道天涼好個秋」。確讓人體味到作者面對醜惡的現實、深重的民族危機時那種憤慨萬端、憂心如焚，卻又無可奈何的心境。〈一文一武的教訓〉，借蕭伯納對中國的批評，中國人對日本侵略軍的態度，暗示當局對外妥協，對國內人民兇狠的本質，文末又以改別人的詩和抄別人的詩作結點題。如抄人嘲李鴻章翁同和詩：「宰相合肥天下瘦，軍機常熟庶民荒。」改昔人詠長城詩：「秦築長城比鐵牢，當時城此豈知勞，可憐一月初三夜，白送他人作戰壕。」郁達夫這類雜文顯示了他淵博的學識和深厚的藝術修養，舒卷曲折，才情縱橫，意味深長，較耐咀嚼，是其雜文中的珍品。

〈中國是一個災國〉、〈東南獄〉等則表現了作者對災難深重的中國人民的深切同情，〈暴力與傾向〉抨擊當局的暴政，〈政權與民權〉嘲諷當局的所謂的「開放政權」，郁達夫針鋒相對說：「衙門是八字開的，憲法是紙上寫的，……所以寒酸慣了的我們這些窮骨頭，還是趁早來鞏固我們的民權，倒來得實在些。」〈非法與非非法〉嘲諷當局虛偽宣傳的假「法治」，他深刻指出：

> 法治精神的法，立法司法的法，我們卻只在各種委員會的名稱上，衙門的招牌上，以及報紙的命令上看過。真正的法律的化身，正義的公判，是非的決斷，在中國社會上、政治上，好像是不大遇得到的樣子。外國人畫的法律的女神，是眼睛上包著一塊布，手裡拿著一具天秤的。我想在中國若要畫出這女神來，也可以全抄這幅外國的畫，不過要再在她手裡的秤盤之上，加上些槍桿子或用金子打成的砝碼之類就對。

魯迅逝後，郁達夫寫過〈回憶魯迅〉的散文和〈懷魯迅〉和〈魯迅的偉大〉等文。在〈魯迅的偉大〉中，他寫道：

> 如問中國自有新文學運動以來，誰最偉大？誰最能代表這個時代？我將毫不躊躇地回答：是魯迅。魯迅的小說，比之中國幾千年來所有這方面的傑作，更高一籌。至於他的隨筆雜感，更提供了前不見古人，而後人又絕不能追隨的風格，首先其特色為觀察之深刻，談鋒之犀利，文筆之簡潔，比喻之巧妙，又因其飄溢幾分幽默的氣氛，就難怪讀者會感到一種即使喝毒酒也不怕死似的淒厲的風味。當我們見到局部時，他見到的卻是全面。當我們熱衷去掌握現實時，他已把握了古今與未來。要全面了解中國的民族精神，除了讀《魯迅全集》以外，別無捷徑。

言簡意賅，紙短情長，沒有對魯迅的虔誠敬佩與深刻理解，決不可能有這樣的文字。這時郁達夫也在《論語》等刊物上發表一些意思不大的消閒文字，這是其雜文創作的次要面。

一九三八年底郁達夫應《星洲日報》社長胡昌耀之邀，主編該報副刊。他在新加坡和東南亞一帶傳播中國新文藝種子，宣傳抗日的偉大使命。在一九三九年至一九四一年之間，他寫了近四百篇的散文、雜文，表現了他作為忠貞的愛國主義者和反法西斯文化戰士的人格和情懷。

第三節　陶行知、鄒韜奮的雜文

陶行知（1891-1946），安徽歙縣人，著名的教育家、詩人和雜文家。三十年代初，他在南京、湖南和上海等地興辦過農村師範教育。他創辦的南京曉莊師範學校，培養了很多優秀人才，在全國教育界影響很大，陶行知逝世後，被譽為「人民教育家」。他還在曹聚仁主編的《濤聲》（週刊）上，發表過許多詩歌。他的詩歌創作實踐了他的大眾化的主張，詩風上很接近魯迅的《好東西歌》之類的作品，融化了古詩、山歌、民謠、兒歌、俚語的特點，比新詩更「白」，又比歌謠更精確、更有概括力。它們洗盡鉛華，質樸曉暢，剛健清新，好念易記，無論是針砭社會時弊，還是宣揚自己的主張，都風趣環生，令人讀後口有餘甘。陶行知這種剛健清新的大眾化詩風，在當時的新詩壇上是十分引人注目的。陶行知從一九三一年九月五日至翌年的一月底在《申報》副刊「自由談」上接連發表了一百多篇雜文，他的雜文在當時也是「轟動一時」的。阿英在《現代名家隨筆叢選》〈序記〉中說「陶行知的〈不除庭草齋夫談薈〉，一九三一年發表在《自由談》上的時候，是頗轟動一時的。文字矯健有力，雖然思想上還不能說是完全正確的。」陶行知雜文的內容是多方面的。其中有痛斥統治集團中某些人的享樂腐化、醉生夢死，把國家的命運和人民的死活置之腦後的；有歌頌軍人和青年熱血抗日的；有諷刺和嘲笑吳稚暉和胡適的；有針砭人情世態和思考人生哲理的；有崇尚科學，介紹大科學家伽利略、牛頓、法拉弟、愛迪生等的生平思想的；有宣揚他的教育學說的……內容確是「雜」得可觀。他無論讚揚什麼，反對什麼，總是旗幟鮮明，毫不含糊，文字通俗明朗，筆調辛辣放恣。他抨擊時政時，態度的坦率，言詞的激烈，簡直令人吃驚。且看〈長忙玩忘完〉一文：

> 這麼多的長！部長，院長，會長，所長，校長，董事長，委員長：一身都是長！
> 長多自然忙：會客忙，講話忙，看信忙，簽字忙，聽電話忙，坐汽車忙，赴飯局忙，開會散會忙，有事不啻無事忙。
> 一天忙到晚，忙了必須玩：撲克玩玩，麻雀玩玩，堂子玩玩，跳舞廳裡玩玩，廬山玩玩，上海玩玩……
> 好玩好玩，什麼都忘！黨也忘，國也忘，人民也忘，自己的前途也忘，還有那不該忘的九字也忘。（作者原注：「你不好，打倒你，我來做。」吳稚暉說：「來而不做是忘九。」）
> 一切都忘完！黨也快完，人民也快完，自己也快完，還是忙不完，希望長不完，玩不忘。

揭露嘲諷確是嬉笑怒罵，痛快淋漓，文字上有通俗明白的大眾化風格，看似明白如話，其實頗有功夫，如果把它按詩行排列，就是一篇一韻到底，鏗鏘有力的上乘諷刺詩，真當得上王荊公說的：「看似尋常最奇崛，寫來容易卻艱辛」了。

陶行知對雜文藝術的最大貢獻，是他為雜文的大眾化闖出了一條成功之路。他的雜文同他的新詩一樣有著大眾化風格，而且有不少篇章都是詩文合璧，互相輝映，互相生發的。陶行知的雜文每篇只有數百字，他在意氣風發地發了一通爽快、幽默、精闢的議論之後，常以一首天趣盎然的短詩收結，這些小詩常常是對前頭散文式的議論的概括和昇華。他的雜文確有一種爽快、明朗、風趣、雋永的樸素美。在當時寫作大眾化雜文的不乏其人，如徐懋庸在〈街頭文談〉中，柳湜在〈社會相〉、〈街頭講話〉中，夏征農在《野火集》中，都實踐了雜文的大眾化，說理通俗，文字淺白，但缺少文學魅力，沒有《齋夫自由談》那種剛健清新，天趣盎然的樸素美，自然也不能像它那樣產生「轟動一時」的效果了。

鄒韜奮（1895-1944），新聞記者、政論家和出版家。名恩潤，江西餘江人。從一九二六年在上海主編《生活》週刊起，畢生從事新聞工作。一九三一年「九一八」事變後，反對當局的不抵抗政策。一九三二年創辦生活書店，一九三三年參加中國民權保障大同盟，七月被迫流亡海外，周遊歐美，並至蘇聯參觀。一九三五年八月回國，參加救亡運動，並擔任上海各界救國會和全國各界救國聯合會的領導工作。一九三六年與沈鈞儒等被國民黨政府逮捕，抗戰開始後獲釋。一九四二年到蘇北解放區，一九四四年病逝於上海。中共中央接受他遺書中的申請，追認為中共正式黨員。重要著作編有《韜奮文集》。

在三十年代，韜奮寫了不少雜文，編為《韜奮漫筆》和《坦白集》出版。韜奮的雜文大多刊在他自己主編的《生活》週刊和《大眾生活》週刊之上。他為《生活》週刊撰寫的〈本刊與民眾〉中寫道：

> 什麼是民眾？這雖沒有一定的界說，我以為搜刮民膏摧殘國勢的軍閥與貪官汙吏不在內；興風作浪，朝秦暮楚，惟個人私利是圖的無恥政客不在內；虐待職工，不顧人道主義的殘酷的資本家不在內；徒賴遺產，除衣食住及無謂消遣以外，對於人群絲毫無益的蠹蟲也不在內。除此之外，一般有正當職業或正在準備加入正當職業的平民都在內；尤其是這般人裡面受惡制度壓迫特甚的部分。

又說：

> 至於文字方面，本刊力避「詰屈聱牙」的貴族式文字，採用「明顯暢快」的平民式的文字。

這概括了《生活》週刊辦刊宗旨，韜奮的新聞、政論、雜文寫作宗旨，即反軍閥、反貪官、反政客、反殘酷資本家、反社會寄生蟲，為平民百姓、工農大眾伸冤訴苦的基本傾向，和文字上「明顯暢快」的大眾化風格。

韜奮有篇著名雜文的標題是：〈滑稽劇中的慘痛教訓〉，以犀利明快，辛辣幽默的文字，揭穿國民黨政權統治下的由一系列醜陋、可笑、可鄙、可恨的矛盾堆砌而成的社會「滑稽劇」的扮演者和製造者，這就是韜奮的雜文。

那其中有「狗肉將軍」張宗昌的「三不主義」：一不知他手下有多少「兵」，二不知他刮了多少「錢」，三不知他養了多少「姨太太」（〈硬吞香蕉皮〉）；有以「讀經」拜佛來「救國」卻敵的國民黨考試院長戴傳賢（〈擇吉安置遺教〉）；有「脫著小帽，笑容可掬的必恭必敬的，鞠躬如也」，和濟南慘案製造者、劊子手福田聯隊長「握手」的濟南商會會長（〈丟臉！〉）；有國民黨官場裡利用裙帶等關係，什麼事都不幹的「臥著領薪水」的官吏（〈臥著領薪水〉）；有比英國的太太小姐玩的小狗更乖巧更忠實然而更兇惡的「衣冠禽獸」中的「走狗」；還有交際場合中那種「習慣性的偽善」，同對方第一次見面，素不相識，然而卻緊握他的手說：「久仰得很！」；或則在先人忌辰，發出「大紅帖子」，廣邀賓客，帖上自稱「追慶子」，或在先人逝日，「請人大吃一頓，好像『吃喜酒』一樣！真是全無心肝！」……

這其中最醜陋最可恨的「滑稽劇」，是那位臭名昭著的「逃跑將軍」湯玉麟攜帶財物姬妾棄城逃跑的那一幕。「滑稽」之一是湯某在逃跑之前，還同張學良將軍等一道發佈通電，表示要誓死抗敵，甚至在他逃跑前一刻，還在中外記者招待會上信誓旦旦，慷慨陳詞；「滑稽」之二，是湯玉麟擁有十五萬重兵，而日寇長驅直入，佔領承德時，只有一百二十八名官兵，這創造了戰爭史上的「一個新紀錄」；「滑稽」之三，是湯玉麟可恥逃跑之後，國民黨的參謀長何應欽和行政院長宋子文，竟以不知所云、莫名其妙言詞為其掩飾辯解。韜奮據此指出，人們從這一「滑稽」劇中引出血的「慘痛教訓」，是人們不應把抗日救國的希望寄託在國民黨軍隊身上，而應該是「置之死地而後生」的老百姓的「武裝」之上（〈滑稽劇中的慘痛教訓〉）。

第十六章
雜文大家周作人

一九三六年五月，魯迅同斯諾談話，魯迅認為中國現代「最優秀的雜文作家」是：「周作人、林語堂、周樹人（魯迅）、陳獨秀、梁啟超。」[1]

周作人在二十世紀中國雜文史上，其地位和影響，僅次於魯迅。儘管他曾有過一段漢奸文人的記錄，但在他下水以前，他對中國新文學的創建和發展的多方面貢獻，是屬於歷史的，不能抹殺的，特別是他對中國現代散文和雜文的貢獻尤為突出。周作人同魯迅一樣，都是世界級的散文家和雜文家，而且他也像魯迅一樣，在散文和雜文創作上，他不是孤立的存在，他是一種有影響的傾向和流派的代表。

周作人作為一種複雜的文學存在，周作人的研究，始終是有爭議的，這在學術研究中是很正常的。不過其中似乎有一個問題為人們所忽視，或者說是沒有得到圓滿的回答，這就是周作人主要是一位抒情記敘的小品散文大師，還是主要是一位雜文大家？從某種意義上說，說周作人是一位抒情記敘的小品散文大師，並沒有錯，他確曾寫下一批名噪一時，甚而是可以傳之不朽的經典式的小品散文，如果此時有人編選抒情記敘的小品散文的《今文觀止》的話，周作人創作的那些小品散文名篇，絕對可以入選。這裡的問題只在於，周作人的這些小品散文名篇，在他數量龐大的散文創作總量中究竟佔到一個什麼樣的比例？據我們的粗略統計，周作人那些膾炙人口的小品散文名篇，其

1　斯諾整理，安危譯：〈魯迅同斯諾談話整理稿〉，《新文學史料》1987年第3期。

實只佔其散文總量的百分之十左右。問題就在這裡。如果只認為周作人只是小品散文大師，而看不到周作人主要是一位雜文大家，那就意味著，我們只是抓住作家創作本體總量的百分之十，而忽視了其中的百分之九十，這不能不說是種不應有的「只見樹木，不見森林」的疏忽吧。因此，這裡問題的關鍵，還是回到作家的創作本體上來，對之作量和質的分析。具體說，我們在研究散文家和雜文家的周作人時，要一隻眼睛盯住他的小品散文，還要一隻眼睛盯住他的數量龐大的影響深遠的雜文。就廣泛多樣的社會批評和文明批評的雜文而論，周作人在其思想較積極時寫過不少鋒芒銳利的有關「社會」和「人事」的評論，應予肯定性評價，到了他思想消極蛻變甚而淪為漢奸文人時，他仍寫過眾多的介紹「神話學」、「童話學」、「民俗學」、「性心理」和「性道德」，以及評論中外古典文學和文化的讀書隨筆、筆記等等，涉及相當廣泛的文化領域、熔知識性和趣味性於一爐的雜文，對新文化的建設，對科學和民主思想的宣傳，仍有不可忽視的價值，在這些方面，周作人的作用，是很少人能夠企及的。我們認為，只有從周作人的本體的總體出發，既看到他是小品散文大師，更主要的是雜文大家，我們才能認識他的「全人」，這既是定量分析，也是定性分析。

第一節　周作人主要是個雜文家

周作人（1885-1967），現代散文家、文藝批評家、翻譯家。浙江紹興人。原名櫆壽，字星杓，後改名奎綬，自號起孟、啟明（又作豈明）、知堂等。重要筆名還有獨應、仲密、藥堂、周遐壽等。一九〇一年秋，入南京水師學堂，始用周作人名。一九〇六年赴日本留學，入東京政法大學，立教大學文科學習。一九一一年夏回國，先後任浙江省教育廳視學和紹興教育會會長等，一九一七年春任北京大學文科教授兼國史編纂員。周作人是五四新文化運動重要代表人物之一，是

《新青年》主要撰稿人之一，曾任新潮社主任編輯，參加發起文學研究會，起草〈文學研究會宣言〉，撰寫〈人的文學〉、〈平民的文學〉、〈思想革命〉等重要理論文章。他曾是「語絲」派主要成員之一，撰寫大量「社會批評」和「文明批評」雜文，參與同甲寅派與現代評論派的鬥爭，反對北洋軍閥的反動統治。第一次大革命失敗後，開始消極避世，鼓吹「閉戶讀書」論，「草木蟲魚」論，鼓吹寫作晚明式的「性靈」、「閒適」、「幽默」小品。抗戰爆發後，滯留北平，不久出任偽南京國民政府委員、偽華北政務委員會常務委員兼教育總督督辦等偽職。日本投降後，以叛國罪入獄被判刑。一九四九年後，除寫作有關魯迅的回憶資料外，主要從事日本、希臘文學的翻譯工作。

在中國現代散文開創時期，人們把散文稱之為小品文，或小品散文，其中包括議論性雜文和記敘抒情性散文。周作人是一個負有盛名、具有影響的小品文作家。「六三」運動是「五四」運動的進一步發展，北洋軍閥派軍警鎮壓學生，周作人作〈前門遇馬隊記〉，憤怒地記錄事實經過，這是他偏重記事的早期作品。他在北大工作期間，熱心提倡兒童文學和歌謠徵集，參加組建文學研究會，一九二〇年在西山養病，發表〈山中雜信〉，記述山上的清靜生活和遊客、和尚們的雜事。此外，有〈碰傷〉一文，記述北大教職員向政府索欠薪被軍警毆傷的事。這些記事文章，他往往以揶揄的調侃的口氣，時用反語，在描述不愉快的事情中做愉快的文章，作者說他喜歡這樣彆扭的筆法。他早期的記敘性文字，具有現實意義，以客觀敘述，趣味筆調，「隔衣覺著針刺」的方法來顯示它的特徵。他偏重抒情的早期作品如〈懷愛羅先珂君〉三篇（1922、1923），抒發他對友人的懷念，寫出愛羅先珂對祖國深厚的感情和對人類愛的理想，而這樣一個善良的人竟為許多國家統治者所不容，他感到可笑。周作人以委婉的筆調述說自己對社會生活的觀感，親切雋永，讀來像聽一位長者慢聲細語，以理節情，文字樸實自然而優美。

一九二四年，周作人寫了較多的記敘抒情性的小品散文，且多名篇，如〈故鄉的野菜〉、〈北京的茶食〉、〈苦雨〉、〈蒼蠅〉、〈吃茶〉等。一九二五年的〈鳥聲〉，一九二六年的〈談酒〉、〈烏蓬船〉等，這些都是周作人的得意之作，在自編的《澤瀉集》、《知堂文集》中一再入選，可以說這些作品最足以代表他那些「化俗為雅」，平淡悠遠的記敘抒情性小品散文的特色和水準，也產生過較大的影響。〈北京的茶食〉中有這樣的話：

> 我們於日用必需的東西以外，必須還有一點無用的遊戲與享樂，生活才覺得有意思。我們看夕陽，看秋河，看花，聽雨，聞香，喝不求解渴的酒，吃不求飽的點心，都是生活上必要的——雖然是無用的裝點，而且是愈精煉愈好。

這幾篇散文抒寫生活中的趣味，顯示著他對「一種焚香靜坐的安閒而豐腴的生活的幻想」，這是他在戰鬥之餘用以解脫現世憂患的辦法。

這一類散文展現了他故鄉的風情，與魯迅的著眼點不同，聚焦於生活情趣。他的故鄉並不執著於原籍，住過的地方就是故鄉，浙東、日本、北京都是。於是浙東的野菜，日本的草餅，東京的點心，北京的茶食，紹興和南京的茶乾；飲酒的趣味，烏蓬船中聽雨的詩境，對鳥聲的渴望等等，都被寫得興味盎然。作者所關注的並不是對鄉土的眷念，在文中所努力釀造的是片刻的優遊之境，陶然之境，夢似的詩境，求得精神上慰安。由於這一目的，他在文章中援引古今中外詩文和名言逸事，用親切的絮語，巧妙地解說，沖淡和平的文字，造成一種質樸清新，平淡悠遠的審美境界，為許多讀者所激賞，被公認為「小品文聖手」。

周作人在《澤瀉集》〈序〉裡說：「戈爾得堡批評藹理斯說，在他裡面有一個叛徒與一個隱士，這句話說得最妙：並不是我想援藹理斯以自重，我希望在我趣味之文裡也還有叛徒活著。我毫不躊躇地將這冊小集同樣地薦於中國現代的叛徒與隱士們之前。」《澤瀉集》中選有部分議論性雜文，其中自有叛徒在，另一部分記敘抒情性小品散文，則更多存在著隱士，在他的趣味之文中也有某些揶揄之筆，如〈談酒〉一文，在飲酒時臉變成關夫子等語之後有一括弧，中云：（以前大家笑談稱作「赤化」，此刻自然應當謹慎，雖然是說笑話。）這樣捎帶來一點幽默，也不過是隱士的幽默。周作人在大革命之前確實寫了許多戰鬥性的雜文，但他這時的小品名篇多屬憂患中尋找解脫的作品。

大革命失敗後，他以為「現在中國情況又似乎正是明季的樣子，手拿不動竹竿的文人只好避難到藝術世界裡去」[2]，於是他的雜文也逐漸收斂先前的鋒芒，發展隱士的一面，他選定草木蟲魚，引文充斥，他的記敘抒情性小品散文名篇也頗少，心情更為淡泊而平定，失去先前的情趣。

阿英說：「周作人的小品文，在中國新文學運動中，是成了一個很有權威的流派。這流派的形成，不是由於作品形式上的『沖淡和平』的一致性，而是思想上的一個傾向。」[3]這是很有見地的。周作人稱讚俞平伯的散文最有文學意味，「誠多有隱遁色彩，但根本上卻是反抗的」[4]。周作人也喜歡廢名的作品，因為作風平淡樸訥，有點「隱逸的」，也比較溫和[5]。他們中間思想的共同傾向就是隱遁，或者說隱逸。如果從表現的手法來看，同一流派則有不少的差別。

對於自己的文章，周作人在《瓜豆集》中有一段話：「總之閒適不是一件容易學的事情，不佞安得混冒，自己查看文章，即流連光

2　周作人：《燕知草》，〈跋〉。

3　阿英：〈俞平伯小品序〉。

4　周作人：《燕知草》，〈跋〉。

5　周作人：《竹林的故事》，〈序〉。

景，且不易得，文章底下的焦躁總要露出頭來，然則閒適只是我的一理想而已，而理想之不能做到如上文所說又是當然之事也。」他感歎自己的文章還不夠閒適，因為他前期的雜文確實有焦躁之氣，前期的記敘抒情性小品散文也確已開了閒適的文風，反映了他思想上的消極的一面。

周作人這些小品名篇，其藝術特點是以灑脫的名士風度，平和的感情，清談的方式，天南地北的徵引，多頭緒的思路，來咀嚼欣賞生活的趣味，並出之以沖淡自然的文字。這類作品造成一種空靈之境，使讀者心境寧靜，獲得雋永的韻味和興會。周作人的小品的這些特色，在社會矛盾日趨尖銳的時代，獲得許多讀者的欣賞是有原因的。許多知識分子深知世路多艱，乏力回天，寫作這類小品散文作為消遣，排遣紛擾的世事，閱讀者基於同樣的目的欣賞這類散文，這是很自然的。更何況生活的趣味其本身就是生活的一個組成部分，作為表現這種生活情趣的散文在文苑中自然應有它的一席之地。問題是時代越來越嚴峻，周作人再也寫不出這類美文來了。三十年代後，他逐漸刀槍入庫，完全失去叛徒的精神，成為十足的隱士了，北平陷落後竟至失足「落水」厚顏事敵，只能以文抄公的筆調來寫閒適小文，如〈賣糖〉、〈炒栗子〉、〈蚊蟲藥〉、〈石板橋〉等，多為空泛的說理，難免枯燥無味[6]，比起早期的小品就大為遜色了。

周作人的散文中所佔分量最大的，並不是上述人們耳熟能詳、交口稱道的小品散文名篇，而是他進行「社會」、「人事」和「文藝」評論以及展示他的「雜學」的雜文。這有他的自述為證。

周作人在《苦竹雜記》〈後記〉裡引他於一九三五年十一月六日〈答上海有君書〉中說：「來書徵文，無以應命。足下需要創作，而不佞只能寫雜文，又大半抄書，則是文抄公也。」在〈立春以前〉後

6 參看《知堂回想錄》。

記裡說：「我寫文章也已不少，內容雜得可以，所以只得以雜文自居」，他這裡說的「雜文」是涵蓋所有雜體文章的，是廣義的雜文。在〈兩個鬼的文章〉裡，他對自己所作散文作了區分，一類是表現閒適情趣的閒適小品，一類是「愛講顧亭林所謂國家治亂之原，生民根本之計」的「正經文章」，實即雜文。周作人說他的讀者裡有兩派，甲派只看到他的閒適小品，乙派既看到他的閒適小品，也看到他的「正經文章」，但他們要周作人多寫或只寫閒適小品。周作人則與這些讀者看法完全不同，他認為：「我寫閒適文章，確是吃茶喝酒似的，正經文章彷彿是饅頭或大米飯。」他更看的是自己的「正經文章」即雜文。他更進一步說：

> 那種平淡而有情味的小品文我是向來仰慕的。至今愛讀，也是極想仿做的。可是如上文所述實力不夠，一直未能寫出一篇滿意的東西來，以此與正經文章相比，那些文章也是同樣寫不好，但是原來不以文章為重，多少總已說得出我的思想來了，在我自己可以聊自滿足的了。乙派以為閒適的文章更好，希望我多作，未免錯認門面，有如雲南火腿店帶賣普洱茶，他便要求他專開茶棧，雖然原出好意，無奈棧房裡沒有這許多貨色，擺設不起來，此種實情與苦衷望友人予以諒解者也。以店而論，我這個店是兩個鬼合開的，而其股份與生意的分配究竟紳士鬼只居其小部分，所以結果如此，亦正是為事實所限，無可如何也。

在這裡，他把問題說得異常清楚了。他比閒適小品為「茶」、「酒」，比他稱為「正經文章」的雜文為「饅頭或大米飯」，他自己開的店鋪是「雲南火腿店帶賣普洱茶」，都意在說明，在他的散文創作中，無論在數量上，還是在他心目中的分量上，雜文都是主要的，如果只認他是閒適小品家，那就是「認錯門面」了。

關於雜文，周作人也有一些值得重視的精闢見解，主要見於他的眾多序跋。他的〈美文〉，是新文學中最早的散文理論建設篇章。他譯西方的Essay為「論文」，又稱之為「美文」，他所謂的「美文」，是包括批評議論的、記敘的和抒情的三大類。可見，他是把批評議論的雜文，也視為「美文」，劃入美文學範疇的。這似乎是周作人的一貫的觀點。在〈文藝批評雜話〉裡，周作人闡述了他對文藝批評的看法。在文藝批評上，周作人傾向於法國法朗士的關於文藝批評是批評家的主觀的印象的批評的觀點。英國的王爾德關於批評也是一種創作的觀點。周作人指出：

> 真的文藝批評應該是一篇文藝作品，裡邊所表現的與其說是對象的真相，無寧說是自己的反應。
>
> 只要表現自己而批評，並沒有別的意思，那便也無妨礙，而且寫得好時也可以成為一篇美文，別有一種價值，別的創作也如此，因為講到底批評原來也是創作之一種。

在這裡，周作人把寫得好的文藝批評，視為「美文」，「創作之一種」，在《自己的園地》〈舊序〉裡，周作人把文藝批評和一切批評稱為「抒情的論文」，意思也差不多。在二十年代，周作人的雜文，主要是社會「人事的評論」和文藝批評這兩方面，前者主要收在《談虎集》，後者主要收在《談龍集》裡。周作人關於好的評論和批評是「美文」，是「創作之一種」的觀點，在二十年代初期，當著社會批評和文明批評的雜文正在蓬勃興起時，對於提醒人們重視和追求雜文的審美特性是非常及時也非常重要的。

周作人在〈地方與文藝〉和一些雜文序跋裡，談到明末以來浙東文藝的兩種流向和風格，談到了他的「浙東人的脾氣」，以及他的雜文裡的兩種思想傾向和藝術風格。在〈地方與文藝〉裡，他這樣評述明末以來「浙東」的文化：

> 近來三百年的文藝界裡可以看出有兩種潮流，雖然別處也有，總是以浙江為最明顯，我們姑且稱作飄逸與深刻。第一種如名士清談，莊諧雜出，或清麗，或幽玄，或奔放，不必含妙理而自覺可喜。第二種如老吏斷獄，下筆辛辣，其特色不在詞華，在其著眼的洞徹與措語的犀利。

周作人在《自己的園地》〈舊序〉說他的雜文，「只是我的寫在紙上的談話」，是「凡庸的人的真表現」，「我的無聊賴的閒談」。但在《雨天的書》〈自序二〉裡，他則說：「我看自己一篇篇的文章，裡邊都含著道德的色彩與光芒，雖然外面是說著流氓似的土匪似的話。」而之所以如此，是由於他身上有著「不可拔除的浙東性，這就是世人通稱的『師爺氣』」。是同他在〈地方與文藝〉裡論明末以來浙江文藝的兩種潮流，即兩種思想傾向和兩種藝術風格相呼應的。在〈地方與文藝〉裡，周作人曾提出個著名的觀點，他認為「國民性、地方性、個性」的融合，那文藝便是「有生命」的。在這裡，周作人主張思想傾向和藝術風格的豐富性和多樣性是顯而易見的。

周作人一貫鼓吹「個性的文學」(〈個性的文學〉)，文藝創作和文藝批評都是作家的自我表現。他在《近代散文抄》〈序〉裡認為包括雜文在內的小品文，「是言志的散文，它集合敘事說理抒情的分子，都浸在自己的性情裡」，在《雜拌兒之二》〈序〉裡，周作人借對俞平伯的雜文的評論，對雜文創作發表了極其重要的精闢見解：

> 平伯那本集子裡所收的文章大旨仍舊是「雜」的，有些是考據的，其文詞氣味的雅致與前編無異,有些是抒情說理的，如

> 〈中年〉等，這裡兼有思想之美，是一般文士之文所萬不能及的。此外有幾篇講兩性或親子問題的文章，這個傾向尤為顯著。這是以科學常識為本，加上明淨的感情與清澈的智理，調合成功的一種人生觀，以此為志，言志固佳，以此為道，載道亦復何礙。

嚴格來說，這段話是周作人的「夫子自道」。在周作人看來優秀的雜文，應該是「文詞氣味的雅致」之外，兼有「思想之美」。那麼，什麼是「文詞氣味的雅致」？在《燕知草》〈跋〉裡，周作人論及包括雜文在內的散文的「新文體」時說：

> 我想必須有澀味與簡單味，這才耐讀，所以他的文詞還得變化一點。以口語為本，再加上歐化語，古文，方言等分子，雜揉調和，適宜地或吝嗇地安排起來，有知識與趣味的兩重統制，才可以造出有雅致的俗語文來。我說雅，這只是說自然、大方的風度，並不要禁忌什麼字句，或者裝出鄉紳的架子。

這是說「文詞」的「雅致」，至於「氣味」，則是他在《雜拌兒之二》〈序〉裡說的每個人身上都有的那種獨有的東西，即獨特個性和獨特風格。而所謂「思想之美」，則是「以科學常識為本，加上明淨的感情與清澈的智理，調合成功的一種人生觀」。周作人要求雜文在「文詞氣味的雅致」之外，「兼有思想之美」，是對雜文提出的極高的要求，甚而是「理想化」的要求。

總之，周作人強調雜文的審美特性，雜文要「浸在自己的性情裡」，鮮明表現自我的個性，雜文在「文詞氣味的雅致」之外，還應「兼有思想之美」，他的這一系列雜文理論主張，是從他豐富的雜文創作實踐，是從中外優秀的雜文傳統中提煉出來的，觸及了雜文的某些藝術規律，對理解周作人的雜文創作有直接的啟發，應予重視。

第二節 周作人雜文的演變

周作人的雜文思想和藝術的發展變化，大致可分為三個時期：一九一七年至一九二八年為第一期，就是上升發展期；一九二九年至一九三七年抗戰全面爆發前為第二期，這是日漸消沉期；八年抗戰是第三期，這是全面沉落期。周作人雜文的演變，深刻反映了急遽動盪的年代，一個知識分子浮沉的歷史悲劇。

在一九一七年至一九二八年間，周作人和魯迅是當時文壇上最重要的雜文作家。當時「周氏兄弟」並稱，名重一時，被譽為「文壇上的雙星」[7]，「兩大權威者」[8]，「東有啟明，西有長庚」。他們對中國現代雜文的創造和發展作出傑出的貢獻。在這期間，周作人出版了《自己的園地》（1923）、《雨天的書》（1925）、《澤瀉集》（1927）、《談虎集》（1927）、《談龍集》（1927）等以雜文為主的散文集，寫於這期間的論文和雜文，以及未收入集子的戰鬥性很強的雜文二百多篇。新文學運動興起後，以議論為主的白話雜文，是先於記敘、抒情散文出現的，當時寫作雜文的名家甚多，而能使雜文的寫作成為帶有文學創作性質的「美文」的並不多見。無論從數量、品質和影響看，「周氏兄弟」無疑是最突出的雜文家。周作人的雜文在思想和藝術上雖然和魯迅不能相提並論，但他的雜文創作的廣泛而凌厲的文明批評和社會批評，所表現的獨創和深刻的思想、蘊涵的廣博知識，娓娓絮語，誠摯親切，質樸曉暢，幽默雋永的獨特藝術風格，為開創和建設現實主義雜文，作出特有的貢獻。

---

7 李素伯：《周作人的小品文》。

8 陶明志：〈序〉，《周作人論》。

這時周作人雜文的思想內容，反映了鮮明的時代精神和他自己的個性特色。

反對舊文學，提倡新文學，這是當時新文學運動戰士共同的戰鬥任務。在文學的「破舊立新」上，周作人和魯迅也主張以新鮮活潑的白話文取代文言文，但他們更突出強調「思想革命」。他在〈思想革命〉一文中指出：「文學這事務，本合文字與思想兩者而成。表現思想的文字不良，固然足以阻礙文學的發達，若思想本質不變，徒有文字，也有什麼用呢？」「單變文字不變思想的改革」不能「算是文學革命的完全勝利」，明確主張：在「文學革命上，文字改革是第一步，思想改革是第二步，卻比第一步更重要」。在這前後，周作人寫的〈人的文學〉、〈平民的文學〉、〈新文學的要求〉、〈個性的文學〉和〈與友人論國民文學書〉等，就是他在文學上實行「思想革命」的具體主張。

周作人對中國原始、野蠻的封建舊禮教和舊道德是深惡痛絕的，批判是凌厲的。〈祖先崇拜〉痛快淋漓地批判中國的「祖先崇拜」思想以及這種思想支配下的反常人倫關係，認為不應該進行「祖先崇拜」，而應是「子孫崇拜」。〈祖先崇拜〉和陳獨秀的〈偶像破壞論〉、魯迅的〈與幼者〉和〈我們應該怎樣做父親〉都是聲討「非人的道德」的戰鬥檄文。在批判「祖先崇拜」的同時，周作人突出鼓吹「兒童本位」的思想。性的道德和性的教育問題、婦女解放問題，也是周作人雜文創作中的經常話題，在這方面他常能談出一些新穎而深刻的思想，產生很大的影響。

周作人對婦女解放問題作了深刻的論述。在《新青年》上登載的《隨感錄》〈三十四〉中，他引述英國資產階級思想家凱本德關於婦女解放須同「社會上的大改革」一起完成，「須以社會的共產制度為基礎」的新穎見解，他不贊成女子參政運動，認為在當時的中國這只不過是培養出一批女政客女豬仔罷了，他認為：「想來想去，婦女問題的實際只有兩件事，即經濟的解放與個性的解放。」(〈北溝沿通信〉) 這與以後魯迅在〈娜拉走後怎麼辦〉中所表達的思想是完全一致的。

一九二五年後，中國革命日趨高漲，思想文化戰線的鬥爭日益激烈，在鬥爭中，周作人寫了大量「評論人事」的雜文，他的思想雖然同魯迅並不相同，但在政治大方向上還是一致的，他在這些雜文中，揭露新舊軍閥的反動殘暴統治、反動文人的無恥嘴臉，態度鮮明地讚頌民主戰士和共產黨人，顯示了他這些「人事評論」雜文的戰鬥風格。

一九二五年的「五卅」慘案後，周作人發表了〈對於上海事件的感言〉、〈代快郵〉、〈吃烈士〉等雜文。〈對於上海事件的感言〉主要是揭露英帝國主義的，〈吃烈士〉則指出社會上某些人以誣衊慘案中犧牲的烈士來漁利是一種「吃烈士」的卑劣行徑。在一九二六年的「女師大事件」和「三一八」慘案中，在和「現代評論」派與「甲寅」派的鬥爭中，周作人在他主編的《語絲》週刊上，共發表了二百五十篇有關這方面的文章，僅他自己寫的就有五十篇之多，造成很大的戰鬥聲勢。在女師大風潮中，周作人支持進步學生運動，斥責章士釗等的「整頓學風」是「假道學」，是「巫醫的野蠻思想」(〈我最〉)，痛斥「現代評論」派的「正人君子」的行為是「說謊、反覆、卑劣……尤其是沒有人氣。」「三一八」慘案後，他對死難者深致哀悼，稱讚劉和珍等烈士是「新中國的女子」，認為「中國革命如要成功，女子之力必得佔其大半」(〈新中國的女子〉)。

一九二七年四月間，奉系軍閥張作霖在北京屠殺共產黨領袖李大釗和國民黨左派人士，蔣介石在南方以「清黨」為名兇殘屠殺共產黨人，新舊軍閥一南一北遙相呼應，把轟轟烈烈的第一次大革命浸在血泊之中。在血雨腥風之中，周作人揭露新舊軍閥兇殘暴虐的罪惡，嘲弄和怒斥助紂為虐的胡適和吳稚暉。在「四一二」反革命大屠殺的白色恐怖籠罩全中國的情勢下，周作人能冒險陳辭，為死難烈士伸張正義確是難能可貴的。在大革命失敗後，這類充滿戰鬥精神的雜文是日漸減少了，但他對蔣介石的統治是深懷不滿的，至一九二八年他寫的〈國慶日頌〉就曲折表露了他的憤懣。

還能顯示周作人雜文特色的是他對日本帝國主義的揭露和譴責的雜文。從一九二〇年至一九二七年之間，他寫了二、三十篇十多萬字這樣的雜文，特別是在「五卅」運動前後，僅針對日本在華的漢文日報《順天時報》而發的就有十四篇之多，這些都收在《談虎集》(下卷)。周作人的這些雜文，有較強的反帝民族意識，現實感應十分敏銳，說理透澈，筆鋒犀利，在當時的雜文創作中是較突出的。

以上幾點顯示了作為新文化運動戰士的周作人，他的雜文創作處於上升和發展時期的積極面。周作人的思想從一開始就非常複雜。這時的周作人比較真誠，他常常訴說他自己的思想的複雜性。他有時把自己的思想說成是個「雜貨鋪」(〈西山雜信〉)，有時說他的文章中有著「叛徒」和「隱士」(《澤瀉集》〈序〉)，有時又說自己思想中有「流氓鬼」和「紳士鬼」(〈兩個鬼〉)，他思想中互相矛盾的雙方，在鬥爭，在消長——真實情況也確實如此。這一時期周作人的思想根本是以個性主義為核心的資產階級人道主義。一、他鼓吹「新村主義」和人道主義，帶有調和階級矛盾、社會改良、博愛主義的反對階級鬥爭、暴力革命的一面，他企圖以「平和」的手段「造成新秩序」「以免將來的革命」(〈新村的理論與實際〉)。二、他的根深柢固的資產階級個人主義，使他不能正確認識人民，正確對待人民的革命鬥爭。他批判包括人民在內的「國民」的劣根性，但與此同時，他卻得出：「中國民族是亡有餘辜。這實在是一個奴性天成的族類，兇殘而卑怯，他們所需要者是壓制與被壓制，他們只知道奉能殺人及殺人給他們看的強人為主子。」(〈詛咒〉) 把偉大的中華民族和偉大的中國人民看為不可救藥的民族和人民，因此他也像歷來的「紳士」那樣，對中國人民的革命鬥爭，懷著一種「古老的憂懼」(〈知堂回想錄〉)。

三、反封建的不徹底，早在一九二四年，他就自稱為孔孟之徒的「中庸主義者」，在〈生活之藝術〉中，他竟說要建設「中國的新文明」，中國的「得救之道」，是「復興」那作為孔孟之道經緯的「禮」。在這種思想支配下，周作人是不可能同封建思想決裂，也不可能徹底去反封建的。四、周作人把新文學看作是「個性的文學」，是作家「自己的表現」。這種主張在「五四」初期有著反對「為聖人立言」，「載」儒家之「道」的傳統文學主張，表現了文學的個性解放的時代要求，但是隨著時代的發展，李大釗和魯迅提出把個性解放和人民大眾的解放結合起來，周作人的這種文學主張就顯得陳舊了。當時的周作人還和現實鬥爭保持密切的聯繫，他還能寫出一批有自己個性特色的戰鬥性雜文，以後隨著他鼓吹「閉戶讀書」，不談「時事」，只寫「草木蟲魚」，他同現實鬥爭隔絕了，他的「個性」日漸貧乏，這時他所寫的「表現自己」的雜文也就日漸沒落了。五、他的個人主義的「現世思想」，使他只能像文藝復興時代法國的拉伯雷那樣，「不是狂信的殉道者」，「笑著，鬧著」，但以不被「拿火來烤」(〈淨觀〉) 為極限。第一次大革命失敗，白色恐怖日益嚴重，周作人就抱著「苟全性命於亂世」為第一要緊的人生哲學，消極避世了。

從一九二九年至一九三七年的抗日戰爭全面爆發前夕，是周作人雜文創作的蛻化期，這期間他出版的雜文集有《永日集》(1929)、《藝術與生活》(1931)、《看雲集》(1931)、《書房一角》(1933)、《夜讀抄》(1934)、《苦茶隨筆》(1935)、《苦竹雜記》(1936)、《風雨談》(1936)、《瓜豆集》(1937) 等，成為當時有影響的寫作「閒適小品」的雜文流派的最重要的代表人物。

周作人於一九二八年底發表的〈閉戶讀書論〉，一九二九年底發表〈三禮贊〉和〈偉大的捕風〉等，都是他轉向消極避世的徵兆。

〈閉戶讀書論〉反映了周作人對國民黨當局的極端不滿和深刻「煩悶」，但他也不敢也無力與之抗爭，只能說什麼「苟全性命於亂世是第一要緊」，而為了排遣這種「憂鬱病」，只有「一個辦法，這就是『閉戶讀書』」。〈偉大的捕風〉則更深刻表現了周作人嚴重的精神危機。「偉大的捕風」是由《舊約》〈傳道書〉裡號稱為「智慧之王」的所羅門的原話改造而來的。在《舊約》〈箴言〉裡，所羅門宣揚的是智慧之寶貴，占有智慧就擁有一切，但在《舊約》〈傳道書〉裡，所羅門則反其道而行之，他鼓吹的是智慧愈多反而愈增加愁煩憂傷，他如是說：

> ……虛空的虛空，虛空的虛空，凡事都是虛空。……已有的事，後必再有，已行的事，後必再行。日光之下，並無新事。……我見日光之下所作的一切事，都是虛空都是捕風。彎曲的不能變直，缺少的不能足數。我心裡議論說，我得了大智慧。勝過我以前在耶路撒冷的眾人，而且我心裡多經歷智慧和知識的事。我又專心察明智慧，狂妄和愚昧，乃知這也是捕風。因為多有智慧，就多愁煩；加增知識，就加增憂傷。

所羅門鼓吹的是歷史的虛無論、循環論和宿命論。周作人在〈偉大的捕風〉裡，幾乎複述了所羅門的原話，並在「捕風」之前加上了「偉大」的定語，反映了他陷入怎樣的精神危機。既然「日光之下，並無新事」，周作人就完全有理由把自我封閉起來，拒絕接受任何新事物新思想；既然一切都是「虛空」，都是「捕風」，那就什麼是非，什麼榮辱，都無所謂了。〈偉大的捕風〉是理解周作人此後的消極頹唐沉落的一個重要關節。

一九三〇年初，周作人和俞平伯、廢名、徐祖正等創辦《駱駝草》週刊，宣稱「不談國事」、「立志做秀才」；要利用「有閑之暇」，「講閒話，玩骨董」，寫「草木蟲魚」（〈草木蟲魚〉小引）。開始明顯轉向消極。但他的人道主義、自由主義思想同當局的統治還是有矛盾，他的雜文還包含一些積極的因素，他這時寫的不少貌似出世的雜文中暗寓諷世之意。其中如〈書法精言〉、〈賦得貓〉、〈文字獄〉等文，隱晦曲折反對文字獄；如〈關於徵兵〉、〈關於英雄崇拜〉等文對不抵抗政策表示不滿；如〈關於林琴南〉、《現代散文選》〈序〉等批判思想文化上的倒退復辟；如〈水滸裡的殺人〉、〈鬼怒川事件〉等為婦女兒童的人權呼籲……但這類文章和他的〈五十自壽詩〉一樣奧澀，雖有「諷世」、「微辭」，卻為「青年所不憭」[9]。他這時寫的大量有關生物學、民俗學、神話學、性道德的小品文，以質潔蒼老婉轉自如的文字，熔博識與趣味於一爐，包含著反對封建愚昧和封建專制的思想，意味雋永。

從一九三四年起，他攻擊以魯迅為代表的左翼文藝運動；他攻擊魯迅的轉變是「投機趨時」(〈老人的胡鬧〉)；咒罵馬克思主義是「新禮教」(〈長之文學論文集跋〉)；他認為當時的文藝論爭是「打架的文章」，「如果不是卑怯下劣，至少是一副野蠻神氣」(〈關於寫文章〉)；攻擊革命文學是「八股」、「載道文學」(〈談策論〉)；在〈關於寫文章〉、〈科學小品〉、〈談養鳥〉等文中，為他和林語堂等提倡的「閒適小品」辯護，抗拒魯迅等的批評。再次是到了一九三五年至一九三七年，當年曾痛斥日本帝國主義宣傳的「共存共榮」的謬論是「侵略的代名詞」(〈排日評議〉)的周作人，現在卻跟在日本侵略者後面鼓噪「中日同是黃色的蒙古人種」，文化同一，「究竟命運還是一致」(〈日本的衣食住〉)，並進而公開為歷史上的漢奸秦檜辯護翻案，胡說什麼秦檜在失土「恢復無望」的情況下主和，是另有大志，旨在「保留得半壁江山」，忍辱負重，以待時機「一掃而復中原」(見〈岳飛與秦檜〉、〈關於英雄崇拜〉、〈再談油炸鬼〉)，他在〈棄文就武〉裡，鼓吹「唯武器」論，說什麼中國海軍遠不如日本，言下之意是「抗戰必

9　魯迅：〈1934年4月30日致曹聚仁〉。

敗」。至此，周作人已面向反動腐朽的封建主義和帝國主義，背對革命和進步的文藝運動，他的全面墮落指日可待了，正如以後何其芳所描繪的，他「如下坡的石頭，不滾落到最低的地方不會停止」(〈兩種道路〉)。

一九三七年蘆溝橋事件後，平津淪陷，抗日戰爭全面爆發，周作人「下水附敵」，先後擔任偽北京大學文學院院長、偽教育部督辦、偽「國府委員」等要職，甚至還擔任了日軍的「華北綜合調查研究所副理事長」，參加了日偽主持的「更生文化座談會」，為日本侵略者鞏固「大東亞新秩序」效勞。從一九三七年至一九四五年，周作人出版了《秉燭談》(1940)、《自己的文章》(1940)、《日本之再認識》、(1940)、《藥堂語錄》(1941)、《藥味集》(1942)、《藥堂雜文》(1944)、《秉燭後談》(1944)、《苦口甘口》(1944)、《書房一角》(1944)、《立春以前》(1945) 等雜文集，大大小小共三百多篇。這是周作人雜文創作的沉淪期。

沉淪期周作人的雜文可分為兩類，一類是「閒適小品」，一類是他所謂的「正經文章」。這期的「閒適小品」是前一期的「閒適小品」的延續。另一類是周作人所謂比過去多起來的「積極」「有用」的「正經文章」，主要是指收在《藥堂雜文》裡的〈漢文學的傳統〉、〈中國的思想問題〉、〈漢文學的前途〉和〈中國文學上的兩種思想〉等幾篇長文。在這些長文裡，周作人反覆陳述作為中國思想傳統和漢文學傳統的中心思想是「原始的儒家的人文主義思想」，這種思想集中體現在焦理堂這樣的一段話：「人生不過飲食男女，非飲食無以生，非男女無以生生，唯我欲生，人亦欲生，我欲生生，人亦生生，孟子好貨好色之說盡矣。」(〈漢文學的傳統〉) 在周作人看來，只要做到這點，就可以「設法為百姓留一線生機，俾得有生路」，就可以「防造亂」(〈苦茶庵打油詩〉)，他鼓吹「為人民為天下」的文學(〈中國文學上的兩種思想〉、「為人生的藝術」〈漢文學的前途〉)。黃裳在《來燕榭文存》〈我的集外文〉中評論這一時期的周作人：「知堂白天開門『從政』，夜間閉戶讀書，竟是兩個境界。讀書時頭腦何其清醒，仍然獨立思考的立場，與白天所作所為全然異趣，為不可解。一九四六年是南京老虎橋，我又問他這個問題，他竟若無其事淡淡答道：『白天那只是演戲。』這是對『雙重人格』明白的自供。」[10]

周作人由於他在小品文創作上的成就，確立了他作為中國現代第一流大作家的地位。他在北平淪陷後，背叛民族大義，下水附敵，震動了全國文藝界。對於他的叛國行為，人們有過種種分析評論，他自己也在《知堂回想錄》中多方為自己開脫辯解。前些年有一種說法，認為這是「中國文化傳統的悲劇，是知識分子命運的悲劇」，這是不能自圓其說的。中國文化傳統中有許多糟粕，中國知識分子有種種思想負擔，但是以儒家思想為核心的中國文化傳統，突出強調「夷夏之大防」、「《春秋》之大義」，受文化傳統影響的中國知識分子素來重視民族大義和民族氣節，在抗日戰爭中，像周作人這樣下水附敵的知識分子是極少數，當年北平陷落之後，羈留在北平的知識分子中的知名人士不在少數，他們絕大多數是堅持民族氣節的。可見，把周作人的墮落歸結為「中國文化傳統的悲劇」，「知識分子命運的悲劇」是站不住腳的。馮雪峰在〈談士節兼論周作人〉中評論周氏的變節行為時說：「因為他除了自己的羽毛，就沒有什麼是他所愛惜的了。」這真是一語中的。周作人的墮落，正是他那極端個人主義惡性發展的必然結果。

10 黃裳：〈我的集外文〉，《來燕榭文存》（北京市：生活．讀書．新知三聯書店，2009年）。

第三節　周作人雜文的藝術風格

胡適在〈五十年來中國之文學〉中說：

> 第三，白話散文很進步了。長篇議論文的進步，那是顯而易見的，可以不論。這幾年來，散文方面最可注意的發展，乃是周作人等提倡的小品散文。這一類小品，用平淡的談話，包藏著深刻的意味，有時很像笨拙，其實卻是滑稽。這一類作品的成功，就可徹底打破那美文不能用白話的迷信了。

胡適這段話，指出周作人在現代散文發展史上的開創性和建設性的作用，概括了周作人早期包括雜文在內的小品散文的獨特風格，即「平淡」而「深刻」，「笨拙」而「滑稽」，既是一種隨便不拘的「談話」，卻又不失為一種藝術的「美文」。

長期以來，人們對周作人的包括雜文在內的小品散文藝術的認識是片面的。不少人不作具體全面的分析，用「平和沖淡」來概括它的藝術風格，這專指他的記敘生活情趣的小品是可以的，如果兼指早期雜文則很不確當。其實作為雜文大家，周作人早期雜文藝術風格是豐富多樣的，不是簡單地是用三言兩語可以說盡的，其中有平和沖淡、飄逸閒適的；有說著「流氓似的土匪似的語言」，表現「浮躁凌厲」的批評鋒芒的；有文字平和委婉，思想激烈尖銳的；也有胡適說的那種「平淡」而「深刻」、「笨拙」而「滑稽」……以上四種風格，第一種以在抒情和敘事小品中為多，這期雜文中也有，但比重不大，二、四兩種風格在雜文中所佔比重較大。但不管是哪一種風格的小品散文，都有一種不像有意作文，而是隨便談話的明白曉暢和自然親切的風味，都灌注著廣博、新鮮、有趣的知識，都融進了清淡雋永的抒情意味，在早期雜文中還有以誇張、諷刺和反語等形成的幽默感等，這些就是周作人早期小品散文藝術風格的統一性。

周作人曾說他在《自己的園地》裡的「五十三篇小文」，只是他「寫在稿紙上的談話」(見該書〈序〉)。「談話風」這是周作人包括雜文在內的小品散文的突出特點。他的文章明白如話，基本上採用口語，又巧妙融進一些古典、外國詞語和方言土語，極少使用濃色麗彩的詞藻，造成一種樸質無華，親切自然，卻又能曲盡其妙，非常富於表現力的文體。在「五四」時期，能寫這種「極煉如不煉」的「談話風」美文的人並不多，現代文學史上不少散文名家，只有到了散文創作達到「爐火純青」的地步才能使自己的文體達到這樣的境界。這種文體確實對僵死的古文顯示了自己的優勢，易於在青年中普及，深受他們的喜愛。以這時的周作人和魯迅比較，周作人當然不如乃兄的博大深邃，但在純熟運用口語寫作並取得成功上，乃弟卻要勝過哥哥一籌的。

在自己的小品散文中，巧妙地融進豐富、新鮮和有味的知識，為自己獨創的深刻的思想服務，使之更有說服力和吸引力，這本也是英美隨筆小品和我國古代筆記小品的長處。周作人早期雜文是得了這一真傳的。不過他沒有某些筆記小品一味獵奇炫學，掉書袋的弊病，也沒有笨拙到只是一味填塞知識，使他的散文成為窮和尚雜湊的百衲衣，他是從表達主題出發引用材料並加以精心調整的。周作人的早期雜文不是純知識小品，而是有明確現實針對性，以獨到深刻的思想為經，以豐富新鮮有味的知識為緯，編就的成功藝術品。

周作人早期的小品散文充滿著抒情的意味。他曾把文明批評和社會批評的雜文稱為「抒情的論文」(《自己的園地》〈序〉)，他主張散文創作，無論是記敘、描寫和議論都應浸在自己的「性情」裡（《冰雪小品》〈序〉)，他的雜文注意「情」和「理」的結合，他有自己獨特的說理和抒情的方式。就抒情而論，他的雜文裡有慷慨陳辭，表現他的「浮躁凌厲」的憤激之情的，而多數是以舒徐婉轉的文調抒寫清淡悠遠的情思。舒徐婉轉、清淡悠遠是周作人包括雜文在內的小品散文抒情風格的基本特點。因此他的雜文在感情的抒發上是有節制的，在行文上多用緩進的句式，而不用急進的句式，在詞語選擇上，偏愛感情色彩較淡的詞語，而不用感情色彩強烈的詞語，並由一系列表示轉折、承接、因果和強調關係的關聯片語成句子，有減緩文章氣勢，造成舒徐婉轉，一波三折的語氣，周作人在行文中力避「連株式」、「一動多賓」的急進句式，所用詞語色彩也不強烈。

周作人早期雜文好用反語，有反語正說，反語反說和反語旁說，他有時也用誇張的描寫達到諷刺的效果，有些雜文，能用三言兩語就傳神地描摹諷刺對象的神態，取得很好的諷刺效果。他的這類雜文受到古希臘的盧奇安和英國的斯威夫特這些諷刺文學大師的影響是顯而易見的。周氏譯過他們的雜文，對其文風相當讚賞。

在中國新文學史上，周作人無疑是僅次於魯迅的雜文大家。在他墮落為漢奸文人之前，他那清淡博雅，情韻雋永的眾多雜文，不僅在審美上有著別人無法模擬重複的獨創藝術風格，而且還是一座難得思想和知識的寶庫。這新文學史上享有盛名的「周氏兄弟」，出身於同樣的家庭，有著差不多同樣的求學經歷，可以互相匹敵的淵博中外文化知識，生活在同樣時代環境裡，從辛亥革命時期到「五四」運動再到第一次大革命時期，他們基本上是並肩戰鬥在思想文化戰線上，但是，到了民族民主革命鬥爭特別嚴酷，新文化統一戰線大動盪、大分化、大改組的年代，魯迅成為中國新文化的偉人、中華民族的靈魂和良知，而曾經是新文化戰士的周作人，則朝著消極頹唐沉落的道路往下滑，終在魯迅逝世兩週年之後，墮落為不恥於人的民族敗類。這個反差太大了，對比太強烈了。「周氏兄弟」人格上的差異，決定了他們雜文創作上的差異。這是無須多說的。除此之外，他們三十年代時在雜文觀念上也有很大的差異。周作人固執堅持雜文不談政治和社會人事，僅僅是自我表現、自我消遣、自我解悶的東西，因而，他的自我和雜文創作就遠離時代主潮和人民鬥爭，特別是一九三五年以後，他的雜文除了展示他的「雜學」，談「草木蟲魚」，抄古書，再也寫不出振奮人心的篇章了。而魯迅則把自我同人民大眾鬥爭融為一體，他站在時代潮流前頭，把雜文視為同人民大眾共同殺出一條血路的匕首和投槍，以自己雜文表現「時代的眉目」，反映「中國大眾的靈魂」，這樣，魯迅自我和雜文，就同時代和人民，一道前進，共同豐富和發展了。其二是在雜文的藝術創造力上的明顯差距。周作人三十年代的雜文，在藝術上是缺少創造性的，他寫的最多的是讀書隨筆和讀書筆記類的雜文，幾乎篇篇都是抄書，開頭作了交代，說明材料的來源出處，主體部分是別人書上的東西，結尾發點議論和感想。周作人的這類雜文，由於他博覽群籍，他抄的書，多半是讀者看不到的，往往能給人一點新的知識和啟發，但在藝術形式上太單調了，太沉悶了，太缺少變化了。在三十年代，周作人自稱「文抄公」，人們也稱他「文抄公」。雜文姓「雜」，「雜」是豐富多樣，新鮮活潑，富於創造。魯迅的雜文就是這樣。魯迅是一位在思想和藝術極富創造天才的藝術大師。他的小說、散文詩和雜文都是這樣。茅盾論魯迅小說集《吶喊》時，說過其中沒有一篇寫法是一樣的。魯迅的小說如此，他的散文詩《野草》也是這樣的，他的雜文也大致如此。對於雜文大師魯迅來說，他的許多雜文，都是他思想上的真理性發現和藝術上蓬勃創造精神的結晶。在雜文藝術創造力上，「周氏兄弟」的差距是明顯的，他們是大師和大家的差別。

第十七章
林語堂的雜文

林語堂在二十世紀中國雜文史上，也是一位毀譽蜂起，評說紛紜的人物。在第一次大革命的高潮中，他曾經和魯迅並肩作戰，是「語絲」派中的一員闖將，反對帝國主義和北洋軍閥，討伐知識界的「文妓」和「文妖」，熱情支持愛國學生的革命行動，寫下了尖銳犀利，勇敢悍潑的雜文，雜文集《翦拂集》就是他的這一戰鬥業績的記錄。到了三十年代，林語堂的思想發生了很大的變化，他從學者、教授變為專業作家，從資產階級民主主義者變為資產階級自由主義者，創辦了著名的《論語》、《人間世》和《宇宙風》，發表數量眾多的雜文，鼓吹「幽默」文學、「性靈」文學、「閒適」文學，成為有影響的雜文流派——「論語」派——的「主帥」，他的雜文創作和雜文理論的影響更大了，爭論也更多了。在《我的話．行素集》的〈雜話〉裡，林語堂說他是：「兩腳踏東西文化，一心評宇宙文章」，林語堂作為一位學貫中西的學者和作家，他在促進東西方的文化交流上曾作出傑出的貢獻，在西方世界，他的盛名決不在胡適之下。雖然林語堂對於東西方文化交流的貢獻不在本書研究範圍，但他的這種宏闊的文化背景，無疑影響了他的雜文創作和雜文理論。

第一節　從《語絲》前期到《論語》時期

林語堂（1895-1976），語言學家、翻譯家和散文家。原名和樂，改名玉堂，又改作語堂。筆名有毛驢、宰予、宰我、豈青、薩天師等。祖籍福建漳州。父親為鄉村基督教牧師。一九一二年入上海聖約翰大學。一九一九年起先後赴美國、德國研究語言學，獲哈佛大學碩士、萊比錫大學博士。一九二三年回國，在北京大學和北京女子大學任教。林語堂是《語絲》週刊主要撰稿人。因支持和參加學生愛國運動，受到北洋軍閥政府通緝，一九二六年五月赴廈門大學任教。一九二七年七月到上海，專事著述。三十年代初，林語堂曾參加中國民權保障同盟。在文學方面，積極推動小品文創作。從一九三二年起，先後創辦《論語》半月刊、《人世間》半月刊、《宇宙風》半月刊，提倡「幽默」文學、「性靈」文學、「閒適」文學，被稱為「論語」派「主帥」。其小品文理論曾引起爭論。林語堂的散文和雜文曾結集為《翦拂集》（1928）、《大荒集》（1934）、《我的話》（上冊《行素集》，下冊《披荊集》，1936）、《語堂文存》（1941）。一九三六年秋，林語堂舉家遷居美國，此後主要用英文寫作。從一九三九年起，林語堂以英文創作了《瞬息京華》、《風聲鶴唳》、《朱門》等八部長篇小說，以及《蘇東坡》等多種傳記。一九六六年，林語堂到臺灣省臺北市定居，一九七六年病逝於香港。臺灣出有林語堂全部著述《語堂文集》三十多部。

林語堂在《語絲》前期寫的雜文收集在《翦拂集》裡，這是林語堂一生寫作的最富於戰鬥性文字。

在一系列的思想文化和政治鬥爭中，林語堂和魯迅的大方向是基本一致的，不失為《語絲》社中一名戰士。他的雜文風格頗近於錢玄同，慷慨激昂，悍潑放恣。行文不如錢氏矯健老辣，但更多諷刺諧謔意味，這又有點近於劉半農，不過沒有劉氏的暢達自如，多了一點文言分子。

林語堂猛烈抨擊中國傳統的舊道德和舊文化，提出改造中國國民性的思想和建立「歐化的中國」的主張。在〈給錢玄同先生的信〉中，他認為：「今日之中國政象之混亂，全在我老大帝國國民癖氣太重所致，若惰性，若奴氣，若敷衍，若安命，若中庸，若識時務，若無理想，若無熱狂，皆是老大帝國國民癖氣，而弟之所以信今日中國人為敗類也。」要改造這種國民性，他認為要有革新奮鬥精神，他讚揚孫中山「求一為思想主義而性急，為高尚理想而狂熱而喪心病狂之人，求一轟轟烈烈非貫徹其主義不可，視其主義猶視自身革命之人」（〈論性急為中國之所惡〉）。他讚揚《莽原》社諸君子的「土匪傻子」精神（〈祝土匪〉），讚揚英勇犧牲的劉和珍君和楊德群諸烈士。他認為：「生活就是奮鬥，靜默決不是好現象，和平更應受我們咒詛。」（〈打狗釋疑〉）正是由此出發，他批判當時正在訪華的泰戈爾，認為他「不講武力抵抗，也不講不合作，也不講憲法革命」，這種孤立的「精神復興」是無法實現的，即使實現了，國家早已完了（〈論泰戈爾的政治思想〉）。他反對「讀經復古」，「保存國粹」。寫於此時的〈薩天師語錄〉，記敘尼采筆下超人薩拉圖斯特拉，從西方來到東方，看到世界第一文明古國——中國的所謂文明，看到了由「四千年的文明」造就出的「那些上了蒼苔的靈魂」，「提著他們鬼蜮細小的聲音說：保存國粹」。林語堂的理想是建立一個在「政治政體」和「文學思想」方面都是「歐化的中國」（〈給錢玄同先生的信〉）。這種思想在當時有反封建的作用，但是種不切實際的空想。

林語堂當時是關心政治的，他熱情支持群眾反對國內外黑暗暴力的革命鬥爭，同他們站在一起，而且從中感受到群眾的力量。「五卅」慘案發生後，他在〈丁在君的高調〉一文中說：「這回運動的中心應在國民群眾，而不在官僚與紳士」，「要達到取消不平等條約的辦法，及其他外交問題須在國民群眾中解決，不在外交官解決，在於喚醒民眾作獨立的有團結的鬥爭，不是靠外交官的交換公文。」他始終熱情支持女師大學潮、「三一八」群眾運動和「首都革命」，不僅以筆為武器，甚至加入學生示威隊伍，用旗杆和磚石與軍警格鬥。一九二八年，他在《翦拂集》〈序〉中回想起當時的情景時，仍情不自禁地寫道：「回想到兩年前革命政府時代的北京，真使我追憶往日青年勇氣的壯毅及與政府演出慘劇的熱鬧。天安門前的大會，五光十色旗幟的飄揚，眉宇揚揚的男女學生面目，兩長安街揭竿拋瓦的巷戰，哈大門街赤足冒雨的遊行，這是何等悲壯！」

林語堂對段祺瑞反動政府，對段政府的幫兇章士釗、吳稚暉以及「現代評論」派文人學士、正人君子是痛加撻伐，辛辣嘲弄的。〈發微〉與〈告密〉、〈祝土匪〉、〈讀書救國謬論一束〉、〈勸文豪歌〉、〈詠名流〉、〈文妓說〉、〈討狗檄文〉、〈「公理」的把戲〉後記、〈閒話與謠言〉、〈苦矣，左拉〉等就是這樣的戰鬥篇章，在〈發微〉與〈告密〉中，林語堂斥責北洋軍閥政府在「三一八」慘案中，「預定計劃，埋伏隊伍，荷槍實彈，……由官長指揮，吹號施令槍擊國民，加之以刀鞭，繼之以追擊，復終之以搶劫」的罪惡，說這是章士釗「復古運動」、「整頓學風」的實績，是「官僚」與「正人君子」勾結的罪惡，是「野雞」與「暗娼」的結合。〈文妓說〉痛斥那些依附官府，為其出謀獻策的人，是帝國主義的走狗，是文妓文妖，他們「盜聖賢市仁義」，「喪盡人格，賣盡機巧智慧，以求利祿；與妓女之賣身求利同。」他撕下「現代評論」派的假面，以漫畫筆調為他們造像，指出他們是寧要臉孔不要真理的東西：「現在的學者最要緊的就是他們的臉兒，倘使他們自三層樓滾到樓底下，翻起來時，頭一樣想到是拿起手鏡照一照看他的假鬍鬚還在乎？金牙齒沒掉麼？雪花膏未塗汙乎？至於骨頭折斷與否，似在其次。」「學者只知道尊嚴，因為要尊嚴，所以有時骨頭不能不折斷，……因為真理有時要與學者的臉孔衝突，不敢為真理而忘記其面孔者則終必為面孔而忘記真理，……」(〈祝土匪〉)。林語堂還發起搞一個「先除文妖，再打軍閥」的「打狗運動」。

這時的林語堂基本上是個資產階級民主主義者，他的思想同徹底的民主主義還有距離。他因為同魯迅站在一起，站在革命人民一邊，他的雜文還有鮮明的戰鬥色彩。不過就在這時他的自由主義的根性仍不時有所表現。他寫於一九二五年十二月的〈論語絲文體〉就是如此。文章前半批判江亢虎、章士釗、吳稚暉等文妖的復古主義謬論，後半則宣傳「費厄潑賴」的自由主義觀點，說什麼：「此種『費厄潑賴』精神在中國最不易得，我們也只好努力鼓勵，……惟有時所謂不肯『下井落石』即帶有此意。……且對於失敗者不應再施行攻擊，因為我們所攻擊的在於思想非在人，以今日之段祺瑞、章士釗為例，我們便不應該再攻擊某個人……大概中國人的『忠厚』就略有費厄潑賴之意……不可不積極提倡。」魯迅接著寫了〈論「費厄潑賴」應該緩行〉這一戰鬥檄文，提出了「痛打落水狗」的革命原則，批評了林語堂和周作人。過了兩個多月，正是林語堂等主張要予以寬容的段執政，親手製造了「三一八」慘案。血的教訓，使林語堂受到深刻的教育。在慘案發生後一個多月內，他畫了〈魯迅先生打落水狗圖〉，寫了〈討狗檄文〉、〈打狗釋疑〉、〈發微〉與〈告密〉諸文。屢次提到魯迅的光輝論著，讚揚「魯迅先生以其神異之照妖鏡一照，照得各種醜態都顯出來了」，聲稱「事實的經過，使我益發信仰魯迅先生『凡是狗必先打落水裡而又從而打之』之話」。

林語堂在〈祝土匪〉裡頌揚「土匪傻子」，並說：「我們生於草莽，死於草莽，遙遙在野外莽原，為真理喝采，祝真理萬歲，於願足矣。」他以後將這時寫的雜文命名為《翦拂集》就是這個道理。《翦拂集》記載了他此時的光榮戰績，但也隱藏著他以後消極、頹唐的思想危機。

林語堂從第一次大革命失敗後至一九三二年創辦《論語》前，他主要是從事三本《開明英文讀本》和兩本《英文文學讀本》的翻譯和編寫工作，偶爾也寫些雜文。這時他的政治態度有了變化，當年在北京時期那種勇猛的戰鬥姿態沒有了。他對蔣介石的統治不滿，但又懾於大屠殺的巨大威脅，覺得一個人的「頭顱」只有一個，在亂世中當個「順民」最好。他對自己的頹唐和消極也是不滿的，一九二八年他在編輯《翦拂集》時，回憶了兩年前那「悲壯」、「激昂」的鬥爭場面，自己那時那些有著「激烈思想」的雜文，而今都成了「隔日黃花」，自己也深感「寂寞與悲哀」。這時，他的雜文已沒有《翦拂集》中那種直面人生，悍潑放恣的戰鬥篇章，但仍有曲折的牢騷和不平，寫於一九二八年至一九二九年的《薩天師語錄》（二）、（三）、（四）就是。其中記述薩天師來到東方，看到的依然叫人痛心的「文明」，有人對他說，「要打破性幽囚的監牢」，「推翻貞女烈婦的牌坊」，薩天師說：「你的志願很好！」又說：「我彷彿聽見幽囚的哭聲，在你蓬發的底下，我似乎仍然看見奴隸的面目。」「這個哭聲與這個面目，就是你尚未解放的徽記。」薩天師還說：「我要告訴你們解放的真術」，「我願意替你們打斷一切的枷鎖，只是你們不能容納。」但薩天師終於失望了，他不得不承認：「我的希望是徒然的。我的說話也是徒然的……」這曲折反映了林語堂在第一次革命失敗後對蔣介石的獨裁專政的不滿和牢騷，與找不到出路的深刻的失望和悲哀。這是林語堂思想的一個方面。另一個方面是他的個人主義思想，使他成為「大荒」中「我走我的路」、「我行我素」的「孤遊」者，這正是他鼓吹克羅齊的「自我表現」和公安派的「獨抒性靈」的「言志」文學的思想根源。他的自由主義，使他採取「不阿所好」（《大荒集》〈序〉）的態度，既不投靠蔣介石，也不向無產階級靠攏，企圖走一條所謂不黨不派、不左不右的中間道路。他也正是從趣味主義出發，鼓吹「幽默」、「閒適」，把英國小品和公安派小品中的「幽默」、「閒適」的一面看成唯一的東西，並捧到至高無上的地位。在現實鬥爭中，林語堂思想和創作中的這兩個方面在消長。

一九三二年九月，林語堂創辦《論語》半月刊，倡言「不談政治」，「不附庸權貴」，「不為任何一方作有津貼的宣傳」，自稱「言志派」，反對「涉及黨派政治」的「載道派」，大力提倡「幽默」，認為只有「幽默」，文章才能「較近情，較誠實」(〈我們的態度〉)。林語堂雖然標榜清高，諱言政治，實際上是不可能脫離政治的。開初，他的幽默文章就有對國民黨統治下黑暗社會進行諷刺的傾向，他於一九三三年初，加入了宋慶齡、蔡元培發起的中國民權保障同盟，這本身就是一種態度，說明他這時基本上還是傾向進步的。《論語》創辦之初，魯迅和一些左翼作家都在《論語》上發表文章。當時魯迅是把林語堂作為朋友看待的。一九三四年四月他創辦《人間世》半月刊，鼓吹「性靈」小品寫作要「無關社會意識型態鳥事，亦不關興國亡國鳥事」，鼓吹用白話的文言即「語錄體」寫作小品。在《人間世》創刊號上，以顯著地位刊登周作人大幅照片和〈五十自壽詩〉二首，並接連幾期登載許多人的唱和吹捧之作。當時許多人批評了周作人的自壽詩，而林語堂卻在〈周作人作詩法〉中為之辯護，說他是「寄沉痛於悠閒」，說自己是「潔身自好」，謾罵批判者「如野孤談禪，癩鱉談仙」。他在雜文集《我的話》〈行素集〉的序中，表明了自己拒絕一切忠告、獨行我素的「天生蠻性」。他寫道，他的小品文是：

> 信手拈來，政治病亦談，西裝亦談，再啟亦談，甚至牙刷亦談，頗有走入牛角尖之勢，直是微乎其微，去經世文章甚遠矣。所自奇者，心頭因此輕鬆許多，想至少這牛角尖是我自己的世界，未必有人要來統制，遂亦安之，孔子曰：汝安則為之。我既安之，故欲據牛角尖負隅以終身。

由於他的理論主張和創作實踐受到左翼作家的批評，他就在〈做文和做人〉、〈我不敢再游杭〉、〈今文八弊〉等雜文中，詆毀左翼作家對他的批評是「以謾罵為革命，以醜詆為原則」，說什麼「文人好相輕，與女子互相評頭品足相同，白話派罵文言派，文言派罵白話派，民族文學罵普羅，普羅罵第三種人」。竟把文藝上嚴肅的原則鬥爭，歪曲為大家「爭營奪壘」,「互相臭罵」;他攻擊魯迅等譯介波蘭、捷克等被壓迫民族的文學,認為譯文中吸收外國語法,是「事人以顏色」,「其弊在浮」,是「洋場孽少怪相」,「其弊在奴」。為此,魯迅連續發表七篇論「文人相輕」的雜文,批判林語堂的「無是非觀」。在〈題未定草(三)〉中,批駁了〈今文八弊〉的謬說。

雖然如此,此時的林語堂畢竟還不是買辦反動文人,還不是「王之爪牙」,他對黑暗現實還是「憤憤不平」的。他創作了〈論政治病〉、〈臉與法治〉、〈中國何以沒有民治〉、〈等因抵抗歌〉、〈梳、篦、剃、剝及其他〉等一批有積極思想意義和幽默辛辣風味的雜文。一九三五年八月十一日,蕭三在〈給左聯的信〉中,就肯定了這一點。他指出:「統治者的虐政,尤其是賣國政策大遭一般知識者的非難,林語堂的『自古未聞糞有稅,而今只有屁無捐』可謂謔而虐之至。」後來,「論語」派還和「文學」社、「太白」社共同簽署過《我們對於文化運動的意見》,反對尊孔讀經運動。對不抵抗政策也有諷刺和抨擊。「一二九」運動發生後,林語堂曾撰寫過〈關於北平學生一二九運動〉、〈國事亟矣〉、〈外交糾紛〉等文章,支持青年學生的愛國運動,抗議反動當局的暴行。一九三六年十月,他還與魯迅、郭沫若、茅盾等二十一人,聯名發表了〈文藝界同人為團結禦侮與言論自由宣言〉。魯迅逝世後,林語堂在《宇宙風》上發表了〈悼魯迅〉這一雜文名篇。文中談到了他同魯迅的交往與齟齬,寫出了魯迅性格的某一方面,傾注了自己由衷讚佩之情。

林語堂在這時期也發揮他的「兩腳踏中西文化,一心評宇宙文章」的專長,寫了不少比較中西文化的雜文,寫出自己的獨特體會和見解,值得重視。其中如:〈思孔子〉(《論語》第三十九期)、〈中國的國民性〉(《人間世》第三十二期)、〈談中西文化〉(《人間世》第二十六期)、〈中國人與英國人〉(《逸經》第十四期),以及連載於《宇宙風》上的〈談螺絲釘〉等即為這方面的代表作。〈談中西文化〉比較中西文化的差異，在談到文化與人生關係時，他有這樣的見解：

> ……我想處世哲學社會制度終歸東西不同，但是西方主動，東方主靜，西方主取，東方主守，西方主格物致知之理，東方主安心立身之道，互相調和，未嘗無用。世事如此糾紛，西人一天打、打、打。照道理，學所以為人，並非人所以為學，以人為一切學問的中心，這是中國文明之特徵。人生在世不滿百，到頭來盤算一下，真正叫我們受用的，還不是飲食男女，家庭之樂，朋友之快，心地清淨，不欠債，及冬天早晨得一碗熱粥一碟蘿蔔乾求一溫飽嗎？常人談文化總是貪高騖遠，搬弄名詞，空空洞洞，不著邊際，如此是談不到人生的，談不到便也談不到文化，這樣一來就有點像盲人騎瞎馬了。我最佩服一句孔夫子的話，叫做「道不遠人，人以為道而遠人，不可以為道」，這是真正東方思想的本色。這樣一來，把東西文化都放在人生的天秤上一稱，才稍有憑準。

第二節　林語堂雜文的藝術風格

林語堂是一位在雜文創作上有思考力、想像力和創造力的雜文大家。他的雜文理論和雜文創作，影響很大，爭議很多。

林語堂在「語絲」前期和「論語」時期，政治思想上確實有顯著變化，即從民主主義演變為自由主義，但在雜文藝術上，他則從直露粗放走向深刻成熟。這無疑是個矛盾，但卻是個可以解釋的矛盾。這首先是雜文家的政治思想對其雜文當然有影響，但雜文家的政治思想並不等於雜文的全部，因為雜文是一種廣泛的社會批評和文明批評。二十世紀的中國雜文史上有這樣的先例。譬如，在李大釗和陳獨秀成為初步的馬克思主義者之後，他們的政治思想較之還是革命民主義者的魯迅當然更先進，但他們的雜文無論在思想深度和藝術高度上，都同魯迅雜文不能比擬；其次是創作實踐經驗的豐富；其三是雜文創作理論的思考。這三方面因素促成「論語」時期林語堂雜文藝術走向成熟。

在「論語」時期，林語堂創辦了以刊登小品文為主的刊物《論語》、《人間世》和《宇宙風》。而小品文則是以議論性和批評性的雜文為主的文學散文。為了推動小品文創作，林語堂在〈論幽默〉裡鼓吹「幽默」文學，在〈論文〉（上、下）裡鼓吹表現個性和真情的「性靈」文學，在《人間世》發刊詞和〈論小品文筆調〉裡鼓吹「以自我為中心，以閒適為筆調」。林語堂的一系列小品文創作理論主張，正確和謬誤兼有，深刻伴隨著侷限，利弊參半，既有積極的理論建樹，也有某些消極作用，影響了他自己和「論語」派的雜文創作。

從一九二四年的〈徵譯散文並提倡「幽默」〉和〈幽默雜話〉，到了三十年代的〈論幽默〉、〈會心的微笑〉、〈答青崖論幽默譯名〉、〈笨拙記者受封記〉、〈答平凡書〉、〈論笑之可惡〉等，林語堂非常突出、系統宣傳了他的「幽默」文學理論主張，這為他贏得了「幽默大師」稱號。在林語堂看來：一、「幽默」是人的天性，是人生的一部分，甚而是一種人生觀；二、「幽默」是作家在評論和表現人生時，帶著溫和同情的笑，帶著「我佛慈悲」、「悲天憫人」，旁觀超然淡遠的態度；三、有種種笑，有廣義和狹義的「幽默」，最高的「幽默」是「笑中有淚，淚中有笑」，是「心靈的光輝和智慧的豐富」，是「會心的微笑」；四、「幽默」與「諷刺」相近，「諷刺」「去其酸辣，而達到沖淡心境，便成幽默」，「愈是空泛的，籠統的社會諷刺及人生諷刺，其情調自然愈深遠，而愈近於幽默本色。」林語堂在闡發他的「幽默」理論，從亞里斯多德、康德、柏格伊森、佛洛伊德，特別是梅瑞狄斯那裡汲取理論營養，提出他自己獨創的理論見解。但其侷限也是顯而易見的。主要是他把「諷刺」和「幽默」機械對立起來，而一味抬高「幽默」，貶低「諷刺」，這是不恰當的。《法蘭西學院辭典》這樣定義「幽默」：「既輕鬆又嚴肅，既具感情又帶嘲諷，似乎尤其屬於英國式思想的一種諷刺形式。」法國的莫洛亞在〈論幽默〉裡，把「幽默」區分為「玫瑰幽默和黑色幽默」，他認為英國諷刺文學大師斯威夫特是「黑色幽默」的傑出代表。可見「諷刺」和「幽默」難於截然分開，而且「幽默」也是形形色色，並不如林語堂所說的那麼簡單。

林語堂在〈論文〉（上、下）等文裡鼓吹他的「性靈」文學。他認為：一、「性靈」是作家自我的「個性」和「真情」，是「近代散文的命脈」；二、要解放文學，首先要解放「性靈」，使「性靈」獲得自由的表現，創造出自由活潑、新鮮有趣的文學；三、這種「性靈」文學的典範是晚明「公安」派的「獨抒性靈，不拘格套」，它是「五四」新文學的真正源頭。林語堂所倡導的「性靈」文學是繼承「五四」新文學傳統，有著反對封建主義舊文學的「代聖人立言」和「載儒家之道」，提倡個性解放、追求創新的意義。林語堂倡導的「性靈」文學的理論基礎是晚明「公安」派文論和西方克羅齊等的表現主義美學，思想基礎是他的資產階級自由主義和個人主義，其侷限也顯而易見。首先是他切斷作家的「性靈」即個性或自我，同社會和歷史的聯繫，使之唯我化和神秘化了；其次是他抹殺文學創作中的「真」、「善」、「美」的區別，及把「真」轉化為「善」和「美」的條件和過程。至於林語堂鼓吹的「以自我為中心，以閒適為筆調」，理論上的淺陋，更是無須多說的。從根本上說，作家在創作過程中不可能「以自我為中心」，作家的一切創作，也不可能都「以閒適為筆調」的。

林語堂的上述文學主張，是他自己和「論語」派的理論綱領，給他的雜文創作帶來積極和消極影響。郁達夫在《中國新文學大系》〈散文二集〉〈導言〉裡說林語堂生性憨直、渾樸天真、真誠勇猛、書生本色。這種評價符合「語絲」前期的林語堂，到「論語」時期，林語堂已有了變化，在〈薩天師語錄〉〈薩天師與東方朔〉裡薩天師和東方朔有這樣的對話：(東方朔)：「但是我的諧謔、饒舌，都有特別理由：在這城中，裸體的真理，羞赧已無容身之地，所以須披上諧謔的輕紗……」(薩天師)：「你須好好的看護真理，給他穿上規矩守禮的服裝，因為裸體的真理，不是他們的賢人君子所敢正視的。」從「裸體的真理」到給這種「裸體的真理」「披上諧謔的輕紗」，這就是林語堂雜文藝術的變化，在這種變化中「勇猛」是失去，但審美價值卻增加了。

林語堂確是「諧謔、饒舌」的，他雖然推崇幽默而貶低諷刺，但在他的雜文創作中，還是諷刺多於幽默，諷刺性的雜文水準高過幽默性雜文，這是環境使然，天性使然。林語堂雜文的諷刺和幽默是林語堂式，帶上林語堂特有的想像力和創造力，用魯迅的話說，「語堂總是尖頭把戲的！」[1]如〈奉旨不哭不笑〉、〈論政治病〉、〈民國廿二年弔國慶〉、〈讓娘兒們幹一下吧〉、〈臉與法治〉、〈為蚊報辯〉、〈誦經卻倭寇〉、〈等因抵抗歌〉、〈梳、篦、剃、剝及其他〉等等，僅標題就給人滑稽可笑、犀利辛辣的強烈感覺。林語堂也寫過一些有一定思想內涵和相當幽默的雜文，如〈得體文章〉說國民黨三中全會宣言是典型的「得體文章」，它什麼都說，但什麼也沒說透，人們讀了什麼感覺也沒有，讀了等於沒讀，並說這是執筆者在小學學作文時種下的病根。〈作文六訣〉在其中的「(一) 要表現自己」中捎帶一筆嘲諷蔣(介石)、閻(錫山)、馮(玉祥)之間的新軍閥混戰，說是由於他們之間缺少「開誠佈公老老實實交換意見」，如果他們能「開誠佈公老老實實交換意見，這些戰亂都可避免」。林語堂故意代他們擬互致通電，調侃他們之間又戰又和，又爭奪又勾結。其他如〈怎樣寫「再

1　轉引自唐弢：《林語堂論》。

啟」〉、〈冬至之晨殺人記〉在針砭人情世態上也相當幽默。但是林語堂夢寐以求的那種「閒適」的「幽默」式雜文，如〈言志篇〉、〈我怎樣買牙刷〉、〈論西裝〉、〈論避暑之益〉、〈我的戒煙〉則顯得瑣屑，幾近無聊了。借用老舍的話說：「幽默變成油抹」。

林語堂雜文創作上的想像力和創造力還突出表現在雜文形式的多樣化上。除了較常見的隨筆、隨感、短評之外，較著者如寓言體的雜文，收入《翦拂集》、《大荒集》和《我的話》等集中的〈薩天師語錄〉，林語堂假託尼采筆下的「薩天師」[2]來到中國的所見所聞所思所感，曲折表達林語堂對中國傳統文化和社會現實的針砭，這些雜文帶有寓言的故事情節和象徵諷諭性質，又如《增訂伊索寓言》裡的〈龜與兔賽跑〉、〈太陽與風〉、〈大魚與小魚〉和《冬天的豪豬〉，對伊索寓言和叔本華寓言，進行改寫，賦予新義，寫法別緻，能給人新鮮感。打油詩或歌謠與報紙消息報導等的聯綴，也是林語堂常用的雜文形式，如〈翦拂集》裡的〈詠名流〉、〈我的話〉裡的〈民國廿二年弔國慶〉都是諷刺性打油詩；〈等因抵抗歌〉是打油詩和作者議論的聯綴；〈梳、篦、剃、剝及其他〉則由報紙消息報導、民間童謠、作者在童謠基礎上改寫的打油詩和議論聯綴而成，先看其中幾段文字：

> 近日報載四川通行童謠，描寫軍匪官僚搜括百姓之慘酷，可為民國治績之寫照。童謠云：「匪是梳子梳，兵是篦子篦，軍閥就如剃刀剃，官府抽筋又剝皮。」據此可知搜刮本領，匪不如兵，兵不如將，將又不如官。中國之官，只是讀書土匪。中國文化之潰滅，及讀聖賢書之人之可殺，已充分暴露。人皆言「劣紳，劣紳」。紳豈有不劣者？茲引童謠之意為詩曰：
>
> 　　梳由土匪篦由兵，毛髮幾根爛額輕。

2　薩天師，通譯查拉圖斯特拉。

猶恐青絲除未盡，仍煩軍閥剃刀靈。
治標不及治本要，老總何如老爺精？
皮剝筋抽光滑滑，飄魂猶得頌聖明。

林語堂有時還以插圖、題詞、聯語代雜文，如《翦拂集》裡的〈魯迅打狗圖〉，就是林語堂親繪的魯迅翁痛打叭兒狗的漫畫，《論語》上的「民國萬稅」的有名題詞，以及對聯「自古未聞糞有稅，而今只有屁無捐」，「革命尚未努力，同志仍須成功」，「國家尚未分裂，同室仍須操戈」等都是花樣翻新、給人印象深刻的創造。

第三編

現代雜文的全面發展

1937-1949

第十八章
戰爭環境下雜文的新機遇和新發展

一九四六年，著名的散文家和文學史家朱自清曾在一系列的文章裡評論和描述過這個歷史時期的中國現代雜文。在〈什麼是文學的「生路」〉裡，他指出在這一歷史時期，「雜文、小說和話劇」，「這三員大將將依次是我們的開路先鋒」，而「雜文」是其中的「第一員先鋒」；在〈什麼是文學？〉裡，他又說「小說和雜文」似乎「佔了」當時「文壇的首位」；在〈歷史在戰鬥中〉中，他在評論馮雪峰的雜文集《鄉風與市風》時則斷言：雜文「成了」那個時代的「春天的第一隻燕子」。朱先生的這一系列評價，決不是他個人特殊偏愛，而是契合歷史實際的卓越「史識」。

在抗日戰爭和解放戰爭的十二年中，中國現代雜文日見斑斕，蓬勃發展，獲得全面豐收，不僅在數量上超過前兩個十年，在平均水準上也超過前兩個十年，在中國現代雜文史上書寫了光輝燦爛的篇章。

限於篇幅，我們不可能過細描述和評論這個歷史時期雜文的方方面面，只能從宏觀角度作概括性的歷史審視和評述。概而言之，首先這個歷史時期的雜文，仍然是在我國的民族民主革命的歷史母體內孕育、成長的，承擔著反帝反封建的民族、民主，科學的社會批評、文明批評和思想啟蒙促進中國社會實現現代變革的歷史使命，從這點說，它同前兩個十年並無根本上的不同，但是抗日戰爭和解放戰爭又無疑是中國現代特別重要的歷史新時期，這歷史的矛盾特殊性，這一歷史的新形勢和新機遇，必然給這一歷史新時期的雜文深深烙上了歷史新時期的特點。

其二，這十二年的歷史是在炮火漫天中激盪前進的，社會的劇烈動盪，文化人的顛沛流離，流浪聚集到全國各地，甚而香港、海外，他們相應也就把新文化種子，把雜文種子，撒向更廣闊的地域，從根本上改變了第一個十年以北京為文化中心和第二個十年以上海為文化中心的局面，雜文有了在更廣闊地域遍地開花，得到普及的新機運，加上適應社會的需要，有更多的有影響的報紙和刊物倡導和刊載雜文，雜文的陣地更多，雜文的隊伍更龐大了，雜文的社團、流派、群體也更眾多了，雜文創作風格更豐富多彩了，這是在前兩個十年的雜文史上不曾有過的新氣象。

其三，作為「感應的神經」和「攻守的手足」的雜文，為了適應時代的需要，有的著眼於繼承和發揚魯迅雜文傳統，有的旁逸斜出，都追求雜文的新內容、新的思維方式、新的語言、新的審美表現形式，與此同時，雜文理論的研究也有新的拓展，這一歷史時期，對中國現代雜文大師魯迅雜文的研究較前有新的廣度和深度，其他方面的雜文理論研究也有新的發展，這是這一歷史時期雜文發展的新經驗。

其四，按照王瑤在《中國新文學大系（1937-1949）第一集理論卷》〈序〉裡的說法，這一歷史時期帶有承前啟後的「歷史過渡性的特點」，這一歷史時期的「理論成果及其侷限」，「直接連結並影響著新中國成立以後當代文學思潮的發展」。就雜文而論，這一時期的某些被視為權威的雜文觀念，一九四二年在延安文藝整風時期對某些批評革命隊伍內部缺點的雜文的簡單化批評等等，就影響和制約著改革開放前中國當代雜文的發展。這其中顯然隱藏著某些值得認真研究的歷史教訓。

新機遇、新氣象、新經驗和新教訓，這就是我們對這十二年中國現代雜文的大體概括。義大利的美學家克羅齊和美國的美學家伍德科克都說過差不多同樣意思的話，他們都說過：「任何歷史都是當代史。」這話並不全對，但包含著某一方面的道理。從某一角度看，歷史決不是積滿灰塵、百無用處的故紙堆，它是現實的活的嚮導，它是永遠新鮮的，從這個意義上說，我們總結教訓，就有著不容忽視的現實和歷史的意義。這也就是說，任何文化的積累，總是和文化的創新相輔相成、互相促進的。

第一節　雜文向全國鋪展

這十二年確是我國現代非同尋常、特別重要的歷史新時期。中國人民在八年抗戰中，團結一致，浴血奮戰，忍受痛苦的犧牲，付出沉重的代價，打敗了日本侵略者，贏得了抗日戰爭的偉大勝利。抗日戰爭的勝利，是中國人民自鴉片戰爭百餘年來第一次贏得反帝鬥爭的完全勝利。在三年解放戰爭中，中國人民在共產黨領導下，建立了人民當家做主的人民共和國，這是中國人民在反帝反封建鬥爭中取得的最偉大的勝利。這連續十二年的戰爭，關係著我們國家和民族的命運和前途，貫穿著愛國和賣國、正義和邪惡、光明和黑暗、進步和倒退、團結和分裂的大是大非的鬥爭；戰爭把一切社會矛盾鬥爭激化了，把一切社會矛盾鬥爭的陣線區分得更加分明了，加速歷史發展的新陳代謝，即中國人民大眾同帝國主義、封建主義和官僚資本主義的鬥爭，以及中國人民大眾在鬥爭中所取得的歷史性勝利，極大地激發了雜文作家的創作靈感，極大地鼓舞了雜文作家的創作熱情，給他們的雜文創作在進行反帝反封建、爭取人民民主勝利的社會批評和文明批評上，較前能有新的廣度、深度和高度。

這一歷史新時期還有兩個特點。一是在抗日戰爭時期，我國存在著國民黨統治的國統區，共產黨領導的抗日根據地，日偽政權控制的淪陷區；在解放戰爭時期，有國民黨統治的國統區，共產黨領導的解放區。這種多種政權和不同社會制度並存、對峙和鬥爭中消長的局面是歷史發展的新特點，這個歷史的新特點反映在雜文創作上，較前就有了更廣闊、豐富、多樣的內容；二是盧溝橋事變後北京淪陷，上海先是成為「孤島」後又淪陷，原先聚集在京、滬的文化人，流浪聚集到桂林、重慶、成都、昆明、延安、香港，甚而是東南亞，改變了過去以京、滬為新文化運動中心的局面，這種新局面繼續到解放戰爭時期，這在客觀上促成雜文向全國擴散、普及。

這十二年間，國內刊載雜文的報紙雜誌之多，也為我國現代雜文史上所僅見。其中較著名的如上海的《申報》副刊「自由談」;《文匯報》副刊「世紀風」;《譯報》副刊「大家談」;《大美晚報》副刊「淺草」、《魯迅風》、《雜文叢刊》、《萬象》、《希望》;《聯合晚報》;《時代日報》副刊「民主」、《新文化》、《文萃》、《消息》、《展望》;《世界晨報》；桂林的《野草》;《救亡日報》副刊「文化崗位」、《力報》副刊「新墾地」;《廣西日報》副刊「南方」、《文藝生活》、《文藝雜誌》；《大公報》副刊「小公園」、《民主星期刊》；重慶的《新華日報》副刊「新華副刊」;《新蜀報》副刊「蜀道」、《新民報》副刊「最後關頭」;《新民報》副刊「上下古今談」、《世界日報》副刊「明珠」、《抗戰文藝》、《民主報》副刊「吶喊」、《大公晚報》副刊「半月文藝」，成都的《華西晚報》副刊「藝壇」、《成都晚報》副刊「藝文志」、《筆陣》；昆明的《生活導報》、《星期評論》、《正義報》、《掃蕩報》副刊；福建的《東南日報》；解放區的《解放日報》、《晉察冀日報》、《中國青年》、《中國文化》、《新華日報》(太行山版)，《東北日報》、《牡丹江日報》、《大北新報》，香港的《立報》副刊「熱風」、《星島日報》副刊「星座」、「群眾」。此外，還有郁達夫、巴人、胡愈之等在新加坡辦的報刊，日本大阪愛國僑胞辦的《華文每日》。

一九五九年七月六日，著名歷史學家和雜文家吳晗在為解放前的雜文集《投槍集》寫的〈前言〉中，談到了當時國統區刊登雜文的報紙和期刊的情況。他寫道：

> 發表的刊物的名稱，列舉一下也很有意思，因為從這個單子中可以看出這六年中文化界的政治立場。就雲南說，有雲南日報，正義報，掃蕩報，民主週刊，生活導報，評論報，自由論壇，工商青年，真報，觀察報，新報，週報，婦女旬刊，時代評論等等……
>
> 就重慶說，有新華日報，民主報，新生代等等；上海有文匯報，民主週刊，群眾，文萃，週報，新文化，半月刊，中華論壇，中國建設；北平有民主週刊，清華週刊，燕京新聞，中華半月刊等等……

這一時期，雜文家流散到全國各地，刊載雜文的報紙和刊物的大量出現，為老雜文作家提供了「英雄用武之地」，也為雜文新秀的茁長提供了很好的苗圃。這造成了這一時期雜文隊伍的空前壯大，不僅在人數上遠遠超過前兩個十年，而且在風格流派上也更加絢爛多彩。

第二節　主要雜文流派和雜文作家群

上海「孤島」時期的「魯迅風」雜文流派，是抗日戰爭前期的有影響的雜文流派。上海「孤島」時期，起始於一九三七年十一月十二日中國軍隊從淞滬西撤，截止於一九四一年十二月八日珍珠港事件爆發，歷時四年又一個月。這期間日寇佔領了上海的大多數地區，上海租界暫時由英、美、法等國控制。愛國文化人在上海地下黨的領導下於一九三八年初，先後辦起了「頂著西商的招牌，說著中國人的道理」[1]的抗日愛國報紙：《譯報》和《文匯報》等。上海「孤島」陷於日寇、漢奸和特務的重重包圍之中，愛國作家在血與火、生與死的嚴

1　王任叔：〈《魯迅風》話舊〉，原載《遵命集》（北京市：北京出版社，1957年）。

峻考驗之中高舉愛國主義和民主主義的旗幟，進行英勇無畏、艱苦卓絕的鬥爭，譜寫民族民主革命鬥爭的文學詩篇。在整個上海「孤島」文學中，戰鬥的雜文是其重要一翼，是整個「孤島」文學的「前哨」[2]。在上海「孤島」時期進步雜文家中，有各式各樣的「風」，各式各樣的「格」，各式各樣的「派」，但影響最大的，並成為中堅力量的，是開初被人們嘲笑的寫作「魯迅風」雜文的雜文作家群，這就是王任叔（巴人）、唐弢、柯靈、周木齋、孔另境、周黎庵、文載道，以及同他們關係密切、觀點一致的許廣平、陸象賢（列車）、石靈、鄭振鐸、王統照。他們所以被稱為「魯迅風」雜文流派，是因為上述王任叔等七位經歷、教養、思想、文風等頗不相同的雜文家，在上海成為「孤島」後，他們都自覺師承魯迅雜文戰鬥傳統，以雜文為武器，進行反法西斯、反日寇、反漢奸、反託派、反封建、反小市民意識的鬥爭，但卻受到反動文化人龐樸、曾迭、丁三、張若谷之流的攻擊，說他們只會模仿魯迅，寫些迂迴曲折、毫無價值的「魯迅風」雜文。在一九三八年十月十九日魯迅忌日兩週年之際，曾爆發了一場關於「魯迅風」雜文的論戰。王任叔等人不顧龐樸等的攻擊，在同年的十一月出版了王任叔、唐弢、柯靈、周木齋、周黎庵、文載道等六人的雜文合集，即《邊鼓集》。一九三九年一月十一日，上述王任叔等六人加上孔另境，創辦了以刊登雜文為主的綜合性文藝期刊《魯迅風》，至同年九月一日被迫停刊，歷時九個月，共出十九期。王任叔撰寫的《魯迅風》〈發刊詞〉集中反映了「魯迅風」的同人的宗旨。在那裡，他引述了毛澤東關於魯迅是「中國的第一等聖人」[3]的論述，表達了「魯迅風」同人對導師魯迅的「敬仰」之情，要「沿著魯迅先生所走的，所指定的路走去」的決心，以及學習和「採取魯迅先生使用

2　宗玨：〈從孤島文學的輕騎——一年來上海文學創作活動的回顧〉，原載《文匯報》副刊「世紀風」，1939年1月2日。

3　大華筆錄：〈毛澤東論魯迅〉，原載《七月》，1938年第10期。

武器的秘奧」，他們「使用」雜文這一「武器」，「襲擊當前大敵」的「用意」。一九三九年七月，上述《邊鼓集》六位作者，加上孔另境，合出了七人的雜文合集《橫眉集》。一九四一年，上海「孤島」環境惡化，不久淪陷，周木齋病逝，王任叔奉調離滬赴印尼，「魯迅風」雜文流派解體。在極端艱難困苦的條件下，「魯迅風」雜文流派的雜文家，在上海「孤島」促成雜文創作的繁榮，推進雜文理論建設，同時他們和其他革命文化人合作，整理出版了《魯迅全集》，瞿秋白的《亂彈及其他》，翻譯出版了《資本論》、《列寧文選》《聯共黨史》和斯諾的《西行漫記》[4]。

在「魯迅風」雜文流派中成就較高、影響較大的是王任叔、唐弢、周木齋和柯靈。王任叔是中共上海地下文委成員，他是「魯迅風」雜文流派的領袖。王任叔是高產的雜文作家，結集的雜文集有《捫蝨集》、《生活、思索與學習》、《窄門集》、《邊風錄》，以及與別人合集的《邊鼓集》和《橫眉集》，當年唐弢認為《生活、思索與學習》的雜文作者的「筆調」，「近於明快潑辣的一路，截擊進攻，遊刃有餘，在思想鬥爭上是盡了重大的任務的，如果容許我作一句求全的批評，我以為作者缺少的是沉著，豐饒的勇敢，這勇敢正是成就作者事業的條件，他是前驅的驍將」。[5]這基本上概括了王任叔雜文的風格特點。一九四〇年，他為了反擊張若谷對魯迅雜文的歪曲，撰寫了《論魯迅的雜文》一書。這是建國前唯一一部專門而系統研究魯迅雜文的學術理論著作，也是王任叔對中國現代雜文理論建設的貢獻。

周木齋早在左聯時期就創作雜文，有些篇章曾得到魯迅的讚賞。在「孤島」時期，他貧病交困，但扶病創作了一系列思想深刻、戰鬥

4　柯靈：〈焦土上的新芽〉，《柯靈雜文集》（北京市：生活・讀書・新知三聯書店，1984年）。

5　唐弢：〈暗夜棘棘路上的里程碑──「孤島」一年來的雜文和散文〉，署名仇重，原載《正言報》副刊「淺草」，1941年1月20日。

性很強的雜文，結集出版的有《消長集》和《消長新集》。周木齋熟讀文史，精研辯證法，其雜文析理精微，富於思辨性，唐弢認為：「《消長集》作者的雜文是以思辨見稱的，然而作者說理卻又實在說得透澈，反覆辯證核心盡見，在寥寥可數的雜文作家中，我以為作者的文章是最少弊病的一個。」基本上概括了周木齋雜文風格特點，給了很高評價。

唐弢是「魯迅風」雜文流派中風格較突出、藝術較成熟、影響較大的著名雜文家。他從一九三三年開始雜文創作，畢生在這塊園地上耕耘不輟，成績斐然。在左聯時期，他在雜文創作上就自覺學習、師承魯迅，脫穎而出，卓然成家。王任叔在〈雜家，打雜，無事忙，文壇上的華威先生〉裡認為唐弢和徐懋庸是當時雜文新秀中的「雙璧」，在「孤島」時期，唐弢更積極從事雜文創作，更自覺追求自己雜文的獨創藝術風格，他自已說：「我的雜文，以孤島時期為最多，短兵相接，不容稍懈，真切地感到了發揮雜文的匕首的作用。」[6]在解放戰爭時期，唐弢仍以匕首式的雜文參加中國人民的偉大解放鬥爭。在這十二年中，唐弢的雜文，有的收入《投影集》，有的收入與別人合出的雜文集《邊鼓集》和《橫眉集》，結集出版的雜文集還有《推背集》、《海天集》、《勞薪輯》，《短長書》和《識小錄》。唐弢的雜文注重比興手法的運用，注重形象化說理，筆致嫻熟、詞采豐富、文字洗鍊，行文上整散結合，好用獨行句、排比句、複沓句，有較鮮明的抒情色彩，籠罩著濃重的藝術氣氛。

柯靈在這十二年中的雜文收在《市樓獨唱》和《遙夜集》裡。他是散文家，也是劇作家，他的雜文有散文式的清麗瀟灑，重視藝術格式的創新，顯得搖曳多姿，唐弢評論柯靈雜文風格說「《市樓獨唱》的作者別有一種獨特的風格，他常寫散文，因此雜文裡也多散文的成

6　唐弢：〈我與雜文（代序）〉，《唐弢雜文集》（北京市：生活·讀書·新知三聯書店，1984年）。

分，這些成分使他的雜文更趨於形象化，聽他緩緩抒寫，恍如夜話——但挑逗起來的卻不是憂鬱，而是憤懣，因為作者先就抱著憤懣的心情。」他自說那些雜文的由來是：「恥於低首，不甘噤默，有些憤懣和感觸，禁不住要吶喊幾聲，表示抗議。」[7]

同「魯迅風」雜文流派有些近似的「野草」雜文流派也是自覺師承魯迅雜文戰鬥傳統的。「野草」雜文流派因創刊於一九四〇年八月二十日的《野草》月刊而得名。《野草》創刊於國統區的桂林，編委會成員是夏衍、聶紺弩、宋雲彬、孟超和秦似，由秦似負責具體編務。《野草》是一個以刊登雜文為主的綜合性文藝刊物。在商定《野草》編輯方針時，編委會成員一致認為應以魯迅為榜樣，運用雜文這一戰鬥武器，為民族民主革命服務，為人民大眾服務，學習魯迅的《淮風月談》和《花邊文學》的鬥爭藝術，在「軟性」的文章中藏幾根暴露性和諷刺性的「骨頭」。《野草》創刊後深受讀者歡迎，發行量從三千份增至一萬份，最多時達到三萬份，也得到周恩來的關懷，毛澤東的重視，引起國際文學界注意[8]。《野草》從一九四〇年八月創刊，堅持到一九四三年六月，被國民黨當局查封。與此同時，《野草》社還出版《野草叢書》十四種：夏衍的《此時此地集》、聶紺弩的《歷史的奧祕》、林林的《崇高的憂鬱》、聶紺弩的《蛇與塔》、何家槐的《冒煙集》、孟超的《長夜集》、聶紺弩的《范蠡與西施》、秦似的《感覺和音響》、歐陽凡海的《長年短輯》、宋雲彬的《骨鯁集》、夏衍的《長途》、以群的《旅程記》、孟超的《未偃草》、羅蓀的《小雨點》。《野草》（月刊）和《野草叢書》是當時大後方的桂林文化荒漠中的一片綠洲。《野草》雖被查封，但「野草」派成員仍然活躍戰鬥在雜文陣地。一九四六年十月一日，《野草》又在香港復刊。這樣，

7 唐弢：〈暗夜棘棘路上的里程碑——「孤島」一年來的雜文和散文〉，署名仇重，原載《正言報》「淺草」，1941年1月20日。

8 秦似：〈回憶《野草》〉（北京市：生活・讀書・新知三聯書店，1981年）。

「野草」派雜文的戰鬥影響就從大陸內地擴展到香港和東南亞了。

《野草》曾經先後在桂林和香港存在六年多，跨越抗日戰爭和解放戰爭，在《野草》上進行雜文創作的，除「野草」派的夏衍等五名編委外，郭沫若、茅盾、柳亞子、田漢、馮雪峰、胡風、荃麟、葛琴、艾蕪、林默涵、何家槐、林林、秦似、劉思慕、華嘉、韓北屏等知名作家，都踴躍給《野草》供稿。因此，《野草》是中國現代雜文史上的重要雜文刊物，「野草」派是一重要雜文流派。

夏衍是「野草」派中重要的雜文作家。他在《野草》、《新華日報》、《華商報》上發表雜文，在《世界晨報》、《群眾》上開闢「蚯蚓眼」、「茶亭雜話」、「蝸樓隨筆」等有影響的雜文專欄。據廖沫沙估計，在這十二年中，夏衍創作了三千篇左右的雜文[9]，這個驚人的數量，在現代雜文史上是罕見的。他這時期雜文結集的有《日本的悲劇》、《此時此地集》、《長途》、《邊鼓集》、《蝸樓隨筆》。夏衍是位多才多藝的作家，文學的一切樣式他都拿得起放得下，他深諳藝術創作規律，他的雜文善於吸收和改造一切有用的思想材料作為自己思想和理論的血肉，達到相當的思想高度和邏輯力量；他的雜文優美洗鍊，清新蘊藉，婉轉親切，情理交融，自覺追求一種獨特的說理方式和抒情方式，在現代雜文作家中獨樹一幟。

聶紺弩是「野草」派中成就最高、影響最大的雜文大家。在這十二年中，他的雜文結集的有《關於知識分子》、《歷史的奧祕》、《蛇與塔》、《早醒記》、《血書》、《二鴉雜文》等。林默涵曾說：「紺弩先生是我所敬愛的作家，他的許多雜文，都是有力的響箭，常常射中敵人的鼻樑。」[10]夏衍自謙說他寫雜文，「先是學魯迅，後來是學紺弩的，紺弩的『魯迅筆法』可以亂真」[11]。在雜文創作上，聶紺弩博學多

9　廖沫沙：〈序〉，《中國新文學大系1937-1949第十二集雜文卷》（上海：上海文藝出版社，1990年12月）。

10　林默涵：〈天上與人間〉，載《野草》新4號，1947年7月5日。

11　夏衍：〈雜文復興道德要學魯迅〉，原載《新觀察》，1984年24期。

識，思想深刻，觀察敏銳，分析犀利，有著過人的機智幽默，充沛的激情和驚人的藝術創造力。他的雜文，有相當的知識密度和思想含量，有詼諧幽默的喜劇色彩和新穎特別、奇崛峭拔的格式創造。像故事新編式雜文〈韓康的藥店〉，幻想、虛擬式的雜文〈我若為王〉，那筆挾風雷、銳不可當的史論結合式的雜文〈血書〉，可窺見聶紺弩獨創風格的某些方面。

宋雲彬和孟超在三十年代就寫過大量雜文，在這一時期，他們的雜文創作都走向成熟，形成自己的獨立風格。宋雲彬的雜文結集出版的有《破戒草》、《骨鯁集》，孟超結集出版的有《長夜集》、《未偃草》、《水泊梁山英雄譜》，未出版的有《流雲集》、《瀉餘草》，秦似是雜文新秀，其雜文結集出版的有《感覺的音響》、《時戀集》、《在崗位上》。

抗日戰爭時期和解放戰爭時期，在國民黨統治的大後方昆明，有一大批知名學者和民主人士如李公樸、聞一多、吳晗、朱自清、楚圖南、費孝通、潘光旦、王力、羅常培、馮至、李廣田，他們創作了大批有鮮明學術色彩和戰鬥性的雜文。在這裡，我們可稱他們為昆明雜文作家群。這個雜文作家群的出現，可以說也是中國現代雜文史上出現的新氣象。這個以聞一多、吳晗、朱自清和王力等為代表的昆明作家群，有如下值得注意的一些特點：首先是聞一多、吳晗、朱自清等人，在抗戰以前，都是名聞遐邇的作家和學者，他們或則不問政治，或則在政治上不太激進，但在抗日戰爭中、後期和解放戰爭初期，他們都是中國民主同盟成員，都關心政治、憂國憂民，為民族民主革命的勝利衝鋒陷陣、搖旗吶喊，與此相適應，他們都拿起了雜文這一批判、戰鬥的武器；其次是昆明雜文作家群的成員都有著令人羨慕的智慧結構，都有較曲折的人生經歷和較豐富的人生體驗，都有廣博的古今中外歷史、文化知識，都有較深刻的觀察力和思辯力，而這些正是作為優秀雜文家所必不可少的智慧結構；再次是昆明雜文作家群中的聞一多等人，在雜文創作上幾乎都師承魯迅雜文傳統，又自覺追求自我的獨創藝術風格，這種師承和獨創的融合，使他們寫下了現代雜文的優秀的新篇章。

在中國現代雜文史上，中國共產黨領導的報紙和雜誌是一向重視雜文的。二十年代初期的《新青年》雜誌和《熱血日報》，這一歷史時期的《新華日報》副刊「新華副刊」、《群眾》雜誌、《華商報》副刊就是這樣，至於在抗日根據地和解放區的《解放日報》副刊，情況就比較複雜了。

《新華日報》是繼《熱血日報》之後，中國共產黨創辦的時間最久、影響最大的公開性的大型日報。該報於一九三八年一月十一日在漢口創刊，同年十月二十五日遷至重慶，一九四七年二月二十八日被國民黨當局強迫停刊，連續出版九年一個月又十八天，三二二二號。《新華日報》非常重視雜文的批評和戰鬥作用。在一九三八年二月三日的該報〈徵稿啟事〉中就說：

> 我們的副刊，先後已滿十五期，雖蒙讀者愛護，但自己仍不能感到理想之完美。首先我們想減少一點抽象議論，多登些短小、精警、具有實感的短文，但近來卻得不到這類稿子。……現在我們極需要雜感體的短文……

一九四二年，《新華日報》改版後，「新華副刊」上的雜文就更多了。郭沫若、茅盾、老舍、馮雪峰、夏衍（署名姜添）、廖沫沙（署名懷湘）、章漢夫、潘梓年、喬冠華、林默涵、何其芳、石西民、聶紺弩等都發表過雜文。《新華日報》上有一個龐大的雜文作家群，它刊載的各類雜文，不是數以千計，而是數以萬計。

一九四一年，丁玲和陳企霞主持《解放日報》副刊「文藝」編務，熱心倡導雜文，為此丁玲發表了〈我們還需要雜文〉，她自己也寫了如〈「三八節」有感〉等一批著名雜文。在理論和實踐上響應丁玲主張的有羅烽的〈還是雜文時代〉、〈囂張錄〉，蕭軍的〈雜文還廢不得說〉、〈論同志的「愛」與「耐」〉，艾青的〈了解作家，尊重作家〉以及王實味的〈野百合花〉等。一九四二年延安文藝整風，特別是緊隨之後的延安對王實味的大規模批判運動，像丁玲在〈我們還需要雜文〉裡所提倡的那一路雜文，是偃旗息鼓，歸於沉寂了。耐人尋味的是，在建國後的一九五七年的反右派鬥爭中，丁玲、艾青、蕭軍等被錯劃後，《文藝報》編輯部於一九五八年一月出了《再批判》的小冊子，對他們當年在延安發表的雜文進行了極不公正的「再批判」；問題還不止此，建國後的雜文界有關雜文理論的多次爭論，又無不同這一「批判」有牽連。歷史無可迴避，對這段歷史，確需要從理論與實踐的結合上，加以實事求是的評價。關於這點，我們在下面會專門討論的。

謝覺哉是解放區值得注意的雜文家。他的雜文數量較多，影響也較大，有用於對敵鬥爭的，也有議論和批評革命隊伍內部的思想作風和工作作風問題的，他的誠懇親切的長者風度和老練自如、舉重若輕的文字風格，給人深刻印象；謝覺哉之外，如艾思奇、林默涵、胡喬木、田家英、許立群、曾彥修也寫雜文，他們的雜文，或對敵鬥爭，或談思想修養和工作方法，都有明白曉暢的文風。

第三節　雜文理論的新發展

在歷史的新時期，雜文理論研究追求新的深度、新的開拓、新的概括。這一時期，對魯迅精神、特別是魯迅雜文的思想和藝術特質，較前作了更為廣泛、深入細緻的研究；圍繞雜文的創作和理論，有過幾次爭論，核心是在新的歷史條件下，如何創造性地學習、繼承和發展魯迅雜文的革命現實主義戰鬥傳統問題；還有人對雜文的特質和雜文與中外傳統的關係問題，作了新的探討。所有這些都是雜文理論的新拓展。

在對魯迅雜文思想和藝術特質研究的新貢獻上，首先應該提到的是郁達夫、馮雪峰和徐懋庸。

郁達夫自述：「魯迅與我相交二十年，就是在他死後的現在，我也在崇拜他的人格，他的精神。」在創造社作家群中，郁達夫同魯迅關係最密切，對魯迅有深刻了解和崇高的評價。魯迅逝世不久，他在〈懷魯迅〉中寫下如下的名言：

> 沒有偉大的人物出現的民族，是世界上最可憐的生物之群；有了偉大的人物，而不知擁護、愛戴、崇仰的國家，是沒有希望的奴隸之邦。因魯迅的一死，使人們自覺出了民族的尚可以有為，也因魯之一死，使人們看出了中國還是奴隸性很濃厚的半絕望的國家。

在〈魯迅的偉大〉中，他寫道：

> 如問中國自有新文學運動以來，誰最偉大？誰最能代表這個時代？我將毫不躊躇地回答：是魯迅。魯迅的小說，比之中國幾千年來所有這方面的傑作，更高一籌。至於他的隨筆雜感，更提供了前不見古人，而後人又絕不能追隨的風格，首先其特色為觀察之深刻，談鋒之犀利，文筆之簡潔，比喻之巧妙，又因其飄溢幾分幽默的氣氛，就難怪讀者會感到一種即使喝毒酒也不怕死似的淒厲的風味。當我們見到局部時，他見到的卻是全面。當我們熱中去掌握現實時，他已把握了古今與未來。要全面了解中國的民族精神，除了讀《魯迅全集》以外，別無捷徑。

言簡意賅，紙短情長，沒有對魯迅的虔誠敬佩和深刻理解，決不可能有這樣的文字。

一九三七年十月十九日，在上海的魯迅逝世週年紀念會上，馮雪峰作了〈魯迅與中國民族及文學上的魯迅主義〉的講話。馮雪峰從魯迅與中國民族的關係上來評價魯迅。魯迅逝世時，上海的群眾在他的棺木上，蓋上了一面寫著「民族魂」的大旗。馮雪峰認為魯迅不是一般的「民族魂」，而是「中國民族的戰鬥者之魂」。他指出：

> 魯迅先生畢生所畫的民族史圖中關於中國民族的解剖與指示，是燃起了偉大的民族革命戰爭的主要火把之一，這是不用說的，但尤其還應該是保障民族革命戰爭的決定的勝利，和指示今後的民族的解放的經典罷。

馮雪峰更進一步指出：

> 惟有秉著對於民族的偉大的愛而為中國民族戰鬥著的魯迅先生，才能擁有著中國民族的戰鬥傳統，而達到歷史的真理。惟有在中國民族的解剖中達到了中國民族的出路，只有爭得不是牛馬，也不是奴隸，從未有過的第三種的「人」的時代——這歷史的真理的魯迅先生，才必然要達到惟有無產者大眾才有將來的這歷史的真理。中國民族的四千年的歷史之最後的向世界的出路，就完全盡於這兩句話的預示中了。

從魯迅同中國民族的過去、現在和未來的關係上來評價魯迅的思想的創作，馮雪峰是第一個，這個評價是非常崇高的，也是非常準確和深刻的——魯迅確是「中國民族的戰鬥者之魂」，魯迅所畫的中國民族史圖中關於中國民族的解剖與指示，確是中國民族解放的「保障」，也確是中國民族改造的「經典」。

馮雪峰把文學上的「魯迅主義」概括為三點，即一、「魯迅先生獨創了將詩和政論凝結於一起的『雜感』這尖銳的政論性的文藝形式」；二、「對歷史的透視和對人生的睜眼正視」的「獨特的現實主義」和「韌戰主義」；三、「藝術的大眾主義」。把魯迅的「雜感」（「雜文」）概括為是一種獨創的「詩和政論」的結合的獨特「文藝形式」，是馮雪峰對魯迅雜文的思想和藝術特質研究上的一個新貢獻。

徐懋庸的〈魯迅的雜文〉一文也有不少精闢的見解：

一、他提出現代中國有一個「魯迅所倡導的雜文運動」，他指出：

> 為「諷刺」，為「攻擊」，為「破壞」，為了「掃蕩穢醜」，魯迅創作了他的雜文，並且促進了中國的雜文創作。他知道自己的一把掃帚不夠，所以他用了種種方法，教會多數的青年們，大家都使用「雜文」的掃帚。
>
> 魯迅所倡導的雜文運動，是現代中國思想鬥爭上一種重要的武器的生產和使用。

二、徐懋庸分析了魯迅雜文的「文筆的特色」是：「理論的形象化」、「語彙的豐富和適當」、「造句的靈活」、「修辭的特別」、「行文的曲折之多」。他在論述魯迅雜文行文中常用轉折字造成文氣的委婉曲折時，指出這不僅是文字技巧問題，更重要的是由魯迅的「思想方法」決定的，他寫道：

> 魯迅用的是「剝筍」式，他要暴露一個問題的真相，就動手把它外面的皮依次剝去，剝了一層，「然而」還有一層，「不過」這一層樣子不同了，「如果」剝進去那還有許多，「倘」不剝完，就不會看出真相，這樣一層層的剝進去，最後告訴你「總之」真相如何，這就是深刻，像羅螺一樣愈繞愈深入，並不是

> 平面的兜圈子。
>
> 但這種現象，不關作法，其實是思想方法所產生的。魯迅的思想方法，是合於辯證法的，就是，他不照呆板的邏輯，把問題放在孤立的狀態中去思索。他把凡和問題有聯繫的方面都想到，而且從他的發展狀態中去想。我們倘不了解這一點，單是從「然而」、「總之」這些字面的轉折上去欣賞他的文章而且去模仿他，那是沒有好結果的。

研究魯迅雜文的思想和藝術特質，是為了更好地學習、繼承和發展魯迅雜文的戰鬥傳統。在新的歷史條件下，學習、繼承和發展魯迅雜文戰鬥傳統，是推進現代雜文往前繁榮發展的根本保證。圍繞這一核心問題，有過幾場爭論，這些爭論又反過來推進現代雜文理論和創作的新拓展。

第一次爭論發生在一九三八年至一九四一年淪為「孤島」的上海

一九三八年十月十九日，即魯迅逝世兩週年的紀念日，巴人在他主編的《申報》副刊「自由談」上發表了〈超越魯迅——為魯迅逝世二週年紀念作〉一文。他闡述了向魯迅學習的諸方面後說：「……總有一日，以我們自己的力量，繼之以我們子孫的力量，而超越魯迅。」表明了學習、繼承和發展魯迅雜文戰鬥傳統的正確態度和深刻思想。同日，阿英以鷹隼為筆名，在《譯報》副刊「大家談」上發表了〈守成與發展〉的紀念文章。他認為魯迅雜文的特點和弱點是：一、六朝的蒼涼氣概；二、禁例森嚴時期的迂迴曲折；三、缺乏韌性戰鬥精神和必勝信念；四、不夠明快直接、深入淺出。這裡，阿英對魯迅雜文的評價，比起他在一九三四年寫的〈現代十六家小品序〉中所持的觀點是大大後退了，顯然是錯誤的。阿英還認為在抗日民族統一戰線之天下，世界一片光明，「諷刺的時代已經過去了」，現在要戰鬥，不要諷刺。阿英又在「大家談」上發表了〈題外的文章〉提出質問：目前文壇上模仿魯迅的風氣是不是太盛？這種風氣對雜文發展的前途是否有害？如果有害，我們是不是應該表示抗議？巴人在二十二日的〈題內的話〉中回答說：「模仿本是創作的必要過程。在今天，我以為對於魯迅的學習，還不夠深入，還不夠擴大！沒有守成，即想發展，那是取消魯迅的企圖。」巴人和阿英之間的這場爭論，是革命文藝隊伍內部的原則爭論。當年盤踞在上海的國民黨黨棍、托派和漢奸文人藉機起哄，混水摸魚，企圖借此攻擊魯迅和魯迅雜文，企圖借此在革命隊伍內製造分裂。上海地下黨文委負責人之一的孫冶方，以孫一洲為名在這年的十二月七日出版的《譯報週刊》上發表了〈向上海文藝界呼籲〉，該文呼籲終止這場爭論，同時指出只要社會上還需要革命家，「魯迅風」雜文將成為革命家手中「最厲害的工具」。耐人尋味的是，阿英筆下的「魯迅風」，本來是個貶義詞，但在其他人筆下，在文學史上，卻作為追隨魯迅，繼承和發揚魯迅革命現實主義戰鬥傳統的中國現代雜文流派的美稱。這場爭論發生後不久，創辦了雜文雜誌《魯迅風》。應服群（即林淡秋）、巴人、阿英等三十七人聯合署名，發表了〈我們對於魯迅風雜文的意見〉，高度評價了魯迅和他的雜文，終止了革命隊伍的這場爭論，擊破敵偽、託派藉機起哄、混水摸魚的陰謀。

這場關於「魯迅風」雜文的論爭，刺激巴人奮力寫出《論魯迅的雜文》一書。這是中國現代雜文史上唯一的一部全面研究魯迅雜文的理論專著，也是一部值得重視的雜文理論著作，在中國現代雜文理論建設史上占有重要地位。

《論魯迅的雜文》一書，包含有：一、序說；二、魯迅思想發展的三個時期；三、魯迅雜文的形式與風格；四、魯迅雜文中所表現的思想方法；五、戰鬥文學的提倡。其中以三、四、五三部分為最精彩。在「魯迅雜文的形式與風格」這一部分中，巴人論述了魯迅雜文形式和風格對中國古典散文的民族形式和民族風格的創造性繼承和發展，並從縱和橫的兩個側面，具體分析了魯迅雜文形式和風格特質。在「魯迅雜文中所表現的思想方法」這一部分，巴人顯然是把作家的「思想方法」和「寫作的方法」統一起來考察的。他指出：「魯迅雜文是有所為而為的；他的眼光是能夠『見其大而不遺其小，見其全而不遺其分』的。」巴人接觸了魯迅雜文創作中的一個最重要的問題，即一個雜文家的理論思維能力和雜文創作的關係。在「戰鬥文學的提倡」這一部分中，巴人系統、全面反駁了那些攻擊魯迅和「魯迅風」雜文的論調，闡述了創造性地學習、繼承和發展魯迅雜文戰鬥傳統的問題：

> 現在，我以為不是魯迅式的雜文要不要或者應該有不應該有的問題。而是每一個雜文作者應該怎樣繼承魯迅的革命傳統的問題。魯迅風的雜文，不但今天要，而且將來也要。它可以諷刺，它何嘗不可以歌頌……
>
> 我們還要魯迅式的雜文，為的是我們要戰鬥文學！

在這場論爭後，於一九四一年，「孤島」上海出現了雜文重振的趨勢。

第二次爭論是發生在文藝整風前後的延安

從一九四〇年以來，延安的《中國文化》、《解放日報》、《中國青年》等報刊，以及街頭壁報《輕騎隊》上出現了不少雜文，也出現了一些倡導繁榮雜文寫作的理論文章，如丁玲的〈我們需要雜文〉、羅烽的〈還是雜文時代〉。但不少人反對雜文，認為延安通體光明，一切大好，根本不需要雜文。

當年延安關於雜文的爭論中，金燦然的《論雜文》（載於一九四二年七月二十五日《解放日報》）是值得重視的，其中有不少新穎精關的見解。關於「雜文是幹什麼的」，他針對當時延安有人把「雜文」和「暴露黑暗」等同起來的錯誤看法，指出雜文是一種反映現實的武器，既可用來「揭發」黑暗，又可以用來「讚美」光明，而無論是揭發黑暗，還是讚美光明，雜文家的「立場」問題，是雜文寫作的「神髓」和「靈魂」。關於「雜文的時代問題」，金燦然的看法是辯證的，也是非常深刻的。他指出：「在新民主主義革命沒有完成以前，魯迅的雜文的時代是不會過去的。」「在無產階級及人類未徹底解放前」，魯迅「雜文的時代是不會過去的」。與此同時，他又說由於「統一戰線的形成與抗日戰爭的爆發，在整個的新民主主義革命時代打下了一個偉大的烙印，影響了中國社會生活的各方面，同時也給表現這種生活的雜文以新內容，新特點、新面貌」。「在這種意義上說，人民可以說需要一種『新雜文』」。這裡所說的「新雜文」，指的是當時「煥南老」（即謝覺哉——筆者）「以《一得書》的總名稱所發表的反映邊區建設的雜文」，金燦然認為謝覺哉的《一得書》是「雜文的新格」，「指出了雜文的一條廣闊的新途徑」。

在延安文藝整風中，對那些寫過一些分寸掌握得不那麼好，以致「誤傷了自己」的雜文作者，有過過火的批評，在延安文藝整風後，一度相當活躍，同時也相當混亂的雜文創作沉寂了。這是耐人深思的。類似這樣的情況，在建國後經常重複，可以說是帶規律性的歷史現象，確有加以認真研究和總結的必要。

第三次爭論是發生在一九四六年至一九四七年間的國統區。當時的國民黨宣傳部長張道藩，就下過命令，要全國作家不寫黑暗，專寫「光明」，「不准諷刺，只准歌頌」。[12]國民黨當局的幫閒文人紛紛叫嚷：「魯迅的雜文時代已經過去了。」對此，劉思慕在〈雜文的一些問題——紀念魯迅十年忌而作〉中，駁斥說：「今天，人民在內戰的

12 引文見默涵：〈諷刺和歌頌〉。

血泊中，有聲的子彈造成無聲的中國。只有歌功頌德的蒼蠅們才嚷著『魯迅的雜文時代已經過去了』。豈止沒有過去，比『魯迅時代』更嚴重的時代已沉沉地壓在我們頭上了。我們十倍地需要魯迅先生，需要魯迅風雜文。我們相信，在今天，雜文的魯迅精神是壓不了，而只會被發揚的。」這時期的國統區，特別是香港，「魯迅式」雜文蓬勃發展，顯示了所向披靡的戰鬥威力。

這時期也出現了研究雜文創作理論的專著。這就是田仲濟的《雜文的藝術與修養》一書。對雜文特質的論述，是本書的中心課題。雜文的特質是什麼？田仲濟指出以下四點：第一，是正面短兵相接的戰鬥性。第二，是深刻銳利。第三，是它獨到的見解。精闢，深透，不落俗套，不同凡響。第四，雜文形式上的特質是冷雋和挺峭。

這一時期的雜文理論建樹上值得提到的還有著名雜文家王了一（即王力——筆者）和美學家朱光潛。王力說他寫的小品文（即雜文）是「血淚寫成的軟性文章」。在王力看來，這類雜文，又區別於那些「標語」「口號」式的、公式化的拙劣的雜文，這路雜文是以「隱諷」的形式來表現的，是以巧妙的諷諭來針砭時弊的，是「滿紙荒唐言」和「一把辛酸淚」的統一，而這些當代的東方朔之所以只能寫這種笑中有淚、嘴甜心苦、曲折隱諷、筆底藏鋒的雜文，是由當時「實情當諱」「人事難言」的政治壓力造成的。朱光潛在《隨感錄》（上、下）中，對中外雜文中的隨感體產生的「心理」依據、藝術規律和歷史淵源，作了較深入的探討。朱光潛指出，隨感錄的作者必須「同時具備哲學家和詩人兩重資格」，「惟其是哲學家，才能看得高遠也看得細微；惟其是詩人，才能融理於情，給它一個令人欣喜而且不易忘記的表現方式。」

朱自清也對雜文理論建設作出自己的貢獻。他認為抗戰以後雜文得到了極大的發展，它成了文學領域中「春天的第一隻燕子」，「小說和雜文似乎佔了文壇的首位」。他在一些文章中提出兩個值得重視的雜文觀念：一是雜文的「理趣」問題；二是雜文不屬於「純文學」而屬於「雜文學」。把「理趣」的觀念引入雜文創作和雜文研究，朱自清是第一個，值得重視。重視雜文的理趣問題，對提高創作的思想水準和藝術魅力是個至關重要的問題。把雜文視為帶綜合性的「雜文學」，對雜文創作和雜文研究也是很重要的，這要求雜文家必須是思想家和文學家的統一。

一九三八年後，周作人沉淪為文化漢奸，受到抗日文化界的人士批判。如果我們不是因人廢言、因人廢文的話，而是堅持具體問題具體分析，據實而論，周氏這時所寫的文章和所做的事也並非一無可取，其中仍有某些可資借鑑之點。他的〈雜文的路〉就值得注意。在本文和〈兩個鬼的文章〉以及其他序跋裡，周氏反覆說明他所寫的文章的大多數是「文體思想很夾雜」的「雜文」，他這樣反覆申說，也許是有感而發，旨在糾正人們對他的不應有的誤解吧？因為，在二、三十年代，周氏寫了一些中和淡遠膾炙人口的抒情小品，審美品位極高，他獲得現代小品「聖手」桂冠，可說是名實相符，他不是浪得虛名的；但是，一則這類抒情小品名篇在其所有散文中所佔比重不到十分之一，二則他本人並不很看重這些抒情小品名篇，他更看重的是，數量眾多的「文體思想很夾雜」的「雜文」，從這點說，作為現代著名散文大家的周作人，實際上主要是一位雜文大家。關於雜文，他在〈雜文的道路〉裡說了一些很有見識的話：

> 雜文者，雜文也，雖然有點可笑，道理卻是不錯的。此刻大概不大有人想寫收到古文釋義裡去的文章，結果所寫的也無非是些雜文，各人寫得固然自有巧妙不同，然而雜文的方向總是有的，或稱之曰道亦無不可，這裡所用的路字也就是這個意思。普通所謂道都是唯一的，但在這裡卻很有不同，重要的是方向，而路則如希臘哲人所說並無御道，只是殊途同歸，因為雜

> 文的特性是雜，所以發揮這雜乃是他的正當的路。……中國過去思想的毛病是定於一尊，一尊以外的固是倒楣，而這定為正宗的思想也自就萎縮，失去其固有的生命，成為泥塑木雕的偶像。現在的挽救方法便在於對症下藥，解除定於一尊的辦法，讓能夠思考研究寫作的人自己去思想，思想雖雜而不亂，結果反能互相調和補充，使得更為豐富而穩定，我想思想怕亂不怕雜，因為中國國民思想自有其軌道，在這範圍內的雜正是豐富，由雜多的分子組織起來，變化很不少，而其方向根本無二，比單調的統一更是有意思。

他主張在「方向根本無二」的前提下，讓雜文家去獨立思考和獨立創造，追求雜文的豐富、變化和發展，而反對那「定於一尊」的「單調」的「統一」、貧乏和僵化，這意見是中肯的，符合雜文發展的歷史規律。

第四節　雜文藝術的全面發展

這一歷史時期雜文創作的繁榮，推動了雜文理論研究去追求新的深度、新的開拓、新的概括，這兩者構成的合力，也推動雜文家更新雜文創作的藝術風格和文體樣式。唐弢在《短長書》〈序〉裡就說：

> 作者應該有他自己的風格，但風格並不等於某種公式，某種筆法，一個作者的最大的敵人，正是他自己鑄定的模型，他必須努力從已定的模型裡跳出來，去追上時代，在時代精神裡完成他自己。

這可以說出那些時時都在探索、創造的雜文家的共同心聲。在中國現代雜文史上，像魯迅、瞿秋白這樣的著名雜文大師，在雜文創作中，很善於把豐富的生活積累和中外歷史文化知識轉化為有著真理性發現的智慧，也很善於在雜文的文體格式上標新立異，精心創造，從內容到形式上都表現出一種旺盛的蓬勃創造精神。這一歷史時期的不少雜文家在雜文體的錘鍊創造上也取得令人矚目的成就，特別是他們把先前雜文史上處於胚芽狀態的東西，發展為茂林嘉卉，為中國現代雜文的百花園增添了新品種、新風采。

在這一歷史時期，出現了大批高品質的史論性的歷史雜文。我國是一個歷史悠久的國度，特別重視歷史傳統。唐史學家劉知幾在《史通》〈雜說（中）〉裡說過這樣的話：「蓋語曰：『知古而不知今，謂之陸沉』。又曰：『一物不知，君子所恥。』是則時無古今，事無巨細，必借多聞，以成博識。」他指出這樣做的目的是：「開後進之蒙蔽，廣來者之耳目。」中國現代雜文家繼承和發揚了這種重視歷史的優良傳統，魯迅就說：「歷史上都寫著中國的靈魂，指示著未來的命運。」又說：「人多是『生命之川』中的一滴，承著過去，向著未來。」他寫過不少這種史論性的雜文名篇。在這一歷史時期，著名歷史家郭沫若和吳晗自然是寫作這類雜文的佼佼者。此外，如茅盾、唐弢、柳亞子、周木齋、周黎庵、宋雲彬、孟超、黃裳、廖沫沙也有這方面的雜文名篇。茅盾的〈談一件歷史公案〉、唐弢的〈東南瑣談〉、吳晗的〈明初的恐怖政治〉等即是這方面的代表者。從表面上看，這類雜文講的是歷史，實際上指的是現實，是明確為現實鬥爭服務的。雜文家寫這類雜文是為了避開森嚴的文禁，尋找一個能縱意馳騁自我學識、見解和才情的廣闊天地。在這類雜文的寫作中，雜文家以新觀念照亮典型歷史事件本質，透視典型歷史人物的靈魂，以新方法從歷史亂麻中理出歷史規律；這類雜文不是枯燥的歷史論文，而是雜文家以記敘、描寫、議論、抒情相結合的藝術方法復活歷史事件和歷史人物的文學創作，在這類雜文名篇裡，有深沉厚重的歷史感和現實的革命批判精神的統一，有歷史的智慧和獨特的藝術魅力的統一，自有其別具一格的知識之美、智慧之美和趣味之美。

在這一歷史時期，也出現了大批高品質的評論中國傳統戲曲和著名古典小說人物的雜文。這類雜文與上述史論性的歷史雜文有異曲同工之妙。一九四六年底至一九四七年初，散文家黃裳受到吳晗的〈舊史新談〉的歷史雜文的啟發，在《文匯報》副刊「浮世繪」上發表《舊劇新談》系列雜文。黃裳對中國舊戲有深刻理解，他認為舊戲（京劇等）是中國社會相的大百科全書，是歷史和現實的鏡子，反映了人民的喜怒愛憎，是祖國藝術寶庫裡的瑰寶。他在寫作《舊劇新談》時，「一開始還守著『劇評家』的規範，後來逐漸不行了，常常從舞臺上古裝人的言行聯想到現實世界的種種，這真是不以人的意志為轉移，雜文化了」，[13]它們是別具一格的融社會批評、文明批評和戲劇美學批評於一爐的優美雜文。唐弢在《舊劇新談》〈跋〉裡評價說：「一提到新談，在這門上，作者的成就可就絕了！常舉史事，不離現實，筆鋒帶著感情，雖然落墨不多，而鞭策奇重，看文章也就等於看戲，等於看世態，看人情，看我們眼前所處的世界，有心人當此，百感交集，我覺得作者實在是一個文體家，《舊戲新談》更是卓絕的散文。」《舊劇新談》備受青睞，葉聖陶在一九四八年八月二十六日日記中記下他的讀後感：「此書於舊劇甚為內行，而議論編劇與劇中人物，時有妙緒，餘深賞之。」「野草」派裡的聶紺弩和孟超也寫過不少評論中國舊劇和中國古典小說，特別是其中的人物的雜文。聶紺弩的〈蛇與塔〉和孟超的〈珠簾寨〉是評論舊劇的，紺弩的〈蓮花化身〉、〈論申公豹〉評論《封神演義》裡的哪吒和申公豹，〈論武大郎〉、〈論楊志〉評論《水滸》裡的武大和楊志，〈論賈探春〉評論《紅樓夢》裡的賈探春；孟超的〈梁山泊與知識分子〉、〈從梁山泊的

---

13 黃裳：〈雜文和路〉，載於趙元惠編：《雜文創作百家談》。

結局談談《水滸後傳》的立意〉是論《水滸》和《水滸後傳》的，〈依樣畫葫蘆到三分歸統一〉是論《三國演義》的，〈孫行者的際遇〉論《西遊記》裡的孫行者，〈焦大與屈原〉、〈《紅樓夢》裡的小紅〉、〈襲人的身分〉論《紅樓夢》裡人物；此外，如王昆侖的〈《紅樓夢》人物贊〉，歐小牧的以《儒林外史》、《水滸》中人物為題在一九四六年至一九四七年間昆明的《龍門週刊》、《中興報》發表的系列雜文〈儒林外史中人物論贊〉、〈水滸人物論贊〉。這類雜文的寫作要求作者在學養、見識和藝術表現上都具有相當功力，作者在現實中有所感觸，對小說有研究和發現，在執筆為文時，既評論小說又借題發揮、針砭現實，諷刺幽默，縱意而論，任情揮灑，沒有一般文藝評論的學究氣和枯燥味，娓娓而談，文采斐然，讀者可從這類雜文裡得到智和美的愉悅，鬱積在心中對黑暗的不合理現實的憤懣可以藉機宣洩，因而也備受青睞。

談到這一歷史時期雜文創作上文體格式和藝術表現的創新，聶紺弩和廖沫沙的「故事新編」式的雜文也是應該提到的。這類雜文，紺弩寫的不多，但卻是現代雜文史上的名篇，如〈韓康的藥店〉和〈兔先生的發言〉即是。廖沫沙寫的多一些，他寫了〈東窗之下〉、〈鹿馬傳〉等十三篇，一九五〇年結集為《鹿馬傳》，署名懷湘出版，一九八一年再版。在這類雜文裡，作者把他對現實的批評融化在歷史故事、小說故事和童話故事的鋪演之中，同史論性的雜文有所不同的是，作者在故事的鋪演中，少發議論，甚至於不發議論，而以故事的邏輯來表現作者議論的邏輯，以審美判斷來表現邏輯判斷。無須多說，這類雜文自有其引人入勝、耐人尋味的獨特魅力。

上述史論性的歷史雜文，評論舊劇和古典小說及其人物的雜文，「故事新編」式的雜文，都有個共同的特點，這些雜文作者，都不是直接針砭現實來進行社會批評和文明批評的，而是借助評論歷史、戲劇、小說和「新編」的故事來曲折間接針砭現實，發表他們改革中國的議論的，從表達方式看，它們不是王力說的「直言」式的，而是「隱諷」式的。這一方面是國民黨當局的文化專制主義剝奪了雜文家直接面對現實自由傾訴自己的心事的自由，他們不得不被迫「戴著鐐銬跳舞」；但是，另一方面雜文家卻在上述幾種雜文體式的寫作上，獲得了更能自由馳騁、自由創造的廣闊天地。這是不自由中的自由，是不幸中之大幸，於是在這歷史時期的雜文創作中，我們失卻一些「直言」式的「大聲疾呼」的雜文，卻換來了不少「隱諷」式的有深沉含蓄曲折之美、有著更多的「詩」的素質的雜文了。路在勇於創新的雜文闖將腳下，在文網森嚴、不能「直言」的困境中，他們創造了雜文的新體式。這也許就是歷史的辯證法。

第十九章
上海「孤島」的「魯迅風」雜文流派

第一節　流派概況

上海「孤島」時期，起始於一九三七年十一月十二日國軍從淞滬撤退，截止於一九四一年十二月八日珍珠港事件爆發，歷時四年又一個月。國軍撤離之後，日寇佔領上海。當時日寇只佔領上海華人區，上海租界暫時還是英、美、法的勢力範圍，在那裡居住著三百多萬中國人和外國人。在上海租界，日寇一時還不能為所欲為。上海四周淪於敵手，上海華人區又被敵寇佔領，上海租界如同茫茫大海中的一座「孤島」。由於種種原因沒有撤離上海的進步作家和文化人，就在這「孤島」之上，堅持戰鬥，積極開展抗日救亡、民族自衛運動，文學活動也相當活躍。歷史上就稱上海「孤島」上這四年又一個月的文學，為「孤島」文學。

「孤島」文學是進步作家在世界文學史上罕見的特殊環境下的特殊戰鬥。陷於敵偽重圍中的上海「孤島」，魔爪四伏，狐鼠橫行，白色恐怖籠罩一切。日寇佔領上海華人區之後，接管了國民政府設在南京路哈同大樓的新聞檢查處，於十二月三十一日發佈強盜命令：凡華文報紙一律送校樣檢查。進步文化人在上海地下黨領導下，於一九三八年初，先後辦起了「頂著西商的招牌，說著中國人的道理」[1]的抗日愛國報紙：《譯報》和《文匯報》。為了迫使進步作家和文化人屈服，日寇和漢奸特務，對進步報刊投炸彈，送人頭、有毒水果，寄恫

1　王任叔：〈魯迅風話舊〉，原載《遵命集》（北京市：北京出版社，1957年）。

嚇信，綁架、暗殺記者、編輯，逮捕和殺害進步作家，無所不用其極。但這一切都歸於枉然。在血與火、生與死的嚴竣考驗中，進步作家把愛國主義和民主主義的旗幟舉得更高，他們以英勇無畏、艱苦卓絕的鬥爭，譜寫抗日救亡、民主建國的文學詩篇。上海「孤島」時期，進步作家和文化人，不僅創作了一大批優秀文學作品，而且在極為艱難的環境下，「復社」整理出版了《魯迅全集》、瞿秋白的《亂彈及其他》，翻譯出版了馬克思的《資本論》、《列寧文選》、《聯共黨史》、斯諾的《西行漫記》[2]。「孤島」文學，是我國抗日戰爭文學的光榮一頁，也是世界反法西斯戰爭文學的光榮一頁。

在整個「孤島」文學中，戰鬥的雜文是其重要的一翼，是整個「孤島」文學的「前哨」[3]和後衛，特別滋榮繁盛。在「孤島」進步雜文中，有各式各樣的「風」，各式各樣的「格」，也有各式各樣的「派」，但是影響最大的，並成為中堅力量的，是開初被人們加以嘲笑的寫作「魯迅風」雜文的雜文作家群，這就是王任叔、唐弢、柯靈、周木齋、孔另境、周黎庵、文載道等七人，以及同他們關係密切、觀點一致的許廣平、陸象賢（列車）等人。以上王任叔等七位雜文作家，無論從哪方面看，都儼然是一個雜文流派，是中國現代雜文史上，繼「語絲」派、「現代評論」派、「太白」派、「論語」派之後，新出現的又一個雜文流派。

一　「魯迅風」雜文流派的形成、發展和解體

王任叔等七人和列車等為代表的「魯迅風」雜文流派的形成，經歷了一個從分散到統一，從自發到自覺的過程，而在這一雜文流派實

2　見王任叔：〈弁言〉，《邊鼓集》，收入柯靈：《焦土上的新芽》。

3　宗玨：〈孤島文學的輕騎——一年來上海文學創作活動的回顧〉，原載《文匯報》副刊「世紀風」，1939年1月2日。

際上已經形成時，如同嬰兒已經呱呱墜地，父母卻尚未給他起名字呢。十分有趣的是，給這個實際上已經形成的雜文流派取名的，竟是嘲笑和攻擊這一雜文流派的人，他們給它取的名字是「魯迅風」這一相當響亮的稱號。

眾所周知，「魯迅風」雜文流派中的最重要人物王任叔，是「左聯」成員，在「左聯」後期，他從小說創作，轉向雜文和文學評論的寫作，他雖未直接接觸過導師魯迅，但他對魯迅非常景仰，對魯迅思想和創作有深刻的理解，他這時在《立報》副刊「言林」上發表了大量雜文，其雜文創作直接間接受到魯迅的影響。這七人中的唐弢和周木齋，在「左聯」時期就是著名的雜文作家，其雜文創作深得魯迅雜文「神韻」[4]，受到魯迅的深刻影響。「左聯」時期，柯靈專注於創作「清麗的散文」[5]，間或也寫些雜文，柯靈在《柯靈雜文集》〈序〉中談自己雜文創作時說：「我這類筆墨的形成，是受魯迅雜文薰陶的結果。……在我艱辛的人生探險中，魯迅先生是我最早不相識的嚮導。」一九三五年，孔另境曾請魯迅為他編的《當代文人尺牘鈔》作序，他同魯迅的關係是一目瞭然的。至於「左聯」時期的周黎庵，原先在《論語》、《宇宙風》等刊物上發表縱談歷史文物掌故的幽默小品，以後則在自己主編的《談鋒》以及《言林》副刊「自由談」上發表社會雜感。文載道也鑽出故紙堆，寫作一些社會雜感[6]，也受到魯迅雜文的某些影響。在「孤島」時期之前，這七個人或則互不認識，或則互不來往。在雜文寫作上，或是自覺師承魯迅戰鬥傳統，或是自發受到魯迅影響。上海淪陷後，抗日愛國的共同立場，使這幾位經歷、教養、思想、文風頗不相同的雜文作家，走到一塊了，他們就從分散走向統一，他們都自覺師承魯迅雜文傳統，以雜文為戰鬥武器，

4　周黎庵：〈我與雜文（代序）〉，《華髮集》（上海市：葑溪書房，1940年）。

5　周黎庵：〈我與雜文（代序）〉，《華髮集》（上海市：葑溪書房，1940年）。

6　周黎庵：〈我與雜文（代序）〉，《華髮集》（上海市：葑溪書房，1940年）。

進行反法西斯、反日寇、反漢奸、反託派、反封建、反小市民意識的鬥爭，卻受到反動文人龐樸、曾迭、丁三、張若谷之流的攻擊，他們詛咒這些雜文作家是「蜀中無大將，廖化當先鋒」，只會模仿魯迅，寫些迂迴曲折、毫無價值的文字。至一九三八年的十月十九日，魯迅逝世兩週年忌日，王任叔在《申報》副刊「自由談」上發表了著名的〈超越魯迅〉，闡述了學習魯迅、超越魯迅的觀點，阿英則在同日的《譯報》副刊「大家談」上發表了〈守成與發展〉的紀念文章。在這篇紀念文章中，阿英批評魯迅的雜文，還指責《文匯報》副刊「世紀風」上的雜文作家，不該寫「魯迅風」式的雜文，因為現在是統一戰線的時代，不應該停留在魯迅的雜文階段，要戰鬥的，不要諷刺的，要明快直接的，不要迂迴曲折的，要深入淺出的，不要晦澀的，其中特別嘲諷王任叔的雜文〈碎語〉和〈抽思〉。於是在王任叔和阿英之間圍繞「魯迅風」問題進行了論爭。阿英是「孤島」時期的重要作家，他創作的歷史劇是「孤島」話劇的代表作，他創辦的《文獻》月刊和風雨書屋發表了黨的通電、宣言和斯諾的《西行漫記》，意義非常重大。但是阿英對魯迅雜文所持的觀點，對王任叔等雜文作家的貶抑，則無疑是不恰當的。王任叔等六人不顧來自兩個方面的責難和攻擊，在文載道的倡議下，於本年十一月出了六人的雜文合集：《邊鼓集》。《邊鼓集》含〈弁言〉，文載道雜文二十八篇，周木齋雜文二十二篇，周黎庵雜文三十七篇，屈軼（王任叔）雜文三十五篇，柯靈雜文二十八篇，風子（唐弢）雜文二十五篇，共一百七十六篇，作為《文匯報文藝叢刊》，由上海英商文匯有限公司印行。王任叔在《邊鼓集》〈弁言〉中說，他們六人，「有各自不同的生活方式，有各自思索的天地，平時我們也曾以筆寫出自己的風貌、心情、社會的雜感，發表於報章雜誌之上，相互之間也許有了思想、感情的交融，但是我們的聯繫是疏遠的，我們的力量是分散的」。「然而『八一三』炮聲，把我們的心臟全都震動得抖起來了。……直到十一月十二日，國軍退出了上海，我們的心臟就抖成了一個。我們從各個角落裡流了出來，彷彿碎散的水銀，融成沉重的一塊。我們聯合在一起，我們結集在一條戰線上了。」王任叔的敘述，告訴我們《邊鼓集》的六位作者，怎樣從以往的「疏遠」「分散」的散兵游勇，成為「結集在一條戰線上」的戰士的經過，實際上宣告他們這一雜文流派已「融成沉重的一塊」，已經形成了。在概述這一雜文流派的雜文創作各自風格特點和共同傾向時，王任叔說：

> 編完之後，卻使我們有個驚人的「錯、愕」。雖然有不同的風格、筆調——不同的邊鼓打法。但聲音卻是完全一致的。反日、反漢奸、反法西斯、甚至於反封建，那精神，一貫流漾在我們的字裡行間。這真是一個心臟的抖動。

一九三八年十二月二十八日的《文匯報》副刊「世紀風」上，發表包括王任叔、阿英等爭論雙方在內，應服群（林淡秋）等三十七人署名的〈我們對於魯迅風雜文問題的意見〉（以下簡稱〈意見〉），在〈意見〉之二中，他們指出：一、「關於『魯迅風』的雜文」中，人們指出「魯迅是偉大的，我們應該學習魯迅，但主要的應該學習他那不屈不撓的戰鬥精神」。二、「魯迅雜文的幽默諷刺風格，在現在，甚至於將來，只要社會的革命鬥爭繼續存在，仍然有偉大的價值。」三、「魯迅的雜文風格，是極度完美的，所謂『恰到好處』。現代的雜文作者受其影響，而寫成『魯迅風』雜文，這並不是壞傾向。但壞的是刻意模仿魯迅。」四、「只要把握住現階段文藝的反日反漢奸的任務，無論『魯迅風』或非『魯迅風』雜文都同樣有存在的價值。」〈意見〉敦促爭論雙方停止爭論，一致對敵。在這裡，值得注意的是，〈意見〉肯定了當時確有一種「魯迅風」的雜文存在，〈意見〉對它是肯定和愛護的。〈意見〉從另一方面證實，我們上面關於「魯迅風」雜文流派業已形成的論斷。

一九三九和一九四〇年，是「魯迅風」雜文流派向前發展階段。在文載道的倡議下，《邊鼓集》的六位作者加上孔另境，集資合股創辦了以刊登雜文為主的綜合性文藝期刊《魯迅風》，積極支持《魯迅風》的有老作家鄭振鐸、許廣平，青年作家石靈等人，從一月十一日創刊至九月五日被迫停刊，歷時九個月，共出十九期，是當時影響最大的雜文期刊。如上所述，「魯迅風」原來是人們用來諷刺貶抑「魯迅風」雜文流派幾位作者的，本是個貶義詞，而現在王任叔等人乾脆把這一名稱接過來，作為這一雜文流派期刊的標誌，這一則是對嘲弄者示威，二則是表明他們堅定不移師承和發展魯迅雜文傳統的決心。王任叔撰寫的《魯迅風》〈發刊詞〉，集中反映了《魯迅風》同人的宗旨。在那裡，他引述了毛澤東關於魯迅是「中國的第一等聖人」的論述，表明了《魯迅風》同人對魯迅的「景仰」之情，要「沿著魯迅先生使用武器的秘奧」，也「使用」雜文這一「武器」，「襲擊當前的大敵」的「用意」。這年七月，原《邊鼓集》的六位作者和孔另境，又出了七人合集的雜文集《橫眉集》。《橫眉集》作為鄭振鐸、王任叔、孔另境主編的《大時代文藝叢書》的一種，由世界書局印行，內收〈序言〉（孔另境），孔另境雜文十篇，〈後記〉一篇，王任叔雜文十五篇，〈後記〉一篇，文載道雜文十六篇，〈後記〉一篇，風子（唐弢）雜文二十一篇，〈後記〉一篇，柯靈雜文十七篇，〈後記〉一篇。

一九三九年五月，《導報》、《文匯報》、《譯報》、《華美晨報》等六家進步報紙被迫停刊，九月《魯迅風》被迫停刊，發表雜文的陣地是大大縮小了，至一九四〇年，只有《大美報》的副刊「淺草」、《正言報》的副刊「草原」用一些篇幅，不過「魯迅風」成員在一九四〇年，出了幾本雜文集，這其中有巴人（王任叔）的《生活・思索與學習》，唐弢的《投影集》，周黎庵的《吳鈎集》、《華髮集》，這時中共江蘇省委秘密出版機關——北社的負責人列車（陸象賢）也加入「魯迅風」雜文作家群，在列車主持下，北社出了《雜文叢書》，其中有列車的《浪淘沙》、周木齋的《消長集》、柯靈的《市樓獨唱》、唐弢的《短長書》。

由於「孤島」局勢的惡化，進步報刊被迫停刊，發表戰鬥雜文陣地的縮小，加上「魯迅風」雜文流派內部成員思想上的分歧，這時這個雜文流派已出現分化的徵兆。一九四〇年，就有人呼籲「重振雜文」[7]，對此，周木齋在《消長集》〈前記〉中寫道：「如果認為過去時常有人哄然攻訐雜文，可見雜文之長，那麼近來有『重振雜文』的呼聲，也便可見雜文之消。」至一九四一年，周木齋病逝，王任叔奉調離滬去印尼，「魯迅風」雜文流派實際上已經解體。

「魯迅風」雜文流派有其形成、發展、分化解體的過程，這個流派有相對穩定的成員和核心，有共同確認的宗旨，有共同支持的刊物和同人合集的作品，有大致相同的創作傾向和各不重複、各自獨立的藝術風格，無論從哪一方面看，這都是一個獨立的、成熟的雜文流派。這個雜文流派的出現，標誌著魯迅所開創的革命現實主義戰鬥雜文傳統，在新的歷史條件下的豐富和發展。

二　理論論爭和理論建設

一九三八年魯迅逝世兩週年忌日，王任叔在《申報》副刊「自由談」上的〈超越魯迅〉中，闡發了學習魯迅、超越魯迅的思想。在魯迅翻譯的日本有島武郎短篇小說〈與幼小者〉中有這樣一段話：「你們倘不是毫不顧忌的將我做了踏臺，超過了我，進到高的遠的地方去，那是錯的。」王任叔把它改為：「我們倘不是毫不顧忌的將魯迅做了踏臺，超過了他，到高的遠的地方去，那是我們的錯！」並說：

7　當時王任叔以「毀堂」的筆名，在柯靈主編的《大美報》副刊「淺草」上發表〈重振雜文〉，呼籲作家繼承魯迅雜文傳統，重振雜文。

「這該是我們今天紀念魯迅應該記住的話！」王任叔的觀點是富於歷史的發展眼光和歷史的首創精神的。

阿英在同日的《譯報》副刊「大家談」上的〈守成與發展〉中，對魯迅雜文持偏激觀點，認為當時是統一戰線的時代，不應該再摹仿魯迅，寫作「魯迅風」的諷刺性雜文，迂迴曲折的晦澀雜文，並不指名批評《文匯報》副刊「世紀風」上王任叔等人寫的「魯迅風」雜文。在二十日「大家談」的〈題外的文章〉，阿英又指責王任叔等的雜文摹仿魯迅，王任叔在二十二日的「自由談」上〈題內的話〉作了回答。他承認當前的「雜感」寫作的「一般性」，但又認為：「模仿本是創作的必要過程。在今天，我以為對於魯迅的學習，還不夠深入，還不夠擴大！沒有守成，即想發展，那是取消魯迅的企圖。」

這個革命文藝隊伍內的論爭，給反動文人丁三、曾迭、龐樸、張若谷之流以可乘之機，在吳漢主編的《鍍金城》上，「有曾迭其人，橫施攻擊，洋洋大文直繼續了兩星期之久」[8]。上面提到應服群等三十七人聯合署名的〈我們對魯迅風雜文問題的意見〉，敦促爭論雙方服從抗日的大目標，停止這一場爭論，對魯迅雜文給予高度評價，對「魯迅風」雜文也給予積極肯定，這是這一歷史文獻的歷史意義。一九三九年一月三日，楊剛在《文匯報》副刊「世紀風」的〈歲〉一文中認為：「那篇文章應該看為上海寫作界本年最有斤兩的收穫。」對此，自然也有不同看法的。宗玨在〈文學戰術論〉中就說：「一直到今天為止，我都是極力反對不容論爭獲得正確的發展，只圖用解決人事糾紛的手腕來結束論爭的人。」[9]

王任叔和阿英之間關於魯迅和「魯迅風」雜文的內部論爭是結束了，「魯迅風」雜文有了重大的發展。一九四〇年，反動文人張若谷

---

8 巴人：〈四年來上海文藝〉，原載《上海週報》第4卷第7期（1941年8月9日）。

9 宗玨的《文學戰術論》原載《魯迅風》第3、4期。

又在《中美日報》副刊「集納」上發表〈寫文學隨筆〉一文，重申「十餘年前」在〈魯迅的《華蓋集》〉中的謬論：

> ……魯迅先生的作風，可以用嬉笑怒罵四個字來包括一切，他無論是在笑，或是在罵，總是含著冷嘲的意味，措辭也時常彎彎曲曲，議論又往往執滯在幾件小事情上，這是可以十足代表中國浙江作家的一種習氣，尤其是代表現代紹興師爺的一種特殊性格。

張若谷的挑戰，使王任叔回想兩年前關於「魯迅式雜文的論爭」，重新審視了這場論爭，他指出：

> 一般憂世之士，認為這又是無謂的論爭，浪費的論爭，無原則的論爭。但實際上並不如此；論爭沒有引到更基本更闊大的問題上去，是事實。[10]

《論魯迅的雜文》這理論力作正是為了解決雜文理論的「更基本更闊大的問題」而奮力寫出的。《論魯迅的雜文》是一部十多萬字的、洋洋大觀的學術理論專著。在魯迅雜文的研究上，作者吸收了瞿秋白、馮雪峰、李平心等的研究成果，但在許多方面又有開拓性的創見。全書包含：一、序說；二、魯迅思想發展的三個時期；三、魯迅雜文的形式與風格；四、魯迅雜文中所表現的思想方法；五、戰鬥文學的提倡。在「魯迅雜文的形式與風格」這一部分中，王任叔具體而深入地考察了魯迅雜文對中國古典散文的繼承和發展；在「魯迅雜文所表現的思想方法」中，具體而深入地分析了魯迅雜文如何巧妙解剖社會和

---

10 巴人：〈序說〉，《論魯迅的雜文》（上海市：遠東書店，1940年10月）。

人生、歷史和現實、人們的行為習俗和心理特徵等方面來掘發生活本質和歷史真理的獨特思想方法。在論述的展開中，時有發前人所未發的精闢見解。克羅齊曾經說過，任何歷史都是現實。王任叔在本書中對魯迅雜文所作的歷史理論研究，是著眼於當時關於魯迅雜文、「魯迅風」雜文的論爭和現實雜文的繁榮發展的。因而，在本書的「戰鬥文學的提倡」中，王任叔從戰鬥的時代與文學的辯證關係上，來肯定魯迅雜文和「魯迅式」雜文。他從六個方面來反駁那些攻擊魯迅雜文和「魯迅式」雜文的論調。這就是：一、所謂「要戰鬥的，不要諷刺的」；二、所謂要明快而直接的，不要「迂迴曲折」的；三、所謂「魯迅風」雜文是「沉堆累贅」的；四、所謂魯迅雜文「深入」而不「淺出」；五、所謂「魯迅風」雜文寫作是「守成」而不是「創造」，六、所謂寫作「魯迅風」雜文妨礙「偉大作品的產生」等等。在一一反駁上述論調之後，王任叔深刻指出：

> 現在，我以為不是魯迅式的雜文要不要，或者應該不應該有的問題，而是每一個作者應該怎樣繼承魯迅的革命傳統的問題。魯迅風的雜文不但今天要，而且將來也要。它可以諷刺，它何嘗不可以歌頌。

王任叔的《論魯迅的雜文》，是「孤島」時期雜文理論建設的最重要的著作，也是中國現代文學史上唯一一部系統研究魯迅雜文的學術專著，直至今天，它仍能給人以有益的理論啟發。由於整個民主革命時期，是個階級鬥爭和民族鬥爭接連不斷的年代，從瞿秋白到王任叔，在魯迅的雜文研究中，總是強調魯迅雜文作為對敵鬥爭的「投槍」「匕首」的戰鬥功能，而較少論及魯迅雜文同時還能給人以「愉快」、「休息」的方面，即魯迅雜文的「含笑談真理」的移情益智作用；在那樣的時代，這是可以理解的，但也不能不說是一種理論偏限。此外，如李澍恩與列車關於「雜文的本質」的爭論[11]，柯靈與陶棄關於雜文中所謂「人身攻擊」[12]的爭論，李澍恩的《論雜文的語言》[13]，黃遠的《雜文的大眾化》[14]等，也都是此時的雜文理論建設文章。

第二節　唐弢的雜文

一　唐弢的雜文創作歷程

唐弢（1913-1992），雜文家，文學史家。原名唐端毅，筆名有鳳子、晦庵、仇重等。浙江鎮海人。青年時期曾為上海郵局郵務佐。一九三三年在《申報》副刊「自由談」等刊物發表雜文。抗戰爆發後居留上海「孤島」，參加《魯迅全集》編校工作，一九四五年起，在報上發表《書話》，曾編輯過《週報》和《文匯報》副刊「筆會」。建國前出版過雜文集《推背集》（1936）、《海天集》（1936）、《投影集》（1940）、《勞薪輯》（1941）、《短長書》（1941）、《識小錄》（1947）。建國後，任上海市文化局副局長、《文藝月報》副主編，一九五九年後任中國社會科學院文學研究所研究員。一九八四年三聯書店出版《唐弢雜文集》。

唐弢的雜文創作是與魯迅密切相關的。他在寫於一九三六年十一月一日的〈記魯迅先生〉一文中自述了他開始寫作雜文的經歷。一九

---

11 〈雜文的本質及其他〉，署名穆子沁，原載《雜文叢刊》第一輯《魚藏》，1941年5月15日。

12 〈「人身攻擊」異議〉，署名丁一元，原載《雜文叢刊》第四輯《湛盧》，1941年6月18日。

13 〈論雜文的語言〉，署名穆子沁，原載《雜文叢刊》第三輯《莫邪》，1941年5月28日。

14 黃遠：〈雜文的大眾化〉，原載《雜文叢刊》第三輯《莫邪》，1941年5月28日。

三三年，唐弢不過是二十剛出頭的青年，卻「看慣了卑污、欺詐、威脅、殘殺，知道自己是生活在怎樣醜惡的社會裡」，「為了暫時擺脫心底的苦悶，於是乎就做夢」。可見，唐弢此時正處於徬徨、摸索之中。「直等讀了魯迅先生的文章，得到和先生通信的機緣，以至面領先生的教誨之後，這才使內心充實起來」，「匕首和投槍就有了明確的目標」。唐弢在文學和人生道路上選擇了魯迅作為自己的導師，這是具有重要意義的。三十年代初是中國新文化統一戰線重新分化、重新組合的歷史時期。這時，青年人面前有許多道路可以選擇。從年齡上說，唐弢同林希雋、杜衡、邵洵美等人相差無幾，但唐弢走的是魯迅所開闢的那條道路。歷史的發展證實了唐弢當時的選擇是明智的、正確的。因為，在中國現代文化史上，魯迅那一代是新文化運動中大破大立拓荒的一代。當歷史行進到三十年代前沿，當時進步的文化青年面臨的是如何繼承、豐富和發展魯迅他們所開創的新文化、新傳統。在這個意義上說，唐弢的選擇是具有內在的歷史性。同時，有了魯迅這樣導師的親切指導，唐弢省掉了許多在黑暗中徘徊、摸索的痛苦。因而，一開始他的雜文創作就顯得起點較高、出手不凡。

從一九三三年至抗日戰爭爆發前，是唐弢雜文創作的發端期和生長期。這時期，他的雜文主要收在《推背集》和《海天集》中，還有一些收在《投影集》和《短長書》裡。唐弢這時的雜文，側重於針砭時弊，他無論縱談歷史文化掌故，還是評論法西斯文化專制主義，都明確地為現實鬥爭服務，都是對眼前那邪惡現象擲出的犀利的匕首和投槍！雖然絕大多數是千字左右的短文，但每篇都是精心結撰的。那觀察的敏銳，材料的新穎，文字的簡練，筆致的嫻熟，幽默而沉鬱的情韻，許多篇章裡反覆出現的獨行句，都讓人覺得這位青年雜文家的雜文，既有魯迅雜文的風格，又有自己苦心孤詣的藝術追求，真該刮目相看。唐弢這時雜文中較有特色的篇章是：以他沉鬱的筆調剖析了清代的文網史。「編織文網，對文人中的反抗思想加以威脅、扼殺，在中國文化史上是古已有之，但明清的文網之密、搜求之細、懲辦之酷，則為前代所未見，即使與歐洲中世紀黑暗時期以殘暴著稱的宗教裁判所相比，亦有過之而無不及。故魯迅曾辛辣地將明清兩代的文字獄抨擊為『膾炙人口的暴政』[15]。清代的文字獄充分暴露了封建專制主義的兇殘本性，給思想文化的發展帶來沉重的桎梏。在當時的中國，依然瀰漫著這樣一種殺戮沉重的文網。「民元以後，因文字而罹禍的，已經屢見不鮮，邵飄萍、劉煜生的慘死，都曾轟動一時，但留在我腦子裡的印象，遠不及去年發生的『《新生》案』來得深刻，為什麼呢？就因為後者是出於外力策動的緣故。我因此聯想到清朝的那些案子上去」[16]。唐弢就是從這些現實的感觸中寫下了〈雨夜雜寫〉、〈關於一柱樓詩獄〉、〈盛世的悲哀〉、〈論胡中藻的詩獄〉等雜文，展示了中國文網史上鮮血淋漓的文化慘劇。在這些雜文中，唐弢一方面揭露了清朝統治者「毀屍滅跡、借刀殺人」的殘暴；另一方面也鞭撻了幫閒文人的「爭獻殷勤，專挑是非」的卑劣。作者把豐富的歷史知識的積累和深刻的現實批判精神結合起來，借古喻今，矛頭直指當時的暴政。

批駁文壇謬論的文藝評論。這些以文藝評論為內容的雜文，不僅顯示了作者的理論功夫，也表現了他善於捕捉論敵論文的內在矛盾和破綻的批評方法，或以鐵鑄的事實予以批駁，或以邏輯上的「歸謬法」從中推出荒唐的結論，並在此基礎上，在他們臉上描上幾筆帶有諷刺意味的油彩。在這類雜文中，唐弢並不以猛烈的襲擊把論敵掃下他們佈道的講壇，而是讓他們作為喜劇人物呆立臺上讓人觀賞。這是魯迅那些駁論性的雜文常用的致勝之法，青年唐弢運用起來也頗為自如。以後收在《短長書》裡的〈文苑閒話（一至六）〉就是這方面的代表作。試看其中的「五」和「六」，作者在反駁蘇雪林在〈過去文

15 馮天瑜：《明清文化散論》（武漢市：華中工學院出版社，1984年）。

16 唐弢：〈讀餘書雜十二篇〉，《海天集》（上海市：上海新鐘書店，1936年）。

壇病態的檢討〉中關於郁達夫小說是「色情文化」，魯迅雜文和魯迅式雜文是「罵人文化」，左翼文學是「屠戶文化」的謬論時，是何等有力！在戳穿她把在魯迅逝世後發表咒罵文章冒充為「四年前的一篇殘稿」這一騙局時是何等犀利！最有趣的地方在於揭露這位色厲內荏的「英雄」是「英雌」。「英雌」一詞在字面上符合蘇雪林的性別，又指出她虛偽、卑怯的本性來，也顯示了作者真理在手和對自我智慧確信時的優越感。

以深沉的抒情融和著警策的議論筆調寫成的悼念先賢的雜文〈悼念馬克辛、高爾基〉、〈紀念魯迅先生〉為其代表作。在這些雜文中，作者把對歷史的思考、現實的剖析和自我的鞭策與深切的悼念結合起來，結構上經緯相乘。可以看出青年唐弢強烈的使命感和豐富的世界文化視野。

儘管這時期唐弢還只是一名雜壇新秀，但是，他那敏銳的思想、潑辣的文筆，都顯示出他的獨到與鋒芒，也預示著雜文藝術的發展和成熟。

抗日戰爭和解放戰爭時期，是唐弢雜文創作的發展和成熟期。在這動亂不安、悲愴欲絕的日子裡，唐弢一直以那和他患難與共的雜文的筆，或滌蕩蛆沫、掃除汙穢；或抗爭現實、解剖歷史；或鼓舞鬥志、呼喚光明。「短兵相接，不容或懈，真切地發揮了雜文的匕首的作用」[17]，成為這個時期雜文創作數量較多、藝術成就較高的影響較大的戰鬥雜文家。這些雜文分別收入與友人合出的《邊鼓集》和《橫眉集》，自己的《投影集》、《勞薪輯》、《短長書》、《識小錄》等。另外，從一九四五年春起，他又在《萬象》、《文匯報》副刊「筆會」、《聯合晚報》以及《文藝春秋》、《文訊》和《時與文》等報紙雜誌上，發表了獨創一格的「晦庵書話」上百篇。

---

17 唐弢：〈我與雜文（代序）〉，《唐弢雜文集》（北京市：生活・讀書・新知三聯書店，1984年）。

唐弢這時期的雜文反映的是一個偉大的時代，即民族民主革命進入大決戰的時代，他以凝鍊、熾烈而又銳利的文字，反映了廣闊的現實，「擊刺時弊，也往往更為猛烈，各種風格的互見，更是非常顯著的事情」[18]。這些雜文無論在思想的深廣度，還是藝術創造力上都具有成熟的風範。

唐弢這時的雜文內容特別豐富，這也直接決定了文章格式、寫法和風格的豐富多彩，寫得最多的是直面現實的政治風雲、世道人心和文壇鬼魅的短評和雜感，也有文藝研究性質的雜文，如關於魯迅思想和著作的研究的一系列雜文，談文藝創作中的歷史題材問題的〈關於歷史題材〉，談文藝大眾化的〈文藝大眾化〉、〈再談文藝大眾化〉，談文藝的民族化的〈從歐化到中國風格〉，論諷刺藝術的〈笑〉和〈讓我們笑〉，論文藝翻譯的〈關於文藝翻譯〉等，還有批註體的雜文，如〈蛆沫集批註〉，詩話體雜文，如〈小卒過河〉。寫於這個時期的「讀史札記式」的長篇雜文，更是中國現代雜文史上的優秀之作。

抗日戰爭時期，民族危機的深重和晚明時期有相似之處，因此，當時文化界許多人注重對晚明歷史的研究，如阿英編撰了幾齣關於晚明的歷史劇，柳亞子撰寫了一批有關晚明的歷史雜文。唐弢年輕時期對晚明歷史就很關注，他後來回憶說：「我系統搜讀《南社叢刻》和《國粹叢書》，是一九二六年到上海以後的事情。《國粹叢刻》印的多數是宋、明兩朝遺民的著作，有的是文集，有的是史乘。那時，我開始注意歷史——尤其是明史，受到章實齋『六經皆史』的影響，不但是經，也把個人文集當作歷史來讀，細細琢磨，倒也別有心得。」[19]正是在這一基礎上，他寫出了〈東南瑣談〉、〈馬士英與阮大鋮〉、〈漬羽雜記〉、〈漬羽再記〉和〈談張蒼水〉等雜文。在這些雜文中，唐弢以

---

18 唐弢：〈序〉，《短長書》（上海市：南國出版社，1947年）。

19 唐弢：〈我與雜文（代序）〉，《唐弢雜文集》（北京市：生活・讀書・新知三聯書店，1984年）。

大量詳實新鮮的材料，以充滿感情的筆調，再現了晚明的歷史風貌，描寫了晚明的幾個小朝廷的腐敗，勾勒了達官顯貴馬士英、阮大鋮、鄭芝龍之流的醜惡面目和骯髒靈魂，表現了張蒼水和浙東人民在抗清複明中視死如歸、堅貞不屈的英雄氣概。唐弢這些關於晚明歷史的雜文又是一篇篇涵義深遠、機鋒銳利的現實主義戰鬥檄文。對馬士英、阮大鋮的鞭撻，就是為了掃蕩現實中的汪精衛之流的賣國行徑。同時，也從張蒼水和浙東人民抗爭的民族精神傳統上，歌頌了浴血奮戰的抗戰軍民，文章在歷史與現實的聯結中拓展了思想內容的表現空間。

這時期，也是作為雜文家的唐弢創造力最旺盛的時期。他那些獨具一格的書話體雜文就寫於這個時期。「史話」「詩話」「詞話」「文話」是中國古代文論中常見的品種。在中國現代雜文史上，周作人是寫作書話最多的一個（一九八六年岳麓書社出版由鐘叔河編的《知堂書話》上下冊）。此外，還有鄭振鐸的《西諦書話》，陳原的《書林書話》等，葉靈鳳、阿英也都寫過這類雜文。唐弢的《晦庵書話》表現了他作為一位藏書家、文學史家和雜文家的統一。其中有版本的考證，文學史上的佳話；有精闢的見解和知識性、趣味性相融合的情韻。在這些雜文中表現出唐弢淵博的學識、深刻的思想以及對雜文體式豐富的創造力。

二　唐弢雜文風格特點

關於唐弢雜文的藝術風格，一直是個引人注目的問題。就在《投影集》剛問世，當時的評論界就提出了唐弢雜文風格的「感抒性」的說法，即雜文的散文化。代表性的觀點是宗玨認為：由於「生活的關係」，當時雜文實際上存在著兩種傾向：一種是以周木齋為代表的「思辨性雜文」，一種是以唐弢為代表的「感抒性雜文」。我們以為，風格是一種整體性的審美表現，它滲透著作家主體的人生體驗、情感方式和藝術智慧。「感抒」與「思辨」固有差別，但在有創造力的雜文家中是統一的，相結合的，並非水火不容。構成雜文審美特徵的是議論和批評的形象性、抒情性、趣味性、知識性和哲理性，知識性和哲理性只要能寓於雜文形象的創造和獨特的抒情情調之中，就能具有周作人所說的「知識」之美，「智慧」之美。情感的抒寫和哲理的思辨在雜文形象中是辯證統一的。對於雜文的藝術風格來說，文章的結構形式、修辭方法、語體特徵以及文體格式的創造都是不容忽視的。因此，單純地用感抒性來概括唐弢雜文的藝術風格是不完整的。

在藝術上，唐弢的雜文是有他獨特的個性與創造的，儘管唐弢寫過不少以邏輯推理形式為主的雜文，這些雜文不論是立論還是駁論，都條分縷析，事理分明。但是，他更注重雜文形象的創造。他善於借用比、興手法，他常借一幅畫、一首詩、一個傳說故事、一些歷史人物和文學人物起興，巧妙地把讀者引導到雜文的議論中心上來，使議論獲得直感、形象的生命，使直感、形象的東西因和議論相結合而得以深化。如〈雀吃餅〉就很有代表性。在中國現代雜文史上梁遇春等人都寫過被一些中國人自認為是國粹的「麻將」的雜文。唐弢這篇雜文從軍閥張宗昌的所謂「雀吃餅」（即一索吃一筒和牌）說起，運用麻將規則的「吃、碰、和」來比喻社會上的做人哲學，「吃」是按部就班的做人法，「碰」是高竄暴發的做人法，「吃」是順序的爬，「碰」就是踏著人家脊梁的跨了。能「吃」能「碰」，邊爬邊跨，「和」的希望就濃起來。而所謂的「雀吃餅」更是以權壓人的霸道。文章進而從現實的實踐理性層面深入到文化心理層面。沿著這一思路從心理層次上回歸到現實的批判精神，揭露了在專制主義的政治心態中，「吃」彷彿循規蹈矩，其實早已磨尖牙齒。「碰」是政治的冒險性。「和」也為的要裝飽錢袋。「雀吃餅」更是一種力之所及、加以威壓的無賴樣。這種形象化的比喻，從人們熟悉的生活出發的寫法，巧妙地把文章的議論和批評的問題具體化、生動化，讓讀者讀後忍俊不禁而又回味無窮。唐弢的雜文還經常運用漫畫和戲劇材料來說理。如〈從擂臺到戲臺〉，擂臺和戲臺在中國民間是十分常見的。作者通過對形形色色的擂臺的描畫，勾勒出在洋場上各式各樣虛張聲勢、無恥幫閒的醜行，這種醜行一旦被戳穿了就只好塗上臉譜，變成戲臺上的角色。作者把擂臺與戲臺聯繫起來，在這種充滿表演性的聯結中揭穿了那些所謂「英雄」的本來面目。在人們的審美經驗中，「擂臺」和「戲臺」是極富形象性的比擬。這樣，這篇文章的議論和批評就有了形象的依託，說理也就更具有感染力了。還有〈從「抓周」說起〉也極具典型性，這篇雜文是紀念上海淪陷一週年的。文章從周彼得（即蔡若虹）發表在《譯報週刊》上的一幅畫〈抓周〉說起。中國有個傳統習俗，孩子周歲時，在他面前羅列了百工士子的用具，讓他抓取一種，以預測他將來的志向。這幅漫畫裡的日本孩子，抓住戰神前面的十字架。中國孩子，則抓住和平神前面的短劍——「一把復仇的短劍」，一把將「插在侵略者心上」的短劍，這幅漫畫意味深長，一個童稚的孩子尚且知道抓起短劍戰鬥，更何況飽經憂患、熱戀故土的成人。作者從孩子的「抓周」和上海人民從上海淪陷一週年來的覺醒、奮起中找到了契合點，為他的議論創造了強有力的依託。這樣，通過形象的創造來表達作者的議論和批評，有著強烈的說服力。唐弢的許多雜文，常把病態畸形的世態醜相，無恥荒唐的人生哲學，概括在一些通俗生動的形象中，這也正是魯迅「砭痼弊常取類型」的筆法。唐弢的這種藝術才能與他對生活敏銳的觀察力和從小就培養起來的對明清以來繪畫的鑑賞力是密切相關的，他回憶說：「鄔先生（指唐弢的小學教師）教我多看明清以來的寫意畫，什麼查恂叔的墨梅，吳昌碩的枯樹昏鴉啦，借此誘發美感。」[20]這種藝術薰陶使他在後來的雜文形象創造中獲益不淺。

---

20 唐弢：〈我與雜文（代序）〉，《唐弢雜文集》（北京市：生活・讀書・新知三聯書店，1984年）。

在唐弢雜文中，議論還常常和記敘、描寫、抒情、對話、引述相結合，在對社會人生的抒寫中，表現了自己的切身感受，作品中流動著強烈的主體情感，具有濃郁的藝術氣氛。也許是敏感、沉鬱的個人氣質使得他對於苦難的生活有著真切的理解，對醜惡的現象有著深切的痛恨。當這種主體情感介入雜文創作時，就必然使其作品具有濃厚的抒感性。他以富有同情的筆墨描繪了農村淒慘的景象，表達了自己內心真誠的痛苦，如〈鄉愁〉、〈南歸雜記〉、〈鄉村掇拾〉等，或以辛辣犀利的文字對醜惡與黑暗進行猛烈的抨擊，「以雜文的形式驅遣憤怒」，表達自己燃燒般的愛憎，或以深沉樸茂的筆調抒寫了對先賢的悼念之情。在唐弢的雜文中始終跳動著一顆正義而熱烈的心靈，表現了歷史的脈動，喊出了人民的心聲。正像屠格涅夫所說的「在任何天才的身上，重要的東西都是我稱為自己的聲音和東西」。在語言形式上，唐弢的雜文很注重韻律、音調和行文的氣勢。一方面，唐弢具有較深厚的古典詩詞的修養。另一方面，他又有著詩歌、散文的創作經驗。這兩方面綜合起來，就很大程度上影響唐弢雜文的語言形式和藝術表現。他曾說：「我認為雜文試圖將複雜的社會現象集中於短小的形式中，從而展示多彩的場面，不能不講究藝術表現的方法與手段……不過根據內容的需要，從生活出發，也曾做過種種嘗試：意境也、韻味也、格調也、旋律也、氣氛也、色彩也，一個都不放過，目的是使重點更突出。」這種的藝術追求體現在雜文創作的實踐中就增強唐弢雜文抒感的節奏感和韻律美。

唐弢是一個有自覺的文體意識的作家，在他的雜文創作中很注重文體格式的多樣化，他創造了中國現代雜文史上獨樹一幟的書話體雜文，他在《晦庵書話》〈序言〉中說：「至於文章的寫法，我倒有過一些考慮。我曾竭力想把每段「書話」寫成一篇獨立的散文：有時是隨筆，有時是札記，有時又帶著一點絮語式的抒情。」可見他自覺的文體意識和豐富的文體創造力，在他的雜文中，還有運用小說或詩歌的形式來創作的，如〈釋放問題〉（小說式）、〈小卒過河〉（詩歌體）等。這些都是雜文家唐弢蓬勃的藝術創造力的標誌。因為文體格式是與作家的思維方式、藝術感受力、審美體驗等因素相綜合的，一個具有豐富創造力的作家總是駕馭形式的多面手。

第三節　王任叔、周木齋、柯靈的雜文

一　王任叔

王任叔（1901-1972），浙江奉化人，常用筆名巴人。從一九二六年在《文學週報》上發表雜文始，至一九四六年，他寫有雜文六百五十篇左右，數量同魯迅不相上下。這些雜文六分之五發表在一九三八年至一九四一年的上海「孤島」時期。此期王任叔創作的雜文數量之多，可以說沒有一個作家能與之相比。他的雜文散見於當時的各種期刊報紙上，結集出版的不到總數的四分之一。計有同別人合出的《邊鼓集》和《橫眉集》，專集《捫蝨談》、《生活・思索與學習》、《邊風錄》、《學習與戰鬥》。

一九四九年九月二日，王任叔在《文學初步》〈再版後記〉中寫道：「在我，一生未與魯迅交談過一句話，卻頗有些『魯迅主義』。」這話確是一點也不誇張的。他寫的〈超越魯迅〉、《魯迅風》〈發刊詞〉、〈論魯迅的雜文〉，顯示了他對導師魯迅由衷的欽仰之情和捍衛、發展魯迅戰鬥傳統的堅定意志；在雜文創作實踐上，王任叔也是學習和師承魯迅的，並且力圖做到有自己的獨創風格。

王任叔這時的雜文，圍繞著抗日救亡這一最大的現實問題，從國內到國外，從現實到歷史，從黑暗到光明，舉凡政治、經濟、軍事、文化、教育、民情風俗、道德倫理，他的筆尖無不觸及。他的雜文縱橫馳騁、議論風發，像魯迅的雜文一樣，對現實進行了極其廣泛的文

明批評和社會批評，是了解這一時期社會的「動態」和人們的「心態」的好材料，有著歷史文獻的價值。

王任叔的雜文，觀察敏銳，思想深刻，體式豐富，格調多樣，有自己獨特的表達方式和語言風格。以雜文集《邊風錄》為例，其中有〈七月〉、〈八月〉等的抒情色彩濃厚的政論性的雜文；有散文詩式的雜文，如〈站在壁角的人〉、〈烈士與戰士〉、〈戰士與乏蟲〉；有書札類的雜文，如〈一個反響〉、〈與天佐論個人主義書〉；有三言兩語的偶語類雜文，如〈偶語六則〉；有雜記性的雜文，如〈螺室雜記〉；有剪報加上按語、評點式的雜文，如〈剪貼之餘〉；有對歷史人物的研究和比較性的雜文，如〈魯迅與高爾基〉、〈魯迅先生的眼力〉；有回憶錄式的雜文，如〈我和魯迅的關涉〉；最多的是針對某一事物，某一句話，某一種論調，某一類人，某一種人情世態進行記敘描寫，聯類生發，直抒愛憎的社會評論性的雜文，如〈說筍之類〉、〈雜家、打雜、無事忙、文壇上的「華威先生」〉、〈論「沒有法子」〉、〈再論沒有法子〉、〈臉譜主義者〉、〈謀略及其他〉、〈無法無天的論調〉、〈出賣傷風〉等等。在《邊風錄》這一雜文集中，作者還仿效魯迅和周作人的做法，把自己的譯作——高爾基的〈結論〉一一收入。以上各類雜文，體式不同，表達方式和語言風格，自然也就各異。

在王任叔的雜文中，有著自己的表達方式和語言風格，構成自己獨創特色的，是那些在生動記敘、描寫自己的親身經歷和見聞之中，融進鮮明愛憎和深刻見解的社會評論性的雜文。這類雜文沒有理論的架子，但在散文式的「直感」「形象」的抒寫形式之中，活躍著雜文家評判思辨的精魂。

二　周木齋

周木齋（1910-1941），江蘇武進人，也是這時有影響的、有自己獨特風格的戰鬥雜文作家。其雜文創作，生前結集的有《消長集》和與別人合出的《邊鼓集》與《横眉集》，前幾年出版的有《消長新集》，收錄《消長集》全部、《邊鼓集》和《橫眉集》內周木齋寫的雜文，以及佚文十五篇。抗戰前，周木齋在《申報》副刊「自由談」、《太白》、《新語林》和《濤聲》等刊物上，發表過許多思想尖銳、具有鮮明思辨色彩的戰鬥雜文。特別是在曹聚仁主編的《濤聲》上，同曹聚仁、陳子展等互相呼應，發表了一批「赤膊打仗，拼死拼活」的戰鬥雜文。

抗日戰爭爆發後，周木齋的雜文創作進入成熟期。這時他身處環境險惡的上海「孤島」，而且貧病交困，然而心中卻燃燒著抗日救亡的愛國熱情。他堅決捍衛魯迅雜文的戰鬥傳統，創作了一批思想尖銳、博識機智、析理精微的「魯迅風」戰鬥雜文。在雜文集《消長集》〈前記〉中，他自述有「戇脾氣」和「辯證癖」，而它們形諸文字，便是自己的雜文「喜歡說理」，「重質，而不計文，實在有點野氣」；又說自己之所以有這種「戇脾氣」，能堅持戰鬥雜文的寫作，是植根於對「信仰」的「深信不疑」。這基本上概括了他對馬克思主義的「信仰」，對反法西斯抗日民族革命戰爭必勝的堅定信念。他的雜文的戰鬥性和思辨性的特點，以後宗玨在評論唐弢的《投影集》時說：「我曾經把作者和周木齋先生近年來的雜文風格的發展，看成兩個方向：前者近於抒情的散文，而後者則越發趨於思辨的、說理的了。」把周木齋的雜文，看成戰鬥的、思辨的雜文，這幾乎是一致的看法。

周木齋的雜文自覺為抗日民族解放戰爭服務，具有很強的戰鬥性。在〈警覺和認識〉中所強調的「抗戰第一」，「一切不離抗戰，都為抗戰」，正是他此期雜文思想的特點。他這時的雜文，大多是尖銳的時政評論，即便是那些思想和文化評論的雜感，也有著鮮明的政治色彩。

在中國現代雜文史上，周木齋的雜文是以思辨性著稱的。他博識辨微，善於多側面、多層次地剖析問題；他喜歡從事物的聯繫中，對事物加以比較，異中求同，同中求異，從現象突入本質；他常常在論述普遍的哲理之後，借助普遍哲理之光，去透視具體的人事；他喜歡引用無產階級領袖馬克思、恩格斯、史達林和毛澤東的格言、警句，引徵史乘和借用古代思想家的思想材料；他剖析事理時，喜歡運用馬克思主義對立而又統一的範疇，例如：經濟基礎和上層建築，社會存在和意識型態，現象和本質，一貫和突變，同和異，變和不變，古和今，好和歹，巧和拙，光明和黑暗，勝利和失敗，聰明和糊塗……當然，這是文藝雜感，而不是抽象晦澀的思辨哲學講義。思辨性是這位雜文家文章風格的突出特點，他的雜文雖不善於塑造生動的雜文形象，偏於剖析事理，但其中卻有雜文家的詩情和理趣。

抗日戰爭中，汪精衛從國府稱病出走，發表了投降賣國的〈豔電〉。這是當時轟動全國的政治事件，周木齋的〈凌遲〉，就是一篇燃燒著憎惡烈火、無情聲討汪精衛的戰鬥檄文。急速轉折突進的語言節奏，析骨剔髓的犀利而又辯證的剖析是這篇雜文的特點。這篇雜文表現了周木齋善於捕捉矛盾、分析矛盾、從中透視事物本質的思辨才能。作者巧妙抓住汪賊政治生涯中稱病出走這一習慣性動作進行了層層剖析。在作者看來，稱病和出走是個矛盾，既然「病」了卻又能「走」，可見「健躍」得很，可見不是生理上的「病」，而是一種政治「病」——「心病」，是一種「賣弄風騷」病，「心病」有大小輕重，是作為矛盾過程展開的，過去的「病」是小病，僅是搔首弄姿、「賣弄風騷」而已，這一次是「喪心病狂」，是「大拍賣」，他把自已、民族、國家乃至友邦，一切都出賣了。而汪精衛這麼做，是基於要當「奴隸總管的心理」，其結果只不過是充當日寇麾下的走狗而已，這其實是「大蝕本」，而這也正是一個致命而尖銳的矛盾。憤激的揭露，無情的鞭撻，犀利而又入微的辯證剖析，不僅把這個漢奸賣國賊的靈魂「梟首通衢」，「凌遲」「示眾」，而且把他永遠釘在歷史的恥辱柱上。

〈影痕〉可說是三言兩語哲理性散文詩，但作者把它們收入雜文集《消長集》中，這也可以說是濃縮的、微型的雜文。且看以下文句：

> 「止戈為武」——「和平」含著殺心。
> 和平是名詞，也是代名詞，銷贓的，投降的，苟安的。
> 盧騷說：「思想的人是墮落的動物。」——復返自然。
> 無思想的人是墮落的動物。——也是復返自然。
>
> （〈影痕之一〉）

在這裡，一般雜文那層次繁複、細緻入微的辯證推理被省略了，只有三言兩語、斬截明快、言簡意賅的判斷。這類文字遒勁雋妙，耐人咀嚼，同樣閃爍著辯證思維的詩意光輝。自然，在這時周木齋的雜文中，也有一些是作家辯證思維的抽象和枯燥的演繹，「重質，不計文」，欠缺雜文的藝術魅力，這是不足取的。

三　柯靈

柯靈（1909-2000），原名高季琳，浙江紹興人。柯靈也是這一時期堅持在上海戰鬥的有影響的雜文作家。少年時家貧失學，靠刻苦自學走上文學道路。一九三一年冬到上海。除一九四八年因受國民黨政府迫害在香港生活一年外，一直在上海從事報刊編輯工作和電影、話劇活動。先後編輯過《文化街》、《明星半月刊》、《民族呼聲》、「世紀風」（《文匯報》文藝副刊）、「淺草」（《大美報》文藝副刊）、「草原」（《正言報》文藝副刊）、《萬象》、《週報》、「讀者的話」（《文匯報》副刊）。他的雜文集有《小朋友的話》、《邊鼓集》卷五、《横眉集》第六輯、《市樓獨唱》、《遙夜集》。《遙夜集》中第一輯收錄了他從一九三五年至一九四九年的雜文代表作七十九篇。

上海「孤島」時期，他主編的「世紀風」、「淺草」和「草原」是重要的戰鬥雜文刊物。他曾在一年之中被日本憲兵逮捕兩次，受盡嚴刑拷打，堅強不屈。在解放戰爭時期，柯靈在參加編輯《週報》和《文匯報》「讀者的話」等報刊上，發表了反對內戰的戰鬥雜文，受到迫害。柯靈的雜文內容豐富，形式多樣，熱情、明快、清麗、瀟灑，其中表現了魯迅和瞿秋白的深刻影響，在藝術風格上，他更接近瞿秋白。

柯靈在《晦明》〈供狀（代序）〉中說：「我以雜文的形式驅遣憤怒，而以散文的形式抒發憂鬱。」在《遙夜集》〈前記〉中又說：「這些文章的寫作經過將近二十年，這正是一個驚心動魄的時代」，「如果說，我的這些作品多少反映了人民的苦難鬥爭，那就應該感謝黨，因為它燭照一切的光和熱，使我從混亂中看到了出路，得到了勇氣。」這是作家對自己那熱烈明快的雜文的很好說明。

柯靈雜文的藝術形式是比較豐富多樣的。他寫得最多的是直面現實的短評和雜感。這類雜文現實性強，大多感情熱烈，文字清麗瀟灑，寫得明快質直；其中像〈街頭人語〉和〈街頭閒話〉，都是直接批評時政的短評，寫得短小精悍，鋒利深刻，達到了一定的力度和深度。例如〈街頭人語〉中之一則抨擊抗戰勝利後的獨裁和劫收：

> 一個黨，一個主義，一個領袖，一道同風。
> ——這叫做「統一」。
> 皮帶、皮綁腿、大皮包。
> ——這是「三皮主義」。
> 金子，房子，車子，女子，面子。
> ——這是「五子登科」。

> 你當它正經，它是開玩笑；說它是笑話，偏又是事實。
>
> 中國的政治，就是如此如此，這般這般。

這樣的短評，確是鋒利的匕首和投槍。而像〈禁書詩話〉和〈歌得「新天地」〉是詩話體的雜文，〈玉佛寺傳奇〉則是雜劇散曲體的雜文。這些雜文仿效魯迅和瞿秋白合作的詩話體雜文〈王道詩話〉及雜劇散曲體的雜文《曲的解放》，匠心巧運，把對時事世態的抨擊和諷諭，融入中國傳統的詩話、雜劇、散曲等的民族形式之中，確是別開生面，令人耳目一新。柯靈於一九四〇年寫的〈從「目蓮戲」說起〉和〈神・鬼・人〉中的〈關於土地〉、〈關於女吊〉、〈關於拳教師〉等幾篇雜文，也很有特色，可以說是「立體風土畫」(〈從「目蓮戲」說起〉) 和有的放矢的現實評論的融合。他從魯迅的名作中汲取靈感和素材，加上他自己創造，不僅給讀者奉獻了形神畢肖、繪聲繪影的「立體風土畫」，而且也表現了他對某些人情世態睿智掘發的啟示，具有較長久的思想和藝術的魅力。

第二十章
桂林和香港的「野草」雜文流派

第一節　流派概況

上海「孤島」時期的「魯迅風」雜文作家群，是個雜文流派，桂林和香港「野草」社的雜文作家群，實際上也是個雜文流派。因為它也有共同的雜文刊物和雜文叢書，共同的「宗旨」和創作傾向，有穩定的作家群和比較成熟、相對獨立的藝術風格。自然，「野草」雜文流派同「魯迅風」雜文流派，是同中有異，異中有同的。

一　「野草」雜文流派的形成、發展和影響

「野草」雜文流派，因創刊於一九四〇年八月二十日的《野草》（月刊）而得名。

一九四〇年秋天，秦似在桂林向夏衍建議，創辦一個短小精悍、生動活潑的、以刊登雜文為主的綜合性文藝刊物，夏衍約請了聶紺弩、孟超、宋雲彬、秦似等人組成一個編委會，由秦似任責任編輯，負責日常編務和發行工作，於是這個三十二開本的《野草》就創刊了。

《野草》是同人刊物，其中的夏衍、聶紺弩、孟超都是共產黨員、馳名文壇的老作家，在「左聯」時期都在魯迅的旗幟下戰鬥過，其中的夏衍以話劇創作為主，孟超、聶紺弩是文學上的多面手，宋雲彬以寫作雜文為主，至於秦似，當時還是個二十出頭的熱血青年，他原來寫詩，一九三九年因幫助生活・讀書・新知書店「做書籍轉運工作」，有幸通讀了新出不久的《魯迅全集》，「對魯迅的雜文似乎有了較多的

理解和體會」，就給夏衍主編的《救亡日報》寫雜文，並同夏衍結識。[1]

為了籌備刊物，夏衍約請聶紺弩、宋雲彬、孟超、秦似等人在中山路桂林酒家聚會，商討刊物的名稱、宗旨和辦法。夏衍提議給刊物取名「短笛」或「野草」，前者寓「短笛無腔信口吹」之義，後者不單「因襲魯迅」，而是覺得在當時文禁森嚴、八股文風盛行，閒適幽默小品和低級趣味文藝氾濫的形勢下，「這個刊名可能給社會和文壇帶來一點生氣，引人略有所思」[2]。大家贊成刊物取名為《野草》，在聚會上大家認為應該以魯迅為榜樣，運用雜文這一戰鬥武器，為民族民主革命服務，為人民大眾服務，刊物的辦法也學魯迅的《准風月談》和《花邊文學》的鬥爭藝術，在「軟性」的文章中藏幾根暴露性和諷刺性的「骨頭」。秦似執筆的《野草》月刊〈發刊語〉中，以曲折的形式，表達了《野草》同人的上述意圖。

《野草》（月刊）創刊後，深受廣大讀者歡迎和愛護。這個三十二開本用瀏陽的土黃紙印成的刊物，發行量很快從三千份增加到一萬份，最多時達到三萬份。在極端艱險的情況下，《野草》（月刊）從一九四〇年八月二十日創刊，堅持到一九四三年六月一日，共出至第五卷第五期，這時「野草」已成為「宿草」，卻因被國民黨當局查封而停刊。與此同時，《野草》社還出過《野草叢書》十四種。這就是：

《此時此地集》　夏衍著　桂林文獻出版社　一九四一年五月初版
《歷史的奧祕》　聶紺弩著　桂林文獻出版社　一九四一年六月初版
《崇高的憂鬱》　林林著　桂林文獻出版社　一九四一年七月初版
《蛇與塔》　聶紺弩著　桂林文獻出版社　一九四一年八月初版
《冒煙集》　何家槐著　桂林文獻出版社　一九四一年九月初版

1 秦似：〈回憶《野草》〉，見《秦似雜文集》（北京：生活·讀書·新知三聯書店，1981年5月）。

2 秦似：〈回憶《野草》〉，見《秦似雜文集》（北京：生活·讀書·新知三聯書店，1981年5月）。

《長夜集》　孟超著　桂林文獻出版社　一九四一年十月初版
《范蠡與西施》　聶紺弩著　宋雲彬、聶紺弩、孟超、秦似編　桂林科學書店　一九四一年六月
《感覺的音響》　秦似著　桂林文獻出版社　一九四二年三月初版
《長年短輯》　歐陽凡海著　桂林文獻出版社　一九四二年五月初版
《骨鯁集》　宋雲彬著　桂林文獻出版社　一九四二年九月初版
《長途》　夏衍著　秦似編輯　桂林集美書店　一九四二年十二月初版
《旅程記》　以群著　桂林集美書店　一九四二年十二月初版
《未偃草》　孟超著　秦似編輯　桂林集美書店，一九四三年二月初版
《小雨點》　羅蓀著　秦似編輯　桂林集美書店　一九四三年七月初版

《野草》（月刊）和《野草叢書》是當時大後方的桂林文化荒漠中的一片綠洲。

《野草》雖被國民黨當局查封，但「野草」派成員的雜文創作並未停止，夏衍、聶紺弩、孟超等不久又活躍於重慶文壇。解放戰爭初期，原來「野草」社的同人和大批革命文化人為了躲避國民黨的迫害，先後彙集到香港。當時的香港是黨領導下的革命文化的戰鬥堡壘。一九四六年十月一日，《野草》（月刊）又在香港復刊，臨風茁長了。《野草》的戰鬥影響，也就從大陸內地擴展到香港和東南亞。在復刊號上，發表了夏衍的〈復刊私語〉和秦似的〈《野草》的再生〉。夏衍在〈復刊私語〉中回顧了甘願做「自然生長的野草而不願意做點綴沙龍的盆花」的《野草》六年來的命運，他指出：

> 春天是踐踏，秋天是刈割，冬天又是一把火，幾年的歲月就是這種不斷的摧殘下面支持過來的，一九四三年以後，他們也居然不讓我們在地面上抽芽，可是現在，我們不又從瓦礫堆中透出一顆新芽了麼？有苦痛就有呻吟，有暴虐就有詛咒，我們不相信暴君們的壓制可以使中國人民永遠無聲。當然，這一次的

> 發苗也不一定保證就能夠在大地上滋長，毋寧說，我們預想著今後也隨時可以遭受著摧殘，但，能夠一有空隙就抽出一支芽來，這不也就表示我們還永遠不放棄爭鬥，這不也就足以使那些「肅清狂」病者永遠失望了麼？[3]

形象傳達了「野草」派成員不屈鬥志。香港是英國殖民地，不是國民黨當局可以恣意妄為之處，港英當局雖未禁絕《野草》，對它畢竟多方刁難，《野草》復刊後出至新七號，改出《野草文叢》第八集，出至第十集（一九四八年六月二十日至一九四九年），又改出《野草新集》:《論肚子》和《追悼》。《野草》是在中國歷史的發展的新時期解放戰爭初期復刊的。這時中國人民有了新的覺醒，中國人民的革命力量有了新的高漲，中國人民正要奪取民主革命的最後勝利。在這一新歷史時期，「野草」雜文流派進入新的歷史發展階段。

《野草》雖為同人刊物，但它廣泛團結了大後方和香港的革命作家。郭沫若、茅盾、柳亞子、田漢、馮雪峰、胡風、荃麟、葛琴、艾蕪、林默涵、何家槐、林林等知名作家，都踴躍給《野草》供稿，給予有力支持。《野草》的戰鬥風格，引起許多不滿現實、渴望進步變革人們的注意，特別是得到廣大青年的歡迎和愛護。皖南事變後，在重慶的周恩來，「曾兩次叫人傳達他對《野草》編輯方針的意見」[4]。《野草》在國外也有影響。一九四一年蘇德戰爭爆發後，在莫斯科出版的、著名的《國際文學》有專文介紹《野草》。一九四六年十一月二十日的《野草》新二號上，刊登了兩封讀者來信：林花的〈祝《野草》〉、L的〈來自內戰的火線上〉，他們歡呼《野草》的復生，林花把《野草》喻為「知友」，L則把《野草》贊為「撫育」他多年的

---

3 《野草》復刊號，1946年10月1日。

4 秦似：〈回憶《野草》〉。

「母親」，他們堅信「野火燒不盡，春風吹又生」，「真理不會死亡」，祝願《野草》更「茁壯」更「繁盛」，傳達了廣大讀者的共同心聲。

二　「野草」雜文流派的宗旨和特點

「野草」雜文流派的宗旨是什麼？這可從秦似關於籌建《野草》的回憶中看出。他寫道，在那次夏衍、聶紺弩、宋雲彬、孟超和秦似五人的聚會中，「大家談得很熱烈，……主要談的是雜文和魯迅。我們認為，魯迅在三十年代的戰鬥旗幟，我們在四十年代應該接過來，夏衍同志說：『魯迅寫的文章，往往是大家心裡想說，而沒有說出來的話，他說出來了。所以一發表，就令人愛讀。』大家認為，魯迅在三十年代給我們做出了很好的榜樣，我們應該把魯迅這一克敵致果的武器發揮起來，為當前的革命鬥爭服務。」[5]在那次聚會上，夏衍等人還決定《野草》（月刊）以刊登短小生動潑辣的雜文為主，仿效魯迅的鬥爭藝術的方針，即像魯迅在《准風月談》和《花邊文學》那樣，「採取了外表看去有點『軟弱』，而文章的內容要有幾根骨頭的方針」[6]，寓政治風雲於社會風月之中，秦似執筆的《野草》月刊〈發刊語〉和〈編後記〉，以曲折方式表述了《野草》以繼承和發展魯迅革命現實主義雜文戰鬥傳統為宗旨和方針的企圖。

在《野草》月刊〈發刊語〉中，秦似首先引述了Ｉ．魯波爾論高爾基的一篇短文裡的話，魯波爾認為自十八世紀資產階級革命後，西方文明國家進步文學的共同主題是表現社會中人的異化，這就是：「在文學裡，產生了人的變形，有一種人的臉變成了『資本主義的獸臉』，另一種的臉在苦難中變得畸形了。」據此，秦似認為「半殖民

5　秦似：〈回憶《野草》〉。

6　秦似：〈回憶《野草》〉。

地半封建而又在苦難中的中國」文學決不能搞〈叫我如何不想她〉、〈山在虛無飄渺間〉的淫靡頹廢之音，不能搞林語堂和〈宇宙風〉、〈西風〉等「什麼風」之類的供闊人摩娑擺弄的閒適幽默文藝，而必須走「革命現實主義」的「道路」，揭破那些「抗戰建家（這裡抗作動詞戰作名詞解）」者的「獸臉」，創造「人」，歌唱「人」，改變「一大群苦難者的『畸形』的臉貌」，使他們「從俯伏著的奴隸地位站起來」。秦似指出，他們培植的這一片「野草」不是供「悠閒者」乘涼納福，而是「給受傷的戰鬥者以一個歇息的處所」，使之「恢復」「元氣」，「再作戰鬥」，給「健康的人們」，呼吸一些「蒼蔥的氣息」。他最後說，《野草》上的作者，「弄一點筆墨，比起正在用血去淤塞侵略者的槍口，用生命去爭取民族自由的一大群青年人，正如倍．柯根所說，是『以花邊去比喻槍炮了』」。但是「即使同是花邊，……有的只準備給太太做裙帶，有的卻可以給戰旗做鑲嵌」。這裡雖然沒有一處提到魯迅，但作者這些論述，無不讓人聯想起當年以魯迅為代表的左翼作家同以林語堂為代表的「論語」派圍繞著小品文問題的論爭，讓人聯想起當年魯迅關於戰鬥雜文的一系列精闢之論。

在〈編後記〉中，秦似又寫道：

> 第一期發表的文章，連〈代發刊詞〉在內，一共是十五個短篇。所以短，正因為要適合《野草》的格調的緣故。長槍固然是很好的武器，然而當逼近肉搏之際，白刃也可以殺死敵人，更何況有些本來就是投槍。先前的時候，雜文是被譏為「不成東西」的，有的作家都不屑作。後來有人提倡，並且好好地運用使之成為武器，輿論也為之一變了。但奇怪的是，當在目前的民族革命鬥爭更形劇激的時候，卻沒有好好地把這武器發揚光大起來。讓他冷落，以至慢慢被銹蝕。《野草》就粗枝大葉地，想在雜文的厄運下打破沉寂的局面，墾闢一片荒蕪的草

> 場，讓更健全的戰士們進軍。[7]

這把「野草」社同人要「發揚光大」魯迅戰鬥傳統的雄心壯志說得異常透澈了。

可以作為「野草」派繼承和發展魯迅雜文戰鬥傳統佐證的，還有如下文章：宋雲彬的〈談魯迅風》[8]、聶紺弩的〈魯迅——思想革命與民族革命的倡導者〉、〈從沈從文筆下看魯迅〉、〈魯迅的偏狹與向培良的大度〉[9]、劉思慕的〈雜文的一些問題——紀念魯迅先生十年忌而作〉[10]、秦似的〈關於雜文和魯迅先生的雜文〉[11]、夏衍的〈談做文章〉[12]等。這其中，宋雲彬的〈談魯迅風〉是對上海「孤島」關於「魯迅風」雜文爭論的回應，他是肯定和支持「魯迅風」雜文的，聶紺弩的〈魯迅——思想革命與民族革命的倡導者〉，從思想革命與民族革命的高度肯定魯迅思想的歷史意義。他精闢指出：

> 魯迅先生雖然死了，他的遺教決沒有減少絲毫光輝，剛剛相反，由於抗戰的興起，那些不朽的著作，更顯得光芒萬丈，照澈了世界。……中國人民正在接受他的遺教，向日本帝國主義連本帶利索回血債，而且還要繼續他的戰鬥精神，韌的精神，把抗戰堅持到底，完成他所昭示的思想革命和民族革命的任務。

〈從沈從文筆下看魯迅〉批評沈從文對魯迅的貶抑，〈魯迅的偏狹與向培良的大度〉痛斥蓬蒙式的人物向培良對魯迅的攻擊。劉思慕雖不

---

7 見《野草》創刊號（1940年8月20日）。

8 見《抗戰文藝》（月刊）1卷1期。

9 見《聶紺弩雜文集》（北京市：生活・讀書・新知三聯書店，1981年）。

10 見《野草》新2號（1946年11月20日）。

11 見《野草文叢》第10集《論怕老婆》（1948年6月20日）。

12 見夏衍：《夏衍雜文隨筆集》（北京市：生活・讀書・新知三聯書店，1980年）。

是「野草」派成員，但他的文章在《野草》上發表，代表了《野草》觀點。當時正值國民黨發動內戰，國民黨的宣傳部長蠻橫規定文藝創作只能「歌頌」不能「暴露」，御用文人叫嚷什麼魯迅的「雜文時代」已經過去了。劉文針鋒相對指出不惟沒有過去，現在十倍需要「魯迅風」的雜文來暴露社會的黑暗，來擊退這種黑暗。相對來說，在繼承和發展魯迅雜文傳統的問題上，在《野草》上幾乎沒有進行過什麼理論之爭，也沒有產生過像王任叔的《論魯迅的雜文》那樣有分量的理論建設文章和專著。

自覺繼承和發展魯迅雜文的戰鬥傳統，是「野草」雜文流派的宗旨之一，自覺繼承和發展魯迅雜文的戰鬥傳統，是為了使雜文創作在廣泛的社會批評和文明批評中更有力地為民族民主革命服務，為人民大眾的爭自由和求解放服務，這又是「野草」雜文流派的重要宗旨。在抗日戰爭時期，「野草」派堅持四條具體宗旨：一、宣傳抗日、團結、進步，歌頌進步文化人和前方將士堅強抗戰的英雄行為；二、批判當局的種種倒退腐敗現象，揭露其文化專制主義暴行；三、批判「戰國策」派鼓吹的法西斯主義理論，揭露周作人等投降賣國的漢奸文人，在思想文化戰線上進行廣泛的「破壞」和「建設」；四、在國際上，批判張伯倫的「綏靖政策」，態度鮮明地宣傳反法西斯鬥爭。解放戰爭時期，當局無法查禁扼殺在香港復刊的《野草》，《野草》更加旗幟鮮明宣傳自己的主張：一、揭露發局勾結美帝發動內戰、鎮壓人民進步勢力的倒行逆施及其種種黑暗腐敗現象；二、歌頌人民解放戰爭和廣大解放區的種種新氣象；三、批判御用文人的反動謬論和民主個人主義者的錯誤論調。

「野草」派作為一個雜文流派，從一九四〇年陰霾密佈的秋天創立，到一九四九年陽光燦爛的秋天終結，歷時九年，跨越了抗日戰爭和解放戰爭兩個歷史時期，而且在這九年不短的時間內，「野草」派成員，始終思想一致，團結成一個朝氣蓬勃的戰鬥集體，這同中國現代雜文史上的其他雜文流派，如「語絲」派、「現代評論」派、「論語」派、「魯迅風」派相比就顯得異常突出了。

其次，「野草」多數成員是老資格的革命文化戰士，而且始終在黨中央有關領導的親切關懷和直接指導下進行戰鬥，這從根本上保證了「野草」派成員思想和步調的一致，鬥爭的目標和方向的明確，廣大革命作家的有力支持，這就使《野草》成為國統區和香港乃至東南亞的思想文化戰線上的一面戰鬥旗幟。

其三，在抗日戰爭和解放戰爭時期，人民大眾一方面遭受深重的災難，另一方面革命意識在覺醒，革命力量在高漲，「野草」派雜文作家敏銳感受到這一歷史脈動，前期《野草》「始終以期待陽光的心情，歌頌從黑夜邊緣過渡到黎明的奮爭和戰鬥」。後期《野草》，在表現中國人民的偉大歷史決戰時，清晰勾畫出敵我力量的消長，轟響著人民勝利進軍的歷史足音，其雜文有著更多的歡歌笑語與喜氣亮色。這是魯迅雜文和「魯迅風」雜文所沒有的新特點。

其四，在雜文藝術上有新的特點。《野草》創刊於文禁森嚴的國統區，客觀形勢決定「野草」派雜文作家不能「直言」，必須進行「諷諭」，只能「戴著鐐銬跳舞」，以曲折迂迴、棉裡藏針方式進行戰鬥。這樣，他們在那些直接評論現實的雜文外，夏衍寫了一批自然科學小品式的雜文，宋雲彬寫了一批論史、論學的雜文，孟超寫了眾多的評論古典小說人物的雜文，聶紺弩創作了一批「故事新編」式的雜文，其中不少精彩篇什融知識性、趣味性和思想性於一爐，這都是對魯迅雜文藝術的新發展。

第二節　夏衍的雜文

夏衍（1900-1995），劇作家、雜文家。浙江餘杭人。本名沈乃熙，字端先，筆名夏衍。幼年喪父，少年時代家境日益破落。小學畢業後，做過染坊店學徒。一九一四年入浙江省甲種工業學校。一九一九年參加了「五四」運動，編輯進步刊物《新浙江潮》。畢業後公費留學日本，學電工技術。留學期間開始讀《共產黨宣言》等馬列主義著作，參加日本工人運動和左翼文藝運動。一九二七年被驅逐回國，同年在上海加入中國共產黨。一九二九年秋和馮乃超、鄭伯奇等組織「藝術劇社」，主編劇社刊物《藝術》和《沙侖》，同年冬與魯迅等人籌建「左聯」，並任執行委員。隨後又發起組織「左翼劇聯」。抗戰爆發後，受黨派遣先後到上海、廣州、桂林、香港主編《救亡日報》和其他進步報刊。太平洋戰爭爆發後赴重慶，主編《新華日報》副刊；抗戰後期在重慶與于伶、宋之的組織「中國藝術劇社」。建國後，是文化界的領導人之一。夏衍是著名的散文家，一九三六年發表的〈包身工〉，是現代報告文學的名篇。抗日戰爭後，寫過大量的政論、雜感、隨筆和散文，結集出版的雜文、散文集有：《日本的悲劇》、《此時此地集》、《長途》、《邊鼓集》、《蝸樓隨筆》，建國後出有《雜文與政論》、《夏衍雜文隨筆集》。

夏衍是著名的戰鬥雜文大家。據他自述，他在「五四」運動前後就已開始寫作雜文了，抗日戰爭前夕，他在上海也寫過不少雜文，但均影響不大。抗日戰爭和解放戰爭時期的十二年中，夏衍在《野草》、《救亡日報》、《大眾生活》、《新華日報》副刊、《華商報》副刊和《群眾》週刊上發表了數字龐大的雜文、政論、隨筆之類的文字，據廖沫沙估計字數約有五、六百萬字之多，結集出版的約佔總數的「五分之一」。他確是現代雜文史上罕見的多產作家。

在抗日戰爭和解放戰爭的十二年中，夏衍始終從事新聞、統戰工作和戲劇工作。這時期夏衍的雜文內容豐富，思想深刻，體式多樣。他的雜文記錄了這一時期的政治風雲的變幻、人民革命的勝利、社會思潮的湧動、文藝運動的發展，以及他對知識分子命運的思考。他善於吸收和改造一切有用的思想材料成為自己的思想和理論血肉，達到相當的思想高度和理論高度。他的雜文有政治評論、社會評論、人事評論和思想評論，有雜感、短評、序跋、演說、通信、對話、答客問等，色調豐富，體式多樣。這些可以說是戰鬥雜文家共有的特點。

夏衍的許多雜文簡潔老練，清新蘊藉，婉轉親切，情理交融，自覺追求著一種獨特的說理方式和獨特的抒情方式的「渾然合致」的境界，有著鮮明的藝術風格，在現代雜文作家中別樹一幟。

夏衍多才多藝，有著豐富的文藝創作實踐經驗，對文藝創作的藝術規律有著深刻的理解。他在論述文藝創作時總是反對概念化和公式化的惡劣傾向，特別強調作品中的「理」和「情」的「渾然合致」。在〈柴霍夫為什麼討厭留聲機〉中，夏衍又談到文藝創作中的「理」與「情」的融合問題。列夫・托爾斯泰認為「文藝作品對人類有益」,「必須具備三個條件」:「第一、內容的新意，第二、形式，或者在我們這裡所說的才能，第三、對作品形象的認真的熱情和態度」。契訶夫論創作時認為:「每個人都應該說自己的話。」他反對把創作變成「什麼感覺也沒有，只是說呀唱呀而已」的「留聲機」。夏衍在引述了大師的名言之後，指出:「只有思想與感情，理論與實踐二而一、一而二的時候，才是世界觀和感情無間地融合一致的境界。」夏衍關於文藝作品的「感人的力量」，在於創造一種「理」與「情」的「無間的融合一致的境界」，使之保持一定的「定數」和「限度」的一貫主張，也體現在他的全部藝術實踐之中。當然，這種「理」與「情」的統一，在各種不同的文學形式中又因各自的個性特徵不同而有所差異。在戲劇和電影中，是統一在情節衝突的組織和人物形象的創造，在雜文中，有時統一在對社會、政治、時事、思想、文藝、人物等的評論，有時統一在對某些帶有象徵性的事物的抒寫，前者偏於說理，但理中有情，後者偏於抒情，但情中有理。

夏衍那些偏於說理的精彩雜文，具以下特點：一、他在說理時，把自己擺進去，解剖自己，他不是板起面孔，居高臨下訓人，而是採取和讀者平等討論問題，共同尋求真理的民主方式，婉轉親切，沁人心脾，〈談寫文章〉和〈寫方生重於寫未死〉可為代表作。前者引述魯迅〈作文秘訣〉和毛澤東的〈反對黨八股〉中的有關論述，說明怎樣才能寫好文章，但是文藝工作者、作者自己和青年朋友的文章，同魯迅和毛主席的要求有相當距離，於是作者把自己擺進去，和讀者一道解剖和探討這個問題。後者是一封回答文藝青年的信，信中作者接受那位青年對劇本《春寒》的中肯批評，並進而和那位青年一起探討包括自己在內的知識分子作家創作中感情留戀過去、理智傾向未來的矛盾，寫未死重於方生的毛病，文章態度懇切，語調親切，入情入理。二、他從自然和人生一體化觀點出發，打破自然科學和社會科學之間的森嚴堡壘，借用自然科學道理來發掘社會人生的奧祕，蹊徑獨闢，理趣盎然。「自然科學小品」和「社會科學小品」（包括「歷史小品」）在三十年代曾經出現過，而在雜文大師魯迅的筆下，自然科學和社會科學也是貫通的。夏衍自幼受到自然科學的良好薰陶，他的父親「懂一點醫道，家裡有本草之類的書」，以後又嗜讀英國吉爾勃·懷德的《色爾彭自然史》、法國法布爾的《昆蟲記》，而且夏衍本人又畢業於工科大學，這使他獲得了較豐富的花木蟲魚、聲光化電的自然科學知識。這樣，作為雜文家的夏衍在進行文明批評和社會批評時，就能廣泛運用自然科學的知識取得意想不到的效果。像〈樂水〉、〈老鼠·蝨子與歷史〉、〈從杜鵑想起隋那〉、〈從「遊走」到「大嚼」〉、〈超負荷論〉、〈光和熱是怎樣發出來的〉、〈論肚子問題〉等，就是這樣的名篇。

夏衍有些雜文是通過對象徵性事物的描寫來抒情和說理的，這類雜文形神兼備，清新蘊藉。象徵手法在文學創作中是常見的，它在於作家運用這種手法時抒寫有特徵性意象，能從具體導向概括，能把讀者的思考和想像引向廣闊、豐富和深刻。〈舊家的火葬〉寫作者抗日戰爭中自己老家的高大祖屋，因為被他的「不肖」侄兒租給敵偽政權，被浙東游擊隊一把火燒掉，對此作者毫不惋惜，而感到「痛快」。文章對這座可住「五百人」的龐大老屋有很具體的實寫，但無疑的這個「舊家」的老屋又是個帶象徵性的意象，它是封建士大夫家庭的象徵，也是「象徵著我意識底層之潛在力量的東西」，同時還是「不肖」的侄輩作孽的可恥標記。這樣的「舊家」被那愛國的、革命的烈焰一舉「火葬」，作者無比興奮。他寫道：「我感到痛快，我感到一種擺脫了牽制一般歡欣。」這寫出了一個真正的革命者埋葬舊世界、舊思想的赤誠胸懷，寫出了一個真正愛國者埋葬漢奸行為的凜然大義。自然，〈舊家的火葬〉啟示人們思考和聯想的東西比這些還要豐富深遠。〈野草〉更是一篇難得的佳作，它完全可以看作一篇意象貼切巧妙、含蘊豐富的散文詩。用「野草」來象徵「抗戰」中的中國人民，確是清新雋妙，詩趣盎然。〈論「晚娘」作風〉、〈宿草頌〉都是同類之作。

一般地說，夏衍那些雜文佳作，不喋喋不休說道理，不任感情氾濫，在說理和抒情上都是有節制的，具有一定的「數」和「度」，從淡化中求強化，造成一種委婉親切、恬淡蘊藉的特有風格。但那寫得尖銳悍潑、激情奔放的《蝸樓隨筆》則是另一種風格。夏衍是個多產的雜文作家，他的雜文的思想和藝術水準是不平衡的，有名篇佳作，也有理勝於情、質勝於文的應景平庸之作，這是不足怪的。

第三節　宋雲彬、孟超、秦似的雜文

一　宋雲彬

宋雲彬（1897-1979），浙江海寧人，語文和歷史學家，雜文家。筆名宋佩韋。三十年代曾任《浙江日報》和開明書店編輯，主編過《中學生》雜誌。抗戰初期到武漢，後到桂林任職於文化供應社和桂林師院，參與編輯《野草》雜誌。抗戰勝利後到重慶主編民盟刊物

《民主生活》。一九四三年赴香港達德學院任教。一九四九年到北京參加教科書編審工作，一九五二年回浙江任省文聯主席，省文史館館長。一九五八年到中華書店任職，參與過《二十四史》校點。他在二十年代和「左聯」時期寫過一些雜文，但他雜文的創作的全盛期是在抗日戰爭和解放戰爭時期。這時期，他出過的雜文集有：《破戒草》和《骨鯁集》。

宋雲彬在〈我怎樣寫起雜文來——代《骨鯁集》序〉中，回顧了他寫作雜文的因由和過程。他是從愛讀魯迅的雜文到學寫雜文的。他在〈談「魯迅風」〉一文中，評論當時上海關於「魯迅風」的雜文的爭論時，對「魯迅風」雜文持肯定的態度，他說：

> 我們不必盛氣爭辯，也不必放言高論，只要問：現在的抗戰營壘裡面，有沒有如魯迅所說的「有背於中國人現在為人的道德」匪類隱藏著？許多擺在眼前的挑撥離間、破壞團結的行為言論，是否應該熟視無睹，而不加以指摘或抨擊？許多落後的反動的思想和言論，是否應該任其發展，而不加以揭露和糾正？只要承認一個「有」或「否」，那麼像魯迅那樣辛辣的筆調的諷刺的文章，在目前還需要的，而且還是很需要的。……

足見他是自覺寫作魯迅風戰鬥雜文的。宋雲彬的雜文深受魯迅的影響，但在取材角度、議論方式和文字表達上都有自己的獨創風格。

宋雲彬是語文和歷史學者，有較淵博的歷史和文學知識。他的雜文和「左聯」時期的陳子展、阿英、曹聚仁的某些雜文一樣，有較強的知識性和學術性，常從古代的歷史典籍、筆記小說中取材，即便是那些直接批評現實的雜文，他也常常引用史料。在那些取材於古籍的雜文中，作家議論的展開也有自己的特點，他或者把現實的褒貶寓於對歷史和文學人物、寓於對歷史和文學掌故的評論之中，他或者以今論古，或者援古證今。在他的雜文中，歷史和現實總是相聯繫、相貫通、相生發、相印證、相映照的，作家的思想就在這種古今的相聯繫和相映照中，獲得了豐滿的血肉和邏輯力量。

〈人間史話（一）〉中的〈殺人方法種種〉、〈汪有典的《史外》——讀書雜記之一〉、〈章太炎與魯迅〉、〈從章太炎談到劉申叔〉等雜文，作者引徵史乘，考證古代的殺人方法，介紹汪有典的《史外》一書所記述的明代的「廷杖」和東林黨人、蘇州義民反對魏閹的鬥爭事蹟，評論歷史人物章太炎和魯迅師弟之間的異同，評論辛亥革命前夕堅強不屈的章太炎和出賣戰友、投靠清廷江督端方的劉申叔，作者借評論歷史來諷諭現實。像〈從「怪異文字」說開去〉、〈替陶淵明說話〉、〈雜談六則〉、〈溫故知新——民初宋教仁被刺案〉等雜文，則從古今的聯繫和映照中展開議論。〈從「怪異文字」說開去〉是反駁當時一些以維護漢字的「獨特」和「尊嚴」為藉口來反對漢字改革的那些人，作者縱談漢字變化和進步的歷史，說明隨著社會的發展，文字也不斷在變化，文字從少變多，從繁難到簡易，他申述漢字必須改革的觀點，建立在歷史和邏輯結合的基礎上，顯得有說服力。三十年代，有人把消極避世、寫作閒適趣味小品的周作人譽為現代的「陶淵明」。為了反駁這一觀點，宋雲彬撰寫了〈替陶淵明說話〉一文，引用大量材料說明陶淵明不僅有靜穆恬適一面，更有「金剛怒目」的一面，劉裕篡晉之後，其詩文創作不用劉宋年號紀年，表現了他不媚俗阿世的高風亮節；而周作人在三十年代只是消極避世，一味閒適，把這時的周作人稱為活的陶潛已是比喻不倫，在周氏屈膝投敵之後，這種比擬更是一種諷刺。這篇雜文在古今人物的對照、比較之中，把知識分子在國家和民族處於危難時刻應該堅持大義和氣節的思想豐富和深化了。〈溫故知新〉先詳寫民初袁世凱導演的刺殺革命黨人宋教仁一案，以後略寫國民黨當局在昆明製造的暗殺李公樸、聞一多等案，作者不加評論，只讓人們從歷史的聯繫、歷史的重演中，去探尋歷史的奧祕。

宋雲彬的雜文，有自己獨特的表達方式。他用筆謹飭，樸實平易，他不管是援古證今，或是以今論古，常常以此例彼，不加點破，把聯想和思考的空間留給讀者。他的雜文筆底藏鋒，寓熱於冷，在那絮絮的引證、平靜的評說之中，寄託著深沉的憤慨。聶紺弩論他的雜文是：「常常是用心平和、不動聲色、輕描淡寫，有的甚至是與世無涉的外衣裹著，裡面卻是火與刺。」確是的論。

二　孟超

孟超（1902-1976），山東諸城縣人。雜文家、劇作家。原名憲君，又名公韜，字勵吾，筆名東方迪吉、林青、林然、迦陵等。中共黨員。一九二六年畢業於上海大學中文系，同年與蔣光慈、阿英等組建太陽社，創辦春野書店及《太陽月刊》，參加左聯。抗戰時期任桂林、昆明文協理事，桂林師院、重慶西南學院教授。一九四七年到香港，任《大公報》、《新民報》文藝副刊編輯。一九四九年後任華北人民政府教科書編委會委員，人民美術出版社創作室主任。他這一時期結集出版的雜文有《長夜集》和《未偃草》。此後他仍寫了不少雜文，但未結集。孟超也是文藝戰線上的多面手。他能詩，會寫戲曲，出過兩部歷史小說集：《骷髏集》和《懷沙集》，寫得一手漂亮的散文。他熟讀史籍，特別是對中國的古典小說和戲曲有頗多的會心和研究，時有獨特的精闢見解。作家的這一智慧結構特點，在他的雜文創作上，打下了深深的烙印。

孟超深愛雜文，勤勉寫作雜文，並對雜文創作有自己的見解，在《未偃草》〈題記〉中說：

> 自己是以愛小草的心情，愛著雜文；但臨到自己筆底下寫起雜文來的時候，就不免雜草蓬生，毫無條理了，有許多朋友很有

> 情的忠告我，以為蔓藤似的常常不知道牽扯到那裡去了，有時且不免過分一些，自己也愚蠢以為別人的雜文，真還有什麼章法，或者秘訣，便上窮碧落下黃泉的搜索了一番，結果，反而更使自己笑起自己是加倍的愚蠢來了，也許有人孤芳自賞的玩他那所謂雜文正宗，而我呢，還是把雜文比成小草，讓他野生好了，只求其能夠臨風不偃，就是自己滿意的地方。

在孟超看來，雜文是內容、體式、章法等都很「雜」的「臨風不偃」的野草。他所謂的「雜」，即指內容廣博豐富，體式、章法的「雜多」。他的雜文也多少體現這種特點。從內容說，他的雜文確是歷史和現實，社會和自然，海闊天空，無所不談；以體式論，有直接針砭現實的短評和雜感，如〈從米老鼠談起〉、〈周作人東渡〉、〈不寂寞戰場上一個不寂寞的靈魂〉、〈精神勞動者的憤慨〉等；有回憶性和抒情性的雜感的，如〈記吳檢齋（承仕）〉、〈愴慟的友情（紀念靈菲兄）〉；有抒情散文式的雜感，如〈一年容易又秋風〉、〈秋的感懷〉等等；有類似自然科學小品和動物寓言小品的雜感的，如〈漁獵故事（一、鷺，二、熊與虎，三、雁）〉、〈雞鴨二題（弔湯雞，肥鴨與瘦鴨）〉等；數量最大、寫得最有特色的有歷史評論和文藝評論性的雜文，如〈略談宋代的「奸臣」與「叛臣」〉、〈歷史的窗紙〉、〈談京戲《珠簾寨》〉、〈焦大與屈原〉、〈關於陳圓圓〉、〈談「阿金」相〉、〈從梁山泊的結局談到水滸後傳的作意〉、〈孫行者的際遇〉、〈花襲人的身分〉、〈從依樣畫葫蘆到三分歸一統〉等。

孟超善寫史論和文論式的雜文，在取材上和宋雲彬有相近之處，但在議論和表達上，宋雲彬較多引徵史乘，進行較詳的考證，寫得矜持節制，把自己的傾向融在史料辨析和考證之中，不多發表議論；孟超也徵引文獻材料，但他更注重對文獻材料的剖析，並在此基礎上形成自己的見解，發揮自己的見解。他的雜文借題發揮，議論縱橫，盡情揮灑，興會淋漓。一個節制矜持，追求含蓄的意蘊，一個逞才使氣，盡情發揮自己的見解，表現了完全不同的風格。

孟超在《骷髏集》〈序〉和《懷沙二集》〈序〉中，反覆說明歷史本身就包含有現實意義，因而，歷史題材可用來諷諭現實。他同意梁任公的說法，研究是以「求得真事實，予以新意義，予以新價值，作為目的」。孟超擅長寫歷史小說，也愛寫史論性的雜文。其〈從戰國時代的社會背景說到縱橫術〉、〈略談宋代的「奸臣」與「叛臣」〉和〈歷史的窗紙〉等就是史論性雜文的代表。〈歷史的窗紙〉從一個大學的歷史試題談起。試題是：「東晉元帝，南宋高宗，明末福王，均偏安江左。何以東晉南宋多歷年所，而福王享國獨淺，試言其故？」在抗日戰爭時期，出這樣的試題顯然是荒唐的。它不是引導學生去總結東晉等三朝亡國的教訓，反而引導他們去比較如何才能「偏安」得更好，這無疑是給歷史蒙上一層「窗紙」。難怪學生答案五花八門。作者的朋友竟由此慨歎中學畢業生「對歷史的認識不夠」。作者在對那些答案的逐一剖析中展開自己的議論，最後指出史學界的某些人故意給歷史蒙上窗紙，讓人看不到真理，「這樣，對於歷史的短見除了幾十個中學生之外還多哩」。這篇雜文從剖析一個具體的典型事例入手，導向研究歷史的一般方法，構思新穎，議論深透。孟超那些論中國著名古典小說的文論性雜文，議論風生，屢見新意。〈梁山泊與知識分子〉、〈從梁山泊的結局談水滸後傳的作意〉是論《水滸》和《水滸後傳》的；〈從依樣畫葫蘆到三分歸一統〉是論《三國演義》的；〈孫行者的際遇〉是論《西遊記》的；〈焦大與屈原〉、〈《紅樓夢》裡的小紅〉、〈襲人的身分〉是論《紅樓夢》的。這些雜文，從容舒卷，任意揮灑，於繪聲繪影中發揮自己的精闢見解。它們沒有一般學術論文那種理論架勢和學究氣，卻有著鞭辟入裡的真知灼見。例如〈行者的際遇〉指出《西遊記》中的孫悟空在鬧天宮前後的不同際遇和不同性格。當他是齊天大聖時是何等生機勃勃，皈依佛法後的孫行者竟一蹶不振，鬥許多妖魔不過，而得正果後的孫悟空雖然號稱「戰鬥勝佛」，但已是心如死水，毫無生氣；〈從梁山泊的結果談水滸後傳的作意〉分析比較了施耐庵的一百二十回本《水滸》、金聖歎腰斬的七十回本《水滸》、俞仲華的《蕩寇志》、陳忱的《水滸後傳》寫李俊一班梁山好漢在海外創業，在牡丹灘救駕，是忠於宋室王朝，反對金人入侵，憎惡蔡京之類朝中奸臣的，是符合施耐庵原意和人民心理的，還指出李俊等豪傑，是臺灣島上堅持「反清復明」孤軍作戰的「鄭成功的影身」。因此，《水滸後傳》不僅僅是「洩憤之書」。類似創見在孟超這類雜文中並不少見，它們確是難得的佳作。

三　秦似

秦似（1917-1986），原名王緝和。作家、語言學家。廣西博白人。一九四〇年在桂林參與編輯《野草》月刊，後任香港《文匯報》副刊編輯，《野草》叢刊主編。建國後任廣西省戲曲改革委員會主任，廣西文聯副主席，廣西省文化局副局長。他在這時期出版的雜文集有《感覺的音響》、《時戀集》、《在崗位上》等。秦似在三十年代主要從事詩歌創作，一九三九年系統地讀了《魯迅全集》，深為魯迅的雜文所吸引，開始雜文創作。他把雜文投給夏衍主編的桂林《救亡日報》，從此與夏衍相識，並向他建議創辦一個形式活潑、專刊短小雜文的雜誌。此後，秦似便成了《野草》的五人編輯之一，具體負責《野草》的編務，對《野草》的編輯、出版、發行起了重要作用。

秦似同《野草》社中的夏衍、聶紺弩、宋雲彬、孟超等前輩作家相比，是個血氣方剛的青年。他的雜文尖銳潑辣，鋒芒畢露，熱情奔放，明快流暢。尤其是那些同「戰國策」派論爭的雜文和「婦女問題討論」中的論戰性的雜文，更顯得犀利潑辣，虎虎有生氣；他的雜文體式多樣，包括各種形式的短評、雜感和札記，發刊詞、編後記式的雜文，抒情、記敘散文式的雜文，散文詩式的雜文，以及諷刺式的雜文。他較有特色的雜文，是刊在《野草》上的〈斬棘集〉、〈剪燈碎語〉、〈吻潮微語〉、〈芝花小集〉和刊在香港的《文匯報》副刊「彩色版」上的〈豐年小集〉，這類兩三百字，直接抨擊弊政和陋習的匕首式短評構成秦似雜文創作的主要部分。秦似的雜文，沒有夏衍的簡潔雋永，聶紺弩的汪洋恣肆，宋雲彬的嚴謹博識，孟超的俊逸灑脫，顯得熱情有餘而涵蘊不足，但也自有其蓬勃的朝氣。

同《野草》社較深關係的雜文作家，還有林林（〈崇高的憂鬱〉）、何家槐（〈冒煙集〉）、歐陽凡海（〈長年短輯〉）、秦牧（〈秦牧雜文〉）。他們的影響不如夏衍、聶紺弩等大家，但也有自己的風格。

第二十一章
雜文大家聶紺弩

聶紺弩（1903-1986），筆名有耳耶、二鴉、蕭今度等。湖北京山人。一九二四年入黃埔軍校，一九二五年進莫斯科中山大學學習。一九二七年回國，曾任中央通訊社副主任。一九三二年參加左聯，一九三四年編輯《中華日報》副刊「動向」。一九三八年到延安，不久到新四軍編輯《抗敵》雜誌。一九四〇年參加《野草》編輯部。一九四五年至一九四六年任重慶《商務日報》和《新民報》副刊編輯。建國後，任香港《文匯報》總主筆，人民文學出版社副總編輯兼古典文學部主任。一九五七年被錯劃為右派，十年文革中，被打成現行反革命，受盡迫害。雜文集有《關於知識分子》（1938）、《歷史的奧祕》（1941）、《蛇與塔》（1941）、《血書》（1949）、《二鴉雜文》（1950）、《寸磔紙老虎》（1951）、《聶紺弩雜文選》（1956）、《聶紺弩雜文集》（1981）。另有《中國古典小說論集》、《聶紺弩詩全編》。

聶紺弩是中國現代雜文史上繼魯迅、瞿秋白之後，在雜文創作上成績卓著、影響很大的戰鬥雜文大家。在抗日戰爭時期、解放戰爭時期和新中國成立初期，他以耳耶、蕭今度、邁斯、悍膂、淡臺、滅暗等為筆名，以飽滿的革命熱情，創作了大量的戰鬥雜文。

對於聶紺弩的戰鬥雜文，人們早就給予很高的評價。一九四七年林默涵在評論聶紺弩的雜文〈往星中〉時說：「紺弩先生是我向所敬愛的作家，他的許多雜文，都是有力的響箭，常常射中了敵人的鼻樑。」[1]中國現代文學史專著也都指出了聶紺弩在雜文創作上的成就。

1　〈天上與人間〉，刊於《野草》新四號。

一九八二年胡喬木在為聶紺弩的舊體詩集《散宜生詩》寫的〈序〉中說：「紺弩同志是當代不可多得的雜文家，這有他的《聶紺弩雜文集》（三聯書店出版）為證。」[2]夏衍在一次座談會上回顧他的雜文創作歷程時說，他寫雜文「先是學魯迅，後來是學紺弩，紺弩的『魯迅筆法』幾乎可以亂真，至今我案頭還擺著一本他的雜文。」[3]但是，對於這樣的戰鬥雜文大家，「人們對他還缺乏研究」[4]。

這裡，我們想較全面地考察聶紺弩的雜文創作歷程，他的雜文創作的思想藝術風格的主要特點，以及他在中國現代雜文史上的地位。

第一節　雜文創作的演變和發展

中國現代文學史上有一個中國古典文學史和外國文學史上所沒有的突出現象，即文藝性的雜文特別滋榮發達，而魯迅所開創的人們稱為「魯迅風」的革命現實主義戰鬥雜文則為其主流。我們這裡所說的「魯迅風」戰鬥雜文，是較之風格、流派等廣泛得多的概念，也是個處於流動和發展狀態中的概念。總的來說，其基本特徵是以廣泛的社會批評和文明批評為內容，以諷刺、幽默為筆調，以形象化的說理為主要表達方式的。要考察聶紺弩雜文創作歷程及其思想藝術特徵，要考察聶紺弩在中國現代雜文史上的地位，首先必須搞清楚聶紺弩對「魯迅風」戰鬥雜文的學習、師承和發展關係。

聶紺弩是個具有多方面文學才能的作家，但以雜文的成就和影響為最大。他在《歷史的奧祕》的〈題記〉中就有這樣的自述：「我寫的文章實在太雜，幾乎沒有一種文章沒有寫過。雖然寫過各種各樣的

2　《人民日報》1982年8月16日。

3　〈雜文復興首先要學魯迅〉，刊於《新觀察》，1982年第24期。

4　張大明：〈雜文還活著——聶紺弩的雜文值得一讀〉，刊於《讀書》，1982年第10期。

文章，卻沒有一種文章寫得好，只有這雜文，有時還聽到拉稿的朋友的當面恭維，……寫雜文也許正是我的看家本領……」他的雜文創作可分為三個時期：左聯時期；抗日戰爭時期；解放戰爭和解放初期。

左聯時期，是魯迅率領一大批革命和進步的作家，以《申報》副刊「自由談」和《太白》等刊物為陣地，以雜文為武器作集團作戰的時代。這時寫作「魯迅風」戰鬥雜文的不止魯迅一個人，而是一大批人，聶紺弩就是其中的一個。這時的聶紺弩，積極參加左翼文藝運動，他同魯迅有較多的交往，結下較深的戰鬥友誼。他和葉紫編輯《中華日報》副刊「動向」，其特色是「多雜文，短小精悍，犀利潑辣，沒有風花雪月、卿卿我我」。一九三五年初，他又與魯迅等合編《海燕》，寫了為數不少的雜文，結集為《瘸子的散步》，但毀於「八一三」戰火，未能問世。綜觀這時聶紺弩的雜文，確是屬於「魯迅風」戰鬥雜文系統的，但尚未形成鮮明獨立的思想藝術風格，影響也不很大。

聶紺弩是衷心愛戴魯迅的，他在當時關於雜文的論爭中，批駁一切反對雜文創作和把雜文創作引向歧途的錯誤理論，堅決保衛「魯迅風」戰鬥雜文傳統。〈關於哀悼魯迅〉一文，表達了他對魯迅的深摯敬仰之情。〈談雜文〉和〈我對於小品文的意見〉，批評林希雋和韓侍桁反對雜文的論調，〈談《野叟曝言》〉和〈再談《野叟曝言》〉，批評林語堂關於小品文（主要是雜文）的理論，在批評中，聶紺弩反覆申述瞿秋白所概括的以魯迅為代表的戰鬥雜文創作主張。

這時聶紺弩的雜文創作已表現了注重社會批評和文明批評的創作傾向。上述幾篇關於雜文論爭的文章，〈創作口號和聯合問題〉和〈創作活動的路標〉等關於「兩個口號」論爭的文章，都是作者對當時文藝戰線鬥爭的反映；〈談《娜拉》〉和〈阮玲玉的短見〉，表明作者對婦女問題的關注。即便是像〈論封神榜〉這樣的古典小說評論，作者也把對古典小說的研究同社會批評和文明批評統一起來。

這時的聶紺弩雜文創作，已初步顯露了他敏於分析、善於說理的思辨才能。聶紺弩也像魯迅一樣，善於敏銳捕捉論敵言行不一之點，論調自相矛盾之處，當他一旦抓住這些喜劇性矛盾之後，稍加推演點染，就把論敵置於荒謬可笑、無法自拔的境地。在〈談雜文〉中，聶紺弩揭露了切齒攻擊雜文的林希雋自已寫的竟也是他所不齒的雜文，揭露了林文認為雜文「毫無需要之處」，但又說「雜文之不脛而走，正是不足怪的事」之間自相矛盾、自打耳光的荒謬可笑。〈談《野叟曝言》〉和〈再談《野叟曝言》〉是很有特色的文章。作者不正面批評林語堂的抽象說教，而是從剖析那被林氏奉為「一九三四年中第一部愛讀的書」——《野叟曝言》入手，指出該書是「宣傳舊禮教，提倡封建道德」的舊小說，是一部「腐臭骯髒，無一是處」的書，指出該書同林語堂鼓吹的反對「方巾氣」[5]，鼓吹的「性靈」和「白中之文」，是貌似對立，實則統一的，取得了既批判了《野叟曝言》，也揭露林氏小品文理論的實質的效果，一箭雙雕。〈論封神榜〉，不同於一般學究氣濃重的學術論文，作者「居今論古」，以古喻今，「推己及人」，知人論世，在談笑風生的議論中有發人深省的卓見。

但是在這時聶紺弩的雜文創作中，社會批評和文明批評的廣度不夠、深度不足，他的雜文文風不夠潑辣幽默，他雖也敏於分析、善於說理，但未能使邏輯思維和形象思維融合起來進行形象化的說理。

抗日戰爭時期，是聶紺弩雜文的獨特思想風格形成和發展時期，也是他師承發展「魯迅風」戰鬥雜文作了重要貢獻的時期。

一九三六年十月，魯迅逝世了，「魯迅風」的革命現實主義戰鬥雜文卻像長江大河那樣，滾滾滔滔，奔騰向前。一九三八年，王任叔在他主編的《申報》副刊「自由談」上發表了〈超越魯迅〉一文，提出：「以我們自己的力量，繼之以我們子孫的力量，而超越魯迅。」

5 林語堂所謂的「方巾氣」，既指理學家的「道學氣」，也諷刺左翼作家。

所謂「超越魯迅」，就是繼承和發展魯迅所開創的事業，因而魯迅逝世後的抗日戰爭時期，有兩個以繼承和發展「魯迅風」戰鬥雜文傳統為宗旨的雜文分支：一個是在上海孤島時期由巴人、唐弢、柯靈、周木齋等人形成的雜文分支，另一個是夏衍、聶紺弩、宋雲彬、孟超、秦似等以《救亡日報》、《野草》等為主要陣地的雜文分支。《野草》於一九四〇年創刊後，得到毛澤東和周恩來的關懷指導，在國內外有很大影響。聶紺弩是《野草》中最重要的雜文作家，也是該刊的一個編輯者。在這之前和之後，聶紺弩有著這樣值得一提的經歷：一九三八年初，他偕同蕭紅、蕭軍等赴山西臨汾薄一波主持的山西民族革命大學講學，旋即同丁玲經西安到延安，後又按照周恩來指示，到新四軍軍部，任新四軍文化委員會委員兼秘書，編輯軍部刊物《抗敵》的文藝部分。一九三九年任浙江省委刊物《文化戰士》主編。

一九四〇年在桂林參與編輯《野草》，並任《力報》副刊編輯。一九四五年至一九四六年，在重慶任《商務日報》和《新民報》副刊編輯。這種經歷是聶紺弩繼承和發展「魯迅風」戰鬥雜文的前提條件。

在這個時期，聶紺弩經常著文反擊一些人對魯迅的攻擊，著文闡釋魯迅的戰鬥精神。他以魯迅為師，經常從魯迅雜文、散文和小說中汲取雜文創作的靈感，從這位導師為他提供的起點往前邁進。左聯時期的《老子的全集》和這一時期的〈魯迅的偏狹與向培良的大度〉以及〈從沈從文筆下看魯迅〉，是批駁向培良和當時的沈從文對魯迅的攻擊的。〈魯迅——思想革命和民族革命的倡導者〉和〈略談魯迅先生的《野草》〉，是用抒情而又漂亮的文字寫成的，有一定思想深度的研究性雜文，其中有不少精闢見解至今仍能給人以啟發，這意味著聶紺弩對魯迅思想和魯迅雜文創作的學習和認識的深化。他這時寫的〈讀魯迅先生的〈二十四孝圖〉〉和〈怎樣做母親〉，是聶紺弩雜文創作中的名篇。〈讀魯迅先生的〈二十四孝圖〉〉，如題目所宣示的，是一篇讀後感性質的雜文。它不是魯迅回憶性散文《朝花夕拾》中的

〈二十四孝圖〉的重複，而是對它的發展。這篇以莊諧雜出的機智幽默筆調寫成的雜文，熔經鑄史，旁徵博引，有一定的知識密度，議論風生、辨析透闢，有相當的理論容量，在魯迅原作提供的基礎上，把封建孝道這一倫理觀念的虛偽性、荒謬性和反動性揭批得淋漓盡致，簡直可和魯迅原作相媲美。〈怎樣做母親〉，讓人想起魯迅的雜文名篇〈我們現在怎樣做父親〉，這顯然是受後者的啟發而寫的。聶文也是批評那受封建倫理觀念支配的親子關係，表達了要建立新式親子關係的思想，但寫法和魯迅的不同，它不是以議論形式來表達思想，而是採取在生動活潑的敘事中說理的表達方式，具有獨特的風姿。像〈蛇與塔〉也讓人想起魯迅的〈論雷峰塔的倒掉〉、〈再論雷峰塔的倒掉〉，它們是屬於同一類的作品。

和前期相比，這時聶紺弩的雜文創作是進行了廣泛而深刻的社會批評和文明批評的。聶紺弩曾這樣評價魯迅：「魯迅先生實在太廣大了，幾乎沒有什麼曾逃過他的眼與手，口與心。」我以為這也可用來評價這時的聶紺弩的雜文創作。這裡，有對反動官僚的貪汙腐化、投降賣國的諷刺和揭露，如〈失掉南京，得到無窮〉；有對反動統治者搞撒謊就是真理、強權就是真理的諷刺和揭露，如〈殘缺國〉、〈魔鬼的括弧〉；有對舊中國那些騎在人民頭上作威作福，過著吸血鬼和寄生蟲生活的大地主和買辦資產階級的諷刺和揭露，如〈闊人禮贊〉、〈我若為王〉；有對背叛祖國、投敵附逆的汪精衛、周佛海和周作人之流的諷刺和揭露，如〈歷史的奧祕〉、〈記周佛海〉；有諷刺和揭露封建法西斯文化專制主義的，如〈韓康的藥店〉；有揭批封建倫理觀念，闡釋青年運動和婦女解放問題的，如〈讀魯迅先生的〈二十四孝圖〉〉、〈倫理三見〉、《女權論辨》〈題記〉、〈婦女・家庭・政治》等；也有捍衛和宣傳魯迅戰鬥傳統的；還有表現人民在民族戰爭中的災難和歌頌其英雄氣概的，如〈父親〉、〈母親們〉、〈聖母〉、〈巨象〉等等。值得注意的是，這時聶紺弩的雜文創作，不僅歷史和現實的視野開闊了，而且思想也豐富深刻了。

從這個時期聶紺弩的雜文創作中，我們看到他的理論思維能力較前有很大的發展。無論是反駁謬說，還是正面闡發自己的卓見，他總是善於把對現實的深入解剖和廣闊歷史的透視巧妙地結合起來，善於引經據典、鎔鑄今古，把知識的密度和思想理論的容量結合起來，進行多側面和多層次的剖析和說理。他的說理總是豐富深刻而不乾巴淺露。我們也看到他的形象思維特別活躍，他在師承前人的基礎上創新，他的雜文藝術形式和格調也是多種多樣的，有不少成功的新創造，呈現出藝術風格的豐富性、多樣性和獨創性。除常見的以駁論和立論為主的常規雜文格式和寫法外，還有魯迅《故事新編》式的，如〈韓康的藥店〉、〈鬼谷子〉；有虛擬、幻想和寓言式的寫法的，如〈殘缺國〉、〈我若為王〉、〈兔先生的發言〉；有創造帶象徵性的美好形象的，如〈聖母〉、〈巨象〉；有類似魯迅說的「貶錮弊常取類型」的，如〈闊人禮贊〉、〈魔鬼的括弧〉，有像魯迅的《朝花夕拾》那樣，在回憶中融進抒情和議論的，如〈怎樣做母親〉、〈離人散記〉、〈懷《柚子》〉；也有對古典小說的「古為今用」、「推陳出新」的，如有關《封神演義》的一些雜文；也有以簡約、濃縮、跳躍的語句寫成的格言警句式的雜文……在這個時期聶紺弩的雜文創作中，作家的邏輯思維和形象思維水乳交融，筆意恣放，幽默潑辣，揮灑自如，多姿多彩。這都是雜文家思想藝術風格成熟的標誌。

解放戰爭時期和新中國成立初期，是聶紺弩雜文創作的第三期。這時期又分兩個階段，即抗戰勝利後至一九四八年三月去香港前的重慶階段，一九四八年三月受黨派遣赴香港至一九五一年應召赴京前的香港階段。這一時期是聶紺弩雜文創作又有新的很大發展時期。抗戰勝利後，聶紺弩在重慶編輯《客觀》副刊時，發表毛澤東的《沁園春・雪》，以及柳亞子、郭沫若等名家的唱和之作，並著文評贊注釋，又在《新民報》副刊上發表〈論拍馬〉一類諷刺和揭露的著名雜文。當局以武力迫使聶紺弩離開《新民報》，特務報紙《新華時報》又製造他的謠言，鑑於這種情況，黨派他赴香港。在重慶階段，聶紺弩的雜文創作同前一時期差不多，在香港階段，他的雜文的思想藝術風格就有很大的變化和發展。

由於上述因素，此時他在學習、師承和發展「魯迅風」雜文上，做出了很大貢獻。在香港和東南亞一帶，他是敵人望之生畏、所向披靡的著名戰鬥雜文大家。此時，他的雜文創作特點是：一、雜文中有新的革命「亮色」，有火山一樣的革命激情，有磅礴的革命氣勢。一九四八年，他在〈血書〉中說：「寫攻擊時弊文章的人，常常被人非難：不歌頌光明；他們回答：要有光明才能歌頌；現在有光明，這霞光萬道的通體光明，就是土改！」「歌頌這光明，擁護這光明，在這光明中為它而生，為它而死，是我們今天最光榮的任務！」所以，熱情洋溢地歌頌黨領導的中國人民解放戰爭的偉大勝利，歌頌中華人民共和國的成立，歌頌黨所領導的偉大的土改運動，是此時聶紺弩雜文的一個重要主題。二、自覺而廣泛地運用馬恩列和毛澤東的著述，是此時聶紺弩雜文的新特點，這保證了他的雜文的思想高度。〈血書〉引用黨中央關於土改的文件以及毛澤東和任弼時等的著述。〈一九四九，四，二一，夜〉，引用毛澤東和朱德對中國人民解放軍頒發的命令《將革命進行到底！》中的一段話，並獨具匠心地把它分詩行排列等，都是典型的例子。三、與上述作家對光明的禮贊和勝利的喜悅相適應，與作家火山爆發式的革命激情和磅礴氣勢相適應，這時聶紺弩的雜文總的說是汪洋恣肆、酣暢淋漓的，他常寫筆挾風雷、滾滾滔滔的長文，如〈血書〉、〈論萬里長城〉、〈傅斯年與階級鬥爭〉、〈論白華〉、〈自由主義的斤兩〉等，頗有一種高屋建瓴、勢如破竹的威力。

第二節　雜文藝術的師承和創造

如上所述，聶紺弩是在學習、師承和發展「魯迅風」雜文中形成和發展自己雜文的思想藝術風格的。如同雜文大師魯迅一樣，他的雜文風格也是統一性、豐富性、多樣性和獨創性的結晶體。從總的來看，在思想內容上，他的雜文有著強烈的時代感，所進行的批評是廣泛的、多方面的，有很強的戰鬥性和思想性；在藝術上，邏輯思維和形象思維相融合，敏於分析事物，善於形象說理，博學多識、機智詼諧，其藝術形式、感情色彩、表現手法和文風筆調等均能隨物賦形、富於創造。這些我們在考察作家雜文創作風格的形成和發展中，實際上都簡略提到了，限於篇幅，不可能一一詳加分析，這裡只能從思想和藝術上分別考察那居於統攝、支配地位的主要特徵。

聶紺弩是始終以社會批評家、社會改革家和社會理想家的戰鬥姿態進行雜文創作的。他的雜文創作，全面、忠實、深刻、生動地記錄和反映了中國社會從三十年代初至五十年代初的急劇變化以及人民大眾的掙扎和抗爭；他的雜文幾乎觸及了帝國主義、封建主義和官僚資本主義在中國的聯合反動統治及其反動腐朽的意識型態的種種罪惡和弊端。

在〈魯迅——思想革命與民族革命的倡導者〉一文中，聶紺弩揭露和控訴了封建主義和帝國主義的「吃人」的本質：

> 原來封建制度建築在農民剝削這一基石上，是最不把人當人的東西，從反映在政制上的君臣觀念看來，所謂「普天之下，莫非王土，率土之濱，莫非王臣」；所謂「君要臣死，臣不敢不死」；所謂「君者，發令者也，……民者，出粟米麻絲以事其上者也，民不出粟米麻絲以事其上則誅」！可見民，一向只有

> 兩條路：獻出辛勞的成果——「粟米麻絲」，或者被「誅」。然而獻出了粟米麻絲，果真就天下太平，萬事大吉了麼？並不，還要隨時準備脫褲子給那些聖君賢相派來的青天大老爺打屁股，隨時挨地主老爺紳士們的凌辱，……不然就給本族的或異族的有道明君或無道昏君像永樂、乾隆之流來殺戮！天才們給中國人民取了一個雅號：「蟻民」，就是說，人們的生命像螞蟻一樣不值錢；生命尚且不值錢，別的什麼自然更談不到……多麼長的日子喲，我們人民生活在這黑暗的世界裡！

聶紺弩進而指出：清末以來，「帝國主義者，不但自己常常聯合一氣，向中國進攻」，「並且和中國封建勢力勾結，裡應外合的殘害中國人民」。

在〈鄉下人的風趣〉裡，他痛斥當時的官（大官）「是以人血為酒，人肉為餚，靠吃人過日子」的「吃人生番」。在〈論拍馬〉裡，他諷刺官場中那些「諂上驕下」，靠「拍馬」往上爬的官僚時說：「如果你耳聞目睹一些官場現形記，就該明白：人怎樣變成非人！我的意思是說，人，只要想做官，在官場裡混，還要想盡辦法混得不錯，那就很容易變成非人，像上引的易牙乃至苟觀察[6]們一樣。」

《左傳》裡的吳公子季札曾說：「古之君子，明于禮義，而陋于知人心。」聶紺弩則從「人的覺醒」、「人的發展」、「人的實現」這一革命人道主義觀點出發，揭批封建的忠君、孝道和婦道等倫理觀念對「世道人心」的污染、扭曲和戕害。他在〈論蓮花化身〉中深刻批判陷於極端的封建孝道觀念，指出：「孝道觀念支配了中國人的生活幾千年；如果僅僅是兒女的純真自發行為，原也無可厚非，但不是這樣。大而言之，是封建帝王的統治工具；小而言之，是愚父愚母的片

---

6 指易牙為了巴結主子蒸子給他吃；苟觀察是《二十年目睹之怪現狀》中人物，為了巴結制臺大人，讓寡媳吃春藥，心癢難搔，答應嫁給他。

面要求。根本要義，不外犧牲他人，完成自己的特殊享受。推至其極，可以造成臥冰、埋兒、割股等血腥的慘事，是最戕賊人性，離析家人父子感情的東西。」批判封建婦道觀念、論述婦女解放問題，在聶紺弩雜文創作中佔最大比重。這是容易理解的。因為在舊社會，婦女，特別是勞動婦女受壓迫最深。傅利葉曾說，婦女的解放程度是衡量社會進步的尺規。歷來的社會改革家總是關注婦女問題的。聶紺弩是婦女的真摯同情者，是婦女解放的堅決鼓吹者。在〈論怕老婆〉裡，他這樣描述舊社會婦女「不是人」的地位：「女人不是人，在母家是女兒，嫁後是老婆，有了兒女是母親。舊說為三從，從父，從夫，從子。從，不是依從之從，倒徑是主從之從，從父、夫、子為主而已為從也。專說做老婆的階段吧，如前所說，經濟權操在老公手裡，住在老公家裡，姓老公的姓，生的兒子接老公的祭祀，她什麼都沒有，只有一點點可憐得幾乎是滑稽的地位，即她是老婆，也就是老公的性的對象。」婦女中最不幸的是娼妓。在論到舊社會的「娼妓制度」時，作者猛烈抨擊道：

> 娼妓制度是人類社會最大的汙點，是舊世界一切人壓迫人，人剝削人，人吃人制度的最醜惡、最不合理、最高度、最尖端、最集中的表現。是人類還處於野蠻狀態的標誌，是人類社會必須改進的標誌。……只有新中國，只有實行土改，沒收官僚資本，驅逐帝國主義，打倒特權階級的新中國才能真正徹底地廢除這幾千年沒有人能廢除的娼妓制度。(〈談鴇母〉)

一九八一年，聶紺弩在《題魯迅全集》的七律詩中有這麼兩句：「有字皆從人著想，無時不與戰為緣。」(見〈散宜生詩〉) 我以為這兩句詩也可用來概括聶紺弩雜文創作思想的主要特徵。

那麼聶紺弩的雜文創作在藝術上的主要特徵是什麼？

談到雜文，人們常會想起瞿秋白在《魯迅雜感選集》〈序言〉裡給雜文下過的定義，這就是：雜文是文藝性的社會論文。這個人們慣用已久的定義提示了雜文的文藝性、社會現實性和論說性。這三性基本上概括了雜文的基本方面，但無法窮盡魯迅雜文、瞿秋白自己的雜文、我們這裡所要論述的聶紺弩的雜文以及現代雜文史上一切雜文家雜文創作的所有特徵。事實上雜文不是一種單一的文體，而是一種帶有「雜」的綜合性質的文學形式，瞿秋白所說的文藝性的社會論文是其最主要的形式，但不是唯一的形式，除此之外，還有以記敘為主的雜文，以抒情為主的雜文，還有三者熔於一爐的雜文，但不論是哪一類雜文，雜文的最基本表達方式是形象化說理。這裡的說理同議論文的議論略有不同，它可以是以一般的邏輯推理的議論形式直接表現的，也可以是即事明理和融理於情的間接形式表現的。因此，形象化說理是雜文創作的最主要的藝術規律，是衡量雜文創作藝術的最主要的尺規。馮雪峰論魯迅雜文，說魯迅雜文是詩與政論的結合，朱自清說魯迅雜文充滿著理趣；在我看來，馮、朱二人說的都是指魯迅雜文的形象化說理藝術，意思是差不多的。我以為聶紺弩雜文創作藝術的主要特徵是他的雜文創作中充滿著一種啟發人、吸引人、感染人、征服人的理趣美。具體說，他的這種形象化說理的理趣美的藝術魅力，主要表現在說理的生動性、深刻性和多樣性，以及與此相適應的藝術形式的豐富性和潑辣幽默的文風上。

以邏輯推理的直接形式進行形象化說理，是聶紺弩雜文的基本形式，其中有正面立論為主的，有反駁論敵謬論為主的，而尤以後者為多數。正面立論的，又有對社會事件和問題的評述，如〈失掉南京，得到無窮〉是對南京淪陷的評述，〈阮玲玉的短見〉、〈賢妻良母論〉、〈母性與女權〉、〈沈崇的婚姻問題〉等都是就婦女問題立論的；有對歷史人物和所讀文學作品、政治文件以及傳說發表評論和感想的，如〈魯迅——思想革命和民族革命的倡導者〉是對魯迅思想和精神的研究，〈讀魯迅先生的〈二十四孝圖〉、〈略談魯迅先生的《野草》〉、〈血書——讀土改文件〉以及論《封神演義》、《水滸》和《紅樓夢》等是就所讀文學作品和政治文件發表感想，〈蛇與塔〉則對民間傳說作推陳出新的解釋等等。聶紺弩論《封神演義》的一組雜文說理生動而又深刻，他認為我國有幾部舊小說，如《水滸》、《紅樓夢》、《封神演義》等，「是咱們中國活的政治史」(〈從《擊壤歌》扯到《封神演義》〉)。從小說的神秘荒誕的霧障後，揭示出《封神演義》的叛逆思想，他說：「比《水滸》更進步的則有《封神演義》」，它「直接誨逆，叫人別在什麼水泊梁山替天行道：乾脆把整個江山奪過來！……誰敢說當今皇帝是『無道昏君』？《封神演義》上的比干商容罵了不知多少次；……誰敢說替皇帝出力報效的忠臣義士們是禽獸？《封神演義》卻只消一只『翻天印』就打出他們的原形來」(同上)。揭示出書中一些人物形象，如通天教主和申公豹等身上寄託的社會人生哲理，〈論通天教主〉、〈論申公豹〉、〈再論申公豹〉是五、六百字左右的短文，作者形象而精警的議論，有一種驚人的雕塑力和啟發力，可以說他在這些議論短文中幾乎是再創造了「畜牲」的祖師爺通天教主和倒行逆施的怪物申公豹的形象，同時又揭示和闡發了隱在這兩個形象上的社會人生哲理。

聶紺弩雜文最富理趣美的是那些駁論性的雜文。這裡，我們且以〈論怕老婆〉為例來賞析他這種雜文理趣美的藝術魅力。本文以反駁胡適的一個荒謬可笑的論點為引子，深刻表達了他對舊社會婦女不幸命運的同情和建立互相尊重的平等夫婦關係的理想。胡適的論點是：「一個國家，怕老婆的故事多，則容易民主；……中國怕老婆的故事特別多，故將來必能民主。」聶紺弩這篇反駁他的文章，全文分六節：一、問題的提起；二、怕老婆者怕老公之反常現象也；三、怕老婆不一定是真怕老婆；四、真怕老婆在老公是天公地道，在老婆是遇人不淑；五、怕老婆的故事未必多更未必好；六、結論。從題目和小標題看，本文同魯迅的雜文名篇〈論「費厄潑賴」應該緩行〉相彷彿。但作者也有自己的創造。胡適的觀點是荒唐可笑的。作者在第一節，一口氣擺出「堂堂學者」、「大學校長」胡適的許多奇談怪論，諸如什麼「學生應『多做夢』」論、「五四不是政治運動」論等等，再推出本文所要反駁的論點，暗示人們，胡博士的荒唐怪論要比「孤陋寡聞」的作者所了解的多得多。作者顯然對論敵充滿輕蔑和嘲弄之情，但又不直接予以駁斥，而是先以從容、婉曲、輕鬆、幽默的筆調，在二、三、四節中大談其對「怕老婆問題的看法」。他認為在婦女處於無權地位的社會，「滔滔者天下皆是」的是老婆怕老公，男子漢大丈夫奉行的是「唯女子與小人為難養」（孔子），「到女人那裡去，切莫忘記帶鞭子」（尼采）的「至理名言」。在這種社會裡，所謂的「怕老婆者」，是「怕老公的反常現象也」。接著作者又指出，被人們認為是「怕老婆」的，「不一定是真怕老婆」，是人們的誤解，是種假像，其情況有三：「第一，有以敬愛老婆為怕老婆者」；「第二，有以失掉眠花宿柳，偷情納寵的『自由』為怕老婆的」；「第三，有以不屑與老婆計較為怕老婆的」。再接著作者也承認在舊社會裡存在著個別的「真怕老婆」的人，這一般是：老公在肉體和精神上有嚴重缺陷，在德、才、貌上遠不如老婆的人；一切都仰賴老婆的「駙馬都尉」和其他的「豪門贅婿」；劣跡多為老婆知道，怕被張揚出去的貪官汙吏；要利用老婆「獻美人計，拉裙帶關係」的等等。

由上介紹可見，作者確是多側面、多層次地對「怕老婆問題」作了辯證而深入的論述。在論述中，作者又引用古今中外的大量歷史事實，對世態人情作深入細緻的解剖，他「含笑談真理」（賀拉斯語），行文詼諧風趣，機智幽默，因此這三節不僅說理透澈而且生動有趣，是全文最精彩之處。第五節指出胡適說的「怕老婆的故事」，未必「多」也未必「好」。嚴格說全文至此仍未對胡適的論點作直接有力的反駁，真正的反駁是在第六節簡短的「結論」部分。作者認為互相尊重的平等夫婦關係才叫民主；而怕老婆和怕老公都與民主無關。由此，他尖銳揭露和嘲笑胡適論點的荒謬和可笑，並在這位「堂堂學者，大學校長」的尊範上塗上了「胡說萬歲」的「白粉」。〈論怕老婆〉在聶紺弩駁論性雜文中是較特別的，它不像一般駁論文章緊扣論敵謬論展開全文，而只是把後者作為引子，而把主要篇幅用來論述他對「怕老婆問題的看法」，這同胡適論點的明顯荒唐和易於反駁有關，但更主要的是作者企圖糾正社會上大多數人在這問題上的偏見，並借此表達他對舊社會婦女不幸命運的同情和建立平等夫婦關係的理想，因而就有了本文這樣的結構。本文確有婉曲有致、耐人尋味的理趣美。

此外，如〈韓康的藥店〉是現代雜文史上獨具一格的名篇。在這篇用古白話筆調寫成的近似小說的雜文中，聶紺弩把漢代的韓康和《金瓶梅》中的西門慶擺在一塊。說的是，韓康有救人濟世之心，他藥店賣的藥貨真價實，門庭若市，生意興隆；惡霸西門慶也開藥店，但因賣假藥，門可羅雀，生意蕭條，他耍弄陰謀霸佔韓康藥店，但生意仍然不濟；西門慶不久暴卒，韓康藥店東山再起，門前人山人海。這篇雜文是影射和諷刺當局的。在第二次反共高潮中，查封了深受群眾歡迎的桂林生活書店，並在原地開設一家專賣「總裁言論」的「國際書店」，但生意冷落，無人問津。這篇雜文就是諷刺這一事件的，它沒有什麼議論，而是以小說故事形式，形象地說明了「閻王開飯店，鬼都不進門」的道理，是轟動一時的名文。〈闊人禮贊〉極度誇張又高度真實地描寫「闊人」的言行心理，全文絕大部分篇幅是描寫，只在文章結尾有這樣「卒章顯其志」的議論：「這世界就是這種闊人的世界；……這是幾千年封建制度的成果，世界上一天有這種闊人，就一天沒有民主。」〈殘缺國〉和〈我若為王〉則是幻想虛擬的寫法，後者虛擬自己如果「為王」，則妻子就是「王后」，兒女就是「太子」和「公主」，他的話將成為「聖旨」，他的任何欲念都將「實現」，他將沒有任何「過失」，一切人都將對他「鞠躬」「匐匍」，成為他的「奴才」，作為民國國民的他又為此感到孤寂、恥辱、悲哀，文章結尾來了個大轉折大飛躍：「我若為王，將終於不能為王，卻也真地為古今中外最大的王了。『萬歲，萬歲，萬萬歲！』我和全世界的真的人們一同三呼。」這虛擬性的奇思異想和戲劇性的突轉、發現，把對君主制度、帝王思想的揭露和否定巧妙地表達出來了。至如〈聖母〉和〈巨象〉則在抒情性、象徵性創造中，讚美勞動婦女，表示在民族革命戰爭中「小我」和「大我」融為一體的道理。還有如〈天亮了〉、〈夢〉、〈獨夫之最後〉是對話式的雜文等等。以上都不是以直接議論形式出現的，而是以非議論文形式出現的間接的形象化說理，也都有不同程度的理趣美，這些都是作者的藝術創造。

一九五六年，聶紺弩在《紺弩雜文選》序中表達了他希望能有新的人民當家做主的社會主義的戰鬥雜文出現。可惜即使在當時，他也已停止了雜文創作而搞古典文學的研究了。一九五八年後，他經歷了二十年的政治坎坷，備歷艱險辛酸，晚年以詩名世。著名學者鍾敬文在一首詩中說聶紺弩：「憐君地獄都遊遍，成就人間一鬼才。」

第二十二章
重慶雜文作家群

抗日戰爭時期和解放戰爭初期，重慶作為政治、文化中心，雜文創作也相當活躍。郭沫若、馮雪峰、胡風、田仲濟、廖沫沙等，在《新華日報》等革命和進步報刊發表雜文，而且有雜文集問世。他們的雜文，思想上和上海的《魯迅風》以及桂林的《野草》有著共同的戰鬥傾向，藝術風格上也卓然成家。

第一節　郭沫若的雜文

郭沫若（1892-1978），現代詩人、劇作家、歷史學家、考古學家、古文字學家、社會活動家。四川樂山人。原名郭開貞，筆名除郭沫若外，還有郭鼎堂、麥克昂、易坎人等。一九二一至一九二三年在日本留學，一九二一年與成仿吾、郁達夫等組建創造社，一九二六年參加北伐戰爭，一九二八年流亡日本，蘆溝橋事件後回國，參加抗戰。建國後任中國文聯主席、科學院院長，政務院副總理。作為一代文學大師，郭沫若的文學成就在詩歌和歷史劇的創作方面，但也寫了不少小說和散文。

郭沫若，在祖國奮起反對帝國主義侵略的時候，毅然拋婦別雛，奔向祖國，投身抗日戰爭和民主鬥爭的洪流。抗日戰爭時期和第三次國內革命戰爭時期，郭沫若非常重視政論、雜文的寫作，結集的有《羽書集》、《沸羹集》、《天地玄黃》，此外還有帶有論文性質的《今昔蒲劍集》。

在「革命文學」論戰中，郭沫若曾經錯誤地攻擊過魯迅。到了抗日戰爭時期，郭沫若已認識到魯迅的偉大，不時著文號召人們學習魯迅，繼承魯迅精神。

魯迅逝世四週年紀念時，郭沫若在〈寫在菜油燈下〉的名文中評價魯迅在文學史上的貢獻，超過了「文起八代之衰而道濟天下之溺」的韓愈，在文章最後，郭沫若以詩一樣的語言寫道：

> 魯迅在時，使一部分人「有所恃而不恐」，使另一部分人「有所憚而不為」，現在魯迅已離開我們四年了。
> 蛇虎呢？依然出沒。坎陷呢？依然縱橫。
> 剩給我們的是：加緊驅逐和填平的工作。
> 魯迅是奔流，是瀑布，是急湍，但將來總有魯迅的海。
> 魯迅是霜雪，是冰雹，是恒寒，但將來總有魯迅的春。

郭沫若在為紀念魯迅逝世十週年而作的〈魯迅和我們同在〉裡，說「七七」事變後是魯迅的精神把他呼喚回國，船快到上海的時候，他流著眼淚吐出的詩，就是用魯迅一首詩的原韻。他寫道：「我的的確確是可以證明我在回國的當時是有魯迅精神把我籠罩著的。」「魯迅精神永遠和我們同在！」郭沫若有很多關於學習魯迅精神和作品的講話和文章，可以看出，郭沫若的政論、雜文是沿著魯迅所開拓的道路前進的。

郭沫若於一九三八年七月到武漢，著手政治部第三廳的組建，十月退出武漢赴長沙，十一月參與長沙大火的善後工作，於十二月赴重慶。一九四〇年九月卸去第三廳廳長的職務，主持文化工作委員會的工作，直至該會被解散為止。他在重慶六年半中，「完全是生活在龐大的集中營裡」，「足不能出青木關一步」。他站在民主運動的前列，運用雜文這一形式進行不懈的鬥爭。

《羽書集》收抗戰前期的政論文，充溢著誓死抗戰的激情，如〈來他個「四面倭歌」〉，是在擴大宣傳週一個歌詠會上的致詞，採用詩的形式，富於極大的鼓動性。《沸羹集》主要是一九四一年至一九四五年間雜文的結集。《天地玄黃》收解放戰爭時期的雜文。《今昔蒲劍集》則是抗戰時期學術性論文和雜文的合集。如果簡略地分類，我們大致可以在這集子裡看到：見解精闢的史論，觀點鮮明的文論，大聲疾呼和象徵暗示的政論，以及抒情性的雜文作品，這些作品總的傾向是服務於現實鬥爭的。

根據黨的指示精神，郭沫若在重慶繼續進行先秦社會和諸子思想的系統研究，寫出了《青銅時代》、《十批判書》等重要論著。皖南事變後，他用自己最熟悉的歷史劇這一形式，揭露以內戰代抗戰，以投降代獨立，以黑暗代光明的妄想，這些著名史劇成為現代文學史上的珍品。他還用學術性論文與雜文相結合的形式，在〈今昔蒲劍集〉中反覆強調屈原愛祖國、愛人民、反奸佞的精神，抨擊法西斯的獨裁統治。在一些短小的雜文中，他常用史事作為引子，生發開去。如〈驢豬鹿馬〉，用東晉皇帝以驢為豬和趙高指鹿為馬的兩節故事，闡明前一種是無知，而後一種則是歪曲。人道主義者用科學的方法可以治療愚昧，法西斯主義者用科學的方法愈增其詭詐。最後作者畫龍點睛地指出：「法西斯細菌不絕滅，一切的科學都會成為殺人的利器了。」又如〈我更懂得莊子〉，在對話的形式中把「莊子為之斗斛以量之，則並與斗斛而竊之」等語，改作「為之和平以民主，則並與和平而竊之」等語，揭示反民主、反和平，偽裝和平、自由、民主的用心，並說明這是由於人民力量壯大之故。這種古為今用、意義翻新、形式短小的雜文，對讀者有很大的啟示作用。郭沫若充分發揮了他作為歷史家的特長，在雜文中得心應手地運用豐富史料，以多樣的形式同反動派進行了正面的和迂迴的鬥爭。

郭沫若是一位文學大師，文壇泰斗。他為建設人民本位的文藝而呼籲，對文學的動向，革命文藝的介紹，優秀作品的推薦，錯誤傾向的批評，篇幅甚豐，不遺餘力。這類文章以議論為主，因為作者有明確的文藝方向和寫作原則，加之寫作經驗十分豐富，所以行文通暢有力而富於創見。如〈人民的文藝〉、〈怎樣運用文學的語言〉等，無論是方向性的指導，或是對具體問題的論述，都極明晰、確切，也不乏幽默感。

抗戰期間，郭沫若所在的抗戰首府重慶，鬥爭十分尖銳，他最具戰鬥力的武器自然是政論。有一種是大聲疾呼的，如〈為革命的民權而呼籲〉、〈寫在雙十節〉等文章。〈寫在雙十節〉末段寫道：

> 「民主不好拿來囤積」，新故威爾基的這種話好像是在譏誚我們。不管它吧，我們不囤積也囤積了三十三年。——三十三個雙十，是二十倍的「十萬火急」了，在今天「民主」的銷場最暢的時候，我們何不也來他一個大量傾銷呢？

這是堂堂之陣，正正之旗，然而嬉笑怒罵，皆成文章，在嚴正中透出機智和趣味。

最典型的是那些簡短的政論性雜文，如〈囤與扒〉：

> 「民主的扒手」，這個新的詞兒很有意思。
>
> 「民主」而遭「扒手」，足見得「民主」也就和法幣、美金一樣，成為了什麼人夾袋裡的私有的東西。
>
> 「扒手」而扒「民主」，足見得「民主」也就和法幣美金一樣，應為每一個日常生活上所必需的東西。
>
> 把每一個人日常生活上所必需的東西拿來藏在自己的夾袋裡，這種民主囤積者無怪乎要遭「扒手」。
>
> 把每一個日常生活上所必需的東西從囤積者的夾袋裡扒了出

> 來，這種「民主的扒手」倒真真是民主的了。
>
> 還是贊成民主的囤積呢？還是贊成「民主的扒手」呢？

這篇短文具有嚴密的邏輯性，又富有論辯性，還運用了詩的重複、對稱、回環等手法，明白、曲折、有味，另外有一些用象徵進行諷刺的雜文，如〈羊〉、〈人所豢畜者〉等，有的是政治諷刺，有的是人生啟示，常見哲理性警句。郭沫若的這類雜文數量不多，可也富有新意。

還有一種抒情性雜文，懷念故人，留戀鄉土。如〈悼江村〉，作者寫他悼念的思路：「像銀幕上的廣告片，無色地，暗淡地，換著。」段落跳躍自由，感情深沉濃烈。又如〈重慶值得留戀〉，是對詛咒重慶作的反面文章。該死的崎嶇對身體鍛鍊有益；可惡的霧可在霧中看江山勝景；難堪的熱，但熱得乾脆，倒反是反市儈主義精神。重慶還有特別令人討厭的地方，那就是比老鼠更多的特種老鼠，可想到尚在重慶的戰友，重慶又更加值得留戀。文中對令人討厭的鄉土的眷戀，乃出於對人民和戰友的厚愛，加之以雜文的筆法，正反相成，增強了抒情的效果。

郭沫若的〈替胡適改詩〉堪稱現代雜文中的珍品，全文五百餘字，卻對胡適作了剔膚及髓的嘲諷，活畫出了胡博士的靈魂。原文如下：

> 胡適博士似乎好久沒有做詩了，最近在《文匯報》上看見他的一首近作：
>
> 偶有幾莖白髮，心情微近中年。
>
> 做了過河卒子，只能拚命向前。
>
> 這樣簡單的二十四個字，所表現的「心情」卻頗悲壯。
>
> 第一，博士今年五十六歲了，但他自己覺得還很年青，只是「微近中年」，並非徐娘半老。這在精神上顯示大有可用。

> 第二，乾脆承認做了黑棋一邊的「卒子」，或許有點不甘心而近於牢騷吧？但是卒子過河，可當小車，橫衝直撞，有進無退。看情形他似乎很想擒紅棋的老王了。
>
> 這樣可寶貴的「卒子」，下棋的人自然是應該寶貴使用的。即使下棋者過分外行，在旁邊抱膊子的軍師也一定會忠心耿耿地發令指使的。
>
> 因此，這卒的「命」斷乎不允許你那麼輕易「拼」掉。即使卒子想「拼」，主子也未必許「拼」。這正是這個「卒子」的聰明過人的地方，樂得悲壯一番，不免以進為退。雖然不那麼悲壯，但總要顯得老實一點——我想，倒不如把「拼」字索性改變「奉」字。

這篇短小精粹，「婉而多諷」的雜文小品像顯微鏡那樣透視了胡適的靈魂，特別是郭沫若把胡適原作的「拼命」改為「奉命」，確是堪稱一字傳神的誅心之論，實在妙不可言。

郭沫若的雜文名篇：〈「娜拉」的答案〉和《聞一多全集》〈序〉，最典型地反映了他作為思想家、學者、詩人和社會鬥士的綜合特徵。〈「娜拉」的答案〉是評論革命先烈、中國婦女解放運動的先驅秋瑾的。郭沫若綜論秋瑾烈士短暫的一生，她的光輝業績，她的革命浪漫激情和「縝密周到」的理智，批評了秋瑾最親密女友徐自華、吳芝瑛以及章太炎在《秋瑾集》〈序〉裡對秋瑾的不理解，他給了秋瑾以科學的歷史評價，郭沫若充滿崇敬之情，深刻指出：

> 脫離了玩偶家庭的娜拉，究竟該往何處去?求得應分的學識與技能以謀生活獨立，在社會總解放中爭取婦女自身的解放；在社會的總解放中擔負婦女應負的任務，為完成這些任務不惜以自己的生命作犧牲——這些便是正確的答案。

> 這答案，易卜生自己並不曾寫出的，但我們的秋瑾先烈是用自己的生命來替他寫出了。

郭沫若以學者、詩人和鬥士三位一體的身分，來為也是學者、詩人和鬥士三位一體的聞一多的遺著《聞一多全集》作序，是最合適不過的人選，《聞一多全集》出版時，為之作序的有郭沫若、吳晗和朱自清，其中最精彩的是郭序。郭沫若是懷著「無窮的隱痛」作序的。因而郭序在科學地歷史評價聞一多道德文章的文字中，燃燒著令人低迴詠歎、熱血沸騰的神聖的愛憎，他反覆吟誦「千古文章未盡才」這一名句：

> 「千古文章未盡才」，這是夏完淳哭他內兄錢漱廣的一句詩，這兩三個禮拜來老是在我的腦子裡和口角上盤旋著。聞一多先生大才未盡，實在是一件千古的恨事。他假如不遭暗害，對於民主運動不用說還可以作更大的努力，就在學問研究上也必然會有更大的貢獻。
>
> ……
>
> 「千古文章未盡才」，在今天我讀著聞一多全部遺著，在驚歎他的成績卓越之餘，仍不能不為中國人民，不能不為人民本位的中國文化的批判工作，懷著無窮的隱痛。「一個倒下去，千百萬人站起來！」在革命工作上我虔誠地希望能夠這樣，在為人民服務的學術工作上我也虔誠地希望能夠這樣。

一九四一年，在慶祝郭沫若五十壽辰和從事創作二十五週年大會上，周恩來發表了〈我要說的話〉的著名演講，他分析了作為鬥士、詩人和學者的郭沫若的特點是：「第一是豐富的革命熱情」，「第二是深邃的研究精神」，「第三是勇敢的戰鬥生活」，在比較了郭沫若和魯迅的「異」、「同」後，他深刻指出：「魯迅是新文化運動的導師，郭沫若便是新文化運動的主將。魯迅如果是將沒有路的路開闢出來的先鋒，郭沫若便是帶著大家一道前進的嚮導。」[1]郭沫若的雜文創作把魯迅開創的雜文戰鬥傳統繼承發展、發揚光大。郭沫若的雜文名篇有歷史家的博識，思想家的卓見，革命戰士的充沛激情，詩人的特別活躍的聯想和想像。他的這類雜文，總是高屋建瓴，視野開闊，氣魄宏大，酣暢淋漓，犀利曉暢，有「魯迅風」的風骨，也有屬於郭沫若自己的獨特的藝術風格。由於郭沫若在文化界的領導地位，他的博識、卓見和才華，使他的雜文產生了不可低估的影響。

第二節　馮雪峰的雜文

馮雪峰和胡風都是詩人、理論家和雜文家，他們同魯迅都有特別親密的關係，都是魯迅思想的研究者、宣傳者和捍衛者，都對拓展「魯迅風」現實主義雜文戰鬥傳統做出自己的貢獻。他們作為魯迅的忠誠的學生和戰友，既給他們贏來聲譽，也給他們帶來預想不到的不幸。

馮雪峰（1903-1976），文藝理論家、魯迅研究專家、詩人、作家。浙江義烏人。原名福壽，筆名畫室、洛揚、成文英、何丹仁、O.V、呂克玉等。早年就讀杭州浙江第一師範學校。一九二二年春與潘漠華、汪靜之、應修人結成湖畔詩社，一九二五年春至北京大學旁聽，多次聽過魯迅講課。一九二七年六月加入中國共產黨。一九二八年十二月開始與魯迅交往。馮雪峰曾參加左聯籌備工作，從一九三○年至一九三三年底，他是左翼文化戰線重要領導人之一。自一九三三年底，馮雪峰至江西中共蘇區，並參加紅軍的二萬五千里長征。一九三六年四月，以中共中央特派員身分到上海工作。抗戰全面爆發後回故鄉創作反映紅軍長征的小說。一九四一年二月，被當局逮捕，囚於江

1　周恩來：〈我要說的話〉，《新華日報》，1941年1月16日。

西上饒集中營。次年十一月出獄，至重慶從事統戰和文化工作。一九四六年二月至全國解放前夕，在上海從事統戰和文化工作。建國後，先後擔任中國文聯常委、中國作協副主席和黨組書記、人民文學出版社社長兼總編輯、《文藝報》主編等職。自一九五四年起，政治上迭受挫折，先被解除《文藝報》主編，繼因「胡風事件」株連受到批判，一九五七年被錯劃為「右派」。一九七九年四月，中共中央為他的錯案作出正式決定，恢復了他的黨籍和政治名譽。

馮雪峰的主要著作有：詩集《湖畔》（與潘漠華、應修人、汪靜之合著，1922），《春的歌集》（與潘漠華、應修人合著，1923），《真實的歌》（1943），《雪峰的詩》（1979）；雜文集《鄉風與市風》（1944），《有進無退》（1945），《跨的日子》（1946）；寓言集《今寓言》（1947），《雪峰寓言三百篇上卷》（1949），《雪峰寓言》（1952），《雪峰寓言續篇》（1981）；電影文學劇本《上饒集中營》（1951）；論文集《魯迅論及其他》（1941），《過來的時代》（1946），《論民主革命的文藝時代》（1946）；魯迅研究著作《魯迅和他少年時候的朋友》（1951），《回憶魯迅》（1952），《魯迅的文學道路》（1980）；文集有《雪峰文集》四卷本（1981-1985）。

一　馮雪峰的雜文觀

馮雪峰是雜文家，也是雜文理論家。他同瞿秋白一樣，他的雜文理論主張，也是借他對魯迅雜文的理論闡釋來表達的。

早在瞿秋白的《魯迅雜感選集》〈序言〉之前，馮雪峰就在〈諷刺文學與社會改革〉[2]一文中，論述了「偉大的諷刺作家」魯迅的雜文同社會改革的內在關係。「新月」派的梁實秋在《新月》一九三〇

2　馮雪峰：〈諷刺文學與社會改革〉，《萌芽月刊》第1卷第5期（1930年5月1日）。

年第八和第九期上著文攻擊和嘲笑魯迅雜文，他責怪魯迅雜文只是「東冷嘲，西熱罵，世間無一滿意事」，攻擊魯迅是只見黑暗不見光明的「蝙蝠」。馮雪峰批駁了梁實秋的觀點，他指出包括魯迅雜文在內的諷刺文學是在「新舊兩種社會理想互相衝突的時代產生的」，因而，包括魯迅雜文在內的諷刺文學，是直接否定和嘲諷舊的社會理想，來間接肯定和讚美新的社會理想，是破舊立新的，是寓肯定於否定之中的；因而，包括魯迅在內的諷刺作家，既是社會批評家，也是「社會改革家」和「理想家」；因而，他肯定了包括雜文在內的「諷刺文學」，「在社會改革上偉大的作用」。這裡，馮雪峰指出魯迅諷刺性雜文的破舊立新和否定中的肯定的特點，諷刺性的雜文家的魯迅既是社會批評家，又是社會改革家和理想家的論述，對於幫助人們理解魯迅雜文和雜文家的魯迅，以及理解一般的雜文和雜文家，都有深刻的啟發。

一九三六年七月，馮雪峰為《魯迅短篇小說集》捷克譯本的譯者、著名漢學家普實克撰寫〈關於魯迅在文學上的地位〉，對於魯迅雜文在中國文學史和世界文學史上的地位，給予極高評價。這篇短文是魯迅看過改過的。馮雪峰在其中這樣寫道：

> 在中國，魯迅作為一個藝術家是偉大的存在，在現在，中國還沒有一個作家能在藝術的地位上及得他的。但作為一個思想家及社會批評家的地位，在中國，在魯迅自己，都比藝術家的地位偉大得多。這是魯迅的特點，也說明瞭現代中國社會的特點。……他的十餘本雜感集和散文對於中國社會與文化，比十餘卷的長篇巨製也許更有價值，實際上更為眾人所重視。這就是現代中國，魯迅作為一個偉大的革命寫實主義作家的特點。他的雜感，將不僅在中國文學史和文苑裡為獨特的奇花，也為世界文學中少有的寶貴的奇花。

馮雪峰在本文的〈附記〉裡說，魯迅「同意對於他的雜感散文在思想意義之外又是很高的而且獨創的藝術作品的評價」。認定魯迅雜文是中國文學史和世界文學史上的奇葩，馮雪峰是第一個。類似的話，馮雪峰在〈魯迅與中國民族及文學上的魯迅主義〉、〈文藝與政論〉、〈魯迅和俄羅斯文學的關係及魯迅創作的獨立特色〉等文裡，一再重複強調。

對於魯迅的雜文藝術，馮雪峰也有精湛的論述，他這樣重複強調：

> 魯迅先生獨創了將詩和政論凝結在一起的「雜感」這尖銳的政論性的文藝形式。這是匕首，這是投槍，然而又是獨特形式的詩！這形式，是魯迅先生所獨創，是詩人和戰士的一致的產物。[3]
>
> 他（魯迅）的雜感是思想的，獨創的詩。[4]
>
> 魯迅在後期屬於小說、詩或劇本等部門的文學創作是很少的，但我們說的是他的特別輝煌的一種詩——他的批判的思想的散文，在藝術上也有如珍珠一般的政論，即他自己所說的雜文。……他（魯迅）不但是一個工農大眾的政論家和思想家，而且是世界文學史上比較少數的偉大散文家之一。魯迅在後期就以他的這政論性的藝術散文，登上了二十世紀世界革命文學的幾個高峰之一；這是現代世界無產階級革命文化之在中國的成果。[5]

馮雪峰從詩和政論的結合，說魯迅雜文是「思想的、獨創的詩」，是「特別輝煌的一種詩」，是「政論性的藝術散文」，自然較瞿秋白說魯

3　見〈魯迅與中國民族及文學上的魯迅主義〉。

4　見〈文藝與政論〉。

5　見〈魯迅和俄羅斯文學的關係及魯迅創作的獨立特色〉。

迅雜文是「文藝性論文」，是豐富和發展，對認識魯迅雜文的詩的特質，對引導一般雜文家在雜文創作中去追求詩的理趣和情趣，是有深刻啟發的。

瞿秋白在《魯迅雜感選集》〈序言〉裡，從急劇的社會階級鬥爭和思想鬥爭角度來闡釋魯迅雜文產生的時代根源，稱魯迅雜文是「戰鬥的阜利通」，馮雪峰在〈文藝與政論〉裡，則從「民眾的啟蒙的教育」的時代需要來闡釋魯迅雜文產生的時代根源，這也是有益的補充。他指出：

> 我們二十多年來文藝的主要的特徵，正是民眾的啟蒙的教育的特徵。我們的基本的態度，是將文藝作為改造社會，解放大眾之廣闊的武器。二十多年來，特別是近十年和抗戰以來，為民族革命服務，是差不多沒有一個主要作家是除外的。在這二十多年中，魯迅先生是我們文藝的實力和高峰，而且是我們全體的特徵——他的啟蒙主義的現實主義小說，尤其是他用「雜感」這藝術形式和社會批評及時事評論的結合，是我們戰鬥文藝的最高姿態與模範。

這就是說，魯迅雜文、現實主義雜文的根本特徵是「民眾的啟蒙的教育的特徵」，即以雜文對民眾進行科學、民主和革命的啟蒙宣傳教育，喚醒民眾，教育民眾，鼓舞民眾，讓他們從愚昧、麻木、忍從中解放出來，走向文明、覺醒和抗爭，組成浩浩蕩蕩的民族民主革命洪流。這就是說，魯迅雜文、現實主義雜文，是啟蒙的，也是戰鬥的。

馮雪峰的雜文觀，是借對魯迅雜文的理論闡釋來表達。這對理解魯迅雜文、馮雪峰自己雜文乃至一般雜文創作規律，都很有幫助。

二　《鄉風與市風》、《有進無退》和《跨的日子》

《鄉風與市風》收集作者一九四三年的雜文，先後寫於浙江的麗水、小順和四川的重慶。馮雪峰在〈戰鬥的自覺〉中說：「我們在進行反法西斯主義的目前戰鬥中，必須把戰線伸展到生活和思想的所有角度去。」作者從抗戰時期中國鄉村和城市中的社會風習、道德倫理和文化的變化發展中取材，以評論「鄉風」和「市風」為突破口，來剖析社會的本質和歷史動向，來探討民族革命戰爭中民族心理意識的改造、民族文化的發展和國家的新生等重大問題。以對社會風習的批評，來表現社會本質，是魯迅雜文的重大特點，馮雪峰《鄉風與市風》是師承和發展這一傳統的。《鄉風與市風》不僅繼承魯迅的傳統，也散發著新的時代氣息。這本雜文集不僅表現了人民在民族革命戰爭中從「老大」中國那裡繼承下來的沉重的因襲負擔，也著重指出了他們新的道德觀念在萌長，他們的革命力量在壯大。這本雜文集有鮮明的思辯色彩，不過作家的思辨精魂是棲息在充滿生活和鄉土氣息的現實材料的血肉之軀中的。

《鄉風與市風》中的〈還好主義〉、〈犧牲〉、〈犧牲〉（之二）、〈戰鬥的自覺〉、〈論鄉下女人的哭〉、〈善良的單純〉等主要是考察「鄉風」的，即考察「鄉風」的變化，分析抗日戰爭中農民的性格、道德觀念和文化心理的積極面和消極面。在〈還好主義〉裡，馮雪峰談到了中國農村裡的農民，遭受日寇的燒殺淫掠之後，並不悲觀絕望，總能頑強堅韌地生活下去，並以「總算還好」來自我安慰，這體現了農民的「現實的精神」，「韌性的戰鬥力」，但他又指出在農民的「總算還好」裡，「還有另一方面，另一種精神，那就是奴性的卑賤苟安，一種低級生活的滿足。這是久經戰鬥而又久被摧殘的民族所遺留下來的一種精神上的寶物。」馮雪峰由這種農民的「還好主義」出發，對中華民族的民族性格的矛盾對立的兩個方面作了深刻的概括和分析，指出：

> 民族的根深柢固的偉大戰鬥力，粘附著同樣根深柢固的不長進的根性，這種根性如果配合著強壓與奴化兼施的如敵偽的政策，那麼這要成為所謂「亡國滅族」的必然性之一了罷。但這裡也就有著政治和文化的戰鬥任務。

所謂「市風」主要是考察知識分子的精神風貌和文化心理。如〈靈魂〉、〈再談「靈魂」〉、〈談士節兼論周作人〉和〈簡論市儈主義〉等都是思想豐富、見解精闢、分析深刻的雜文名篇。〈再談「靈魂」〉對托爾斯泰的「靈魂」，特別是托爾斯泰的「良心」作了獨到而深刻的分析。馮雪峰認為托爾斯泰「是從消極方面表現出來的最強的一顆『良心』」，他的「良心」從「惡」裡跳出來而又和「惡」並存，同時又將「惡」抽象化和絕對化，他陷入了無法自拔的深刻矛盾。他指出所謂「惡」，乃是腐爛的不合理的虛偽的社會支配勢力的根源，托爾斯泰和許多人看不到「惡」的總體，只看到它的個別，又被它的偽善所蒙蔽，反抗這種「惡」不知道從「政治」上找出路，只到「道德」和「宗教」裡找「出路」，這就將「惡」抽象化了；同時又錯誤認為這種「惡」是「龐然強大的永遠的惡神，無法推翻似的，這又將『惡』絕對化了」。〈談士節兼論周作人〉是朱自清特別讚賞的雜文名篇。馮雪峰認為中國古代士大夫宣揚的「士節」固然不失為是一種高尚的節操，但歷史上這種「士節」的典型，不過只有伯夷、叔齊、嚴子陵、陶潛和改朝換代的少數忠臣烈士，這表現了歷史的空虛和悲哀。但是在抗日戰爭烽火中浴血奮戰英勇犧牲的軍民卻大大發揚了中華民族氣節，這是歷史的偉大勝利。而被人認為是中國的最後一位「處士」的周作人，卻背叛民族的大義，下水附敵，這無異於給中國傳統的「名節」論的嘲弄和打擊，馮雪峰深刻指出：

> 名節論者的迷惑，誠然是在於沒有明白：一個在我們時代還對人民的進步力量含有敵意的自以為強頑而徹底的虛無主義者，在緊要關頭，也往往不會強頑，不徹底，因為他除了自己的羽毛，就沒有什麼是他所愛惜的了。但我們也明白，我們是到了新的時代：歷史的悲哀和空虛將結束於偉大的叛逆，也將告終於這樣的空虛和悲哀也不可能了的時代。

《有進無退》收一九四四年至一九四五年七月作於重慶的長短不等的雜文二十五篇，其中多數是短小鋒利雋永的隨感錄，如〈娼妓的「必要」和嫖客的「理想」〉、〈「世風」與「陰德」〉、〈民主和「不是不民主」〉、〈比較〉、〈冤獄與事實〉等多為千字以內的精警短文。〈娼妓的「必要」和嫖客的「理想」〉的標題就很有諷刺意味。國民黨官方的〈市民與員警〉週刊上的文章竟說娼妓有存在的「必要」，「最理想的是這樣：娼妓可以存在，但必須嚴加管理，在管理中，尤其要注重健康的檢查。」馮雪峰抓住了該文的荒唐與可笑，辛辣嘲笑它典型地表達了嫖客的「理想」，而且「勝過一部十萬言的資本主義學者的娼妓改良論之類的大著作」。〈比較〉一文，不到五百字，但卻把「比較」的好處，「危險」，以及應該怎樣進行「比較」，說得精闢而透澈。作者一劈頭就說：「比較，的確是厲害的。這是一種燭照，一個暴露的好方法，無論什麼美醜、善惡、高低、甘苦……只要一比較，那差別便立即顯然了。」但他立即指出這也有「危險」，即陷入「奴才主義」的「比上不足，比下有餘」的「危險」，要麼顯出自己的「寒傖窘迫」而「自甘低下」，要麼「感到欣慰，得意起來」，所以「要使人不能從奴才主義的態度來應用這比較方法，就只有兩個辦法，一是只許和那更好更高的去比；一是將他放到最低最壞的地步去，使他舉目一望，再也不能找到更低更壞的來比了」。這裡，雜文的思想深度來自作者對民族心理弱點的熟悉和透視。同樣性質的雜文佳作還有〈冤獄與事實〉。這篇雜文是批評「包老爺判決種種冤獄的故事與戲文」的。馮雪峰說這類故事和戲文是為「統治者」和「老百姓」造出來的，「但無論為了統治者或為了老百姓的滿足，將真實的事件變成為傳奇性的故事，是非常必要的」。那是因為：

> 第一，必須將普遍地公然存在著的有權勢者欺凌弱小的日常事件，變成為稀有的、暗地裡進行的、曲折出奇的奇案。
>
> 第二，包公之類的角色，固然必須是萬分果斷，大無畏，連對皇帝都不怕的愛民者；即那欺凌百姓的作惡者也必須是權勢特別大的人，而不是到處如毛一般存在著的這樣壓迫者的階層。還有，冤獄大白之後，無論權勢怎樣大的人也都一定被處決，才能叫人痛快。
>
> 這樣，便將事實轉移為故事了，因為事實上，是任何時候都不是這樣的。但正如此，總能將老百姓從現實轉移到小說或戲文裡去洩憤，在幻想中去存希望了。

馮雪峰這類對民族心理弱點作深度透視的雜文，常有獨到精警之論，有發聾振聵的奇效，能把讀者從糊塗認識的泥淖，提升到很高的思想理論境界去觀察問題和思考問題。在《有進無退》裡，也有若干較長的篇什，如〈可悲的結交種種〉、〈論藝術力及其他〉和〈論友愛〉等等，都有馮氏文章特有的理論思想深度，但更像文藝評論和社會評論，而稍欠他自己常常強調的那種雜文中「詩」的素質。

《跨的日子》收集馮雪峰從一九四五年十一月至一九四六年七月在重慶和上海寫的雜文三十六篇，他在這時寫的一批雜文還收入建國後出版的《論文集》（第一卷）和《雪峰文集》（第三卷）《集外》

裡。關於這時的馮雪峰雜文創作，唐弢在〈追懷雪峰〉中有這樣的記述：

> 雪峰也是積極支持《筆會》[6]的人中間的一個，確切地說，還是最積極的一個。記不清從哪一期起，《筆會》為他闢了一個「大題小感」的專欄，隔不多久，他就寄來一段或者幾段富有理論深度的絮語式的雜感，先後有十五篇左右，大部分收入《跨的日子》。其中關於「中間派」和所謂「中立者」的四篇感想，以及為李公樸、聞一多慘案而執筆，迸射出深刻的思想火花的《暗殺》、《暗殺》（二），曾經重新收入於一九五二年九月出版的《論文集》第一卷。其他篇什，至少是當時許多人讚歎佩服的六篇連貫性的《銘記》，好像至今沒有收集過。繼「大題小感」後，《筆會》又陸續發表了雪峰以畫室署名十幾則作為時代風貌而記錄下來的寓言，還有從魯迅逝世十週年紀念日開始連載的二十幾段〈魯迅回憶錄〉。從《筆會》創刊到一九四七年五月隨著《文匯報》被禁而停刊，前後十個月時間，雪峰寫了五十幾段文字，這實際已經不是對編者個人的支持，而是自覺地負起時代的歷史重擔，在進行著艱鉅的鬥爭了。[7]

《文匯報》「筆會」給馮雪峰專闢一個「大題小感」欄目，馮雪峰稱他這時的雜文，是「從不擇取正式的政論題目」的「隨感的結集」[8]，因此可以說《跨的日子》等是沒有「正式的政論題目」的「隨感」式的政治短論式的雜文。馮雪峰這時雜文創作上的突出特點，是他的雜文對歷史經驗和階級（階層）心理作集中的剖析、透視

6　「筆會」是《文匯報》的文藝副刊，創刊於一九四六年七月一日，由唐弢主編。

7　唐弢：《唐弢文集》第4卷（北京市：社會科學文獻出版社，1995年）。

8　馮雪峰：〈序〉，《跨的日子》。

和概括。唐弢說的人們「讚歎佩服」的《銘記》（一至六）從六個方面對中國新民主主義革命的歷史經驗進行分析和概括。〈恐懼〉、〈殘酷或麻木〉、〈腐爛〉、〈自私〉、〈仇恨和毀滅〉、〈偽善的真面目〉、〈武力〉、〈帝王思想〉、〈論虐殺〉、〈屠殺〉、〈暗殺〉、〈暗殺〉（二）等，從眾多方面透視當時已經「腐爛」然而又在進行瘋狂垂死掙扎的國民黨統治者的複雜心理，〈自由主義者的考驗〉、〈「中立」者的苦惱之一——被「推」〉、〈「中立」者的苦惱之二——被「拉」〉、〈中間派〉、〈中間派〉（二）等，則在表現上述的「自由主義者」、「中立」者和「中間派」在解放戰爭中，他們與革命人民同國民黨之間的尷尬處境和窘迫苦惱心理，其他如〈日本的統治階級〉（一至三）之透視日本統治階級心理，〈法西主義的特性與中國的法西主義〉、〈法西主義與帝國主義〉等之剖析透視中外法西斯主義等，也都是從心理透視的層面做文章。這許多雜文都有獨特視角和一定的思想理論深度。

三　歷史和心理透視的思辯風采

朱自清在〈歷史在戰鬥中〉這樣評論馮雪峰的《鄉風與市風》：

> 雪峰先生最早在《湖畔》中以詩人與我們相見，後來給我們翻譯文學理論，現在是給我們新雜文了。《鄉風與市風》是雜文的新作風，是他的創作；這充分的展開了雜文的新機能，諷刺以外的批評機能，也就是展開了散文的新的機能。

為什麼馮雪峰的《鄉風與市風》是雜文的「新作風」、「新機能」的代表？朱自清作了歷史分析，他指出：

> 雜文從尖銳的諷刺個別的事件起手，逐漸放開尺度，嚴肅的討

論到人生的種種相，筆鋒所及越見深廣，影響也越見久遠了。《鄉風與市風》可以說正是這種新作風的代表。

這裡，朱自清指出了馮雪峰雜文創作在討論、分析、批評「人生的種種相」的「深廣」特點。但在這裡，朱自清似乎並未指出馮雪峰雜文創作為什麼在討論、分析、批評「人生的種種相」能有那種「深廣」的特點。照我們理解，這主要來自雜文家的歷史和心理透視和思辨才能。魯迅早在《窮人》〈小引〉裡，就讚賞俄國作家陀思妥耶夫斯創作上的「顯示著靈魂的深」的心理透視才能。魯迅的小說和雜文創作也有「顯示著靈魂的深」的突出特徵。馮雪峰繼承和發揚了這一優秀傳統，他在〈戰鬥的自覺〉裡提出「必須把戰線伸展到生活和思想的所有角落裡去」的主張，就是他重視歷史和心理透視的最好注腳。馮雪峰和周木齋的雜文都以思辨色彩著稱，但馮雪峰雜文不停留於僅僅是邏輯分析上的思辨，而是歷史和心理透視的邏輯思辨，因而就有著特有的「深廣」度。

馮雪峰在雜文創作中，重視議論和批評對象的言行和表現，更重視議論和批評對象的心理和靈魂，他在對議論和批評對象作心理和靈魂的剖析和透視，總不忘把他（它）們放到歷史中來分析和批評，這就保證了他這種歷史和心理透視的「深廣」度。在他的三本雜文集裡，有幾個經常出現的議論和批評的對象系別，如對農民和婦女的歷史和心理透視（如：《鄉風和市風》裡的〈還好主義〉、〈犧牲〉（一、二）、〈戰鬥的自覺〉、〈論鄉下女人的哭〉），對知識分子中的市儈主義和平庸主義的歷史和心理透視（如：《鄉風和市風》裡的〈簡論市儈主義〉，《有進無退》中的〈論平庸〉），對漢奸文人和漢奸政客的歷史和心理透視（如：《鄉風和市風》中的〈談士節兼論周作人〉，《有進無退》中的〈廢與黴〉），對抗戰時期的國民黨頑固派和解放戰爭時期的國民黨反動派的歷史和心理透視（如：《有進無退》中的〈頑固略解〉，《跨的日子》裡的〈恐懼〉、〈殘酷與麻木〉等眾多篇章）。

大約是由於現實的感觸和高爾基對市儈哲學批判的政論雜文的深遠影響，在抗日戰爭和解放戰爭時期，不少著名雜文家如王任叔、唐弢、柯靈等都在雜文裡批判過市儈哲學，但都沒有馮雪峰的〈簡論市儈主義〉「深廣」，這顯示了馮雪峰雜文那種歷史和心理透視思辨才能的優勢。〈簡論市儈主義〉共十三節，第一節對市儈主義作形象性和總結性的概括：

> 市儈和市儈主義，可以說是現在人類社會的「阿米巴」。市儈主義是軟體的，會變形的，善於鑽營的，無處不適合於他的生存。他有一個核心。包在軟體裡面，這就是利己主義，也就是無處不於他有利。這核心是永遠不會變，包在軟滑的體子裡，也永遠碾不碎。核心也是軟滑的，可是堅韌。

其他的十二節則分論市儈主義的種種表現特徵，市儈主義滋生繁殖和安身立命的社會歷史土壤，號召人們同市儈主義作堅決鬥爭。馮雪峰就以這種建立於歷史和心理透視之上的思辨才能，寫出這篇很有分量的討伐市儈主義的戰鬥檄文。

同周木齋的思辨性雜文相比較，馮雪峰的思辨性雜文是一種更高的形態。朱自清論馮雪峰的思辨性雜文的語言時說：

> 著者所用的語言，其實也只是常識的語言，但經過他的鑄造，便見的曲折，深透，而且親切。著者是個詩人，能夠經濟他的語言，所以差不多每句話都有分量；你讀的時候不容易跳過一句兩句，你引的時候也很難省掉一句兩句。文中偶用比喻，也新鮮活潑，見出詩人的本色來。

需要補充的是，作者有些雜文深入而不能淺出，語言有些艱澀。

第三節　胡風、廖沫沙、田仲濟的雜文

一　胡風

胡風（1902-1985），文藝理論批評家、詩人、翻譯家。原名張光人，筆名有胡風、谷非、高荒、張果等。湖北蘄春縣人。一九二五年讀高中時，受革命思潮影響，同年加入中國共產主義青年團。曾入北京大學預科和清華大學英文系學習。一九二九年秋，赴日本留學。一九三三年春，因在留日學生中組織抗日進步文化團體，被日本當局逮捕，驅逐出境。回上海後，參加左翼文藝運動，曾任「左聯」宣傳部長，行政書記，成為活躍的左翼的文藝理論批評家。抗戰時期，主編《七月》和《希望》雜誌。建國後，任中華全國文聯委員、中國作協常委。一九五四年七月，胡風向中共中央寫了〈關於幾年來文藝實踐情況的報告〉（即「三十萬言書」），被捕入獄。一九七九年獲釋，一九八〇年九月，冤案平反。胡風的文學理論著述輯成三卷本《胡風評論集》，由人民文學出版社出版（1984-1985），《胡風雜文集》由三聯書店出版（1987）。

胡風在建國前只出過一本雜文集，即《棘源草》（一九四四年十一月重慶南天出版社出版）。一九八四年，胡風應三聯書店之約編了《胡風雜文集》，除了《棘源草》外，尚有《霧城雜感》、《人環二記》、《序跋文選》，以及建國後寫的雜文、散文、通訊、評論等，如《從源頭到洪流》、《和新人物在一起》、《初春小拾》。《胡風雜文集》實際上已越出了雜文的範圍，是一切雜體文的結集了。我們這裡主要考察《棘源草》中的雜文，兼及《霧城雜感》和《序跋文選》中有雜文味的若干篇章。

胡風的《棘源草》除〈解題〉外，收雜文二十四篇，分上、下集，上集十四篇寫於抗戰爆發前，下集九篇作於抗戰爆發後的一九三七年八月至一九四二年十二月。《霧城雜感》由作者建國前評論集中選出，共有雜文十九篇，係胡風自編《胡風雜文集》時編定。胡風是魯迅晚年親密的學生和戰友，緬懷和學習魯迅的人格和精神，佔了這兩本雜文集的相當一部分篇幅，如〈冬夜通信〉、〈憶矢崎彈〉、〈即令屍骨被炸成了灰燼〉、〈斷章〉、〈《過客》小釋〉、〈文學上的五四〉、〈半侖村斷想〉、〈現實主義在今天〉等篇什，都同學習、弘揚和保衛魯迅精神有關。魯迅對胡風的影響是深入骨髓和靈魂的，這在胡風的雜文創作上尤其顯著。胡風的雜文也是一種「魯迅風」。它們敏銳、鋒利、辛辣、峭刻、遒勁、耐讀，有很強的批判性和戰鬥性，但又不一覽無遺，頗耐咀嚼，充分展示了胡風那種生性倔強、憎愛分明、愛爭論、好思考的鮮明個性。

胡風的雜文，相當一部分是同文學批評和文學論爭有關的，也有一些是針砭和嘲諷種種社會人生世相的。在寫法上都較曲折含蓄。這首先是，胡風一般不直接展開他的議論和批評，他常常是先從具體生動可感材料出發，由此及彼，逐步把人們的注意力引導到中心議題上來。〈過去的幽靈〉和〈把目光放到「戰壕」以外〉就是這種寫法。〈過去的幽靈〉是批評周作人的復古倒退的，但胡風先不說周作人，而是從俄國盲詩人愛羅森珂在北京的一次演講說起，那次演講的題目是〈過去的幽靈〉，是由周作人擔任翻譯的。意思是說，在許多年輕人身上，常常還活著「過去的幽靈」。胡風在娓娓絮說了這段文壇掌故之後，突然筆鋒一轉，說他在〈人間世〉上看到了周作人的照片和他的兩首〈五十自壽詩〉，其中有「終日街頭聽談鬼」之類的詩句，而愛羅森珂用日語演說中的「幽靈」，即中國人所說的「鬼」，是「陰間的不像人形的怪物」，胡風借此暗示人們，「當年為詩的徹底解放而鬥爭的」周作人，現在成了「談狐說鬼」「街頭終日聽談鬼」的「作者」了，暗示人們一九三四年的周作人已是「過去的幽靈」了。這種款款入題、前後對照的寫法，確是給人婉轉含蓄的感覺，有力寫出周作人的倒退。〈把目光放到「戰壕」以外〉是胡風痛心疾首於當時左翼文藝隊伍內的某些人「外戰外行」「內戰內行」的不正常現象的。胡風照樣採取由遠而近、由彼及此的寫法。他先從「一二八戰爭裡面死的日本兵，有許多子彈是從背後打進去的」說起，接著引述了瞿秋白在《高爾基論文選集》〈序言〉裡的「兩句涵義無窮的話」:「他不會像幼稚的革命作家似的，只限於『狹隘的戰壕裡的生活』，他看得見整個戰鬥。……」胡風由此議論說:「如果目標不放在敵人的營壘裡面，視野不能擴大到整個戰鬥地理上去，只是成天在『戰壕』裡面橫衝直撞，那所謂『戰壕裡的生活』就會毫無『戰』的意義了。」

胡風的雜文曲折含蓄的又一寫法是解剖典型，舉一反三，造成聯想。〈舉一個例〉就是這種寫法的代表。抗日戰爭中叛國投敵的汪精衛是漢奸賣國賊的罪魁禍首。這位偽「國民政府」主席，曾經是位號稱「雙照樓主」的「老詩人」，他在賣身投敵之初，曾寫了一首直抒胸臆的七律〈述思〉，其中後四句是

> 良友漸隨千劫盡，神州又見百年沉。
> 淒然不作零丁歎，檢點生平未盡心。

在這首詩裡，賣國的汪精衛，竟然以「報國」的「志士」自居，胡風指出:「把這些最無恥的詭辯寫在裡面的『詩』，當是天下最無恥的『作品』。」在這篇雜文裡，汪精衛的〈述思〉僅僅是「一個例」，胡風是要以「此」例「彼」，造成聯想的，所以他接著這樣寫道:

> 連認賊作父的漢奸都會用「報國」之類冠冕堂皇的名詞來替自己掩飾，那我們對於那些用「抗戰」、「民族」的說法以遂其陰私之徒底行為就可以恍然大悟了。「開券有益」這句話實在是

> 真理，連漢奸文學都能夠使我們有心得。

這篇雜文是胡風一九四一年七月二十八日於香港寫的，那正是國民黨頑固派發動「皖南事變」後不久，敏感的讀者自然會想到上述那段話都是批判國民黨頑固派。這就是「聯類無窮」的聯想。

胡風雜文的曲折含蓄寫法之三是以寓言式雜文來載道言志。〈棘源村斷想〉「二、印象論」即是寓言體雜文，全文如下：

> 甲要毀壞乙，而且實際上在各方面狠狠地毀壞了乙。
>
> 丙是乙的熟人，並不覺得乙可惡。
>
> 於是甲向丙說：現在，大家對你的印象倒是很好呀，你可以好好地利用這個機會做一番工作呀……
>
> 意思明白得很：你得附和我，至少也不要同情乙，要不然的話，哼，你的飯碗，你底「第二生命」……就操在我底嘴上，乙就是例子！即小見大，可以把這當作一個公式，應用到較複雜的問題上去。你如果把這「印象」換成別的名詞，例如「輿論」之類，也可以。

總的來說，胡風的雜文數量不多，但品質還是較高，文字也簡潔、老練，並不艱澀。

二　廖沫沙

廖沫沙（1907-1990），雜文家。原名廖家權，筆名達伍、懷湘，湖南長沙人。一九二二年入長沙師範，後求學於上海藝術大學文學系。一九三〇年加入中國共產黨，其後在上海從事地下工作。一九三三年春，開始在《申報》副刊「自由談」、《大晚報》副刊「火炬」、

《中華日報》副刊「動向」等副刊發表雜文。抗日戰爭和解放戰爭時期，先後擔任湖南沅陵《抗戰日報》、桂林《救亡日報》、重慶《新華日報》、香港《華商報》等報社總編輯、編輯主任、副總編輯、主筆等職，撰寫了大量評論和雜文。建國後，歷任北京市委宣傳部副部長、教育部長、統戰部長。六十年代初，北京市委理論刊物《前線》為其和吳晗、鄧拓三人開設「三家村扎記專欄」後被錯定為「三家村反黨集團」，遭殘酷迫害。一九七九年平反昭雪。其創作雜文收入三聯書店的《廖沫沙雜文集》所有作品收入北京出版社的五卷本《廖沫沙仝集》。

抗日戰爭以前，廖沫沙就是活躍在左翼文壇的青年雜文家。他寫過一些觀察敏銳、筆鋒犀利、頗有影響的雜文。其中最著名的是他和陳子展詩文合璧的〈人間何世？〉。林語堂在小品文刊物《人間世》上刊出了周作人的大幅照片、周作人的〈五十自壽詩〉和一批名家的唱和。這激起左翼作家的反感，紛紛著文批評，廖沫沙的〈人間何世？〉是最著名的。他請陳子展步周作人詩原韻，寫了一首七律，針鋒相對，給了辛辣的嘲諷，詩曰：

先生何事愛僧家？把筆題詩韻押裟。
不趕熱場孤似鶴，自甘涼血懶如蛇。
選將笑話供人笑，怕惹麻煩愛熱麻。
誤盡蒼生欲誰責？清談娓娓一杯茶。

嘲諷了周作人〈五十自壽詩〉之後，廖沫沙猛烈抨擊了林語堂等人鼓吹的小品文，只寫「蒼蠅」，不寫「宇宙」，是「西方有閒的自由主義」和東方的「毫無氣力的名士主義」合二而一。他最後點題說：「我把《人間世》捧讀了一遍，真不覺有人間何世之感！」廖沫沙對林語堂和周作人的抨擊難免有「攻其一點，不及其餘」的偏激過火之嫌，但應承認他是相當敏銳準確抓住林語堂、周作人某些小品的「以自我為中心」，消極避世和玩世的弊病，確是篇「謔而虐」的妙文。

〈廣告摘要〉也是篇有特色的雜文。作者說：「看報不看廣告，正像吃蟹不吃蟹腳。有許多新聞，從時論，或從報屁股上看不到奇文佳作，卻往往從廣告中發現出來。」他摘要幾則黃色誨淫的影戲歌舞廣告示眾，那兒只有色情沒有藝術，下流至極，還有一則是公開鼓吹宗教愚昧，竟胡說什麼：

> 諸君閱報至此，請虔誠誦南無阿彌陀佛，或千遍，或百遍，或十遍，當獲現世十種功德。

〈拜與賣〉從弄堂裡孩子們遊戲唱的童謠：「拜拜儂（你），賣脫儂」的剖析入手，指出這是令人「毛骨悚然」的一種「預言」，「人們在揖讓歡頌中被賣掉，不是數不勝數嗎」？諸如外國人來到中國，先稱讚「東方文明」，「孔孟之道」，然後就「要求一點通商條約，租借幾個商埠碼頭」，日本人「口中的中日共榮，中日親善」，「軍閥們口中的衛國保民」等，都是「拜拜儂，賣脫儂」的把戲。〈擁護會考〉則抓住湖南「省立第二中學女生孫莊因會考落第自殺」這一典型事例做文章。作者暗示：是那近乎科舉考試的會考，殺了女中學生孫莊的，但他卻反諷說，他是「擁護會考」的。

綜觀廖沫沙在抗日戰爭前寫得好的雜文，可以發現一個共同的特點，即他善於抓住帶有喜劇性矛盾的典型事例做文章，不論是《人間世》上周作人的〈五十自壽詩〉和小品文，報上的色情和迷信廣告、兒童遊戲時的童謠，還是逼死人命的中學會考，都是典型的，這其實也就是魯迅說的「砭錮弊常取類型」。由於作者善抓典型，他的雜文的嘲諷也就有了相當的生動性和普遍性。

這類抓典型議典型的雜文寫法，廖沫沙在抗戰後常常運用。如

〈紅軍的「藥劑」〉和〈論鋼筆的好壞和內分泌作用〉。這其中特別是〈論鋼筆的好壞和內分泌作用〉，該文發表於一九四七年一月一日《野草》新三號。這時的《野草》是在香港出版，國民黨當局管不了它，因而，廖沫沙就在這篇雜文以蔣介石的言論作典型，進行冷嘲熱諷的調侃。該文從人的精神狀態同人的內分泌的關係說起。據說有些老人精神很好、情欲旺盛，同內分泌特別發達有關。接著他談到了蔣介石在國民大會的講話，他以激動而顫抖的聲音說什麼「我現在年已六十……我再沒有什麼欲望了」，這似乎標誌老蔣真的老了，內分泌不起作用了，什麼欲望也沒有了。但作者又引了一段報紙關於蔣的報導，其中說到國民大會期間蔣氏竟同他夫人宋美齡爭論彼此鋼筆的優劣，「經靠近蔣介石席的白崇禧部長出面評論始罷。」作者由此評論蔣氏連對鋼筆的優劣都同夫人爭論不休，足見他「童心未泯」，天真而活潑，對什麼都有興趣，「有極大的欲望」。廖沫沙還調侃說，蔣氏欲望如此旺盛，除「內分泌」的作用外，恐怕還有「外分泌」。這篇雜文寓莊於諧，從容舒展，千迴百折，層層剝析，剝下蔣氏偽裝的外衣，還他對於榮辱得失、權位利害等欲望旺盛不衰的真面。

熔經鑄史，追求雜文創作的歷史感，是這一時期廖沫沙雜文的突出變化。在〈我為什麼愛讀歷史〉裡，廖沫沙如是說：

> 我以為，即使並不準備研究歷史，也應當懂得歷史。司馬遷「有國者，不可以不知《春秋》」的話應當擴而充之：凡是生在社會中的人，都不可以不明白。因為歷史可以使你知道社會的來蹤去跡，可以使你了解社會發展的規律，認識當前的事變，窺測未來的發展前途；因為歷史可以使你把握社會的動向，前進的規律，因而也就使你能順應這條規律，加以努力，達到改造社會，推動歷史的目的。

論述是相當全面深透的。在〈通貨膨脹史話〉裡，廖沫沙針對國民黨統治下的嚴重通貨膨脹，簡要回顧中國通貨膨脹的歷史，而且從中總結出規律性的認識：「通貨膨脹是『古已有之』的，並不出奇，不過翻開歷史一看，每看到古已有之的通貨膨脹時，卻往往是民生痛苦，社會大亂，那些萬民之上而號稱萬歲的人，不能不下臺滾蛋。」〈張邦昌封王〉以宋高宗「詔張邦昌為太保，奉國軍節度使，封同安郡王」的史實，嘲諷抗戰勝利後的國民黨政府，在南京上海收編日偽漢奸傀儡。〈抄兩段辛亥革命實錄看看〉，引了兩段辛亥革命時近乎鬧劇的兩段史實，從熊秉坤關於辛亥革命的回憶錄裡，引了武昌起義勝利後，革命黨人竟擁戴清朝統領黎元洪出任湖北省革命軍都督，從泖東一蟹的〈漢族光復史〉裡，引了辛亥革命後，江蘇省的革命黨人和紳商竟相擁戴原清朝江蘇巡撫出任該省都督，廖沫沙指出這兩段近乎鬧劇的史實，典型地暴露了辛亥革命的妥協性和不徹底性。他顯然希望人們以史為鑑，把人民解放戰爭進行到底。

這時，廖沫沙還寫了他以後收入《鹿馬傳》的以雜文筆法寫成的十二篇歷史故事散文：〈東窗之下〉、〈南都之變〉、〈碧血青磷〉、〈江城的怒吼〉、〈信陵君之歸〉、〈厲王監謗記〉、〈咸陽遊〉、〈鳳兮，鳳兮！〉、〈鹿馬傳〉、〈離殷〉、〈陳勝起義〉、〈曹操剖柑〉等，都收入《廖沫沙雜文集》，這可視為「故事新編」式的別具一格的雜文。

三　田仲濟

田仲濟（1907-2002），學者、教授、雜文家。山東濰坊人。筆名楊文、柳聞、藍海。一九二九年在青島編輯《民報》文藝週刊。一九三二年大學畢業，在濟南主辦《青年文化》月刊。抗戰時期在重慶大量寫作雜文，結集為《情虛集》（1943）、《發微集》（1944）和《夜間相》，出版了雜文研究專著《雜文的藝術和修養》（1943），一九四六年到上海擔任現代出版社總編輯、國立上海音樂專科學校文藝教授，一九四七年出版第一部研究抗戰的文學史著作《中國抗戰文學史》，建國後，出版雜文集《微痕集》，任山東師範大學副校長，中文系教授。

〈雜文的藝術和修養〉包含了如下幾個部分：「略論雜文的特質」、「諷刺與幽默」、「魯迅的雜文觀」、「魯迅戰鬥的旗幟」、「唐弢及其《投影集》」、「高爾基的社會論文」、「後記」。在撰寫這本雜文理論專著時，田仲濟創作和研究雜文已有十年以上的歷史了。田仲濟說：「近幾年來許多人在提倡雜文，說它是一種最犀利的武器，但自魯迅先生逝世後卻衰落下來了，我們應當利用這種武器，復興雜文。」但他又感慨道：「提倡雜文而不研究雜文是目前的一種缺陷。」他甚而認為「關於這一部門的理論卻幾乎還『絕無僅有』」。這清楚表明了他撰寫這本雜文理論專著，乃是為了「復興」「魯迅風」革命現實主義雜文戰鬥傳統的心跡和宗旨。

田仲濟研究和倡導的不是一般的雜文，而是魯迅的戰鬥雜文、高爾基的戰鬥雜文、唐弢的「魯迅風」戰鬥雜文。在「略論雜文的特質」那一章裡，田仲濟不滿足於徐懋庸和歐陽凡海等關於魯迅雜文特質的四個方面。他認為魯迅雜文的特質是：第一「不是冷嘲，不是熱諷，而是正面短兵相接的戰鬥性」；第二是「深刻銳利」；第三是「獨到的見解、精闢、深透、不落俗、不同凡響」；第四「形式的特質是冷雋和挺峭」。田仲濟對魯迅雜文特質的這一概括，在今天仍能給人理論啟發。在「諷刺與幽默」那一章裡，田仲濟分析了魯迅雜文的諷刺和幽默以及兩者的差異和聯繫，他著力闡發了茅盾的一個精闢觀點，即茅盾說的，「沒有他（魯迅）那樣的天才，沒有他那樣深厚的學養，勉強學他的獨特的諷刺和幽默的作風，難免要『畫虎不成』罷」。「魯迅的雜文觀」是田仲濟對魯迅的雜文理論主張的初步的理論梳理，這個梳理儘管是初步的，但卻是魯迅雜文研究史上的第一次。

這個有重大理論價值的工作，迄今仍未見有人做過。「魯迅戰鬥的旗幟」和「唐弢及其《投影集》」兩章，全力闡發繼承和發揚「魯迅風」革命現實主義雜文戰鬥傳統的思想。

一九三七年至一九四九年，是田仲濟雜文創作在數量和品質都最突出的階段。在這階段的雜文創作中，田仲濟像當年的魯迅那樣，對抗日戰爭和解放戰爭時期國統區的政治、軍事、經濟、文化、教育、倫理道德以及那病態社會的邊邊角角、形形色色進行了不留情面的揭露和批判，其中有日寇的暴虐、汪偽漢奸的無恥、國民黨當局的貪汙腐敗、官場的黑暗和反動的文化統制、物價的暴漲、作家教員和公務員等「文人的末路」、奸商們在「美麗的外衣下」發國難財的缺德行為以及那光怪陸離社會裡種種假、惡、醜的言行。作為戰鬥雜文家的田仲濟，是異常關注現實的，他特別注意報紙上的社會新聞和社會廣告，把它們視為了解社會全貌的重要視窗。對社會新聞和社會廣告的分析批評，確是田仲濟雜文的一個特色。這從這類雜文的標題就可以看出來了，諸如〈廣告之類〉、〈兼營企業〉、〈民命微賤〉、〈廣告季〉、〈報紙的一日〉、〈廣告新聞〉、〈奇文共賞〉、〈新聞一則〉、〈廣告騙術〉、〈無聊文章〉、〈明日黃花〉。〈奇文共賞〉這篇雜文就由報上的三則廣告和作者對其諷刺評論聯綴而成，一則廣告是有人重金懸賞請人幫他找回走失的一隻叭兒狗，一則廣告是自稱「哲學專家」的酬運山人對蔣介石當選國府主席後肉麻至極的賀電，一則廣告是有人聲明他沒患上花柳病。這三則廣告的炮製者是抗戰時期陪都重慶病態畸形社會孕育出的三種頗具典型意義的社會怪胎，作者只要略作譏評，雜文就尖銳辛辣。〈明日黃花〉由幾則社會新聞和作者的簡略評論聯綴而成，針對國民黨當局為其新聞檢查法和取締報紙暴行的強詞奪理的辯解，作者針鋒相對引用國內和國外的五則社會新聞予以有力的反駁和深刻的揭露，給國民黨當局以毀滅性打擊。田仲濟在這時期的雜文集《夜間相》後記裡說：「它記錄了我的憎，但也記錄了我的愛」，

「在時間上，它也包括了從一九四〇年直到目前，在陪都中角角落落中的一些事情。我企圖以這一麟（鱗）半爪代表全貌。名為『夜間』也是這個意思。我不是在愁漫漫長夜何時旦，因為勝利已在望了。而是想將勝利前夜的景景色色，給他留下一個淡淡的影子。由此窺出在這勝利的前夜中是經歷些什麼，遭遇些什麼，是怎樣過來的，作為未來的警惕和教訓。這也許是不無意義的。」在田仲濟看來，他的雜文是寓愛於憎，寓全貌於一鱗半爪，寓肯定於否定，寓追求光明於暴露黑暗之中，這見解是深刻的，這見解正是對魯迅雜文傳統的繼承和發揚，也道出雜文創作中某一方面的普遍藝術規律。

在田仲濟建國前的雜文中，論史（正史、野史、筆記）的雜文，評論古典文學的雜文，佔了幾乎三分之一左右的篇幅。這也是魯迅筆法、魯迅傳統，不過田仲濟寫得更多就是了。諸如〈都在馬端臨身上〉、〈讀書瑣記〉、〈讀書隨筆〉、〈讀書偶感〉、〈讀史隨錄〉、〈夜讀抄〉、〈謊酒篇〉、〈淵明之豪放〉、〈諱言《秦婦吟》〉、〈李逵的殺法〉等等。俄國的赫爾岑說：「充分地理解過去——我們可以弄清楚現狀；深刻認識過去的意義——我們可以揭示未來的意義；向後看——就是向前進。」魯迅也說：「歷史上都寫著中國的靈魂，指示著未來的命運。」那些論史的雜文，名為論史，實為批評現實，那些論古典文學的雜文，也是名為論古典文學，實為批評現實人生。這類論史論文的雜文在中國現代雜文史上是大量存在的。這類雜文在文禁森嚴的歷史條件下，可以躲過檢查官的眼睛和利爪，作者可以利用曲筆借古諷今，指桑罵槐，更自由展示自己的博識、睿智和深思，這類雜文有思想性、知識性、趣味性，有知識之美、思想之美、趣味之美，自有其吸引讀者的特殊魅力，田仲濟的論史雜文裡也涉及正統的經史，由於它們有太多的塗飾和溢美之詞，他同魯迅一樣更偏愛野史和筆記。在清代張玉書修撰的《明史》〈太祖本紀〉裡，明太祖朱元璋是何等雄才大略、寬仁聖明，實則朱洪武是個罕見的嗜殺成性的暴君。田仲濟據野史筆記材料在〈酷刑〉和〈漏網將相〉這兩篇雜文裡揭露了這個封建暴君的「陰險」和「嗜殺」，他稍一不高興就開殺戒，種種酷刑無所不用其極，以致當年同他一道出生入死打天下的開國元勳除了唯唯諾諾的湯和與裝瘋賣傻的郭興等二、三人外，無一漏網。田仲濟的這兩篇短短的論史雜文，可以和著名明史專家吳晗的同類長篇雜文名篇〈論明初的恐怖政治〉參照閱讀。這裡，田仲濟的〈酷刑〉和〈漏網將相〉，同當年魯迅的〈病後雜談〉和〈病後雜談之餘〉，都是借明初的暴政來暴露國民黨當局的暴政。〈張松和魯肅〉是一篇通俗生動、借題發揮、意味雋永的論古典文學的雜文。解放戰爭時期聶紺弩、孟超、歐小牧都寫過這類雜文。《三國演義》裡的張松博聞強記、巧舌如簧、才學過人，但他卻賣主求榮、引狼入室，魯肅樸實敦厚，沒有張松那樣咄咄逼人的才學，但他卻頂住張子布等文臣的投降逆流，力主聯劉抗曹，協助周瑜在赤壁之戰中擊敗強敵曹操。田仲濟把無恥的張松同當時的大漢奸汪精衛聯在一起予以痛斥，以魯肅來讚美抗敵軍民，在田仲濟的論史論文的雜文裡，過去的歷史和眼前的現實，古典文學和現實人生是打通的，它們實際上是另一種形式、曲折深至的社會批評和文明批評。

魯迅雜文在進行社會批評和文明批評時，特別注重中國國民靈魂的解剖和改造，這是魯迅對中國近代以來啟蒙思想家的「開民智」、「鼓民力」、「塑民魂」的優良傳統的繼承和發展，這是魯迅雜文的特別深刻之處。田仲濟的雜文名篇如〈送灶日隨筆〉，從人與神的關係角度，批評了中國式的圓滑聰明；〈長命富貴〉從中國人對生命、財富、權力、地位的渴求，批評了中國式的自私；〈阿Q與駝鳥〉從不敢正視現實、躲避現實的角度，批評了中國式的愚昧、麻木和卑怯，這些雜文都從特定角度批評中國國民性格的某些消極面，表明了作者對改造國民靈魂的關切。

第二十三章
昆明雜文作家群

這一時期，有一大批知名學者如聞一多、朱自清、吳晗、王力（了一）、錢鍾書等，他們都是昆明西南聯合大學的教授，創作了大量有著鮮明藝術色彩的雜文，這可以說是中國現代雜文發展史上的新氣象。這可以從社會的發展變化和作家的思想變化中找到解釋。抗日戰爭中，日寇大舉入侵，國土大片淪陷，「亡國滅種」的民族危機降臨到每個中國人頭上；解放戰爭中，統治集團在美帝國主義的支持下發動了全面內戰，中國的殖民化危機非常嚴重。無論是外戰還是內戰，都促使了社會矛盾的激化，也使得人民的生活嚴重惡化，人民在饑寒線上掙扎，原來生活優裕、自命清高的學者教授也被拋入貧困化的境地，「抗日救國」，反對內戰，要求和平，反對法西斯獨裁，要求民主和自由的怒吼，響徹中國的天空和大地，也在學者、教授的書齋中激盪，於是像聞一多、吳晗、朱自清等著名學者都衝出書齋，走上街頭，在和人民一起吶喊中和人民結合，同人民共命運，雜文就成為他們手中的犀利戰鬥武器，於是就出現了一批學者的鬥士的雜文。至於像王力等著名學者，自然不是社會鬥士，但是當他們運用雜文進行文明批評和社會批評時，他們那深厚的學術修養就賦予所寫的雜文以特異的丰姿。

第一節　王力的《龍蟲並雕齋瑣語》

王力（1900-1986），廣西博白縣人。語言學家、教育家、翻譯家、散文家和詩人。一九一三年小學畢業後失學，一九二四年入上海南方大學學習，次年轉入上海國民大學，一九二六年入清華國學院研究院，一九二七年赴法國留學，獲巴黎大學文學博士學位，一九三二年回國，長期在清學大學、西南聯合大學、中山大學、北京大學從事教學和研究工作。詩歌和散文收入《龍蟲並雕齋詩集》、《龍蟲並雕齋瑣語》。

著名語言學家王力，也是一位有獨特風格的雜文家。當年王力的雜文在《星期評論》和《中央週刊》刊行，受到廣大讀者的熱烈歡迎，特別是昆明地區的高級知識分子的擊節讚賞。「《生活導報》的臺柱」費孝通特地約請王力為該刊撰寫雜文。

王力雜文在《生活導報》發表後，受到讀者歡迎，外地報紙「轉載」，費孝通稱讚王力「表演精彩」，以致「自從《生活導報》登載了〈瑣語〉之後，可說是整個的《導報》都變了作風。」[1]王力在一九四二年至一九四六年間撰寫的六十二篇雜文，於一九四九年由上海觀察社出版，一九七三年香港波文書局翻印，一九八一年，中國社會科學出版社重印。編印者在〈出版說明〉中這樣評論王力雜文：

> 王了一即是大家所熟知的著名語言學家王力先生。抗日戰爭期間，先生寫了大量文詞犀利、痛斥時弊的雜文。這些雜文詞章秀麗，議論持平，諷喻巧妙。《龍蟲並雕齋瑣語》就是這些雜文的彙編。
>
> 現在我們根據一九四九年《觀察社》的舊本重印這些雜文有三層意思。其一，反映王力先生早年的創作活動，不忘先生在文苑多年來多方面的辛勤耕耘勞作。其二，讓讀者從生動而具體的生活實錄中了解舊中國的社會人情和政治上的黑暗。其三，介紹王先生駕馭語言的藝術和獨特的風格。

1 王力：〈生活導報和我（代序）〉，《龍蟲並雕齋瑣語》（上海市：上海觀察社，1949年）。

王力雜文數量不多，但有很高的思想和審美品位，在現代雜文史上獨樹一幟。

王力雜文的獨特風格，來自他的獨特的雜文觀念。在〈生活導報和我〉裡，王力把他的雜文稱為「血淚寫成的軟性文章」，他也倡導這類雜文：

> 在這大時代，男兒不能上馬殺敵，下馬作露布，而偏有閒功夫去雕蟲，恐怕總不免一種罪名。所謂「輕鬆」，所謂「軟性」，和標語口號的性質太相反了。不過，關於這點，不管是不是強詞奪理，我們總得為自己辯護幾句。世間盡有描紅式的標語和雙簧式的口號，也盡有血淚寫成的軟性文章。瀟湘館的鸚鵡雖會唱兩句葬花詩，畢竟他的傷心是假的；倒反是「滿紙荒唐言」的文章，如果遇著了明眼人，還可以看出「一把辛酸淚」來！

這裡，王力反對的是公式化概念化的標語口號式的雜文，肯定的是「血淚寫成的軟性的文章」。王力反對公式化概念化文學的態度是一貫的，在《迴避和兜圈子》裡，他稱這類東西是「拷貝文學，或描紅文學」，是令「麗德」[2]「討厭」，不能引起他們「共鳴」的東西。王力提倡的這種「血淚寫成的軟性文章」，同「魯迅風」雜文，有聯繫，但也有很大的區別，其間一樣有人民的「血淚」，也是以這種「血淚」釀成的，但不是戰鬥性和批判性強烈的「匕首和投槍」，而是以「軟性文章」面貌出現的。這種「血淚寫成的軟性文章」，同那標舉「自我性靈」、不食人間煙火的「閒適」小品也有根本的區別，因為它是「血淚寫成的」。

2　英語reader，讀者的音譯。

王力主張他這種「血淚寫成的軟性文章」不是「直言」的，而應該是「隱諷」的，他指出：

> 直言和隱諷，往往是殊途而同歸。有時候，甚至於隱諷比直言更有效力。風月的文章也有不失風月之旨的，似乎不必一律加以罪名。
>
> 關於這個，讀者們可以說，《龍蟲並雕齋瑣語》裡並沒有什麼隱諷，只是「瞎胡鬧」。我也可以為自己辯護說，所謂隱諷，其妙在隱，要使你不知道這是諷，才可以收潛移默化之功。但是，我並不預備說這種強詞奪理的話。老實說，我之所以寫「小品文」，完全為的自己，並非為了讀者的利益。其中原委，聽我道來：實情當諱，休嘲曼倩[3]言虛；人事難言，莫怪留仙[4]談鬼。當年蘇東坡是一肚子不合時宜，做詩贊黃州豬肉；現在我卻是倆錢兒能供日用，投稿誇赤縣辣椒……「芭蕉不卷丁香結」[5]，強將笑臉向人間，「東風無力百花殘」，勉駐春光於筆下。竹枝空唱，蓮菂[6]誰憐，這只是「弔月秋蟲，偎欄自熱」[7]的心情，如果讀者們要探討其中的深意，那就不免失望了。

王力不僅指出「隱諷比直言更有效力」，他還說明他所以寫這種「隱諷」雜文的「原委」，他不得不當現代的東方朔、蒲松齡、蘇東坡，

---

3 〔西漢〕東方朔，字曼倩，以詼諧滑稽著稱。

4 〔清〕蒲松齡，字留仙，著《聊齋志異》，多記鬼狐。

5 李商隱〈代贈〉:「芭蕉不卷丁香結，同向春風各自愁」。

6 蓮子，比喻心苦。宋無〈妾薄命詞〉:「不食蓮菂，不知妾心。」

7 蒲松齡《聊齋志異》〈自序〉:「嗟乎！驚霜寒雀，抱樹無溫；弔月秋蟲，偎欄自熱，知我者其在青林黑塞間乎！」

是由於「實情當諱」、「人事難言」和有「一肚子不合時宜」，不能「直言」，只能採取曲折含蓄的表達方式，傾吐心中的矛盾複雜的思想感情。關於這點，王力在〈迴避和兜圈子〉裡說得更清楚了。在那裡，他談到了他自己和他的「許多朋友」為了對付「仙色」[8]婆婆，不得不寫得「隱約」，「兜圈子」，「運用迂迴戰略，彎彎曲曲地向著某一個目標進攻」，而「兜圈子不免暗示，而多數暗示卻是等於謎語」。顯然，要讀王力這種「隱諷」的雜文，只有把莊與諧、淚與笑、苦與樂、實和虛統一起來，才能把握住作家的「弦外之音」、「題外之旨」。

王力這種「血淚寫成的軟性文章」，同林語堂等人只是「一味地幽默」、「幽默」到談牙刷、吸煙之類的「幽默」小品是迥異其趣的，因為它是作家的「血淚」凝成的；同梁實秋《雅舍小品》中那些針砭世情的「幽默」小品，也形似而神異，因為前者固然也有對庸俗落後的人情世態的批評，是有幽默感的「軟性文章」，但同人民的血淚無關，而後者的心卻是同人民相通的；它同聞一多、吳晗等戰鬥雜文也不一樣，它們雖然都是人民的「血淚」凝成的，但前者是徹底摧毀舊世界的戰鬥檄文，後者卻是對舊世界的「實情」、「人事」進行嘻皮笑臉、繞彎子的「諷諭」小品。

王力的小品雜文，一般不直接接觸尖銳的現實政治問題。他有時談論人們怎麼起名（〈姓名〉）、人們愛吃的食品（〈奇特的食品〉），這類小品有知識性和趣味性。他廣泛談論人們日常生活中的種種問題，例如「衣食住行」問題（〈衣〉、〈食〉、〈住〉、〈行〉），物價、工資問題（〈戰爭的物價〉、〈領薪水〉），社會的貧富不均問題（〈窮〉、〈路有凍死骨〉、〈富〉、〈寡與不均〉），社會上的舊風陋習問題（〈迷信〉、〈請客〉、〈勸菜〉、〈題壁〉），知識分子的生活和苦惱（〈清苦〉、〈失眠〉、〈寫文章〉、〈迴避和兜圈子〉），以及他自己的興趣和愛好（〈騎

8　censor，新聞檢查員。

馬〉、〈看戲〉、〈蹓躂〉）等等。這類雜文談論的是人們社會生活中司空見慣的平凡到不能再平凡的問題，正因此就更具有普遍性。作者在寫這些雜文時，哈哈著吐出心中的悶氣，刻劃芸芸眾生的種種相，但他並不搞契訶夫批判過的「小事論」。他在刻劃社會的舊風陋習時，不忘對舊傳統舊風俗舊習慣的針砭；他在描寫「人間苦」時，曲折地嘲弄當時黑暗的現實政治。更難得的是，這些雜文充滿著高尚的生活情趣。

《龍蟲並雕齋瑣語》給人印象最深的是，表現了他戲稱為「書呆子」中的「呆之聖者」和「呆之賢者」們，即大學教授、知識界的精英們在「饑寒所迫」中艱難掙扎的痛苦生活。他的描寫極其具體，極其全面，而且滲入自己切身體驗，因而顯得特別真實，特別有震撼力。

王力反覆談到大學教授們在八年抗戰期間，薪金收入的急劇下降和物價的暴漲。在〈清苦〉裡，王力提供了一個精確的數字。抗戰前，教授的「正薪四百至六百元，比國府委員的薪金只差二百元，比各省廳長的薪金高出一二百元不等，比中學教員高出五倍至十倍，比小學教員高出二十至三十倍」。可以住洋房，買小車，雇傭人，衣食住行是寬綽富餘的。但到抗戰期間，「大學教授的收入不如一個理髮匠，中學教員的收入不如一個洋車夫」（〈書呆子〉），所謂「薪水」，已不夠「買薪買水」，只能買「茶水」了（〈薪水〉），與此強烈對照的是「物價」飛漲。這就給這些大學教授、知識界名流的「衣食住行」、「柴米油鹽」帶來極大的困難。王力說：「七八年以來，我們幾乎每年、每一個月，都在變賣衣物。否則我們是否活得到今天，頗成問題。」（〈遣散物資〉）這是「衣」。王力說：「現在的公教人員距離絕糧還差一步，他們只是吃不飽。」（〈食〉）這是「食」。王力說：「我們住的是人家的房子，今天付不出房租，明天就得在街頭睡覺。」（〈住〉）這是「住」。「饑腸漉漉佯為飽，熱淚汪汪佯作歡；沿戶違心歌下裡，媚人無奈博三餐。」王力以波德賴爾〈惡之花〉的這些詩句來形容戰時「書呆子」的窘境。王力拐彎抹角地巧妙暗示造成高級知識分子在「饑寒」泥淖裡痛苦掙扎的，除了「國難」之外，更由於「奸商貪官」(〈鄉下人〉) 作祟，由於「政治上的種種腐敗」(〈苦盡甘來〉)，是「國民黨」統治下的中國「六合而今萬里霾」(〈苦盡甘來〉)。王力不僅為「書呆子」傾吐苦水，他還為「路有凍死骨」鳴不平。談到這些「餓死，凍死，或有病不得醫藥而死」的「凍死骨」，他再也控制不了自己情感了，他呼喊了，他發出「人間何世」的責問了：

> 報紙上常有尋狗的廣告，一條狗的賞格在萬元以上，可見人不如狗；四川有豬的保險，一隻豬的保險費在萬元以上，可見人不如豬。這年頭，人命賤如泥沙，賤如糞土，賤如垃圾——我說什麼來著？泥沙，糞土，垃圾，不是比人命更寶貴嗎？——再想想看……賤如塵埃，賤如清風明月賤如文人的心血！

《龍蟲並雕齋瑣語》的另一突出特點，是作者毫無保留地展示了自己清高正直、熱愛生活的個性，他的趣味和才情。布封說的「風格就是人」，這我們在王力的雜文裡會得到最好的印證。

王力寫這些雜文時，已是四十出頭的知名學者了，但他是那樣的熱愛生活，他對生活中的許多事物都興味盎然，有自己的獨特體驗。他愛騎馬 (〈騎馬〉)，他愛蹓躂 (〈蹓躂〉)，他愛跳舞 (〈跳舞〉)，他愛看戲 (〈看戲〉)，他愛旅遊 (〈旅行〉)，他愛書 (〈戰時的書〉)，他愛寫文章，特別愛寫「小品文」(〈寫文章〉、〈生活導報和我〉)。這裡，且看他說「騎馬」和「蹓躂」的文字：

> 我十四歲就學騎馬。雖然栽了不少筋斗，但是那種飛行的樂趣，至今猶縈夢寐。這二十年來，總沒有痛痛快快地騎它一次，

> 不免有髀肉復生之感。我自信盛年雖逝，豪氣未消。等到黃龍既搗，白墮能賒的時節，定當甘冒燕市之塵，一試春郊之馬！
>
> 蹓躂自然是有閒階級的玩意兒，然而像我們這些「無閒的人」，有時候也不妨忙裡偷閒蹓躂蹓躂。因為我們不能讓我們的精神緊張得像一面鼓！

在王力身上最難得的是，他有著中國傳統士大夫那種「貧賤不能移」的清高正直的品格。他在〈清苦〉裡有這樣擲地有聲的自白：

> 然而在清苦的人自己卻不這樣想。因為要清，所以願苦！因為求清而吃苦，就不願因苦而受人憐憫，受人幫助，以損及他們的清。古人不受嗟來之食。何況現在說「清苦」的話的人，竟等於不叫「來食」而僅吐出一聲憐憫的「嗟」！「貧士無財有傲骨，愈窮傲骨愈突兀」[9]；他們在平時並不自鳴清高，在困難時也不自憐清苦。不自憐的人也不受人憐；「清」字拜嘉，「苦」字敬請移贈沿門托缽的叫化子。

王力有深厚的中外文學修養，有很高的藝術才情。王力的小品雜文有極高的駕馭語言的能力。他是著名的語言學家，熟稔經史，在古典詩詞上有很深的修養。他的雜文語言以流暢、富於幽默感的北京口語為主，又調和了古典詩詞中的清詞麗句和有一定容量的典故，加之駢賦的對仗、排偶句式，致使他的語言有一種特有的凝鍊、柔韌和音樂的節奏感。在許多篇章中，他經常集中地引用古典詩詞、古代典故，並且運用排偶句式，賦予自己的語言以鮮明的風格。先看〈閒〉中開頭一段：

9　見法國詩人波德賴爾的《惡之花》。

> 中國的詩人，自古是愛閒的。「靜掃空房惟獨坐」，「日高窗下枕書眠」，這是閒居；「相與緣江拾明月」，「晚山秋樹獨徘徊」，這是閒遊；「大瓢貯月歸春甕」，「飛醆遙聞豆蔻香」，「林間掃石安棋局」，「短裁孤竹理雲韶」，這是閒消遣。如果他們忙起來，他們也要忙裡偷閒；他們是「有愧野人能自在」，所以他們忙極的時候也要「閒尋鷗鳥暫忘機」。

這一連串古代詩人抒寫自己的閒情逸致的清麗飄逸的詩句，不僅加深了文章的文采，也把當時作者為了養家餬口，又是兼課，又是趕寫文章，生活忙迫到如「負山的蚊子」，渴望有片刻的閒逸的心理渲染得淋漓盡致。在〈領薪水〉中，作者寫領了不夠買薪買水的薪水之後的窘境：

> 家無升斗，欲吃卯而未能；鄰亦簞瓢，歎呼庚之何益！典盡春衣，非關獨酌，瘦鬆腰帶，不是相思！食肉敢云可鄙，其如塵甑愁人，乞墦豈曰堪羞，爭奈儒冠誤我！大約領得的頭十天，生活還可以將就過去，其餘二十天的苦況，連自己也不知怎樣「挨」過去的。「安得中山廿日酒，醉眠直到發薪時！」

這裡用典的密度之大和一連串的排偶句式的運用，讓人想起「駢四儷六」的駢賦。這種寫法，擴大了語言的容量，達到了渲染、強調的效果，讀起來有很強的節奏感，這種節奏把作家的憤激情緒巧妙地傳達出來了。

王力的雜文也顯示了他有很高的藝術描寫才能。他在〈公共汽車〉裡，對當時的乘公共汽車時的「等車、買票和坐車」有極生動的描寫。他這樣寫「坐車」：

> ……普通形容擁擠，喜歡拿罐頭沙丁魚來做譬喻；其實沙丁魚的堆疊是整齊的，而公共汽車的堆疊是雜亂的，比沙丁魚更遜一籌。古人所謂摩頂接踵，公共汽車能夠如此就算是天堂。你的頭只能靠著一個高個子的脖子，或者一個矮人的頭髮；你的腳千萬莫提起來搔癢，當心再放下去已經失了地盤！如果你僥倖是坐著的，你只好仰天長歎，否則另一個的胸部將沒有一個安頓處。如果你面前站著一個女子，而你又不夠洋化，不肯讓座的話，你就只好學個柳下惠，讓她坐懷而不亂。真的有一位中年摩登婦人站不住了，只好老老實實坐在一位少年軍官的膝上。這也不能說什麼：嫂溺則援之以手，權也；現在女疲則援之以膝，即使孟老夫子復生，也應該是點頭默許的。

王力如此具體而微地描寫「公共汽車」這種令人無法忍受的狀況，顯然有其用意的。在這篇雜文的最後，他指出：「說了一大篇，我還得聲明，我並不是公共汽車的憎惡者；因為還有一輛容納四萬萬五千萬人的公共汽車比上述情形更糟。」他借寫公共汽車來影射當時現實的烏七八糟。

《龍蟲並雕齋瑣語》一書引用的詩詞和典故在千處以上，這顯示了作者的深厚的文化素養，擴大了雜文的知識面和書卷氣，但也限制了它在廣大讀者中的普及。這本雜文合集，如果不加注釋，沒有相當文化素養的讀者，讀時每幾步就會遇到一隻「攔路虎」，這不能不說是一種缺點。

第二節　聞一多、朱自清、吳晗的雜文

一　聞一多

聞一多（1899-1946），現代詩人、文史學者。名亦多，字友山，家族排行叫家驊。後改名多，又改名一多，曾用筆名夕夕。湖北浠水縣人。一九〇九年入武昌兩湖師範小學，一九一二年考入清華學校，一九一九年在五四運動中積極參加學生運動，被選為清華學生代表，出席上海的中國學生聯合會。一九二二年七月底赴美國留學，一九二三年九月出版第一本詩集《紅燭》。一九二五年回國，任北京美術專科學校教務長，一九二六年參與創辦《晨報》副刊「詩鐫」。一九二七年任武漢國民革命軍政治部藝術股長。一九二八年一月第二部詩集《死水》出版。一九二八年秋任武漢大學文學院院長兼中文系主任。從此致力中國古典文學研究。一九三〇年二月任清華大學國文系教授。抗戰爆發後，任昆明西南聯合大學教授。一九四四年加入中國民主同盟，任民盟中央執行委員，雲南總支部宣傳委員兼《民主週刊》社社長。一九四五年七月十一日李公樸被殺害，聞一多在七月十五日雲南大學舉行追悼大會上演講，當晚即被特務殺害。聞一多雜文數量不多，但卻貫穿他的一生。朱自清把聞一多的一生劃分為三個階段，即「詩人」時期（1925-1929），「學者」時期（1929-1944），「鬥士」時期（1944-1946）。在「詩人」時期，他寫過著名雜文〈文藝與愛國——紀念三月十八日〉；在「學者」時期，他寫過《西南采風錄》〈序〉、〈端陽節的歷史教育〉、〈時代的歌手〉、〈文學的歷史動向〉等，一九四四年西南聯大「五四」文藝晚會後，他思想發生激變，所寫的雜文雖數量不多，卻值得高度重視。因為它們是中國現代思想史上不可多得的文獻，是中國現代戰鬥雜文史上不可多得的珍品，有著極高的思想和藝術價值。

聞一多之所以在抗日戰爭後期和解放戰爭初期寫作雜文，是同他此時世界觀和文藝觀的重大轉變，同他採取戰鬥的人生態度有關的。據吳晗回憶：「（聞一多）晚年特別喜歡瞿秋白和魯迅，案頭經常放著《海上述林》和魯迅的著作」，「他曾毫不掩飾地向朋友、向學生說：『我錯了，魯迅是對的。』」學習馬列、閱讀革命刊物和革命作家的著作是聞一多思想轉變的一個重要因素，但更主要的是由於現實的教育。他從自己的經歷，從社會現實的發展變化中，認識到人民力量的偉大，認識到共產黨的正確。一九四四年夏，吳晗受組織委託，邀請聞一多參加中國民主同盟。他明確表示，為了工作需要要，可以參加民盟。這時的聞一多不僅從一個民主主義者轉化為革命民主主義戰士，他的思想中也正醞釀著向共產主義者的飛躍。聞一多思想激變後，拍案奮起，衝到民主運動的第一線。在鬥爭中，他拿起當年魯迅和瞿秋白用過的雜文這一戰鬥武器，就是十分自然的事了。

聞一多的雜文內容廣泛，議論深刻，形式多樣，表現方式多姿多彩，其中有歷史考據性的雜文，如〈龍鳳〉、〈端陽節的歷史教育〉；歷史上的思潮和流派的研究和批判的雜文，如〈什麼是儒家〉、〈關於儒·道·土匪〉；社會思想和文學問題的評論的雜文，如〈復古的空氣〉、〈謹防漢奸合法化〉、〈文學的歷史動向〉、〈時代的鼓手〉、〈人民的詩人——屈原〉；歷史和現實的運動的斷想和記述的雜文，如〈五四斷想〉、〈「一二一」運動始末記〉；序跋，如《西南采風錄》〈序〉、《三盤鼓》〈序〉；書信，如〈致臧克家〉；最多的是關於社會政治、思想和文藝問題的演說，如〈組織民眾和保衛大西南〉、〈五四歷史座談〉、〈獸·人·鬼〉、〈民盟的性質與作風〉、〈詩與批評〉、〈最後一次的演講〉等。聞一多的雜文散見在朱自清主編的《聞一多全集》的〈神話與詩〉、〈詩與批評〉、〈雜文〉、〈演講〉和〈書信〉各集中。不論是在什麼內容、什麼樣式的雜文中，歷史和現實都是打通的，詩人、學者、鬥士都是「三位一體」的，這就是著名學者的淵博睿智和遠見卓識，革命浪漫主義詩人的豐富想像和充沛激情，大無畏的革命鬥士的披堅執銳的大破大立等素質構成的獨特丰姿。從詩人、學者和鬥士的統一來說，聞一多和魯迅與瞿秋白有共通之處，聞一多雜文也確實受到魯迅和瞿秋白的深刻影響，其中有魯迅的老辣和深刻，瞿秋白的詼奇和明快，但也自有其獨特的風貌，這是由新的歷史環境和作家鮮明的個性鎔鑄成的那種特有的凝聚力和爆發力。

任何研究聞一多的人，幾乎都要提到他一九四三年〈給臧克家先生〉中的這兩段名言：

> 我只覺得自己是座沒有爆發的火山，火燒得我痛，卻始終沒有能力（就是技巧）炸開那禁錮我的地殼，放射出光和熱來。只有少數跟我很久的朋友（如夢家）才知道我有火，並且就在《死水》裡感覺出我的火來。
>
> 你們做詩的人老是這樣窄狹，一口咬定世界上除了詩什麼也不存在。有比歷史更偉大的詩篇嗎？我不能想像一個人不能在歷史（現在也在內，因為它是歷史的延長）裡看出詩來，而還能懂詩。……你不知道我在故紙堆中所做的工作是什麼，它的目的何在……因為經過十幾年故紙堆中的生活，我有了把握，看清了我們這民族，這文化的病症，我敢於開方了。單方的形式是什麼——一部文學史（詩的史），或一首詩（史的詩），我不知道，也許什麼也不是。……你誣枉了我，當我是一個蠹魚，不曉得我是殺蠹的蕓香，雖然兩者都藏在書裡，作用並不一樣。

這兩段詩一樣的自述，是極為精彩的自我概括，也是人們認識這位歷史巨人的道德文章的鑰匙，事實上他的一生，他的道德文章也正是「詩的史」和「史的詩」。

聞一多的雜文也一樣可以從「詩的史」和「史的詩」這角度來考

察，歷史從過去現在向明天的運動，歷史運動中來龍去脈的規律，歷史運動的根本動力之所在，作家對歷史運動的規模與趨勢的概括和透視，作家對歷史的洞察發現及其創造歷史的宏偉氣魄，都同步鎔鑄在詩的形象的發現和創造上了。而這是上面說的聞一多雜文的那種特有的凝聚力。聞一多晚年也就是「時代的鼓手」，是怒吼的雄獅，是「爆炸著生命的熱與力」的火山，雜文〈畫展〉、〈「新中國」給昆明一個耳光罷〉、〈「一二一」運動始末記〉等，特別是著名的〈最後一次講演〉都是這樣的代表作。其中有驚雷，有閃電，有激流飛瀑，有噴薄而出的熔漿，有雄獅的怒吼咆哮，有對反動派的憤激抨擊，也有對人民英烈的熱情禮贊。每一篇文章，每一次演講都「爆炸著生命的熱與力」，有著震撼人心的力量。聞一多的演講，還有「娓娓而談，使人忘倦」的一面，如〈民盟的性質與作風〉和〈戰後文藝的道路〉等，這類演講體雜文似暖人的春陽，似吹過蕭蕭竹林的清風，像在小溪中潺湲琤琮的清泉，又是另一番景象。

二　朱自清

朱自清（1898-1948），散文家，詩人，學者。原名自華，號秋實，改名自清，字佩弦。原籍浙江紹興，生於江蘇東海，長於江蘇揚州。幼年在私塾讀書，一九一二年進中學學習，一九一六年畢業後考入北京大學預科，一九二〇年北京大學哲學系畢業，在江蘇浙江一帶中學任教，一九二五年八月到清華大學任教，開始研究中國古典文學。一九三一年留學英國，一九三二年任清華大學中文系主任。創作以散文為主，出版的散文集有《蹤跡》、《背影》、《你我》、《歐遊雜記》、《標準與尺度》、《論雅俗共賞》。朱自清，在抗戰勝利後，轉向批評、說理的雜文寫作。這同他思想的轉變有關，也同他對雜文的戰鬥作用的認識有關。作為文學史學者和文學批評家的朱自清，這時較多地論到雜文，如〈歷史在戰鬥中〉說：

> 時代的路向漸漸分明，集體的要求漸漸強大。現實的力量漸漸逼緊；於是雜文便成了春天的第一隻燕子。雜文從尖銳的諷刺個別的事件起手，逐漸放開尺度，嚴肅的討論到人生的種種相，筆鋒所及越見廣大，影響也越見久遠了。

把雜文看為「春天的第一隻燕子」，這是作者過去從未有過的。這時，他寫得很快、很多、很雜，主要的就是雜文，分別結集為《標準與尺度》和《論雅俗共賞》。兩書的序言概括了作者雜文的內容和作者的立場：

> 本書收的文章很雜，評論，雜記，書評，書序都有，大部分也許可以算是雜文吧。其中談文學與語言的佔多數。……本書取名《標準與尺度》，因為書裡有一篇〈文學的標準與尺度〉，而別的文章，不管論文，論事，論人，論書，也都關涉著標準與尺度。
>
> 所謂現代的立場，按我的了解，可以說就是「雅俗共賞」的立場，也可以說是偏重俗人或常人的立場，也可以說是近於人民的立場。書中各篇論文都在朝著這個方向說話。〈論雅俗共賞〉放在第一篇，並且用作書名，用意也在此。

這就是說，作者的雜文在內容上，有論文、論事、論人、論書的，在文體上，有理論、雜記、書評、書序的，而立場是現代的、人民的。從總體上說，朱自清的雜文創作堅持了他作為一個人民文學家和人民鬥士的立場。

朱自清的雜文創作標誌著他的散文創作上的新的追求和新的發

展，也標誌著他的散文創作達到了爐火純青的藝術境界，有著自己獨特的藝術風格，借用陸機的話來說，朱自清雜文的風格就是「論精微而暢朗」。

佔據朱自清雜文中心的，已不是早年那湖光山色、親子之愛、夫婦之情、家庭瑣事和一己苦悶了，而是現實的社會生活和文學發展中的重要問題，表達方式也從抒情、描寫轉向批評和說理。

這時朱自清的雜文，無論是批評社會現實的重大問題，如〈論吃飯〉、〈論氣節〉、〈論書生的酸氣〉，還是議論文學發展和語文教學問題，如〈文學的標準和尺度〉、〈論雅俗共賞〉、〈什麼是文學？〉、〈什麼是文學的「生路」〉、〈歷史在戰鬥中——評馮雪峰的〈鄉風與市風〉〉、〈魯迅先生的雜感〉等，他都非常注意某一問題的「意念」的歷史沿革的描述和辨析，他在讀者面前打開一本活的歷史，一頁一頁地翻著，溫文細語地指點著，讓讀者深切感受到那普普通通的「吃飯」問題、「氣節」問題、文學發展問題和語文教學問題中，原來還有這麼多的學問和道理。他把讀者從已知引到未知再回到更多的知，使人不得不口服心服，有著極高的啟發性和說服力。

這種批評和說理的方法，就是他評論馮雪峰雜文時說的「歷史的方法」，自然這又是朱自清雜文中的「歷史的方法」。具體說，作為學識廣博的學者和人民鬥士的朱自清，在批評和議論同現實社會生活和文學發展的迫切問題時，注重問題的「意念」的考證辨析。他活用了樸學家的方法，注重現實和歷史的貫通，論和史的結合，堅持論從史出，追求歷史和邏輯的統一，這就是說，他立足於現實的戰鬥立場去「熔經鑄史」，對歷史作出新的解釋，宣傳人民民主思想。李廣田在《朱自清選集》〈序〉中說：朱自清「一方面在作歷史的考察，一方面作現實的評價，而這兩方面又是互相貫通，互相結合的」。朱自清自己也說：「就歷史與現實之矛盾加以說明，言文學不能脫離歷史」，但「並非反對就歷史與人生聯繫處，予歷史以新的解釋」（〈日記〉）。

正是對這種「歷史的方法」的說明。在運用這種「歷史的方法」上，朱自清同聞一多是有所區別的：聞一多是吶喊怒吼，大破大立，是洶湧澎湃的驚濤駭浪，朱自清是潤物無聲的細雨；朱自清和馮雪峰也不一樣，〈論氣節〉和〈談士節兼論周作人〉的論題是近似的，前者沒有後者那種對問題作歷史性的理論分析和概括的宏偉氣度，但卻對「氣節」問題的「意念」及其歷史沿革與具體發展有更精微的論述。

朱自清的學術研究和雜文創作受到了英國語義學家瑞恰慈（1893-1980）的影響。瑞恰慈一九三〇年曾來清華大學講學。他的學術講演和學術著作對朱自清有深刻影響。朱自清在〈寫作雜談（一）〉中說：

> 我讀過瑞恰慈教授幾部書，很合脾胃，增加了語文意義的趣味。從前曾寫過幾篇論說短文，朋友們都似乎不大許可。這大概是經驗和知識都不夠的原故。全是自己總不甘心，還想嘗試一下，於是動手寫《語文影》[10]。

幾年後，朱自清在〈語文學常談〉中說：

> 「意義學」這個名義是李安宅先生新創的，他用來表示英國人瑞恰慈和奧格登一派的學說。他們說語言文字是多義的，每句話有幾層意思，叫做多義。唐代的皎然的《詩式》裡說詩有幾重旨，幾重旨就是幾層意思。宋代的朱熹也說看詩文不但要識得文義，還要識得意思好處。這也就是「文外的意思」或「字裡行間」的意思，都可以叫做多義。瑞恰慈也正是研究現代詩的而悟到多義的意思。二是情感，就是梁啟超先生說的「筆鋒

---

10 朱自清：《文藝寫作經驗談》1943年天地出版社印行。

> 常舉情感」的情感。三是口氣，好比公文裡上行平行下行的口氣。四是用意，一是一，二是二是一種用意，指桑罵槐，言在此而意在彼，又是一種意。他從現代詩下手，是因為現代詩號稱難懂，而難懂的緣故就因為一般讀者不能辨別這四層意義，不明的語言文字是多義的。他卻不限於說詩，而擴展到一般語言文字。[11]

朱自清寫的雜文，如〈論氣節〉、〈論吃飯〉、〈論書生的酸氣〉、〈論老實話〉、〈論自己〉、〈論別人〉、〈如面談〉、〈人話〉、〈論廢話〉、〈很好〉、〈不知道〉、〈話中有鬼〉等，明顯有瑞恰慈「語義學」影響痕跡。雜文家在雜文寫作中巧妙地把「詞義」辨析同社會批評和文明批評結合起來，從而形成朱自清雜文創作「別開生面」的獨特風格。

朱自清散文語言的突出成就之一，是他善於運用「活的口語」。「五四」以來的白話文運動，開闢了散文運用「活的口語」的道路。在〈內地描寫〉中，他說：「這種談話風的文章，正是我們所需要的，只有這樣，作品才像尋常談話一般，讀了親切有味。」但他又認為「這是怎樣一個不易達到的境界」(〈談話〉)。他在前期的抒情、記敘散文中已經開始追求「談話風」散文的「境界」，但只有在後期的雜文和論文中，這理想才獲得完全的實現。朱自清的雜文「熔經鑄史」，析理精微，沒有絲毫理論文章的腔調，而是明白如話，深入淺出。這種文章中「活的口語」，並不是自然狀態的，而是經過作家精心篩選、提煉過的，就更顯得簡潔通暢。

11 朱自清：〈語文學常談〉，《新生報》，1946年。

三　吳晗

吳晗（1909-1969），現代著名史學家，雜文家。原名吳春晗，字辰伯，筆名語軒、酉生等。浙江義烏人。一九三四年清華大學畢業，先後任雲南大學、西南聯合大學、清華大學教授、系主任和清華大學文學院院長。一九四三年參加中國民主同盟，從事民主活動，解放後任北京市副市長，中國科學院社會科學學部委員。因創作新編歷史劇《海瑞罷官》、參與《三家村扎記》的寫作，被錯定為「三家村反黨集團」，遭殘酷迫害，吳晗夫婦被迫自殺。生平從事中國古代史研究，對明史尤有成就。著有《朱元璋傳》和《歷史的鏡子》、《史事與人物》、《讀史札記》、《燈下集》、《春天集》、《投槍集》、《學習集》等。他在《投槍集》〈前言〉中的自述，基本上概括了自己雜文的內容和形式上的特點。他說：

> 雜文到底該怎麼寫，怎麼寫才叫雜文，我也鬧不清。我所能弄清楚的是：第一，我的文章內容很雜，幾乎無所不談。第二，寫的時候沒有一定章程，想到就寫。第三，希望文章能使多數人看懂，把要說的話寫下來，有時候半文半白，文體也很雜。第四，大部分文章是有點意思就寫，寫完了才想題目，弄得很苦。第五，發表了以後，人家說我寫的是雜文，於是我也認為是雜文了。

吳晗寫過各式各樣的雜文，但他寫得最多、最有特色的還是歷史小品式的雜文，史論性的雜文，我們統稱這為「歷史雜文」。這種「歷史雜文」在中國古典文學中是大量存在的，現代雜文家中也有不少人寫過這類雜文，但他們只是偶爾為之，沒有吳晗寫得這麼多。這種「歷史雜文」有帶文學性的也有不帶文學性的，例如著名的歷史學家陳垣於三、四十年代在北平幾所大學講課時，開設過「史源學研究」(後改名「史源學實習」)，在北平的一些雜誌上發表過「史源學雜文」，這是不帶文學性的「歷史雜文」。吳晗的「歷史雜文」有濃厚的文學色彩，同他的歷史論文和著作不一樣。在這些「歷史雜文」裡，吳晗以歷史作鏡子，照出現實中的醜惡的嘴臉和靈魂。他不管是以古鑒今，借古諷今，古今合論，還是以今鑑古，他都刨了那些壞種的祖墳，指出了它們的必然沒落的命運。這些「歷史雜文」是用文學雜文的筆調寫成的，其中確有「火氣」、「辣氣」，有強烈的現實針對性和戰鬥性。吳晗的「歷史雜文」開闊了雜文寫作的領域。吳晗的〈舊史新談〉和黃裳的〈舊戲新談〉，當年連袂在上海《文匯報》上刊發，轟動一時，成為文壇美談。吳晗的「歷史雜文」中，如〈論貪汙〉、〈明初的恐怖政治〉、〈三百年前的歷史教訓〉、〈論晚明「流寇」〉、〈論文化殺戮〉、〈社會賢達考〉等是其中的名篇。

第二十四章
梁實秋、錢鍾書的人生隨筆

梁實秋的《雅舍小品》和錢鍾書的《寫在人生邊上》都是四十年代享有盛名的人生隨筆小品。他們都是學識淵博的學者和教授，其人生隨筆小品，都不接觸敏感的現實問題，只是描摹社會眾生相，針砭人性的某些弱點，而且明顯受到歐美隨筆的影響，顯得雍容幽默，風格鮮明，審美品位很高，是雜文創作的另一路子。

第一節　梁實秋的《雅舍小品》

梁實秋（1901-1987），現代作家、理論批評家、翻譯家。原名治華，筆名秋郎。原籍浙江杭縣（今餘杭）。一九一五年考入清華大學，一九一九年以後開始寫詩。在清華學習期間，與同學聞一多等組織清華文學社。一九二三年八月赴美國留學。一九二六年回國，在南京東南大學任教後，轉任上海暨南大學外文系主任，講授「文藝批評」，同時兼任上海《時事新報》副刊「青光」編輯，發表雜文小品，後結集為《罵人的藝術》。一九二八年《新月》雜誌在上海創刊，梁實秋常在上面發表文章，與左翼文學人士展開論戰。一九三一年任青島大學外文系主任，一九三四年任北京大學教授。因宣傳抗戰，受到日寇通緝，隻身南下，輾轉入川，曾在重慶《中央日報》編輯副刊。一九四八年，移居香港，後到臺灣，曾任臺灣大學教授，師範大學文學院院長等職。理論批評著作有《文學的紀律》、《浪漫的與古典的》、《文藝批評論》、《偏見集》、《文學因緣》等，散文集有《雅舍小品》（一至四集）等二十種，他翻譯的《莎士比亞戲劇》全集，於一九六七年出版。《雅舍小品》（一集）收有抗戰時期至一九五〇年前的雜文小品三十四篇，劉業雅在〈序〉中寫道：

> 一九三九年，實秋入蜀，居住在北碚雅舍的時間最長。他久已不寫小品文，許多年來他只是潛心於讀書譯作。入蜀後，流離貧病，讀書譯作亦不能像從前那樣順利進行。劉英士在重慶辦星期評論，邀他寫稿，「與抗戰有關的」他不會寫，也不需要他來寫，他用筆名一連寫了十篇，即名為〈雅舍小品〉。刊物停辦，他又寫了十篇，散見於當時渝昆等處。戰事結束後，他歸隱故鄉，應張純明之邀，在《世紀評論》又陸續發表了十四篇，一直沿用〈雅舍小品〉的名義，因為這四個字已為不少讀者所熟知。我和許多朋友慫恿他輯印小冊，給沒讀過的人一個欣賞的機會。

一九四九年，作者到臺灣，又續寫了三十二篇，結集為《雅舍小品》（續集），此後又有三集、四集、合集，一九六〇年時，時昭瀛又將此書譯成英文。《雅舍小品》及其續集在港臺是部暢銷書，共出五十多版，創中國現代散文發行的最高記錄。《雅舍小品》的出現，標誌著梁實秋雜文藝術的成熟，確立了他在中國現代雜文史上的地位。朱光潛在四十年代曾致信梁實秋說：「《雅舍小品》對於文學的貢獻在翻譯莎士比亞的工作之上。」

梁實秋在「左聯」時期，主編《新月》雜誌，曾和魯迅和左翼作家論戰。但他的《雅舍小品》雖然數量不多，卻受到讀者的注意。從取材看，《雅舍小品》不接觸現實的政治問題，針砭的是一般的人情世態和人性弱點，從議論上看不時有新穎可喜的見解；從寫法上看，他雖以議論為主，但他在雜文小品之中，廣泛地運用記敘、抒情散文的描寫、記敘和抒情手法，這就造成他的雜文小品有著文詞雅麗、描寫生動、巧喻聯珠、辛辣幽默、情韻悠長的特點。《雅舍小品》無疑是屬於「軟性的文章」這一路的。但它沒有某些所謂的「幽默小品」的惡趣，也沒有王力小品中的「血淚」。作者顯然企圖迴避現實的政治問題，但他有時又不得不刺到他所不喜歡的國民黨當局推行的「新生活」運動，不得不議論到人們關注的「物價」問題。

梁實秋是由於在北平宣傳抗戰受到日寇通緝而離家別子跑到重慶的，他是擁護抗戰的，他是愛國的。奇怪的是，他卻鼓吹創作上的「與抗戰無關論」。「抗戰八股」自然應該反對，但反對「抗戰八股」同「與抗戰無關」完全是兩碼事。梁實秋的「與抗戰無關」論理所當然受到文藝界許多人的批評，對這種批評，梁氏是不服氣的，在《雅舍小品》的〈畫展〉裡，他評論說：「有人以為畫展之事，無補時艱。我倒不這樣想。寫字、刻印以及詞章考證，哪一樣又有補時艱？畫展只是一種市場，有無相易，買賣自由，不愧於心，無傷大雅。我怕的是，『蜀山圖』裡面畫上一輛卡車，『寒林圖』裡畫上一架飛機。」這種認識仍然是片面的。在「『蜀山圖』裡面畫上一輛卡車，『寒林圖』裡畫上一架飛機」，生硬表現抗戰，確是「煞風景」的敗筆，但這並不等於說繪畫就不要也不能表現抗戰。被稱為中國現代人物畫的經典之作的蔣兆和的《流民圖》，就是著力表現抗戰，並且傳之不朽的。

梁實秋的《雅舍小品》寫於一九三九年至一九四七年的抗日戰爭和解放戰爭期間，在取材上，確是與抗日戰爭和解放戰爭的歷史風雲無關的，在梁實秋雜文的社會批評和文明批評中，沒有政治評論和時事評論的位置和影子，他寫的只是他所熟悉的身邊瑣事，一般的人情世態，針砭不好的時尚風習和人情人性上的弱點。雜文創作領域是無限開闊的，讀者的需要是豐富多樣的，一個雜文作家，只要能在他耳熟能詳、得心應手的領域，辛勤耕耘，深入開掘，自由馳騁，他就能獲得成功。梁實秋的《雅舍小品》專注於人情世態的描摹，時尚陋習和人性弱點的針砭，以及自我優雅情趣的抒寫，他的雜文還是有較長久的魅力，為不少讀者所喜愛。

《雅舍小品》寫的是，作者熟悉的身邊瑣事，日常生活，是天天在人們身邊發生，人們天天都會遇上的衣食住行、生活娛樂、生老病死、社會交際、時尚風習、人倫道德。〈雅舍〉寫的是住房問題，〈衣裳〉寫的是穿衣問題，〈旅行〉、〈汽車〉寫的是走路問題，〈病〉、〈醫生〉寫的是生病治病問題，〈下棋〉、〈寫字〉、〈鳥〉等寫的是生活娛樂問題，〈信〉、〈客〉、〈握手〉、〈送行〉寫的是社會交際問題，〈孩子〉、〈女人〉、〈男人〉、〈第六倫〉寫的是社會倫理關係，〈洋罪〉、〈結婚典禮〉等寫的是時尚陋習問題，〈講價〉寫的是購物時的討價還價問題，……這些問題，自然不是什麼國家大事，也看不到那個「血與火」時代的刀光劍影，但又都是任何時代、任何國家、任何階層的人天天都會遇到的問題，都是人們現實生活不可分割的組成部分，唯其如此，它們也就有相當的普遍性和長久性，也就會引起讀者的注意、興趣和思考。

梁實秋在評論上述人們司空見慣、每天都在自己生活中發生的身邊瑣事和日常生活，特別注意描摹社會的眾生相和剖析人情人性的弱點，這正是梁實秋的《雅舍小品》在品位上高出於一般同類雜文的奧妙之所在。這得力於作家在日常生活中的觀察、體驗和思考。

譬如說吧，「握手」這是現代社會人們交際中的習慣性動作，但在梁實秋筆下的「握手」特寫鏡頭下，卻有人間的不平，社會的醜態，他在〈握手〉裡寫同人「握手」時會遇到的種種尷尬，其中「第一種」是這樣的：

> 第一種是做大官或自以為做大官者，那隻手不好握，他常常挺著胸膛，兩眼望青天，伸出一隻巨靈之掌，等你趁上去握的時

> 候，他的手仍是直僵的伸著，他並不握，他等著你來握。你事前不知道他是如此愛惜氣力，所以不免要熱心的迎上去握，結果是要孤掌難鳴，冷涔涔的討一場沒趣。而且你還要及早罷手，趕快撤手，因為這時候他的身體已轉向另一個去，他預備把那巨靈之掌去給另一個人去握——不是握，是摸。

這是對那些居高臨下、盛氣凌人的「大官」的憤怒和嘲諷，是社會相的寥寥幾筆、足以傳神的漫畫式描摹。梁實秋對這類官僚有天然的生理上的厭惡，在〈臉譜〉裡，他又以漫畫筆法勾出他們臉上的白鼻子。他說在生活中他見到各式各樣的臉，令人愉快的臉，叫人厭煩的臉，而且似乎人的臉有幾副，會變的，「不塗脂抹粉的男人的臉，也有『捲簾』一格，外面擺著一副面孔，在適當的時候呱嗒一聲如簾子一般卷起，另露出一副面孔」。而他最不耐煩見到的是那樣的「臉」，他寫道：

> 最令人不快的是一些本來吃得飽，睡得著，紅光滿面的臉，偏偏帶著一股肅殺之氣，冷森森地拒人千里之外，看你的時候眼皮都不抬，嘴撇得瓢兒似的，冷不防抬起眼皮給你一個白眼，黑眼球不知翻到哪裡去了，脖梗子發硬，胸殼朝天，眉頭皺出好幾道熨斗都熨不平的深溝——這樣的神情最容易在官辦的業務機關的櫃檯後面出現。

梁實秋是人性論者。他鼓吹文學表現普遍永久不變的人性。《雅舍小品》裡，梁實秋在描摹社會眾生相時，總不忘記剖析人情和人性的弱點。在〈信〉裡，他說：「信裡面的稱呼最足以見人情世態。」某青年向某教授寫信請求提攜，稱呼是：「夫子大人函丈」或「某某老師鈞鑒」，真個提攜了他，稱呼改為「某某先生」了，到了這位青年地位待遇超過了教授，來信就乾脆「稱兄道弟了」！稱呼上的這種前恭而後倨的變化，反映人性上的勢利。〈謙讓〉裡，梁實秋說人們在酒席上大家都有座位，彼此總要虛情假意地大大「謙讓」一番，但在長途汽車上，他們就決不「謙讓」了，他由此指出人性的虛偽和自私。在〈女人〉和〈男人〉裡，梁實秋批評女人和男人的人性弱點，在〈鳥〉和〈豬〉裡，他借物喻人，他借「籠中鳥」的苦悶，表達了他對人性的掙脫束縛、自由翱翔的渴望，他借對只會「吃喝拉撒睡」的豬的批判，表達了他對人性向善的期待。梁實秋對人性弱點的針砭，表達了他對美好人性的企求。這是有意義也有價值的。但是，人性就是人的社會本性，人性是有歷史和階級內容的。就以梁實秋在三十年代初，他同魯迅關於人性問題的爭論，就是兩種根本對立的人性觀。實事求是說，魯迅的人性觀包含了更多真理。當梁實秋以他所謂普遍永久不變的人性觀指導他的雜文創作時，他就難免要陷入捉襟見肘的尷尬的。且不論他在〈病〉裡有意歪曲魯迅〈病後雜談〉裡的原話，調侃嘲諷魯迅，渲洩他當年被魯迅批判的怨氣，就是他所說的〈男人〉和〈女人〉的人性弱點，也並非所有男人和女人都那樣不堪。梁實秋這種人性論的侷限，在〈乞丐〉和〈窮〉裡，就看得更清楚了。在〈乞丐〉裡，梁實秋竟說乞丐「生活之最優越處是自由：鶉衣百結，無拘無束，街頭流浪，無簽到請假之煩，只求免於凍餒，富貴於我如浮雲。所以俗話說：『三年要飯，給知縣都不幹。』乞丐也有他的窮樂。」他還引英國蘭姆的乞丐是「世界上唯一自由的人」的話，來論證他的觀點，未免荒唐。梁實秋的〈窮〉寫於解放戰爭時期，那時反饑餓反內戰呼聲，震撼全國。但梁實秋卻說：「典型的窮人該是顏回，一簞食，一瓢飲，在陋巷，不改其樂。」確是荒唐之至。

梁實秋在《雅舍》有句名言：「有個性就可愛。」寫作《雅舍小品》時的梁實秋已是年過不惑的中年人了。他在〈中年〉裡如是說：

> 中年的妙趣，在於相當的認識人生，認識自己，從而作自己能作的事，享受自己所能享受的生活。科班童伶宜於唱全本的大武戲，中年演員才能擔得起大出軸子戲，只因他到中年才能懂得戲的內容。

這裡，梁實秋其實也是在述說自己。他已經飽經滄桑，懂得了人生的使命、奧義和妙趣，豁達、樂觀、幽默、風趣，深諳享受生活和表現生活的藝術。這形成梁實秋的成熟鮮明的生活個性和創作個性。

梁實秋這種豁達、樂觀、幽默、風趣，深諳享受生活和表現生活的藝術的成熟鮮明個性，突出表現於〈雅舍〉一文裡。一九三九年，梁實秋入蜀，同吳景超、劉業雅夫婦租住在重慶市郊北碚小山腰的一座簡陋民房裡，他以劉業雅的「雅」字命名這座房子。房子極為簡陋，居住頗為不便，但僻處山腰，遠離塵囂，雨晨月夕，景致絕佳。「客裡似家家似寄」。梁實秋學成歸國後，輾轉流徙，到處為家，每寄居一地，就對「那房子便發生感情」。他住在這簡陋而不方便的房子裡，不僅不歎苦嗟悲，反而覺得「雅舍」「有個性就可愛」，否則，他的筆下決不可能流瀉出那富於詩美的文字：

> 「雅舍」最宜月夜——地勢較高，得月較先。看山頭吐月，紅盤乍湧，一霎間，清光四射，四野無聲，微聞犬吠，坐客無不悄然！舍前有兩株樹，等到月到中天，清光從樹間篩灑而下，地上陰影斑斕，此時尤為幽絕。直到興闌人散，歸房就寢，月光仍然逼進窗來，助我淒涼。細雨濛濛之際，「雅舍」亦復有趣。推窗展望，儼然米氏章法，若雲若霧，一片瀰漫。

這種優雅清麗，如詩似畫的情韻悠長文字，沒有深刻的觀察體驗和深情灌注決寫不出。

梁實秋曾引西諺云：「人的生活四十歲才開始。」他熱愛生活，精通生活藝術。他清高，但也好客，他說客人「如果素質好，則未來時想他來，既來了想他不走，既走想他再來。……『夜半待客客不至，閑敲棋子落燈花』，那種境界最足令人低徊」(〈客〉)。他愛大自然的「天籟」(〈音樂〉)，他愛「鳥聲」和「鳥形」，對它們有極高鑑賞力（〈鳥〉)，他愛「下棋」，主張「下棋」應全身心投入，他寫道：「我有兩個朋友下棋，警報作，不動聲色，俄而彈落，棋子被震得在盤上跳蕩，屋瓦亂飛，其中一位棋癮較小者變色而起，被對方一把拉住：『你走那就算你輸了。』此公深得棋中之趣。」(〈下棋〉) 他愛旅行，但希望有好的旅伴（〈旅行〉)。他有多方面的生活情趣，精通和講究生活藝術。

梁實秋也是個文體家。他的《雅舍小品》把英國艾迪生和蘭姆為代表的「雍容幽默」的小品隨筆中國化和個性化了，顯得簡潔優雅，灑脫自如，幽默風趣，富於情韻，打上了獨特的印記。梁實秋的小品隨筆讀多了，人們一眼就能認出那是他的手筆。

梁實秋的小品隨筆屬於以議論和批評為主的雜文小品。較特別的是，在梁實秋的雜文小品裡，當他要議論和批評某個問題時，文章卻不以純議論和批評的形態出現，其間有議論、有批評，但更多的篇幅卻是記敘、描寫和抒情，特別是描寫佔更大篇幅，因而，有人就把《雅舍小品》劃入散文小品範疇。這其實是皮相之見。我們只要認真仔細審讀梁氏小品隨筆，不難發現，梁氏小品議論不多，而且他的議論之中，總是博引中外名言雋語、清詞麗句，他自己的話不多，而且多半在關鍵地方和關鍵時刻出現，「立片言以居要」，起「畫龍點睛」作用；梁實秋特愛描寫，他的描寫不是純客觀的，滲入作者的褒貶愛憎，從本質上說，梁氏的描寫是變形的批評和嘲諷，或者說，梁氏小品的描寫就是批評和嘲諷，是雜文式的描寫，不是散文式的、小說式的描寫，這我們只要看看梁氏在〈握手〉裡對「握手」的種種社會相的描寫，〈臉譜〉裡對各式「臉譜」的社會相的描寫，〈豬〉裡對豬的從生到死，牠奉行「吃喝拉撒睡」的懶漢哲學的描寫，都是相當辛辣的帶雜文式的嘲諷和批評。《雅舍小品》裡這種雜文式的嘲諷性和批評性的描寫，往往是作者的幽默風趣最能出彩的所在，給人留下印象最深的地方。如果說梁氏小品裡的描寫在本質上是雜文式的批評，那麼，它和作家議論的結合，就構成了梁氏小品的主體和精魂。從這點說，把梁氏小品劃入雜文小品範疇，就是順理成章的。

這些年來，包括《雅舍小品》全部在內的梁實秋散文大量印行，走俏暢銷，人們驚喜地發現了散文大師梁實秋，這是好事。但似乎也不能就此斷言，《雅舍小品》作者是可以和偉大的魯迅並列的雜文大師了。在雜文創作上，魯迅仍然是難以企及的。梁實秋的雜文同魯迅的雜文相比，在量上，特別是在質上都有不小的差距。給予梁實秋散文崇高評論是應該的，但說他可以和魯迅比肩，那就在無意中抬高前者而貶低後者了。

第二節　錢鍾書的《寫在人生邊上》

錢鍾書（1910-1998），江蘇無錫人。原名仰先，字哲良，後改名鍾書，字默存，號槐聚，曾用筆名中書君。中國現代著名文學家和文學研究家。錢鍾書是古文家錢基博長子，自幼受到傳統經史方面教育，一九二九年考入清華大學外文系，又廣泛接受世界各國文化學術成果。一九三三年大學畢業，一九三五年和作家、翻譯家楊絳結婚。同年考取英國退回庚子賠款留學名額，在牛津大學英文系攻讀兩年，又到法國巴黎大學進修法國文學一年，一九三八年回國。先後擔任西南聯大外文系教授、湖南蘭田師院英語系主任、上海暨南大學外語系教授、中央圖書館英文總纂、清華大學外文系教授，一九五三年起任文學研究所研究員，一九八二年起任中國社科院副院長。學術著作有

《談藝錄》、《宋詩選》、《管錐篇》，創作有短篇集《人·獸·鬼》、長篇小說《圍城》。他是著名學者和文學家。他的廣博的知識，強大的思辨能力，以及獨特的文體，都是引人矚目的。這一切在他寫的雜文《寫在人生邊上》（1941）中突出表現出來了。這本薄薄的雜文集只有十篇文章，卻有自己的分量，是讀者愛讀的雜文珍品。作者在〈序〉中寫到：

> 人生據說是一部大書。
>
> 假使人生真是這樣，那麼，我們一大半的作者只能算是書評家，具有書評家的本領，無須看得幾本書，議論早已發一大堆，書評一篇可以寫完繳卷。
>
> 但是，世界上還有一種人。他們覺得看書的目的，並不是為了寫批評或介紹，他們有一種文明的人懶惰，那就是從容，使他們不慌不忙的瀏覽。每到有什麼意見，他們隨時在書邊的空白上注上幾個字，或寫一個問號，像中國書上的眉批，外國書裡的Marginalia。這種零星的隨感，並不是對這本書整個的結論。……
>
> 假使人生是一部大書，那末，下面的幾篇散文只能算是寫在人生邊上的。……

錢鍾書自稱是「零星的隨感」的雜文，同三十年代夭逝的梁遇春的隨筆有共同之處，都以知識性和思辨性見長，當然錢文更顯得波譎雲詭，老辣睿智。《寫在人生邊上》的第一篇是〈魔鬼夜訪錢鍾書先生〉，意味深長。這個魔鬼，類似歌德《浮士德》中的惡魔靡菲斯特，是個飽經滄桑，閱歷深廣，既是邪惡勢力的代表，又是有著強大思辨能力的「否定精神」的化身。魔鬼自詡：「但丁贊我善於思辨，歌德說我見多識廣。」他常常在對社會人生的獨特分析和批判中，說出一些「歪打正著」、令人顫慄的「可怕的真理」。〈魔鬼夜訪錢鍾書先生〉中的「魔鬼」是中國版的靡菲斯特。在他那滔滔不絕的議論中，就有不少「歪打正著」的「可怕的真理」。魔鬼同錢鍾書談的多半是文藝問題，他嘲笑流行的傳記文學，他指出：「為別人做傳記也就是自我表現的一種，不妨加入自己的主見，借別人為題目來發揮自己。反過來說，作自傳的人往往並無自己可傳，就逞心如意地描摹出自己老婆、兒子都認不得的形象，或者東拉西扯地記載交遊，傳述別人的軼事。所以要知道一個人的自己，你得看他為別人做的傳；你要知道別人，你倒該看他為自己做的傳。自傳就是別傳。」魔鬼還慨歎，人都成了「近代物質和機械文明犧牲品」，都失去「靈魂」了。他的話都是辛辣而深刻的。自然錢鍾書不是靡菲斯特，他是進步學者和文學家。他有深廣的閱歷，廣博的學識，強大的思辨能力，他有健全的肯定和否定精神。

〈魔鬼夜訪錢鍾書先生〉之外的九篇，如〈窗〉、〈論快樂〉、〈說笑〉、〈吃飯〉、〈讀《伊索寓言》〉、〈談教訓〉、〈一個偏見〉、〈釋文盲〉、〈論文人〉等，都貫穿著懷疑精神、否定精神、批判精神和尋找真理的思辨精神。這一切表現在思維方式上，就是超常逆反的創造性思維，因而，他常能發表不同凡俗、發人深省的雋言妙論。最足以概括錢鍾書這種超常逆反的創造性思維的，是在〈論快樂〉說的「矛盾是智慧的代價」這句名言。所謂「矛盾是智慧的代價」，說的是錢鍾書在議論和批評中，特別善於揭示矛盾和分析矛盾，提出新穎精闢之論，給人驚喜和啟示，顯示了過人的聰明才智。錢鍾書對矛盾的揭示和分析是多樣而巧妙的。在〈窗〉裡，錢鍾書比較了「門」和「窗」的一系列差異，最後歸結到「窗」是「屋的眼睛」，「眼睛是靈魂的窗戶」，從哲學上說，差異就是矛盾，對差異的比較，就是對矛盾的揭示和分析。〈說笑〉是針對林語堂等輩起勁鼓吹「幽默」理論而發的。錢鍾書指出這種理論的鼓吹者陷入了物極必反，與其主觀願望相反的矛盾。他指出「幽默」（Humor）的拉丁文原意是「液體」，如果

「把幽默當為一貫主義或一生的衣食飯碗，那便是液體凝為固體，生物製成標本」，這樣鼓吹「幽默」，「正是缺乏幽默」，「不是幽默」，不過只是「宣傳幽默」。在〈吃飯〉裡，錢鍾書相當幽默地說：「吃飯有時很像結婚，名義上最主要的東西，其實往往是附屬品。吃講究的飯事實上只是吃菜，正如討闊老的小姐，宗旨，倒不在女人。」這是對名與實尖銳矛盾的揭示。在〈一個偏見〉裡，他從「公理」和「偏見」這矛盾對立中的同一性的分析出發，肯定「所謂的正道公理壓根兒也是偏見」。在〈讀《伊索寓言》〉裡，錢鍾書一反常規說，在現代人看來，古人不過是小孩子，而「我們反是我們祖父的老輩」，「我們信而好古」，「並非為敬老，也許是賣老」，這是對「古」和「今」、「老」和「小」這矛盾對立雙方向對立面轉化的揭示和分析。

錢鍾書關於「矛盾是智慧的代價」的說法，使人聯想到黑格爾《邏輯學》關於「機智和智慧」的論述。黑格爾說：「機智抓到矛盾，使事物彼此關聯，使『概念通過矛盾透露出來』，但不能表現事物及其關係的概念。」又說：「思維的理性（智慧）使有差別的東西的已經鈍化的差別尖銳化，使表像的簡單的多樣性尖銳化，達到本質的差別，達到對立。」錢鍾書在雜文的議論和批評中，善於揭示矛盾和分析矛盾，表現了很高的智慧，提出了不少「反常合道」即違反常規但又涵蘊某些真理的創造性見解，是很值得研究的。

一般來說，錢鍾書這些「人生邊緣的隨筆」(〈偏見〉)，注重於文化批評，如〈魔鬼夜訪錢鍾書先生〉之論「自傳」與「別傳」，〈說笑〉之論「幽默」，〈教訓〉之批「假道學」的說教文學，〈一個偏見〉之論詩歌鑑賞，〈釋文盲〉之論文學批評，〈論文人〉之論文人的命運，〈讀《伊索寓言》〉卻是篇難得的寓人情世態的社會批評於文化批評的傑作。在這篇奇文裡，錢鍾書對《伊索寓言》裡的「蝙蝠的故事」、「螞蟻和促織的故事」、「狗和它自己影子的故事」、「天文家的故事」、「烏鴉的故事」、「牛跟蛙的故事」、「老婆子和母雞的故事」、「狐狸和葡萄的故事」、「驢子和狼的故事」等九個寓言故事作了「推陳出新」的拓展性的改寫。在這種改寫中，原來的寓言故事情節更豐富了，而且融進改寫者對現代社會複雜微妙的人情世態和醜陋社會心理的透視。這裡我們來欣賞一下其中的「蝙蝠的故事」：

> 例如蝙蝠的故事：蝙蝠碰見鳥就充作鳥，碰見獸就充作獸。人比蝙蝠聰明多了。他會把蝙蝠的方法反過來施用：在鳥類裡偏要充獸，表示腳踏實地；在獸類裡偏要充鳥，表示高超出世。向武人賣弄風雅，向文人充作英雄；在上流社會裡他是又窮又硬的平民，到了平民中間，他又是屈尊下顧的文化分子：這當然不是蝙蝠，這只是——人。

可以明顯看出，伊索寓言經錢鍾書的拓展性改寫，不僅故事情節豐富了，內涵意蘊也深化了。這確是妙不可言的創造性改寫，表現了作者蓬勃的創造力。

錢鍾書是一位才學很高、極富「幽默」感的智者。他常以雋言妙喻對批評對象進行絕妙的諷刺。在〈釋文盲〉裡他尖刻批評那患上了「價值盲」的「文學研究者」，他有這樣絕妙的比喻性描寫：

> 好多文學研究者，對於詩文的美醜高低，竟毫無欣賞和鑑別。但是，我們只要放大眼界，就知道不值得少見多怪。看文學書而不懂鑑賞，恰等於帝皇時代，看守後宮，成日價在女人堆裡廝混的偏偏是個太監，雖有機會，卻無能力！

錢鍾書的雜文的議論有與眾不同的獨特視角，在議論的運動中，作家的聯想特別活躍。他轉手就能從知識和思辨的遼闊原野上，採擷來成批量的香花綠草，造出色香味俱全的思辨佳釀，除第一篇外，書中各篇都是這種寫法。以〈窗〉為例，「窗」，誰沒見過？「窗」和「門」的區別誰不知道？但誰能想到作家竟能在這樣普通的物事上寫出這篇堪稱為人間的奇文。文章第一段最後一句，作者用詩的語言寫道：「春天是該鑲嵌在窗子裡看了，好比畫配了框子。」接著作者層層比較了「門」和「窗」的種種不同，最後一段論到「窗」是屋的眼睛，眼睛是靈魂的窗戶，人事上開窗和關窗的必要。這裡有千迴百轉的曲折，奇妙活躍的聯想，在作者筆下的「窗」，就成了一種由作者賦予的獨特的「意念」和獨特的「景象」相結合的獨特的思辨境界了。

有著獨特風格的雜文家，常常就是獨特的文體家。錢鍾書雜文喜歡旁徵博引，在這點上他同梁遇春和王力相近，文章的知識密度特大，而且他的語言巧喻泉湧，妙語串珠，話中帶刺，富於辛辣和幽默感。他的小說《圍城》語言創造性的比喻的排比聯用著稱於世，其雜文也差可比擬。

第二十五章
黃裳、張恨水、歐小牧的雜文

在解放戰爭時期，出現一批以「說戲」和評論古典小說人物的雜文，如黃裳的「說戲」，張恨水和歐小牧的評論古典小說人物。這類雜文的出現，標誌著雜文創作向新的領域的拓展。在這時期，會出現這類雜文不是偶然，有其深刻的歷史、現實和文化等諸方面的原因，是雜文創作的合乎規律的發展。這首先是國民黨反動當局的森嚴文禁，限制了作家自由表達自己的政見和文見，逼使他們不得不借評論文史來間接曲折表達他們的思想情感；其次是中國雜文創作中原來就有這方面的豐厚傳統，這樣，那些熟悉戲劇、小說和文史的雜文家，就寫作了大量這類雜文了。這類雜文，突破了國民黨的森嚴文禁，騙過了國民黨文化審查老爺虎視眈眈的眼睛，麻痺了他們的政治警覺，打破了空間和時間的界限，把文藝的審美批評同現實的社會批評和文明批評治於一爐；這類雜文給創作者提供了自由馳騁盡情發揮其聰明才智的廣闊天地，也為讀者提供了曲折含蓄、富於聯想的雜文珍品。

第一節　黃裳的論劇雜文

黃裳（1919-2012），現代散文家、雜文家、藏書家。原名容鼎昌。出生於河北井陘，原籍山東益都縣。畢業於上海交通大學。一九四三年被徵調往昆明、桂林、貴陽、印度等地任美軍譯員。抗戰勝利後，曾任《文匯報》駐渝、寧特派員，後調回上海編輯文教版和副刊。黃裳長期從事散文和雜文創作，嫻熟於版本目錄之學。從一九四六年至今，共出版有《錦帆集》、《錦帆集外》、《關於美國兵》、《舊戲新談》、《榆下說書》、《榆下雜說》、《銀魚集》、《翠墨集》、《珠還記幸》、《清代版刻一隅》等三十餘種，輯有《黄裳文集》六卷，譯有《獵人筆記》等。

談戲的雜文是黃裳在建國前雜文創作上的一座高峰。一九四七年作者在上海《文匯報》副刊「浮世繪」當編輯，受到吳晗的〈舊史新談〉的談史雜文的影響，在「浮世繪」上開闢「舊戲新談」的專欄，連續發表談論京劇的文章。作者回憶當時的情況說：「娛樂版要有劇評，我就找到一個題目：〈舊戲新談〉。這個題目的好處是題材不虞匱乏，可以古今中外地放筆寫去，一開始還守著『劇評家』的規範，後來逐漸不行了，常常從舞臺上古裝人的言行聯想到現實世界的種種，這真是不以人的意志為轉移，劇評於是雜文化了。」[1] 一九四八年作者將這些雜文結集成書，由葉聖陶主持的開明書店出版，書名為《舊戲新談》。查葉聖陶的日記，一九四八年八月二十五日記云：「下午，觀新出版黃裳之《舊戲新談》。我店係購其現成紙版，頗有錯字。兼為校對。此書於舊劇甚為內行，而議論編劇與劇中人物，時有妙緒，余深賞之。」[2]葉聖陶老人對該書給予很高評價。

黃裳的談戲雜文，表現了作家對京劇這一民族藝術形式的深刻獨到的理解，包含了濃郁的文化趣味，作家從小在京劇的氛圍中長大，對京劇的表演養成了超然的審美目光。他用清新活潑的文筆，溫婉的人情，描繪出京劇表演中包含的美妙意境，表現出千百年來人情世態的積澱。作者是劇場的老「票友」，熟知劇壇掌故，名家風物，聽他娓娓訴說，一一為你講解京劇劇情、表演、唱腔等等妙處，真有「小樓一夜聽春雨，深港明朝賣杏花」的情趣。黃裳是解劇的劇評家，他

1 黃裳：〈雜文的路〉，見趙元惠編：《雜文創作百家談》（開封市：河南教育出版社，1989年）。

2 參見葉聖陶：〈在上海的三年〉，《新文學史料》1988年第3期。

與那些正統的舊劇評家又有著顯著的區別。黃裳這樣評論他們：「職業的劇評家——代表人物當推齊如山與徐凌霄，他們熟於梨園掌故，廣交平劇名伶，自己也懂戲，所以凡有寫作，大約是有點道理的。但他們從不談舊劇的意義，也從不提倡改革，相反地，倒是非要保守不可，如譚供奉在某劇中掛『黑三』，馬連良改掛『黑滿』，那就得罵一個狗血噴頭之類。」黃裳與這些劇評家的不同之處，在於欣賞的眼光與思維方式的區別。黃裳注重是「舊劇新談」的「新」字，他能用新的審美眼光，品味舊劇的藝術精華，表達自己的真知灼見。吳晗在該書的〈序〉中評論說：「談皮簧談昆曲極當行……文中還談及服裝的美、臉譜的美、表情的美，作者決不是一個庸俗的談戲行家，而是對舊形式的藝術有著高度的欣賞和批評能力的。」[3]黃裳談戲雜文的情韻的產生，得力於作家是其中的解人，他了解舊劇與生活的密切關係，是從活生生的生活中提煉、概括出的藝術真實，表現了多少年累積下來的人情世態，其中有普通人對美好生活的願望與理想，有活潑耀目的「生之情趣」。從這樣的角度出發，直抵京劇藝術的堂奧，這是斤斤於「黑三」「黑滿」之類的舊劇評家所不能及的。

黃裳的談戲雜文的「新」，還表現在他重視舊劇的社會意義上。唐弢先生在該書的〈跋〉中寫道：

> 一提到新談，在這門上，作者的成就可就絕了！常舉史事，不離現實，筆鋒帶著感情，雖然落墨不多，而鞭策奇重，看文章也就等於看戲，等於看世態，看人情，看我們眼前所處的世界，有心人當此，百感交集，我覺得作者實在是一個文體家，《舊戲新談》更是卓絕的散文。[4]

3　吳晗：〈吳序〉，收入黃裳《舊戲新談》。

4　唐弢：〈跋〉，收入黃裳《舊戲新談》。

黃裳把雜文的文明批評和社會批評都寓於談戲的藝術欣賞中了。他的文字中，時時出現對現實社會的批評、諷刺，他說：「我每天談老古董，然而引起我談老古董的興趣的卻正是一九四七年眼前的新事，如此新鮮，如此活現，難道說這不是一件值得深思的事嗎？」[5] 作者勾畫出舊劇中反映出的許多社會相，描畫出各色人物的臉譜，使其情偽畢露，無所隱藏，對舊劇中隱藏的毒素，如奴性的表現、奴才意識、封建的男女意識等，作者也進行了揭露與抨擊，這表現了作家對社會生活的敏感，這種敏感的得來，是同作者投身於社會生活激流密切相關的。

唐〈跋〉中還說：

> 我讀作者的散文很早。深知他愛好舊史，癖於掌故，對前輩有他的嚮往，卻不必真的效顰。這幾年賓士西南，遠及印度，所見漸多，筆底的境界也更廣闊，不復是伏在牖下的書生了，推陳可以出新，使援引的故事孕育了新的意義，這是有著痛苦的經驗的。但在文字上，我們卻以此為生活光輝。

這是對該書的中肯的評價。

黃裳對京劇這種民族傳統的舞臺表演藝術形式有著深切的喜愛、獨特的理解和獨特的發現。

作者從小在京劇的氛圍中長大。「兒童時代開始走進劇場，常常是睜大了眼睛站在舞臺邊上欣賞。從不懂到懂，從驚奇到讚歎，從看武戲到聽唱工，經歷了許多變化，但最初的印象總是不易忘記的。」[6] 童年時代的經驗，給他留下了豐富的審美體驗和深刻的審美感受。以後，黃裳又與京劇界保持著密切的聯繫，與京劇藝術大師梅蘭芳、蓋

5　黃裳：〈雨天雜寫〉，《舊戲新談》。

6　黃裳：〈序〉，《彩色的花雨》。

叫天等交往甚洽。深切的愛好、廣泛的接觸使得他對京劇這種藝術形式有深刻的認識、獨到的理解。因此，黃裳對京劇的看法是歷史的，也是辯證的。較之「五四」時期的陳獨秀、魯迅、錢玄同、胡適、周作人等對京劇（包括中國戲曲藝術）的全盤否定要客觀得多，更符合實際，也比時下的一些新潮理論家，鼓吹民族文化虛無論者、戲曲「消亡」論者要高明得多，深刻得多，這不全是由於他對京劇的偏愛，更主要的是他對作為中華民族藝術精華的標誌之一的京劇的科學認識有關。

黃裳認為，舊戲（京劇等）反映了人民的喜怒愛憎，是中國社會相的一部百科全書，是歷史和現實的鏡子。「創造、豐富、發展了舊戲的卻是受迫害、受侮辱的一群，這也是事實。他們不會心甘情願地為封建統治階級粉飾太平，無論在怎樣的情況下，總免不了會透露出這樣那樣離經叛道的痕跡，是一點都不奇怪的，有些則正是『奴隸的語言』，在滿臺『光明』中，卻使觀眾看到了最冷酷的黑暗。藝術的生命始終不能不是真實，最高明的諷刺是如實地記下了某些社會畸形事態，並不附加任何評論。至於在壓迫的縫隙裡，時時顯露一些普通人的美好願望，描繪一下他們理想的生活，作為一種自我安慰、激勵、娛樂的就更多。」[7]正因為舊劇「提供的社會現象精確，標本太豐富、太深刻了。簡直就像一部百科全書」，他認為「想對舊社會黑暗，腐朽的現實加以批判、攻擊，談戲是一條便捷而有效的路」。即使在今天的社會裡，舊戲還依舊保持著它的生命力，「因為在今天的社會裡，封建主義的殘餘還是大量的，有的還是頑強地存在著甚至佔著優勢，簡直不能稱之為『殘餘』。人物衣冠確已大大改變，嘴裡說的也是時髦的語言，但靈魂深處往往還是舊的，或基本上是舊的。觀眾在舞臺下面看到的是古老的故事。但隨時隨地可以看到現代的人，

7　黃裳：〈反封建離不開舊戲〉，《人間說戲及其他》。

彷彿就坐身邊一般。」作者強調「今天要反封建，就離不開傳統戲。或更確切些說，是不該拒絕借重這支重要力量的」[8]。這些見解是歷史的辯證的深刻的，是經得起歷史和現實檢驗的。

黃裳對舊劇的真知灼見，還表現在他對京劇的藝術程式、審美意蘊的深刻理解中：

> 中國傳統的戲曲藝術是歌舞並重的綜合舞臺藝術，它以唱、做、念、打為主，輔之以「圓場」為代表的舞臺調度手法和獨特的服裝、道具、切末、臉譜、鑼鼓、絲竹伴奏等藝術手段，經過近千年戲曲藝人的辛勤創造、積累，從廣泛的生活、藝術領域中汲取營養，形成了一種具有非凡表現現實生活能力的驚人的藝術力量，至今仍為廣大群眾所喜愛。
>
> 演出所使用的手段，比姊妹藝術豐富。面部的表情、衣衫轉折、拋擲、繁複身段的運用、歌聲的變幻、念白的抑揚、……無不一一被用來作為揭露人物內心的武器。大膽的省略與精微的刻畫在構思細密的節奏中，成為一種高度和諧的統一體，觀眾得到的是同時呈現的「視聽之娛」，一切都在同一時間、地點完成。
>
> 藝術家的表演，有時誇張便誇張到極處，細緻也細緻到極處，……使觀眾不能不驚異。中國戲曲表演藝術家所獲得的是遠遠超過一切姊妹藝術的可羨慕的「自由」。但這「自由」又是受著自己的制約的，一步不能脫離生活，也不能離開本身的「程式」。由程式是死的又是活的，程式是藝術家創造、積累起來的，也是在揚棄提煉的過程中固定下來的，發展不會停止，程式的變化、豐富過程也永遠不會停止。[9]

8　黃裳：〈反封建與傳統戲〉，《黃裳論劇雜文》。

9　黃裳：〈序〉，《彩色的花雨》。

有人曾把以梅蘭芳為代表的中國京劇，和以前蘇聯的斯坦尼斯拉夫斯基同德國布萊希特為代表的戲劇表演體系並列為二十世紀世界三大戲劇表演體系。由此足見黃裳對京劇表演藝術的讚賞決不是他個人的偏愛，正是他有著遼闊開放的世界戲劇藝術眼光的確證。黃裳把京劇表演過程中出現的種種精妙的審美意蘊，用簡潔準確的文字捕捉表現在雜文中，造成獨特的審美意境。

舊戲與雜文間存在著某種天然的聯繫。黃裳舉例說：「開創了新型的雜文而震鑠一世的魯迅，是偉大的。魯迅從故鄉農民的社戲裡發現了『煉話』，這就是經過提煉化為出色的文藝語言的群眾口頭政論。魯迅繼承的這一傳統，融進自己的世界觀，找到了天才的表達途徑，創造了戰鬥的雜文樣式。」[10]這就說明，舊戲中存在著某種類似於雜文的思維方式。黃裳的論劇雜文，把社會批評和文明批評融合在戲劇美學評論中，造成了文體的深沉厚實。

黃裳談的是舊戲，他的落眼點卻是「新談」的「新」。這種「新」的意識使文章呈現出一種開放的思維格局。戲外談戲，是他的突出特點。徐鑄成的《舊戲新談》〈序〉中說：「黃裳兄（對舊劇）其實也是一個外行。但正因為他是一個外行，才能超脫一切，用活的眼光來看這個死的東西，從這個角度裡，看到了人生，看出了現實。這是一個很新奇的嘗試。」作者是一個細心的觀察者與敏銳的思考者，處在四十年代的社會現實中，現實生活的豐富多變，使得他對京劇中的「奴隸的語言」和「記錄畸形社會事態的地方，有著特別敏銳的反應」。黃裳說：「我每天談老古董，然而引起我談老古董的興趣的卻正是一九四七年眼前的新事，如此新鮮，如此活現。難道說這不是一件值得深思的事嗎？」「每天只要打開日報一看，題目就有了，而且總是寫不完。祖國的戲曲遺產是如此豐富，要找出什麼戲來作『截搭

---

10 黃裳：〈雜文的歷史長河〉，原載《羊城晚報》，1983年7月4日。

題』，也是一點困難都沒有的。」[11]作者適逢其會，便率性而談。借題發揮，相映成趣，顯示思維的活潑，議論的機智巧妙，嬉笑怒罵皆成文章。〈捧蕭長華〉一文，作者指出丑角的「奴隸的語言」，使人想起古時的優孟，清末的劉趕三，接下去筆鋒一轉，「今天得讀新聞，傅斯年先生在參政會中大聲疾呼，要清查孔祥熙、宋子文的財產，聲色俱厲，掌聲如雷，終於卻也不免為『豪門』所暗笑，如單就其滑稽冷雋而記，蓋尤不及肖老遠甚。」〈夜奔〉一文，作者用優美的筆調寫了林教頭被逼上梁山的夜奔場面，對胡適之流又捎帶一槍：「胡適博士戰前著過一篇自傳性的文章：『逼上梁山』，自誇其改革國語等等業績。最近又作過河小卒之詩，隱隱之中也寓有被『逼』之意。然而我看這與林教頭的處境倒大大兩樣的，一個是真的被逼，一個則是蕩婦失節前的呻吟也。」黃裳雜文中大量出現的，正是這種機敏縱橫的議論。作者從戲劇舞臺上揭示的種種社會相中聯繫到現實生活的種種，下筆之時不無深沉的感慨。〈關於劉瑾〉一文，以京劇《法門寺》為引子，引證了許多史料，考查明朝太監劉瑾的生平，結末寫道：「（劉瑾）這樣一個混蛋，掌了權，老百姓給他冤殺了不知多少。而其暴政的結果，則受害者更復不可統計，後來也糊里糊塗地給剮了。歷史上不曾有好的傳記，只餘一折京劇，時時搬演，使大家常常記得有此一種人物。老先生們常歎息說，『劉瑾一生只作了這一樁好事！』而這『好事』又做得如此之『渾』！這正可以看出被壓抑得氣都喘不出來的老百姓，當暴君偶露一絲微笑時便如此易於滿足。而幫閒之流如傅斯年偶然發出兩聲神怪性的咆哮，便贏得如許彩聲，連連轉載。嗚呼！什麼時候，我們人民才用不到欣賞這樣的東西而聊以『快意』呢！」這是對國民黨統治下的黑暗現實的辛辣諷刺與深沉慨歎！

---

11 黃裳：〈雨天雜寫〉，《舊戲新談》。

作者熟悉種種梨園掌故，名家風物，信手拈來，推陳出新，往往使筆底境界開闊，涵義深刻，妙趣橫生，用以評騭現實，達到婉而多諷、戚而能諧的境地，對於舊劇中暴露出來的封建主義的毒素，作者也從文明批評的角度出發，作出深刻的解剖與分析，從劇中觀人生，揭示出民族心理的封建遺留的瘡疤，以期引起療救的注意。〈《水滸傳》與女人〉一文，毫不客氣地指出《水滸》是變態心理人物的大集合，在這裡找不出正常的男女關係。《水滸》是若干年來最有勢力的社會通俗文學，真正代表了中國社會上的一種觀念，而這種觀念對女人又是那麼不客氣，簡直不看做人，這跟社會上的納妾狎妓正是一種觀念、一種作風，並非截然兩事的。〈關於武松〉一文，作者根據周密的〈癸辛雜識〉中的確鑿材料指出，武行者原來是個犯了「五戒」的和尚，是封建統治階級為了自身的需要，才逐漸把他閹割成為一個木乃伊，整個性格統一起來的封建夫權堅決的擁護者的。

立足於舊戲又不囿於舊戲，筆鋒不離現實。舞臺、社會、人生都成為作者的審視對象。睿智的理性賦予他犀利的目光和較高的立足點，使他的批評腠中肌理，入木三分，舉事相常取類型，經濟簡潔地勾畫出其嘴臉，而給以尖銳一擊。在這點上，作者的文筆發揮了其「解剖刀」與「顯微鏡」的功能。

黃裳的論劇雜文，善於刻劃舊戲舞臺上出現過的一些典型形象，使之達到雜文豐富的社會功能和高度的審美價值的完美統一。借助於京劇這種民族審美傳統，把雜文的思想內涵真正轉化為文學的美學力量。〈論馬謖〉、〈論蔣幹〉、〈湯裱褙〉、〈再談教師爺〉、〈大白臉〉、〈小白臉〉等就是一組這樣的文章。

舞臺上的各種典型形象，是對現實生活中的各種類型人物的藝術概括，如魯迅先生所說的「二醜」，即是「小百姓看透了這一種人，提出精華來，制定了的腳色」。作者把這種典型採將下來，稍加申說，即成為絕妙的雜文，如〈論蔣幹〉，表現了作者論人的透澈、明白，如知其心，作者指出：「蔣幹最可以代表中國過去的讀書人，有小聰明，好逞才華，好玩花樣，然而時時落於拙劣，『疑』字是他的這種行動的骨幹，如果換一個新名詞，即是『神經衰弱』。然而平時又並不表現得如此糊塗，所以像曹孟德那樣的聰明人也還是收之於幕府。壞也就壞在這兒，這終於使曹操吃了大虧，真糟糕！」作者在描寫了他過江偷書而去的行徑後議論道：「凡是這種人，其行為必極其卑鄙。周公瑾看穿了這一點，所以斷定他必來偷書」，「凡是這種人，其腦筋也必不健全，作事也必不考慮，一見有機，就要來『乘』，偷書而去，渡江而歸，全不考慮在這種情況之下，是否可以如此容易就能走出大營，就能渡過江去。」這真是於世道人心大有裨益的論述。把握人物的契機，準確、深刻地解剖出來，是作者這類文字的長處。充分運用戲劇藝術的形象思維的長處，給人鮮明深刻的印象，關鍵處插入幾句精要的議論，使事物的本質昭然於前。這些雜文具有很高的思想價值與審美價值，是作者談戲雜文的優秀篇什，同魯迅先生的〈二醜藝術〉之類的雜文有著異曲同工之妙。

黃裳的論劇雜文，把社會批評、文明批評和戲劇美學批評融合在一起，造成了文體的深沉厚實。戲劇豐富、絢麗的審美世界，為文體提供了廣闊的迴旋餘地，多層次的審美空間，造成了文體紆徐含蓄的風致，避免了一般評論的淺露與直刻。

黃裳熟悉中國戲曲的藝術表現形式，對之具有高度的鑑賞能力。他能以自己獨特的審美目光，解讀出在表演之後鎔鑄著的中國藝術精神的粹美所在，並以自己細膩的感受和豐富的體驗，形諸文字，使之產生美的效果，寫鍾馗的〈嫁妹〉，作者能從唱腔、表演、服裝等諸多方面，傳達出自己的審美感受。作者寫道：

> 鍾進士臉譜極美，穿官衣，隆背，與畫家筆下的他大約相去不遠。戲僅是一折，說著送他的妹妹出嫁的故事。這位進士的差

> 役全是鬼物，他能指揮如意。然而他又是頗窮的，雖然有著「進士第」等招牌、傘蓋，然而並不金碧輝煌，像現在大官的萬民傘一樣。他的給妹妹的奩資也是極薄的。也不像現在的「財神」的女兒出嫁，嫁衣裳就得由一個運輸機來運。
>
> 他究竟是鬼物了。——神也是鬼的一種——所以行動也多少帶有鬼氣。在舊式的歌劇裡出現，就是近於跳躍的如許身段。在侯益隆演來，鐘進士端帶，整冠，拂拭衣襟，美極了。在京戲中，似乎只有〈青石山〉中的周倉與〈打棍出箱〉中煞神有其餘緒罷。
>
> 這是極為完整的一齣中國的古舞劇。載歌，載舞，給我的是一個完整的印象，十年以還，我所有的印象也大半模糊。然而還隱約記得他出場以後所唱的辭句，其美，樸實粗獷的美，使我久久不忘。
>
> 「××著破傘孤燈，擺列著平安吉慶，聽聲聲枝頭小鳥鬧春晴……」

這是一段極美的文字，讀起來不能不使人聯想起魯迅的〈無常〉、〈女吊〉那樣的絕筆。簡潔、蕭疏的筆墨，那麼傳神地重塑出鐘進士的形象，這就使我們不能不佩服作者筆力的高超。他的超然的審美目光，剔盡了舊戲中恐怖的因數，而留下生動的審美感受，一種森然的鬼趣，與一種優遊的純樸的人情美，給人以如許的陶醉。

作者是深深明瞭「普通人的美好願望」和他們理想的生活在舞臺上的表現，並對此感悟於心的，他總是以一種清明的意緒，親切的人情，解讀著滿目紛紜的人情世態。在充滿了人情味的解讀和體味中，浸透著深切的對美好事物的愛慕與同情，從而遠遠地超出了狹小的舞臺格局的侷限，而上升到一種對人生況味的品評與感悟，一種湛然的情趣。

這裡，有對英雄的人格、磊落的胸懷、疏放的氣概的發自內心的景仰（〈大白臉〉）；有對古代名士風流的委婉而有趣的連翩遐想，充滿了蘊藉的情趣（〈西施〉）；有對牧童村姑這些小人物的陶然生趣的會心憬悟（〈打櫻桃〉、〈小放牛〉）。他把諸葛、關聖這些人物都從神龕上放下來，揭去他們神聖而僵死的面目，還他們以活生生的充滿人情味的存在（〈諸葛亮與魯肅〉、〈灞橋挑袍〉），懷了這樣的人情品味，他能感覺得出「優人身上有一種耀目的光彩，活著的情調」（〈打櫻桃〉），因了這種審美眼光，他能領悟到時光的磨練，給演員造成的「落花無言，人淡如菊」的境界（〈談郝壽臣〉）。

作者筆下時常出現優美的意境，他以自己的心靈主體介入其中，進行審美的觀照，因而獲得一種悠閒自由的心態，化於行文之中，緩緩道來，散淡有味，其悠遠頓挫、抑揚曲折，也正如京劇優美的行腔，不時把人帶入一種空靈的境地。從作家心靈深處流露出來的，是一種略帶苦澀和憂鬱的美，有著蒼茫意味的微笑，因為文筆的自由，有時形諸具有調侃意味的筆墨。

散文和雜文兩種因素的完美組合，使得這些論劇雜文具有悠長的思想和藝術生命力，一直為人們所推重。從散文的行筆中使人得見內涵的深邃，從雜文式的銳利中，又見到理智的機鋒，這就合成了文體的張力，擴展了文章的容量。

黃裳因論劇雜文而得到「文體家」的稱號，這說明了在他寫作中進行了令人耳目一新的文體獨創。這些論劇雜文，是為報紙副刊的娛樂版而作的，因此寫得活潑、輕鬆、無拘無束。作者用自由的閒話的形式，表達他對京劇的欣賞和對現實生活的感想，因此在文章的構思上，就呈現出談戲與談現實交叉重疊的雙重結構。戲中的故事，舞臺上的表演，現實生活中的實情，作者的視角常在這三者中快速轉換，提取其相似性進行類比映照，聯想活躍，思路快捷，論戲與論世互為申發，寫得靈活、飛動。句法上多短句、快語，善於表現出劇情進展的節奏；用於評論現實，則具有一種急切的抒發恣態。語言上用白話口語，揉合進一些成語、文言及書面語的成分，親切自然，卻又能曲盡其妙，非常富於表現力。這樣的寫法，用作者的話說，是寫得「劍拔弩張，像煞有介事」達到一種「忽發狂言驚四座」的妙趣，表現出作者新聞手筆的敏捷、辛辣、痛快。

雜文這一散文形式，要表達出作者對生活的看法。生活「是」什麼和生活「應該」怎樣，同時要求有對生活的具體而真實的描寫和對生活的深刻而獨特的評價大跨度結合。黃裳的評劇雜文，在文體上取得了一種綜合的優勢，他能利用現成的經過提煉過的戲劇藝術語言，作為雜文的藝術符號載體，來表達對現實生活的評價。在他的雜文中，戲劇形象作為一種能指的藝術符號（它包含著豐富的社會人生與藝術資訊）經過跳躍思維的層次，指向社會生活的所指部分，從而達到對事物本質的揭示和呈現。這種「戲劇生活」的相互交叉的結構，具有開闊的視野，富於啟發性，大大開拓了讀者的想像空間。這是黃裳根據自己的精神素質和知識結構、思維特點和美學愛好等因素，來選擇自己寫作的物件、角度和方法，比較充分地發揮了自己的才智和特長，從而取得的成就。

同一般的劇評散文相比，黃裳的論劇雜文多了評騭現實的雜文味；同純粹的社會人事雜文比較，他的論劇雜文，又多了形象思維的藝術層次，更具感染力。

第二節　張恨水、歐小牧的古典小說新解雜文

著名通俗小說家張恨水在建國前主編多種報紙和報紙副刊，在寫小說之餘，他也寫了眾多的散文和雜文。

一　張恨水

張恨水（1895-1967），小說家，散文家。原名張心遠，筆名有哀梨、歸燕、崇公道等。安徽潛山人，出生於江西廣信。十六歲時因父親病逝，遷回安徽，入蒙藏墾殖專門學校，不久輟學。「五四」運動時，他積極回應，開始小說創作，任《皖江日報》總編輯。以後又任《益世報》、《今報》、《世界晚報》、《世界日報》、《朝報》、《南京人報》、《新民報》編輯。他是位多產作家，一生寫了百餘部小說，約三千餘萬字，還有四百多萬字的散文和雜文。他的創作從初期的鴛鴦蝴蝶派傾向，向現實主義轉化，在一部分讀者中有廣泛影響。

一九四四年，《新民報》報社和文藝界抗敵協會聯合慶祝張恨水五十壽誕暨創作三十四週年，張恨水發表了題為〈總答謝〉的演講，其中說到自己的創作時如是說：

> 寫述方面，不才寫了三十四年的小說，日子不算少，其累積到將近百種，約莫一千五百萬字，毋寧說那是當然，何況寫作，並不重量，這無足為奇。關於散文，那是因為我職業關係，每日必在報上載上若干字，急就章的東西應個景兒而已，有時簡直是補白作用，因之毫無統計，只當下了字紙簍。這個，朋友也替我算過，平均每年以十五萬字計算，二十六年的記者生涯，約莫是四百萬字。這就是朋友謬獎我二千萬言的寫述。若果如此，那末雜貨店的流水帳，也可算作立言。……此外，朋友又談到我的詞曲和詩。……

從張恨水自述中可以看出，他在文學創作上是數量龐大，多才多藝。

張恨水的散文，一小部分是抒情散文和遊記，收在《山窗小品》

裡，絕大多數是社會時事評論的雜感、隨筆，還有「讀史隨筆」的雜文，「尚論古人」的雜文，評論《水滸》人物的雜文。張恨水的雜文，以後三種較有特色，影響較大。

〈水滸人物論贊〉是張恨水在北京、南京、重慶編報紙副刊時用文言文寫下的雜感、短評，其中「天罡篇」三十三篇，「地煞篇」三十五篇，「外篇」三十二篇，有的人物如晁蓋、宋江等還有「附一篇」。由於這種「人物論贊」格式新穎，文字簡約凝鍊，寫法活潑多樣，深受讀者和報社同人贊許。張恨水在《水滸人物論贊》〈凡例〉中說：「是書願貢獻青年作學文言之參考，亦是朋友中為人父兄所要求。」又說：「筆者為新聞記者二十餘年，於報上作短評，頗經年月。青年學新聞者，酌取其中若干，為作小評之研究，亦可。」他的這種自述頗有自知之明。在四十年代，寫作古典小說（戲曲）人物論贊類的高手，是「野草」派中的聶紺弩和孟超。他們常常在這類雜文中，寫出見解精闢、批判性和戰鬥性很強的篇章。較之聶、孟的同類雜文，張恨水的〈水滸人物論贊〉，雖然數量眾多，他也長期堅持不懈地把這一作為新的雜文創作領域來耕耘，不過令人遺憾的是，張恨水在寫作這些「人物論贊」時，不能從根本上擺脫金聖歎評點《水滸》的基本觀點的侷限，思想觀點上新見、創見不多，有時難免顯得陳腐、平庸。張恨水的〈水滸人物論贊〉的價值，在於作者對《水滸》人物創造藝術的某些獨到分析和這類雜文寫法上的活潑多樣。

張恨水在主持《新民報》副刊時，為自己開闢了題為「最後關頭」和「上下古今談」的雜文專欄，這數千篇雜文，收集在《最後關頭》（上、下）和《上下古今談》[12]裡。《最後關頭》收張恨水從一九三八年一月十五日至一九四五年五月二十日的雜文，作者在《最後關

12　《最後關頭》（上、下），《上下古今談》，由北岳文藝出版社作為《張恨水全集》的一部分出版。

頭〉開場白的〈這一關〉指出，抗日戰爭是中華民族的「最後關頭」，只許「成功」，不能「失敗」，他決心為抗日戰爭的最後勝利「吶喊」；《上下古今談》收作者從一九四一年十二月一日至一九四五年十一月二十九日的雜文，作者在《上下古今談》開場白裡說，這個專欄是「閒談的文字」，採取「觀今宜鑑古」，「他山之石，可以攻玉」的寫法。廖沫沙在《中國新文學大系（1937-1949）第十二集雜文卷》〈序言〉中說：「以言情通俗小說著名於世的張恨水，這一時期也以極大熱情寫作雜文。他幾乎是每天一篇，有時是一天兩篇，寫下了總數在三千篇以上的雜文作品。作者淵博的學識，從容的文字，也都為時人所稱道。」張恨水這時期所以會寫出數量如此龐大的雜文，固然是由於他編輯副刊的需要，但更主要的是緣於他熱烈的愛國情懷，他對於國家和民眾命運的關心。

在這時期的張恨水的雜文中，較有特色的是那些標出〈讀史隨筆〉、〈尚論古人〉、〈《伊索寓言》讀後感〉的篇什。他的這類雜文知識性、思想性、趣味性和藝術性結合得較好。我們先看〈關於天官賜福——讀史隨筆之十〉中的一段：

> 任何一種舊劇第一場必是一個戴面具、穿宰相衣服的人出來，俗言叫做「天官賜福」。這天官是誰呢？據說，是指著五代時的馮道。因為他從後唐任同平章事起，再經過晉漢周三朝，還是處在宰相的地位。那時綱紀墮地，篡弒相接，馮道一身事四姓十君，忝不為恥，且自作長老樂致，誇耀他歷朝的榮譽。後人對他笑罵不得，每次演戲，讓他朝衣笏板，向觀眾獻媚，可也說是公道終在天壤了。明乎此，「天官賜福」的那副小軸，現在梨園寫著「抗戰到底」，卻也不足為怪。假使馮道在今日，他一定跟著人喊抗戰的。

這是一幅絕妙的諷刺畫，不僅諷刺了歷史上有名的無恥官僚政客馮道，也諷刺了馮道的嫡傳子孫，抗日戰爭時期言不由衷空喊「抗戰到底」的無恥官僚政客。在〈不如蔡京——尚論古人之十〉裡，張恨水寫道：

> 《水滸》所謂之蔡京太師，固實有此奸。滿朝朱紫，亦皆一丘之貉，時有清官為蔡所罷。且語人曰：「既欲作官，又欲作好人，二者可得兼耶？」一代宰輔，居然謂官與好人不能並行，試問元元之上，都是何物？宋安得不亡乎？雖然，為小人而不諱為小人，使民眾有所警戒，使後代得以誅伐，如蔡京者，仍不失可取之道。歷代多少貪官汙吏，虐民無所不至，既自許清廉之不足，且迫民歌功頌德，以掩其惡。此又蔡京之不若者。

這也是相當高明巧妙、耐人尋味的諷刺文字。

在這時期寫作評論古典小說人物雜文的，還有雲南的歐小牧。

二　歐小牧

歐小牧（1913-2005），作家，古典文學研究者。雲南劍川縣人，白族。自學成才。民盟成員，一九三一年後歷任雲南省報社及民政機關記者、編輯、幹事。著有小說多種，學術著作有：《愛國詩人陸游》、《陸游年譜》、《陸游傳》。他在一九四六年至一九四七年寫作的《儒林外史論贊》和《水滸論贊》的雜文集印為《盜士集》，一九四九年寫的雜文結集為《待旦集》，於建國後出版。

關於《盜士集》的寫作，作者在《水滸論贊》〈後記〉裡有較詳的說明。他說在一九四六年與一九四七年兩年間，中國發生過兩件轟動世界的大事，一是李公樸和聞一多被刺，二是國民黨撕毀停戰協定，發動內戰，他作為進步的民主人士，決心拿起筆戰鬥。他陸續寫了《盜士集》裡的三十多篇雜文。他說：

> 在當時，也只有借古老的人物，劃時代的面目，是比較方便的一種寫作方式了。而我選擇了《儒林外史》與《水滸》兩部書，作為評述的對象，不消說是一個鬥爭過程：我是想戳破名士的瘡疤，提高戰士的情緒，所以對於儒林人物，則笑罵居多；水滸英雄則讚揚備至……

又說：

> 且不說斗方名士，已被我糟踏得不成體統，就是說從流氓太尉的決心剿匪，寫到孫二娘夫婦的逼上梁山，我也總算能把握「現在」，預見了「將來」的，讀者只要回憶那多年的國家大事，是不難明白我的論贊，是幾乎等於時評的。

《盜士集》的寫法，顯然與張恨水的《水滸人物論贊》完全不同，它有強烈的時代精神，鮮明的批判性和戰鬥性，近似於聶紺弩和孟超的同類雜文，但顯得更潑辣恣肆，更注重自由揮灑。

在《儒林外史論贊》〈景蘭江〉裡，歐小牧調侃杭州的這位賣頭巾商人，追隨趙雪齋，附庸風雅，結詩社，吟詩作賦，他的頭巾店，「一頓詩做的精光」，但讚賞他的呆氣之中還有一股義氣，朋友有難，他肯幫忙奔走。作者在評述景蘭江時，對照批評了他的兩位姓馮和姓裘的朋友。他們都做生意，發了財，其中姓裘的出錢辦詩刊，任主編，詩歌「同中國名詩人排在一起」成了「詩人捐班」，姓馮的則撈了個「省參議員」，都「名利雙收」了。他在這裡把文學人物同現實人物，把歷史和現實冶為一爐，擴大了雜文的思想內涵。在〈荀玫〉、〈婁公子〉、〈嚴監生〉裡，歐小牧則從荀玫母喪之後，不想「丁憂」在家，談到了封建社會裡的「丁憂」制度，以及許多達官顯宦以「移孝作忠」為名，「奪情起復」，突破「丁憂」制度的遺聞逸事，從婁公子的「養士」，談到封建統治者的「養士」，從守財奴嚴監生，談到人們的拜金思想，這都是從個別到一般的擴大雜文思想內涵的寫法。

在《水滸論贊》〈公孫勝〉裡，歐小牧批評金聖歎和張恨水對小說中公孫勝這個人物創造的不理解。他據《宋史》，談到宋徽宗的道教崇拜，道士林靈素等的強大勢力，並談到了被劉秀斥為「妖人」、張魯罵為「米賊」與統治階級對立的另一種民間道教，而公孫勝即這後一種道教的代表，所以他才在梁山坐了「第三把交椅」。這個分析是有歷史根據，也很深刻的。《水滸論贊》裡，常有相當精警的分析和概括，在〈楊志〉篇裡，歐小牧這樣評述「青面獸」楊志怒殺被稱為「大蟲」的潑皮牛二：「人面獸心者養老虎，獸面人心者打老虎，獸面人心者作軍犯，人面獸心者坐大堂，人面獸心者居城市，獸面人心者該伏處山林了。於是，楊制使只好初上二龍山，後歸梁山泊，與猛於虎的苛政作對頭。」〈林沖〉篇一開頭就有這樣的概括：「水滸好漢，頂愛管閒事的是魯達，頂愛找事的是武松，頂沒分曉的是李逵，而頂怕事的是林沖。事到頭來，最先上梁山的，卻是這頂怕事的人。」他分析說，「頂怕事的」林沖的上梁山，標誌梁山事業的興旺，趙家天下的沒落。

第二十六章
延安雜文的興衰

在抗日戰爭期間，延安也出了不少雜文。延安的《解放日報》、《中國文化》、《中國青年》等報刊上時有雜文。延安的雜文，區別於國統區的雜文。它是對敵鬥爭的銳利武器，也用來歌頌解放區的民主建設和新人新事，討論思想修養和提高工作效率，偶爾也對革命隊伍內部存在的某些缺點，進行委婉謹慎的批評。這類雜文寫得最多的是，以「煥南老」為筆名的謝覺哉，還有艾思奇、胡喬木、林默涵、何其芳、許立群、田家英。前些年，蔣元明編輯出版了《列寧毛澤東魯迅雜文欣賞》[1]，編著者在〈編輯札記〉[2]中談到胡喬木、林放、秦牧、余心言、高揚等熱烈支持該書的出版。該書也收入毛澤東的若干著名政論體雜文。

一九四一年底，丁玲、蕭軍、羅烽等紛紛著文，倡導在延安寫作「魯迅式」雜文，在肯定革命根據地的前提下，尖銳揭露和批評革命隊伍內部的缺點、落後面和陰暗面。一九四一年底前後，出現了一批這類雜文。一九四二年，延安整風運動中，對王實味的《野百合花》和《政治家‧藝術家》展開猛烈批判，並對他作了政治上和組織上的處理，丁玲和艾青也被迫作了自我批評和反省。從此，這類雜文也就在解放區荒涼沉寂了。當年在延安發生的這樁歷史公案，成了籠罩在建國後雜文創作頭上的一道歷史陰影，制約著雜文的繁榮和發展，凝聚著值得認真加以總結的歷史教訓。

1　蔣元明編著：《列寧毛澤東魯迅雜文欣賞》（北京市：人民日報出版社，1991年）。

2　刊於《雜文界》，1992年第3期。

第一節　對王實味等雜文批判的再評價

一九四一年，丁玲和陳企霞主持《解放日報》副刊「文藝」編務，熱心倡導雜文，為此丁玲發表了〈我們還需要雜文〉，她自己也寫了如〈「三八節」有感〉等一批著名雜文。在理論和實踐上回應丁玲主張的有羅烽的〈還是雜文時代〉、〈囂張錄〉，蕭軍的〈雜文還廢不得說〉、〈論同志的「愛」與「耐」〉，艾青的〈了解作家，尊重作家〉，以及王實味的〈野百合花〉等。一九四二年延安文藝整風，特別是緊隨之後的延安對王實味的大規模批判運動，像丁玲在〈我們還需要雜文〉裡所提倡的那一路雜文，是偃旗息鼓，歸於沉寂了。

先看丁玲他們的雜文理論主張。他們在中國共產黨領導的人民當家作主的抗日民主根據地，主張學習魯迅，創作雜文，發揚雜文對敵鬥爭的戰鬥作用，暴露和批判當局的「貪汙腐化、黑暗、壓迫屠殺進步分子」、剝奪人民「保衛自己抗戰的自由」的倒行逆施，同時，也批判存在於抗日民主根據地的「封建惡習」，這就是丁玲在〈我們還需要雜文〉裡的基本觀點。羅烽和蕭軍回應丁玲的主張。羅烽在〈還是雜文時代〉裡希望《解放日報》副刊「文藝」副刊多發表雜文，使《文藝》變成一把「使敵人戰慄，同時也使人民喜悅的短劍」。蕭軍在〈雜文還廢不得說〉裡發揮丁玲的觀點，說：「劍是有兩面刃口的：一面是斬擊敵人，一面卻應該是割離自己的瘡瘤而使用。」「保護美的，消滅醜的；保護自己以及自己的戰友；消滅敵人。」在這裡，丁玲他們的雜文理論主張是否符合魯迅雜文革命傳統？究竟是對黨對人民有利的理論主張，還是反黨反人民的「反革命文章」？

魯迅的雜文是一個龐大的系統工程。在魯迅雜文裡，他對中國現代的北洋軍閥和當局及其幫閒文人進行無情的揭批；對毒害中國國民靈魂和阻礙中國社會進步的舊文明，即舊思想、舊文化、舊風俗、舊習慣進行過無情的解剖和批評；魯迅也對中國新文化運動和革命文學運動、對舊民主革命時期的革命家章太炎，對劉和珍、柔石、殷夫等革命烈士都有過這樣那樣的批評；當然魯迅也正如他自己所說：「我的確時時解剖別人，然而更多的是更無情面地解剖我自己。」總之，魯迅雜文是對中國的歷史和現實的最廣泛深刻的社會批評和文明批評，也是對他自己的最嚴峻無情的自我解剖。這裡尤其值得重視的是，一九三〇年魯迅在〈習慣與改革〉一文中提出的一個極為深刻的馬克思主義觀點。在那裡，他發揮列寧的有關論述，指出革命人民在奪取政權之後，如果不清除舊思想、舊文化、舊風俗、舊習慣等的影響，則這「革命」如同「沙上建塔」，結果將「頃刻倒壞」的。

有趣的是，許多權威的評論研究魯迅雜文論著總是側重強調魯迅雜文對敵鬥爭的革命批判的這一面，而對魯迅雜文對革命隊伍內部和人民內部及其所承受的舊思想、舊文化、舊風俗、舊習慣的浸染的批評，反而是一再被人們批評的丁玲這些人不成理論系統的那幾篇文章，恰恰抓住了魯迅雜文的很重要的這兩個方面，並貫徹到他們的雜文創作實踐中去。無須多說，丁玲他們認為在抗日民主革命根據地有著同舊社會舊文明相聯繫的「封建惡習」，是客觀實際的反映，並不是無事生非的主觀捏造；他們主張批評這些東西，是從鞏固和發展革命人民政權出發的。

再看他們的雜文創作實踐。王實味在〈野百合花〉裡，把他的雜文喻為有點苦澀味的野百合。王實味（1906-1947），原名詩微，河南省潢川人。一九二五年考入北京大學文科預科，年底發表書信體小說《休息》，在北大加入共產黨。一九二七年因經濟被迫輟學。一九三〇年在上海跟劉瑩結婚。多年流徙，不滿當局。一九三七年到延安，任馬列研究院研究員，從事馬克思、恩格斯、列寧著作翻譯，四年間單人或同人合譯二百萬字理論書稿，領取津貼高過林伯渠。他的雜文在肯定解放區的大前提下，批評在延安的革命隊伍中的上下級缺乏愛和溫暖，批評某些幹部的特權思想和官僚作風，以及以所謂的「必然性」拒絕批評、諱疾忌醫，文章言詞尖銳憤激，但王實味申明，他的批評不帶「普遍性」，只是給某些人作為一面「鏡子」照照而已。在《政治家・藝術家》裡，王實味談到偉大政治家和進步藝術家在「靈魂」上有同一相通的一面，但又指出由於社會分工的不同，他們之間，又存在著矛盾。這樣的觀點，其實魯迅早在〈文藝和政治的歧途〉裡就說過了，是符合政治家和藝術家的矛盾的同一性和差異性的實際的。王實味雜文的言詞比較尖刻，但道理還是中正平實的。

丁玲的〈「三八節」有感〉，在肯定延安婦女比國統區婦女「幸福」的前提下，談到延安婦女，特別是知識婦女的苦惱，建議她們如何擺脫苦惱，自強自立，找到「幸福」。丁玲在雜文裡批評某些幹部的大男子主義和喜新厭舊的不良作風。雜文反映的情況是實際存在的，主觀願望是善意的、良好的。蕭軍的〈論同志的「愛」與「耐」〉，感慨於革命同志缺少「愛」與「耐」，呼喚有更多的「愛」與「耐」，這篇雜文的某些言詞不免過於偏激尖銳，但他渴望革命同志之間有更多的「愛」與「耐」，本意並不壞。艾青的〈了解作家，尊重作家〉，也是有感而發的，其中作者有時不免誇大作家的作用，但他希望有關方面能「了解作家，尊重作家」，基本精神，同中共中央文化工作委員會一九四〇年十月十日發佈的〈關於各抗日根據地文化人與文化團體的指示〉是完全一致的。這些篇在當年延安受到人們非議，一九五八年又受到「再批判」的雜文，無非是對當時抗日根據地的婦女問題、革命同志之間的問題和文藝方面的問題，提出批評，提出改進意見，即便有些言詞或有偏激，但反映的問題是存在的，作者的本意是良好的。

但是本應不該發生的事情還是發生了。這就是歷史。一九四二年五月二十七日，延安的中央研究院以糾正極端民主化的偏向為由，召開「黨的民主與紀律」座談會，對王實味及其作品展開了猛烈批判，從此王實味陷入口誅筆伐之中。陳伯達、羅邁、周揚、范文瀾、李伯釗紛紛發表講話、著文聲討王實味，丁玲也在六月十一日中央研究院與王實味思想作鬥爭的座談會上作了題為〈文藝界對王實味應有的態度與反省〉的發言，既批判王實味，又作了自我「反省」，艾青也在〈現實不容許歪曲〉中批判王實味。六月十一日宣告批判基本結束，共歷時十六天，開了十四次大會。王實味被扣上「反革命託派奸細分子」、「暗藏國民黨探子、特務」、「反黨五人集團成員」三頂帽子，同年十月被開除黨籍，一九四三年，康生下令逮捕關押王實味，一九四六年審查結論王實味為「反革命托派奸細分子」。一九四七年三月，胡宗南進攻延安時，在押送轉移途中，王實味被晉綏公安局看守員處決[3]。一九八二年二月，中共中央組織部作出決定，否定了所謂「反黨五人集團」的存在，一九九一年二月七日，公安部作出決定，否定王實味是「託派分子」，「給予平反昭雪」[4]。一九四八年蕭軍也因為在他主編的《文化報》上發表揭露性和批評性的雜文，中共東北局做出了〈關於蕭軍問題的決定〉，其中說蕭軍「誹謗人民政府，誣衊土地改革，反對人民解放戰爭，挑撥中蘇友誼」，發動對蕭軍進行批判，並且「停止對蕭軍文學活動的物質方面的幫助」。一九八〇年四

3　關於王實味被處決一事，毛澤東一九六二年一月三十日《在擴大的中央工作會議上講話》中說這「不是中央的決定。對於這件事，我們總是提出批評，認為不應當殺」。又說「動不動就捕人、殺人，會弄得人人自危，不敢講話。在這種風氣下面，就不會有多少民主」。

4　關於王實味的政治歷史問題，一九八二年二月中共中央組織部作出決定，否定了所謂「反黨五人集團」的存在，一九八六年八月出版的《毛澤東著作選讀》在有關王實味的注釋中說：「關於他是暗藏的國民黨探子、特務一事，據查，不能成立。」一九九一年二月七日，公安部作出的〈關於王實味同志託派問題的複查決定〉中說：「經複查，一九三〇年王實味同志在滬期間與原北大同學羣西、陳清晨（均係託派分子）的來往中，接受和同情他們的某些託派觀點，幫助翻譯過託派的文章。在現有王實味的交代材料中，王對參加託派組織一事反反覆覆。在複查中沒有查出王實味同志參加託派組織的材料。因此，一九四六年定為『反革命託派奸細分子』的結論予以糾正，王在戰爭環境中被錯誤處決給予平反昭雪。」

月二十一日中共北京市委組織部、宣傳部〈關於蕭軍同志問題的複查結論〉中認為以上中共東北局對蕭軍問題的結論「缺乏事實根據，應予改正。……現應為他恢復名譽，使蕭軍同志重返文壇，發揮所長。」在解放區，從對王實味的批判到對蕭軍的批判，不能不說是歷史的誤會和歷史的遺憾。

從根本上說，丁玲他們的雜文理論主張和雜文創作實踐，無非是中國共產黨三大優良作風之一的批評和自我批評，把「批評和自我批評這個馬克思列寧主義的武器」運用於雜文，無非是希望通過這種批評和自我批評，使抗日民主根據地的人民政權能清除封建病毒，去掉某些不恰當的東西，更加完善和發展自己，這裡並沒有什麼「司馬昭之心」的，恰巧相反的，倒是作為人民作家的極為可貴的真誠、勇氣和責任感。事實上，在當時延安最尖銳潑辣的文章並不是丁玲他們的雜文，反而是毛澤東的〈改造我們的學習〉和〈反對黨八股〉。對於黨內存在的主觀主義方法，毛澤東在〈改造我們的學習〉裡批判說：「這種反科學、反馬克思列寧主義的主觀主義的方法，是共產黨的大敵，是工人階級的大敵，是人民的大敵，是民族的大敵，是黨性不純的一種表現。大敵當前，我們有打倒它的必要。」試問，還有比這更尖銳的語言嗎？對於在共產黨內部存在的主觀主義、宗派主義、教條主義和形式主義的文風——黨八股，對於這個曾經給革命事業帶來嚴重危害的黨八股，毛澤東簡直是深惡痛絕，他把黨八股的八個方面惡劣表現，概括為「八大罪狀」，而且其中第七條是：「流毒全黨，妨害革命」，第八條是：「傳播出去，禍國殃民」，試問，還能有比這更尖銳激烈的批評言詞嗎？在這篇名文中，毛澤東還談到了反對封建主義的老八股和老教條主義的必要性和長期性，也談到反對小資產階級的狂熱性和片面性的必要性和長期性。從〈關於糾正黨內的錯誤思想〉到〈論聯合政府〉再到〈中國共產黨第七屆中央委員會第二次全體會議上的報告〉，在民主革命時期，毛澤東對黨的三大優良作風之一的批評和自我批評有過系統的闡述，在〈論聯合政府〉裡他說的尤為懇切透澈：

> 有無認真的自我批評，也是我們和其他政黨互相區別的顯著標誌之一。我們曾經說過，房子是應該經常打掃的，不打掃就會積滿了灰塵；臉是應該經常洗的，不洗也就會灰塵滿面。我們同志的思想，我們黨的工作，也會沾染灰塵的，也應該打掃和洗滌。「流水不腐，戶樞不蠹」，是說它們在不停的運動中抵抗了微生物或其他生物的侵蝕。對於我們，經常地檢討工作，在檢討中推廣民主作風，不懼怕批評和自我批評，實行「知無不言，言無不盡」，「言者無罪，聞者足戒」，「有則改之，無則加勉」這些中國人民的有益的格言，正是抵抗各種政治灰塵和政治微生物侵蝕我們同志的思想和我們黨的肌體的唯一有效的方法。

令人遺憾的是，毛澤東所概括的這一著名的理論原則，在我們的政治生活和文化生活中，是經常得不到貫徹。一九四二年延安的批判王實味，一九四八年東北局的批判蕭軍，一九五七年文藝界的反右派鬥爭，文化大革命的批判「三家村」，在雜文界一再重複的並不是「言者無罪」的寬宏大度，而是「以言治罪」的歷史悲劇。

荷蘭哲學家斯賓諾沙說，「不要哭，不要笑，而要理解」，我國現代以來的革命和進步雜文家屢遭厄運，命運多蹇，在某種程度上，恐怕同社會上的不少人對雜文家和雜文這一文學形式不理解有一定的聯繫。按照魯迅和馮雪峰的說法，雜文家既是社會批評家，也是社會改革家，而一般人只看到雜文家對社會的批評這一方面，看不到他們進行這樣的批評，正是企望社會的進步改革的良苦用心。有揭露、批判性的雜文，有歌頌、肯定性的雜文，古今中外雜文史上，雜文的最主要表現形態，是雜文家通過對假惡醜的揭露和批評，來肯定和讚揚真善美，這就是黑格爾和列寧所說的：「保持肯定的東西於它的否定的東西中，保持前提的內容於它的結果中，這就是理性認識中的最重要的東西」，即寓肯定於否定之中，也就是別林斯基說的，「任何否定，如果要成為生動的、詩意的，都應當是為了理想而否定」，事實上，革命和進步的雜文家在雜文中進行社會批評和文明批評，正是為了追求理想的社會、理想的文明和理想的人性，正是「為了理想而否定」。對於這樣的雜文家，我們不要誤解他，而要理解他；不要反對他，迫害他，而要歡迎他，支持他，這樣，雜文家屢遭厄運的歷史悲劇，也就不會重演了吧。

第二節　謝覺哉、艾思奇、胡喬木、何其芳、林默涵的雜文

一　謝覺哉

謝覺哉（1883-1971），教育家、政治家、雜文家。湖南寧鄉人。原名謝維鋆，字煥南，別號覺哉，又作覺扃。一九〇五年中秀才，一九二三年參加共產黨，曾任《湖南通俗日報》、《湖南民報》、《紅旗報》、《工農日報》編輯，參加長征，抗日戰爭時任中央黨校副校長，解放戰爭時期任華北人民政府司法部長。他的雜文集有《一得書》和《不惑集》，還有一部分散見於報刊上。他是解放區裡寫作雜文最多的一位。毛澤東曾對《一得書》給予較高評價，他在一九四二年八月十七日致謝覺哉信中說：「我對《一得書》感到興趣，是有益的；雖間有一、二點說得不甚恰當，但不要緊。」有一部分是揭露和批判國內外反動派的，如〈想到「血洗」〉、〈黠鼠盜漿〉等；大多數是針對革命隊伍內部的，其中有談思想修養的，有談工作方法和學習方法的。他的雜文文筆樸素流暢，明白如話，說理透澈，深入淺出，平易

近人，讀來親切生動，富有教育意義，代表著現代雜文的新作風和新文風。例如〈「差不多」——「一部分」〉和〈要有問題〉、〈整理材料〉等文，批評一些同志工作不作調查研究，心中無數，問他什麼，都是「差不多」、「一部分」；接受任務，問他有什麼問題，回答是「沒有問題」；任務完成，進行總結時也說是「沒有問題」；指出在工作的自始至終都應該「要有問題」。〈拂拭與蒸煮〉是談思想改造的。《聯共（布）黨史》的〈結束語〉中說；「如果它（按：指黨）與群眾隔絕，用官僚主義的灰塵掩著自己，那麼，它就會滅亡。」作者由此談論思想上存在的「三風」猶如灰塵，必須打掃。佛家有句偈語：「身似菩提樹，心如明鏡臺，時時勤拂拭，不使染塵埃！」續范亭詩云：「萬事從來貴有恆，理論原是照明燈。革除積習須持久，緊火煮完慢火蒸。」作者認為思想改造，要勤拂拭，慢蒸煮。文末他又以詩作結道：「緊火煮來慢火蒸，煮蒸都是功夫深。不要提著避火訣，孫悟空上蒸籠。西餐牛排也不好，外面焦了肉夾生。煮是暫兮蒸要久，純青爐火十二分。」謝覺哉的雜文同陶行知的〈齋夫自由談〉風格非常接近，說理透澈，明白如話，親切委婉，詩趣盎然。

二　艾思奇和胡喬木

艾思奇（1910-1966）和胡喬木（1912-1992），是著名的馬克思主義理論家，同時他們也有很高的文學素養，他們的雜文不僅有一定的理論含量，而且文采斐然。艾思奇，雲南騰沖人，蒙古族後裔。原名李生萱。早年留學日本，一九三五年參加共產黨。一九三五至一九三六年任上海《讀書雜誌》編輯。一九三七年到延安，任中共中央文委秘書長，《解放日報》副總編輯。建國後任中共中央高級黨校副校長。著作有《大眾哲學》、《艾思奇文集》。艾思奇的〈光明〉就富於哲理色彩，而且詞章秀麗。什麼是光明，光明是火存在的地方，是事物新舊矛盾鬥爭和消長，這個鬥爭什麼時候結束，光明也就消失了。光明不是單純平靜的，也不是純粹的進步，不是至善至美，較善較美的東西經常佔優勢。光明的世界不是完美無缺的天國，在光明裡總有一些黑暗的成份，不能用幻夢的眼光從遠處竊望光明。光明同時伴著熱，熱就是戰鬥：衝突、軋轢、痛苦的集中表現，只有不斷地和自己戰鬥，習慣於戰鬥痛苦的，才能生存在光明中間，成為「光明的創造者」。〈再談面子〉的說理非常形象生動。那戲臺上帶著假面耍戲的猴子，戲終後仍要露出一張「毛臉」，它是「五分鐘的英雄美人，一輩子的禽獸」。國內外的反動傢伙也喜歡把自己扮成「英雄美人」欺騙人民群眾。真的英雄是有的，多的。區別真假英雄美人有一辦法：「就是打一盆水來，看他肯不肯『洗臉』。」作者最後說：「怕批評，怕丟臉」是危險的。〈談諷刺〉是闡述毛澤東關於諷刺的論述和批評王實味的。他指出不能把當年魯迅對敵人的「打擊性」的諷刺，機械搬來諷刺人民，他說：「自己開刀要割瘡，敵人開殺是要殺死自己，因為敵人要殺自己，就說自殺也不算什麼，世界哪有這樣的邏輯！」胡喬木，本名胡鼎新，「喬木」是筆名。江蘇鹽城人。清華大學、浙江大學肄業。一九三〇年加入中國共產主義青年團，一九三二年轉入中國共產黨。一九三五年後任中國左翼文化總同盟書記。一九四一年任毛澤東秘書，中共中央政治局秘書。建國後，任新華通訊社社長、中宣部副部長，中國社會科學院長，著有《中國共產黨三十年》、《胡喬木文集》。胡喬木的〈談難〉從拿破崙的一句話寫起。拿破崙說：「難之一字」，「只在愚人的字典裡才有的」。他反唇相譏說，在「真正的愚人字典，怕只有一個易字」，拿君一敗於莫斯科，再敗於滑鐵盧，就是吃了「聰明人」字典的虧。他認為：「知難並不是怕難，不知難而見難，所以怕難，見難而不難，因為知難。」這個觀點閃耀著辯證法的詩意光輝，自然比拿破崙正確和深刻多了。〈小品三則〉可以看為充滿哲理的散文詩了。其中〈火〉一則中說：「火，……這就是人的生命的最準確的摹仿」,「恒星無火」,「行星上不能有火」,「人才有意識地創造了火拚由是創造了自己。所以發現了火的人也就發現了自己，他的快樂不是徒然的。」

三　何其芳

何其芳（1912-1977），現代詩人、散文家和文藝批評家。原名何永芳，四川萬縣人。一九二九年入上海中國公學預科學習，一九三五年北京大學哲學系畢業。一九三六年與卞之琳、李廣田的詩歌合集《漢園集》出版，一九三七年散文集《畫夢錄》出版。抗日戰爭爆發後，他的思想和文藝觀點發生了較大的變化。在散文創作上，他不再寫作《畫夢錄》和《還鄉雜記》那樣的文字，開始創作直面人生的戰鬥雜文和表現民族革命戰爭中的新人新事的報告文學，藝術上追求一種樸素清新、明快暢朗的風格。一九三八年到延安魯迅藝術學院任教。何其芳一九三八年後寫的雜文分別收入《星火集》和《星火續編》中。建國後任中國作家協會書記處書記，中國社會科學院學部委員，文學研究所所長，《文學評論》主編。

何其芳是個非常坦率、有著一顆赤子之心的雜文作家。他的雜文中充滿著嚴於解剖自己的篇什。他總是毫不掩飾地展示他在奔赴延安前後，思想上和藝術上既艱難痛苦而又快樂歡愉的改造過程。寫於一九四五年的《星火集》〈後記〉是這方面的代表作。這篇文章嚴格解剖了他來到延安後創作的那些文章中有一個「小資產階級思想系統」的錯誤，並且誠懇告訴讀者，他是在參加一個「偉大的整風運動」，學習了「偉大的思想家」和「革命領袖」毛澤東同志的「整頓三風報告」以後才認識其錯誤的，並逐漸從破壞舊的思想到建立新的。何其芳的這類雜文在當時的延安影響很大，深受那些從國統區來到延安的革命知識青年的歡迎，在國統區的重慶等地也產生了積極的影響。他以親身的經歷啟發國民黨黑暗統治下的知識分子，延安是光明的燈塔，是真理的故鄉，對國民黨的反共宣傳和「勘亂」政策是個有力的駁斥。

何其芳到延安後，兩度往返於延安和重慶之間。他曾在重慶主編過《新華日報》副刊，任過《新華日報》社長。一九四六年後，他在《新華日報》上發表過一批雜文。像〈異想天開錄〉和〈重慶隨筆〉這兩組雜文，像〈理性與歷史〉、〈金錢世界〉等，都是揭露和諷刺黑暗統治下的種種時弊的；而像〈關於實事求是〉、〈談讀書〉、〈談苦悶〉、〈談朋友〉等一批雜文，或進行同志式的理論論爭，或談學習方法，或談思想修養，這些雜文表現了作家自覺純熟地運用馬列、毛澤東思想的觀點和方法分析問題和解決問題的能力，說理親切、委婉、透澈，文字樸素暢朗，這標誌作者雜文創作風格走向成熟。這類雜文，比起那些寫得粗疏，缺少美感，他自己也認為是失敗之作的報告文學作品，更能表現作家散文創作藝術水準的新發展。因為那些報告文學作品，雖然寫得樸素明快，但藝術上比較粗放，缺少一種「樸素美」，他這時的雜文卻有這種「樸素美」，這種「樸素美」自然是同作家前期散文創作中的那種精緻的藝術美屬於不同的藝術境界。

四　林默涵

林默涵（1913-2008），現代文藝理論家、雜文家，原名林烈。福建武平縣人。一九二八年在福州高中師範專科學習，一九二九年加入中國共產主義青年團，一九三五年留學日本，一二九運動爆發後回國，先後在進步報刊任編輯，用「默涵」筆名撰文。一九三八年到延安，加入共產黨，先後在《解放日報》、《新華日報》、《群眾周刊》、《新文化》、《大眾文藝周刊》任編輯和領導。建國後任中宣部副部長、文化部副部長。他雜文結集的有《獅和龍》，收錄作家從一九四二年至一九四九年間的雜文四十四篇。這些雜文先後發表在延安的《解放日報》、重慶的《新華日報》、香港的《野草》和《華商報》。

林默涵於一九三八年八月到延安，入馬列學院學習，同年加入中國共產黨。他長期從事黨的理論刊物和黨報的編輯工作，有較高的理論修養和文學修養。他在編務之餘，同時寫作雜文和文藝評論。雜文集《獅和龍》表現了作家自覺、純熟運用馬列、毛澤東思想的觀點和方法，觀察社會、批評社會的特點，在思想內容上，主要是揭露舊中國的黑暗，國民黨的反動統治，並且指明產生社會痼疾的根源；與此同時，作者也歌頌光明，歌頌人民群眾的力量，預示革命事業的勝利；也有一些篇章是談論科學研究和文藝創作問題的。林默涵的雜文有著簡捷雋永、清麗朗暢的獨特風格，有著較高的藝術水準。

《獅和龍》中的雜文，一般篇幅不大，但觀點集中，見解深刻。如〈打倒貧困〉一文僅千餘字，集中論述「打倒貧困」的問題。貧困是罪惡制度的產物，要「打倒貧困」就要摧毀罪惡制度，不過作者又說：「但摧毀了不合理的制度，不一定就能得到富足的生活。撲滅了寄生的蜘蛛，不過是清除了人為的製造貧困的條件罷了，要真正富足起來，還得靠我們自己的努力生產，這就是說，我們不但要打破人為枷鎖，而且要打破自然的枷鎖。」把問題推進了一層，顯得見解深刻。在這裡，雜文家確實具有較高的馬克思主義理論分析能力和概括能力，他有一下子抓住問題的實質、並且簡捷地說透了問題實質的本領，因而文章觀點集中，見解深刻。

《獅和龍》中作者善於選取生動和典型的材料。生動和典型的材料的精心選取，使得作者的議論生動活潑，言簡意賅。〈尋根究底〉一文說的是科學研究、探求真理的過程中必須具有「尋根究底」的精神，作者引用了著名科學家居裡夫婦論述「尋根究底」的對話，居里夫人少女時代詠唱探求真理的詩歌，論述「要突破成見的障翳去發現真理的珍珠」，只有「經過這樣尋根問底的追究之後，才能達到真理的殿堂」。〈從高爾基學生活〉一文，論述「學習高爾基，首先要學習他怎樣生活」。作者一開始就引用〈鷹之歌〉中描寫鷹和蛇截然相反的生活追求，而後又在展開的議論中反覆引用高爾基的有關名言。這樣，材料的生動性和典型性就賦予雜文議論的生動性和典型性。

《獅和龍》中，作者善於通過對比有力地展開生活的真理，善於把對社會人生的真理性的發現鎔鑄在象徵性的形象上。〈人頭蜘蛛〉裡寫了兩種「人頭蜘蛛」，一是賣藝的女孩子為了謀生不得不倒懸空中裝扮成「人頭蜘蛛」，另一種是真正的「人頭蜘蛛」，即生活中的吸血鬼和寄生蟲，他們「到處張網，蹲伏一旁，窺伺著專門捕捉弱小的生靈」。這裡，被迫裝扮的「人頭蜘蛛」和貨真價實的「人頭蜘蛛」形成一種鮮明的對比，而那貨真價實的「人頭蜘蛛」又是一種富於聯想和概括意義的象徵性形象。《獅和龍》回憶兒時家鄉的舞龍和舞獅中的龍和獅的形象對比，指明龍和獅的形象的不同象徵寓意，作者寫道：「假若說龍是象徵封建統治的威嚴，那麼，獅子便是象徵人民的力量。然而，龍是縹緲的，而獅子卻是實在的。以實在力量來抗擊縹緲的威嚴，勝利誰屬，是不言可知了。」在這裡，作者雜文中形象的對比，正是強化生活真理的一種簡單方式，而象徵性的形象創造，正是為了使真理性的發現，成為形象的概括和概括的形象。《獅和龍》的文字是清麗朗暢的。這本雜文集有著一種簡捷雋永、清麗朗暢的藝術風格，在解放戰爭時期，起了打擊敵人、教育人民的革命作用。

結束語：一個嶄新的課題

——關於創立中國現代雜文美學

一　一個值得重視的課題

中國在走向現代化的艱難曲折的歷史過程中，作為最敏感的文學思維神經的雜文，是相當繁榮昌盛的，湧現出如龔自珍、梁啟超、章太炎、魯迅、周作人、林語堂、梁實秋、「魯迅風」派和「野草」派的雜文作家群。近現代中國雜文的長盛不衰、名家輩出，堪稱是相當罕見的獨特人文景觀。這並不是我們的獨得之見，魯迅的忠實弟子和親密戰友——馮雪峰——論及魯迅雜文時，早有這樣的論述：

> 魯迅先生獨創了將詩和政論凝結於一起「雜感」這尖銳的政論性的文藝形式。這是匕首，這是投槍，然而又是獨特形式的詩！這形式是魯迅先生所獨創的，是詩人和戰士一致的產物。……這種形式，在中國舊文學裡是有它類似的存在的，……這種形式，在世界文學中當然是有的，但即在世界文學中，於同一類形式的作品裡，在社會性的尖銳和深遠上，在政治戰鬥性的重量和藝術的深刻，能如魯迅先生這樣的，卻也仍不多見。魯迅先生的雜感，雜文，在文學上是要和但丁，海涅及薩爾蒂科夫·謝特林等人的作品一樣不朽的，這不僅是中國民族文學的奇花，而且是世界文學中的奇花。
>
> ——（〈魯迅與中國民族及文學上的魯迅主義〉）

在中國近現代雜文史上，魯迅不是孤立的存在，魯迅雜文之外，還有他的戰友和弟子創作的大量「魯迅風」（「魯迅式」）雜文，還有眾多的雜文大家的雜文，在當代中國大陸、臺灣，以及香港，哪一家報紙期刊之上不刊載雜文？

任何有著民族自豪感和自信心的文學史家和文藝理論家，在面對近現代中國雜文的獨異人文景觀都應該有責任盡自己的可能，根據「歷史和邏輯」的統一，「歷史批評」和「美學批評」的統一，把中國現代雜文創作實踐和雜文理論建設成果，加以綜合概括，從美學角度總結，創立中國現代雜文美學。一九九六年第六期的《雜文界》就刊登了〈「構建雜文學」座談擷要〉，反映了部分雜文作家和雜文研究者企圖「構建雜文學」的心聲。

二 相對貧乏的中外古典雜文理論資源

從中外雜文史的實際看，在魯迅他們之前，都存在著雜文創作異常豐盛和雜文理論相當貧乏的極不相稱的情況。

以今天的眼光看，我國古代雜文遺產異常豐富，雜文理論卻異常貧乏。先秦諸子的哲理散文，兩漢、魏晉南北朝，以及唐宋以迄近代散文家中那些富於文學色彩的論政、論史、論學、論文的文章，以及古文中的「說」、「解」、「辨」、「原」、「議」、「釋」等富於文采的文字，還有序跋文、贈序文、書牘文、箴銘文、雜記文乃至公牘文中的富於文學色彩的批評、議論文字，其實都是雜文，其數量可說是浩如煙海。然而古代的文論家卻未能把以上紛然雜陳，其實又同屬一宗的雜體文作必要的理論綜合概括。「雜文」一詞，最早見於范曄的《後漢書》，之後是劉勰的《文心雕龍》中的〈論說〉篇、〈諸子〉篇和〈雜文〉篇。在〈雜文〉篇中，劉勰把「文」「筆」兼有、雜七雜八無法歸類的文體，稱為「雜文」，而且認為「雜文」是「文章之枝派，暇豫之末造」，頗含鄙薄之意。劉勰的《文心雕龍》之外，如范曄的《後漢書》〈文苑列傳〉、歐陽修的〈蘇氏文集序〉、蘇軾的〈答謝民師書〉、王安石的〈上人書〉等，均把雜文看為「詩賦書教」之外的雜七雜八的無法歸類的瑣碎文體，明代吳訥在〈文章辨體〉中論「雜說」與「雜著」中，指出「議論而兼敘述者，謂之雜說」，「雜著」則是「輯先儒所著之雜文也」，「文而謂之雜者何？或評議古今，或評議政教，隨所著之名，無一定之體」，吳訥對包括「雜說」「雜著」在內的雜文的認識，較上述劉勰等人前進一步，近代的章太炎在《國故論衡》中，把雜文分為「符命」、「論說」、「對策」、「雜誌」、「述序」、「書札」，其中除「符命」外，基本上把雜文看為議論性的雜體文。在近代以前，我國古代異常貧乏的雜文理論不僅同無限豐富的雜文創作極不相稱，而且所論「離經叛道」之言罕有。基本不脫「原道、徵聖、宗經」窠臼。一八四〇年鴉片戰爭之後，外國人的大炮打破了愛新覺羅氏用以維護中世紀封建專制統治的「閉關自守」國策，被迫實行對外開放。標舉古人「義法」的桐城派在散文領域的統治地位終結了，龔自珍、魏源、王韜、鄭觀應、康有為、梁啟超、嚴復、章太炎創作了大量的社會啟蒙、社會批評，乃至於社會啟蒙、社會批評和社會變革思想相統一的富於文學色彩的戰鬥性政論（即雜文）成為近代散文的主流。但是從龔自珍至章太炎，他們的散文理論主張，都沒能對近代滋榮繁盛的雜文創作實踐進行相應的理論概括，特別是未能從社會功能、文體形式和審美特徵上進行起碼的理論闡發。

周作人在〈文學史的教訓〉裡對外國有無雜文給了明確的回答。他指出中西散文有兩個源流，即歷史與哲學，他談到古代希臘羅馬散文的演變與發展時指出：

> 希臘愛智者後來又分出來一派所謂智者，這更促進散文的發達，因為那時雅典施行一種民主政治，凡是公民都可參與，在

> 市朝須說話，關於政治之主張，法律之聲辯，皆是必要，這種學塾的勢力大見發展，直至後來羅馬時代也還是如此，雖然政治的意義漸減，其在文章與思想上的意義卻是極大的。我所喜歡的古代文人之一，以希臘文寫作的路吉亞諾斯（又譯琉善或盧奇安——引者），便是這種智者，他的好多名篇可以當作這派的代表作，雖然已是二千年前的東西，卻還是像新印出來的，簡直是現代通行的隨筆，或者稱它為雜文也好，因為文章不很簡短，所以不大好謚之曰小品。

關於外國雜文，馮雪峰在〈談談雜文〉裡說得更具體了：

> ……在外國也是如此的，也是「言之有物」的散文才是散文正統。自柏拉圖的對話錄、西塞祿的演說、蒙泰納和培根的哲學隨筆、服爾泰和別林斯基的政論、普希金和海涅的旅行記和評論，一直到高爾基的社會論文，基希和愛倫堡的報告文學、小品文和批評論文，都是最好的和最本色、最本質的雜文。

在西方，雜文又稱「雜談」、「雜論」、「雜著」、「雜錄」，拉丁文和英文是「Miscellany」、「Discour」和「Silua」等，據《蒙田》一書的作者，英國的P．博克所述，蒙田的「Essay」，「這種雜談式的文體是希臘論文的一種復興，常常用來談道德問題，文章短小靈便，筆調生動幽默，給讀者一種親切感，就像在聆聽作者的娓娓之談。普魯塔克的《道德論》是蒙田最愛談的作品之一，本書就是由一些議論文編集而成的」。

在西方美學界，從亞里斯多德至黑格爾乃至於當代歷來有揚詩抑文的傾向，多的是詩歌美學、小說美學、戲劇美學、影視美學的論著，散文理論或散文美學的論著則鳳毛麟角，而且像俄國的什克洛夫斯基、巴烏斯托夫斯基等有關論著所論的散文則是以小說為主的。

先說亞里斯多德吧。他的《詩學》是人們所熟知的，是他論詩、論劇詩（悲劇、喜劇）的經典性美學著作。他的散文美學著作是《修辭學》。在我國，最早是介白譯出，周作人曾為之作序[1]，到了一九九一年，三聯書店才出版了羅念生的譯本，文藝理論界也是知者寥寥。

亞里斯多德的《修辭學》是研究演說中的立論和修辭的藝術規律的。在古代希臘，演說異常繁榮，是主要的散文形式。因而從某種意義上說研究演說的藝術，就是研究散文的藝術，《修辭學》就是一部散文理論專著。

亞里斯多德在《修辭學》裡，對古希臘的演說藝術規律進行了科學理論總結，他繼承和發展了前輩修辭學家的理論精華，他繼承和發展了柏拉圖的某些精闢見解，從而他的《修辭學》成了古希臘修辭術理論的集大成的著作。他的《修辭學》雖評論演說術，但還兼及其他散文樣式。因而，它也是散文理論的集大成著作。早在《詩學》第九章裡，亞里斯多德就已談到「詩」與「歷史（散文）」的特點和區別，在《修辭學》第一卷裡，他認為「修辭術是論辯術的對應物」，「修辭術」和「論辯術」這兩種藝術相似而不完全相同；區別僅在於前者採用連續講述方式，後者用對話問答方式；前者面對各種各樣的人組成的聽眾，後者面對少數有知識的聽者；但在熟悉所論說的題材，注重事實、論證和說理，做到以理服人、以德化人、以情感人等方面則是大致相同的。《修辭學》第二卷在談到演繹證明和例證證明（歸納）時，強調了「格言」、「寓言」的特點，以及它們和「歷史事實」在證明和說理中的作用，這些說法，同莊周後學在〈天下〉篇裡論莊周哲理散文說理辯難時「以卮言為曼衍，以重言為真，以寓言為廣」有異曲同工之妙。亞里斯多德在《修辭學》第三卷裡論述了詩歌風格和以演說為主的散文風格及其區別，散文結構上的組織安排。因

1　周作人：〈《修辭學》序〉，《看雲集》（上海市：上海開明書店，1932年）。

此，我們可以說，亞里斯多德的《修辭學》是一部專論演說的立論和修辭藝術規律的理論著作，又兼及了古希臘散文中的歷史散文、表現「問答式論辨術」的對話體散文，以及格言、寓言等散文形式的藝術規律，它也是古希臘一部相當全面、系統的散文理論著作。它對此後西方散文創作和散文理論的影響是廣泛而又深遠的。

亞里斯多德的《修辭學》是一部體系嚴整、說理深透的科學理論著作。演說固然也包含敘述、描寫、抒情的因素，但主要的是說理，所以亞里斯多德給演說的修辭術下了一個定義：「一種能在任何問題上找出可能的說服方式的功能。」這種「可能的說服方式」，就是尊重事實、張揚真理、捍衛正義的言之成理、合乎邏輯的或然式證明方式。亞里斯多德把或然式證明分為兩大類，第一大類是不屬於修辭本身的或然式證明，例如依靠見證、拷問、契約等見得出的證明。第二大類是屬於修辭術本身的或然式證明，它們又分為三種：依靠演說者性格而產生的證明；依靠使聽眾處於某種心情而產生的或然式證明；演說本身所提供的或然式證明。這最後一種又分為用修辭式推論（演繹法）推出來的證明和用例證法（歸納法）推出來的證明。很顯然，在亞里斯多德看來，一個演說家在演說中要勝任愉快完成既定的使命，他必須研究社會生活的方方面面；與此同時，他還必須擁有人格的力量、情感的力量、道義的力量；為此，他必須全面深入地研究人，了解人的性格類型、人的情感和心理特點，他更必須具備相當的理論分析和邏輯論證才能。只有這樣，他在進行或然式證明時，他才能以人格折服人、從情感上打動人、在道義上說服人。亞里斯多德的這些精闢論述，不僅對演說是適用的，對一切說理散文寫作也都有指導和啟示意義的。

在《修辭學》第二卷裡，亞里斯多德企圖嘗試對各種具體性格類型，如年輕人、老年人、壯年人、高貴出身的人、富人、當權者的性格類型進行分析和描述，他也對人的忿怒、溫和、友愛、恐懼、羞恥、慈善、憐憫、嫉妒、羨慕等情感和心理狀態，嘗試進行分析和描述。這些近似於我國孟軻說的「知人論世」。亞里斯多德的弟子泰奧弗拉斯托斯繼承和發展了他的老師的情感心理分析和性格描寫傳統，創作了《人物素描》裡的三十篇性格描寫小品，它們連同《修辭學》，對以後西方說理散文的「知人論世」，對英國十七世紀的人物品評、速寫、素描的小品散文，對英國十八世紀艾迪生和斯梯爾等人在《評論報》、《旁觀者》報上的羅傑爵士等的人物性格描寫，乃至於對歐洲的小說創作都有深遠影響。在《修辭學》第二卷裡，亞里斯多德對用歷史事實、比喻和寓言作為例子的例證法（歸納法），和用修辭式推論（演繹法）證明中的肯定式正面說理的二十一種三段論式，以及否定式反駁說理的八種三段論式，作了深入細微的闡發。可以說是古今中外，還沒有人像亞里斯多德這樣對演說性說理散文的邏輯推理問題作了這樣全面系統深透的分析。亞里斯多德還提醒人們演說時在運用邏輯推理說服人時，還應讓聽眾感到「有趣」和「愉快」。

《修辭學》一、二卷，是解決演說的內容問題，即說什麼的問題，第三卷則論述散文的「風格美」，散文結構的組織安排，即怎麼說的問題。在古希臘，散文是針對詩歌而言，指無須講究格律，又是行文如說話的文體（包括藝術性和非藝術性散文），希臘人稱之為Logograhia，意為「口語著述」，同詩歌比較，散文同世俗生活和日常口語更貼近，本色、自然、質樸、隨意、自由。早在《詩學》第九章裡，亞里斯多德已談到「詩」和「歷史」，實際上就是詩和散文的區別，在《詩學》第二十一章裡則專論詩的風格。在《修辭學》裡，他又創立了散文「風格美」的理論。他認為散文的風格同詩的風格不同，散文不應該有詩意，它應該明晰、清新，應該使用「普通字」、「本義字」、「隱喻字」，「把表現手法掩蓋起來」，給人質樸、自然，如同日常隨意說話的感覺；散文風格要有「生動性」，所說所寫的道理和事物，要能活現在人們眼前，令人印象深刻，感到愉快，散文語言不應該有「格律」，但應該有「節奏」，句法上要用環形句，使句子簡潔明快。亞里斯多德的散文風格理論相當全面系統深刻，對歐洲散文理論有深刻影響，即便從今天角度看，仍有不少地方道出散文特質的真知灼見。

康德在他的美學著作《判斷力批判》裡論到文學時，談到了詩和「雄辯術」(即演講體散文)。黑格爾沒有像亞里斯多德那樣寫過專門性的散文理論專著，他只在《美學》第一卷和第三卷（下冊）裡以不多篇幅闡述他自己的散文理論主張。從黑格爾的散文理論主張看，他一方面繼承了亞里斯多德的散文觀，另一方面他又對某些散文形式如寓言、格言、歷史散文、演說散文發表了自己的見解，特別是對詩和散文藝術的掌握方式（觀念方式）作了深入的比較和研究，這後一點，是黑格爾散文理論主張最富於理論光彩之處，在今天仍能給人以深刻啟示。

什麼是「掌握方式」和「觀念方式」？朱光潛在《美學》譯本裡是這樣詮釋「掌握方式」的：「掌握方式譯原文Auffassungweise，Auffassen的原義為『掌握』，引申為認識事物，構思和表達一系列心理活動，法譯作『構思』，俄譯作『認識』，英譯作『寫作』，都嫌片面，實際上指的是『思維方式』。下文提到『觀念方式』，是把它和『掌握方式』看成同義詞。」這說明「掌握方式」、「觀念方式」、「思維方式」等是「同義詞」，是包括創作主體對生活客體的藝術認識、藝術構思和藝術表達等方面。

黑格爾在《美學》裡談到了寓言、歷史、演說散文、散文戲劇和散文小說，但他主要論述的是歷史散文和演說散文，說「這兩種散文在各自的界限之內是最能接近藝術的，它們主要是歷史寫作的藝術和說話修辭的藝術。」他對歷史散文有精闢論述，並給予很高評價。黑格爾認為「演講術顯得是接近自由的藝術」，因為演說者對問題有自己的「自由判斷」，他對「選擇內容和處理內容兩方面都有絕對的自由」，演說者要影響聽眾的「情感和觀點等等」，他的陳述內容必須「含有普遍性的原理」，「又採取具體現象的形式」，「所以他不能單憑邏輯推理和下結論的方式去滿足我們的知解力，而是也要激發我們的情感和情欲，震撼我們的心靈，充實我們的認識，總之，通過心靈的一切方面來感動聽眾，說服聽眾」。

演說帶有議論、辯駁、批評和抒情的性質，演說者以嚴密邏輯、精闢見解、鐵鑄事實說服人，以真誠熱烈感情打動人。演說實際上是以議論和批評為主的文學散文中之一種。因而，亞里斯多德、康德和黑格爾這西方三大美學權威，實際上都論到了同議論性散文有關的雜文，他們雖然沒有使用雜文一詞，但卻可以說他們的散文理論主要是說理性和批評性的雜文理論。

文藝復興時期法國的蒙田繼承和發展了古希臘羅馬普魯塔克和塞內加的隨筆（Essay），使隨筆更富於個性化、更親切、更坦誠、更活潑、更隨意、更有彈性，成了以後歐美散文中的最主要的文體。關於隨筆（Essay），日本的廚川白村在《出了象牙之塔》裡有極精彩的論述。這我們在下面還會詳論。英國的亞瑟．本森（1862-1929）在他編的一部文選《隨筆的類型及時代》的序言〈隨筆作家的藝術〉裡這樣論隨筆：

> 隨筆在本質上則是獨白。
>
> 英國隨筆有種種不同的形式。
>
> 隨筆像所謂的風琴的序曲，是一種有主題的小品文，形式不那麼嚴格，盡可任神思驅遣，由妙手調節，並可隨意渲染。隨筆，乃是從某一可以清楚說明的著眼點所進行的人生小評論。因此，隨筆作家以其特殊方式充當人生的解說員，人生的評論家。他觀察人生，不像歷史家，不像哲學家，不像詩人，然而這些人的特點他又都有一點兒。

照亞瑟·本森的說法，在有著「種種不同的形式」的「英國隨筆」裡，主體是充當「人生的評論家」的議論性和批評性的隨筆，其實也就是我們今天所說的雜文，這是符合實際的。

美國著名文藝理論家和教育家 B. 艾布拉姆斯在《歐美文學術語詞典》一書裡關於「essay 雜文」[2]詞條的詮釋裡如是說：

> 任何旨在探討問題，闡述觀點，或就某一議題加以論證的散文作品都屬於雜文。雜文有別於論著或學術論文，因為它的論述說理不夠系統完備，其對象只限於一般讀者。雜文的論證採取非專業性、靈活多樣的方式，它往往通過事實、鮮明的例證和幽默風趣的說理來加強說服力。
>
> ……
>
> 雜文體裁在一八五〇年得名於法國散文家蒙田。但在這以前，古希臘作家忒俄弗雷斯托斯與普魯塔克、古羅馬作家西塞羅與塞內加就開始從事雜文創作了。……十六世紀末，培根的一系列隨筆開創了英國雜文創作。艾迪生和斯梯爾合辦的《閒話報》與《旁觀者》以及後來的其他雜誌為雜文開拓了出版途徑……十九世紀初期，新型雜誌的問世極大地推動了雜文創作，並且使雜文成為一個主要的文學類型。哈茲里特、德·昆西與查理斯·蘭姆正是在這時期將雜文、尤其是隨筆的創作發展到登峰造極的水準。

美國的哈特曼在《荒野的批評》的第八章〈作為文學的文學批評〉中援引英國的王爾德的〈評論家也是藝術家〉，加拿大的弗萊的《批評的解剖》的有關論述，認為「文學批評」也是「文學」，「批評

2　值得注意的是，在艾布拉姆斯的《歐美文學術語詞典》裡，「雜文」和「隨筆」竟是同一個詞條，這意味著在艾氏看來，「雜文」和「隨筆」就是一回事。

家也是藝術家」；他還援引德國的施萊格爾寫給諾瓦利斯的〈頌詞〉，英國的佩特的《柏拉圖和柏拉圖主義》，匈牙利的盧卡契的《隨筆的本質和形式》，指出從柏拉圖到蒙田的隨筆散文都是詩和哲學融合的「理性的詩」。

這就是二十世紀的中國雜文家和雜文理論家在創建自己的雜文理論時所能繼承的中外古典雜文理論資源。顯然，這個理論資源是散亂的，膚淺的，不成系統的。這樣，他們就還必須從二十世紀中國蓬勃興起和發展的雜文創作實踐中去汲取理論創造靈感。在這方面做出突出貢獻的是，魯迅、周作人、林語堂、瞿秋白、馮雪峰、王任叔、徐懋庸、唐弢、郁達夫、朱自清、王了一、朱光潛、梁實秋。這裡，我們想以魯迅和周作人為例來看他在雜文理論建設上的成功創造。

三　最富活力的魯迅雜文理論

魯迅沒有寫過專門性的長篇的雜文理論文章，他的雜文理論主張散見於《兩地書》、他自己的雜文集和譯文集的序跋，以及如〈小品文的危機〉、〈徐懋庸作《打雜集》序〉裡，是分散的，又是自成系統的，可以說是無序中的有序，不成系統的系統，此其一；魯迅雜文理論淵源是多元的，一是來自中國古典，二是來自異域，三是自己和同時代人的雜文創作實踐經驗，此其二；魯迅前期側重於強調雜文的社會功能，後期則把雜文的社會功能和審美功能統一起來，到了晚年，他就老實不客氣宣佈雜文要「侵入文學的高尚樓臺了」。

魯迅是從社會功能和審美特徵上揭示和規定議論和批評為主的雜文這一文學形式的特質的。

在魯迅看來，雜文的社會功能是什麼？

在《兩地書》第一集中，魯迅同許廣平反覆討論中國的社會改革與雜文寫作的關係。魯迅對中國社會的歷史和現狀有著清醒的認識。

在魯迅看來，中國是太黑暗、太落後了，有如一只漆黑的染缸，如不進行改革，打破這染缸，中國是沒有希望進入未來的「大同世界」的，改革最快的是「火與劍」，必須注重「實力」，同時輔以「宣傳」，在策略上必須堅持「韌」的「壕塹戰」。正是從自覺承擔改革中國的社會責任的前提出發，魯迅談到他自己為什麼要「改變文體」，注重雜文寫作。魯迅說他寫作「反抗」、「破壞」、「批評」、「議論」性的雜文，對中國「根深柢固」的傳統思想、習慣文明、國民的劣根性以及黑暗腐敗的社會現狀施行毫無忌憚的破壞、襲擊和攻打，正是為了促進中國的社會改革，希望中國的新生。當然，魯迅也意識到自己個人力量的有限。於是他在雜文寫作上時時在尋找「生力軍」，渴望在不久的將來能組成這方面的「聯合戰線」，魯迅俯視當時文壇，他覺得《語絲》有些「疲勞」，《現代評論》顯得「灰色」，《猛進》有勇無謀，他就同一些新進青年創辦了《莽原》（週刊）。關於《莽原》，魯迅對許廣平說了這樣一些話：

> 但星期五，你一定在學校看見《京報》罷，那《莽原》二字，是一個八歲的孩子寫的，名目也並無意義，與《語絲》相同，可是又彷彿近於「曠野」。投稿的人名字都是真的，只有末尾的四個都由我代表，然而將來從文章上恐怕也仍然看得出來，改變文體，實在是不容易的事。這些人裡面，做小說的和能翻譯的居多，而做評論的沒有幾個；這實在是一個大缺點。[3]

> 中國現今文壇（？）的狀況，實在不佳，但究竟做詩及小說者尚有人。最缺少的是「文明批評」和「社會批評」。我之以《莽原》起哄，大半也是為了想由此引些新的這一種批評者

---

3 《兩地書》（一七），1925年4月28日。

> 來，雖在割去敝舌之後，也還有人說話，繼續撕去舊社會假面，可惜所收的至今為止的稿子，也還是小說多。[4]

> 至於大作之所以常被登載者，實在因為《莽原》有些鬧饑荒之故也。我所要多登的是議論，而寄來的偏多小說、詩。先前是虛偽的「花呀」「愛呀」的詩，現在是虛偽的「死呀」「血呀」的詩，嗚呼，頭痛極了！所以尚有近於議論的文章，即易登出，夫豈「騙小孩」云乎哉！[5]

類似的話語還見於《華蓋集》〈題記〉，為了說明問題，照錄如下：

> 也有人勸我不要做這樣的短評。那好意，我是很感激的，而且也並非不知道創作之可貴。然而要做這樣的東西的時候，恐怕也還要做這樣的東西，我以為如果藝術之宮裡有這麼麻煩的禁令，倒不如不進去；還是站在沙漠上，看看飛沙走石，樂則大笑，悲則大叫，憤則大罵，即使被沙礫打得遍身粗糙，頭破血流，而時時撫摩自己的凝血，覺得若有花紋，也未必不及跟著中國的文士們去陪莎士比亞吃黃油麵包之有趣。
>
> ……我早就很希望中國的青年站出來，對於中國的社會文明都毫無忌憚地加以批評，因此曾編印《莽原週刊》作為發言之地，可惜出來說話的竟很少。在別的刊物上，倒大抵是對反抗者的打擊，這實在是使我怕敢想下去的。

在這些言論中，魯迅對現代雜文是以批評和議論的方式，通過社會批評和文明批評，進行社會思想啟蒙，促進社會進步改革這一社會功能

4　《兩地書》（一五），1925年4月22日。

5　《兩地書》（三四），1925年7月9日。

作了極其明確的規定。應該說，在古今中外雜文史上，像魯迅這樣以這樣明確的語言對雜文的社會功能做這樣明確的規定，魯迅是第一個。

把現代雜文規定為是一種以批評或議論的方式進行社會批評和文明批評，是魯迅一貫的文藝思想，是魯迅對近代、特別是現代的雜文運動的歷史經驗的深刻理論概括。早在〈摩羅詩力說〉中，魯迅就非常讚賞英國著名散文家和文藝批評家安諾德關於「詩是人生的批評」這一名言，至此魯迅把這一思想發揚光大了。如前所述，近代雜文的社會批評和社會啟蒙與社會改革相統一，近代雜文的批判性和戰鬥性，在「五四」以來的雜文運動中發展到一個新的階段，提高到一個新的水準。魯迅關於現代雜文的社會功能的明確規定，顯然是對近、現代雜文運動歷史經驗的深刻理論總結。除了這些以外，我們切不可忘記廚川白村對魯迅的深刻影響。

廚川白村的美學思想無疑是屬於唯心主義的理論體系的。但這並不是廚川白村美學思想中最重要的東西，魯迅珍視的是廚川白村美學思想中的獨創性和深刻性，珍視的是廚川白村的雜文中的社會批評和文明批評的尖銳性和深刻性。剔除了那些唯心主義的偏見，在廚川白村的美學思想中確實有一系列獨創性和深刻性相統一的真知灼見。比如，他關於作家的個性是特殊性和普遍性相統一的論述，他關於文藝創作和文學鑑賞過程中複雜微妙的心理過程的描述，他關於文藝創作是表現和再現的統一的論述，他關於詩人是社會的預言家，以及詩人的心聲是時代精神和大眾心聲的反映的論述，他關於徹底的現實主義和徹底的理想主義（浪漫主義）在根本上是統一的論述，他關於小品隨筆藝術規律的概括，他關於任何進步的成功的文學都是一種深刻的社會批評和文明批評的論述，……這許多文藝上的真知灼見，直至今天仍能給人以深刻的啟示。有的評論家只看到廚川白村美學思想的唯心主義體系，而看不到其中飽含著眾多的對文藝問題的辯證的深刻的理解，因而說魯迅譯介廚川白村是由於當時還識別不了廚川白村美學思想的唯心主義傾向，這種說法顯然是不公允的，是對廚川白村，也是對魯迅的貶低。本文的任務不是全面論述魯迅和廚川白村的關係，主要是從雜文理論創建方面考察他們之間的淵源關係。

廚川白村關於文學的本來職務是在於進行社會批評和文明批評以指點嚮導一世的論述，對魯迅關於現代的雜文的社會功能的論述，有著直接的深刻的影響。為了說明問題，這裡需要花些篇幅把廚川白村的原話詳加摘引。在《走向十字街頭》的序文裡廚川白村說：

> 東呢西呢，南呢北呢？進而即於新呢，退而安於古呢？往靈之所教的道路麼？赴肉之所求的地方麼？左顧右盼，徬徨於十字街頭者，這正是現代人的心。……
> 作為人類的生活與藝術，這是迄今的兩條路。我站在兩路相會而成為一個廣場的點上，試來一思索，在我所親近的英文學中，無論是雪萊，裴倫，是斯溫班，或是梅壘迪斯，哈兌，都是帶著社會改造的理想的文明批評家，不單是住在象牙之塔裡的。這一點，和法國文學之類不相同。如摩理思，則就照字面地走到街頭發議論。

在《出了象牙之塔·描寫勞動問題的文學》中，廚川白村寫道：

> 建立在現實生活的深邃的根柢上的近代的文藝，在那一面，是純然的文明批評，也是社會批評。這樣的傾向的第一個是易卜生，由他發起的問題劇不消說，便是稱為傾向小說和社會小說之類的許多作品，也都是直接或間接地，拿近代生活的難問題來做題材，其最甚者，竟至於簡直跨出了純藝術的境界。有幾個作家，竟使人覺得已化了一種宣傳者（Propagandist），向群

> 眾中往回，而大聲疾呼著，這是盡夠驚殺那些在今還以文學為和文酒之宴一樣的風流韻事的人們的。就現在的作家而言，則如英國的蕭（B. Shaw）、戈爾斯華綏（J. Galsworthy）、威爾士，還有法國的勃利歐（E. Brieux），都是最為顯著的人物。

在《出了象牙之塔》〈為藝術的漫畫〉中，廚川白村評論英國十八世紀漫畫巨擘威廉呵概斯時指出：

> 這英國的十八世紀的漫畫巨擘，不消說，是威廉呵概斯（William Hogarth，1697-1764）了。作為近世的最大畫家的呵概斯的地位，本無須在這裡再說，但他於描畫政治上的時事問題，卻不算很擅長；倒是作為廣義的人生批評家，將當時的社會、風俗、人情來滑稽化了，留下許多不朽的名作。

廚川白村在《出了象牙之塔》〈現代文學之主潮〉中，對以上問題作了總結。他針對日本文壇狀況，不無感慨地指出：

> 我們日本人的生活，比起西洋人的來，總缺少熱和力，一切都是微溫，又不徹底。……
>
> 和這問題相關聯，還有想到的事，是日本近時的文壇和民眾的思想生活，距離愈去愈遠了。換了話說，就是文藝的本來的職務，是在作為文明批評社會批評，以指點嚮導一世，而日本近時的文藝沒有想盡這職務的。是非之論且不管，即以職務這一點而論，倒反覺得自然主義全盛時間，在態度上較為懇切似的。英法的文學，向來都和社會上政治上的問題密接地關係著，不待言了，至於俄、德的近代文學，則極明顯地運用著這些問題的很不少，其中竟還有因此而損了真的藝術底價值的東

> 西呢。倘沒有羅馬諾夫（Romanov）王家的惡政，則都介涅夫、托爾斯泰、陀思妥夫斯奇，也都未必會留下那些大著作了罷。戰後的西洋文學，大約要愈加人道主義地，又在廣義道德底和宗教底地，都要作為「人生的批評」而和社會增加密接的關係罷。

綜上可以看出，廚川白村對西洋文學中的各種「主義」、各種「思潮」持較寬泛、較通達的看法，他主張文藝的本來職務，「是在作為文明批評社會批評，為指點嚮導一世」。他主張作家必須同「群眾的思想」，同「社會上政治上的問題」保持密切的關係，作家必須是「帶著社會的改造的理想」的猛烈徹底的「文明批評家」，廚川白村反對脫離群眾，脫離社會現實，鑽到「象牙之塔」裡，對社會人生持「高蹈底享樂底態度」的作家。廚川白村的文藝思想在大正時期的日本可以說是相當激進的。魯迅在《現代文學之主潮》〈譯後記〉中說廚川白村「對於『精神底冒險』[6]的簡明的解釋，和結末的對於文學的見解，也很可以供多少人的參考」，可見魯迅對廚川白村的文學觀點是相當讚賞的。

我們只要把廚川白村關於「文藝的本來職務」和文藝家必須是「帶著社會的改造理想的文明批評家」等的一系列論述，同魯迅關於中國現代雜文的社會功能的理論思考和理論規範，不難看出兩者之間存在著驚人的相似和深刻的默契。這裡有兩點特別耐人尋味。

其一是二〇年代的魯迅在創建現代雜文理論時，他主要是通過廚川白村這一中介，同歐洲近代以來各種文藝思潮，特別是易卜生、托爾斯泰、高爾斯華綏和蕭伯納等為代表的批判現實主義思潮，建立了

---

6 「精神底冒險」，或譯「靈魂的冒險」（Spiritural Adventure），法國作家法朗士在《文學生活》一書中，把文藝批評稱為「靈魂在傑作中的冒險」，廚川白村引來解釋文藝創作與新思潮的關係。

深刻的聯繫。至三〇年代初期，魯迅在〈小品文的危機〉這一名文中，論到以雜文為主的小品文的寫作時，談到現代雜文的三種傳統。這就是晚唐以來的「掙扎和抗爭」的傳統，歐美的小品隨筆傳統，「五四」以來的「掙扎和抗爭」的雜文傳統，此前，我們可從魯迅在《漢文學史綱要》裡之論先秦諸子，秦漢的李斯、賈誼、晁錯，以及他在〈魏晉風度及文章與藥及酒之關係〉中之論曹操、嵇康、阮籍、陶淵明等中，窺見魯迅雜文和雜文理論與「悠久深厚」的中國雜文傳統的淵源關係。這時魯迅對雜文的社會功能除了繼續主張社會批評和文明批評的批判性之外，他更強調雜文的戰鬥性和革命性，他指出戰鬥的小品文必須和受苦受難的人民大眾一道共同殺出一條血路。但不能把兩者看作是互相對立的東西，它們實際上在根本上是統一的。自然這標誌著魯迅的雜文理論同他的思想變化相適應，從批判現實主義向著革命現實主義飛躍。

其二是魯迅突出強調雜文的「批評」的社會功能，這是意味深長的。魯迅所說的「批評」是為了實現社會改革這一崇高理想的「批評」，並不是否定一切、破壞一切的虛無主義的「批評」，從這個意義上說，魯迅所理解的雜文家，也就是廚川白村所說的「帶著社會改造的理想的文明批評家」，也就是說魯迅心目中的雜文家是社會批評家、社會改革家和社會理想家的統一。同時，我們對魯迅所說的「批評」也應作寬泛的辯證的理解。所謂「批評」並不純然只有否定而無肯定，只有揭發、暴露、破壞、諷刺、嘲笑，而無歌頌、表彰、讚美、匡正和建設，事實上這對立的兩極不僅是互相排斥，也是互相聯繫的，在絕大多數情況下是統一在一篇雜文之中，不過無可否認的是，在矛盾的統一體中，否定、揭發、暴露、批判、破壞、諷刺、嘲笑等佔據矛盾的主導地位，在絕大多數情況下成為雜文的最主要表現形態，這是由雜文的「批評」功能所規範和制約的，同雜文血緣非常親近的姐妹藝術如漫畫、喜劇、相聲、諷刺詩等情況也大致相同，不幸的是，長期以來人們看不到由於雜文的注重於「批評」的社會功能，規範、制約了雜文必然具有批判性和諷刺性的特徵，看不到雜文家不僅是辛辣的社會批評家，同時，也是不可多得的、忠誠熱烈的社會改革家和社會理想家，從而在現當代文學史上不斷出現了雜文創作經常被迫沉寂、雜文作家經常被打入「另冊」的厄運。

廣泛的社會批評和文明批評，是魯迅雜文的全部內容，解剖和改造中國人的國民劣根性，是魯迅雜文的核心思想，通過人的改造來促進社會的進步變革，是魯迅雜文的崇高目的。

解剖國民性和改造國民性是近代資產階級民族民主革命不斷高漲的必然產物。不僅形形色色的資產階級思想家論述過這一問題，就是馬克思和恩格斯也在〈德意志意識型態〉等著作中通過對「德意志意識型態」的深入解剖、分析，批判過日爾曼民族的民族性，不僅車爾尼雪夫斯基解剖過大俄羅斯民族的民族劣根性，列寧也解剖過大俄羅斯民族的劣根性。自然，這裡有各種各樣的思想分野，有歷史唯心主義和歷史唯物主義的區別。近代以來，我國被迫對外開放，不少先覺之士開始以新的眼光看待世界、看待中國。比較常常釀造著新的發現。人們在中和外、先進和落後、新與舊、強與弱、優和劣的比較中，發現了中國在「物質文明」和「精神文明」上大大落後於西方，發現了作為古老的中華帝國子民的國民劣根性，於是，我國近代以來眾多的啟蒙思想家一再反覆探討古國的新生和改造國民劣根性的內在聯繫。「五四」新文化運動中提出的「思想革命」和「文化革命」的口號，反對封建專制、愚昧，崇奉賽先生和德先生，在很大程度上同改造中國國民的劣根性有關，「五四」新文化運動先驅陳獨秀和胡適都鼓吹過改造國民性的口號，二〇年代初期《語絲》社中的周作人、錢玄同、劉半農、林語堂也反覆探討中國國民性的改造問題。

解剖和改造中國國民的劣根性問題，是魯迅的一貫思想，是魯迅思想中不斷豐富、發展，至今仍具有強大生命力的深刻思想。早在日本留學時期，魯迅在探索中國的社會改革問題時，他已把人的改造問題和中國國民劣根性的改造問題放到中心位置上了。在〈文化偏至論〉中，他已認識到立國「首在立人」，在〈摩羅詩力說〉中，魯迅介紹以拜倫為代表的「立意在反抗，指歸在動作」的「摩羅宗」詩人，充分肯定他們對本國的保守落後的「國民性」的批判和反抗。不過此時，魯迅對中國國民性的解剖和批判，還不夠深入，也欠缺歷史的具體性。「五四」以後，魯迅對中國國民劣根性的種種發現，以及產生這種國民性的社會歷史文化根源的解剖具有了新的廣度和深度。這是時代環境使然，是魯迅長時期探索的結果，也同廚川白村的影響有關。這裡且做些比較。

廚川白村在《出了象牙之塔》裡，對他所憎惡的日本的國民劣根性中的「微溫、中道、妥協、虛假、小氣、自大、保守」等，「一一加以辣的攻擊和無所假借的批評」[7]。他的揭發和批評帶著歷史和生活的具體性。廚川白村在本書的「改造和國民性」一節中認為這樣的日本人是「去骨泥鰍」，日本是一個「聰明人愈加小聰明，而不許呆子存在的國度」，在日本不會出現「托爾斯泰和尼采和易卜生」，更不用說「莎士比亞和但丁和彌耳敦」。他議論說：

> 世間也有些論客，以為這是國民性，所以沒有法，如果像一種宿命論者似的，簡直說是沒有法了，這才是沒有法呵。絕對難於移動的不變的國民性，究竟有沒有這樣的東西，姑且作為別一問題，而對於國民性竭力加以大改造，則正是生活於新時代的人們的任務。喊著改造改造，而只嚷些社會問題呀，婦女問題呀，什麼問題呀之類，豈不是本末倒置麼？沒有將國民性這東西改造，我們的生活改造能成功的麼？

7　魯迅：〈後記〉，魯迅譯、廚川白村：《出了象牙之塔》。

魯迅在《兩地書》（八）中對許廣平說：

> 說起民元的事來，那時確是光明得多，當時我也在南京教育部，覺得中國將來很有希望。自然，那時惡劣分子固然也有的，然而他總失敗，一到二次革命失敗之後，即漸漸壞下去，壞而又壞，遂成了現在的情形。其實這也不是新添的壞，乃是塗飾的新漆剝落已盡，於是舊相又顯了出來。使奴才主持家政，那裡會有好樣子。最初的革命是排滿，容易做到的，其次的改革是要國民改革自己的壞根性，於是就不肯了。所以此後最要緊的是改革國民性，否則，無論是專制，是共和，是什麼什麼，招牌雖換，貨色照舊，全不行的。

這裡，魯迅同廚川白村一樣也是從「改造與國民性」的關係中來論述改造國民性的極端重要性，不用多說，魯迅的認識要比廚川白村深廣得多。

廚川白村在《出了象牙之塔》裡猛烈抨擊日本的所謂「聰明人」而全力歌頌和呼喚「大呆子」。他說的「呆子」，就是：

> 踢開利害的打算，專憑不偽不飾的自己的本心而動的；是決不能姑且妥協，姑且敷衍，就算完事的人，是本質底地，第一義底地來思索事物，而且能將這實現於自己生活的人，是在炎炎地燒著烈火似的內部生命的火焰裡，常加添新柴，而不怠於自我充實的人。從聰明人的眼睛看來，也可以算得愚蠢罷，也可以當作任性罷。……就因為他們是改造的人，是反抗的人，是先覺的人的緣故。是為人類而戰鬥的Prometheus[8]的緣故。

8　即希臘神話中的盜火給人間而受到大神宙斯嚴懲的普羅米修士，他成了人類溫暖和光明而犧牲自己的英雄象徵。

廚川白村認為：

> 世界總專靠著那樣大的呆子的呆力量而被改造。人類在現今進行到這地步者，就因為有那樣的許多呆子之大者拼了命給做事的緣故。寶貴的大的呆子呀！凡翻檢文化發達的歷史者，無論是誰，都要將深的感謝，從衷心奉獻給這些呆子呀！

他渴望在日本那樣經常圍攻新事物和新思想的「禍祟」的國度，能出現眾多的「很韌性的呆子」，只有這樣，才可望把改革堅持下去。魯迅在〈寫在《墳》的後面〉裡，說過同廚川白村一樣的話，不過更斬截、更簡潔：

> 古人說，不讀書便成愚人，那自然也不錯的。然而世界卻正由愚人造成，聰明人決不能支持世界，尤其是中國的聰明人。

魯迅清醒估計到在舊中國進行改革將會遇到怎樣的困難和阻力，要批評舊中國的一切將會遇到怎樣艱難和危險，因此，他也和廚川白村一樣，突出強調一個「韌」字，畢生堅持一個「韌」字。事實上，蔑視種種責難圍攻，始終以大無畏的勇氣、鍥而不捨的精神，堅持社會批評和文明批評，堅持解剖中國的國民性的雜文大師魯迅，就是名符其實的「很韌性的大呆子」。

廚川白村在《出了象牙之塔》中，不僅猛烈抨擊了日本的國民劣根性，而且解剖了滋生這種劣根性的社會歷史文化根源。在該書的〈從靈向肉和從肉向靈〉一節中，廚川白村指出日本社會存在的千奇百怪現象，日本人的畸形國民性，「從表面看來，彷彿見得千差萬別，各有各個不同的原因似的罷，然而一探本源，則其實不過基因於一個缺陷」。這個缺陷是什麼？有著根深柢固的封建主義精神文明傳統的日本人同歐美人不同，在生活中，在為人處世中奉行著「從精神向著物質，從靈向肉而倒行」的生活原則，但是人的「精神」和「心」是：「有肉體的精神，有物的心。倘若將這顛倒轉來，以為有著無肉體的精神，無物的心，則這就成為無腹無腰又無足的幽鬼。」廚川白村反對這種「靈」「肉」的「倒行」。他認為人們在饑寒交迫情況下而「行竊」，光去責備他們的「居心」是可笑的，應該做的事是「去改良這人的物質生活」，是去改變人們累死累活而不能「圖得一飽」的那個「社會組織的缺陷」。也許正為此，歷史唯心論者的廚川白村，竟對「科學社會主義之父」的馬克思的唯物史觀表示讚賞，告誡日本人：「總該先傾聽唯物史觀，一受那徹底的物質主義的洗禮。」

魯迅對廚川白村的觀點是讚賞的，他在〈從靈向肉和從肉向靈〉〈譯後記〉中，說廚川白村對「靈」與「肉」倒行的針砭，「多半切中我們現在大家隱蔽著的痼疾，尤其是很自負的所謂精神文明」。事實上，明清以來被統治者奉為官方哲學的程朱理學所鼓吹的「存天理，滅人欲」，正是這種「靈」「肉」倒行的中國固有精神文明發展到極端的典型。魯迅在雜文中解剖中國國民的劣根性總是同他對中國固有的封建主義「精神文明」的針砭結伴同行的，這其中確有廚川白村的啟發和影響在。魯迅在《華蓋集》中的〈忽然想到（六）〉和〈北京通訊〉中反覆申說：「一要生存，二要溫飽，三要發展。有敢阻礙這三事者，無論是誰，我們都反抗他，撲滅他。」話雖簡括、抽象，但接觸到了社會改革和人的改造的根本問題，即經濟解放的問題。魯迅同廚川白村一樣，也是反對「從靈向肉」，而主張「從肉向靈」。魯迅宣傳的「世界是由愚人造成」的，宣傳的「一要生存，二要溫飽，三要發展」當然還不是歷史唯物論，但其中有著歷史唯物論的胚芽，而這也是以後魯迅轉向歷史唯物論的一種契機。

魯迅對廚川白村批評日本固有的「精神文明」和日本的國民劣根性的雜文的尖銳潑辣的戰鬥風格是相當讚賞的。他認為廚川白村在寫那些雜文時，心中懸著改造社會的「高遠美妙的理想」[9]，已顯了「戰士身而出世」[10]，他是一位「辣手的文明批評家」[11]，是「猛烈」「攻擊」「本國的缺點」的「霹靂手」[12]。魯迅讚賞廚川白村「若藥弗瞑眩，厥疾弗瘳」[13]的主張，認為廚川白村的那些充滿揭發和批判的激情的雜文，是醫治熱病、重病的「涼藥」、「金雞納霜」和「瀉藥」，是「爽利」地「割治」人們身上「腫痛」讓人覺得「痛快」的解剖刀，有著讓人痼疾「霍然」痊癒，並且「深思」「反省」，從而走上改過、自新的向上之路的奇效，值得注意的是，同樣的主張，先見於魯迅的《吶喊》〈自序〉，後見於《窮人》〈小引〉。魯迅在寫於一九二六年《窮人》〈小引〉中，先引了陀思退耶夫斯基在《卡拉瑪卓夫兄弟》〈手記〉中的一段話：

> 以完全的寫實主義在人中間發見人，這是徹頭徹尾的俄國底特質。在這意義上，我自然是民族底的。……人稱我為心理學家（Psychologist）。這不得當。我但是在高的意義上的寫實主義者，即我是將人的靈魂的深，顯示於人的。

魯迅認為陀氏作品，「因為顯示著靈魂的深，所以一讀那作品，便令人發生精神的變化。靈魂的深入並不平安，敢於正視的本來就不多，更何況寫出？因此有些柔軟無力的讀者，便往往將他只看作『殘酷的天才』」，「人的靈魂的偉大的審問者」，魯迅繼又指出像陀氏這樣「穿掘著靈魂的深處」，其功效是：「使人受了精神底苦刑而得到創傷，又

9 見魯迅：〈後記〉，廚川白村著、魯迅譯：《出了象牙之塔》。

10 見魯迅：〈後記〉，廚川白村著、魯迅譯：《出了象牙之塔》。

11 見魯迅：〈後記〉，廚川白村著、魯迅譯：《出了象牙之塔》。

12 魯迅：〈譯後記〉，〈觀照享樂的生活譯後記〉，廚川白村著、魯迅譯：《出了象牙之塔》。

13 魯迅：〈引言〉，廚川白村著、魯迅譯：《苦悶的象徵》。

即從這得傷和養傷的癒合中，得到苦的滌除，而上了蘇生的路。」

小說和雜文既是有界限又是沒有界限的，是既有區別又有聯繫的。魯迅的小說和雜文都專注於深刻解剖和改造中國國民性（國民的靈魂）的，都有著一股嚴峻而尖銳的震顫人心的強大力量，促人深思，促人反省，使人從靈魂的痛苦滌除淨化中，走上靈魂的覺醒，這確是一項前無古人的氣象宏偉的人的改造的工程。在中國現代文學史上，像魯迅這樣對中國國民的靈魂的解剖和改造傾注如此巨大的關注和熱情，取得令人讚歎的成就的，可以說是絕無僅有。人是社會的核心。人的改造和解放的程度，是衡量社會改造和解放的尺規。中國是世界文明古國之一，是全世界人口最多的國家，中國的現代化，歸根到底取決於中國國民素質和靈魂的現代化。從這些方面看，魯迅當年強調雜文要在廣泛的社會批評和文明批評中解剖和改造中國國民靈魂的主張，是有深遠歷史意義和偉大生命力的卓越思想傳統。歷史說明，人的改造，中國人的國民性的改造，是一個龐大複雜的系統工程，這其中包括經濟制度的改造，政治制度的改革，倫理道德和價值觀念的更新，生活方式的變革，以及文化教育和科學技術的高度發展和全面普及等眾多因素綜合作用的結果。這是一個無限廣闊、僅憑任何一個天才思想家個人的聰明才智都無法窮盡的真理王國。當年的魯迅僅僅是在這一方面開了一個好頭。但要在一個封閉、保守、狹隘、自大、野蠻、自私有著頑固傳統的國度裡，無情地去揭發別人的假髮覆蓋下的爛瘡疤，是不能不受到懲罰的；所以魯迅當時一再重複莊周的一句名言：「察見淵魚者不祥」，他果然也終生為此受到種種責難和圍攻，因為自己的好心不為常人理解而感慨。魯迅逝世之後，現、當代雜文家中很少有人能發揚光大當年魯迅所開創的這一卓越思想傳統。一九三八年，王任叔在〈超越魯迅〉一文中，曾提出在學習魯迅精神的基礎上超越魯迅的正確主張。現在我國出現的求實寬容的氣氛以及建設社會主義精神文明的需要，有可能讓當代雜文家在改造中國的國民性和提高中華民族的民族素質上，自由馳騁，超越魯迅。

廚川白村在《苦悶的象徵》中曾引用英國王爾德（Oscar Wilde）論文集《意向（Intentions）》中的〈為藝術家的批評家〉一文中的一句名言：「最高的批評比創作更其創作底。」從一九二五年開始，魯迅特別重視雜文，他實際上是把雜文看為比小說、詩歌等創作更重要的一種廣義意義上的創作，因此，魯迅在論及雜文時，不僅明確規定雜文的社會批評和文明批評的社會功能，而且也明確規範了雜文的審美特徵，這就是雜文藝術的「形象化」（具象化）、「抒情化」、「理趣化」的審美特徵。在雜文藝術的「形象化」、「抒情化」和「理趣化」這三個特徵中，「理趣化」帶有根本的性質，雜文的「形象化」和「抒情化」，歸根到底是為「理趣化」服務的。雜文的「理趣」與詩歌、小說、戲劇有聯繫，但又有根本區別，有自己的特質，它歸根到底受到雜文的獨特社會功能的制約，它常以「批評」、「議論」的方式，常以對假惡醜的揭發和批評，來肯定真善美，雜文的「理趣」，如同漫畫、喜劇、相聲一樣，經常同笑相聯結，同諷刺和幽默相聯結。魯迅關於雜文藝術的審美特徵的論述，不少地方受益於廚川白村和鶴見祐輔啟發。

廚川白村的《出了象牙之塔》中關於Essay（隨筆、小品）的精闢論述，對魯迅和整個中國現代雜文的發展有著深遠的影響。在該書的〈Essay〉和〈Essay與新聞雜誌〉這兩節中，廚川白村論述了Essay的藝術特徵、Essay在歐美和日本的歷史淵源、代表作家及其不同風格，Essay的寫作與鑑賞。Essay一般譯為隨筆或小品，如廚川白村所說，是因時代、因人而有「各種不同的體裁」，實際上是廣義的、雜體的文學散文，包括議論性的雜文、抒情、描寫等文學散文在內的。這就是廚川白村指出的Essay「和小說戲曲詩歌一起，也算是文藝作品之一體」，但它同一般「議論呀論說呀」的「論文」不同，其特徵是如同好友聚談隨隨便便、任心閒話、說一些使人不至於頭痛的道理，其中有「冷嘲」有「警句」、有「humor」（幽默）、有「感憤」，大到國家大事小到市井瑣談，想到什麼就縱談什麼，看起來是一些「費話」「閒話」，是信筆塗鴉的東西，其實並不容易寫，這需要「詩才學殖」，需要對人生的種種現象有「奇警銳敏的透察力」，需要「雕心刻骨的苦心」，需要有幽默感，只有這樣才能深刻「有趣」，廚川白村的《出了象牙之塔》這本文藝批評和社會批評的雜文集，就是實踐以上理論寫出的富於「理趣」的雜文集。

一九二五年一月十四日，魯迅在差不多已譯完《出了象牙之塔》時校閱《苦悶的象徵》，他〈忽然想到（二）〉中寫道：

> 校著《苦悶的象徵》的排印樣本時，想到一些瑣事——
>
> …………
>
> 外國的平易地講述學術文藝的書，往往夾雜些閒話或笑話，使文章增添活氣。讀者感到格外的興趣，不易於疲倦。

魯迅顯然是讚賞《出了象牙之塔》使「讀者感到格外的興趣」的寫法的，《墳》的序跋中，魯迅說他希望他的雜文集子能給愛他文章的人帶來「愉快」和「歡喜」，使他們感到「有趣」。魯迅在《思想‧山水‧人物》〈題記〉中，說鶴見祐輔的雜文「爽爽快快地寫下去，毫無艱深」，「滔滔如瓶瀉水，使人不覺終卷」。足見魯迅是主張雜文要有「理趣」的。「左聯」時期，當林語堂等人提倡寫作「閒話」「趣味」的小品文時，魯迅也並不一概反對「閒適」和「趣味」，他只是反對一味地「閒適」，反對低級「趣味」。

如上所述，雜文的「理趣」常常同諷刺和幽默聯繫在一起的。廚川白村的《苦悶的象徵》和《出了象牙之塔》，鶴見祐輔的《思想‧山水‧人物》對諷刺和幽默都有精闢的見解，他們都贊成「含淚的笑」，都認為英美有幽默，而日本不常有幽默，多的是笑謔、滑稽和低級趣味的東西，這些觀點對魯迅的影響是顯而易見的，魯迅一貫讚賞「含淚的笑」，主張要劃清幽默同輕浮、低級的惡趣的界限。這裡特別值得一提的是《思想・山水・人物》一書中的〈說幽默〉這一篇。

英國的湯瑪斯・卡萊爾說：「不會真笑的人，不是好人。」鶴見祐輔認為：「幽默」和「笑」是有區別的，幽默是分為「階級」和「種類」的；幽默不是怪誕而是「平常」，愈平常愈可笑；幽默和「機智」不同，機智帶有地域性，「幽默」帶有普遍性；「幽默」同時代有關，德川時代的日本有幽默，明治維新以後忙於生活、為戰爭困擾的日本人缺少幽默；幽默同人的修養有關，悲哀的人、寂寞的人最會幽默；幽默是「理性的倒錯感」，幽默同「冷嘲」只隔一張紙，要使「幽默不墮於冷嘲，那最大的因數，是在純真的同情」。鶴見祐輔是肯定幽默，主張幽默的，但他似乎還知道一點「物極必反」的辨證法，因此他警告：

> 所以幽默是如火如水，用得適當，可以使人生豐饒，使世界幸福，但倘一過度，便要焚屋、滅身，妨害社會的前進的。

〈說幽默〉的結論，是古羅馬詩聖賀拉斯的一句名言：「含笑談真理，又有何妨呢？」

鶴見祐輔〈說幽默〉裡的大多數論點，在魯迅的有關篇章中，都可以找到相契合、相神似的主張，這裡特別耐人尋味的是，賀拉斯的「含笑談真理，又有何妨呢？」再沒有什麼可比賀拉斯的這一名言，能準確傳出魯迅關於雜文理趣化的理論主張，能準確概括出魯迅雜文的獨特的智慧和幽默相統一的理趣美的神髓了吧！

魯迅對廚川白村的美學著作《苦悶的象徵》給予很高的評價。在《苦悶的象徵》〈小引〉裡，魯迅曾說：「作者自己就很有獨創力的，於是此書也就成為一種創作，而對於文藝，即多有獨到見地和深切的會心。」魯迅認為該書「主旨，也極分明，用作者自己的話來說」，那就是：

> 「生命力受了壓抑而生的苦悶懊惱，乃是文藝的根柢，而其表現法乃是廣義的象徵主義」。但是「所謂象徵主義者，決非單是前世紀末法蘭西詩壇一派所曾標榜的主義，凡有一切文藝，古往今來，是無不在這樣的意義上，用著象徵主義的表現法的」。(〈創作論〉第四章及第六章)

顯然，廚川白村關於文藝是「苦悶的象徵」的「獨到的見地和深切的會心」，對魯迅小說《徬徨》、《故事新編》和散文詩《野草》的影響，對魯迅的雜文創作實踐和雜文理論主張的影響，特別是對魯迅關於雜文創作「抒情」化和「形象」化的影響，是顯而易見的。區別僅在於，魯迅不用廚川白村從柏格森和弗羅伊特那兒借用來的抽象玄虛的「生命力」，而用作家主體的「感應」、「悲」、「憤」、「喜」、「怒」、「哀」、「樂」、「歌」、「哭」、「笑」、「罵」之類的詞語。在《華蓋集》〈題記〉裡，魯迅說他的雜文「自有悲苦憤激」在其中，他寫作那些雜文時，「樂則大笑，悲則大叫，憤則大罵」，他的雜文是他那「熱到發冷」、「冷到發熱」的主觀情感灌注的產物。在《華蓋集續編》〈小引〉，魯迅把雜文創作「抒情化」的觀點表述得更透澈了，他說：

> 這裡面所講的仍然並沒有宇宙的奧義和人生的真諦。不過是，將我所遇到的，所想到，所要說的，一任它怎樣的淺薄，怎樣的偏激，有時便都用筆寫了下來，說得自誇一點，就如悲喜時節的歌哭一般，那時無非借此來釋憤抒情，現在更不想和誰去搶奪所謂公理或正義。你要那樣，我偏要這樣是有的；偏不遵命，偏不磕頭是有的；偏要在莊嚴高尚的假面上撥它一撥也是有的，此外卻毫無什麼大舉。名符其實，「雜感」而已。

魯迅的這些論述，同司馬遷的「舒憤懣」和廚川白村的「苦悶的象徵」，有內在聯繫，但更深廣透闢。魯迅說他的雜文「論時事不留面子，砭錮弊常取類型」(《偽自由書》〈前記〉)，「所寫的常是一鼻、一嘴、一毛，組合起來，已幾乎是或一形象的全體。」(《准風月談》〈後記〉)，魯迅關於雜文創作「形象化」的論述，無疑是同中國古典詩學的「比興」說，和廚川白村的文藝的「表現法」是「廣義的象徵主義」有內在聯繫。

如果把魯迅的雜文理論主張放到在他之前的中外雜文理論背景上來考察，不難發現，魯迅的雜文理論主張，無論在理論內涵的豐富性，揭示雜文創作藝術規律的深刻性，指導雜文創作的直接性和恆久性，及其在雜文理論創造上的氣魄、途徑和方向，都是古人、洋人不可比擬的，有著普遍和長久的啟示性。馮雪峰在《魯迅的文學道路》中說：魯迅「所開闢的現代中國文學的現實主義的道路，是一條否定舊社會、肯定新生活的戰鬥道路，同時是實踐新的美學要求的藝術創造的道路」，同理，我們也可以這樣說，魯迅的雜文理論主張，是適應這種「新的美學要求」的「美學理論創造」，所以，我們還可以這樣說，魯迅的雜文理論，也就是魯迅的雜文美學。魯迅的雜文理論較之中外相當貧乏的雜文理論思想要豐富深刻得多。由於歷史的侷限，魯迅在申述他的雜文理論主張時，側重於強調雜文的社會功能，他直到一九三五年才斷言雜文是文學創作，他對雜文獨特的審美功能的論述，是不系統也不深入的，這不能不說是一種缺陷。

四　周作人的雜文隨筆理論

周作人在包括雜文隨筆在內的散文創作和散文理論的成就和影響，都非常突出。在這裡，最值得注意的是，他關於美文的理論。所謂美文，是有它的中國和外國的傳統來源的。《辭源》這樣詮釋「美文」：「美好的文辭。南朝梁鍾嶸《詩品（下）》：『大明泰始中，鮑休美文，殊已動俗，唯此諸人，傳顏陸體。』鮑休，鮑照、惠休，顏陸，顏延之、陸機。諸人指謝超宗丘靈鞠等七人。」據《續資治通鑒長編》載，宋仁宗曾多次發表關於文風的指示。他在慶曆四年（1044）的詔書中，強調國家考試應考察「美文」。其詔書曰：「儒者通天地人之理，明古今治亂之源泉，可謂博矣。然學者不得騁其說，而有司務先聲病章句以拘牽之，則夫英俊奇偉之士，何以奮焉。……舊制用詩賦聲病偶切立為考式，一字違忤，已在黜格，使博識之士，臨文構忌，俯就規檢，美文善意，鬱而不伸。如白居易〈性習相近遠賦〉、獨孤綬〈放馴象賦〉，皆當時試禮部，對偶之外，自有義意可觀。宜許倣唐體使馳騁於其間。」（卷一四七）曾國藩在〈歐陽生文集序〉先引周永昌讚揚以姚鼐為代表的桐城古文：「天下文章，其在桐城乎！」又提到歐陽生學桐城古文後的深切感受：「舉天下之美，無以易乎桐城姚氏者也。」（《曾文正公詩文集》〈卷一〉）顯然，在曾國藩看來，以姚鼐為代表的桐城古文是「天下文章」中最好的「美文」。綜上所述，中國古典文學中的「美文」是涵蓋了詩賦古文中的美好篇章的。在歐美，「美文」是法語belles lettres，字面意義是「精緻或漂亮的文字」，簡稱「美文」，又譯為「純文學」。十八世紀末到十九世紀中葉英國修辭學有認識論的（epistemological）、純文學的（belles lettres）和演說術的三大學派，是當時最有影響的西方修辭學派。其中愛丁堡大學修辭學教授佈雷爾（Hugh Blair, 1718-1800）被看作是修辭學中純文學運動或美文運動的代表人物。他的《修辭學與純文學講座》（lectures on Rhetoric and Belles letters, 1825），很有影響力。書中概述了修辭學、文學與批評之間的關係，涉及面很廣，除了對純文學的論述之外，還包括對審美情趣和高尚的討論，對語文學、語法、文體風格的討論、演說史的回顧，演說詞的構成，以及詩學、古典與當代修辭學理論精華。學貫中西的周作人在構建他的「美文」

理論時，肯定從以上中西理論資源中汲取營養，得到啟發。

周作人有四次提到「美文」。第一次是一九〇八年的《論文章之意義暨其使命因及中國近時論文之失》。周作人這裡所說的「文章」不專指散文，而是指包括詩歌、戲劇、小說、散文在內的所有文學作品。他指出：「赫胥黎則以文章一語合於美文」，並具體闡釋「文章」之義：「其一，文章云者，必形之楮墨者也。」「其二，文章者必非學術者也。」「其三，文章者，人生思想之形現也。」「其四，文章中有不可缺者三狀，具神思（ideal）、能感興（imassioned）、有美致（artistic）也。」毫無疑問的是周作人這裡既是說「文章」也是說「美文」。第二次是一九一八年的《歐洲文學史》。一九一七年，周作人應聘為北京大學文科教授，講授「歐洲文學史」和「近代歐洲文學史」。按規定，教授講課前必須編好講義。據周作人在《知堂回想錄》中回憶，他白天編撰好講義，俟晚上魯迅回家後由他文字潤色修訂後才定稿。從某種意義上說，這兩部書稿是「周氏兄弟」通力合作的結晶。《歐洲文學史》一九一八年十月作為北京大學叢書之三由商務印書館出版。《近代歐洲文學史》直到二〇〇七年才由團結出版社出版。《歐洲文學史》和《代近歐洲文學史》顯示「周氏兄弟」極為罕見的寬博知識背景。周作人在《歐洲文學史》的「第一卷、希臘」的「第六章　文」中提到「美文」。他是這樣說的：

> 希臘學說之發達，與散文變遷，極有關係。先世著作，多尚藻飾。
>
> Thukydides[14]作史，文句艱深，Antiphon[15]過於凝重，Gorgias[16]偏於妍麗。Lysias[17]為人作狀詞，善能體會性情，與之適合，

14 Thukydides應為Thucydides（約西元前460-西元前400），修昔底斯，古希臘歷史家。

15 Antiphon（約西元前480-西元前411），按提豐，古希臘演說家。

16 Gorgias（約西元前485-西元前377），高爾合亞，古希臘演說家。

17 Lysias（約西元前450-西元前380），呂西阿斯，古希臘演說家。

> 陳詞說理，皆極自然，足令敵者抗言，相形見絀，其文已簡易，至Isokrates[18]而大成，立美文之標準，自羅馬以至近世，無不蒙其沾溉。

在這段話中，有兩點值得重視。一是周作人把「美文」與演說掛鈎。古希臘的演說裡有政治演說、訴訟演說和典禮演說，不管哪一種演說，都同演說者發表意見、抒發情感、陳述事實有關，即同議論、批評、抒情、記敘有關。這裡特別值得注意的是，議論和批評同「美文」密切相關。其二是周作人把伊索格拉底的演說視為樹立影響深遠的「美文之標準」。關於伊索格拉底演說如何「立美文之標準」，周作人並未作具體之交代，但他在這段話裡運用「排除」法和「肯定」法，讓我們間接認識其「廬山真面目」。他「排除」了修昔底斯的「艱深」、安提豐的「凝重」、高爾吉亞的「妍麗」，而肯定了呂西亞斯「為人作狀詞，善體性情」，「陳詞說理，皆極自然」、「其文已近簡易」，換句話說，為文陳詞說理，有自然簡易之美，就是「美文之標準」了。

周作人第三次提到「美文」是在一九二一年六月八日「晨報副刊」的名文〈美文〉裡。在那裡，周作人對「美文」作了較具體的闡釋：

> 外國文學裡有一種所謂論文，其中大約可以分作兩類，一批評的，是學術性的。二記述的，是藝術性的，又稱作美文，這裡邊又可分出敘事與抒情的，但也很多兩者夾雜的。這種美文似乎在英語國民裡最為發達，如中國所熟知的愛迭生、蘭姆、歐文、霍桑諸人都做有很好的美文，近時高爾斯威西、吉欣、契斯透頓也是美文的好手。讀好的美文，如讀散文詩，因為他實

---

18 Isokrates（約西元前436-西元前338），伊索格拉底，古希臘演說家。

在是詩與散文之間的橋。中國古文裡的序、記與說等，也可以說是美文的一類。

周作人的〈美文〉是中國現代散文史上最早出現的散文理論建設名篇。但其中頗多自相矛盾、不夠嚴謹之處。他譯歐美從蒙田、培根以來盛行的Essay為「論文」，他認為其中「批評的、學術性的」不屬於「藝術性」的「美文」，只有「敘事與抒情」的，或者「兩者夾雜」的才是「美文」。他所舉的歐美「美文」代表作家是愛迭生、蘭姆、歐文、霍桑、高爾斯華綏、吉欣、契斯透頓。但是了解歐美散文史的人都知道，周作人所舉的以上諸名家的Essay不僅有「敘事與抒情」的「美文」，也有「議論」和「批評」的「美文」，或者是熔「敘事」、「抒情」、「議論」、「批評」於一爐的「美文」。這樣，周作人對歐美「美文」只是「敘事與抒情」的理論概括，在邏輯上不能自洽周延，有自相矛盾之處。再是周作人認為類似歐美「美文」的「中國古文裡的序、記、說等，也可以說是美文的一類」。熟讀中國古文的人都知道，中國古文裡的「序、記、說」等名篇，既有「敘事與抒情」，也有只是「議論」與「批評」的，但更多的是「敘事」、「抒情」、「議論」、「批評」相容並包，共冶一爐的。這樣，周作人在談論中國古文時他關於只有「敘事與抒情」才是「美文」，「議論」與「批評」不是「美文」的理論概括，在邏輯判斷上一樣不能自洽周延，是自相矛盾的。

上述周作人論「美文」時邏輯判斷上不能自洽周延、自相矛盾的破綻問題，到一九二三年二月寫下的〈文藝批評雜話〉裡，得到較妥善的解決。在那裡，周作人突出強調「文藝批評」是「文藝作品」，是「創作」，是「美文」。他指出：

真的文藝批評應該是一篇文藝作品，裡邊表現的與其說是對象

> 的真相，無寧說是自己的反應，法國的法蘭西[19]在他的批評集序上說：「據我的意思，批評是一種小說，同哲學與歷史一樣，給那些有高明而好奇心的人們去看的；一切小說，正當的說來，無一非自敘傳，好的批評家便是一個記述他的心靈在傑作間之冒險的人。」
>
> ……
>
> 只要表現自己而批評，並沒有別的意思，那便也無妨礙，而且寫得好時也可以成為一篇美文，另有一種價值，別的創作也是如此，因為講到底批評原來也是創作之一種。

在這裡，周作人視「文藝批評」為「文藝作品」，為創作之一種，為「一篇美文」，他顯然糾正了他在〈美文〉裡，把「議論」和「批評」排除在「美文」之外的偏頗，妥善解決了他在〈美文〉裡的上述論斷在邏輯上不能自洽周延的破綻。周作人視帶有議論性質的「文藝批評」為「文藝作品」，為「創作之一種」，為「一篇美文」，類似的看法，在西方是大有人在的，除上面提到的法國的法蘭士外，還有德國的弗．希勒格爾的「批評即創作」，法國的聖．佩韋的「批評須有所發明」，英國的王爾德的「評論家也是藝術家」，加拿大的弗萊稱「文藝批評的對象是一種藝術，批評本身顯然也是一種藝術。」

一九〇七年，王國維在〈倍根小傳〉裡譯英國培根的Essay為「隨筆」[20]。周作人在〈論文章之意義暨其使命因及中國近時論文之失〉、〈歐洲文學史〉、〈近代歐洲文學史〉和〈美文〉諸文裡，都譯歐洲文學史上的Essay為「論文」。從一九二三年開始，他稱Essay為隨筆或小品。如他在《自己的園地》〈綠洲〉小引裡，稱自己寫的短文是「幾篇零碎的隨筆」，在〈兩天的書〉自序一裡，稱自己寫的文章

---

19 法蘭西，通譯法蘭士（1844-1924），法國小說家、文藝批評家。

20 王國維：〈倍根小傳〉，《教育世界》丁未第17期（1907年10月）。

是「雨天的隨筆」，在〈兩天的書〉自序二裡，又稱它們是「雜感隨筆之類」，是「小品文」，《藥堂語錄》〈序〉說「將隨筆小文編成一卷《藥堂語錄》。」在《書房一角》〈原序〉裡，他說：「我寫文章，始於光緒乙巳，於今已有三十六年了。這個期間可以分做三節，其一是乙巳至民國十年頃，多翻譯外國作品，其二是民國十一年以後，寫批評文章，其三是民國二十一年以後，只寫隨筆，或稱讀書錄，我則云看書偶記，似更簡明的當」。在《苦竹雜記》〈後記〉裡，周作人抄引了他回覆某君的徵稿信，其中說：「來書徵文，無以應命。足下需要創作，而不佞只能寫雜文，又大半抄書，則是文抄公也，二者相去豈不遠矣哉。」把《書房一角》〈原序〉和《苦竹雜記》〈後記〉裡，周作人關於他文章中的「隨筆」、「讀書錄」和「看書偶記」，以及他關於所謂只是「文抄公」的「雜文」的自嘲，可以發現他所謂的「隨筆」和「雜文」，在文體上只是稱呼不同而已，幾乎是一回事。在《立春以前》的〈文學史的教訓〉中，周作人說：

> 我所喜歡的古代文人之一，以希臘文寫作的路吉亞諾斯，便是這種的一位智者，他的好些名篇可以當作這派的代表作，雖然已是二千年前的東西，卻還是像新印出來的，簡直是現代的通行的隨筆，或是稱它為雜文也好，因為文章不很簡短，所以不大好謚之曰小品。

在這段話裡，周作人幾乎在隨筆和雜文之間劃上了等號。事實上，無論從內涵和處理上看，「雜文」和「隨筆」還是有所區別，不能劃上等號的。譬如，周作人在《立春之前》〈雜文的道路〉中，當他指雜文是「文體思想很夾雜的，如字的一種文章而已」，即雜文是涵蓋一切體式的雜體文，雜文是涵蓋隨筆，又大於隨筆的，當周作人在〈美文〉裡，說外國文學裡的「論文」（即「隨筆」）包含「批評的，是學術性」，「記述的，是藝術性，又稱作美文，這裡又可以分出敘事與抒情，但也很多兩者夾雜的。」這裡議論、批評、敘事、抒情各體或熔議論、批評、敘事、抒情於一爐的Essay（隨筆），它是大於雜文的，因為在這種情況下，以議論和批評為主的雜文，是比不上那不受限制涵蓋一切的隨筆的。由於，雜文和隨筆，可以互相包容，互相擁有，這就造成在文體的辨析上常常是纏夾不清的。這裡，我們統稱之為雜文隨筆好了[21]。

一九四五年十一月五日，周作人在〈兩個鬼的文章〉裡說他的文章是「兩個鬼」寫的文章。他所說的兩個鬼，「一個是流氓鬼，一個是紳士鬼，這如果說的好一點，也可說是叛徒與隱士」。這兩個鬼寫的文章，是「閒適小文」（又稱「閒適文章」）和「正經文章」。在周作人看來，前者是「吃茶喝酒似的」，後者「彷彿是饅頭或大米飯」。周作人撰寫的「閒適小品」，如〈故鄉的野菜〉、〈烏蓬船〉、〈北京的茶食〉、〈吃茶〉、〈喝酒〉、〈鳥聲〉、〈兩株樹〉和〈蒼蠅〉等是享譽文壇的膾炙人口的美文小品名篇，他也因此獲得「小品文聖手」的美名。但創作數量大得多，而且他更看重的是「正經文章」，他自己說：「我自己相信，我的反禮教思想是集合自外新舊思想而成的東西，是自己誠實的表現，也是對於本國真心的報謝，有如道士或狐所修煉得來的內丹，心想獻出來，人家收受與否那是別一問題，總之在我是最貴重的貢獻了。」他的「正經文章」主要指雜文隨筆。周作人對他的以雜文隨筆為主的美文審美特質有一系列精闢論述。

21 值得注意的是，在美國艾布拉姆斯的《歐美文學術語詞典》裡，「雜文」和「隨筆」竟是同一詞條，這是否意味著在艾氏看來，「雜文」和隨筆「就是一回事？」——筆者。

(一)從「自己的表現」的「個人的文學」到「為人民為天下」的「為人生的藝術」

「五四」前後，周作人作為名重一時的文藝批評家，他在談論包括散文在內的文學藝術時，他總是反覆強調文學是「個人」(個性)的文學，文學是一種「自我的表現」(自己的表現)，文學既不是「為藝術的藝術」，也不是「為人生的藝術」，而只是「人生的藝術」。

周作人在〈人的文學〉中說，他所說的文學的「人道主義」，乃是一種「個人主義的人間本位主義。」在〈新文學的要求〉中，周作人說:「這文學是人類的，也是個人的，卻不是種族的，國家的，鄉土的及家族的。」在〈文藝的寬容〉中，周作人說:「文藝以自己的表現為主體，以感染他人為作用，是個人的而且亦為人類的，所以文藝的條件是自己的表現，其餘思想與技術上的派別都在其次」。在〈文藝的統一〉中，周作人說:「文藝是人生的，不是為人生的，是個人的，因此也即是人類的；文藝的生命是自由而非平等，是分離而非合併。」在〈個性的文學〉中，周作人認為，有「個性的文學」便是有「價值」的文學，「便是這國民所有的真的國粹的文學。」周作人在他的第一本散文集《自己的園地》〈舊序〉中說:「因為文藝只是自己的表現，所以凡庸的文章只是凡庸的人的真表現，比講高雅而虛偽的話要誠實的多了。」在《自己的園地》裡他以自己的散文猶如法國作家伏爾泰說自己的心愛的精神家園──「自己的園地」──上精心培植的「薔薇與地丁」；他的散文「以個人為主人，表現情思而成藝術」，是有「獨立的藝術美與無功利」的「人生的藝術」。這裡，周作人的包括散文在內的文學藝術的基本觀點，顯然受到歐洲文藝復興以來關於人的發現、自我的發現的深刻得影響，受到西方印象主義和表現主義，以及康德美學關於審美的無功利和審美的「無目的合目的」等思想觀點的深刻影響。

周作人的散文理論，在上世紀三〇年代初，進一步深化、豐富和發展，形成相對系統完整的理論體系。一九三〇年上半年，周作人的弟子沈啟無，編選了從晚明至清初的小品散文選《近代散文抄》。一九三〇年九月二十一日，周作人在《近代散文抄》〈序〉裡，認為「古今文藝的變遷曾有兩大時期，一是集團的，一是個人的」，「集團的」是「文以載道」，「個人的」是「詩言志」，這「兩種口號」是「敵對」的。他引俞平伯在《近代散文抄》〈跋〉裡的話說，「載道主義得勢，文學都是所謂大的高的正的」，然而又是「差不多總是一堆垃圾，讀之昏昏欲睡的東西」，而「詩言志派」則是有「許多新思想好文章」。所以周作人希望「小品文」應在「個人的文學之尖端，是言志的散文，它集合敘事說理抒情的分子，都浸在自己的性情裡，用了適宜的手法調理起來，所以是近代文學的一個潮頭」。他的這些說法，同前頭《自己的園地》諸文裡說小品隨筆是「自己的表現」的「個性的文學」意思差不多，但他把問題放在更廣闊的中國散文史的背景上來論述了。一九三二年三至四月間，周作人在北平輔仁大學的演講〈中國新文學的源泉流〉是一篇引起廣泛注意和熱烈爭論的散文理論篇章。在那個著名的演講裡，周作人進一步發揮他在《近代散文抄》〈序〉裡杜撰的關於中國文學史上所謂的「文以載道」和「詩言志」的互相對立、起伏消長，譬如說，他認為先秦是「言志」的，兩漢是「載道」的，魏晉南北朝是「言志」的，唐朝是「載道」的，五代是「言志」的，宋代是「載道」的，元代是「言志」的，明初至明中葉是「載道」的，晚明的公安竟陵是「言志」的，清代是「載道」的，民國以後是「言志」的。周作人褒「言志」而貶「載道」，他特別對晚明的公安派的「獨抒性靈，不拘格套」，文藝上反對復古、主張創新給予極高評價。周作人寫於一九三五年八月二十四日的《中國新文學大系》〈散文一集〉導言，是中國現代散文史上散文理論建設名篇。在那裡，周作人匯集了他此前有關散文理論主張的著名理論觀點，他在那裡，同《中國新文學的源流》一樣，斷言中國現代散文不是「革命」的只是對「言志」派的晚明公安派散文的繼承和復興。

在上世紀三〇年代前後，在白色恐怖盛行的威壓下，周作人的人生觀、歷史觀和藝術觀產生重大變化，他鼓吹「閉戶讀書」論，「草木蟲魚」論，宣稱只管「閉戶讀書」，只談「草木蟲魚」，不再評論社會人事，他同社會現實越來越疏離，他的個人主義越來越往極端方向發展。正是在這種背景下，周作人鼓吹「載道」和「言志」的對立，貶抑兩漢和唐宋古文，熱捧晚明小品。他這時的散文理論主張，有些是對散文創作藝術規律的深刻揭示，有的則把某些荒唐見解推向極端。著名學者和著名散文家朱自清在《詩言志辨》〈序〉中批評說：「現代有人用『言志』和『載道』標明中國文學的主流，說這兩個主流的起伏造成了中國文學史。『言志』的本義原跟『載道』差不多，兩者並不衝突；現在卻變得和『載道』對立起來。」著名作家和著名學者錢鍾書在《中國新文學的源流》（署名中書君——筆者）和《中國詩和中國畫》中從另一角度對周作人上述觀點進行批評。錢鍾書指出在中國傳統文學中歷來是「文以載道」，「詩以言志」的，其中並無什麼矛盾對立。梁朝劉勰在《文心雕龍》〈諸子〉中說：「諸子者，入道見志之書。」在他看來，「道」和「志」，並不矛盾對立，而是可以相容的。明代王文祿在〈文脈〉中說：「文以載道，詩以陶性情，道在其中矣。」他認為「載道」的「文」，陶冶性情的「詩」，其中都有無所不在的「道」在。這是符合實際的。至於周作人對兩漢和唐宋古文以及晚明小品的恣意貶抑和熱捧，我們還是聽聽吳承學在《晚明小品研究》中的中肯評價：

> 在悠久的中國文學歷史中，那些有強烈的社會責任感、使命感和憂患意識的作家，那些與社會現實和人民大眾休戚相關而且表現出正大剛強審美理想的作品，才是中國文學優秀傳統的主

> 體，晚明小品，儘管佳妙，畢竟還是小品。它們是對於中國古代文學優秀傳統主體的補充，當然是一筆相當精彩的補充，不過就是在中國歷代的小品文中，晚明小品的藝術成就也並非前無古人。晚明固然是小品文極盛時代，但魏晉、唐宋的詩人作家以餘事作小品，而可謂無意於佳而自佳，與晚明小品相比，它們自有其難以企及的妙趣。

一九三八年後，周作人下水附敵。自那以後，他說過不少他的身分要求他說的話，寫過不少此類文章（此類文字均未收集子）。不過，無可否認的是，他也做過一些有益於國家的事，寫過不少識見精闢的好文章。後者集中體現在一組文章和演講中。這就是收入一九四四年一月《藥堂雜文》中的〈漢文學的傳統〉、〈中國的思想問題〉、〈漢文學上的兩種思想〉和〈漢文學前途〉，以及發表於一九四四年九月一日《教育研究》第三卷第二期的演講〈中國的國民思想〉[22]，在〈中國文學上的兩種思想〉中，周作人指出中國文學上存在兩種思想就是「為人民為天下的思想」和「為君主」的思想，他顯然是傾向「為人民為天下的思想」，這較之他先前只是強調散文只是一種「以自己表現為主」的「個人的文學」，是思想認識上的一種飛躍〈漢文學的前途〉兩段話特別值得關注：

> 漢文學的傳統是什麼，這個問題一時也答不上來，……孔孟的話不必多引了，我這裡只抄《孟子》〈離婁〉裡的一節話來看。「禹稷當平世，三過其門而不入，孔子賢之。顏子當亂世，居於陋巷，一簞食，一瓢飲，人不堪其憂，顏子不改其樂，孔子賢之。孟子曰：禹稷顏回同道，禹思天下有溺者，由己溺之

22 本文收入張鐵榮、陳子善編：《周作人集外文下集1926-1948》（海口市：海南國際新聞出版中心，1995年）。

> 者，稷思天下有饑者，由己饑之者，是以如是之急也。禹稷顏子易地則皆然。」我想這禹稷精神當是中國思想的根本，孔孟也從中出來，讀書人自然更不必說了。在詩歌裡自《詩經》、〈離騷〉以至杜甫，一直成為主潮，散文上更為明顯，以致後來文以載道的主張發生了流弊，其形勢可想而知，這換一句話，就可以叫做為人生的藝術。
>
> 從前我偶講中國文學的變遷，說這裡有言志載道兩派，互為消長，後來覺得志與道的區分不易明顯劃定，遂加以說明云，載自己的道亦是言志，言載他人之志即是載道。現在想起來，還不如直截了當的以誠與不誠分別，更為明瞭。本來文章中原只是思想感情兩種分子，混合而成，個人特別真切感到的事，愈是真切、愈見得是人生共同的，到了這裡志與道便無可分了，所可分別的只有誠與不誠一點，即是一個真切的感到，一個只是學舌而已，如若有誠，載道與言志同物，又以中國的思想偏重於人世，無論言志與載道皆希望于世有用，此種主張似亦相當的有理。

這一時期的周作人，在散文理論主張上有了以上這一系列認識的修正和飛躍的事實，確實讓人驚訝不已。這究竟是他真「誠」的認識，還是如有些人所說的周作人為了此後的政治投機而給自己塗上保護色？在這兩種截然相反的不同評價中，我們傾向於前一種評價。不知為什麼，不少研究者都忽視了這一時期周作人文論思想的這一新發展？

（二）「博識」、「智慧」和「趣味」的統一

周作人論雜文隨筆，無論是自己的還是別人的，歷來強調「博識」（知識、常識）、「智慧」（見識、思想）和「趣味」（風趣）的統

一。他在《苦茶隨筆》〈後記〉中說，他寫的〈夜讀抄〉式的讀書隨筆和「諷刺牢騷的雜文」，在給「讀者」「以愉快、見識以至智慧」諸方面，還是有「作用」的；在《一蕢軒筆記》〈序〉中，他說：「文章的標準本來也頗簡單，只是要其一有風趣，其二有常識」；在《燕知草》〈跋〉中，他說他的得意弟子俞平伯的雜文隨筆集是有著「知識與趣味的兩重統制」的「有雅致的俗語文」；他在評論謝剛主的《文史叢著》時回憶說：「往年讀《心史叢刊》三集，以史事為材料，寫為隨筆，合知識趣味為一，至可益人心智，念之至今未忘。」

周作人收在《苦口甘口》集子中的長文〈我的雜學〉是對他的「博識」的最好陳述。舒蕪在〈兩個鬼的文章──周作人的散文藝術〉中對之作了很好的概括：他說周氏那篇長文〈我的雜學〉，「總結他一生的學識，全文二十節，內容大要是：一、反「舉業」的路子；二、反對道學家和八股文，讚美周秦文章；三、中國舊小說；四、國風、陶詩、《洛陽伽藍記》、《顏氏家訓》、王充、李贄、俞正燮；五、日文、英文、歐洲共同體弱小民族文學、俄國文學；六、希臘神話；七、民俗學、人類學派的神話學、童話學；八、文化人類學（社會人類學）；九、進化論與生物學；十、童話與兒童學；十一、性心理學；十二、以性心理學為基礎的道德思想、文藝思想、婦女論；十三、醫學、妖術、宗教審判史；十四、日本的鄉土研究、民藝研究；十五、日本的雜地志和浮世繪；十六、日本的川柳、落語、滑稽本；十七、日本的戲劇、歌謠、玩具圖詠；十八、日文與日本的明治大正文學；十九、希臘文與《新約》及希臘文學；二十、儒家精神。我們看了這篇文章，都會驚歎他的學識如此之浩博；幾乎有些懷疑以一人之精力，如何會有這個可能。」周作人經由「雜覽」而獲得的「雜學」都體現在他的雜文隨筆裡了。

周作人所說的「見識」、「智慧」，那是指他自己和其他散文家在淵博學識、豐富閱歷和深刻體驗基礎上，經由精心提煉、鎔鑄鍛造、研究思考，獨立創造出來的帶有一定規律性和啟示性的思想結晶。周作人在為其高足俞平伯的雜文隨筆集《雜拌兒之二》寫的序中稱讚該集子中的「抒情說理」的雜文隨筆代表作〈中年〉有著「一般文士萬不能及」的有著很高哲理品格的「思想之美」。這裡，他所謂「思想之美」，顯然是「智慧」品格的另一種說法。他這麼說，不僅是對他高足文品的一種肯定，也標誌著他在雜文隨筆寫作中對作為「智慧」標誌的哲理品格的自覺追求。淵博的書卷和人生知識，深刻的哲理品格，決定了周作人的雜文隨筆，同魯迅的雜文隨筆一樣不同凡響，決定「周氏兄弟」成為當時「思想界的權威」。早在一九三四年，女作家蘇雪林就在《周作人先生研究》中稱周作人為「思想家」。她指出：「但我們如其說周作人先生是個文學家，不如說他是個思想家。十年以來他給予青年影響之大和胡適之陳獨秀不相上下。固然他的思想也有許多不大正確的地方——如他的歷史輪迴觀和文學輪迴觀——但大部分對於青年的影響是非常之巨大的。他與乃兄魯迅過去時代同稱為『思想界的權威』。」[23]舒蕪在〈以憤火出他的戰績——周作人概觀〉中也說：「『五四』以來的新文學家很多，文學家而同時還是思想家的，大約只有魯迅和周作人兩人，儘管兩人的思想不相同，各人前後的思想也有變化，但是，他們對社會的影響主要是思想上的影響，則是一樣的。」[24]

周作人論文品文為文極重「趣味」。他指出：「我很看重趣味，以為這是美也是善，而沒趣味乃是一件大壞事。這所謂趣味裡包含著好些東西，如雅、樸、澀、重厚、清朗、通達、中庸、有別擇等，反是者都是沒趣味。」[25]被周作人抬到審美這樣高度，而且內涵這樣豐

23 蘇雪林：《周作人先生研究》，收入陶明志編：《周作人論》（北平市：北新書局，1934年）。

24 舒蕪：《周作人的是非功過》（增訂本）（瀋陽市：遼寧教育出版社，2000年）。

25 周作人：〈笠公憤與隨園〉，《苦竹雜記》（石家莊市：河北教育出版社，2002年）。

富、複雜、玄妙的「趣味」到底是什麼？且看三種通用辭書給出的詮釋。《辭源》「趣味：興趣、意味。《水經注》卷三十四〈江水（二）〉：『清榮峻茂，良多趣味。』宋葉適《水心集》卷二十九〈跋劉克遜詩〉：『怪偉伏平易之中，趣味在言語之外』。」《辭海》「趣味：①情趣與意味。《水經注》〈江水〉：『絕巘多生怪柏，懸泉瀑布，飛漱其間，清榮峻茂，良多趣味。』葉適《水心題跋》〈跋劉克遜詩〉：『怪偉伏平易之中，趣味在言語之外』。②美學名詞。一稱鑑賞力。分析和鑑賞美的能力，特別是對於文學藝術作品，能夠加以鑑別和評論的能力。」《現代漢語詞典》「趣味：使人愉快、使人感到有意思、有吸引力的特性。」綜合以上三家的有關詮釋，大約就是「趣味」的內涵了。一九三三年，周作人編輯《苦茶庵笑話選》，在書的序中，他說：「說理論事，空言無補，舉例以明，加以調笑，則自然解頤，心悅意服，古人多有取之者，比於寓言。」他是告訴我人們，寫作議論文章，如果只是一味板著面孔、空洞說教，則必然是「說理論事，空言無補」，反之，如果在寫作中以「使人愉快、使人感到有意思」的趣味盎然的「笑話」、事例等為論據，一定會使讀者聽眾「自然解頤，心悅意服」。這樣，就創造了作者是「含笑談真理」，讀者是「含笑接受真理」的理趣效果。在這方面，周作人寫於一九三六年的〈日本的落語〉和一九三七年四至五之間的〈談俳文〉和〈再談俳文〉[26]值得注意。「日本的落語」即「日本的笑話」。俳文，或俳諧文，是譏嘲，諧謔、笑話一類引人發笑的諷刺幽默作品的通稱。劉勰《文心雕龍》〈諧隱〉說：「諧之言皆也，辭淺會俗，皆悅笑也。」這類作品的價值是：「意在微諷，有足觀者。」即在滑稽搞笑的內裡有諷世的深意。〈談俳文〉著重介紹日本俳文大家松尾芭蕉（1644-1694）的俳文代表作〈閉關說〉，橫井（1702-1783）的俳文代表作

---

26 〈談俳文〉和〈再談俳文〉後收入一九四二年三月北京新民印書館出版的《藥味集》。

《妖物記》，在他們影響下，「現今日本隨筆（即中國所謂小品）實在大半都是俳文一類」，他甚至認為西方的「蒙田蘭姆的文章」也可以認為是「洋俳文」。在〈再談俳文〉中，周作人專談「中國的俳文」，針對「古人對於俳諧這東西大都是沒有什麼好感的」，他特意援引文藝理論權威劉勰《文心雕龍》〈諧隱〉篇為自己助陣，他著重介紹了中國古代俳文名篇南朝袁淑的〈驢山公九錫文件〉、唐朝韓愈的〈毛穎傳〉，以及晚明張岱的某些俳諧文；他概括這些俳諧文的特色：「一是諷刺」、「二是遊戲」三是「猥褻」；他指出中國的俳諧文，特別是晚明張宗子和公安派的俳諧文，是可以同日本松尾芭蕉、橫井，西方的蒙田，蘭姆、亨特、密倫與林特著名隨筆大家「歸在一類」。周作人別闢蹊徑在「古今中外」極其開闊的文化背景上，著力論證增強隨筆小品的諷刺、幽默、詼諧、遊戲、搞笑等「趣味」性的審美素質和美學魅力，顯然是和林語堂等人鼓吹的幽默理論相呼應。這應視為他對中國現代雜文隨筆理論建設的一個貢獻。

（三）倡導「澀味」和「簡單味」、「雅」和「俗」，以及「內應」和「外援」等的「於雜糅中見調和」等諸方面的思想和藝術張力

周作人作為可以和乃兄魯迅並列的中國現代最重要的散文家和散文理論家，作為以他的名字命名的中國現代散文流派的領袖，他對他所倡導的散文隨筆理論，堅持著很高的標準要求，而且他在談論這些標準要求時，從來不是單向度立論，都是從矛盾對立的統一來闡發他的理論主張的。他有時是在自己散文集的序跋，有時是在評價別人的散文時闡發他的理論主張的。在《雨天的書》〈自序二〉裡，周作人說他的一篇篇文章存在著「何等滑稽的矛盾」，即一「我看自己一篇篇的文章，裡邊都含著道德的色彩與光芒，雖然外面是說著流氓似的土匪似的話」；二是「我近來作文極慕平淡自然的景地，但是看古代

和外國文學才有此種作品，自己還夢想不到有能做到的一天，因為這有氣質境地與年齡的關係，不可勉強。」在《澤瀉集》中，周作人說：「戈爾特堡（Isaac Goldberg）批評藹里斯（Harelock Ellis）說，在他裡面有一個叛徒一個隱士，這話說得最妙；並不是我想援藹里斯以自重，我希望在我的趣味之文裡，也還有叛徒活著。」在《談龍集》〈森鷗外博士〉中，周作人讚賞日本的森鷗外和夏目漱石文章的「清淡而腴潤」。周作人以後在〈兩個鬼的文章〉更是把他的這種「矛盾論」發揮得淋漓盡致了。對矛盾對立的兩極或多極的確認和把握，以及「雜糅」和「調和」，是周作人追求他和他的散文流派散文創作的思想和藝術風格特質，以及研究他的散文理論主張的一個精妙之處的一個要點。這裡，我們先看他在兩篇文章裡的有關論述：

> 我平常稱平伯近來為一派新散文的代表，是最有文學意味的一種，這類文章在《燕知草》中特別地多。我也看見有些純粹口語體的文章，在受過新式中學教育的學生手裡寫得很是細膩流麗，覺得有造成新文體的可能，使小說戲劇有一種新發展，但是在論文——不，或者不如說小品文，不專說理敘事而以抒情為主的，有人稱他為「絮語」過的那種散文上，我想必須有澀味與簡單味，這才耐讀，所以他的文詞還得變化一點。以口語為基本，再加上歐化語，古文，方言等分子，雜糅調和，適宜地或吝嗇地安排起來，有知識與趣味的兩重統制，才可以造出雅致的俗語文來。[27]

> 胡適之、冰心、徐志摩的作品，很像公安派的，清新透明而味道不甚深厚。好像一個水晶球一樣，雖是晶瑩好看，但仔細地

27 周作人：〈燕知草跋〉，《永日集》（石家莊市：河北教育出版社，2002年）。

> 看多時就沒有多少意思了。和竟陵相似的是俞平伯和廢名兩人，他們的作品有時很難懂，而這難懂卻正是他們的好處。同樣用白話寫文章，他們所寫出來的，即另是一樣，不像透明的水晶球，要看懂必須費些功夫才行。[28]

在以上兩段話裡，周作人進行了兩個比較。一個是作為「一派新散文的代表」的俞平伯散文，同一些只是運用「純粹口語體」、寫得「很是細膩流麗」的中學生「文章」的比較。周作人所指的俞平伯，實際上是周作人自己及其所代表的「新散文」流派散文突出特點是：一、思想上「有澀味和簡單味」，意味深長，雋永「耐讀」；二、語言豐富多彩，「以口語為基本，再加上歐化語、古文、方言等分子」；三、有吸引人的知識性和趣味性，即「有知識和趣味的兩重統制」；四、藝術上精心構思，巧妙安排，「雜糅調和」，創造出「有雅致的俗語文」。以上四點，不妨視為周作人對他自己和對以他為代表的散文的思想和藝術風格追求的一種理論概括。周作人所做的第二個比較是以他的高足俞平伯和廢名的散文，實際上是他自己散文和他所代表的散文流派，同胡適、冰心和徐志摩散文的比較。他認為胡適、冰心、徐志摩散文「清新透明而味道不甚深厚。好像一個水晶球一樣，雖是晶瑩好看，但仔細看多時，就沒有多少意思」，而後者「有時很難懂，而這難懂卻正是他們的好處。」這裡所謂的「難懂」，顯然是豐富、複雜、深刻、朦朧的別稱。在這兩個比較中，最核心的一點是周作人突出強調散文小品要「有澀味與簡單味，這才耐讀。」什麼是「澀味與簡單味」呢？先說「簡單」。一九四九年，周作人說：「簡單是文章的最高標準，可是很不容易做到。」[29]一九六四年，他又說：

---

28 周作人：《中國新文學的源流》（石家莊市：河北教育出版社，2001年）。

29 舒蕪：〈簡單是文章的最高標準〉，《周作人的是非功過》（瀋陽市：遼寧教育出版社，2000年）。

「從前看納斯菲爾的英文法和作文，還記得他說作文無他巧妙，就是要『簡單』。」[30]舒蕪在《簡單是文章的最高標準》中，從七個方面闡釋周作人所認為「簡單」的內涵：「第一，簡單就是簡短。」「第二，簡單就是簡要。」「第三，簡單就是真實。」「第四，簡單就是剪裁。」「第五點，簡單就是簡練。」「第六點，簡單就是『慳嗇』。」「第七點，簡單就是簡靜。」[31]足見這個「簡單」很不簡單。黑格爾在《邏輯學》一書裡的一段話，也許對我們理解這不簡單的「簡單」會有所啟發吧。黑格爾說：「最豐富的是最具體的最主觀的。那個使自己復歸到最單純深處的東西，是最強有力的，和最佔優勢的。」什麼叫「簡單」？照黑格爾的說法，它就是單純裡的豐富和深刻，它是「最強有力和最佔優勢的」，因而，它也就成了周作人認為的「文章的最高標準」。那麼，「澀味」又是什麼？首先，「澀味」就是「苦澀」，周作人由於理想和現實的矛盾，主觀和客觀的矛盾，一味渴求「閒適」而終不可得的矛盾，他在苦茶庵、苦雨齋、煆藥廬和苦住庵裡只能寫出一系列「苦」字領頭的散文集，如《苦茶隨筆》、《苦竹雜記》、《藥堂語錄》、《藥味集》、《苦口甘口》、《藥堂雜文》；其次，「澀味」就是蘊藉、簡潔、含蓄等文章的餘韻、回味，猶如品完龍井、嚼過青果後的餘韻和回味；再次，「澀味」是朦朧、晦澀、藏而不露、意味無窮。所謂「澀味和簡單味」就是豐富、複雜、深刻、朦朧。

周作人關於散文創作和散文研究的第二種「於雜糅中見調和」，是「雅和俗」的「於雜糅中見調和」。這也是構成周作人散文創作和散文理論突出特色的重要因素。周作人在《中國新文學的源流》中談到「文學的範圍」時，他把文學納入文化範圍之內來觀察，同時他認

30 舒蕪：〈簡單是文章的最高標準〉，《周作人的是非功過》（瀋陽市：遼寧教育出版社，2000年）。

31 舒蕪：〈簡單是文章的最高標準〉，《周作人的是非功過》（瀋陽市：遼寧教育出版社，2000年）。

為「文學」是包含著「純文學」和「原始文學」與「通俗文學」的。他秉持的是「雜文學」的文學觀。他的這種超大視野的文學觀，有著鮮明的「現代」性和「民主」性的特點，是很先進的，是引領時代潮流的。由此出發，周作人認為在散文創作和散文理論研究中，其中的「雅」和「俗」不能絕對對立，靜止僵化的，而是可以互相滲透、互相轉化的，這就是大俗大雅，化俗為雅，這就是「雅」和「俗」的「於雜糅中見調和」。周作人在《藥味集》〈談俳文〉裡對此有所論述。他認為日本以芭蕉、橫井等為代表的「俳文」，「內容並不一樣」「但其表現的方法同以簡潔為貴，喜有餘韻而忌枝節，故文章有一致的趨向，多用巧妙的譬喻與適切的典故，精練的筆致與含蓄的語句，又復自由驅使雅俗和漢語，於雜糅中見調和，此所以難也。」又說：「日本散文的系統古時有漢文和文兩派，至中古時和漢混淆別為一體，即今語文的基本，俳文於此更使雅俗混淆，造出一種新體裁，用以表現新意境耳。……現今日本的隨筆（即中國所謂小品）實在大半都是俳文一類……」。周作人這裡所說的「雅」與「俗」的「雜糅」「混淆」意思差不多，實際上都是指「雅」與「俗」在一個矛盾體中對立的統一。這裡最值得注意的是，周作人所說的「雅」與「俗」的「雜糅」和「混淆」能「造出一種新體裁，用以表現新意境」的說法，也可以視為周作人對自己散文藝術創造的一種理論總結。他那些膾炙人口、名重一時的「閒適小品」，如〈故鄉的野菜〉、〈烏蓬船〉、〈北京的茶食〉、〈苦雨〉、〈鳥聲〉、〈兩株樹〉、〈蒼蠅〉等，在人們看來「俗」到不能再「俗」、普通得不能再普通的「野菜」、「烏蓬船」、「茶食」、「苦雨」、「鳥聲」、「白楊」、「蒼蠅」等抒寫對象上，發現「美」、創造「美」，使之成為名符其實、大俗大「雅」的「雅致的俗語文」，他確實是在「於雜糅中見調和」中創造了「新體裁」表現了「新意境」的。周作人把文學納入大文化的範圍之內來觀察，他認為文學是包含著純文學和原始文學與通俗文學的雜文學，他秉持的是雜文學觀。由此出發，他創作了大量「雅」、「俗」「雜糅」的融知識性、趣味性和思想性為一體的議論隨筆小品。其中雜文學的有「神話、傳說」類議論隨筆小品，「童話、兒歌」類議論隨筆小品，「笑話、滑稽故事」類議論隨筆小品，「寓言」類議論隨筆小品，「風土記、歲時記」類議論隨筆小品，「民間戲曲」類議論隨筆小品，「民間版畫」類議論隨筆小品，「歲時節令及其他迷信」類議論隨筆小品。這眾多的議論隨筆小品，也自然就是周作人說的「新體裁」，表現的是「新意境」。〈談目連戲〉（《談龍集》），〈祖先崇拜〉、〈拜腳商兌〉、〈薩滿教的禮教思想〉、〈野蠻民族的禮法〉（《談虎集》），〈榮光之手〉（《永日集》）、〈論八股文〉（《看雲集》）、〈太監〉（《夜讀抄》），〈關於活埋〉（《苦竹雜記》），〈劉香女〉（《瓜豆集》）、〈賦得貓〉（《秉燭談》）、〈談文字獄〉（《秉燭後談》）、〈無生老母的消息〉（《知堂乙酉文編》）等是代表作。一九三四年五月，周作人在〈太監〉一文的開頭說：「中國文化遺產裡有四種特別的東西，很值得注意，照著他們歷史的長短排列起來，其次序為太監，小腳，八股文，雅片煙。我這裡所要談的就是這第一種。」這透露了周作人特別重視寫作這類帶有專題性議題並有獨特「觀察點」的議論隨筆的想法。這類議論隨筆除了也有「雅」和「俗」的「雜糅」、「調和」之外，再就是作者從某一專門的特殊視角切入，對問題作深入透析批判，在博識、見解和趣味的結合上，對中國文化問題的某些本質作深入的揭示和批判[32]。在這

---

32 關於周作人對這類議論隨筆的重視和寫作，我們如能同梁遇春的有關說法聯繫起來考察，我們對問題將會有更深切的理解。一九二八年，梁遇春在《英國小品文選》〈黑衣人（哥爾斯德斯密斯）〉一文的注中說：「做小品文字的最緊要的是觀察點（the point of view），無論什麼事情，只要從個新觀察點看去，一定可以發見許多新的意思，除去從前不少的偏見，找到無數看了足以發噱的地方。……近代小品文作家Arthur Christopher Beson在他的傑作*From College Window*的第一篇裡就說the point of view，實在是精研小品的神髓。……」Arthur Christopher Beson，本森，英國作家。*From the Colleg Window*，《來自學院的窗口》。梁遇春在《英國小品文》〈序〉中說，他翻譯的這本書都經「豈明老人」，即周作人「看一遍」。

方面，他取得了令人矚目的成績，但也留下重大遺憾。一九六二年十一月三十日，在《知堂回想》〈後記〉中，周作人回顧他平生著作時說：「據我自己的看法，在那些說道理和講趣味的之外，有幾篇古怪題目的如〈賦得貓〉、〈關於活埋〉、〈榮光之手〉這些，似乎也還別緻，就只可惜還有許多題材，因為準備不能充分，不曾動手，譬如八股文，小腳和雅片煙都是。」一九六五年四月二十一日，他在〈致鮑耀明〉中又說：「我的散文並不怎麼了不起，但我的用意總是不錯的，我想把中國的散文引上兩條路，一條是匕首似的雜文（我自己卻不會做的），又一條是英法兩國似的隨筆，性質較為多樣，我看舊的文集，見有些如〈賦得貓〉、〈關於活埋〉、〈無生老母的消息〉等，至今還是喜愛，此雖是敝帚自珍的習氣，但確是實情。」這裡值得注意的是，周作人在一九四五年一月十五日〈文學史的教訓〉中說古希臘的路吉亞諾斯（又譯琉善或盧奇安）的「好些名篇」，「簡直是現代通行的隨筆，或是稱它為雜文也好」，在那裡，他顯然是把「隨筆」和「雜文」劃上等號，但在上述〈致鮑耀明〉的信裡，他則把「雜文」和「隨筆」分開了，而且竟還說他自己是「不會」寫「雜文」的。這顯然與事實不符。至於他晚年為什麼要這麼說，確是個令人不解之謎。周作人晚年把「雜文」與「隨筆」截然分開，他顯然同魯迅所說的「雜文中之一體的Essay，有人說它近於英國的隨筆」[33]的說法是不一樣的，他是不是有意要同乃兄唱對臺戲？

一九二八年十一月二十二日，周作人在《燕知草》〈跋〉中說：「中國新散文的源流我看是公安派與英國的小品文所合成」。他這裡所說的中國新散文源流的中外「合成」論，實際上就是上述「於雜糅中見調和」的另一種說法。一九三五年八月二十四日，周作人在《中國新文學大系散文一集》〈導言〉，周作人把中國新散文源流的中外

33 魯迅：〈徐懋庸作《打雜集》序〉，《且介亭雜文二集》，收入《魯迅全集第六卷》（北京市：人民文學出版社，1973年）。

「合成」論作了更具體的說明：「我相信新散文的發達成功有兩重因緣，一是外援，二是內應，外援即是西洋的科學哲學與文學上的新思想之影響，內應即是歷史的言志派文藝運動之復興。假如沒有歷史的基礎，這成功不會這樣容易，但假如沒有外來思想的加入，即使成功了也沒有新生命，不會站得住。」這自然是非常簡括的宏觀描述，至於周作人的具體情況，則要豐富得多了。看看他編寫的《歐洲文學史》和《近代歐洲文學史》，其中有他對歐洲從古希臘、羅馬文學史至歐洲十九世紀浪漫主義和現實主義文學史的描述，就不是當今眾多的《歐洲文學史》或《外國文學史》所能比擬的；看看他對希臘神話、寓言和散文名家名作的譯介，他對英法和日本散文隨筆小品的譯介，在這些方面，他確實做出了具有開拓性的貢獻；再看看他在〈我的雜學〉裡所披露的他的中外二十個方面的「雅」和「俗」的「雜學」，人們不得不驚歎其學識的淵博和特色，驚歎作者不愧是作家學者化的典型。在那裡，周作人以帶有總結性口氣自述道：

> 我從古今中外各方面都受到各樣的影響，分析起來，大旨如上邊說過，在知與情兩面分別承受西洋與日本的影響為多，意的方面則純是中國的，不但未受外來感化而發生變動，還一直以此為標準，去酌量容納異國的影響。這個我向來稱之曰儒家精神，雖然似乎有點籠統，與漢以後尤其是宋以後的儒教顯有不同，但為得表示中國人所有的以生之意志為根本的那種人生觀。我想大禹神農的傳說就從這裡發生，積極方面有墨子商韓兩路，消極方面有莊楊一路，孔孟站在中間，想要適宜的進行，這平凡而難實現的理想我覺得很有意思，以前屢次自號為儒家者即由於此。……我也知道偏愛儒家中庸由於癖好，這裡又缺少一點熱與動，也承認是美中不足。

周作人突出儒家思想在他思想中佔據特別重要的位置。他所謂的儒家思想，是以孔孟為代表，以禹稷為模範的原始儒家思想，不是漢以後，特別是宋以來那種「成為道士化、禪和子化、差役化」的「儒家思想」，他讚賞「自漢至清代」的「疾虛妄」、「愛真理」的王充、李贄和俞正燮，稱他們為「中國思界界之三盞燈火」。在這裡，周作人關於原始儒家思想的精闢見解，以及他堅持在散文創作中自覺以散文家和思想家標準要求自己，無論在中國思想史和散文理論建設史上都很有價值。

（五）在多元互補中建構

在二十世紀中國雜文理論建構中，魯迅對雜文理論建設的貢獻是最大的，他的雜文理論最具活力，影響也最深遠。魯迅的戰友和學生如瞿秋白、馮雪峰、王任叔、徐懋庸、唐弢、田仲濟以及嚴秀等人，對繼承和發展魯迅雜文戰鬥傳統，對闡釋和弘揚魯迅雜文理論思想等，也都作出自己的貢獻。可以這樣說，魯迅同他的戰友和學生的雜文理論思想，是創建二十世紀中國雜文美學的主要理論資源。

但是光憑這些，還是不夠的。這是因為二十世紀中國雜文從來是豐富多元的格局。雜文創作如此，雜文理論建設也是這樣。以雜文理論建設而論，除了魯迅同他的戰友和學生之外，如周作人、林語堂和朱光潛等人的雜文理論主張，其中也有至今仍有活力的合理性的理論因素。例如，周作人把議論性的小品文也視為「美文」，稱批評性文章為「抒情的論文」，「也是創作之一種」，他要包括雜文在內的小品文要「浸在自己的性情裡」，在文體創造上，以白話為主，揉進「方言」、「古語」和「外國語」的「因數」，在「知識與趣味的兩重統制下，造出有雅致的俗語文」，要求包括雜文在內的小品文，在「文詞氣味的雅致」之外，還應「兼有思想之美」等等，周作人這些雜文理論主張，表現了相當自覺的美學意識，是值得繼承的雜文理論遺產。

林語堂在三〇年代創辦一系列小品文刊物，鼓吹「性靈」、「閒適」和「幽默」的小品文，他的所作所為和理論主張，是消極和積極、荒謬和合理並存的，當年曾受到魯迅和左翼作家的過火的批評。只要加以科學的分析，仍是可以從中分離出有活力、合理性的東西，拿來為我所用的，例如，他在〈論幽默〉中說「幽默」是「笑中有淚，淚中有笑」，是「心靈的光輝和智慧的豐富」，還是搔到癢處的不錯見解。雜文既需要諷刺，也不排斥幽默，有著諷刺、幽默喜劇特徵的雜文，可以使人警醒，也能給人愉悅，怡情益智，陶冶性靈。學貫中西的著名美學理論家朱光潛，他收入《藝文雜談》裡的〈關於小品文〉、〈隨感錄（上、下）〉、〈談對話體〉、〈漫談說理文〉等，對包括雜文在內的小品文，對雜文中的隨感錄和對話體等體式的審美特徵，都有很好論述。他們的有關雜文理論，完全可以同魯迅他們的雜文理論，構成一種多元互補的理論格局，豐富和加深人們對於雜文審美特質的認識。

中國古典雜文理論的搜集整理，外國雜文理論的譯介，也是不可忽視的重要一環。我們在前面說過，中外古典雜文理論相當貧乏，這是針對它們與異常豐富的創作實踐不成比例說的，也是針對中國古典雜文理論搜集整理和外國雜文理論譯介的滯後狀態說的。改革開放的新時期以來，中國古典散文（含雜文）和外國散文（含雜文）的出版和研究已有了新的廣度和深度，但是，中國古典雜文理論的搜集整理和外國雜文理論的譯介，仍未引起足夠的重視。自然，這也和進行這類工作有著格外的難度有關。以中國古典雜文理論資源而論，它同劉勰《文心雕龍》裡的〈雜文〉篇，吳訥所論的「雜說」、「雜著」等有關，但更重要的蘊藏在中國古代的諸如「論」、「說」、「辨」、「議」、「原」、「解」、「釋」等以及「隨筆」、「筆記」等眾多的論說中，要從古代浩如煙海的文論中，對這些東西進行鉤沉、梳理、研究，無疑是一項難度很大的工程。外國的雜文理論也有同樣的情況，它大多不在於「Miscellany」裡，而散見於有關「Essay」的論述中，遺憾的是，在我國關於歐美從蒙田、培根以來的有關「Essay」的理論文章也為數不多。

理論來自實踐又回過頭來指導實踐。這既是老生常談又是不易的真理。要創建二十世紀中國雜文美學，除了以上說的幾點外，至關重要的一環，是對二十世紀中國雜文創作實踐上升到美學高度上進行理論總結和理論概括。新時期以來，已有了這樣的可能。近年來，已有幾部中國現、當代散文史和雜文史問世，出現了眾多的雜文作家論和雜文學的專著。只要提高這些研究著作的美學含量和美學品位，創建有中國特色的二十世紀中國雜文美學構想必將實現。

作者簡介

姚春樹

一九三七年生，福建莆田人，一九五九年畢業於福建師範學院中文系。福建師範大學中文系教授、博士生導師。長期從事中國現代雜文散文研究。著有《中國現代雜文史綱》；參與撰寫《中國現代散文史》；主編《二十世紀中國雜文史》，並有論文集《中外雜文散文綜論》、《中國現代雜文散文雜論》。相關研究成果多次獲獎。

本書簡介

本書「史」、「論」結合，對中國雜文從古代向現代嬗變的歷史輪廓和歷史規律做了具體描述和清晰概括。對魯迅和周作人等雜文作家雜文創作的思想和藝術，做了深入闡釋。引用材料豐富翔實，對雜文創作闡釋和理論梳理尤其用心。本書最後，作者把前此有關論述，提升到創建中國現代雜文美學的理論維度，並加以總結，從而賦予本書獨特的理論豐采，堪稱同類著述中的皇皇之作。

福建師範大學文學院百年學術論叢·第一輯 1702A03

中國近現代雜文史

作　　者 姚春樹
總 策 畫 鄭家建　李建華

發 行 人 林慶彰
總 經 理 梁錦興
總 編 輯 張晏瑞
編 輯 所 萬卷樓圖書股份有限公司
排　　版 林曉敏
印　　刷 百通科技股份有限公司

發　　行 萬卷樓圖書股份有限公司
臺北市羅斯福路二段 41 號 6 樓之 3
電話 (02)23216565
傳真 (02)23218698
電郵 SERVICE@WANJUAN.COM.TW
香港經銷 香港聯合書刊物流有限公司
電話 (852)21502100
傳真 (852)23560735

ISBN 978-986-478-197-3
2020 年 3 月再版二刷
2018 年 9 月再版一刷
2015 年 1 月初版一刷
定價：新臺幣 900 元

如何購買本書：
1. 劃撥購書，請透過以下郵政劃撥帳號：
帳號：15624015
戶名：萬卷樓圖書股份有限公司
2. 轉帳購書，請透過以下帳戶
合作金庫銀行 古亭分行
戶名：萬卷樓圖書股份有限公司
帳號：0877717092596
3. 網路購書，請透過萬卷樓網站
網址 WWW.WANJUAN.COM.TW
大量購書，請直接聯繫我們，將有專人為您服務。客服：(02)23216565 分機 610
如有缺頁、破損或裝訂錯誤，請寄回更換

國家圖書館出版品預行編目資料
中國近現代雜文史 / 姚春樹著.
-- 再版. -- 臺北市 : 萬卷樓, 2018.09
面 ; 公分. -- （福建師範大學文學院百年學術論叢・第一輯・第 3 冊）
ISBN 978-986-478-197-3（平裝）
1.中國文學史 2.中國當代文學 3.雜文
820.8　　107014285